KB108697

미친 아담

MARGARET ATWOOD
MADDADDAM

미친 아담

마거릿 애트우드 장편소설

이소영 옮김

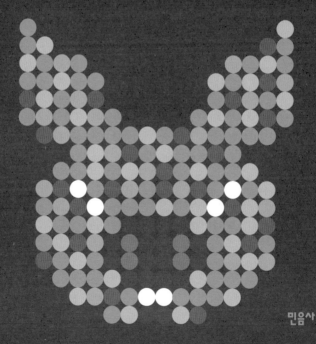

민음사

MADDADDAM

by Margaret Atwood

나의 가족과
래리 게이노(1939-2010)에게
이 책을 바칩니다.

차례

미친 아담 3부작
지난 이야기

'미친 아담 3부작' 1, 2권은 『오릭스와 크레이크』와 『홍수의 해』이다.
『미친 아담』은 시리즈의 세 번째 책이다.

1. 『오릭스와 크레이크』

이야기의 도입부, 해변의 나무 위에서 눈사람이 살아가고 있
다. 눈사람은 치명적인 유행병이 지구를 휩쓸고 지나간 후 마지
막까지 살아남은 유일한 인간이 자신이라고 믿고 있다. 그의 곁
에는 천재 크레이크가 생명공학으로 만들어 낸 비폭력 성향의
휴머노이드 종족인 '크레이크의 아이들'이 살고 있다. 한때 크레
이크는 눈사람의 단짝 친구이자, 정체가 비밀에 부쳐진 아름다
운 오릭스를 놓고 경쟁하던 연적이었다.

크레이커들은 섹스 경쟁, 탐욕, 의복, 방충제와 동물성 단백
질 섭취가 필요 없는 종족이다. 크레이크는 이런 것들이 인류
의 불행, 나아가 지구의 질적 저하를 초래했다고 믿었다. 크레이
커들은 신체 일부가 파랗게 변할 때 정기적으로 짝짓기를 한다.

크레이크는 자신의 피조물에게서 상징적 사고나 음악성이 발현되지 않도록 매우 노력했다. 하지만 크레이커들은 그들만의 독특한 방식으로 노래를 불렀다. 또한 창조주 크레이크, 동물의 여왕 오릭스, 마지못해 크레이커들의 선지자 노릇을 하는 눈사람으로 구성된 종교 체계를 만들어 냈다. 실제로 최첨단 기술 집약체인 파라디스 돔에서 크레이커들을 끌어내 바닷가 집으로 인도해 온 것은 다름 아닌 눈사람이다.

전염병이 발생하기 전에 눈사람의 이름은 지미였다. 그때 세계는 엘리트 기술 관료들을 거느린 기업체들이 요새화된 단지를 이루고, 이들의 집단적 안전을 보장해 주는 시체보안회사를 통해 사회를 통제했다. 단지를 둘러싼 담 바깥은 평민촌이었다. 평민촌에서는 나머지 사회 구성원들이 빈민가나 교외나 쇼핑몰에서 살면서 쇼핑도 하고 각종 불법 행위도 저질렀다.

지미는 장기주식회사 농장에서 어린 시절을 보냈다. 지미의 아버지는 그곳에서 돼지구리를 연구했다. 인간에게 신장과 뇌 등을 이식할 목적으로 인간의 형질을 지닌 유전자 변형 돼지를 설계하는 일이었다. 이후 지미의 아버지는 건강과 보건을 담당하는 기업체인 건강현인 회사로 이직했다. 사춘기 소년 지미가 그때까지만 해도 '글렌'이라는 이름이었던 크레이크를 처음 만난 곳이 바로 건강현인 고등학교였다. 지미와 글렌은 인터넷 포르노와 고난도 온라인 게임을 함께 즐기며 친해졌는데, 그 게임들 중에는 정체가 베일에 싸인 '미친 아담'이 운영하는 멸종마라톤이 있었다. 아담은 살아 있는 동물들에게 이름을 지어 주었고, 미친 아담은 죽은 동물들에게 이름을 지어 줍니다. 이 게임의 그랜드 마스터들에게만 접근이 허용된 대화방을 통해 지미와 글렌은 미친 아담과 접속하는 방법을 알아낸다.

글렌은 투자가 집중되는 명문 왓슨크릭 대학에 진학한 반면, 문과생인 지미는 쇠퇴 일로에 있는 마사그레이엄 아카데미로 만족해야 했다. 그렇게 크레이크와 지미는 연락이 끊어졌다. 한편 크레이크의 어머니와 계부가 모두 몸이 녹아 버리는 불가사의한 질병으로 죽는다. 그때 미친 아담이라는 암호명을 쓰는 바이오 테러리스트 그룹이 유전자 공학으로 설계된 동물들과 미생물들을 이용해 시체보안회사와 지도적 위치에 있는 사회 기반 시설을 공격하기 시작했다.

몇 년이 흐른 후 지미와 크레이크가 다시 연락이 닿았을 때, 크레이크는 크레이커들의 유전자 접합 실험을 진행 중인 파라디스 돔의 책임자였다. 그곳에서 크레이크는 성적 쾌감과 피임은 물론 젊음의 회복까지 보장하는 '환희이상' 알약을 개발하고 있었다. 파라디스 돔에서 일하는 과학자들의 이름이 멸종마라톤 게임의 유저 네임과 동일하다는 것을 안 지미는 크게 놀랐다. 그들은 원래 미친 아담을 따르던 바이오 테러리스트들이었지만, 대화방을 통해 크레이크의 추적을 당하자 면책 특권을 받는 대가로 파라디스 사업에 동참하게 되었던 것이다. 그런데 환희이상 알약에는 알려지지 않은 성분이 포함되어 있었다. 알약의 출시 시기는 인류를 말살시킨 전 세계적 유행병의 내습과 일치하였다. 이후 발생한 혼돈 속에서 오릭스와 크레이크는 목숨을 잃고 지미만 크레이커들과 함께 지구상에 남게 되었다.

이제 병약해지고 죄책감에 고통받는 눈사람은 죽은 오릭스와 간악한 크레이크에 대한 기억에 시달렸고, 그 자신의 생존 가능성 또한 절망적이었다. 그럼에도 그는 무기와 필수품을 구하기 위해 파라디스 돔으로 걸어 올라간다. 가는 도중 눈사람은 밖으로 도망쳐 나온 유전자 변형 동물들, 포악한 늑개들과 인간의 두뇌 조직이 접합돼 아주 교활해진 거대한 돼지구리들의 집요한 추격을 당한다.

『오릭스와 크레이크』의 결말부에서 눈사람은 전염병에서 살아남은 세 사람을 발견한다. 눈사람은 크레이커들을 내버려 두고 그들과 합류해야 하는가? 아니면 자신이 속한 인간 종이 얼마나 파괴적인지 아는 만큼, 그들을 죽여야만 하는가? 『오릭스와 크레이크』는 눈사람이 결정을 내리지 못하고 망설이는 것으로 끝난다.

2. 『홍수의 해』

『홍수의 해』는 『오릭스와 크레이크』와 같은 시기를 다루지만, 그 배경은 기업체 단지를 둘러싼 담 바깥의 평민촌이다. 이 이야기에선 아담1이 설립한 환경주의 종교인 '신의 정원사'가 등장한다. 이곳의 지도자인 아담과 이브 들은 자연과 성경의 융합, 모든 피조물에 대한 사랑, 기술의 위험, 기업체의 사악성, 비폭력, 그리고 평민촌의 빈민가 옥상정원에서 채소와 꿀벌 기르기 등을 가르친다.

작품 속 시점은 정원사들이 세는 햇수로 25년인데, 이때 정원사들이 '물 없는 홍수'라고 부르는 전염병이 전 세계적으로 발생한다. 구식 소총으로 무장한 토비는 새론당신 스파에 숨어서 다른 생존자들, 무엇보다 그녀가 남몰래 짝사랑한 젭이 나타나기만을 간절히 기다리고 있다. 세상 물정에 밝은 젭은 토비와 마찬가지로 예전에 신의 정원사였다. 토비는 정원사 규칙을 어기고 자신의 채마밭을 공격한 돼지구리 한 마리를 총으로 쏜다. 어느 날, 그녀는 저 멀리 수염이 덥수룩한 남자가 누더기를 걸친 채 선두에서 걸어가고 그 뒤로 벌거벗은 사람들이 따라가는 행렬을 목격한다. 눈사람과 크레이커들의 존재를 전혀 몰랐던 토비는 자신이 환각 상태에 빠진 것 아닌가 의심한다.

한편 소녀 렌은 자신이 일하고 있던 스트립쇼 클럽인 비늘꼬리 클럽의 격리 구역에 갇혀 있다. 전염병이 발생하기 직전 이 클럽은 고통공 감옥의 죄수들에 의해 박살 났다. 그들은 기업체가 운영하는 고통공 경기장에서 결투에 참가한 다른 죄수들을 무자비하게 제거하고 감옥에서 풀려난, 인간성이 말살된 죄수들이다. 렌은 어린 시절 친구인 아만다가 와서 문을 열어 주지 않으면 굶어 죽을 수밖에 없다.

이보다 오래전, 시크릿버거 가판대에서 일하던 토비는 고통 공 감옥 죄수 출신의 난폭한 매니저 블랑코에게 학대 당하다 신의 정원사들의 도움으로 벗어났다. 이후 토비는 버섯, 꿀벌, 물약을 전문으로 다루는 이브가 되었다. 토비의 스승이던 나이 많은 필라는 다른 많은 정원사들과 마찬가지로 기업체로부터 도망쳐 나온 생명공학자였는데, 10대 소년 크레이크를 포함해 기업체에 남아 있는 정보 제공자들과 여전히 비밀리에 접촉하고 있다.

거칠긴 하지만 카리스마 있는 평민촌 악동 아만다는 렌과 함께 토비가 정원사 시절에 가르친 제자들이다. 렌의 어머니 루선은 젭을 따라 건강현인 단지에서 도망쳐 나왔지만 젭이 자신에게 충실하지 않은 것에 분노하여 렌이 열세 살 때 정원사들을 떠나 건강현인 단지로 돌아갔다. 렌은 당시 10대였던 지미의 유혹에 빠져 성관계를 가졌지만 버림받는다. 결국 렌은 자기 앞에 놓인 직업 선택지 중에 최선으로 보이는 비늘꼬리 클럽의 댄서 노릇을 하며 생계를 이어 가기로 한다.

젭과 그의 지지자들은 기업체에 맞서 극렬 바이오 테러리스트 활동을 주장하고, 평화주의자인 아담1과 정원사들은 이에 반대한다. 전술 작전을 놓고 의견 일치를 보지 못한 이들은 결별을 택하고, 미친 아담 대화방을 만남의 장소로 활용한다. 시체보안회사 때문에 어쩔 수 없이 피신할 수밖에 없었던 나머지 정원사들은 계속해서 물 없는 홍수에 대비한다.

25년 현재, 아만다는 비늘꼬리 클럽의 격리 구역에 갇혀 있던 렌을 간신히 구출해 낸다. 두 사람이 얼싸안고 좋아할 때 정원사 시절의 친구들인 섀키, 크로제, 오츠 삼형제가 블랑코를 비롯한 고통공 감옥 죄수들의 추격을 당하며 도착한다. 다섯 젊은이들은 달아나지만 도망가는 와중에 렌과 아만다가 강간을 당하고, 아만다는 납치되며 오츠는 살해된다.

천신만고 끝에 렌은 새론당신 스파에 도착하고, 그곳에서 토비의 간호로 건강을 되찾는다. 둘은 아만다를 찾으러 스파 밖으로 나온다. 흉포한 돼지구리들을 무사히 피하고 사악한 블랑코를 해치운 두 사람은 자그마한 공원에 지은 흙집에서 살아가는 한 무리의 생존자를 발견한다. 젭이 몇몇 미친 아담 추종자들과 함께 그곳에서 살고 있고 정원사들도 몇 사람 보인다. 그들 모두는 아담1이 분명 살아남았을 것이라 믿으며 계속해서 그를 찾고 있다.

토비와 렌은 아만다를 억류하고 있는 고통공 감옥 죄수들로부터 아만다를 구출하는 위험한 임무를 걸머지고 다시 길을 떠난다. 두 사람은 해변에서 신체 일부가 파란색인 이상한 사람들이 모여 사는 야영지를 우연히 발견하는데, 그들이 인간 남자 둘과 여자 하나를 보았다고 말해 준다. 아만다와 그녀를 납치한 고통공 죄수들이 틀림없었다. 세균에 감염되고 환각에 사로잡힌 눈사람이 파라디스 돔에서 찾아낸 분무 총으로 아만다와 고통공 죄수들을 쏘려는 순간, 토비와 렌이 그들을 찾아낸다.

『홍수의 해』는 렌이 학대당한 아만다와 고열에 시달리는 눈사람을 보살피고 고통공 죄수들은 나무에 묶여 있는 장면에서 끝난다. 토비가 모두에게 수프를 제공한다. 그녀가 정원사들이 성 줄리안의 날에 거행하던 용서의 잔치를 실천에 옮기는 사이, 푸른색을 띤 크레이커들이 괴이한 노래를 부르며 해안을 따라 다가온다.

알

알과 오릭스와 크레이크와 그들이
어떻게 사람과 동물을 만들었는가에 관한 이야기,
혼돈에 관한 이야기, 눈사람 지미 이야기,
냄새가 지독한 뼈 이야기,
그리고 나쁜 남자 두 명이 오게 된 이야기

맨 처음에 여러분은 알 속에서 살았어요. 바로 크레이크가 여러분을 만들어 낸 곳에서요.

그래요, 착하고 친절한 크레이크예요. 제발 노래 좀 그만해요. 계속 노래하면 나는 이야기를 이어 갈 수가 없습니다.

비눗방울 반쪽처럼 생긴 그 알은 크고 둥그렇고 하얀색이었어요. 그 안에는 풀과 잎사귀와 열매가 풍성하게 달린 나무들이 있었어요. 여러분이 먹고 싶어 하는 모든 것들이요.

맞아요, 알 속에선 비가 내렸어요.

아니요, 천둥은 한 번도 치지 않았어요.

크레이크는 알 속에서 천둥이 치는 걸 원하지 않았거든요.

알을 둘러싼 바깥세상은 온통 혼돈이었는데, 그곳에는 여러분과 같지 않은 사람들이 아주아주 많았어요.

그들에게는 피부가 한 겹 더 있었어요. 그 겉꺼풀을 옷이라고 불러요. 그래요, 내 것과 같아요.

그리고 그들 중 아주 많은 수가 서로에게 또 동물들에게 잔인하고 해로운 짓을 저지르는 나쁜 사람들이었어요. 예를 들면…… 지금 당장은 그런 것들에 대해 이야기할 필요가 없을 것 같네요.

오릭스는 동물들이 자기 자식이었기 때문에 몹시 슬펐어요. 그리고 오릭스가 슬퍼했기 때문에 크레이크도 마음이 무척 아팠어요.

알을 벗어나 밖으로 나가면 어디를 가도 혼돈뿐이었어요. 알 속으로 들어가면 혼돈은 전혀 없었고요. 그곳은 평화로웠습니다.

오릭스는 여러분을 가르쳐 주려고 날마다 찾아왔어요. 그녀는 여러분에게 어떤 것을 먹어야 하는지 가르쳐 주고, 불을 지피는 방법을 알려 주고, 자신의 자식인 동물들에 대해서도 가르쳐 주었어요. 오릭스는 사람이 다치게 되는 경우 가르랑거리는 법을 여러분에게 가르쳐 주었고, 크레이크는 여러분을 지켜 주었답니다.

그래요, 착하고 친절한 크레이크예요. 제발 노래 좀 멈춰요. 매번 노래할 필요는 없잖아요. 물론 크레이크가 좋아하겠지요. 그렇지만 크레이크는 이 이야기도 좋아하니까 나머지 부분도 듣고 싶을 거예요.

그러던 어느 날 크레이크는 오릭스를 행복하게 해 주려고, 그리고 또 여러분이 살아갈 만한 안전한 장소를 만들기 위해 혼돈과 남을 해치는 사람들을 없애 버렸어요.

맞아요, 그렇게 되자 한동안 사방팔방에서 고약한 냄새가 진동했어요.

그런 다음 크레이크는 하늘 저 높은 곳에 있는 집으로 돌아갔고 오릭스도 함께 갔어요.

그들이 왜 갔는지 나는 잘 몰라요. 그들이 그랬을 때는 분명 그럴 만한 이유가 있었겠지요. 크레이크와 오릭스는 여러분을 보살펴 주라고 눈사람 지미를 남겨 놓았잖아요. 그래서 눈사람 지미가 여러분을 해변으로 데려온 거예요. 그리고 물고기 날에는 여러분이 눈사람 지미를 위해 물고기를 잡아다 주었고 그는 그것을 먹었지요.

나는 여러분이 물고기를 절대 안 먹는다는 걸 알아요. 하지만 눈사람 지미는 달라요.

왜냐하면 그는 물고기를 먹어야 하니까요. 그걸 먹지 못하면 눈사람 지미는 많이 아프게 될 거예요.

왜냐하면 눈사람 지미는 그런 식으로 만들어졌으니까요.

어느 날 눈사람 지미는 크레이크를 만나러 갔어요. 돌아왔을 때 그의 발에는 상처가 나 있었어요. 여러분이 그 발에 가르랑거리기를 해 주었지만 상처는 낫지 않았어요.

갑자기 나쁜 사람 두 명이 나타났어요. 그들도 혼돈에서 살아남았던 거예요.

알

크레이크가 어째서 그들을 없애 버리지 않았을까요. 이유는 모르겠어요. 어쩌면 그들은 덤불 밑에 숨어 있어서 크레이크가 그들을 못 봤겠죠. 그런데 그들이 아만다를 붙잡아 가서 그녀에게 잔인하고 해로운 짓을 저질렀어요.

지금 당장은 그게 어떤 일인지 자세히 이야기할 필요가 없을 것 같아요.

눈사람 지미는 그들이 나쁜 짓을 못 하게 막으려 했어요. 그때 내가 왔고 또 렌이 왔지요. 우리는 힘을 합쳐 나쁜 사람 두 명을 붙잡아 나무에다 밧줄로 묶어 놓았어요. 그런 다음 우리는 불가에 둘러앉아 수프를 먹었지요. 눈사람 지미는 수프를 먹었고, 렌도 먹고 아만다도 먹었어요. 심지어 두 명의 나쁜 남자들도 수프를 먹었어요.

맞아요, 수프에는 뼈가 들어 있었어요. 그래요, 지독하게 냄새나는 뼈였어요.

여러분이 냄새나는 뼈를 먹지 않는다는 걸 나는 잘 알아요. 하지만 수많은 오릭스의 아이들이 그런 냄새나는 뼈를 먹고 싶어 하지요. 뽑키튼들이 그런 것을 먹고 너구컹크들도 돼지구리들도 사자양들도 먹어요. 그들 모두 냄새 지독한 뼈를 좋아해요. 그리고 또 곰들도 그런 걸 먹어요.

곰이 어떤 동물인지에 대해서는 내가 나중에 이야기해 줄게요.

지금 당장은 지독하게 냄새나는 뼈에 관한 이야기는 그만해도 될 것 같군요.

그들 모두가 수프를 먹고 있을 때 여러분이 횃불을 들고 다가왔던 거예요. 왜냐하면 여러분은 눈사람 지미와 그의 다친 발을 보살펴 주고 싶었으니까요. 그리고 여러분은 몇몇 여자들이 푸른색이 감도는 걸 알아챌 수 있어서 그 여자들과 짝짓기를 하고 싶어 했지요.

여러분은 나쁜 남자들이 어떤 사람들인지 잘 알지 못했어요. 그들이 무엇 때문에 밧줄에 묶여 있는지도 알 수가 없었고요. 나쁜 남자들이 숲속으로 도망친 건 여러분 잘못이 아니니까 울지 마세요.

그래요, 크레이크는 분명 나쁜 남자들에게 화가 아주 많이 났을 거예요. 어쩌면 천둥을 내려 보낼지도 모르죠.

맞아요, 착하고 친절한 크레이크예요.

제발 노래 좀 그만해요.

밧줄

밧줄

그날 저녁에 벌어진 일들, 인간들의 악의가 또다시 이 세상을 자유롭게 활개 치고 다니는 계기를 제공한 사건들을 가지고 토비는 훗날 두 가지 이야기를 지어냈다. 첫 번째 이야기는 그녀가 크레이커들에게 큰 소리로 말해 준 것으로, 행복한 결말에 이르렀다. 혹은 할 수 있는 한 행복하게 맺으려고 노력했다. 두 번째는 토비 자신을 위한 이야기였는데 그다지 유쾌하지 못했다. 그것은 한편으론 그녀의 어리석음과 부주의로 인한 잘못과 관련이 있었지만 다른 한편으로는 속도와 관계가 있었다. 모든 일이 너무나 빠르게 진행되었던 것이다.

당연히 토비는 몹시 지쳐 있었다. 아드레날린이 급속히 떨어지면서 심신이 삐걱거렸다. 무엇보다도 그녀는 지난 이틀 동안 엄청난 스트레스로 음식도 거의 먹지 못한 채 강행군을 이어 왔다.

그저께 토비와 렌은 인류를 멸종시킨 전 세계적 유행병에서 살아남은 극소수의 생존자들을 안전하게 보호해 주는, 미친 아담 식구들의 거주지인 흙집을 떠났다. 그들은 렌의 절친한 친구인 아만다를 찾고 있었는데, 조금만 늦었더라도 그녀를 영영 데려오지 못할 뻔했다. 고통공 감옥 죄수 둘이 그녀를 거의 끝장나기 직전까지 괴롭혔던 것이다. 토비는 그자들의 방식을 아주 잘 알고 있었다. 신의 정원사가 되기 전에 토비 역시 그들 중 한 놈에게 죽을 뻔했기 때문이다. 고통공 감옥에서 한 번 이상 살아남은 자라면 누구든 뇌가 파충류 수준으로 쪼그라들어 비열하고 잔인해진다. 상대가 손톱 끝까지 닳아 없어질 때까지 섹스를 하는 게 그들의 방식이었고, 그런 다음엔 먹어 치웠다. 놈들은 특히 신장을 좋아했다.

　고통공 죄수들이 너구컹크를 씹어 삼키면서 크레이커들을 공격할지 말지, 아만다를 이제 어떻게 할지를 놓고 말씨름을 하는 동안, 토비와 렌은 수풀 속에 숨어 몸을 웅크리고 있었다. 극도의 공포에 사로잡힌 렌이 졸도라도 할까 봐 토비는 그저 렌이 정신만 제대로 차려 주기를 간절히 바랐다. 그렇지만 토비 자신도 가진 힘을 몽땅 그러모아 총을 쏴야 했기 때문에 사실 렌을 걱정할 처지가 아니었다. 어떤 놈부터 쏠까. 턱수염 기른 놈? 아니면 머리가 짧은 놈? 한 놈을 쏘면 다른 놈이 자기 분무 총을 움켜잡을 시간이 있을까? 아만다는 아무런 도움을 줄 수 없을 텐데. 심지어 뛰어 달아나지도 못할 것이다. 놈들은 아만다의 목에 밧줄을 걸어 놓고 그 끝자락을 턱수염 달린 놈의 다리에 묶어 뒀다. 까딱 잘못하면 아만다는 죽은 목숨이다.

그때 햇볕에 타서 새까맣고 온몸이 딱지투성이인 데다 아무 것도 걸치지 않은 낯선 남자가 분무 총을 움켜쥐고 덤불숲에서 어기적거리며 나왔다. 그는 시야에 들어오는 인간이라면 아만 다는 물론이거니와 상대가 누구이건 갈겨 댈 판이었다. 그 순간 렌이 비명을 올리며 숲속의 빈터로 뛰어갔다. 그 바람에 모두들 정신이 산만해졌다. 토비는 소총을 겨눈 채 앞으로 한 걸음 나섰다. 아만다는 목에 걸려 있던 밧줄을 제 손으로 벗어 버리고 빠져나왔다. 이어서 고통공 죄수들은 사타구니를 몇 차례 걷어 차였고, 버둥대지 못하게 돌덩이로 제압당했으며, 놈들이 갖고 있던 밧줄과 토비가 뒤집어쓰고 있던 새론당신 스파의 분홍색 가리개를 여러 갈래로 찢은 천 쪼가리로 꽁꽁 묶였다. 그 가리 개는 정수리부터 발끝까지 전신을 덮을 수 있어서 그때까지 태 양광을 차단하는 데 도움이 됐다.

그사이 렌은 쇼크 상태에 빠진 아만다뿐 아니라 온몸이 딱지 투성이인 벌거벗은 남자도 열심히 보살펴 주었다. 렌은 그를 지 미라고 부르며 남은 가리개 조각을 그에게 둘러 주고 부드럽게 말을 걸었는데, 아마도 그가 렌이 오래전에 사귄 남자 친구인 모양이었다.

이제는 상황이 얼마간 정돈되었으므로 토비는 긴장을 풀어 도 될 것 같았다. 빠르게 뛰던 심장 박동이 차분해질 때까지 그

녀는 가까이에서 들려오는 파도의 부드러운 리듬에 맞춰 정원
사들이 하던 호흡법으로 몸의 균형을 되찾았다. 그러고 나서 그
녀는 수프를 끓였다.

어느새 달이 중천에 떠올라 있었다.

떠오르는 달이 잔치의 시작을 알렸다. 성 줄리안과 모든 영혼
을 기리는 신의 정원사들의 축제. 모든 피조물을 향한 창조주의
온유함과 연민을 찬양할 시간이다. 우주는 움푹 파인 신의 손바닥
안에 들어 있다고, 아주 오래전 노리치의 성 줄리안이 신비로운 비전을
통해 우리에게 알려 주었습니다. 용서는 베풀어져야 하고 자애는 실천되
어야 하며 원들은 절대 끊겨서는 안 됩니다. 모든 영혼이란 모든 사람을
뜻하며, 그들이 행한 것이 무엇인지 따질 필요가 없습니다. 적어도 달이
뜰 때부터 달이 질 때까지는.

신의 정원사 아담과 이브 들에게 한번 배운 것은 절대 잊히지
않는다. 그러니 그토록 특별한 날 밤에 고통공 죄수들을 죽이
는 것은, 밧줄로 나무에 단단히 묶인 자들을 냉혹하게 도살하
는 것은 토비에겐 불가능에 가까운 일이었다.

놈들을 밧줄로 꽁꽁 묶는 일은 아만다와 렌이 했다. 둘은 함
께 다녔던 정원사 학교에서 재활용 재료들을 활용하는 수많은
기술을 습득했으며, 매듭짓는 일이라면 아주 능숙했다. 이제 고
통공 죄수들은 매듭 공예 작품처럼 보였다.

바로 그 평화로운 성 줄리안의 저녁 시간에 토비는 갖고 있던 무기류 일체, 자신의 낡아 빠진 소총과 고통공 죄수들의 분무총, 그리고 지미의 분무 총까지 모두 한쪽으로 치워 두었다. 그런 다음 상냥한 대모의 역할을 맡아 영양가 있는 수프를 모든 사람이 골고루 나눠 먹을 수 있도록 듬뿍듬뿍 떠 주었다.

아마도 그녀는 스스로의 높은 고결함과 선의에 도취되어 넋을 빼고 있었던 게 분명하다. 저녁 시간에 모든 사람을 아늑한 불 주위에 둥그렇게 둘러앉히고 함께 수프를 마시게 하다니. 정신적 충격으로 흡사 긴장증 환자처럼 행동하는 아만다는 물론이고, 열에 들떠 온몸을 부들부들 떨면서 불길 속에 서 있는 죽은 여자에게 말을 걸고 있는 지미에, 고통공 죄수 둘까지. 토비는 정말로 그자들이 전향적 체험을 겪은 후 토끼라도 끌어안게 되리라고 생각했나? 그녀가 뼈 수프를 고루 나눠 주면서 잔소리를 늘어놓지 않은 것만도 꽤나 놀랍다. 당신도 조금, 또 당신도 조금, 그리고 당신도 조금! 증오와 악의를 떨쳐 버려요! 빛의 원 안으로 들어오세요!

그렇지만 증오와 악의는 중독성이 있어서 사람들을 취하게 한다. 조금이라도 그걸 맛본 사람은 더 많이 맛보고 싶어 안달하게 된다.

그들이 수프를 먹고 있을 때 해변을 따라 늘어선 나무들 사이로 가까이 다가오는 사람들 목소리가 들렸다. 크레이크의 아이들, 바로 크레이커들이었다. 유전자 접합으로 태어난 그 기이한 반인(半人)들은 바닷가에 살고 있었다. 그들은 리기다 소나무*로 만든 횃불을 들고 수정 같은 노래를 부르며 나무들 사이로 줄지어 걸어오고 있었다.

토비는 이들을 대낮에 스치듯 얼핏 본 적이 있었다. 하지만 달빛과 횃불 덕분에 아른아른 반짝거리는 크레이커들은 그때보다 훨씬 아름다웠다. 그들의 체색은 갈색, 노란색, 검정색, 흰색 등으로 매우 다채로웠다. 키도 제각각이었지만, 한 사람 한 사람이 더없이 완벽하다는 점에서는 같았다. 여자들은 잔잔한 미소를 짓고 있었고, 남자들은 꽃다발을 내밀며 열렬히 구애하고 있었다. 그들의 벌거벗은 몸에 뚜렷이 드러난 근육들이 잔물결을 그리며 번들거렸다. 인체란 어떤 모양이어야 하는가를 알려 주는, 열네 살짜리 아이가 보는 만화책 속 그림 같았다. 부자연스럽게 크고 선명하게 푸른 음경이 순한 강아지 꼬리처럼 오른쪽 왼쪽으로 반갑게 흔들리고 있었다.

* * *

훗날 토비는 사건이 어떻게 진행되었는지 그 순서를 결코 기억해낼 수 없었다. 그것들을 일련의 사건이라고 할 수 있었는지

---

* 송진 채취용으로 심는 미국삼엽송.

미친아담

조차 모르겠다. 재빠른 동작, 얽혀 버린 몸뚱이들, 불협화음을 이룬 목소리들……. 그것은 평민촌 거리에서 볼 법한 난동에 가까웠다.

누가 파랗지? 파란 냄새가 나잖아! 저기 봐, 눈사람이야! 비쩍 말랐어! 눈사람은 몹시 아파!

렌: 이런 젠장, 크레이커들이야. 저들이 하고 싶어 하면…… 쟤들 거기가, 맙소사!

지미를 발견한 여자 크레이커들: 어서 눈사람을 도와요! 눈사람한테 가르랑거리기를 해 줘야 합니다!

아만다에게 다가가 킁킁거리던 남자 크레이커들: 이 여자가 파래! 이 여자한테서 파란 냄새가 나! 이 여자는 우리와 짝짓기를 하고 싶어 해! 꽃을 줘! 그녀가 좋아할 거야!

몸집이 크고 아름다운 알몸의 크레이커 넷이 꽃을 들고 그녀에게 다가간다.

겁에 질린 아만다: 가까이 오지 마! 싫어…… 렌, 나 좀 도와줘! 토비! 저들이 나한테 가까이 오지 못하게 해요! 총으로 쏴 버려요!

크레이커 여자들: 저 여자는 아파. 그녀에게 먼저 가르랑거리기를 해 줘야 돼요. 그녀가 좀 더 건강해질 수 있게요. 그녀에게 물고기를 줘야 하나요?

크레이커 남자들: 저 여자가 파랗다! 저 여자가 파란색이야! 우리는 행복해! 그녀에게 노래를 불러 주자!

파란 여자가 한 명 더 있는걸.

그 물고기는 눈사람한테 줄 거야. 우리는 물고기를 잘 갖고 있어야 해.

렌: 그냥 꽃을 받는 게 좋지 않을까, 아만다? 꽃을 안 받았다가 저들이 혹시라도 화를 내거나 그러면 어떡해…….

토비가 가냘프고 부질없는 목소리로: 제발 말 좀 들어요. 뒤로 물러서세요, 여러분이 겁을 주고 있다고요…….

수프 냄비를 들여다본 여자 크레이커들: 이게 뭐죠? 이게 뼈인가요? 당신들은 이 뼈를 먹는 거예요? 냄새가 아주 고약한데요.

우리는 뼈를 먹지 않아요. 눈사람은 뼈를 먹지 않아요. 눈사람은 물고기를 먹지요. 당신들은 어째서 냄새나는 뼈를 먹어요?

눈사람의 발에서 뼈처럼 고약한 냄새가 나네요. 독수리들이 먹다 남긴 뼈 같아요. 아 눈사람, 우리가 당신 발에 가르랑거리기를 해 줘야 해요!

열에 들뜬 지미: 넌 누구야? 오릭스? 하지만 넌 죽었잖아. 모두 죽었어. 온 세상 사람들 전부가, 그들 모두가 죽었단 말이야…….

지미가 소리 내어 울기 시작한다.

슬퍼하지 말아요, 아 눈사람. 우리가 도와주러 왔어요.

토비: 여러분이 만지면 안 될 텐데요……. 그는 감염되었어요……. 눈사람한테 필요한 것은…….

지미: 아, 젠장!

오, 눈사람, 발로 차지 말아요. 그러면 당신 발이 다치잖아요.

크레이커들이 동시에 가르랑거리기를 시작하자 부엌에서 돌아가는 믹서 같은 소음이 울려 퍼진다.

렌: 토비! 토비! 이봐요! 그녀를 놔줘요!

렌이 도움을 요청한다. 토비는 모닥불 너머를 건너다본다. 벌거벗은 남자들의 울룩불룩한 팔과 등이 어지러이 얽히더니 아만다의 모습이 사라진다. 뒤엉킨 육체들 한가운데로 렌이 몸을 날리고, 그녀마저 순식간에 몸뚱이들 속으로 빨려 들어간다.

토비: 안 돼! 그러지 마……. 그만두지 못해요!

그녀는 어째야 좋을까? 이건 중대한 문화 격차야. 냉수 한 통만 있으면 좋으련만!

웅얼거리는 울음소리. 토비가 부랴부랴 도와주러 다가가는 순간.

고통공 죄수 중 하나: 이봐 거기! 이쪽으로 와 봐!

이 사람들은 냄새가 아주 고약합니다. 더러운 피 냄새가 나요. 피가 어디서 나나요?

이게 무엇입니까? 이건 밧줄이에요. 저 사람들을 왜 밧줄로 묶어 놨지요?

예전에 눈사람이 나무에서 살 때 우리에게 밧줄을 보여 주었어요. 밧줄은 집을 만들 때 필요한 것입니다. 아 눈사람, 밧줄이 왜 이 사람들을 묶고 있지요?

밧줄은 이 사람들을 아프게 해요. 우리가 풀어 줘야 합니다.

고통공 죄수가 끙끙 신음 소리를 내며: 그래, 맞아. 우리는 지금 더럽게 아프다고.

토비: 저들을 건드리지 마세요. 그들은…….

다른 고통공 죄수: 빌어먹을, 파란 불알들아, 어서 서둘러! 저 늙은 년이 오기 전에⋯⋯.

토비: 안 돼! 풀지 마⋯⋯ 그러면 저들이⋯⋯.

하지만 이미 늦었다. 크레이커들이 그토록 빨리 매듭을 풀 수 있는지 누가 알았겠는가?

행렬

두 남자는 뒤엉킨 밧줄과 드문드문 흩어져 있는 불씨들을 뒤로하고 어둠 속으로 사라졌다. 넌 구제 불능이야, 토비는 생각한다. 인정사정 봐주지 말았어야 했다. 총알 하나 헛되이 쓰지 말고 돌덩이로 머리통을 후려치고 칼로 목을 베어 버렸어야 했다. 정말이지 얼간이같이 바보짓을 했다. 거의 범죄나 다름없는 태만이었다.

불길이 잦아들고 있어 주위를 식별하기가 매우 어려웠다. 그래도 토비는 재빨리 남은 물품을 확인했다. 불행 중 다행으로 그녀의 소총은 여전히 제자리에 있었다. 하지만 고통공 죄수들의 분무 총은 사라지고 없다. 멍청이, 그녀는 자신을 향해 말했다. 그 잘난 성 줄리안과 우주적 자애는 이쯤에서 끝내자.

아만다와 렌은 서로 부둥켜안고 엉엉 울고 있고, 아름다운 크레이커 여자들 몇몇이 걱정스러운 듯 그들을 쓰다듬고 있다. 지미는 넘어진 채로 석탄 지층에 대고 웅얼거린다. 그들 모두가 최대한 빨리 미친 아담들이 모여 사는 흙집으로 돌아갈 수 있다면 그편이 나을 것이다. 그들은 여기 이 어둠 속에 무방비 상태로 앉아 있는데, 고통공 죄수들이 나머지 무기를 뺏으려고 되돌아올지도 모른다. 만약에 그런 일이 벌어진다면 크레이커들은 전혀 도움이 되지 않으리라는 것이 명백하다. 당신은 어째서 나를 때리지요? 크레이크가 화낼 거예요! 그가 천둥을 보내 줄 거예요! 토비가 고통공 죄수를 쓰러뜨리기라도 하면 크레이커들은 그녀와 최후의 총알 사이로 자기 몸이라도 던질 기세다. 아, 당신이 탕 하는 소리를 냈어요. 그래서 한 남자가 쓰러졌습니다. 저 사람 몸에 구멍이 나서 피가 흘러나오고 있어요! 저 사람이 다쳤습니다. 우리가 저 사람을 도와주어야 해요!

설령 고통공 죄수들이 당장 이곳으로 오지는 않는다 해도, 숲에는 다른 포식자가 있다. 봅키튼, 늑개, 사자양, 그리고 거대한 돼지구리들은 더 심각하다. 이제 도시와 도로에서 인간이 사라졌으니 북쪽에 사는 곰들이 얼마나 빨리 남쪽으로 내려올지는 아무도 모른다.

* * *

토비가 크레이커들에게 말했다.

"이제 우린 가야 해요."

여러 명이 고개를 돌린다. 녹색 눈 여러 쌍이 그녀를 응시한다.

"눈사람은 우리와 함께 갑니다."

그러자 크레이커들이 한꺼번에 말하기 시작한다. "눈사람은 우리와 함께 있어야 해요! 우리가 눈사람을 다시 그의 나무에다 올려 줘야 해요.", "그 나무는 눈사람이 좋아하는 나무예요. 그는 나무를 좋아해요.", "맞아요, 크레이크와 말할 수 있는 사람은 눈사람뿐이에요.", "눈사람만이 크레이크의 말을 우리에게 전해 줄 수 있어요. 알에 대해서요.", "혼돈에 대해서요.", "오릭스에 대해서요. 그녀가 동물을 만들었어요.", "크레이크가 어떻게 혼돈을 없앴는지에 대해서요.", "착하고 친절한 크레이크."

그들이 노래를 부르기 시작한다.

토비는 필사적인 심정이 된다.

"우리는 약을 구해야만 합니다. 그러지 못하면 지미, 그러니까 눈사람은 죽을 수도 있다고요."

멍한 눈들이 그녀를 빤히 쳐다본다. 저들이 죽는다는 게 무슨 뜻인지 알기나 할까?

"지미는 무엇입니까?"

어리둥절해서 찌푸려진 눈살들이 묻는다. 토비가 실수를 저지른 것이다. 잘못된 이름이 튀어나왔다.

"지미는 눈사람의 다른 이름이에요."

"왜요?", "그게 왜 다른 이름이지요?", "지미는 무슨 뜻입니까?"

그들에게는 지미가 죽음보다 훨씬 큰 관심을 불러일으키는 모양이다.

"그것은 눈사람에게 있는 분홍색 피부인가요?", "나한테도 지미가 있으면 좋겠다!"

어린 소년의 입에서 이 마지막 말이 터져 나왔다. 어떻게 설명하면 좋을까?

"지미는 이름이에요. 눈사람은 이름이 두 개예요."

"그의 이름이 눈사람 지미인가요?"

"맞아요."

상황이 상황이니만큼 토비는 그렇다고 답한다.

"눈사람 지미, 눈사람 지미." 그들은 서로를 향해 그 말을 되풀이했다. "어째서 두 개입니까?" 누군가 물었지만, 나머지들은 벌써 그다음 알쏭달쏭한 단어로 관심을 돌렸다.

"약이 무엇입니까?"

"약은 눈사람 지미가 건강해지도록 도움을 줄 어떤 물건이에요."

토비는 위험을 무릅썼다. 미소들, 그들은 토비의 설명이 마음에 들었던 것이다.

"그럼 우리도 같이 가겠습니다. 우리가 눈사람 지미를 나릅니다."

리더인 것 같은 한 남자, 키가 크고 매부리코에다 갈색이 도는 노란색 남자가 말했다.

크레이커 남자 둘은 지미를 아주 가뿐히 들어올렸다. 토비는 지미의 눈 때문에 몹시 불안했는데, 가늘게 뜬 실눈이 눈꺼풀 사이로 허옇게 번득이고 있었기 때문이다. 크레이커들이 그를 공중으로 들어 올리자 지미는 "날아간다." 하고 말했다.

토비는 지미의 분무 총을 찾아내 먼저 안전장치를 딸깍 누른 다음 렌에게 들고 가라고 주었다. 이 아가씨는 그 물건의 사용법을 전혀 모른다. 렌이 뭐 하러 그런 걸 알아야겠는가? 그렇지만 이 물건은 나중에 유용하게 쓰일 게 확실하다.

토비는 자원한 두 명의 크레이커만 흙집으로 같이 가는 줄 알았다. 그런데 그게 아니었다. 어린아이들을 포함해 무리 전체가 뒤따라왔다. 그들 모두가 눈사람과 가까이 있고 싶어 했다. 남자들이 번갈아 가며 지미를 들어 날랐고 나머지는 각자 횃불을 높이 들고 이따금씩 크리스털 같은 기이한 목소리로 노래를 불렀다.

크레이커 여자 넷이 렌과 아만다와 함께 걸어가면서 두 아가씨의 팔과 손을 어루만지고 토닥거렸다.

그들이 아만다에게 말했다. "오릭스가 당신을 보살펴 줄 거예요."

렌은 사납게 대꾸했다. "저기 저 퍼런 거시기들이 다시는 아만다를, 제기랄, 건드리는 걸 못하게 해!"

그들은 어리둥절한 표정으로 물었다. "퍼런 거시기가 무엇인가요?", "제기랄 건드리는 것은 무엇인가요?"

"그냥 못 하게 해. 그러지 않으면, 안 그러면 혼쭐을 내 줄 거야!"

"오릭스가 그녀를 행복하게 해 줄 거예요." 여자들이 그렇게 대꾸했지만, 자신은 없는 목소리였다. "혼쭐을 내 주는 건 무엇인가요?"

"난 괜찮아. 넌 어때?" 아만다가 가냘픈 목소리로 렌에게 말했다.

"망할, 넌 괜찮지 않아! 이제 미친 아담 식구들이 있는 곳으로 널 데려가 줄게. 그곳에 가면 침대도 있고 물 펌프도 있고 모든 게 있어. 우리가 널 깨끗하게 씻겨 줄 수 있어. 지미도 씻기고."

"지미? 저게 지미야? 난 지미가 다른 사람들처럼 벌써 죽었다고 생각했어."

"그래, 나도 그렇게 생각했어. 하지만 꽤 많은 사람들이 죽지 않았더라. 그러니까 몇몇 사람들은. 젭은 죽지 않았고 레베카도, 너랑 나랑 토비랑 그리고……."

"두 놈은 어디로 갔어? 고통공 죄수들. 기회가 있었을 때 그놈들 머리통을 내리쳐 죽였어야 했는데."

아만다는 평민촌 시절에 하던 식으로 고통을 날려 버리기 위해 살짝 소리 내 웃었다.

"얼마나 가야 해?" 아만다가 물었다.

"저 사람들이 널 날라 줄 수 있을 텐데." 렌이 말했다.

"아냐, 난 괜찮아."

횃불 주위에서 나방들이 파닥거렸고 밤바람에 머리 위 나뭇잎들이 살랑거렸다. 얼마나 오랫동안 걸었을까? 토비의 느낌에 몇 시간은 지난 것 같았다. 하지만 달빛 속에서는 시간이 불분명한 법이다. 그들은 헤리티지 공원을 통과해 서쪽으로 걸어가고 있었다. 그들 뒤에서 들려오던 파도 소리가 점차로 멀어져 갔다. 분명 길이 있긴 있었는데, 토비는 그 길에 대해 확신이 서지 않았다. 하지만 크레이커들은 자신들이 어디로 가는지 잘 아는 듯했다.

토비는 홀로 떨어져 나와 나무들 한가운데에 서서 소리들에 귀를 기울였다. 발소리, 나뭇가지 부러지는 소리, 돼지가 꿀꿀거리는 소리. 그녀는 항상 행렬 끝에서 걸었고 소총은 대기 상태로 해 놓았다. 개굴개굴 울어 대는 개구리 소리가 들렸고 작은 새들이 짹짹거리는 소리도 났다. 몇몇 양서류와 밤새가 뒤척이고 있었다. 토비는 등 뒤에 도사린 어둠을 의식했다. 그녀의 그림자가 뒤편으로 드리워진 한층 더 어두운 그림자들과 뒤섞이며 거대하게 뻗어 있었다.

양귀비

마침내 그들은 집단 거주지인 흙집에 도착했다. 전구 하나가 마당을 밝히고 있었다. 철책 뒤에서 크로제와 매너티와 타마로가 분무 총을 들고 보초를 서고 있었는데 머리에는 자전거 가게에서 수거해 온 건전지를 넣은 헤드램프를 쓰고 있었다. 렌이 앞으로 달려가며 소리쳤다.

"우리 왔어! 다 잘됐어! 아만다를 찾았어!"

대문을 열어 주는 크로제의 헤드램프가 위아래로 까딱거렸다. "정말 잘했다!"

"대단해! 얼른 다른 사람들에게도 알려 줘야겠다!"

타마로가 말하고는 부리나케 본채 건물로 갔다.

"크로제! 우리가 해냈어!"

렌이 크로제를 두 팔로 꽉 끌어안는 바람에 여태 들고 온 분무 총이 땅바닥에 떨어졌다. 크로제는 그녀를 들어 올려 한 바퀵 빙그르 돌리더니 입맞춤하고 내려놓았다.

"렌, 그런데 그 분무 총은 어디서 났어?"

크로제가 묻자 렌은 엉엉 울기 시작했다.

"그놈들 손에 죽는 줄만 알았어! 그들이, 그 두 놈이…… 하여튼 자기도 토비를 봤어야 했는데! 진짜 죽여 줬어! 얼마나 멋졌는지 몰라! 토비는 옛날 총을 들고 우리는 그놈들을 돌덩이로 내리쳤어. 그러고 나서 꽁꽁 묶어 놨는데, 글쎄……."

자기들끼리 이야기를 주고받으며 대문 안으로 밀려들고 있는 크레이커들을 살펴보던 매너티의 입에서 감탄사가 흘러나왔다.

"우아! 이건, 파라디스 돔의 서커스단이로군."

크로제가 말했다. "그러니까 이들이 그들이군, 맞지? 크레이크가 만든 징그러운 벌거숭이 인간들. 저 아래 해안에서 산다며?"

"저 사람들을 징그럽다고 해선 안 될 것 같아. 네가 하는 말을 들을 수도 있잖아." 렌이 말했다.

"크레이크 혼자 한 것도 아니지. 우리 모두가 파라디스 프로젝트를 수행했으니까. 나, 스위프트 폭스, 아이보리 빌……." 매너티가 말했다.

"어째서 저들이 같이 온 거야? 뭘 원하는 건데?" 크로제가 물었다.

"저들은 그냥 도와주려고 애쓰는 거야." 토비가 말했다.

갑작스레 피곤이 몰려들었다. 그 순간 토비가 하고 싶은 거라곤 오직 자그마한 자신의 공간으로 비틀비틀 걸어 들어가 잠들어 버리는 것이었다.

"그동안 여기에 누구 다른 사람 오지 않았어?"

토비가 이곳을 나선 날 젭도 살아남았을지 모르는 아담1과 신의 정원사 멤버들을 찾아보려고 흙집을 떠났다. 그녀는 혹시 젭이 돌아왔는지 너무나 궁금했지만 속마음을 노골적으로 드러내고 싶지는 않았다. 누군가를 연모하면 징징거리게 된다고 정원사들은 말하곤 했다. 그리고 토비는 지금껏 누구에게도 자기 마음을 숨김없이 털어놓은 적이 없다.

크로제가 말했다. "그 돼지들만 또 나타났었어요. 정원 울타리 밑을 파려고 했는데, 우리가 불빛을 비추었더니 도망쳤어요. 그놈들은 분무 총이 뭔지 알고 있던걸요."

매너티가 말했다. "우리가 그놈들 두셋을 베이컨으로 만들어 버린 다음부터 그런 것 같아. 그들은 유전자 접합체잖아. 프랑켄-베이컨이랄까? 난 아직도 그걸 먹는 게 찜찜해. 그놈들은 인간의 두뇌 신피질 조직을 갖고 있잖아."

"나는 크레이크가 만든 프랑켄-인간들이 우리와 함께 살겠다고 여기로 옮겨오지 않았으면 좋겠는데요."

타마로를 따라 흙집 본채에서 나온 금발 여자가 말했다. 토비는 그녀를 알아보았다. 아만다를 찾으러 떠나기 전 흙집에서 머문 짧은 동안에 본 적이 있었다. 스위프트 폭스는 서른 살은 확실히 넘었을 텐데, 열두 살짜리나 입을 법한 끝단에 주름 장식이 달린 잠옷을 입었다. 저 여자는 어디서 저런 옷을 찾아냈을까? 토비는 궁금했다. 초대박 아동복 매장? 아니면 100달러 스토어를 털었나?

타마로가 토비에게 말했다. "많이 피곤하시겠어요."

"어쩌자고 저 사람들을 여기까지 데려왔는지 모르겠네요. 수가 너무 많잖아요. 우리가 저들을 무슨 수로 먹여 살리나요." 스위프트 폭스가 말했다.

"저 사람들한테 먹을 걸 줄 필요는 없을 거야. 저들은 잎사귀를 먹고 살잖아. 기억나지 않아? 크레이크가 그런 식으로 만들었다고. 저들은 농사를 지을 필요도 전혀 없을 거야." 매너티가 말했다.

스위프트 폭스가 말했다. "맞다, 당신이 그 프로그램을 연구했죠. 난, 나는 뇌를 연구했고. 전두엽, 감각 자료 입력 조작을 맡았죠. 난 쟤들을 덜 지루하게 만들려고 애썼는데. 하지만 크레이크는 공격성은 물론이고 유머 감각조차 전혀 없기를 원했어요. 쟤네는 걸어 다니는 감자일 뿐이야."

"저들은 정말 친절해요. 뭐, 여자들은 그래요." 렌이 말했다.

스위프트 폭스가 말했다. "내 생각에는 남자들이 너랑 짝짓기를 하고 싶어 했을 것 같은데. 쟤들은 그럴 것들이지. 제발 나한테는 쟤네랑 이야기하라고 시키지 말아 줘요. 그럼 난 다시 잠이나 자러 가야겠다. 모두 안녕, 저 감자와 즐거운 시간 보내고."

그녀는 하품을 하면서 늘어지게 기지개를 켜더니 어슬렁어슬렁 걸어 들어갔다.

"스위프트 폭스는 어째서 저렇게 괴팍하게 굴지? 오늘 하루 종일 저랬다니까." 매너티가 말했다.

"내 생각으로는 호르몬 때문인 거 같은데. 저 잠옷 좀 봐." 크로제가 말했다.

"너무 작은걸."

"너도 눈치챘구나."

"어쩌면 저 여자가 괴팍하게 구는 데는 다른 이유가 있을지도 몰라. 여자들은 때때로 그러잖아."

렌의 말에 크로제가 한쪽 팔로 그녀를 감싸 안으며 말했다. "미안해."

크레이커 남자 넷이 무리에서 빠져나오더니 푸른 음경을 덜렁거리며 스위프트 폭스를 쫓아가기 시작했다. 그들은 어디선가 벌써 더 많은 꽃을 따 온 데다 노래를 부르기 시작했다.

"안 돼! 그냥 여기 있어요! 눈사람 지미와 함께!"

토비가 개에게 명령하듯 날카롭게 말했다. 어떻게 하면 저들에게 분명히 말해 줄 수 있을까? 아무리 꽃다발을 들이밀고 세레나데를 부르며 음경을 흔들어도 당신들은 크레이커가 아닌 젊은 여자의 몸에는 절대로 올라탈 수 없다는 사실을 어떻게 이해시킨단 말인가. 설령 그녀의 몸에서 다가와 달라는 듯한 냄새가 나더라도 그게 아니라고 어떻게 알려 주지? 하지만 그들은 벌써 흙집 본채의 모퉁이를 돌아가서 보이지 않았다.

지미를 날라 온 크레이커 둘이 그를 내려놓았다. 지미는 그들의 무릎에 기댄 채 축 늘어져 있었다.

"눈사람 지미는 어디서 지내나요? 우리는 어디서 지미에게 가르랑거리기를 해 줄 수 있지요?"

"눈사람 지미는 방에 혼자 있어야 해요. 지미가 누울 침대를 찾아낸 다음에 내가 약을 구해 올게요."

"우리도 당신과 함께 가겠어요. 가르랑거리기를 해 줄 거예요."

그들은 팔로 지미가 앉을 의자를 만들더니 그를 다시 들어 올렸다. 나머지들이 주위로 몰려들었다.

"다 가면 안 돼요. 눈사람은 조용히 안정을 취할 필요가 있어요." 토비가 말했다.

"크로제의 방을 쓰면 돼요. 그렇지, 크로제?" 렌이 말했다.

"저 사람이 누군데?"

크로제가 렌에게 물으면서 머리가 한쪽으로 축 처진 지미를 뜯어보았다. 지미의 턱수염으로 침이 흘러내리고 있었다. 그는 분홍색 천으로 감싸인 온몸을 더러운 손으로 북북 긁어 대고 있었다. 그에게서 코를 찌르는 악취가 풍겼다.

"저 사람을 어디서부터 끌고 온 거야? 왜 분홍색을 휘감고 있어? 무슨 발레리나처럼 보이잖아!"

"저 사람은 지미야. 기억나? 내가 전에 말해 주었잖아. 내 옛날 남자 친구."

"너한테 못되게 군 그놈? 고등학교 다닐 때? 아동 성추행 범?"

"그렇게 말하지 마. 그때 난 어린애가 아니었어. 그리고 지미 는 지금 열병에 걸렸다고."

"가지 마, 가지 마. 나무로 돌아와!" 지미가 웅얼거렸다.

"넌 지금 저놈 편을 드는 거야? 저놈한테 그렇게 차였는데 도?"

"그래, 맞아. 그래도 지금은, 말하자면 영웅이야. 아만다를 구 출하는 걸 도왔어. 지미는 거의 죽을 뻔했다고."

"아만다? 아만다는 안 보이는데. 어디 있는 거야?"

"여기 있잖아."

렌은 아만다를 둘러싸고 서서 그녀를 쓰다듬으며 부드럽게 가르랑거리기를 하는 여자 크레이커 무리를 가리키며 말했다. 그들은 렌이 자기네 원 안으로 들어오도록 옆으로 비켜섰다.

"저게 아만다라고? 말도 안 돼! 몰골이 꼭……."

"아무 말도 하지 마. 아만다도 내일이면 훨씬 좋아 보일 거야. 아니 다음 주쯤 되면, 하여간 조만간에."

렌은 두 팔로 아만다를 감싸 안으며 대꾸했다. 아만다가 큰 소리로 울기 시작했다.

"그녀가 가 버렸어. 그녀가 멀리 날아갔어. 돼지구리들." 지미 가 말했다.

"와, 진짜 빌어먹게 소름 끼친다." 크로제가 말했다.

"크로제, 모든 것이 빌어먹게 소름 끼쳐." 렌이 말했다.

"그래, 알았어. 미안해. 보초 시간이 거의 끝났어. 그러니까……."

"난 토비를 도와줘야 할 것 같은데. 지금 바로."

"아무래도 나는 땅바닥에서 자게 생겼어. 저 얼간이가 내 침대를 차지했으니."

크로제는 매너티를 향해 말했다.

"제발 나잇값 좀 하시지." 렌이 말했다.

저런 게 바로 우리한테 필요한 거야, 토비는 생각했다. 사랑하는 젊은 연인들이 티격태격 말다툼하는 것.

그들은 지미를 크로제의 방으로 데려가 침대에 내려놓았다. 토비는 크레이커 여자 둘과 렌에게 부엌에서 찾아낸 손전등을 비추고 있으라고 시킨 다음, 선반에서 치료에 필요한 약재들을 꺼냈다. 아만다를 찾으러 떠나기 전에 미리 그것들을 선반 위에 올려놓았다.

토비는 지미를 위해 할 수 있는 모든 조치를 했다. 더러운 흙먼지를 조금이나마 털어 내려고 그의 몸을 스펀지로 닦아 주고, 깊지 않은 상처에는 꿀을 바르고, 감염된 부위에는 버섯으로 만든 물약을 발랐다. 그런 다음 통증을 덜어 주고 깊이 잠들 수 있도록 양귀비와 버드나무 즙을 먹였다. 발에 난 상처에는 염증 부위를 조금씩 뜯어 먹도록 자그마한 회색 구더기들을 올려 두었다. 냄새로 판단하건대 구더기들을 사용하기에 딱 좋은 때였다.

두 크레이커 중에 키가 큰 쪽이 물었다.

"그것은 무엇인가요? 왜 눈사람 지미한테 그 작은 동물들을 올려놓아요? 그것들이 눈사람을 파 먹어요?"

"으으, 간지러워." 지미가 말했다.

그의 눈꺼풀이 반쯤 내려앉았다. 양귀비가 효과를 발휘하는 모양이었다.

"오릭스가 저것들을 보내 주었어요." 토비가 말했다.

크레이커들이 미소 짓는 걸 보니 답변을 아주 잘한 것 같았다. 토비는 계속해서 말했다.

"저것들은 구더기라고 해요. 고통을 파먹지요."

"아 토비, 고통은 어떤 맛인가요?"

"우리들도 고통을 파먹어야 하나요?"

"우리가 고통을 파먹으면 눈사람 지미한테 도움이 되겠지요?"

"고통은 냄새가 아주 고약합니다. 그런데 맛은 좋은가요?"

저런! 은유는 금물이다.

"아니에요, 고통은 구더기들한테만 맛있어요. 여러분은 고통을 먹어서는 안 됩니다."

"지미는 괜찮을까요? 지미한테 괴저가 생겼어요?" 렌이 물었다.

"아니기를 바라야지." 토비가 말했다.

크레이커 여자 둘이 지미에게 손을 올려놓고 가르랑거리기를 시작했다.

"떨어진다. 나비다. 그녀가 가 버렸네." 지미가 말했다.

렌이 지미에게로 몸을 굽히고는 이마에 늘어진 머리칼을 쓸어 넘겨 주며 말했다.

"지미, 이제 푹 자. 우리는 널 사랑해."

흙집

아침

꿈속에서 토비는 자기 집에 있는 자그마한 싱글 침대에 누워 있다. 그녀가 벤 베개 위에 사자 인형이 놓여 있고 커다란 털북숭이 곰 인형이 어떤 곡을 연주하고 있다. 책상 위에는 골동품 돼지 저금통이 있고, 숙제할 때 사용하는 태블릿, 펠트 크레용, 그리고 데이지 꽃무늬 커버를 씌운 휴대전화도 보인다. 부엌에서 어머니가 누군가를 부르는 소리가 들리고 대답하는 아버지의 목소리도 들린다. 계란 프라이 냄새도 올라온다.

지금 토비는 동물들에 대한 꿈을 꾸고 있다. 이 동물 중 하나는 돼지인데 다리가 여섯 개나 달려 있고, 고양이처럼 생긴 또 다른 동물은 파리처럼 겹눈을 가졌다. 발굽 달린 곰도 한 마리 등장한다. 이 동물들은 적대적이지도 않고 우호적이지도 않다. 지금 도시 외곽은 불길에 휩싸여 있고 그녀는 타 들어가는 냄새를 맡을 수 있다. 두려움이 온 세상을 가득 채우고 있다. 끝났어,

끝났어, 어떤 목소리가 타종 소리처럼 말한다. 동물들이 한 마리 한 마리 그녀 쪽으로 다가오더니 뜨듯하고 거칠거칠한 혀로 그녀를 핥는다.

토비는 깊은 잠에서 슬슬 빠져나오며 멀어져 가는 꿈을 붙잡아 보려고 더듬거린다. 불타는 도시, 그녀에게 경종을 울려 주기 위해 파송된 전령들. 이 세상이 완전히 바뀌었고 낯익은 사람들은 오래전에 죽고 없으며 이전에 그녀가 사랑하던 것들이 몽땅 사라져 버렸다는 사실을 알려준다.

아담1은 종종 말하곤 했다. 소돔의 운명이 빠르게 다가오고 있습니다. 회한을 억누르세요. 소금 기둥을 피하십시오. 절대로 뒤돌아보면 안 됩니다.

토비가 잠에서 깨어나니 모헤어 양이 그녀의 다리를 핥고 있다. 모헤어 양의 기다랗고 새빨간 인간 머리칼은 양 갈래로 땋여 있고 각기 나비 모양 끈으로 묶여 있다. 미친 아담 추종자들 중에 어떤 감상주의자가 만들어 놓은 작품임에 틀림없다. 분명 갇혔던 우리에서 빠져나온 동물일 것이다.

"저리 가."

토비가 양을 발로 부드럽게 밀치며 말한다. 양은 그녀를 향해 혼란스러운 듯 책망의 시선을 보내더니(이놈들, 이 모헤어 양들은 조금도 영리한 구석이 없다.) 통통걸음으로 출입구를 지나 밖으로 나간다. 여기에도 문들이 달려 있으면 얼마나 좋을까, 토비는 생각한다.

별 효과는 보지 못하지만 그래도 모기들이 들어오는 것을 막기 위해 창문에 걸어 놓은 천 조각 위로 아침 햇살이 스며들고 있다. 가리개를 몇 장 더 찾아낼 수 있다면 참 좋을 텐데! 하지만 흙집은 사람들의 거주 목적으로 지어진 공간이 아니기 때문에 창틀을 새로 해 넣어야 할 것이다. 흙집은 본래 바자회라든지 파티 용도로 자그마한 공원에 세워 놓았던 가건물인데, 안전하기 때문에 무단으로 점유한 것이다. 여기는 도시의 잔해, 그러니까 황량한 거리, 전기로 인해 발생하는 화재, 그리고 펌프 작동이 중단돼 물이 계속 솟아오르고 있는, 흙탕이 된 강들로부터 아주 멀리 떨어져 있다. 붕괴되어 흙집 위로 무너질 건물도 없거니와 흙집도 고작 단층 건물이라 무너질 것 같지 않다.

토비는 몸을 비비 틀면서 눅눅한 아침의 시트 자락을 떨쳐낸 다음 두 팔을 쭉 뻗고서 삐었거나 근육이 당기는 데가 없는지 살펴본다. 그녀는 자리에서 일어날 수 없을 정도로 기진맥진한 상태다. 지난밤 불가에서 벌어진 낭패 때문에 그녀는 너무나도 지쳤고 너무나도 낙담하였으며 자신한테 정말로 화가 나 있다. 젭이 돌아오면 무슨 말로 변명할 수 있겠는가? 그가 돌아온다는 것을 가정할 때 말이다. 젭은 임기응변에 능하지만 그렇다고 해서 난공불락인 사람은 아니다.

토비는 다만 젭이 탐색 과정에서 그녀보다 더 많은 성공을 거

두었기를 바랄 뿐이다. 신의 정원사들 중 몇 명이라도 살아남았을 가능성이 있다. 거의 모든 사람을 살해한 전염병이 가라앉을 때까지 기다리는 방법을 알 만한 사람이 혹시 있다면, 그들이 바로 그런 사람들일 것이기 때문이다. 신의 정원사들은 토비가 처음에는 손님으로, 다음에는 견습생으로, 그리고 마지막에는 고위급 이브로 그들과 함께 보낸 그 모든 시간 동안 재앙에 대비하여 계획을 세워 나갔다. 그들은 눈에 띄지 않는 피난처들을 구축해 놓고서 꿀, 말린 콩과 버섯, 들장미 열매, 딱총나무 열매를 설탕에 졸여 만든 잼, 다양한 종류의 저장 식품을 그곳에 비축해 두었다. 분명 올 것이라고 믿은 악폐가 일소된 새로운 세상에서 땅에 심을 씨앗들을 그들은 비축하고 있었다. 아마도 그들은 그중 어느 한 피난처에서 전염병이 모두 사라질 때까지 잘 견뎌 내고 있을 것이다. 그러니까 그들은 안전하기를 희망하며 자신들이 물 없는 홍수라고 이름 붙인 이 재난이 완전히 물러날 때까지 그들이 여러 곳에 마련해 둔 아라랏 피난처 중 한 곳에서 지낼 가능성이 많았다. 여호와는 노아 사건 이후에 두 번 다시 물의 방식을 사용하지 않겠다는 약속을 했지만, 이 세상 사람들의 사악함을 생각해 볼 때 뭔가를 하지 않을 수가 없을 것이다. 신의 정원사들은 그런 식으로 추론했다. 하지만 젭은 저 밖의 폐허가 되어 버린 도시 어느 곳에 가서 그들을 찾아낸단 말인가? 도대체 어디서부터 찾기 시작할 것인가?

신의 정원사들은 줄곧 이런 말을 했다. 자신의 가장 강력한 욕망을 마음속에 그려 보아라. 그러면 그것이 모습을 드러낼 것이다. 이런 일이 항상 이루어지는 것은 아니다. 또는 의도한 대로 이루어지지도 않는다. 지금 토비의 가장 강력한 욕망은 젭이 안전하게 돌아오는 것이다. 하지만 만약에 그가 돌아오더라도 그녀는 젭에 관한 한 자신이 중립적인 위치에 있다는 사실을 다시 한번 직시해야 할 것이다. 두 사람 사이에는 감정적이거나 성적인 관계는 전혀 존재하지 않으며, 꼭 필요한 만큼의 유대가 있을 뿐이다. 신뢰할 수 있는 동지이자 보병, 믿음직한 토비, 꽤나 유능한 토비일 뿐이다. 대충 그런 정도다.

토비는 젭에게 자신의 실패를 인정해야 할 것이다. 내가 바보 천치였어요. 그날은 성 줄리안의 날이었기에 나는 그들을 죽일 수가 없었어요. 그들은 분무 총을 가지고 멀리 도망쳤어요. 토비는 칭얼대지 않을 것이고 엉엉 울지도 않을 것이며 변명도 늘어놓지 않을 것이다. 젭은 말을 많이 하지 않겠지만 그녀에게 실망할 것이다.

자신한테 너무 가혹하게 굴지 마라. 푸른 눈의 아담1은 그 나름대로 참을성 있게 말하곤 했다. 우리 모두가 실수를 저지르는 법이니까. 맞아요, 토비는 지금 아담1에게 이렇게 응답한다. 하지만 어떤 실수는 다른 것들보다 더 치명적이잖아요. 만약에 젭이 고통공 죄수들 중 한 명에게 죽임을 당한다면 그것은 전적으로 그녀의 잘못일 것이다. 바보, 바보, 바보. 그녀는 흙집 벽에다 자신의 머리를 세게 들이박고 싶은 심정이다.

토비는 고통공 죄수들이 아주 멀리 도망칠 정도로 겁을 잔뜩 집어 먹었기를 바랄 뿐이다. 그렇지만 계속해서 그들이 멀리 떨어져 있을까? 그들은 먹을 양식이 필요할 것이고, 음식에 가까운 것들을 찾아내기 위해 버려진 주택이나 상점을 뒤질지 모른다. 곰팡이가 피지 않았다든지 쥐들이 입을 대지 않은 것이라든지 아니면 몇 달 전에 약탈당하지 않은 거라면 어떤 음식이든 상관없을 것이다. 심지어 그들은 너구컹크, 녹색 토끼, 사자양 같은 동물들을 몇 마리 총으로 쏴 죽일 수도 있겠지만, 지금 갖고 있는 전지 묶음 탄약이 떨어지면 더 많은 탄약을 필요로 할 것이다.

게다가 그들은 미친 아담들이 살고 있는 흙집에 오면 필요한 것을 웬만큼 구할 수 있다는 사실을 잘 안다. 조만간에 그들은 가장 약한 고리를 공격하고 싶은 유혹에 빠질 것이다. 이전에 아만다를 교환하려고 시도했던 것처럼, 그들은 크레이커 아이를 붙잡아 놓고 맞바꾸자는 제안을 해 올지도 모른다. 그들이 원하는 것은 렌이나 로티스 블루나 화이트 세지나 스위프트 폭스 같은 젊은 여자 한두 명을 포함하여 분무 총과 전지 묶음일 것이다. 아만다는 그들이 이미 소모해 버렸기 때문에 제외될 터이다. 아니면 배란기에 있는 크레이커 여자를 원할지 누가 알겠는가? 복부가 선명하게 푸른 여자는 그들로서는 색다른 경험일 테니까. 크레이커들은 최고의 대화 상대자는 못 되겠지만, 고통 공 죄수들은 그런 것은 신경도 쓰지 않을 것이다. 그들은 토비의 소총 역시 요구할 것이다.

크레이커들은 그것을 그저 나눔의 문제라고 생각할 것이다. 그 사람들이 막대기 물건을 원하나요? 그것이 그들을 행복하게 해 줘요? 아 토비, 어째서 당신은 그것을 그들에게 주지 않나요? 살인자에게 살해 무기를 넘겨줄 수 없다는 사실을 그들에게 어떻게 설명한단 말인가? 정말이지 크레이커들은 사람을 믿는 경향이 어찌나 강한지 살해 행위 자체를 이해하지 못할 것이다. 그들은 누군가가 자신들을 강간할 거라는 사실을 전혀 상상조차 하지 못하고, 그저 강간이 뭐예요? 하고 물을 것이다. 누군가가 그들의 목을 벨지도 모른다고 말하면, 아 토비, 어째서 그래요? 또는 그들의 배를 가르고 콩팥을 먹을 거라고 하면, 하지만 오릭스는 그런 짓을 허용하지 않을 거예요!라고 말할 것이다.

가령 크레이커들이 그 매듭을 풀지 않았다고 가정해 보자. 그랬다면 토비는 어떻게 할 작정이었나? 고통공 감옥의 죄수들을 걷게 해 흙집으로 데려온 다음 젭이 돌아와 그들을 인계받은 후 필요한 조처를 취할 때까지 그들을 감금해 놓을 생각이었나?

아마도 젭은 일종의 의례적인 토론회 같은 것을 열었을 테고 그런 다음 두 죄수를 교수형에 처했겠지. 아니, 어쩌면 그는 사전 단계들을 건너뛰고, 무엇 때문에 밧줄을 더럽힌단 말이야? 하고는 그저 삽으로 그들을 내려쳤을지도 모른다. 최종 결과는 그녀가 모닥불을 피웠던 바로 그 시간 그 자리에서 그들 두 명의 목숨을 끝내는 것과 같았으리라.

이토록 재미없는 상황 파악은 이제 그만하는 게 좋을 듯싶다.

지금은 아침이다. 토비는 자신이 해 냈어야 했던 행위를 젭이 결정권을 가진 지도자로서 대신 수행하는 이런 백일몽을 끊어 내야 한다. 그녀는 얼른 자리에서 일어나 밖으로 나가서 다른 사람들과 합류해야 한다. 수리할 수 없는 것들을 수리하고 수선할 수 없는 것들을 수선하며 처형해야 하는 것들을 처형하라. 직책을 수행하라.

아침 식사

토비는 다리를 빙그르 돌려 침대에서 내려온 다음 두 발로 마룻바닥을 딛고 바로 선다. 여기저기 근육이 욱신거리고 피부는 사포처럼 거칠거칠한 느낌이지만 일단 자리에서 일어나니까 그다지 나쁘지만은 않다.

그녀는 선반에 있는 침대 시트들 중에서 라벤더색 바탕에 파란 도트 무늬가 있는 시트 하나를 골라낸다. 방마다 옛날 호텔의 수건들처럼 시트 더미가 있다. 새론당신 스파에서 가져온, 머리부터 발끝까지 뒤덮는 분홍색 가리개는 누더기가 됐고 지미에게 있을지도 모르는 세균으로 오염되었을 수 있다. 아마 태워 없애야만 할 것이다. 시간이 나면 시트 몇 장을 함께 꿰매고 팔과 두건을 붙여서 입겠지만 그때까지는 라벤더색 시트를 토가처럼 둘러야겠다.

침대 시트는 전혀 부족하지 않다. 미친 아담 식구들은 도시의

홍집   65

버려진 건물들을 돌면서 한동안 버틸 만큼 충분히 침대 시트를 수집해 왔다. 또 아주 힘든 일을 할 때 입을 바지와 티셔츠 들도 잔뜩 챙겨 놓았다. 시트를 걸치면 더 시원하고 사이즈도 프리라서 미친 아담 식구들이 선호하는 복장이 되었다. 침대 시트가 바닥나면 다른 대안을 생각해 내야 할 것이다. 그렇지만 그런 일은 몇 년 동안은 발생하지 않을 것 같다. 수십 년 정도? 만약에 그들이 그토록 오랜 기간 살아남는다면.

토비에게는 당장 거울이 필요하다. 거울이 없으니 자신의 몸이 얼마나 만신창이가 되었는지 알기가 어렵다. 어쩌면 그녀는 다음 번 수집 목록에 거울을 올려놓을 수 있을 것이다. 거울과 칫솔 들.

토비는 건강 관리 품목들, 그러니까 구더기, 꿀, 버섯으로 만든 영약, 버드나무와 양귀비가 들어 있는 배낭을 한쪽 어깨에 걸친다. 지미가 여전히 살아 있다면 제일 먼저 그를 보살펴 줄 생각이다. 그렇긴 해도 우선 아침밥을 조금 먹은 다음이라야 가능할 것 같다. 위장이 텅 빈 채로는 하루를 시작하지도 못하겠는데, 하물며 곪아터진 지미의 발을 어떻게 감당한단 말인가. 그녀는 소총을 집어 들고 유별나게 눈부신 아침을 향해 발걸음을 내딛는다.

날은 아직 이른데 태양은 이미 하얗게 타오르고 있다. 토비는 보호 차원에서 침대 시트 한쪽 자락을 끌어올려 머리를 가린 다음 흙집 마당을 살펴본다. 아직도 활개 치며 돌아다니는 빨간 머리 모헤어 양이 칡넝쿨을 씹어 먹으면서 채마밭 울타리 너머로 채소들을 눈독 들이고 있다. 우리 안에 있는 다른 모헤어 양들이 그 모습을 보고 매애 하고 울어 댄다. 은색, 푸른색, 녹색과 핑크색, 갈색과 금발의 모헤어 양들, 전 범주를 망라하는 온갖 색상의 모헤어 양들이다. 그 생명체들이 이 세상에 처음으로 등장했을 때 나온 광고 문구는 오늘은 인조 머리칼, 내일은 모헤어 가발이었다.

토비의 현재 머리칼은 모헤어 털을 이식한 것이다. 그녀의 머리칼은 이토록 윤기 나는 검은 색조가 아니었다. 어쩌면 그렇기 때문에 모헤어 양이 그녀의 다리를 핥으려고 방으로 들어왔는지도 모른다. 소금 때문이 아니었다. 희미한 라놀린* 냄새 때문이었다. 모헤어 양은 토비가 자기의 친척쯤 된다고 생각했을 것이다.

그저 숫양 한 마리가 달려들지만 않는다면 다행이라고 토비는 생각한다. 혹시라도 자신한테 양처럼 소심해하는 징후들이 나타나지 않는지 유심히 관찰해야 할 것 같다. 지금쯤이면 레베카는 분명 잠에서 깨어나 요리를 하는 오두막에서 아침 식사 문제를 처리하고 있을 게 분명하다. 어쩌면 그녀는 꽃향내 나는 샴푸를 자기 사물함에 넣어 두었을지도 모르겠다.

---

* 양모에서 추출하는 오일. 피부 크림을 만드는 데 사용된다.

저기 채마밭 근처에서 렌과 로티스 블루가 그늘에 앉아 진지한 대화를 나누고 있다. 아만다는 그들과 함께 앉아 멍하니 먼 곳을 응시하고 있다. 정원사들이라면 요양 상태라고 말할 것이다. 우울증에서 외상 후 스트레스 장애 그리고 정신이 영구히 몽롱해진 상황에 이르기까지 다양한 범주의 상태에 대하여 그들은 그런 진단을 내놓았다. 그 이론에 의하면 사람들은 요양 상태에 있는 동안에 힘을 추스르고 보존하며, 명상을 통해 영양분을 공급하게 되면 눈에 보이지 않는 가는 뿌리들이 우주 속으로 내뻗는다는 것이다. 토비는 이 이론이 아만다에게 해당되기를 진심으로 바란다. 예전 에덴절벽 옥상정원에서 토비가 아이들을 가르치던 시절 아만다는 무척이나 활기찬 아이였다. 그때가 언제였지? 10년, 15년 전이었나? 과거가 얼마나 신속하게 목가적 기억이 되는지 생각하면 놀랍다.

아이보리 빌과 매너티와 타마로가 경계 울타리를 더 단단하게 세우고 있다. 대낮에 보니 울타리가 엉성하고 침투하기 쉬워 보인다. 옛날부터 있던 뼈대만 앙상한 장식용 철제 말뚝에다 그들은 다양한 재료들, 강력 접착테이프로 엮어 놓은 기다란 철사 울타리, 이런저런 기둥들, 일렬로 땅속에다 끝을 꽂아 놓고 뾰족한 끝을 밖으로 향하게 한 날카로운 막대기 따위를 덧대어 놓았다. 매너티는 추가적으로 더 많은 막대기들을 꽂고 있고, 아이보리 빌과 타마로는 반대편 울타리에서 삽을 가지고 일하고 있다. 그들은 구멍을 메우고 있는 것 같다.

"안녕하세요." 토비가 인사한다.

"이것 좀 한번 보세요." 매너티가 말한다. "뭔가가 밑으로 터널을 뚫으려고 했던 것 같아요. 어젯밤에요. 보초를 선 사람들은 정문 쪽에서 돼지들을 쫓아내느라 아무것도 보지 못했다고 해요."

"발자국이 하나도 없나요?" 토비가 묻는다.

타마로가 대답한다. "우리 생각으로는 아마도 더 많은 돼지들이 왔던 것 같아요. 똑똑하다니까요. 그놈들은 주의를 다른 곳으로 돌려놓은 다음 아주 교활하게 터널을 파려고 시도했던 거죠. 여하튼 그놈들이 들어오지는 못했어요."

경계 울타리 너머 저편에서 남자 크레이커들이 일정한 거리를 두고 바깥을 향해 반원을 이루고 서서 일제히 소변을 보고 있다. 크로제 같아 보이는 한 남자, 아니 실제로 크로제가 줄무늬 침대 시트를 걸치고 그들과 함께 서서 단체로 소변 보기에 합류하고 있다.

다음엔 또 뭘 하려 들까? 크로제는 저들처럼 원시적으로 살 생각인가? 자기 옷을 다 벗어 버리고 아카펠라로 노래하는 걸 배우고 자기 성기를 때가 되면 푸른색으로 변하는 거대한 물건으로 자라게 할 것인가? 처음 두 항목이 세 번째 항목을 얻기 위한 대가라면, 크로제는 주저 없이 그렇게 할 것이다. 얼마 지나지 않아서 미친 아담 추종자 가운데 남자들은 한 명도 예외

없이 그렇게 되기를 갈망할 것이다. 일단 그런 일이 시작되면 몽둥이와 막대기와 돌멩이를 들고 싸우는 경쟁이나 전쟁이 발생하기까지 얼마의 시간이 걸릴까. 그리고 그런 다음에는…….

정신 바짝 차려, 토비. 그녀는 마음속으로 자신을 향해 말한다. 쓸데없는 걱정을 사서 할 필요는 없잖아. 너한테는 정말로, 진짜로 심각하게 커피가 필요한 것 같다. 커피라면 뭐든 괜찮다. 민들레 뿌리 커피. 행복한컵. 있는 게 그것뿐이라면 흙탕물이라도 마실 것 같다.

그리고 만일 술이 조금이라도 남아 있다면 그것도 마실 텐데.

요리용 오두막 옆에 기다란 식탁이 놓여 있다. 버려진 뒤뜰에서 수집해 온 돛같이 생긴 그늘막이 식탁 위에 펼쳐져 있다. 분명 이제는 모든 테라스들이 버려진 상태일 것이고 수영장들은 갈라져서 텅 비어 있든지 아니면 잡초로 꽉 막혀 있을 것이며 깨진 부엌 창문들로는 탐색을 시도하는 녹색 덩굴 식물의 자그마한 주둥이들이 침범했을 것이다. 주택 내부로 들어가면 카펫 모서리를 쏠아 만든 둥지 안에서 털 하나 없는 새끼 쥐들이 꿈틀대며 찍찍거릴 것이다. 서까래를 통해 뚫고 들어왔을 흰개미들. 계단통에는 나방을 향해 덤벼드는 박쥐들.

"일단 나무뿌리가 침투하면……" 아담1은 정원사 핵심 세력에게 이런 말을 하는 걸 좋아했다. "일단 그것들이 정말로 뿌리를 내리면, 인간이 만든 구조물은 전혀 가망이 없게 되지요. 1년

미친아담

도 채 되기 전에 나무뿌리는 포장도로를 바스러뜨릴 것이고 지하 배수로를 막아 버릴 겁니다. 일단 펌프 시스템이 고장을 일으키면 토대가 조금씩 침식될 거고 지구상의 어떤 물리력을 동원해도 그런 종류의 물을 막을 수 없습니다. 그러고 난 다음 핵은 말할 것도 없고, 발전소에 불이 붙는다든지 합선이 일어나면……."

"그렇게 되면 아침에 먹는 토스트와는 작별 키스를 할 수밖에."

언젠가 아담1의 장황한 설명에 젭은 그렇게 덧붙였다. 젭이 자신의 비밀스러운 특사 임무를 마치고 방금 돌아왔을 때였는데, 그는 심한 공격을 당한 사람처럼 보였고 입고 있던 검은색 인조가죽 재킷은 찢어져 있었다. 그는 정원사 아이들에게 도시의 유혈 사태에 대응하는 법을 가르쳤지만, 자신이 늘 그것을 따르는 것은 아니었다.

"그래요, 그래. 우리는 이제 끝장났다는 건 다 안단 말입니다. 그나저나 여기 딱총나무 열매로 만든 파이 좀 남았습니까? 난 지금 배가 고파 죽을 지경이라고요."

젭이 아담1을 향해 늘 적절한 존경심을 표했던 것은 아니다.

아주 오래전, 인간의 통제가 끝나면 세상이 어떻게 될지에 대한 적나라한 상상이 인기 있는 오락이었던 적이 있다. 심지어 그것에 대한 텔레비전 쇼가 온라인으로 방영된 적도 있었다. 뉴욕의 타임스 스퀘어에서 사슴들이 풀을 뜯어먹고 있는 컴퓨터 그래픽이 나타나자 진지한 전문가들이 인과응보라는 듯이 손가락을 흔들어 대면서 인류가 지금까지 저지른 모든 잘못된 선택들에 대해 떠들어 댔다.

시청률로 판단해 보건대 사람들이 견뎌 낼 수 있는 데는 한계가 있었다. 시청자들이 엄지손가락으로 리모컨 스위치를 눌러 표명한 의사에 따라, 시청률은 급등을 거쳐 곧바로 곤두박질치기 시작했다. 향수를 좋아하는 사람들은 금방이라도 닥칠 것만 같은 말살 상황을 시청하는 대신 실시간으로 중계하는 핫도그 삼키기 대회로 채널을 돌렸다. 그리고 봉제 완구를 좋아하는 사람들은 멋진 알파걸들이 등장하는 코미디 채널로 돌렸고, 물어뜯긴 귀를 보고 싶은 사람들은 종합 무술 격투 채널로 돌렸다. 이도저도 물린 사람들은 깊은 밤 생방송으로 중계되는 자살 방송이나 '화끈한꼬마'의 아동 포르노나 아니면 실시간 사형 집행 중계 방송으로 채널을 돌렸다. 그 모든 게 진실보다 훨씬 더 구미에 맞았다.

"자네도 알다시피 난 항상 진실을 추구해 왔네."

당시 아담1은 젭과 대화를 나눌 때 이따금 취하던 분개한 어조로 말했다. 그는 다른 사람과 이야기할 때는 이런 어조를 한 번도 취하지 않았다.

"그래, 맞아, 그렇다는 걸 나도 잘 알지." 젭이 말했다. "찾아라, 그리하면 너희는 결국 찾아낼 것이라. 그리고 형은 찾아냈지. 형 말이 맞아. 그 점에 대해서는 반박할 말이 없군. 미안해, 속에 잔뜩 쌓아 놓고 씹어서 말이야. 쌓인 것들이 입 밖으로 삐져 나오려고 하는걸."

그리고 그가 그런 톤으로 하고 싶었던 말은 '이게 내 방식이야. 형도 그걸 잘 알잖아. 그러니까 형도 그걸 받아들이란 말이야.'였다.

* * *

젭이 여기에 있으면 얼마나 좋을까, 토비는 생각한다. 다 타 버린 또 다른 고층 건물이 무너지면서 폭포수처럼 쏟아져 내리는 유리 파편들과 시멘트 덩어리 밑으로 젭이 사라져 버리는 모습이라든지, 그의 발밑이 쩍 벌어져 펌프나 하수관으로 더 이상 통제할 수 없는 지하 급류로 곤두박질치면서 울부짖는 소리라든지, 아니면 등 뒤에서 팔, 손, 얼굴, 바위, 칼 따위가 나타나는데도 아무 생각 없이 노래를 흥얼거리는 젭의 모습이 토비의 눈앞을 섬광처럼 스쳐 간다.

하지만 그런 생각을 하기에는 너무 이른 아침이다. 게다가 그래 본들 아무 소용없다. 그래서 그녀는 그런 생각을 중단하려고 애쓴다.

테이블 주위에 여기저기서 수집해 온 의자들이 놓여 있다. 주방용 의자, 플라스틱 의자, 덮개를 씌운 의자, 회전의자 등 다양하다. 장미꽃 봉오리와 파랑새 무늬가 그려진 식탁보 위에 접시와 유리그릇, 컵과 포크와 나이프 등이 놓여 있다. 그 모습이 꼭 20세기 초현실주의 그림을 보는 것 같다. 그중 어느 것 하나도 이 자리에 있어서는 안 된다는 사실을 제외하면, 모든 물체는 극도로 견고하고 빳빳하며 철저하게 현실에 입각해 있다.

하지만 안 될 건 또 뭐람? 토비는 생각한다. 어째서 저것들이 이 자리에 있어서는 안 되는가? 물질세계에 속한 그 어느 것도 사람들이 죽었다고 해서 사라지지 않았다. 한때는 사람은 너무 많은 반면 물건이 충분하지 못했다. 지금은 그 반대다. 그렇지만 물체들이 '내 것, 네 것, 그의 것, 그녀의 것'이라는 밧줄에서 풀려나자 자기들 마음대로 이리저리 돌아다니게 되었다. 그것은 21세기 초에 방영된 다큐멘터리에서 보여 주곤 했던 폭동 광경을 연상시켰다. 당시 아이들이 휴대전화로 소집된 군중에 합류해 창문을 부수고 상점들로 몰려 들어가 물건을 움켜쥐곤 했는데, 다만 들고 갈 수 있는 만큼만 가질 수 있다는 제한이 있었다.

지금도 그런 상황이라고 토비는 생각한다. 우리는 이 의자, 이 컵과 유리 제품에 대한 소유권을 주장하면서 그것들을 이곳으로 끌고 왔다. 이제 역사가 끝나 버린 시점에 물건과 동산에 한해서는 아주 사치스럽게 살아가고 있다.

접시들은 골동품이거나, 아니면 비싼 물건인 것 같다. 그래 봤자 이제는 몽땅 깨트려도 상관없는 물건이지만, 그런들 그녀의 마음을 제외하고는 어디에도 파문을 일으키지 않을 것이다.

레베카가 커다란 서빙 접시를 들고 요리를 위한 헛간에서 나온다.

"자기야! 정말로 무사히 돌아왔구나! 그리고 네가 아만다도 찾아냈다며! 사람들이 말해 주더라. 진짜 짱이다!"

"아만다는 지금 멀쩡한 상태는 아니에요." 토비가 말한다. "고통공 죄수 두 명이 그 아이를 죽일 뻔했어요. 그런데 어젯밤에…… 그 아이는 지금 충격에 휩싸여 있어요. 요양 상태인 거죠."

레베카는 예전에 정원사였으므로 요양 상태란 말을 이해할 것이다.

"그 아이는 강해. 회복될 거야."

"어쩌면요. 그 아이가 질병에 감염되지 않았고 내부 손상도 전혀 없기를 바라야죠. 고통공 죄수들이 도망쳤다는 이야기를 아주머니도 들으셨죠? 그들이 분무 총도 가져갔어요. 내가 완전히 망쳐 버렸어요."

"이길 때도 있고 질 때도 있는 법이야. 네가 죽지 않고 살아 돌아왔다는 말을 듣고 얼마나 신이 났는지 모를걸. 쓰레기 같은 악당 두 놈이 영락없이 널 죽이고 렌도 죽일 거라고 생각했거든. 진짜 걱정 많이 했어. 하지만 네가 이렇게 살아서 돌아왔잖아. 비록 몰골은 엉망진창이지만."

"고마워요. 자기 그릇이 아주 멋있어요."

"어서 먹어 봐. 돼지고기를 세 가지 형태로 만들었어. 베이컨, 햄, 폭찹이야."

그들이 맹세했던 정원사들의 채식 서약을 포기하는 데에는 그리 오랜 시간이 걸리지 않았다고 토비는 생각한다. 심지어 레베카조차 돼지고기를 먹는 데 아무런 문제가 없다.

"우엉 뿌리. 민들레 이파리. 곁들이 요리로 개 갈비도 만들었고. 이렇게 동물성 단백질을 계속 먹어 대면 나는 지금보다도 훨씬 더 뚱뚱해지겠지."

"아주머니는 뚱뚱하지 않아요."

물론 예전에 그들 두 사람이 정원사가 되기 전 시크릿버거에서 함께 고기 만지는 일을 할 때도 레베카는 언제나 튼실했었다.

"나도 널 좋아해. 그래, 난 뚱뚱하지 않아. 그 유리잔은 진짜 크리스털이야. 난 지금 마음껏 즐기는 중이란다. 거액을 주고 샀을 거야. 이 물건이 한때는 그런 거였지. 정원사 시절이 기억나니? 허영은 사람을 죽인다고 아담1이 우리한테 말하곤 했잖아. 그래서 우리는 철저히 토기 그릇만 썼지. 아마도 머지않아 그릇 따위는 더 이상 신경도 쓰지 않고 음식을 그냥 손으로 집어먹을 날이 오겠지만 말이야."

"심지어 가장 순수하고도 가장 헌신적인 삶 속에서도 단순한 우아함을 유지할 자리는 있을 거예요. 아담1은 우리한테 그런 말도 해 주곤 했잖아요."

"맞아, 하지만 때때로 그런 장소는 쓰레기통이야. 나한테 리

넨으로 만든 식탁용 냅킨이 무더기로 있어. 그런데 다리미가 하나도 없어서 그것들을 다림질할 수가 없단 말이야. 그걸 보면 정말이지 마음이 얼마나 괴로운지 몰라!"

레베카는 자리에 앉아 자기 접시에다 고기 한 점을 포크로 옮겨 놓는다.

"저도 아주머니가 살아 있어서 얼마나 기쁜지 몰라요. 커피 좀 있어요?"

"있지, 불에 탄 나뭇가지와 뿌리 같은 것도 괜찮다면. 안에 카페인은 조금도 들어 있지 않지만 일시적인 위안은 준다고 믿어. 네가 어젯밤에 한 무리를 데리고 왔다던데. 그거, 여하튼 그들을 뭐라고 불러야 하지?"

"그들은 사람이에요."

토비는 대답하면서, 아니면 적어도 나는 그렇게 생각한다고 마음속으로 덧붙인다.

"크레이커들이에요. 미친 아담 무리가 그렇게 부르는데, 그들이 제대로 알고 부르는 거겠죠."

"저들은 절대 우리와 같지 않아. 조금도 비슷하지 않아. 저 혐오스러운 꼬맹이 크레이커 좀 봐. 모래 놀이통을 엉망으로 만들어 놓고 있잖아."

"크레이커들은 지미 가까이에 있고 싶어 해요. 저들이 지미를 이곳으로 운반해 왔어요."

"알아, 나도 그 이야기를 들었어. 타마로가 알려 주었어. 아무튼 그들은 다시 돌아가야 해. 어디든 그들이 사는 곳으로."

"그들은 자기네가 그에게 가르랑거리기를 해 줘야 한다는데요. 지미한테요."

"뭐라고? 지미에게 뭘 해 준다고?"

레베카는 조그맣게 콧방귀를 뀌며 웃어 댄다.

"그게 쟤들의 기괴한 섹스 행위 중 하나야?"

토비는 한숨을 쉰다. "그건 설명하기 어려워요. 아주머니가 직접 보셔야 해요."

그물 침대

아침 식사를 마친 후 토비는 지미를 살펴보기 위해 간다. 그는 두 그루의 나무 사이에 강력 테이프와 밧줄을 이용하여 임시로 매달아놓은 그물 침대에 누워 있다. 지미의 다리 위에 어린이용 이불을 덮어 놓았는데, 거기에는 바이올린을 연주하는 고양이들, 깔깔거리며 웃어 대는 강아지들, 활짝 웃는 숟가락을 쥔 손들이 달려 있는 얼굴을 그려 놓은 그릇들, 그리고 목에 종을 매단 채 자신들의 젖통을 음흉한 눈으로 바라보는 달을 뛰어넘고 있는 암소들이 그려져 있다. 환각 상태인 사람에게 꼭 필요한 물건이로군, 토비는 생각한다.

지미의 그물 침대 옆에 크레이커 세 명, 여자 둘과 남자 하나가 지난날 식탁과 함께 놓여 있었을 법한 의자에 앉아 있다. 등받이가 복고풍 거문고 모양인 짙은 색 목제 의자에 노란색과 갈색 줄무늬가 있는 매끄러운 커버가 씌워져 있다. 크레이커들이 이런 의자에 앉아 있다는 게 왠지 부적절해 보인다. 하지만 그들은 자신들이 마치 상당히 모험적인 어떤 일을 실행하고 있는 것처럼 무척이나 만족스러운 표정을 짓고 있다. 그들의 몸은 금실로 짠 스판덱스처럼 반짝거리는데, 거대한 분홍색 칡넝쿨 나방들이 살아 있는 후광처럼 그들의 머리 주위에서 파닥거리고 있다.

토비는 크레이커들이 불가사의할 정도로 아름답다고 생각한다. 우리와는 너무나도 다르다. 펄럭거리는 여분의 껍질 같은 옷이라든지, 늙어 가는 얼굴, 뒤틀린 몸매, 너무 날씬하거나 너무 뚱뚱하거나 너무 털이 많거나 너무 울퉁불퉁하거나 해서 그들과 비교하면 우리 쪽이 인간 이하의 존재로 보일 것 같다. 완벽은 큰 대가를 요구한다. 그렇지만 그 값을 치러야 하는 쪽은 결함이 있는 사람들이다.

세 크레이커 모두 지미의 몸에다 한쪽 손을 올려놓고 있다. 그들은 가르랑거리기를 하고 있는 중이다. 토비가 그들에게로 걸어가자 가르랑거리는 소리가 점점 커진다.

"안녕하세요, 아 토비."

둘 중 키가 더 큰 여자가 말한다. 저들이 그녀의 이름을 어떻게 알았을까? 어젯밤 그들은 토비가 생각했던 것보다 더 신중하게 귀를 기울이고 있었던 게 분명하다. 그렇다면 그녀는 어떻게 대답해야 하지? 저들의 이름은 뭘까? 그리고 그들에게 물어보는 게 예의 바른 일인가?

"안녕하세요. 눈사람 지미는 오늘 어때요?"

"그는 점점 더 강해지고 있어요, 아 토비."

키 작은 여자가 대답한다. 다른 사람들은 미소를 짓고 있다.

지미는 정말로 좀 나아진 것처럼 보인다. 그의 혈색이 조금 더 밝아졌고 열도 더 내렸으며 깊이 잠들어 있다. 그들이 그의 얼굴 매무새를 다듬어 주었는지 머리칼이 단정하게 빗겨 있었고 턱수염이 말끔해졌다. 그의 머리에 낡아 빠진 빨간색 야구 모자가 씌워져 있고 손목에는 숫자판이 없는 둥근 시계가 채워져 있다. 한쪽 알이 빠진 선글라스가 그의 코에 꼴사납게 걸쳐져 있다.

"저것들을 얼굴에 올려놓지 않는 게 눈사람한테 더 편할 텐데요."

토비가 모자와 선글라스를 가리키며 말한다.

"눈사람은 저 물건들을 갖고 있어야 해요." 남자가 말한다. "저것들은 눈사람 지미의 물건들이거든요."

"그에게는 저것들이 필요해요." 키 작은 여자가 말한다. "눈사람한테는 반드시 저것들이 있어야 한다고 크레이크가 말하거든요. 보세요, 여기 있는 이것은 크레이크의 말에 귀를 기울이기 위한 물건이잖아요."

그녀는 시계를 차고 있는 팔을 들어 올린다.

"그리고 그는 이것으로 크레이크를 보거든요." 남자가 선글라스를 가리키며 말한다. "오직 눈사람 지미만요."

토비는 그럼 저 모자는 뭐 하는 데 필요한 물건이냐고 물어보고 싶지만 자제한다.

"왜 눈사람을 밖으로 데리고 나왔나요?" 그녀가 묻는다.

"그는 저 어두운 장소에 있는 걸 별로 좋아하지 않았어요. 저 안요." 남자가 집 쪽을 향해 고개를 끄덕이며 말한다.

"눈사람 지미는 여기 바깥에 나와 있어야 여행하기가 더 수월해요." 키가 더 큰 여자가 말한다.

"그가 여행을 하고 있나요? 잠을 자면서요?"

그들은 지미가 어떤 꿈을 꾸고 있다고 생각하는지 설명해 줄 수 있을까?

"그래요." 남자가 말한다. "그는 이곳으로 돌아오고 있는 중이에요."

"그는 어떤 때는 빨리 그리고 어떤 때는 느리게 달려오고 있어요. 어떤 때는 걷기도 하면서요. 왜냐하면 그는 피곤하기 때문이에요. 어떤 때는 돼지1*들이 그를 뒤쫓기도 해요. 돼지1들은 눈사람을 이해하지 못하거든요. 그는 어떤 때는 나무 위로 올라가기도 해요." 키가 더 작은 여자가 말한다.

"여기 도착하면 그는 잠에서 깨어날 겁니다." 남자가 말한다.

"이 여행을 시작했을 때 그는 어디에 있었나요?"

토비가 조심스럽게 물어본다. 그녀는 불신감을 전달하고 싶

---

* Pig One. 돼지구리(pigoon)를 크레이커들이 자기 식으로 부르는 이름.

미친아담

지 않다.

"눈사람 지미는 알에 있었어요." 키가 더 큰 여자가 말한다. "맨 처음 우리가 있던 곳이요. 그는 크레이크와 함께 그리고 오릭스와 함께 있었어요. 그들은 알 속에서 눈사람을 만나려고 하늘에서 내려왔어요. 눈사람에게 더 많은 이야기를 해 주어서 그가 우리에게 그걸 전해 줄 수 있도록 하려고요."

"바로 그곳에서 이야기들이 나오거든요." 남자가 말한다. "그렇지만 알은 지금 너무나 컴컴해요. 크레이크와 오릭스는 그곳에 있을 수 있지만 눈사람 지미는 더 이상 그곳에 있을 수가 없어요."

자기네가 해 준 말을 토비가 전부 알아들었음을 확신한다는 듯이 세 사람은 토비를 향해 따뜻한 미소를 보낸다.

"눈사람 지미의 상처 난 발을 볼 수 있을까요?"

토비는 아주 정중하게 요청한다. 그들은 여전히 자신들의 손을 같은 자리에 올려놓고 가르랑거리기를 지속했지만 토비의 요청에 전혀 반대하지 않는다.

토비는 전날 밤 지미의 발을 감싼 천 조각 밑에 넣어 둔 구더기를 확인한다. 구더기들은 죽은 살을 깨끗이 먹어치우느라 분주히 작업하는 중이다. 붓기나 흘러나오는 진물이 줄어들고 있다. 이 구더기 무리는 거의 다 자란 상태이다. 내일은 썩어 가는 고기를 조금 구해 햇볕에 놓아두어 파리를 유인한 다음 새로운 구더기들을 만들어야겠다.

"눈사람 지미가 우리에게 더 가까이 다가오고 있어요." 키 작은 여자가 말한다. "그러면 그는 나무에서 살고 있었을 때 그랬던 것처럼 우리에게 크레이크에 대한 이야기들을 해 줄 거예요. 그렇지만 오늘은 당신이 우리에게 그 이야기들을 해 줘야 해요."

"내가요? 하지만 나는 크레이크에 대한 이야기를 알지 못하는 걸요!"

"알게 될 거예요." 남자가 말한다. "그런 일이 일어날 거예요. 눈사람 지미는 크레이크의 조력자이고, 당신은 눈사람 지미의 조력자니까요. 그래서 그런 겁니다."

"당신은 이 빨간색 물건을 머리에 써야만 해요." 키가 더 작은 여자가 말한다. "그것의 이름은 모자예요."

"맞아요, 모자예요." 키가 큰 여자가 말한다. "저녁에 나방들의 시간이 되면요, 당신은 눈사람 지미의 모자를 머리에 쓰고 반짝거리는 둥근 물건을 당신 팔에 차고서 이 물건의 소리에 귀를 기울일 거예요."

"그래요." 다른 여자가 고개를 끄덕거리며 말한다. "그러면 크레이크의 말이 당신의 입에서 나올 거예요. 눈사람 지미라면 바로 그런 식으로 할 거예요."

"아셨지요?" 남자가 말하며 모자에 새겨져 있는 레드 삭스라는 글자를 가리킨다. "크레이크가 이걸 만들었어요. 그가 당신을 도와줄 겁니다. 만일 그 이야기에 동물이 나온다면 오릭스도 도와줄 거예요."

"날이 어두워지면 우리가 물고기를 가져올 거예요. 눈사람 지미는 항상 물고기를 먹어요. 크레이크가 그에게 그걸 먹어야 한다고 했거든요. 당신도 그걸 먹고 이 모자를 쓰고 크레이크의 물건에 귀를 기울이면 크레이크에 대한 이야기를 할 수 있게 될 거예요."

"맞아요, 크레이크가 알 속에서 우리를 어떻게 만들었고 또 나쁜 사람들의 혼돈을 어떻게 깨끗이 없앴는지요. 그리고 우리 가 어떻게 알을 떠나 눈사람 지미와 함께 이곳으로 걸어왔는지 에 대해서도요. 왜냐하면 여기에는 우리가 먹을 수 있는 잎사귀 들이 더 많기 때문이지요."

"당신은 물고기를 먹을 거예요. 그런 다음 눈사람 지미가 항 상 그랬던 것처럼 크레이크에 대한 이야기를 말해 줄 거예요." 키가 더 작은 여자가 말한다.

그들은 그 기괴한 녹색 눈으로 토비를 쳐다보더니 안심을 시 켜 주듯 미소를 짓는다. 그들은 그녀의 능력을 전적으로 확신하 는 것 같다.

어떻게 해야 하지? 토비는 생각한다. 안 돼요라는 말은 나의 선택 사항이 아니다. 아마도 그들은 실망하여 자기들끼리 해변 으로 되돌아갈 수도 있다. 그랬다가는 고통공 감옥의 죄수들에 게 붙잡혀 손쉬운 먹잇감이 될 것이다. 특히 아이들의 경우는 그렇다. 어떻게 그런 일이 발생하도록 나 몰라라 할 수 있겠는가?

"좋아요." 그녀는 말한다. "이따가 저녁에 오겠어요. 나는 지미의 모자, 그러니까 눈사람 지미의 모자를 쓰고 여러분에게 크레이크에 대한 이야기를 해 주겠어요."

"그리고 그 반짝거리는 물건에 귀를 기울이세요." 남자가 말한다. "물고기도 먹어야 해요."

아마도 그게 하나의 의식인 것 같다.

"알겠어요, 전부 그렇게 할게요."

젠장, 토비는 생각한다. 저들이 물고기를 익혀서 가져오면 좋을 텐데.

이야기

아침 식사 후 그릇들을 정리하는 동안 레베카는 뾰족하고 음침한 얼굴이 나무 밑에서 자신을 빤히 응시하는 듯 느꼈다. 그러나 토비는 그것이 착각이라고 생각한다. 여태껏 고통공 감옥의 죄수라고는 한 명도 나타난 적이 없었고, 다행스럽게도 분무총 때문에 레베카의 몸에 구멍이 나지도 않았으며, 비명을 질러 대며 관목 수풀 속으로 끌려 들어간 크레이커 아이는 한 명도 없었기 때문이다. 그런데도 사람들 모두가 긴장 상태다.

토비는 크레이커 어머니들에게 흙집으로 더 가까이 옮겨 오라고 부탁한다. 그들의 얼굴에 의아함이 떠오르는 걸 보고 토비는 그것이 오릭스로부터 온 메시지라고 말해 준다.

하루가 특별한 사건 없이 흘러간다. 떠난 사람들 중 흙집으로 돌아온 이는 한 명도 없다. 섀키, 검은 코뿔소, 카투로, 어느 누구도 돌아오지 않는다. 젭도 오지 않는다. 토비는 나머지 아침 시간을 채마밭에서 흙을 파고 잡초를 뽑으면서 보낸다. 마음을 진정시켜 주고 시간을 보내기에 아주 적합한 단순 작업이다. 병아리콩에서 싹이 나오고 시금치 잎사귀들이 흙을 밀치고 올라오고 있으며 당근의 부드러운 윗부분도 얼굴을 내민다. 그녀는 소총을 가까운 곳에 세워 놓았다.

크로제와 준준시토는 모헤어 양들이 풀을 뜯어 먹을 수 있도록 가둬 두었던 울타리 밖으로 내몰고 있다. 두 사람 모두 분무총을 가지고 있다. 고통공 죄수와 대치하게 된다면 기습 공격을 당하지 않는 한 그들이 유리할 것이다. 무기만 놓고 보면 2대 1이기 때문이다. 근처에 나무가 있는 경우에는 그들이 잊지 말고 반드시 머리 위를 확인하면 좋겠다고 토비는 생각한다. 고통공 죄수들이 아만다와 렌을 덮칠 때 위에서 아래로 뛰어내리면서 기습한 게 분명했기 때문이다.

전쟁이란 것은 어쩌면 이렇게 짓궂은 장난과 유사할까? 토비는 곰곰이 생각해 본다. 덤불 뒤에 숨어 있다가 밖으로 뛰쳐나오는 것은 피를 본다는 것만 제외하면 악! 하고 놀래킨 뒤에 빵! 하고 총 쏘는 시늉을 하는 것과 별반 다를 것이 없잖은가. 패자가 비명 소리를 내면서 앞으로 고꾸라지는데 입이 쩍 벌어지고 눈은 삐딱해지면서 얼굴이 바보 같은 표정으로 변한다. 구약성서에 등장하는 왕들은 정복당한 자들의 목에 두 발을 올려놓거나 경쟁자들을 나무에 목매달아 죽이고 수북하게 쌓여 있는 머리통을 보면서 기뻐하였는데, 그 모든 행동에는 유치하기 짝이 없는 환희의 요소가 들어 있었다.

어쩌면 이런 것이 크레이크를 충동했던 요소일지도 모른다고 토비는 생각한다. 아마도 그는 그런 것을 끝장내고 싶었을 것이다. 우리들로부터 그 부분, 쓴웃음 짓게 만드는 원초적인 적의를 잘라내 버리자. 우리를 새롭게 만들어 보는 것이다.

토비는 혼자서 이른 점심 식사를 한다. 정해진 점심시간에 소총을 들고 보초를 서겠다고 자원했기 때문이다. 음식은 차디찬 돼지고기에 우엉 뿌리, 거기에 편의점에서 가져온 꾸러미에 들어 있던 오레오 쿠키 하나가 곁들여 있다. 쿠키는 극히 세심하게 분배한 진기한 선물이다. 토비는 쿠키를 반으로 갈라서 초콜릿 과자 두 쪽을 먹기 전에 가운데 들어 있는 달콤한 흰색 크림을 핥아먹는다. 죄책감이 드는 사치품이다.

오후에 뇌우가 오기 전에 크레이커 다섯 명이 지미를 어린이용 이불과 함께 흙집 안으로 데려다 놓는다. 토비는 비가 내리는 동안 지미 곁에 앉아 상처를 살펴보고 그의 고개를 힘겹게 들어올려 버섯으로 만든 영약을 조금 먹인다. 물론 지미는 아직도 의식 불명 상태이다. 그녀가 비축해 둔 영약이 떨어져 가고 있지만 약물을 새로 끓일 수 있는 제대로 된 버섯을 어디서 찾아야 할지 알지 못한다.

단 한 명의 크레이커만이 가르랑거리기 위해 두 사람과 함께 방에 남았다. 다른 크레이커들은 모두 나갔다. 그들은 집을 좋아하지 않아서 꼼짝 않고 집 안에 들어앉아 있기보다는 차라리 비에 젖는 것을 선호한다. 일단 비가 멈추자 크레이커 네 사람이 지미를 다시 바깥으로 데리고 나가려고 나타난다.

구름이 갈라지면서 태양이 얼굴을 내민다. 크로제와 준준시토가 모헤어 양 떼들을 몰고 돌아온다. 아무 일도 일어나지 않았다고 그들은 말한다. 아니, 딱 집어서 말할 수 있는 사건이 하나도 없었다. 모헤어 양 떼들이 안절부절못했으므로 그들을 한곳에 모아 둔다는 게 무척이나 힘들었다. 그리고 까마귀들이 소란을 벌이긴 했지만 그렇다고 뭘 알 수 있단 말인가? 까마귀들은 언제나 뭔가를 보면 소란스러워진다.

"안절부절못했다고? 어떤 식으로? 어떤 소란이었어?"

토비가 물어보지만 크로제와 준준시토는 더 이상 구체적으로 말할 수가 없다.

구부정한 어깨에 데님 셔츠를 걸치고 캔버스 천으로 만든 챙 넓은 모자를 쓴 타마로가 젖이 나오는 모헤어 양 한 마리를 붙잡고 젖을 짜 보려고 애를 쓴다. 그러나 좀처럼 순조롭게 진행되지 않는다. 양이 발길질을 하면서 매애 하고 울어 대는 바람에 양동이가 넘어져 젖이 쏟아진다.

크로제가 크레이커들에게 수동 펌프 작동법을 알려 준다. 펌프는 한때 복고풍 장식품이었지만 이제는 그들이 마시는 식수의 원천이다. 물속에 무엇이 들어 있는지는 아무도 알 수 없다고 토비는 생각한다. 그것은 지하수라서 사방 수마일에 걸쳐 흘러나오는 모든 독극물이 그 안으로 흘러 들어갔을 수 있다. 그녀는 적어도 마시는 물은 빗물을 이용하라고 권할 것이다. 하지만 멀리 떨어진 곳에서 발생한 화재라든지 어쩌면 원자로 노심이 용해되어서 더러운 미립자들이 성층권으로 보내졌을지도 모르니까 사실 빗물 안에도 어떤 게 들어 있는지는 아무도 모를 일이다.

크레이커들은 펌프를 보고 아주 기뻐한다. 펌프질을 해서 물이 그들한테 떨어지자 아이들은 깡충깡충 뛰어다니며 시끄럽게 외쳐 댄다. 그런 다음 크로제는 미친 아담 식구들이 간신히 작동하도록 복구해 놓은 태양광 발전기 이용법을 실험적으로 보여 준다. 그것을 백열전구 한 쌍과 연결해 하나는 요리를 하는 헛간, 다른 하나는 마당에 달아 놓았다. 크로제는 어떻게 전등이 계속해서 불이 켜져 있는지 그 이유를 설명하려고 시도하지만 크레이커들은 어리둥절한 표정을 짓고 있을 뿐이다. 그들에게는 분명 전구가 루미로즈 장미꽃이나 땅거미가 지면 밖으로 나오는 녹색 토끼들과 별다를 게 없을 것이다. 그것들이 빛을 내는 것은 오릭스가 그런 식으로 만들었기 때문이다.

저녁 식사는 기다란 식탁에서 먹는다. 파랑새들이 그려진 앞치마를 두른 화이트 세지와 옅은 자주색 목욕 수건을 노란색 새틴 리본으로 허리에 묶은 레베카가 냄비에서 음식을 퍼 준 다음 자리에 앉는다. 렌과 로티스 블루가 한쪽 끝에 앉아 식사를 하라고 아만다를 설득하고 있다. 보초 임무를 맡지 않은 미친 아담 식구들이 서서히 하던 일을 멈추고 하나둘씩 식탁으로 다가와 앉는다.

"안녕하세요, 흰눈썹뜸부기 씨." 아이보리 빌*이 인사를 건넨다.

그는 토비를 예전의 미친 아담 암호명으로 부르는 걸 아주 좋아한다. 그는 튤립이 흩뿌려진 침대 시트를 그 허술한 육신에 휘감고 머리에는 시트와 어울리는 베갯잇으로 만든 터번 같은 걸 쓰고 있다. 가죽 같은 그의 얼굴에 새의 부리처럼 각진 코가 삐쭉 튀어나와 있다. 정말이지 미친 아담 식구들이 어떻게 이토록 자신의 신체 일부분을 잘 반영하는 암호명을 선택했는지 신기하고 놀라울 따름이다.

"그는 어떤가요? 인기 많은 우리의 환자 말입니다." 매너티가 묻는다.

그는 챙이 넓은 밀짚모자를 써서 토실토실한 농장 주인처럼 보인다.

"죽지 않고 살아 있어요. 그렇다고 딱히 의식이 있다고 할 수는 없지만." 토비가 답한다.

"그 친구한테 의식이 있었던 적이 있나요." 아이보리 빌이 말

---

* 흰부리딱따구리.

한다. "우리는 그 친구를 티크니*라고 부르곤 했답니다. 그건 아주 오래전 그의 미친 아담 이름이었지요."

"그 친구는 파라디스 프로젝트를 수행할 때 크레이크의 똘마니였어요. 의식을 되찾으면 그가 우리에게 해명해 줘야 할 것들이 아주 많아요. 우리가 죽도록 발로 짓밟아 뭉개 놓기 전에요." 타마로는 자신이 농담을 하고 있다는 걸 표시하기 위해 코웃음을 치며 말한다.

"이름도 티크니, 천성도 티크니였지." 매너티가 말한다. "그 친구한테 염병할 생각 같은 게 조금이라도 있었는지 모르겠군요. 그는 그냥 얼간이였죠."

"우리는 당연히 그 친구에 대해 호의적일 수가 없었습니다. 그게 온당하죠." 아이보리 빌이 말한다. "그 친구는 자진해서 프로젝트에 참가했거든요. 우리들과는 달랐죠."

그러고는 포크로 고기 덩어리를 찌르며 화이트 세지에게 말을 건넨다. "사랑스런 아가씨, 혹시 이것의 실체가 무엇인지 나에게 말씀해 주실 수 있으신가요?"

"사, 실은……." 화이트 세지가 영국 악센트로 말한다. "사실은 나도 몰라요."

"우리는 두뇌 노예였습니다." 매너티가 또 다른 고기 토막을

---

* 돌물떼새를 일컫는 말. 이 새는 악어 서식지 곁에 둥지를 틀어 알 도둑을 물리치는 습성이 있다. 이들은 지미를 크레이크의 공범이거나 그의 위세를 빌려 호가호위한 인물로 평가하는 듯하다.

포크로 찍으면서 말한다. "억류된 채 크레이크를 위해 진화 작업 기계의 작동을 담당하는 과학 두뇌광들이었지요. 크레이크가 자신의 능력을 어찌나 과시했는지 모릅니다. 자신이 인간을 완벽하게 만들 수 있다고 생각했으니까요. 그의 능력이 특출하지 않았던 건 아니지만."

"그 친구 혼자서 그 일을 했던 건 아니죠." 호리호리한 준준시토가 말한다. "그건 규모가 아주 큰 사업이었고, 생명 과학 기업체들이 후원해 주고 있었습니다. 사람들은 그런 유전자 접합을 위해 터무니없을 정도로 많은 돈을 지불하고 있었어요. 피자 토핑처럼 DNA를 주문하여 자기 자식들을 주문 제작하고 있었던 거지요."

준준시토는 다중 초점 안경을 쓰고 있다. 언젠가 광학 제품이 다 떨어지고 나면 우리는 정말이지 석기 시대로 돌아가게 될 것이라고 토비는 생각한다.

매너티가 말한다. "그러니까 크레이크가 그 일을 더 잘했던 거지. 다른 사람들은 생각조차 할 수 없었던 몇 가지 부속품을 이 친구들에게 집어넣었지. 내장용 방충제 말이에요. 그는 천재였어."

"그리고 절대로 싫다는 말을 할 수 없는 여자들도요. 색으로 암호화된 호르몬제요. 정말이지 감탄스럽긴 합니다." 준준시토가 말한다.

"해결해야 할 문제들로 구성된 하나의 고기 컴퓨터 집합체로

서 그건 아주 흥미로운 도전이었지. 제가 더 자세히 설명해 드리죠." 아이보리 빌이 토비에게로 관심을 돌리며 말한다.

그는 푸른 채소를 자그마한 정사각형 모양으로 자르면서 마치 그들 모두가 대학원 세미나에 참석하고 있는 것처럼 이야기한다.

"예를 들어 토끼의 모래주머니라든지 생식 시스템의 일부 색채 기능들을 위한 개코원숭이 플랫폼이라든지……."

"푸른색으로 변하는 부분 말이에요." 토비가 알아들을 수 있는 말로 준준시토가 바꿔 준다.

"난 소변의 화학 성분을 담당했지요." 타마로가 말한다. "육식동물의 접근을 막는 요소예요. 파라디스 프로젝트에서는 실험하기가 아주 힘들었습니다. ……그곳에는 육식동물이 전혀 없었거든요."

"난 후두부를 맡았는데 그게 상당히 복잡했습니다." 매너티가 말한다.

"노래 부르기에 대한 취소 버튼을 코드화하지 않은 건 정말이지 유감이에요. 짜증이 난다니까요." 아이보리 빌이 말한다.

"노래 부르기는 내 생각이 아니었습니다." 매너티가 부루퉁하게 말한다. "그들을 애호박으로 바꿔 놓지 않는 한 그것은 지울 수가 없었거든."

"질문할 게 있는데요." 토비가 말한다. 토비가 말을 했다는 사실에 무척이나 놀랐다는 듯이 다들 고개를 돌리고 그녀를 쳐다본다.

"말씀하세요, 아가씨." 아이보리 빌이 말한다.

"저들은 나한테 자기들 이야기를 해 달래요. 크레이크의 창조물에 대한 이야기요. 그런데 그들은 크레이크가 어떤 사람이었다고 생각하지요? 크레이크가 자신들을 만들었다는 것에 대해 그들은 어떻게 생각하나요? 그들이 예전에 파라디스 돔에서 지낼 때 그런 사실에 대해 무슨 이야기를 들었어요?"

"그들에게는 크레이크가 일종의 신 같은 존재예요." 크로제가 말한다. "그렇지만 그들은 그의 모습에 대해서는 잘 몰라요."

"자네가 그런 걸 어떻게 알지?" 아이보리 빌이 말한다. "자넨 우리와 함께 파라디스에 있지 않았잖아."

"크레이커들이 나한테 말해 주니까 알지요." 크로제가 말한다. "난 지금 저들의 친구예요. 심지어 저들과 함께 오줌도 싸게 된걸요. 그건 특권 같은 거예요."

"저 사람들이 크레이크를 결코 만날 수 없다는 건 잘된 일이예요." 타마로가 말한다.

"염병할." 이제 막 그들 사이에 끼어든 스위프트 폭스가 말한다. "저들이 자신들을 만들어 낸 정신병자 같은 창조자를 한번이라도 보게 된다면 고층 건물에서 뛰어내릴걸요. 만일에 아직도 뛰어내릴 수 있는 빌딩이 남아 있다면 말이에요."

그녀는 침울하게 덧붙이고는 커다랗게 하품을 하면서 머리 위로, 뒤로 두 팔을 쭉쭉 내뻗으며 가슴을 위로 앞으로 쑥쑥 내민다. 담황색 머리칼은 끌어모아 코바늘로 뜬 아주 연한 청색 끈으로 묶어서 뒷머리 위쪽에다 고정시켜 놓았다. 그녀의 침대 시트는 앙증맞게도 가장자리가 데이지 꽃과 나비들로 장식되어 있었고 널따란 빨간색 벨트가 허리 부분을 단단히 동여매고 있었다. 천사의 구름이 푸주한의 큰칼을 만난 것 같은, 기겁할 만한 모습이었다.

"어여쁜 아가씨, 투덜거려보았자 아무 소용없어요." 아이보리 빌이 토비로부터 스위프트 폭스에게로 시선을 돌리며 말한다.

저 사람은 지금 기르고 있는 턱수염이 자리를 잡게 되면 훨씬 더 거만해지겠는걸, 토비는 생각한다.

"카르페 디엠.(현재를 즐겨라.) 다가오는 순간순간을 붙잡으시오. 그대들이여, 장미꽃 봉오리를 따 모으십시오."

그는 다소 음흉한 눈초리로 미소를 짓는다. 그의 두 눈이 빨간색 벨트로 내려간다. 스위프트 폭스는 그를 멍하니 응시한다.

"그들에게 행복한 이야기를 들려주세요." 매너티가 말한다. "세부적인 일들은 애매모호하게 얼버무리시고요. 크레이크의 여자 친구였던 오릭스는 파라디스에서 그런 식으로 했었어요. 그렇게 말해주면 그들이 차분해졌거든요. 난 그저 그놈의 빌어먹을 크레이크가 무덤 너머에서 기적을 행하지 않기만 바랄 뿐입니다."

"이를테면 모든 걸 설사로 바꾸어 놓는 것처럼 말이에요." 스위프트 폭스가 말한다. "아, 죄송해요. 그가 이미 그런 짓을 저질렀잖아요. 커피 좀 남았어요?"

"아, 어쩌나." 아이보리 빌이 말한다. "다 마셔 버렸구면요, 사랑스런 아가씨."

"레베카 말로는 어떤 식물의 뿌리를 볶아야 한다던데요." 매너티가 말한다.

"커피를 얻게 되면 그때는 거기에 들어갈 진짜 크림이 없을걸요." 스위프트 폭스가 말한다. "오직 찐득찐득한 양젖만 있겠죠. 그걸 먹으면 자기 관자놀이를 얼음송곳으로 찌르고 싶어질 거예요."

이제 햇살은 희미해지고 있고 탁한 분홍색, 탁한 회색, 탁한 파란색 나방들이 날아다니고 있다. 크레이커들이 지미의 그물침대 주위로 모여들었다. 바로 이곳에서 그들은 크레이크에 대한 이야기라든가 그들이 어떻게 알에서 나오게 되었는가 같은 이야기를 토비로부터 듣고 싶어 한다.

눈사람 지미 역시 그 이야기에 귀를 기울이고 싶어 한다고 그들은 말한다. 눈사람에게 의식이 없는 것은 전혀 신경 쓸 필요가 없다. 그들은 지미가 그 이야기를 들을 수 있다고 확신하고 있으니까.

크레이커들은 그 이야기를 이미 알고 있지만, 그들에게 중요한 것은 토비를 통해 이야기를 듣는 것이다. 그녀는 그들이 바깥에서 새까맣게 태워 잎사귀에 싸 들고 온 물고기를 먹는 시늉을 해야만 한다. 그녀는 지미의 지저분한 빨간색 야구 모자를 쓰고 숫자판이 없는 그의 시계를 찬 다음 시계를 들어 올려 귀에 대야 한다. 그녀는 처음부터 시작해야 한다. 창조 업무를 관장해야 하고 비가 내리게끔 만들어야 한다. 그녀는 혼돈을 말끔히 물리쳐야 하고 그들을 알에서 이끌고 나와 저 아래 해변으로 인도해야 한다.

끝에 이르면 크레이커들은 두 명의 나쁜 남자들, 숲속에서의 캠프파이어, 그리고 냄새가 고약한 뼈가 들어 있던 수프에 관한 이야기를 듣고 싶어 한다. 그들은 그 뼈에 집착하고 있다. 그런 다음 토비는 크레이커들이 나쁜 남자들을 묶어 놨던 밧줄을 풀어 준 사연이라든지 그 두 명이 숲속으로 도망친 일이라든지 그들이 어느 때라도 다시 돌아와 나쁜 짓들을 더 많이 할 수도 있다는 것들을 이야기해 줘야 한다. 그 부분에 이르면 크레이커들은 슬퍼하지만 여하튼 그들은 그 부분도 듣겠다고 고집한다.

토비가 일단 이야기를 모두 끝낸 다음에도 크레이커들은 그녀에게 그 이야기를 다시 해 달라고 재촉하고 또 재촉한다. 그들은 이야기를 유도하기도 하고 중단시키기도 하며 토비가 빠트린 부분을 채워 넣기도 한다. 그들이 토비에게서 원하는 것은 그녀가 알고 있거나 만들어 낼 수 있는 것보다 더 많은 정보일 뿐 아니라, 그 이야기들을 아주 매끄럽게 풀어 나가는 것이다. 토비는 눈사람 지미의 빈약한 대리인이다. 그렇지만 크레이커들은 그녀를 숙달시키기 위해 자신들이 할 수 있는 일을 하고 있다.

크레이크가 혼돈을 말끔히 처리하는 부분을 토비가 세 번째로 이야기하고 있던 바로 그때, 크레이커들의 고개가 동시에 모두 돌아간다. 그들은 킁킁대며 말한다.

"남자들이 오고 있어요, 아 토비."

"남자들? 도망친 두 사람이에요? 어디에요?"

"아니에요, 피 냄새가 나는 사람들이 아니에요."

"다른 남자들이요. 두 명 이상이에요. 우리는 그들을 맞이해야 해요."

그들 모두가 자리에서 일어선다.

토비는 크레이커들의 시선이 향한 곳을 쳐다본다. 네 사람이다. 네 명의 윤곽이 흙집이 있는 자그마한 공원에 접한 어수선한 거리를 따라 점점 다가오고 있다. 그들의 헤드램프가 켜져 있다. 어두운 윤곽 넷이 각자 빛나는 등불을 하나씩 들고 있다.

오그라들었던 토비의 몸이 펴지는 것만 같다. 소리 없이 숨을 길게 들이마시자 신선한 공기가 몸 안으로 흘러드는 것 같다. 사람의 심장이 뛰어오를 수 있을까? 안도감에 현기증이 날 수도 있을까?

"아 토비, 울고 계세요?"

미친 아담

귀환

젭이다. 토비의 소원이 이루어진다. 그녀가 기억하는 것보다 몸집이 더 크고 머리털도 더 텁수룩하고, 그리고…… 토비가 그를 마지막으로 본 지 단 며칠밖에 지나지 않았는데…… 나이가 들어 보인다. 그리고 풀이 더 죽은 것 같다. 무슨 일이 있었던 걸까?

검은 코뿔소와 새키와 카투로가 그와 함께 있다. 좀 더 가까이 다가가니 다들 지금 얼마나 지쳐 있는지 한눈에 알 수 있다. 그들은 들고 온 꾸러미들을 내려놓고 있고 사람들이 모두 그들 주변으로 몰려들고 있다. 레베카와 아이보리 빌과 스위프트 폭스와 벨루가, 매너티와 타마로와 준준시토와 화이트 세지, 크로제와 렌과 로티스 블루, 심지어 지금 무리와 어울리기를 꺼려하는 아만다까지 다가왔다.

모두가 동시에 떠들어 댄다. 아니, 정확히는 인간들 전부. 크레이커들은 자기네끼리 무리를 이룬 채 옆에 서서 끼어들지는 않고 눈을 크게 뜨고는 가만히 지켜보고 있다. 렌이 엉엉 울면서 젭을 끌어안는다. 젭은 아무튼 그녀의 의붓아버지니까 나름대로 적절한 행동이다. 그들이 정원사들과 함께 생활했을 때 젭은 한동안 렌의 관능적인 어머니인 루선과 함께 살았었다. 토비의 생각으로는 루선이 젭의 진가를 제대로 인정하지 못했던 것 같다.

"괜찮아." 젭이 렌에게 말하고는 한 팔을 뻗는다. "이런 세상에! 네가 아만다를 다시 데려왔구나!"

아만다는 그의 손이 자신의 몸에 닿는 걸 허용한다.

"토비가 해냈어요." 렌이 말한다. "그녀에게 총이 있었거든요."

토비는 기다리고 있다가 앞으로 나아간다.

"잘했어, 사격의 명수." 토비가 총으로 어느 한 사람 쏜 적이 없는데도 불구하고 젭은 토비를 칭찬한다.

"그들을 찾지 못했어요? 아담1과⋯⋯." 토비가 묻는다.

젭은 침울한 표정으로 토비를 바라본다.

"아담1은 찾지 못했어. 하지만 우리는 필로를 발견했지."

다른 사람들이 몸을 내밀어 귀 기울인다.

"필로요?" 스위프트 폭스가 묻는다.

레베카가 말한다. "나이가 많은 정원사였어. 담배를 아주 많이 피웠지⋯⋯. 영적 세계와 교신하는 비전 퀘스트를 무척 좋아했어. 정원사들의 파가 갈라졌을 때 그는 아담1과 함께 남았어. 그가 어디에 있던가요?"

그들 모두가 젭의 얼굴을 살피고는 필로가 살아남지 못했다는 걸 안다.

섀키가 말한다. "주차장 건물 꼭대기에 독수리들이 떼로 몰려 있었어요. 그래서 한번 살펴보려고 올라갔지요. 예전의 건강 클리닉 근처였어요."

"전에 우리가 다니던 학교 말이야?" 렌이 묻는다.

"제법 말끔하던걸." 검은 코뿔소가 말한다.

그 말에 토비는 전염병이 처음 휩쓸고 지나간 후 적어도 정원사들 몇 명은 살아남았던 게 틀림없다고 생각한다.

"그 밖에 다른 사람은 한 명도 없었어요? 그 사람 외에는요? 그러니까 그게…… 그분은 병에 걸렸던가요?" 토비가 묻는다.

"다른 사람들의 흔적은 전혀 없었어. 하지만 내 추측으로는 그들은 어딘가에 여전히 살아 있어. 아담은 그럴 수 있을 거야. 먹을 것 좀 있습니까? 지금은 곰이라도 먹을 수 있을 것 같은데."

이 말은 젭이 지금 당장은 토비의 질문에 답변하고 싶지 않다는 의미다.

"저 사람은 곰을 먹는대!" 크레이커들이 서로에게 말한다.

"그래! 크로제가 우리한테 그렇게 말해 줬잖아!"

"젭은 곰을 먹는대!"

젭이 크레이커들을 향해 고개를 끄덕이자, 그들은 머뭇거리며 젭을 빤히 쳐다본다.

"우리한테 손님이 아주 많은걸."

"이분이 젭이에요." 토비가 크레이커들에게 말한다. "그는 우리의 친구랍니다."

"정말이지 우리는 기뻐요. 아 젭, 반갑습니다."

"저분이 바로 그 사람이야. 저분이 바로 그 사람이라니까! 크로제가 우리한테 말해 주었잖아."

"저 사람은 곰을 먹는대!"

"그래요, 우리는 무척 기뻐요."

주저하는 듯한 미소들.

"그런데 곰이 뭐예요? 아 젭…… 당신은 곰을 먹어요?"

"그게 물고기인가요?"

"곰은 냄새가 고약한 뼈가 있나요?"

"저들이 우리와 함께 왔어요." 토비가 말한다. "해안에서부터요. 말릴 수가 없었어요. 지미와 함께 있고 싶어 해서요. 눈사람하고요. 저 사람들은 지미를 그렇게 부르고 있어요."

젭이 말한다. "크레이크의 단짝 친구? 파라디스 프로젝트 때의?"

"이야기가 길어요. 우선 식사부터 하셔야죠." 토비가 말한다.

먹고 남은 스튜가 조금 있다. 매너티가 그걸 가지러 간다. 크레이커들은 안전한 거리를 유지하기 위해 뒤로 물러난다. 그들

미친아담

은 육식동물 요리의 냄새를 너무 가까이에서 맡고 싶어 하지 않는다. 섀키는 자기 몫의 스튜를 게걸스럽게 먹어 치우더니 렌과 아만다와 크로제와 로티스 블루와 함께 앉으려고 자리를 옮긴다. 검은 코뿔소는 두 그릇이나 먹고 난 다음 샤워를 하러 간다. 카투로는 짐 꾸러미 속의 물건을 레베카가 꺼내 정리하는 것을 도와주겠다고 한다. 그들은 콩 정어리 통조림과 강력 테이프 몇 개, 동결 건조한 닭고기웡이 몇 꾸러미, 그리고 에너지 바 몇 개와 오레오 쿠키가 든 봉지를 또 하나 수집해 왔다. 기적이라고 레베카가 말한다. 쥐와 같은 설치류 동물들이 씹어 먹지 않은 쿠키가 봉지째 발견되었다는 건 아주 놀라운 일이다.

"나가서 정원을 살펴봅시다."

젭이 토비에게 말한다. 토비의 마음이 쿵 하고 내려앉는다. 둘만 있는 자리에서 털어 놓고 싶은 좋지 못한 소식이 있는 게 분명하다.

개똥벌레들이 나오고 있다. 라벤더와 백리향이 활짝 피어서 사방에 향내가 진동한다. 저절로 씨앗이 뿌려진 루미로즈 몇 그루가 울타리 가장자리를 따라 희미하게 빛을 발한다. 아른아른 반짝거리는 녹색 토끼 여러 마리가 장미나무의 아래쪽 잎사귀들을 야금야금 물어뜯고 있다. 거대한 회색 나방들이 바람에 날리는 화산재처럼 떠다닌다.

"필로를 죽게 한 건 전염병이 아니었어. 누군가가 그의 목을 칼로 잘랐더군."

"저런, 그랬군요."

"그리고 고통공 감옥의 죄수들을 보았어. 아만다를 납치해 간 바로 그 죄수들 말이야. 그들은 거대한 돼지구리의 내장을 꺼내고 있더군. 우리가 그들을 향해 총을 몇 발 쏘았는데 놈들이 도망쳐 버렸지. 놈들이 이 근처 어딘가에 숨어 있을지 몰라서 아담을 찾는 작업을 중단하고 가능한 한 빨리 이곳으로 돌아온 거야."

"미안해요." 토비가 말한다.

"뭐가?" 젭이 묻는다.

"그들을 붙잡았었거든요. 그제 밤에요. 그들을 나무에다 묶어 놓았어요. 그런데 내가 그들을 죽이지 못했어요. 그날은 성 줄리안의 날이었거든요. 난 그저 그럴 수가 없었어요. 그런데 그들이 도망쳐 버렸어요. 그들이 들고 다니던 분무 총을 갖고서요."

이제 토비는 대놓고 울고 있다. 눈이 보이지 않아 찡찡거리는 분홍색 새끼 쥐처럼 정말이지 애처롭게 울고 있다. 보통 때라면 하지 않을 행동이다. 하지만 그녀는 그러고 있다.

"이봐, 괜찮을 거야."

"아니에요. 괜찮지 않을 거예요."

그 자리를 벗어나려고 그녀는 돌아선다. 훌쩍거릴 거라면 혼자 있을 때 해야 한다. 자신은 혼자라고 그녀는 느낀다. 앞으로도 항상 혼자일 거야. 넌 고독감에 아주 익숙하잖아, 토비는 자신을 향해 말한다. 자제를 해야지.

그 순간 그녀는 품에 안겨 있다.

토비는 너무나 오랜 시간 기다려 왔고 이제는 기다리는 걸 포기했다. 이런 순간이 오기를 얼마나 갈망했던가. 이런 일이 가능하리라는 걸 그녀는 부정했었다. 그렇지만 이제 얼마나 손쉬운 일이 되었나. 마치 예전에 가정이 있었던 사람들이 집으로 돌아온다는 게 무척이나 손쉬운 일이었던 것처럼 말이다. 당신을 알고 있는 그곳, 당신을 향해 두 팔을 활짝 벌리고 들어오도록 허락하는 낯익은 공간으로 출입문을 통해 걸어 들어가기만 하면 되는 것이다. 당신이 꼭 들어야만 했던 이야기들을 들려준다. 손으로 하는 이야기도 있고 입으로 하는 이야기도 있다.

그동안 얼마나 보고 싶었는지 몰라. 누가 이 말을 했지?

밤의 창문에 기대선 그림자, 반짝이는 눈. 비밀스럽게 쿵쾅대는 심장 박동.

그래요. 마침내. 당신이 왔어요.

베어리프트

산악 지대에서 길을 잃고
헤매던 젭이 곰을 먹은 이야기

그래서 크레이크는 여러분이 살아갈 수 있을 안전한 공간을 만들기 위해 혼돈을 말끔히 제거해 버렸어요. 그런 다음…….

우리는 크레이크의 이야기를 잘 알고 있어요. 그 이야기는 여러 차례 들어서 잘 알아요. 이제는 우리한테 젭의 이야기를 들려주세요, 아 토비.

젭이 어떻게 곰을 먹게 되었는가에 대한 이야기요!

맞아요! 곰을 먹었어요! 곰이요! 그런데 곰이 뭐예요?

우리는 젭의 이야기가 듣고 싶어요. 그리고 곰이요. 젭이 먹었다는 곰 이야기요.

크레이크도 우리가 그 이야기를 듣는 걸 바라고 있어요. 만약에 눈사람 지미가 잠에서 깨어났더라면 그는 우리에게 그 이야기를 들려줬을 거예요.

그럼 좋아요. 눈사람 지미의 반짝거리는 물건에 귀를 기울여

보겠어요. 그러면 그것이 해 주는 말들을 들을 수 있을 거예요.

나는 지금 그 말을 들어 보려고 집중해서 귀를 기울이고 있어요. 여러분이 노래를 하고 있으면 내가 귀를 기울이는 데 전혀 도움이 되지 않아요.

그래요, 이제부터 젭과 곰의 이야기를 들려주겠어요. 처음에는 이야기 속에 젭만 등장할 거예요. 그는 덩그러니 혼자 있어요. 곰은 나중에 나타날 거예요. 어쩌면 곰이 내일 올지도 몰라요. 곰이 나타날 때까지 여러분은 잘 참고 기다려야 해요.

젭은 길을 잃었어요. 그는 나무 밑에 앉아 있었어요. 나무는 사방이 탁 트인 널따란 공간에 서 있었는데 모래와 바다가 전혀 없다는 점을 제외하면 그곳은 해변과 똑같이 넓고 평평했어요. 그곳에 있는 거라곤 차가운 웅덩이 몇 개와 잔뜩 낀 이끼뿐이었어요. 사방으로 두루두루 산들이 있었지만 아주 멀리 떨어져 있었어요.

젭은 어떻게 그곳에 갔을까요? 그는 그곳으로 날아갔어요……. 아니, 그러니까…… 아, 신경 쓰지 마세요. 그 부분은 아주 다른 이야기니까요. 아니에요, 젭은 새처럼 하늘을 날지 못해요. 더 이상 날 수가 없어요.

산이요? 산들은 매우 크고 높은 바위들로 이루어져 있어요. 아니, 저것들은 산이 아니고, 건물이에요. 건물은 무너지면 엄청나게 무시무시한 소리를 냅니다. 산들도 무너지는 때가 있지만 그것들은 아주 천천히 무너져요. 아니, 산들이 젭의 머리 위로 무너져 내린 게 아니었어요.

그러니까 젭은 아주 멀리 있긴 했지만 사방으로 그를 둘러싸고 있는 산들을 바라보면서 생각을 했어요. 어떻게 하면 이 산들을 뚫고 여기에서 빠져나갈 수 있을까? 산들이 저토록 크고 높은데.

사람들이 산 너머 저 반대편에서 살아가고 있었기 때문에 젭은 산을 뚫고 빠져나갈 필요가 있었어요. 그는 사람들과 함께 지내고 싶었거든요. 덩그러니 혼자만 있는 게 싫었으니까요. 자기 혼자 외롭게 지내기를 원하는 사람은 아무도 없어요, 안 그래요?

아니에요, 그들은 여러분과 같은 사람들이 아니었어요. 그들은 옷을 입고 지냈으니까요. 옷을 많이 껴입었어요. 왜냐하면 그곳은 아주 추웠기 때문이죠. 맞아요, 그때는 크레이크가 혼돈을 말끔히 쓸어 버리기 전, 혼돈의 시기였어요.

그래서 젭은 산과 웅덩이와 이끼를 바라보면서 생각했답니다. 무엇을 먹으면 좋을까? 그런 다음 그는 또 생각했어요. 저 산에는 곰들이 아주 많이 살고 있을 거야.

곰은 커다란 갈고리 발톱과 날카로운 이빨이 잔뜩 있고 몸집이 매우 크고 털로 뒤덮여 있는 동물이에요. 뇹키튼보다 더 커요. 늑개보다도 크고 돼지구리보다도 커요. 이만큼 커요.

곰은 말할 때 으르렁거리는 소리를 낸답니다. 배가 몹시 고파

지면요, 입에 닿는 것들을 갈가리 물어뜯어요.

그래요, 곰은 오릭스의 아이예요. 무엇 때문에 오릭스가 그것의 몸집을 그토록 크게 만들고 아주 날카로운 이빨을 갖게 했는지 그 이유를 나는 잘 몰라요.

맞아요, 우리는 그들에게 친절해야 해요. 곰에게 친절하게 대하는 최상의 방법은 곁으로 너무 가까이 다가가지 않는 거예요.

지금 당장은 우리 옆에 다가와 있는 곰은 없는 것 같아요.

그리고 젭은 생각했지요. 어쩌면 곰이 내 냄새를 맡았을지도 몰라. 그놈은 한동안 굶주렸기 때문에 배가 몹시 고파서 나를 잡아먹고 싶을 테니까 어쩌면 지금 바로 나한테로 다가오고 있을지도 몰라. 그렇다면 나는 곰과 싸워야만 할 거야. 지금 나한테 있는 거라고는 아주 조그만 이 칼과 물체에 구멍을 낼 수 있는 이 막대기뿐이야. 곰과의 싸움에서 나는 반드시 승리하고 곰을 죽여야만 할 거야. 그런 다음에는 그 곰을 먹어야만 하겠지.

머지않아 곰이 우리의 이야기 속으로 들어올 거예요.

맞아요, 젭은 그 싸움에서 이길 거예요. 젭은 언제나 싸움에서 승리해요. 왜냐하면 그런 일들이 발생하니까요.

그래요, 젭은 오릭스가 슬퍼하리라는 걸 알았어요. 젭은 곰을 가엾게 여겼답니다. 그는 곰을 다치게 하고 싶지 않았어요. 하지만 그는 곰한테 잡아먹히고 싶지도 않았어요. 여러분도 곰한테 잡아먹히고 싶지 않잖아요. 그렇죠? 나도 마찬가지예요.

왜냐하면 곰들은 잎사귀만 먹을 수는 없기 때문이에요. 나뭇잎만 먹고 살면 병이 들 테니까요.

여하튼 만약에 젭이 곰을 먹지 않았다면 그는 굶어 죽었을 거예요. 그랬더라면 그는 지금 우리와 함께 이 자리에 있을 수가 없었을 거예요. 그렇게 되면 무척이나 슬픈 일이겠지요, 안 그래요?

여러분이 울음을 그치지 않는다면 나는 이 이야기를 더 이상 계속할 수가 없어요.

모피 거래

'이야기'가 있다. 그리고 '실제 이야기'가 있다. 그다음에는 '이야기'가 어떻게 만들어졌는가에 대한 이야기가 있다. 그리고 그이야기에서 제외시킨 부분이 있는데, 그것 또한 이야기의 일부다.

토비는 앞에서 젭과 곰에 대한 이야기를 하면서 죽은 사람에 대한 이야기는 뺐는데, 그의 이름은 척이다. 그도 사방에 웅덩이들과 이끼와 산들과 곰들로 둘러싸여 있는 곳에서 길을 잃었다. 그 역시 그곳을 벗어날 수 있는 길을 알지 못했다. 그에 대하여 한마디도 언급하지 않고 이 세상에 없었던 사람처럼 그를 완전히 지워 버리는 것은 공평하지 못한 처사다. 그렇지만 그를 이야기 속으로 끌어들이게 되면 토비가 다루려고 마음먹은 것보다 훨씬 많은 엉키고 꼬인 문제들이 야기될 것이기에 그녀로서는 감당하기 어려울 것이다. 예를 들어 토비는 이 죽은 사람이 애당초 어떻게 해서 이 이야기 속으로 슬그머니 끼어들게 되었는지 아직은 모른다.

"그 후레자식이 죽어서 정말이지 아쉬워." 젭이 말한다. "그놈을 쥐어짜서 그것을 알아내고 말았을 텐데."

"그거라뇨?"

"그놈을 누가 고용했는지, 그들이 원하는 게 무엇이었는지, 그놈이 나를 어디로 데려가려 했는지 말이야."

"'죽었다'는 말은 완곡한 표현인 것 같네요. 그 사람이 심장마비를 일으킨 건 아니잖아요." 토비가 말한다.

"가혹하게 말하지 마. 내 말이 무슨 뜻인지 당신은 알잖아."

젭은 길을 잃었다. 그는 나무 아래에 앉아 있었다.

어쩌면 완전히 길을 잃은 것은 아닐 수도 있었다. 사실 그는 자신이 있는 곳에 대해 대충은 알고 있었다. 그는 매켄지 산맥의 불모지 중 어딘가에 있었다. 그러니까 패스트푸드를 먹을 수 있는 곳에서 수백 마일 떨어진 어딘가에. 그리고 나무 아래라기보다는 옆에 있었고, 아니 정확하게 말하자면 나무가 아니라 덤불이라고 하는 게 맞겠다. 잎이 가늘고 기다란 가문비나무 종류였다. 나무 몸통의 상세한 부분까지 눈에 들어왔다. 자그맣고 말라비틀어진 밑가지에는 회색 이끼가 달라붙어 있었는데, 마치 정교한 주름 장식이 달리고 속이 훤히 들여다보이는 창녀의 속옷 같았다.

"창녀의 속옷에 대해 뭘 알고 있는데요?" 토비가 말한다.

"당신은 모르기를 원하겠지만 난 당신이 생각하는 것보다 훨씬 더 많은 걸 알아. 그건 그렇고, 그토록 자잘한 부분까지 집중해서 들여다보고 있으면, 그러니까 전혀 쓸모없는 걸 가까이서 아주 정밀하게 살펴보고 있으면, 쇼크 상태에 빠질 수밖에 없어."

공기역학/날개치기/헬리쏩터*는 아직도 타 들어가면서 연기를 뿜어내고 있었다. 그것이 폭발하기 전에, 정확히는 소형 비행선 부품이 폭발하기 전에 밖으로 나올 수 있었던 건 행운이었다. 게다가 안전벨트의 디지털 개폐 장치가 여전히 작동하고 있었다는 것이 어찌나 감사하던지. 그렇지 않았으면 젭은 죽었을 것이다.

척은 툰드라 평원에 배를 깔고 납작 엎드려 있었는데 머리는 몹시 기괴한 각도로 돌아가 있었다. 척의 머리는 올빼미처럼 180도 돌아가서 자신의 어깨 너머를 빤히 쳐다보고 있었다. 하지만 젭을 쳐다보는 것이 아니라 하늘을 향해 위를 올려다보고 있었다. 거기에는 천사가 한 명도 없었다. 어쩌면 아직 나타나지 않은 것인지도 모르지만.

머리 위쪽 어딘가에서 피가 나는지 젭은 주르르 흘러내리는 온기를 느꼈다. 두피 부상이었다. 위험한 건 아니었지만 출혈이

---

* The AOH 'thopter, 날개를 상하로 흔들면서 날던 초기 비행기와 헬리콥터를 결합시킨 작가의 상상물.

미친아담

심했다. 미치광이 같던 그의 아버지는 젭에게 머리통이 너한테서 가장 얄팍한 부분이라고 입버릇처럼 말하곤 했다. 두뇌는 제외하고 말이다. 그리고 네 영혼도 제외하고. 의심스럽긴 하지만 혹시 너한테 영혼을 갖게 되는 복이 주어졌다고 가정할 때 말이다. 목사인 그의 아버지는 영혼을 무척이나 지지하던 사람이었는데, 거기에 덧붙여 자신이 영혼의 보스라고까지 생각했던 사람이었다.

이제 젭은 자신이 척에게 영혼이 있는지, 그렇다면 그 영혼이 미약한 냄새처럼 아직도 자기의 죽은 몸 위에서 맴돌고 있는지를 궁금해하고 있다는 것을 깨달았다.

"척, 이 멍청한 놈아."

젭은 큰 소리로 외쳤다. 만약에 그가 뇌 스크레이퍼들을 위해서 자기 자신을 납치하라는 지령을 받았더라면 저놈의 얼간이 척보다는 훨씬 잘해 냈을 것이다.

어떤 면에서는 척이 죽었다는 사실이 무척이나 유감스러웠다. 분명 척에게도 어느 정도의 좋은 면이 있었을 텐데. 어쩌면 그는 강아지를 좋아했을지도 모르잖는가. 그렇지만 이제 이 세상에서 멍청이가 하나 줄었으니까 그건 플러스 요소가 아닐까? 빛의 세력이 갖고 있는 장부에 체크 표시. 아니면 복식 부기를 하는 도덕의 회계 장부를 누가 맡느냐에 따라 어둠의 세력에 체크 표시가 될까나.

물론 척은 평범한 얼간이는 아니었다. 젭이 책정한 얼간이 설정을 놓고 볼 때 척은 젭과 달리 불평이 많은 것도 아니었고 공격적이지도 않았다. 과도할 정도로 그 반대였다. 지나치게 다정했으며, 인간은 시대에 뒤떨어져 있고 스스로를 멸종이라는 불행한 운명으로 몰아 가고 있으며, 자연의 균형을 회복해야 한다는 등의 실없는 메시지들을 너무나 열성적으로 전달하려고 애썼다. 그런 말들을 극성스러울 정도로 떠들어 대는 바람에 척의 말은 오히려 불합리하게 들렸으며, 그가 베어리프트 단원처럼, 그러니까 그 빌어먹을 모피새끼들에게 할당된 우스꽝스러운 초록빛의 온갖 것을 갖추어 입은 모습을 보고 있으려면 정말이지 많은 노력이 필요했다.

그렇지만 그곳에 있던 사람들 모두가 빌어먹을 모피새끼들은 아니었다. 일부는 도전하기 위해 참여했다고 주장하는 경우도 있었다. 그들은 모험심이 강했고 물불을 가리지 않을 정도로 무모했다. 딸린 식구도 전혀 없을 뿐 아니라 문신을 잔뜩 하고 옛날 영화에 나오는 폭주족 같은 기름기투성이 말총머리에, 한계를 넘겨 부풀린 울퉁불퉁한 근육을 자랑했고 일상적인 산책을 하기에는 신발 밑창이 너무나 눈에 띄는 장화를 신고 다녔다. 젭은 바로 그런 유형으로 자신을 편입시켜 캐릭터를 공고히 구축했다. 그는 천연 스테로이드로 몸의 근육을 키웠고 자신에게 맡겨진 일을 반드시 수행하였으며 발목에 날개라도 단 것처럼 다른 사람들의 속도를 따라잡았다. 그는 돈이 필요했고 공적인 일을 하는 사람이 절대로 남의 뒷주머니 속으로 촉수를 들이밀 수 없을 음침한 변두리를 좋아했다. 왜냐하면 뒷주머니 속에 멋쩍게도 해킹한 다른 사람의 은행 계좌 내용이 들어 있을지도 모를 일이었기 때문이다.

녹색의 모피새끼 정식 단원들은 열성적이면서 편협한 믿음을 지니고 있었기에 신경이 곤두선 듯한 젭을 깔보고 무시하긴 했지만, 그래도 자기 똥은 구리지 않다고 주장하는 식으로 자신만만하게 저희의 안건을 밀어붙이지는 않았다. 그들은 인력이 필요했던 것이다. 고약한 냄새가 나는 바이오 쓰레기로 가득 찬 쓰레기통들을 공기역학/날개치기/헬리쏩터에 실어 최북단 주변으로 날라다가 곰들에게 게걸스럽게 먹어치우도록 해 주는 것을 지구상의 모든 인간이 좋은 생각으로 여기지는 않았기 때문이다.

"그건 석유 부족 사태가 실제로 발생하기 전이었나요?" 토비가 묻는다. "그러고 나서 석유 찌꺼기 사업이 시작되었잖아요. 그렇지 않고서야 어떻게 그토록 가치 있는 주재료를 곰한테 낭비하도록 내버려 둘 수 있었겠어요."

"그때는 많은 일들이 발생하기 전이었어." 젭이 말한다. "물론 유가는 이미 터무니없을 정도로 아주 가파르게 올라가고 있었지."

베어리프트에는 암시장인 회색시장에서 사들인 구형 헬리쏩터 네 대가 있었는데, 별명은 '날아다니는 복어'였다. 헬리쏩터는 바이오 디자인을 활용하고 있다는 주장이 있었다. 그것들은 헬륨/수소 가스를 가득 주입한 소형 비행선을 갖추고 있었는데 그 표면이 물고기의 부레처럼 분자들을 빨아들이고 내뿜으면서 수축과 팽창을 거듭하여 무거운 물체를 들어올리기 때문이었다. 헬리쑵터에는 동체를 안정화시키는 복부 지느러미, 공중 정지를 위한 한 쌍의 날개깃, 그리고 느린 속도로 방향을 바꿀 수 있는, 새처럼 퍼덕거리는 네 개의 날개도 있었다. 그것의 장점은 최소한의 연료 소비, 막강한 화물 적재 능력, 낮고 느리게 비행할 수 있는 능력 등이고, 단점을 꼽자면 헬리쑵터 비행에는 엄청난 시간이 걸리는 데다 거기에 장착된 소프트웨어가 정기적으로 고장이 나는데 그 괴물을 고칠 방법을 아는 사람이 거의 없다는 점이었다. 미심쩍은 디지털 정비공을 불러들이든지 아니면 차라리 디지털 암시장이 번성하던 브라질에서 정비공을 몰래 데려와야만 했다.

저 아래 남미 지역에서는 누군가를 보는 순간 곧바로 해킹하곤 했다. 정치인들의 의료 기록과 추잡한 스캔들, 유명 인사들의 성형 수술을 취급하는 엄청난 사업이 있었는데, 그런 것은 단지 시작에 불과했다. 큰 시장으로 들어가면 한 기업체가 또 다른 기업체를 해킹하고 있었다. 막대한 영향력을 지닌 기업체를 해킹한다는 것은 정말이지 터무니없이 쓰레기 같은 세상으로 들어갈 수 있는 그런 일이었다. 비록 우리가 또 다른 거대한 기업체의 블랙박스 급여 대상자 명단에 들어 있어서 방화벽 보

안 시스템으로 철저하게 보호된다 해도 매한가지였다.

"그러니까 당신은 그런 일을 했던 거군요." 토비가 말한다.
"정말이지 쓰레기 같은 그런 일을요."

"맞아, 난 저 아래 남미 지역에 가 있었어. 그저 생활비 좀 벌
어 보려고. 그게 바로 내가 베어리프트에서 잠깐 동안 숨을 돌
리게 된 이유 중 하나였어. 그곳은 브라질에서 무진장 멀었으니
까."

베어리프트는 사기, 아니 어느 정도는 신용 사기였다. 조금이
라도 생각을 하면서 살아가는 사람이라면 그런 사실을 알아내
는 데 그다지 많은 시간이 걸리지 않았다. 다른 수많은 사기 행
위들과 달리 이 경우는 의도가 아주 좋았다. 하지만 그렇다고
해도 그건 사기 행위였다. 베어리프트는 일회용 감정을 지닌 도
시형 인간들의 선한 의도에 기생하고 있었다. 이런 사람들은 태
곳적 조상들의 믿을 만한 과거로부터 떨어져 나온 어떤 조각,
아니면 귀여운 곰돌이 의상을 차려입은 그들의 집단적 영혼의
자그마한 조각 같은 것을 구조한다고 생각하고 싶어 했다. 그
개념은 아주 간단해서, 얼음이 거의 사라졌기 때문에 북극곰들
이 더 이상 바다표범을 잡을 수가 없게 되어 굶어 죽을 지경이
되었으므로 그들이 적응하는 법을 익힐 때까지 우리의 남은 음
식을 그들에게 먹이자는 취지였다.

"혹시 기억날지 모르겠지만 적응이라는 단어가 그 당시 유행

어였어. 물론 당신이 그 정도로 나이를 먹었다고는 생각하지 않지만 말이야. 그때 당신은 여전히 유아용 멜빵 치마나 입고 놀았을 게 분명해. 남자를 유혹할 그 조그만 엉덩이를 꼼지락거리는 법을 배우면서 말이지."

"그만 좀 치근덕거려요." 토비가 말했다.

"왜? 좋으면서 뭘 그래."

"적응이라는 말은 나도 기억해요. 참 안 됐네라는 말의 다른 표현법이었지요. 도움을 줄 생각이 전혀 없는 사람들에게요."

"그렇지, 바로 그거였어. 여하튼 곰에게 쓰레기를 공급하는 건 그들이 적응하도록 도와주는 게 아니었어. 그건 단지 음식이 하늘에서 떨어진다는 걸 가르쳐 주는 거였지. 그들은 헬리쑵터 소리가 들릴 때마다 군침을 흘리기 시작했거든. 그들 나름대로 화물 숭배 의식을 치른 거지."

"하지만 이제부터가 진짜 사기의 진수야. 맞아, 얼음은 벌써 대부분 녹아내렸어. 그래 맞아, 북극곰 일부가 굶어 죽고 있었지. 그렇지만 나머지 곰들은 남쪽으로 서서히 이동하면서 북미 회색곰들과 짝짓기를 하고 있었어. 북극곰들은 겨우 이십만 년 전에 회색곰들로부터 갈라져 나왔거든. 그래서 군데군데 갈색 점이 있는 흰색곰이나 군데군데 흰색 점이 있는 갈색 곰, 아니면 온통 갈색이거나 온통 흰색인 곰이 생겨난 거야. 하지만 털이 무슨 색이건 그게 결코 곰의 기질을 알 수 있는 예측 인자는 될 수 없어. 혼혈종인 피즐리라는 곰은 회색곰처럼 대체로 사람들을 피하곤 하지. 그렇지만 혼혈종인 그롤라 곰들은 북극곰처럼 대체로 사람들을 공격하곤 해. 그러니까 어떤 곰을 맞닥뜨렸을 때 그게 어떤 종류의 곰일지는 결코 알 수가 없는 거야. 그저 우리가 알았던 거라곤 곰들의 영역 위로 날아갈 때 우리가 타고 있는 헬리쑵터가 하늘에서 떨어지지 않기를 바란다는 것뿐이었지."

그런데 젭의 헬리쑵터가 마침 떨어졌던 것이다.

"빌어먹을 바보 같은 놈." 그는 다시 척에게 말했다. "그리고 누가 널 고용했는지는 모르지만 그놈은 갑절로 멍청한 새끼인 거야."

그들이 듣고 있었던 건 아니지만 그는 이 말을 덧붙였다. 아니, 갑자기 고약한 생각이 퍼뜩 떠올랐는데, 어쩌면 그들이 젭의 말을 듣고 있을지도 모른다는 것이다.

추락 사고

척이 나타나기 전 베어리프트에서는 모든 게 아주 순탄하게 진행되고 있었다. 당시 젭은 모종의 곤경에 처해 있었다. 그것은 사실이 아닐 수가 없다……

"다른 때와는 다르게요." 토비가 말한다.

"지금 비웃는 거요? 내가 부모의 학대로 인해 혼란스러웠던 어린 피해자라고? 게다가 너무 빨리 어른이 되었다고?"

"웃어도 돼요?"

"그럴 거면서 뭘 그래. 웃은 거나 마찬가진걸. 당신 마음은 이판암*처럼 무르잖아. 그러니까 당신에게 필요한 건 그 약한 마음을 잘 부숴 없애는 거야."

---

* 얇은 층으로 되어 있어 잘 벗겨지는 퇴적암.

당시 젭은 모종의 곤경에 처해 있었다. 그것은 사실이 아닐 수가 없다. 하지만 베어리프트 센트럴에 있는 어느 누구도 그것을 알거나 관심 갖지 않는 듯했다. 그곳에 있는 사람들 중 절반은 자신들도 곤경에 처해 있으니 '묻지도 말고 말하지도 말라'는 식이었다.

통상적인 업무는 간단했다. 보퍼트해(海) 연안에서 석유 굴착 장치를 실은 유조선들이 쓰레기를 버리기 전에 불법적으로 화이트호스나 옐로나이프, 투크토야크투크 같은 곳에서 먹을 만한 것을 넘겨받아 헬리쏩터에 가득 싣는다. 그 시절에는 유조선 선원들을 위해서라면 아까울 게 하나도 없었기 때문에 석유 굴착 시설들은 진짜 동물성 단백질 찌꺼기들을 대량으로 배출했다. 돼지고기(정말이지 그들은 돼지고기 부산물을 많이 먹었다.)나 닭고기 아니면 그와 유사한 것들이었다. 그게 실험실 고기일 경우에는 최고 등급의 것을 가지고 소시지나 미트로프로 위장했기 때문에 사실상 구별할 수가 없었다.

식사 후 남은 음식물 쓰레기를 헬리쏩터에 가득 실은 다음 맥주 캔 하나를 움켜쥐고는 헬리쏩터를 운전해 베어리프트의 공중 투하 지점으로 날아가 계속 맴돌면서 실어 온 짐을 내버린 후 원위치로 되돌아오는 게 업무의 전부였다. 날씨가 나쁘다거나 기계적 결함이 생기지만 않는다면 권태로움을 제외하고는 별로 할 일이 없었기에 아주 쉬웠다. 문제가 발생하는 경우에는 산허리 부분은 피하려고 애쓰면서 헬리쏩터를 착륙시켜야 했다. 그런 다음 날씨가 좋아지기를 기다리거나 수리 팀이 나타날 때까지 두 손 놓고 느긋하게 기다려야만 했다. 그러고 나면 또다시 반복이다. 그야말로 판에 박힌 일이었다. 개중 최악은 베어리프트 마을 술집에서 그 애송이 모피새끼들의 끝없는 설교를 듣는 일이었다. 그때는 그저 그들이 힘겹게 끌고 온 어마어마한 양의 술을 한 통씩 나눠주면, 그걸 몸이 스펀지처럼 퉁퉁 부을 때까지 퍼마시고 싶을 뿐인데 말이다.

그것을 제외하면 그저 먹고 자는 일뿐이고, 운 좋은 날이면 이런저런 여자 직원과 끈적한 몸싸움도 벌였다. 물론 젭은 그런 일에는 신중할 수밖에 없었다. 왜냐하면 어떤 여자들은 으르렁거리며 화를 냈고 어떤 여자들은 이미 임자가 있었기 때문이다. 여하튼 젭은 그런 소동에는 끼어들지 않으려고 애썼다. 왜냐하면 자부할 만한 음경이나 보조개, 아니면 칼이라도 가진 어떤 격분한 멍청이와 여자의 거시기를 영원히 차지할 권리를 놓고 술집 의자 밑에서 뒹굴며 주먹다짐할 생각이 눈곱만치도 없었기 때문이다. 그 얼간이가 권총을 지니고 있을 가능성은 없었다. 그즈음 시체보안회사는 시민의 안전이라는 가짜 명목을 내세워 총을 몰수하고 있었고 덕분에 그들은 원거리에서 살해할 수 있는 독점권을 아주 효과적으로 확보하게 되었기 때문이다. 몇몇 친구들은 압수를 피해 글록 권총이나 다른 유명 상표 제품을 숨겨 놓았다. 꼭 필요할 경우를 대비하여 그것들을 돌 밑에 파묻긴 했지만 그렇기 때문에 그들이 평소에 권총을 들고 다닐 가능성은 아주 희박했다. 물론 촌구석에서 법률이나 선언문이 모두 다 지켜지는 것은 아니었다. 북쪽에서는 어떤 일이 발생하면 언제나 주변 상황이 다소 애매모호했다. 그러니까 아무도 모를 일이긴 했다.

여하튼 아가씨들이 있었다. 네 물건이 조그맣건 커다랗건 아니면 중간 사이즈건 간에 내 엉덩이를 귀찮게 하지 말고 꺼져라 하는 사인이 보이면 젭은 항상 바로 물러났다. 그렇지만 누군가가 어둠을 틈타 그의 기숙사 방으로 살금살금 기어 들어온다면 홀쩍이며 저항할 필요가 있었을까? 젭은 어렸을 때부터 늘 쥐며느리 정도의 도덕관념을 지녔다는 말을 들어 왔고 남의 기대를 저버리는 걸 아주 싫어했다. 게다가 아가씨들의 접근에 퇴짜를 놓게 되면 그들은 자존심에 상처를 입을 것이다. 그들 중 몇몇은 환한 곳에서라면 가까이하지 않았을 외모를 지니고 있었다. 하지만 그들 중 한 명은 놀랄 정도로 유연한 엉덩이를 갖고 있었고 다른 한 명은 젖가슴이 그물 자루에 들어 있는 두 개의 볼링공 같았고 또…….

"과도한 정보네요." 토비가 말한다.

"질투할 것 없어. 그들은 지금 다 죽고 없으니까. 죽은 여자들을 굳이 질투할 것까진 없잖아."

토비는 아무 말도 하지 않는다. 한때 젭의 연인이었던 루선, 그녀의 관능적인 시체가 젭과 토비 사이를 둥둥 떠다녔다. 눈에 보이지도, 입 밖으로 내서 말하지도 않았지만 적어도 토비에게 루선은 확실히 죽어 묻힌 사람이 아니었다.

"죽은 사람보다 산 사람이 낫잖아."

"경쟁이란 게 있을 수가 없죠. 하지만 생각해 보니까 해 보지도 않았는데 당신이 어떻게 알겠어요."

젭은 껄껄대고 웃는다. "당신 엉덩이도 정말이지 엄청나. 물론 유연하진 않지만, 아주 탄탄하다니까."

"척에 대해 말해 봐요." 토비가 말한다.

척은 마치 그곳에 들어올 권한이 있는 사람처럼 행동하면서도 금지된 방에 발끝으로 잠입하듯 베어리프트 센트럴로 들어왔다. 은밀했지만 적극적이었다. 젭이 보기에 척의 옷은 너무나 새것이었다. 벨크로 테이프와 지퍼와 주머니가 잔뜩 달린 그 옷은 척을 캠핑 용품 매장에서 방금 나온 사람처럼 보이게 했다. 아니면 괴상한 퍼즐 게임이거나. 이 남자를 해체하고 레프러콘*을 찾으면 게임에서 이깁니다 같은 것. 새 옷을 입은 남자는 절대로 신뢰하면 안 된다.

"하지만 옷이란 어떤 때는 새것일 수밖에 없잖아요. 아니면 그때 그 옷이 새것이었나 보죠. 처음 만들었을 때부터 헌옷일 수는 없잖아요."

"진짜 남자라면 단 1초도 지나지 않아 자기 옷을 더럽힐 수가

---

* 아일랜드 민화에 나오는 남자 모습의 작은 요정으로 숨겨진 보물이 있는 곳을 알려 준다고 한다.

있는 법이지. 남자들은 진흙 속에서 몸부림을 쳐 대거든. 옷 말고 치아도 너무 크고 하얬어. 나는 그런 종류의 이를 보면 항상 병으로 살짝 두들겨 가짜인지 알아보고 싶다는 생각이 든단 말이야. 두들겼을 때 그것들이 박살나는지 보고 싶었어. 목사였던 우리 아빠도 그런 이를 갖고 있었으니까. 심지어 우리 아버지는 치아 미백제도 발랐어. 그런 이에다 선탠까지 한 꼴을 보면 무슨 발광 심해어나 사막에서 죽은 지 아주 오래된 말 대가리를 보는 것 같았지. 미소를 짓고 있지 않을 때보다 미소 지을 때의 모습이 더 흉악했으니까."

"어린 시절에 대해서는 더 이상 생각하지 말아요. 비참해지잖아요."

"비참, 그게 당신의 숙적인가? 비참함을 거부하라? 자기야, 나한테 설교 말씀은 안 통해요."

"나한테는 효과가 있는걸요. 비참함으로부터 뒷걸음질 치면요."

"그거 확실해?"

"그래서, 척은요."

"알았어. 그의 눈에 뭔가 있었어. 척의 눈 말이야. 코팅을 한 눈. 단단하고 번들거렸지. 눈에다 무슨 투명한 덮개를 씌웠던 거야."

처음에 척은 식판을 들고 식당 테이블에 나타나서는 "같이 앉아도 될까요?" 하고 말하더니 코팅한 두 눈을 이리저리 굴리면서 젭을 유심히 살펴보았다. 마치 바코드를 스캔하는 것 같았다.

젭은 고개를 들고 그를 힐끗 쳐다보았다. 그는 좋다고도 싫다고도 말하지 않고, 이렇게도 저렇게도 이해될 수 있는 끙끙대는 소리를 내뱉고는 고무처럼 질긴 소시지를 계속해서 질겅거렸다. 누구라도 척이 개인적인 질문, 그러니까 어디 출신인가, 여기에는 어떻게 오게 되었는가 등등의 질문으로 시작할 거라고 예상했을 터이지만 그는 그렇게 하지 않았다. 척은 제일 먼저 베어리프트를 이용해 접근했다. 그는 베어리프트가 굉장히 훌륭한 조직체라고 말했다. 하지만 젭이 그런 말에 반응하지 않자 척은 살다 보니 재수 없는 꼴을 당해 이곳에 오게 되었다고 넌지시 알려 주면서 그러니 상황이 가라앉을 때까지 잠깐 동안 조용히 지낼 작정이라고 말했다.

"무슨 일을 할 거요? 콧구멍이나 후빌 건가?"

젭이 대꾸하자 척은 죽은 말의 이빨과도 같은 치아를 드러내며 낄낄거렸다. 베어리프트는 말하자면 그런 사람들을 위한 곳, 그러니까 일종의 외인 부대 같은 곳이라고 생각한다고 척이 말했을 때, 젭은 외인 뭐라고? 하고 되물었고, 둘의 대화는 거기에서 끝이 났다.

그렇게 무례하게 구는 것으로 그 친구를 흔들 수 있었던 건 아니다. 척은 대응하지 않고 한 걸음 뒤로 물러났지만 용케도 젭의 주변을 계속해서 어슬렁거렸다. 다음 날 아침 젭이 숙취에 시달리며 술집에서 해장술을 마시고 있는데 갑자기 척이 나타나더니 친한 척하면서 다음 잔은 자기가 사겠다고 했다. 화장실에서 소변을 보고 있노라면 척이 심령체처럼 홀연히 나타나 두 칸 떨어진 곳에서 소변을 보고 있었다. 혹은 젭이 화이트호스의 우범 지대에서 모퉁이를 돌다 보면 이런 세상에, 척이 그다음 모퉁이를 돌고 있었다. 그가 젭이 없을 때 벽장 같은 젭의 방에 들어와 소지품을 뒤져 보았을 게 거의 확실했다.

"그런대도 상관없었어." 젭이 말한다. "입다 벗어 던진 더러운 빨랫감 말고는 아무것도 없었으니까. 그리고 진짜 더러운 세탁물은 몽땅 내 머릿속에 들어 있었거든."

척에게 무슨 꿍꿍이가 있는 건 틀림없었다. 처음에 젭은 척이 동성애자라서 바지 위로 제 물건을 비벼 대기 시작할 거라고 생각했지만, 실은 그런 게 아니었다.

다음 몇 주 동안 척과 젭은 비행을 두 차례 함께했다. 날아다니는 복어에는 번갈아 졸 수 있도록 언제나 두 사람이 함께 타게 되어 있었다. 젭은 척과 파트너가 되는 것을 피해 보려고 애썼다. 이때쯤 척은 젭의 목덜미 털이 쭈뼛 곤두서도록 만들고 있었기 때문이다. 하지만 첫 번째 비행에서는 젭과 함께 타기로 되어 있던 친구가 고모의 장례식 때문에 불려 가자 척이 그 자리에 자원했고 두 번째 비행은 다른 친구가 식중독에 걸렸기 때문이었다. 젭은 혹시 척이 그 두 친구에게 사라져 달라고 돈을 준 것은 아닌지 의심했다. 그런 게 아니라면 설득력을 부여하기 위해 고모를 목 졸라 죽였거나 피자에다 대장균을 집어넣은 건 아닐까.

그들이 공중을 날아가는 동안 젭은 척이 본론을 꺼내기를 기다렸다. 어쩌면 그는 젭의 초기 범죄 행위들 중 몇 가지를 알고 비밀에 싸인 어둠의 전사들을 위하여 그를 고용하려고 하는지도 몰랐다. 그래서 해킹이 엄중히 금지된 한 덩어리의 해킹 대상들과 젭이 맞붙어 주기를 원하는 것일까. 어쩌면 어떤 재벌을 뒤쫓는 강탈 그룹이거나 기업체 두뇌광을 성공적으로 납치하기 위해 일부 구간의 기차 선로를 바꾸고 싶은 IP 도둑들과 연결된 고용인일지도 몰랐다.

아니면 함정 수사일 가능성도 있었다. 척은 명백하게 불법적인 장난을 제안할 것이고 젭이 동의하면 그 사실을 기록해 놓을 것이다. 그런 다음 사법 체계로 통하는 엉터리 시스템의 거대한 랍스터 집게발이 내려와 젭을 꽉 움켜쥘지도 모르는 일이었다. 그게 아니라면 터무니없이 얼빠진 요구를 하며 협박할지도 몰랐다.

하지만 이 두 번의 운항에서 비정상적인 일은 전혀 발생하지 않았다. 그것들은 젭을 안심시키기 위한 공갈젖꼭지 같은 것이었음이 분명했다. 척에게 악의가 없다는 신호였을 것이다. 말쑥한 그의 모습은 은폐 전략이었나?

그것은 거의 성공할 뻔했다. 젭은 자신이 피해망상증에 시달리는 것은 아닐까 생각하기 시작했다. 그림자만 보고도 경련하는 판국이었군. 척처럼 별 볼일 없는 기생오라비 같은 인간을 놓고도 걱정을 하다니.

그날 아침, 추락 사고가 발생한 날의 아침도 평소와 똑같이 시작되었다. 아침 식사로 정체불명의 재료로 만든 샌드위치, 머그컵에 담긴 카페인 대체물 두 잔, 구운 톱밥 한 조각을 먹었다. 베어리프트는 보급품에 별로 돈을 들이지 않았다. 고결하고 훌륭한 대의명분을 내세웠으므로 그곳의 대원들은 겸손해야 했고 대체 음식을 먹어야 했으며 곰들을 위해 좋은 물건을 모아두어야 했기 때문이다.

그런 다음 복어의 배 속에 지게차로 들어 올린 생물 분해성 허섭스레기 자루들을 실었다. 예정된 젭의 비행 파트너가 그날의 목록에서 제외되었다. 그 친구는 창녀촌에서 자신이 얼마나 강한지 보여 주기 위해 깨진 유리 위에서 맨발로 춤을 추다가 발이 찢어졌다. 당시에 그는 어떤 바보 같은 약물에 취해 전리층(電離層)보다 더 높이 올라가 있었다는 소문이 들려왔다. 그래서 젭은 로지라는 괜찮은 친구와 짝을 이룰 예정이었다. 하지만 젭이 복어에 올라탔을 때, 그곳에는 산뜻한 지퍼와 벨크로 플랩이 달린 복장을 갖춰 입은 척이 희고 거대한 말 이빨을 드러내며 미소 짓고 있었다. 그렇지만 코팅한 듯한 그의 눈은 무표정했다.

"로지가 전화를 받았나? 할머니가 돌아가셨나 보지?"

"사실은 아버지야. 날씨가 아주 좋은걸. 이봐, 자네 주려고 맥주를 갖고 왔어."

척은 단지 자신이 평범한 친구라는 걸 보여 주기 위해서 자기가 마실 맥주도 들고 있었다. 젭은 툴툴거리면서 맥주를 받아 들고는 뚜껑을 비틀어 열었다.

"한 발 빼고 와야겠는걸."

그는 화장실로 가서 맥주를 구멍에다 쏟아 버렸다. 맥주 뚜껑은 밀봉된 것처럼 보였지만 그런 건 얼마든지 조작할 수 있었다. 거의 모든 게 조작이 가능했다. 그는 척의 손에 있었던 거라면 어느 것 하나 마시거나 먹고 싶지 않았다.

복어 비행선은 이륙하기까지 항상 복잡했다. 헬리콥터의 날개깃과 헬륨/수소 소형 비행선이 양력을 제공해 주었다. 하지만 비결은 복어 날개의 상하 방향 회전 운동을 시작하기 전에 충분히 높은 위치로 올라가는 것이었다. 그러고는 헬기의 날개깃 작동을 제때 중단시켜야 했다. 그러지 않으면 전체가 기울어져서 나선형으로 움직일 수 있었기 때문이다.

그렇지만 그날은 아무런 문제가 없었다. 비행은 원활히 이루어졌다. 둘을 펠리 산맥을 관통하거나 산맥 주위를 이리저리 돌면서 골짜기들을 요리조리 빠져나갔고, 비행선을 정지시켜 놓고 그 지역에다 맛있는 곰의 양식들을 몇 차례 투하하였다. 그런 다음 우편엽서에서 볼 법한, 정상이 눈으로 덮인 매켄지 산맥 봉우리들이 사방을 둘러싼 높은 고도의 불모지 위로 날아가면서 한두 차례 더 투하했다. 그러고 나서 아직도 간간이 서 있

미친아담

는 2차 세계 대전 시절의 전봇대 덕분에 뚜렷이 식별되는, 오래된 캐놀 트레일 유적지를 가로질러 갔다.

헬리쑵터의 반응은 아주 좋았다. 그것은 상하 방향의 회전 운동을 중단하고 투하 지점 바로 위에서 공중 정지 작동을 시작했으며, 출입구가 열려야 할 때에 제대로 열렸으므로 바이오 쓰레기는 밖으로 굴러 떨어졌다. 마지막 공급 구역으로 헬리쑵터가 접근하자 하나는 대체로 흰색이고 또 하나는 대체로 갈색인 두 마리 곰이 벌써부터 자신들의 식량인 쓰레기 더미를 향해 달려오는 모습이 보였다. 젭은 양탄자의 긴 털이 흔들리듯이 곰들의 털이 잔물결을 이루며 일렁이는 것을 볼 수 있었다. 그토록 가까이 다가갈 때면 언제나 약간의 스릴이 느껴졌다.

젭은 헬리쑵터를 돌려서 남서쪽, 그러니까 다시 화이트호스를 향해서 날아가고 있었다. 그런 다음 시계를 보니 눈을 좀 붙일 차례였다. 그는 척에게 조종간을 넘겨주었다. 등을 기대고 누운 젭은 목베개에 바람을 넣은 다음 눈을 감았다. 하지만 비행하는 내내 척이 지나칠 정도로 경계 태세를 유지했던 터라 젭은 잠에 빠져들지 않도록 주의했다. 아무 일도 없는데 그토록 만반의 준비를 갖추는 법은 없기 때문이다.

척이 행동을 개시한 것은 첫 번째로 나타나는 협곡까지 약 3분의 2 정도 왔을 때였다. 거의 감기다시피한 눈을 통해 젭은 번쩍이는 것을 움켜쥔 척의 손이 그의 넓적다리를 향해 은밀하게 움직이는 걸 보았다. 재빨리 자세를 바로 하고서 젭은 척의 숨통을 후려쳤다. 그렇지만 충분히 세게 치지 못했다. 척이 숨을 제대로 쉬지 못하고 헐떡이는 것과 비슷한 소리를 내면서도, 손에 쥐고 있던 뭔가를 떨어뜨리자마자 양손으로 젭의 목을 움켜쥐었기 때문이다. 그래서 젭은 다시 척을 후려쳤다. 물론 그 시점에서는 어느 누구도 헬리쏩터를 조종하고 있지 않았을 뿐 아니라, 허우적대면서 두 손을 마구 휘두르는 가운데 다리나 손이나 팔꿈치로 뭔가를 쳤던 게 분명했다. 바로 그 순간 헬리쏩터는 네 개의 날개 중 두 개를 접고 옆으로 기울어졌다가 추락하고 말았다.

다음 순간 젭은 자신이 나무 밑에 앉아 나무둥치를 응시하고 있다는 사실을 깨닫게 되었다. 너무나도 놀라웠다. 주름진 가장자리가 얼마나 선명하던지, 나무 둥치에 낀 이끼 말이다. 녹색 빛깔이 감도는 옅은 회색, 그리고 색깔이 한층 더 진한 가장자리, 너무나도 정교했다…….

어서 일어나, 젭은 자신을 향해 명령을 내렸다. 넌 빨리 이동해야 해. 그렇지만 몸이 말을 듣지 않았다.

물자 공급

시간이 한참 흐른 것 같은 느낌이었다. 투명한 진흙탕 속을 가까스로 헤치며 걸어 나온 기분이 들었다. 셉은 한쪽으로 몸을 굴린 다음 양손으로 땅을 짚고 몸을 일으켜 가문비나무 옆에 두 발로 일어섰다. 그런 다음 그는 토했다. 조금 전까지만 해도 속이 메스껍다는 걸 전혀 느끼지 못했었는데 울컥 토가 나왔던 것이다.

"수많은 동물들이 그렇게 할 거야." 젭이 말한다. "스트레스를 받으면. 그러니까 굳이 소화시킨답시고 기운을 쏟을 필요가 없다는 거지. 짐을 가볍게 하는 거겠지."

"추웠어요?" 토비가 묻는다.

이가 딱딱 맞부딪치고 몸이 부들부들 떨렸다. 젭은 척의 털조끼를 벗긴 다음 자기 조끼 위에 덧입었다. 척의 조끼는 많이 찢어지지 않았다. 주머니를 확인해 보니 척의 휴대전화가 있었다. 그는 GPS 시스템이라든지 도청 기능을 모두 없애 버리기 위해 그것을 돌로 으깼다. 그 일을 시작하기 직전에 전화벨이 울렸다. 젭은 척인 체하며 전화를 받지 않으려고 자제심을 최대한 발휘했다. 그렇지만 어쩌면 전화를 받아서 젭이 죽었다고 말했어야 했는지도 몰랐다. 그러면 뭔가를 알아낼 수 있었을지도 모르는데. 몇 분 후 젭의 전화벨이 울렸다. 그는 벨소리가 더 이상 울리지 않을 때까지 기다렸다가 자기 전화도 으깨 버렸다.

척의 소지품 중에는 장난감 같은 것들이 몇 개 더 있었는데, 대부분 젭의 소지품과 동일했다. 주머니칼, 곰 퇴치 스프레이, 벌레 잡는 약, 은박지로 만들어진 우주 시대의 생존 담요 따위였다. 이륙 불능 상태에서 공격을 당하는 경우를 대비하여 항상 휴대하고 있던 곰 대비 총이 척과 함께 밖으로 떨어진 것은 엄청난 행운이었다. 곰 대비 총들은 새로운 총기류 금지 법칙에서도 예외 조항이었다. 머저리 같은 시체보안회사 임원들도 베어리프트에게 곰 대비 총이 필요하다는 사실을 알았기 때문이다. 시체보안회사는 베어리프트를 좋아하지 않았지만 그렇다고 해서 그걸 폐쇄시키려고 애쓰지도 않았다. 물론 그들이 마음만 먹었다면 손가락 하나만 까딱해도 그렇게 할 수 있었을 것이다. 그러지 않은 것은 베어리프트에게 이용 가치가 있었기 때문이다. 베어리프트는 희망의 메시지를 들려주었으며 도처에서 벌어지고 있는 만행으로부터 사람들의 주의를 다른 곳으로 돌려놓았다. 그런 만행들로 인해 지구는 불도저에 짓밟힌 양 생기를 잃고 가치 있는 거라면 무엇이든지 탐욕스럽게 움켜쥐는 세상으로 변해 가고 있었다. 베어리프트 광고에 미소 짓는 녹색의 모피새끼가 나와 대중을 대상으로 '베어리프트가 좋은 일을 엄청날 정도로 많이 하고 있으니 제발 현금을 더 많이 보내 주면 고맙겠다, 그렇게 하지 않으면 여러분은 곰이 지구상에서 멸종되고 있다는 사실 때문에 양심의 가책을 느낄 것이다.'라고 떠들어 대는 것에 대해 그들은 아무런 반대도 하지 않았다. 기업체는 심지어 약간의 현금을 직접 보내 주기도 했다. "그때는 그들이 아직 '날 믿어 주세요.'라는 이미지를 조작하고 있을 때였거든." 젭이 말한다. "하지만 놈들이 해머록* 기술을 발휘하여 권력을 잡게 된 다음에는 그토록 신경 쓸 필요가 없어지게 되었지."

곰 대비 총을 보자 부들부들 떨리던 몸이 안정을 되찾아 가는 것 같았다. 젭은 그 총을 꽉 끌어안고 싶었다. 적어도 이제는 어느 정도 기회가 생길 것만 같았기 때문이다. 하지만 바늘은 발견하지 못했다. 그러니까 척이 그를 찌르려고 했던 주삿바늘 말이다. 그건 참 유감스러웠다. 그 속에 무슨 약이 들어 있었는지 알았다면 얼마나 좋았겠는가. 필시 사람을 뿅 가게 만드는 묘약이었을 것이다. 잠에서 깨어나는 젭을 냉동시켜 굳힌 다음

---

* 레슬링에서 상대 선수의 팔을 등 뒤로 비틀어 꼼짝 못하게 하는 기술.

비행선에 태워 누군지도 알 수 없는 자들에게 고용된 두뇌 스크레이퍼들이 기다리고 있는 곳으로 데려갔을 것이다. 그 지저분한 랑데부에서 그들은 젭의 신경 자료를 채굴하여 그때까지 젭이 해킹했던 모든 내용들과 그가 여태까지 해킹했던 모든 사람들의 정보를 뽑아냈을 것이다. 그런 다음 뇌척수가 제거된 채 껍질처럼 쭈글쭈글 말라 버린 젭은 아득히 멀고 황폐한 늪지대에 버려질 것이고, 건망증 후유증으로 비틀거리면서 이리저리 돌아다니다 보면 그 지역 주민들이 그의 바지를 훔쳐 가고 그의 장기는 장기 이식 장사꾼에게 넘겨졌을 것이다.

하지만 만에 하나 젭이 그 주삿바늘을 어찌어찌 찾아냈다 한들 그걸 어떻게 한단 말인가? 자기 자신을 대상으로 직접 실험해 본다? 나그네쥐의 몸에 바늘을 찔러 본다?

"그래도 그걸 보관해 놓았을 수는 있었겠지. 비상 사태를 위해서." 젭이 말한다.

"비상 사태요?" 토비가 어둠 속에서 미소 지으며 말한다. "그때가 비상 사태 아니었어요?"

"아니, 진짜 비상 사태 말이야. 예를 들자면 거기서 누군가와 우연히 마주치는 것과 같은 상황 말이지. 그런 게 비상 사태일 거요. 그 사람은 당연히 미친 사람일 테니까."

"혹시 끈도 있었어요? 주머니 속에요. 끈이 얼마나 유용하게 쓰일지 결코 알 수 없잖아요. 아니면 밧줄 조금이라도."

"끈이라. 그래, 당신이 말하니까 생각나는군. 그때 우리는 낚싯줄 한 통과 낚싯바늘 몇 개를 항상 갖고 다녔지. 불을 붙이는 점화 장치. 미니 쌍안경. 나침반. 베어리프트는 생존에 필수적인 그런 보이스카우트 물품들을 우리 모두에게 배급해 주었어. 하지만 나는 척의 나침반은 가져오지 않았어. 나한테도 이미 있었으니까. 나침반이 두 개씩이나 필요하진 않잖아."

"초콜릿 바는요? 에너지 식량 같은 건?"

"그래, 작고 형편없는 에너지 바 두 개하고 가짜 견과류가 있었어. 목캔디 한 통하고. 그것들은 다 갖고 왔지. 거기에다……." 그는 말을 잠시 멈춘다.

"거기에다 뭐요? 어서 말해 봐요."

"좋아, 그렇지만 경고하는데 이건 아주 역겨운 거야. 난 척의 일부를 가지고 왔어. 척의 몸 일부를 주머니칼로 잘라 냈는데 말하자면 톱질을 했지. 척에게 접이식 방수 재킷이 있어서 그걸로 잘라 낸 부분을 쌌어. 그 불모지에 먹을 게 그다지 많지 않다는 사실을 베어리프트 수련을 받은 모두가 알고 있었거든. 토끼, 땅다람쥐, 버섯이 있겠지만 나로서는 그중 어느 것도 사냥할 시간이 없을 테니까. 여하튼 줄곧 토끼만 먹어도 죽을 수가 있어. 토끼 기아라는 거지. 그런 놈들은 지방이 없거든. 그건…… 뭐라고 말해야 할까, 그래, 황제 다이어트 같은 거야. 그러니까 온통 단백질만 먹는 거지. 그러면 근육이 분해되기 시작해 심장이 매우 허약해지거든"

"척의 어느 부분을 가져왔어요?"

토비는 그런 말을 듣고도 비위가 상하지 않는 자신에게 놀랐다. 비위가 약할 수 있던 과거라면 얘기가 달랐겠지만.

"살이 가장 많은 부분. 뼈가 없는 부위로. 당신이라도 거길 가져왔을 거야. 아니, 제정신이 박힌 사람이라면 누구라도 그랬겠지."

"기분이 언짢지 않던가요? 그리고 내 엉덩이 좀 그만 쓰다듬어요."

"어째서? 음…… 아니, 그다지 심하진 않았어. 척이라도 똑같이 행동했을 테니까. 그건 그렇고 이렇게 쓰다듬는 행위를 말하는 거야?"

"난 너무 말랐어요."

"아 그래, 당신은 속을 좀 더 채워야겠어. 다음에 가면 초콜릿한 상자를 가져다줘야겠다. 찾을 수만 있으면 말이지. 당신 살좀 찌워야겠어."

"꽃도 몇 송이 추가해 줘요. 그런 다음 교제 절차를 완벽하게 밟아 봐요. 당신은 지금까지 한 번도 그런 걸 해 본 적이 없었을 테니까요."

"당신은 무척 놀랄걸. 나도 한창때는 꽃다발을 바치곤 했었으니까. 그런 거 비슷하게."

"하던 이야기나 계속해요."

토비가 재촉한다. 젭이 어떤 종류의 꽃다발을 누구에게 주었는지에 대해서는 생각하고 싶지 않았으니까.

"그러니까 당신은 거기에 있었어요. 저 멀리 산맥이 보이고 척의 시신 일부는 땅에 널브러져 있고 나머지 부분은 당신의 호주머니에 들어 있었죠. 그런데 그때가 몇 시였어요?"

"아마 오후 3시쯤, 어쩌면 5시, 어쩌면 심지어 8시쯤이었을지도 몰라. 시간이 그렇더라도 여전히 환했을 테니까. 난 시간 가는 걸 잊었거든. 그때는 7월 중순이었어. 내가 그 말을 했었나? 그때가 되면 그 곳에서는 태양이 저 위에 떠서 내려올 줄을 몰랐어. 그저 지평선 아래로 살짝 내려와 아주 예쁜 빨간색 테두리를 만들지. 그런 다음 몇 시간도 채 지나지 않아 해는 또다시 떠올라. 거긴 북극권 위는 아니지만 무척이나 높은 데 위치한 툰드라 지역이야. 덩굴처럼 낮게 뻗은 200년이나 된 버드나무들이 있고 야생화가 한꺼번에 꽃을 피우지. 여름이라고 해 봤자 단 몇 주에 불과하니까. 그렇다고 바로 그때에 야생화가 내 눈에 뜨였다는 말은 아니야."

어쩌면 척을 보이지 않는 곳으로 옮겨 놓아야만 할 것 같다는 생각이 들었다. 젭은 척에게 바지를 다시 입힌 다음 그를 헬리콥터의 한쪽 날개 밑으로 욱여넣었다. 부츠는 척의 것으로 갈아 신었다. 여하튼 척의 부츠 상태가 더 나은 데다 잘 쑤셔 넣으니 그런대로 발에 맞았다. 그리고 척의 발 하나는 쑥 삐져나온 대로 내버려 두었는데 그렇게 해 놓으면 누구라도 멀리서 보았을 때 시신을 두고 젭이라고 생각할 것이기 때문이었다. 젭은 적어도 단기적으로는 죽은 게 더 안전할 거라고 생각했다.

베어리프트 센트럴은 통신 수단이 작동하지 않는다는 사실을 파악하면 곧바로 누군가를 보낼 공산이 컸다. 아마도 수리공을 보낼 것이다. 일단 누군가가 와서 수리할 부분이 하나도 남아 있지 않고 헬리쏩터 주변에 앉아 자그마한 신호탄을 쏘아 올리거나 하얀 손수건을 흔들어 대는 사람이 아무도 없다는 걸 발견하면 그냥 떠날 것이다. 시체에 연료를 낭비하지 말라는 것이 그들의 신조였다. 자연이 그것들을 재활용하도록 내버려 두어라. 곰들이 알아서 해결할 것이고, 늑대, 울버린,* 까마귀 등이 합세할 것이다.

하지만 현장을 살펴보기 위해 그곳을 찾아올 사람들이 베어리프트 사람들만은 아닐 수도 있었다. 척이 젭의 뇌를 강탈하려는 계획에 따라 움직였다면 분명 베어리프트 사람들과 작당하지는 않았을 것이다. 만약에 그랬더라면 그는 굳이 하늘까지 올라올 필요 없이 근거지에서 무언가를 시도했을 테고 누군가의 도움도 받았을 것이기 때문이다. 젭은 이미 뇌엽 절제 수술을 받아 생기도 없는 껍데기 같은 존재가 되어 좀비 마을에서 가짜 여권을 가지고 지문도 전혀 없이 광물을 채취하고 기름을 추출하고 있었을 터였다. 하기야 젭이 사라진 걸 알고 그를 찾겠다고 나설 사람이 어디에도 없을 테니까 그들은 굳이 그런 귀찮은 짓을 하지 않았을지도 모른다.

---

* 족제비과의 포유류.

그렇다면 척을 고용한 사람들은 다른 곳에 있었던 게 분명했다. 그들이 어디에서 전화를 걸었는지 모르지만 여하튼 그들은 그곳에 있었다. 하지만 그곳이 얼마나 가까웠을까? 노르만 웰스, 화이트호스? 활주로가 있는 곳이라면 어디라도 가능했다. 젭은 최대한 빨리 추락 지점에서 멀리 벗어나 몸을 숨길 수 있는 장소를 찾아야만 했다. 그런 일은 거의 알몸이나 다름없이 무방비로 노출된 툰드라 지역에서는 결코 쉬운 일이 아니었다.

그렇지만 그롤라 곰들과 피즐리 곰들은 그런 일을 할 수 있었다. 그놈들은 덩치가 더 컸다. 대신에 그놈들은 경험이 더 풍부했다.

낡은 합숙소

젭은 하이킹을 시작했다. 헬리쑵터는 서쪽으로 경사진 완만한 언덕에 내려앉았으며, 그가 택한 방향도 서쪽이었다. 그의 머릿속에는 전 지역을 아우르는 대략적인 지도가 그려져 있었다. 애석하게도 종이 지도는 수중에 없었다. 디지털 모니터의 고장에 대비하여 그곳으로 비행할 때에는 항상 종이 지도를 무릎 위에 펴놓고 있었는데 말이다.

툰드라 지역은 걷기가 무척이나 힘들었다. 스펀지 같아 물을 잔뜩 머금고 있는 데다가 숨겨진 물웅덩이와 미끄러운 이끼, 뿌리에서 많은 줄기가 무리지어 자라는 총생(叢生) 초본으로 이루어진 위험한 흙더미들이 있었다. 또 버팀대며 날갯짓 같은 오래된 비행기 부품들이 토탄에서 여기저기 고개를 삐죽 내밀고 있었는데, 오래전 캐나다 북부나 알래스카 총림 지대를 비행하다가 안개나 갑작스러운 돌풍에 휘말린 20세기의 무분별한 비행사들이 떨어뜨린 폐기물들이었다. 버섯 한 개가 눈에 띄었지만 따지 않고 그냥 내버려 두었다. 그는 버섯에 대한 지식이 거의 없었지만 어떤 종자는 환각을 일으킨다는 사실은 알고 있었다. 이런 때 환각의 버섯 신과 접신해 핑크빛 미소를 지으며 자그마한 날개로 날개짓을 하면서 그를 향해 날아오는 녹색과 보라색 테디 베어들을 만나게 된다면 아마도 최악의 상황일 것이다. 그 날은 이미 충분히 초현실적이었다.

곰 대비 총은 장전되어 있었고 스프레이도 즉시 사용할 수 있게 준비해 두었다. 만약 곰을 놀라게 하면 그놈은 공격해 올 게 분명했다. 곰의 눈에 핏발이 선 것을 볼 수 있을 정도로 가깝게 있지 않으면 스프레이는 전혀 쓸모가 없었다. 그러니까 시간의 창문*이 무척이나 좁기 때문에 스프레이를 뿌린 다음 얼른 총을 쏘아야 했다. 상대가 피즐리 곰이라면 그런 식으로 상황이 진행될 것이다. 하지만 그롤라 곰이라면 사람에게 몰래 접근하거나 뒤쪽에서 다가올 것이다.

젭은 젖은 모래 지역에서 발자국 하나를 발견했는데 왼쪽 앞발이었다. 그리고 앞으로 더 나아가니 오래되지 않은 동물의 똥이 조금 있었다. 그 순간 놈들은 분명 그를 지켜보고 있을 게 뻔했다. 아무리 옷으로 꽁꽁 싸매어 숨겼어도 놈들은 젭에게 한 꾸러미의 혈액과 근육이 있다는 걸 알았다. 그들은 그 냄새를

---

* 동시에 파악되는 시간적 범위를 말한다.

맡을 수 있었기 때문이다. 그들은 젭의 공포심도 냄새 맡을 수 있었다.

기능성이 훨씬 좋은 척의 부츠를 신었는데도 젭의 발은 이미 흠뻑 젖어 있었다. 부츠는 젭이 추정했던 것만큼 잘 맞지는 않았다. 그는 양말을 신은 자신의 두 발이 새하얘지고 물집투성이의 곤죽으로 변한 모습을 상상해 보았다. 그런 생각에서 벗어나기 위해, 그리고 곰이나 죽은 척에 대한 생각에서 벗어나고, 여하튼 아무것도 생각하고 싶지 않아서, 또 자기 자신이나 피즐리 곰이나 서로 놀라는 일이 없도록 곰들에게 조금이나마 경고음을 발신하기 위해 그는 노래를 불렀다. 그것은 이를테면 어린 시절부터 몸에 배어 있던 버릇이었는데, 젭은 어렸을 때 어떤 어두운 장소에 갇히게 되더라도 침착한 척했다. 깊고 깊은 어둠 속에서, 심지어 환한 대낮일지라도 칠흑 같이 캄캄했던 곳에서 부르던 노래였다.

아빠는 사디스트, 엄마는 징그러운 괴물,
눈을 감고 잠이나 자야지.

아니다, 이 순간 아무리 피곤하더라도 잠을 자면 안 되었다. 그는 계속해서 이동해야 했다. 강행군을 해야 했다.

멍청이, 멍청이, 멍청이, 멍청이,

아마도 나는 정말 못된 정말이지 못된 아주 못된 정신병자인가 봐.

작은 개울이 있다는 걸 알려 주듯이 나무가 일렬로 더 빽빽하게 늘어선 녹색의 내리막길이 나타났다. 된서리가 내리는 겨울 동안 자갈들이 지표로 솟아올라 온통 자갈뿐인 지점들과 작은 언덕들과 이끼 지대를 지나서 젭은 그쪽을 향해 걸어갔다. 특별히 더 추운 날은 아니었다. 사실상 햇볕이 쬐는 곳은 뜨거웠다. 그렇지만 그는 아직도 흠뻑 젖어 부르르 떠는 강아지처럼 발작적으로 몸을 떨고 있었다. 그는 자신의 조끼 위에 껴입은 척의 조끼를 두 팔로 감싸 안았다.

개울, 아니 물살이 어찌나 빠른지 차라리 강에 가까운 그곳에 거의 도착했을 때 젭은 문득 만약 척의 조끼에 도청 장치가 달려 있으면 어쩌나 하는 생각이 들었다. 조끼 어딘가에 자그마한 송신기를 꿰매 놓았으면 어쩜담? 그들은 척이 살아서 이동하고 있다고 생각할 것이다. 물론 이상하게도 전화를 받고 있지는 않지만 말이다. 그들은 척을 데리러 누군가를 보낼지도 몰랐다.

젭은 조끼를 벗은 다음 물에 잠기게 쥐고서 개울을 가로질러 물살이 가장 센 곳으로 헤치고 들어갔다. 조끼는 공기를 머금고 부풀어 올라 가라앉지 않을 것이다. 그는 조끼 주머니에 돌을 여러 개 집어넣을 수 있었다. 하지만 더 나은 방법으로 그에게서 멀리 떠내려 가도록 조끼를 그냥 놓아 버렸다. 조끼가 이상하게 부풀어 오른 해파리 같은 모습으로 강 하류로 떠내려가는 것을 지켜보면서 생각했다. 어쩌면 저건 그다지 현명한 선택이 아니었을지도 몰라. 머리가 제대로 안 돌아가는걸.

젭은 찬물을 손으로 떠서 입에 넣었다. 너무 많이 마시면 안 돼, 몸이 무거워질지도 몰라. 그는 자신이 방금 비버 열병*을 요강으로 하나 가득 삼킨 것은 아닌지 궁금했다. 하지만 여기에 비버라고는 한 마리도 없는 게 분명했다. 늑대에게 옮을 수 있는 병은 뭘까? 광견병에 걸릴 수는 있지만 물을 마신다고 해서 걸리는 건 아니다. 용해된 말코손바닥 사슴의 똥…… 속에 혹시 신체 내부를 뚫고 들어가는 자그마한 기생충들이 있을까? 일종의 간디스토마 같은 것?

어째서 물속에 서서 큰 소리로 떠들고 있는 거지? 젭은 자신에게 물었다. 눈에 잘 뜨일 텐데. 젭은 어서 개울 계곡을 따라 이동하라고 자신에게 명령을 내렸다. 눈에 띄지 않도록 관목 숲을 계속 따라가면 되겠지. 그는 머릿속으로 계산하고 있었다. 척이 자기 휴대전화에 응답하지 않은 때로부터 얼마나 시간이 지났을까? 뭔가 잘못되었다는 소란, 원격이든 아니면 다른 방법으로든 그들이 소집했을 대책 회의, 메시지 발송, 지지부진한 논의, 책임 전가와 은근한 비난 등을 모두 감안할 때, 아마도 두 시간은 지났을 것 같다. 그 모든 개수작들.

---

* 야생동물로 인해 오염된 물을 섭취한 경우 생기는 전염병.

미친아담

바람이 들이치지 않는 곳에 어깨 높이의 버드나무들이 서 있다. 잡초들, 관목들이 자라고 있었다. 파리, 흑파리, 모기. 이런 환경이 때로는 삼림순록을 미치게 만든다는 말이 있었다. 순록들이 설신을 신은 큼직한 발로 물이끼로 뒤덮인 소택지를 가로질러 목적 의식도 없이 미끄러지듯 달려가는 모습을 보게 될지 모른다. 젭은 방충제를 조금 뿌렸다. 할당량을 조절해야 했으므로 많은 양은 아니었다. 캐놀 로드의 잔재가 남아 있는 지점에 이르게 될 거라고 기억되는, 아니 기억한다고 생각되는 곳을 향하여 서쪽으로 서서히 나아갔다. 이제 그 도로에는 남아 있는 것이 별로 없었지만, 그래도 비행하면서 보았던 걸 상기하자면 그 길을 따라 건물 몇 개가 남아 있었다. 낡은 합숙소 같은 헛간이 한두 개 있었다.

그는 기울어지는 전봇대, 구식 나무 전봇대를 목표로 삼았다. 그 옆에는 뒤엉킨 전선들, 해골만 남은 순록, 뒤얽힌 사슴뿔이 있었다. 앞으로 더 나아가니 기름통 한 개, 뒤이어 두 개의 기름통, 그다음에는 타이어는 하나도 없었지만 거의 새것처럼 보이는 빨간색 트럭이 있었다. 타이어는 예전에 지역 사냥꾼들이 이렇게 멀리까지 사냥하러 나올 정도로 연료를 감당할 수 있었던 시절에 사륜구동 차에 실어서 가져간 게 거의 확실했다. 아마 타이어를 뭔가에 활용할 데가 있었을 것이다. 실루엣이 둥그스름하고 유선형인 빨간색 트럭은 1940년대에 만들어진 것이었는데 그때가 바로 이 캐놀 로드가 건설된 시기였다. 2차 세계

대전 당시 연안 잠수함이 송유관을 폭파하는 것을 막기 위하여 석유를 내륙으로 수송하려는 정부의 계획이 있었다. 그들은 그런 체계를 구축하기 위해 남부에서 굉장히 많은 군인들을 데려왔는데 대체로 흑인들이었다. 그들은 영하의 추위라든지 닷새씩이나 몰아치는 눈보라, 스물네 시간 내내 캄캄한 어둠이 계속되는 곳에서 지내 본 적이 한 번도 없었던지라 자신들이 지옥에 와 있다고 생각했을 게 분명했다. 이 고장 전설에 의하면 그들 중 3분의 1은 미치광이가 되었다고 했다. 심지어 눈보라가 치지 않더라도 여기서는 미치는 꼴을 볼 수 있을 것만 같았다.

* * *

이제 한쪽 발이 화끈거리는 걸 보니 물집이 생긴 게 분명했다. 그렇지만 그걸 확인하기 위해 걸음을 멈출 수는 없었다. 무너져 내려 띠를 이룬 도로와 키 큰 관목들을 따라 젭은 한 발로 껑충껑충 뛰었다. 한쪽 눈으로 하늘을 올려다보면서. 저 앞에 합숙소가 나타났다. 나무로 지어진 기다랗고 나지막한 건물. 문은 하나도 없지만 그래도 지붕은 남아 있었다.

젭은 재빨리 그림자 속으로 들어갔다. 그런 다음 기다렸다. 그곳은 아주 조용했다.

폐차장 금속으로 만든 그릇들, 나뭇조각, 녹슨 철사. 저기 저쪽에 분명 침대가 있었을 것이다. 안락의자는 갈가리 찢겨졌다.

라디오는 껍데기만 남아 있었다. 그 시기엔 라디오를 빵 덩어리 모양으로 둥글게 만들었는가 보다. 껍데기에는 여전히 손잡이가 달려 있었다. 숟가락. 흔적만 남아 있는 난로. 타르 냄새. 천장의 균열을 통해 들어오는 햇빛으로 떠다니는 먼지가 드러난다. 연기처럼 오래전에 사라진 적막감, 완전히 탈색되어 버린 슬픔.

가만히 기다리는 것은 걸어가는 것보다 끔찍했다. 발, 가슴, 몸이 여기저기 욱신거렸다. 호흡도 너무나 거칠었다.

그 순간 젭은 자신이 도청당하고 있는지 궁금했다. 만약에 척이 그런 짓을 했다면, 그러니까 젭이 보고 있지 않을 때 그의 뒷주머니에다 소형 송신기를 슬며시 집어넣었다면, 그랬다면 그는 바비큐당한 거나 마찬가지였다. 그들은 지금 이 순간 그의 숨소리를 듣고 있을지도 모른다. 심지어 그가 부르는 노랫소리도 들었을 것이다. 그들은 그를 정확하게 찾아내어 미니 로켓을 발사해 그를 흔적 없이 사라지게 만들 것이다.

할 수 있는 일이 하나도 없었다.

얼마 후…… 글쎄? 한 시간쯤 지나서였나…… 그는 무인 항공기가 낮게 떠 다가오는 것을 보았다. 그렇다, 북동쪽 노면 웰스에서 날아왔다. 항공기는 곧바로 추락 지점으로 갔고 시각 자료들을 전송하면서 두세 차례 상공을 비행했다. 누가 그것을 조종하고 있건 일단의 결정을 내린 듯했다. 그것은 척이 숨겨진 부러진 날개를 향해 총을 발사했고 몇 차례 쿵쿵 하는 소리가 들렸다. 그런 다음 헬리쏩터의 어떤 부분이 남아 있었는지 모르겠지만 그것을 폭파했다. 젭은 이런 소리를 들었던 것 같았다. 살아남은 사람은 한 명도 없습니다. 확실한가? 그럴 리가 없을 텐데. 둘 다 말인가? 어쩔 수 없군. 여하튼 확인했으면 이제 초토화시켜.

젭은 숨을 죽이고 기다렸다. 무인 항공기는 물 위에 떠 있는 조끼의 흔적을 쫓지 않았고 버려진 캐놀 합숙소는 거들떠보지도 않았다. 항공기는 그저 기수를 돌려서 출발지를 향해 다시 날아갔다. 그들은 제일 먼저 현장에 도착하여 깨끗이 마무리 지은 다음 베어리프트 수리 팀이 나타나기 전에 재빨리 사라지기를 원했던 것 같았다.

베어리프트 수리 팀은 평소와 마찬가지로 아주 여유롭게 나타났다. 젭은 생각했다. 어서 서둘러, 배고프단 말이야. 수리 팀이 잔해 위에서 맴돌았다. 이런 세상에, 보나 마나네. 불쌍한 자식, 전혀 가망이 없구먼. 그런 다음 수리 팀도 현장을 떠나 화이트호스로 다시 날아갔다.

붉은 땅거미가 내려앉고 안개가 짙어지면서 기온이 떨어졌을 때 젭은 합숙소에 불이 옮겨 붙지 않도록 금속 조각 위에다 불을 자그맣게 지폈다. 건물 안이므로 연기가 천장에 닿게 되면 이리저리 흩어질 것이었다. 젭의 흔적을 노출할 수 있는 연기 기둥은 절대로 안 된다. 그러다 보니 몸이 조금 따뜻해졌다. 그런 다음 그는 뭔가를 요리했고, 그리고 먹었다.

"그게 다예요? 조금은 갑작스럽지 않아요?"

"뭐가?"

"음, 그러니까 그게…… 내 말은…….."

"먹은 게 고기였냐는 거잖아? 당신은 채식주의자를 원했어?"

"짓궂게 굴지 말아요."

"내가 기도라도 하기를 원했소? 신이시여, 척을 그런 얼간이로 만들어 주심으로써 진정으로 의도하지 않았던 바보 같은 방식이긴 하지만 그래도 척이 이렇게 이타적으로 나를 위해 자기 살을 제공하게 하여 주시니 감사하나이다?"

"놀리지 말아요."

"그럼 나한테 예전의 정원사처럼 좀 굴지 마."

"당신도 예전에는 정원사였어요! 게다가 당신은 아담1의 오른팔이었고, 기둥 같은…….."

"글쎄, 그때 난 그렇지 않았어. 빌어먹을 기둥은 무슨. 여하튼 그건 완전히 다른 이야기야."

빅풋*

물론 그렇게 쉬운 일은 아니었다. 젭은 가져온 것을 잘라 작고 두툼한 덩어리로 만든 다음 녹슨 철사 꼬챙이에 꽂아 요리했다. 그러고는 자신을 향해 잔소리를 늘어놓기도 했다. 이건 대문자 N, 영양소란 거야! 영양소를 섭취하지 않고도 여기서 살아 돌아갈 수 있다고 생각하는 건 아니겠지? 그러나 그걸 삼키는 문제가 남아 있었다. 다행스럽게도 그는 자기 입으로 들어가는 것들에 대해 감정적인 거리를 유지하는 훈련을 셀 수 없을 만큼 많이 해 둔 터였다. 가장 최근에 그 훈련이 필요했던 대상은 베어리프트에서 먹은 음식으로, 아마도 유충 같은 걸 건조해 가루로 빻은 것으로 추정되는 단백질 강화제였다.

하지만 젭이 그런 훈련을 처음으로 받은 것은 아주 오래전이

---

* 북미 서부에 살고 있는 것으로 여겨지는, 온몸이 털로 덮인 상상의 괴물.

미친아담

었다. 목사 아버지의 훈육 방식 중 하나는 변기처럼 상스러운 말을 하는 사람들에게는 변기에 들어 있는 내용물을 강제로 먹여야 한다는 것이었다. 어떻게 하면 냄새를 맡지 않을까, 어떻게 하면 맛을 느끼지 못할까, 어떻게 하면 아무런 생각도 하지 않을까. 나쁜 것은 듣지도 보지도 말하지도 말지어다. 어머니의 화장대 위, 작은 석유 드럼통에 올라앉아 제 입과 귀와 눈을 앞발로 꽉 틀어막은 장님, 귀머거리, 벙어리 원숭이 장식. 오래된 금언을 형상화한 그것들은 어머니가 기쁘게 따라야 하는 롤 모델이었다. 너 어디 아픈 거야? 그 턱에 생긴 거, 그게 뭐니? 넌 개새끼니까 네가 토해 놓은 것을 먹으라고 아버지가 말씀하셨어요. 그러고는 내 머리를 변기에 밀어 넣으셨어요……. 자, 지블런, 이야기를 꾸며 내려 들면 안 돼요. 네 아버지가 그런 일을 하셨을 리 없다는 걸 너도 잘 알잖니! 아버지가 널 얼마나 사랑하는데!

그런 생각일랑 지하실에 처넣고 뚜껑 문을 쾅 닫아 버려. 그러고는 나오지 못하도록 커다란 바위를 굴려다 그 위에 얹어 놔. 더 중요한 것은 어떻게 하면 몸을 따뜻하게 유지하는가였다. 합숙소 안 한쪽 모퉁이에 바스러지고 있는 타르 종이가 조금 있었는데 약간은 쓸모가 있었다. 젭은 그것이 온기를 머금는 방습층의 역할을 해 주기 바라면서 종이를 마룻바닥에 펼쳐 놓았다. 양말이 바싹 마른 상태라면 더 도움이 될 텐데. 그래서 그는 막대기들을 이용하여 자그마한 원뿔형 천막을 세우고 꺼져 가는 불씨 가까이에 젖은 양말을 걸쳐 놓으며 양말이 불에 그슬리지 않기를 바랐다. 그런 다음 중간 크기의 돌 여러 개를 석탄불에 집어넣어 뜨겁게 달구었다. 젭은 차가운 두 발을 따뜻한 솜털 조끼 속에다 밀어 넣었고 우주인들이 쓰는 비상 보온 담요 두 개, 즉 자신의 것과 척의 것을 모두 펼쳐 몸을 동그랗게 말고는 아래쪽에 뜨거운 돌들을 집어넣었다. 핵심 부분을 따뜻하게 유지하라, 이것이 첫 번째 과제였다. 좋은 계획이란 언제나 앞으로 나아가는 것이니까 두 발이 마비되지 않도록 주의해야 한다. 예를 들어 신발 끈 묶기와 같이 소근육의 기술을 필요로 하는 작업을 할 때 손가락이 없는 손은 거의 쓸모없다는 점을 기억해 두어라.

날이 어두워졌을 때 합숙소 밖에서 끙끙대는 소리가 났던가, 아니면 박박 긁어 대는 소리였나? 이 합숙소에는 문이라고는 하나도 없었기 때문에 어떤 것이라도 곧바로 걸어 들어올 수가 있었다. 울버린, 늑대, 곰. 어쩌면 그것들은 연기 때문에 들어올 수 없었는지도 모른다. 젭은 잠이 들었었나? 그랬던 게 분명했다. 얼마 지나지 않아서 날이 밝았다.

그는 노래를 부르며 잠에서 깨어났다.

여기를 더듬고 저기를 더듬고 내 속옷 속을 더듬네.
나에게는 털로 뒤덮인 귀여운 애인이 있네.
그녀는 완전히 발정난 고양이라네……

총각 파티에서처럼 몸을 비틀어 대며 쉰 목소리로 울부짖은 건 사고였다. 그렇지만 덕분에 활기가 좀 살아났다. 일시적인 남자만의 공간 형성. "입 닥치지 못해." 그는 자기 자신을 타일렀다. "너 경솔하게 굴다가 죽고 싶니?" 그러고는 스스로에게 응수했다. "별로 문제될 것 같지 않은걸. 지켜보는 사람이라곤 없잖아."

양말은 바싹까지는 아니어도 이전보다는 조금 더 말랐다. 이런 바보 멍청이, 죽어 없어졌어도 결코 잊을 수 없는 척의 물고기 배 같은 발에서 양말은 벗겨 왔어야지. 젭은 양말을 다시 신고 보온 담요를 접어서 호주머니 속에 꾸겨 넣었다. 이 빌어먹을 놈의 물건은 일단 꺼낸 다음에는 절대로 원래 들었던 작은 봉투 속에 들어가지 않는다니까. 그는 프랙티컬 피그사(社)의 자질구레한 공구들과 먹다 남은 것을 포장한 다음 문 밖을 신중하게 살펴보았다.

안개가 사방에 자욱했다. 폐기종 환자의 기침처럼 우중충했다. 그렇다면 비행 시계가 별로 좋지 않을 것이기 때문에 하늘에서 이쪽을 살피는 시선을 차단할 수 있을 터였다. 그러나 젭 자신에게도 그다지 좋은 현상은 아니었다. 왜냐하면 이제 그도 자신이 가고 있는 방향을 제대로 알지 못할 것이기 때문이다. 그래도 이 상황은 확실히 '노란 벽돌 길을 따라가세요.'* 같은 경

---

* 『오즈의 마법사』에 나오는 문구.

우였다. 물론 여기에는 노란 벽돌도 없고 끝까지 가 보았자 에메랄드 시티도 나타나지 않겠지만 말이다.

젭이 택할 수 있는 방향은 단 두 가지였는데, 노먼 웰스로 가는 북동쪽 방향은 빙하가 쏟아져 내린 탓에 사방에 반들반들해진 바위들이 널린 퇴락한 길을 따라가는 험난한 경로였고, 화이트호스로 가는 남서쪽 방향은 쌀쌀하고 안개 낀 계곡들을 가로지르는 길이었다. 어느 길로 가도 목적지가 아주 멀리 떨어져 있었으므로 그가 살아남을 가능성을 두고 내기한다면 그는 절대로 자신의 생존 가능성에 돈을 걸지 않았을 것이다. 그러나 어쨌건 화이트호스 경로는 동력 차량들을 감당할 수 있을 만한 실제 도로가 있는 유콘 쪽과 연결되어 있었다. 그곳으로 가면 픽업 트럭을 히치하이크할 수 있는 기회가 더 많을 것이었다. 트럭이 아니라면 자동차라도.

젭은 안개를 뚫고 길을 나섰고 지표면이 부서져 내린 자갈길을 따라 걸어갔다. 만약 이것이 영화의 한 장면이라면 그의 모습은 하얗게 변해 사라질 것이고 영화 제작에 참여한 모든 사람들의 이름이 사라져 가는 젭의 모습 위로 죽 올라갈 것이다. 하지만 그렇게 하기에는 아직 이르니까 서두를 필요는 없다. 그는 여전히 살아 있지 않은가. "이 순간을 즐겨라." 그는 자신을 독려했다.

형편없는 갈보들의 엉덩이를 따라 정처 없이 떠돌아다녀도 좋아.

　　　　　　　　　　　　　　　　　　　　　　미친아담

그리고 그년들 때문에 화가 날지라도 길을 가며 노래 부르면 좋아.

빌어먹을, 염병할, 빌어먹을, 염병할, 아 하 하 하 하……

　"넌 지금의 상황이 장난 같은가 보구나." 그는 스스로를 꾸짖은 뒤. "그 입 좀 닥치지 못해. 그런 말은 수도 없이 들었단 말이야." 하고 응수했다. 자기 자신에게 말하는 것은 그다지 긍정적인 일은 아니었다. 게다가 큰 소리로 떠드는 것은 한층 더 나빴다. 그렇지만 아직은 정신 착란 상태에 빠지지 않았다. 그런데 빠졌는지 안 빠졌는지 그가 어떻게 확신할 수 있단 말인가?

　안개는 오전 11시 정도에 걷혔고 하늘은 파란색으로 변했다. 바람이 불기 시작했다. 까마귀 두 마리가 하늘 높이 떠서 그림자처럼 그의 뒤를 따라오더니 살짝 내려와 무서운 눈으로 노려보며 그에 대한 무례한 말들을 여기저기 퍼뜨렸다. 그놈들은 뭔가가 나타나 젭을 잡아먹기를 기다리고 있었다. 그러면 놈들도 끼어들어 쉽사리 살점이라도 하나 낚아챌 수 있을 것이다. 먼저 공격해 상처 입히는 일엔 그다지 능숙하지 못한 까마귀들은 항상 사냥꾼들과 함께 사냥을 했다. 젭은 에너지 바를 한 개 먹은 다음 교각이 물에 쓸려 내려간 개천으로 다가갔다. 그는 선택을 해야 했다. 젖은 부츠인가, 절름거리는 맨발인가? 그는 부츠를 선택하고는 먼저 양말을 벗었다. 물은 엄청나게 차가웠다. "우라질, 얼어붙을 지경이로군." 그는 그렇게 말했다. 정말로 발이 얼어붙을 것만 같았다.

그렇다면 그는 양말을 다시 신고 그걸 적시든가 아니면 물집이 악화될 가능성을 무릅쓰고 양말 없이 부츠만 신은 채로 하이킹을 하는 끔찍한 기쁨 중 하나를 선택해야 했다. 부츠 자체는 얼마 지나지 않아서 쓸모가 없어질 게 뻔했다.

"어땠을지 그림이 그려져?" 젭이 말한다. "계속해서 가고 또 갔어. 하루 종일 그런 식이었지. 바람은 불고 태양은 빛나고."

"얼마만큼이나 갔어요?" 토비가 묻는다.

"그걸 어떻게 알겠어? 그런 곳에서는 몇 마일인가는 중요하지 않아. 그저 충분히 가지 못했다고 말할 수 있겠지. 그리고 그때쯤 내 기력은 바닥을 드러내는 중이었어."

젭은 바위 두 개 사이에 쭈그리고 앉아 밤을 보냈다. 파삭파삭한 은박 보온 담요가 두 개나 있고 죽은 버드나무와 개울을 따라 자라고 있는 어린 자작나무로 불을 피워 놓았는데도 온몸이 사시나무처럼 떨렸다.

다음 번 분홍색 저녁노을이 찾아왔을 때쯤 식량이 모두 떨어졌다. 곰에 대한 걱정은 사라진 지 오래였다. 사실 젭은 곰이라도 만나기를 고대하고 있었다. 이를 콱 박아 넣을 수 있을 만큼 크고 살찐 놈으로 말이다. 그는 자그마한 지방 알갱이들이 하늘에서 내려오는 눈처럼 떨어지길 꿈꾸었다. 눈송이처럼 자잘한 조각은 아니고 총알 정도 크기면 좋겠다. 그런 게 내려와 그의 몸에 있는 주름과 구멍 속으로 골고루 배어들어 그를 통통하게 해 주기를 꿈꾸었다. 콜레스테롤 100퍼센트인 뇌를 위한 부양책이 절실했다. 그는 자신의 신체 내부를 눈앞에 그려 볼 수도 있었다. 갈비뼈가 텅 빈 공간을 둘러싸고 있었다. 치아로 둘러싸인 텅 빈 굴. 만약에 지방 덩어리들이 하늘에서 떨어진다면 그는 혀를 쑥 내밀 것이고 공기는 닭고기 수프 맛일 것이다.

땅거미가 내려앉을 무렵 순록 한 마리가 나타났다. 순록은 젭을 바라보았고 젭은 순록을 바라보았다. 총을 쏘기에는 순록이 너무 멀리 있었고 쫓아가기에는 너무 빨랐다. 그런 놈들은 마치 스키라도 탄 것처럼 소택지 위를 미끄러지듯 달려갈 수 있었다.

다음 날은 맑았고 거의 뜨거울 지경이었다. 멀리 보이는 것들의 가장자리가 신기루처럼 흔들거렸다. 여전히 배가 고팠는가? 말하기 어려웠다. 머릿속에서 단어들이 떠오르다가 햇빛을 받으면 타서 없어지는 것을 감지할 수 있었다. 머지않아 그에게서 말이 사라질 것이다. 그렇게 되면 여전히 생각을 할 수가 있을까? 대답은 아니기도 하고 그렇기도 하고, 또 그렇기도 하고 아니기도 하다. 그는 그런 일이 일어나지 않도록 분연히 노력할 것이다. 그가 뚫고 지나가는 공간, 그와 그가 아닌 것을 구분해 주던 언어라는 유리 장벽이 사라진 공간을 채운 모든 것에 대항하여 싸울 것이다. 그가 아닌 것이 그의 방어 수단을 뚫고 가장자리에서부터 슬금슬금 스며들어 그의 형태를 조금씩 갉아먹고 거꾸로 자라나는 머리털처럼 그의 머릿속으로 잔뿌리를 들이밀고 있었다. 얼마 지나지 않아서 젭은 무성하게 자란 이끼로 뒤덮일 것이다. 그는 계속해서 이동하면서 자신의 윤곽을 보존하고, 스스로 만들어 낸 파동, 그러니까 그가 공기 중에 남겨 놓는 자취를 통해 스스로를 명확하게 규정할 필요가 있었다. 경계를 게을리 하지 않기 위해, 적절히 대응하기 위해. 그런데 무엇에 대응한다는 거지? 그게 무엇이건 불쑥 나타나 그를 완전히 고꾸라지게 만들 무언가에 대응할 것이다.

물에 쓸려 내려간 다리가 또 하나 나타났을 때 강 옆을 따라선 나지막한 관목에 엉겨 붙은 곰 한 마리가 보였다. 처음에는 그곳에 없었는데 다음 순간 보니 거기 있었다. 그놈은 깜짝 놀라 뒷다리로 버티고 서서 죽여 주기를 자청하고 있었다. 으르렁거리는 소리가 들렸나? 포효였던가? 악취는? 의심의 여지가 없었겠지만 젭은 기억이 나지 않는다. 분명 곰의 눈을 향하여 곰 스프레이를 살포했을 것이고 아주 가까이에서 총을 쏘았을 텐데 뇌리에 남아 있는 이미지는 하나도 없다.

다음으로 젭이 기억해 낼 수 있었던 건 자신이 그놈을 잘 들지 않는 칼로 도살했다는 사실이었다. 손목까지 피투성이가 된 끝에 노다지, 즉 고기와 가죽을 얻어 냈다. 까마귀 두 마리가 멀리서 지켜보면서 까르륵 소리를 질러 댔고 자기 차례가 오기를 기다리고 있었다. 우선은 젭이 먹을 조각들이 확보된 다음에야 그놈들이 와서 집어먹을 수 있을 것이다.

"너무 많이 먹으면 안 돼." 젭은 고기를 씹으면서 빈속에 욱여넣었다가 생길 수 있는 위험들을 잊지 않도록 자신을 타일렀다. 특히 그토록 기름진 것을 먹을 때는 조심해야 했다. "한 번에 조금씩만 먹자." 그 목소리는 마치 지하에서 자기 자신에게 전화라도 걸고 있는 것처럼 알아듣기 힘들게 윙윙거렸다. 곰의 고기 맛이 어땠지? 아무렴 어때. 곰의 심장을 먹었으니 이제 젭은 곰의 언어로 말할 수 있을까?

그다음 날 또는 그 다음다음 날 아니면 언젠가, 목적지가 어디건 거기까지 반쯤 와 있는 젭의 모습을 상상해 보라. 물론 그는 가다 보면 어디쯤 도달할 거라는 믿음을 갖고 있긴 하나. 그에게는 새 신발도 생겼다. 짐승 가죽으로 만든 발싸개. 털이 붙은 쪽을 안쪽으로 하고 원시인 만화에 나오는 패션 아이템처럼 가죽 조각을 십자 모양으로 묶었다. 그에게는 모피 망토도 생겼고 모피 모자도 생겼으며 그 모든 걸 침구로도 사용하였는데 무겁고 악취가 심했다. 그는 고기 덩어리와 커다란 지방 덩어리를 나르는 중이다. 만약에 시간이 충분했다면 그는 지방을 기름으로 만들어 자신의 몸에다 마구 발랐을 것이다. 그렇지만 현 상황에서는 그저 그것이 한입거리 연료라도 되는 것처럼 지방 덩어리를 입속에 집어넣는다. 이제 젭의 몸이 이 연료를 태우는 중이다. 그것이 그의 혈관을 통해 흘러가면서 열기를 내는 것 같은 느낌을 받는다.

"걱정이여, 안녕." 젭은 노래를 부른다. 까마귀들이 그의 뒤를 따라오며 붙어 지낸다. 이제는 네 마리가 되었다. 그는 까마귀를 몰고 다니는 피리 부는 사나이가 되었다. "내 창틀에 파랑새 한 마리가 앉아 있다네." 젭은 그들에게 노래를 불러 준다. 그의 어머니는 활기차고 마냥 밝은 쓰레기 같은 복고풍 노래를 좋아했다. 그런 노래나 생기 넘치는 찬송가 같은 것.

앞쪽 저 멀리, 비교적 매끄럽게 뻗은 길을 따라 누군가가 젭을 향해 다가오고 있는데 자전거를 타고 있다. 엔도르핀으로 사기가 충천하여 바위투성이의 험한 산을 자전거로 모험하는 부류의 사람이다. 이따금 화이트호스를 통과하는 그런 모험가들은 캠핑 장비 매장에서 장비 세트를 보강한 다음 오래된 캐놀 트레일에서 자신들의 패기만만한 지구력을 시험해 보기 위해 언덕을 향하여 달려간다. 그들은 젭이 묵었던 합숙소만큼이나 먼 곳까지 페달을 밟는다. 그게 그들의 일반적인 행로이다. 그런 다음 그들이 페달을 밟아 되돌아올 때면 몸은 더 날씬해지고 힘줄은 더 두드러지며 한층 더 미쳐 있다. 어떤 사람들은 외계인의 납치에 관한 이야기를, 어떤 사람들은 말하는 여우의 이야기를, 또 어떤 사람들은 밤에 툰드라에서 들었던 인간의 목소리 이야기를 가지고 온다. 아니면 반 인간의 목소리에 관한 이야기, 그들을 유혹하려고 애쓰던 목소리에 관한 이야기를 들고 온다.

아니, 두 사람이다. 하나가 상당히 앞서서 달린다. 연인 간의 말다툼이라도 있었나 보다고 젭은 추정한다. 보통 상황에서라면 옆에 바싹 붙어서 달릴 텐데.

유용한 물건이로군, 산악자전거는. 게다가 양옆에 달려 있는 짐 가방 속에 뭔가가 들어 있을 것이다.

젭은 개울 옆 관목에 몸을 숨기고 첫 번째 사람이 지나가기를 기다린다. 금발 여자가 지나간다. 그녀는 반짝거리고 몸에 딱 달라붙는 사이클 선수용 운동복을 입고서 스테인리스 스틸로 만든 호두까기 여신 같은 허벅지를 자랑스럽게 드러내고 있다. 유선형 헬멧을 쓴 그녀는 눈을 가늘게 뜨고 바람을 마주하고 있는데 최신 유행인 자그마한 고글 너머로 빈약한 눈썹을 극도로 찌푸리고 있다. 그녀는 덜커덩, 덜컥거리며 이식한 젖가슴처럼 팽팽한 엉덩이로 저 멀리 달려간다. 뒤늦게 나다난 남자는 거리를 유지하며 뚱한 모습으로 달리고 있고 입 끝이 처진 게 우울해 보인다. 이 남자는 연인의 비위를 건드려 화나게 만들었으므로 채찍질을 당하고 있는 것 같다. 그는 젭이 완화시켜 줄 수 있는 고통의 짐을 지고 있다.

"으르렁." 젭이 고함을, 아니 그런 취지의 말을 소리 높여 내뱉는다.

"으르렁이라고요?" 토비가 웃으면서 말한다.

"무슨 뜻인지 잘 알면서 왜 그래." 젭이 말한다.

짤막한 형태의 말. 젭은 온몸을 곰의 털로 만든 덮개로 감싼 채 관목 숲에서 뛰어나오면서 짐승 같은 소리를 내며 그 친구에게로 달려든다. 목표물인 그 남자로부터 터져 나오려다 끊기는

베어리프트   169

비명 소리가 들리더니 금속 물체가 쓰러진다. 저토록 속기 쉬운 불쌍한 멍청이는 세게 후려칠 필요도 없다. 여하튼 그 남자는 완전 실신 상태다. 그저 안장 양측에 보따리 한 쌍이 달려 있는 자전거를 집어 타고 재빨리 도망치면 그만이다.

젭이 달려가다 뒤를 돌아보니 아가씨가 가던 길을 멈추었다. 조금 전만 해도 앙다물어졌던 그녀의 입이 딱 벌어진 오, 슬픔의 오로 바뀌는 모습이 상상된다. 이제 그녀는 슬픔에 찬 멍청이를 호되게 꾸짖었던 걸 후회할 것이다. 그녀는 굵은 허벅지를 도로 내리고는 무릎을 꿇고 그 남자를 보살펴 주고 부드럽게 안고서 좌우로 살살 흔들어 주고 긁힌 자국을 꼭꼭 눌러 주고 눈물을 흘릴 것이다. 그 남자는 안경을 벗은 그녀의 눈을 가까이에서 뚫어져라 바라볼 것이다. 얼빠진 놈 같으니. 무슨 잘못을 저질렀는지 모르지만 여하튼 모든 게 용서될 것이다. 그런 다음 그들은 도움을 요청하기 위해 그녀의 휴대전화를 사용할 것이다.

그들은 뭐라고 말할 것인가? 그는 상상할 수 있다.

언덕 아래로 내려가서는 모퉁이를 돌아 그들의 시야에서 완전히 벗어나게 되었을 때, 젭은 안장 주머니를 뒤져 본다. 엄청난 보물이로군. 에너지 바 다섯 개, 유사 치즈 제품, 여분의 윈드브레이커*, 연료 실린더가 달린 미니 난로, 보송보송한 양말 한

---

* 바람이 잘 들어오지 않게 해서 몸을 따뜻하게 해 주는 스포츠용 점퍼.

미친아담

켤레, 바닥이 두꺼운 여분의 부츠,(너무 작았지만 신발의 코 부분이라 도 잘라 내고 신어야겠다.) 휴대전화. 무엇보다 흡족한 물건은 신분 증이다. 젭은 그중 일부를 사용할 수 있을 것이다. 그는 휴대전화를 부숴 바위 밑에 숨긴 다음 툰드라를 넘어서 곁길로 빠진다. 자전거를 타고 끼익끼익 소리를 내면서 달려간다.

다행스럽게도 활짝 갈라진 팔사*가 나타났는데, 의심할 여지없이 화가 난 그롤라 곰이 요리조리 도망치는 얼룩다람쥐를 쫓아다니다가 만들어 놓았을 것이다. 젭은 흙덩어리 사이라는 유리한 지점을 놔두고 자전거와 함께 촉촉한 흑토 속으로 파 들어간다. 축축한 곳에서 한참을 기다리고 있자니 헬리쏩터가 나타난다. 자전거를 타고 가던 두 젊은이는 분명 서로 포옹한 채 몸을 부들부들 떨면서 자신들의 행운에 감사할 터이다. 헬리쏩터는 그들이 서 있는 지점 위에서 맴돌고 사다리가 내려오더니 잠시 후에 두 연인이 사다리를 타고 올라간다. 그런 다음 그들을 태운 헬리쏩터는 느리고 낮게 떠서 덜커덩 덜컥거리면서 사라진다. 그들은 앞으로 얼마나 엄청난 이야기를 떠들어 대야 할 것인가.

실제로 그들은 이야기를 늘어놓았다. 젭이 화이트호스에 다다랐을 때는 이미 곰의 털로 만든 덮개를 연못 속에 가라앉히고, 행운이 가져다 준 새로운 복장으로 갈아입은 터였다. 그런

---

* 습지의 이탄이 얼어 부풀어 오르면서 만들어진 언덕.

다음 히치하이크할 기회를 잡았고, 엄청날 정도로 몸단장을 마쳤으며 머리 모양도 새롭게 바꾸었다. 자전거 운전자의 신분증에서 몇몇 특징을 해킹하고, 메모리에 심어져 있던 백도어*를 통해 얼마간의 현금을 인출해서 자신의 유동 현금 한도를 신속하게 늘려 놓았다. 그런 다음 젭은 두 연인이 늘어놓은 이야기를 전부 읽는다.

설인의 일종인 사스쿼치는 실제로 존재하며 매켄지 산맥의 불모지로 이주해서 살고 있다. 아니, 그것은 결단코 곰이었을 리가 없었다. 세상에 어떤 곰이 산악자전거를 탈 수 있단 말인가. 여하튼 이것은 사람과 거의 유사한 눈을 갖고 있었고 키는 2미터가 넘었으며 끔찍한 냄새를 풍겼다. 그리고 여러 증거들로 미루어 그것이 인간과 거의 맞먹는 지능을 지녔음을 알 수 있다. 심지어 여자의 휴대전화에 찍힌 사진까지 등장했는데 하나의 갈색 방울 주위를 빨간색으로 동그라미 쳐 놓아 사진에 나타난 수많은 갈색 방울 중에서 어느 것이 특별한 의미가 있는 것인지 표시해 놓은 것이었다.

일주일도 채 지나지 않아 빅풋의 존재를 믿는 전 세계 신봉자들이 치안대를 구성하여 발견 지점으로 탐사를 떠났으며 발자국과 털 뭉치와 배설물 더미를 찾아내기 위해 그 지역을 샅샅이 뒤졌다. 조만간 결정적인 DNA 일부를 얻어 낼 것이라고 탐사대

---

* 인증 절차 없이 시스템에 접근할 수 있는 컴퓨터 프로그램 코드.

의 리더는 말한다. 그렇게 되면 빅풋의 존재에 대해 냉소적이던 사람들은 진실의 가능성을 부정하는 부패하고 화석화된, 더 이상 쓸모가 없는 사람들로 판명날 것이다.

조만간 그렇게 될 것이다.

젭, 고맙습니다, 잘 자요 이야기

나한테 이 물고기를 가져다주어서 고마워요.

고맙습니다라는 말의 뜻은…… 고맙다는 말은 여러분이 나를 위해 뭔가 좋은 일을 해 주었다는 걸 뜻해요. 또는 여러분이 생각해 낸 어떤 점이 좋았다던가요. 그리고 그 좋은 일은 바로 나에게 물고기를 가져다준 거예요. 그래서 내 마음이 행복해졌거든요. 그렇지만 정말로 나를 행복하게 만들어 준 것은 내가 행복하기를 여러분이 바란다는 점이에요. 그런 게 바로 고맙습니다가 뜻하는 거예요.

아니에요, 그렇다고 해서 나에게 물고기를 하나 더 가져다줄 필요는 없어요. 나는 지금도 충분히 행복하니까요.

여러분은 젭에 대한 이야기가 듣고 싶지 않아요?

그렇다면 잘 들어야 해요.

꼭대기가 눈으로 덮여 있던 높고 커다란 산에서 돌아온 후에, 그리고 곰의 껍질을 벗겨서 그걸 자신의 몸에 걸친 후에 젭은 곰에게 "고마워."라고 말했어요. 곰의 영혼을 향해서 그렇게 말했어요.

왜냐하면 곰은 젭을 잡아먹지 않았으니까요. 그 대신에 곰은 젭이 자신을 먹는 걸 허용해 주었잖아요. 게다가 곰은 자신의 털 가죽을 젭이 입을 수 있게 내주었어요.

영혼은 여러분의 몸이 죽더라도 죽지 않는 부분이에요.

죽는다는 것은…… 물고기를 잡아서 요리할 때 물고기가 겪는 일이에요.

아니에요, 물고기만 죽는 게 아니에요. 사람들도 마찬가지로 그런 일을 겪어요.

그래요. 누구나 다요.

맞아요, 물론 여러분도 죽어요. 언젠가는. 아직은 아니에요. 한참 동안은 아니에요.

왜 그런지는 나도 몰라요. 크레이크가 그런 식으로 만들었어요.

왜냐하면…….

왜냐하면 어느 것도 영원히 죽지 않는데 모두가 계속 아기를 낳게 되면, 이 세상이 너무 가득 채워져서 빈 공간이라고는 하나도 남지 않을 것이기 때문이에요.

아니에요, 여러분은 죽을 때 불 위에서 익게 되지 않을 거예요.

여러분은 물고기가 아니니까요.

아니에요, 곰 역시 물고기가 아니었어요. 그리고 곰은 곰의 방식으로 죽었어요. 물고기 방식이 아니었어요. 그래서 그것은 불 위에서 익혀지지 않았어.

그래요, 아마도 젭은 오릭스에게도 "고맙습니다."라고 말했을 거예요. 곰에게 말했던 것처럼요.

왜냐하면 오릭스가 자신의 아이들 중 하나를 젭이 먹도록 허용했기 때문이지요. 오릭스는 자신의 아이들 중 일부는 다른 아이들을 먹는다는 사실을 알고 있어요. 왜냐하면 그런 식으로 만들어졌기 때문이에요. 날카로운 이빨을 가진 아이들은 그래요. 오릭스는 젭이 무척이나 배가 고팠기 때문에 젭 역시 자신의 아이들 중 하나를 먹을 수 있다는 걸 알고 있었어요.

나는 젭이 크레이크에게 "고맙습니다."를 했는지 잘 모르겠어요. 어쩌면 여러분이 다음 번에 젭을 보게 되면 직접 물어볼 수 있을 거예요. 여하튼 크레이크는 곰을 책임지고 있지는 않아요. 오릭스가 곰을 책임지고 있어요.

젭은 몸을 따뜻하게 하기 위해 곰의 털을 입었어요.

몹시 추웠기 때문이에요. 왜냐하면 그곳은 여기보다 훨씬 더 추웠기 때문이지요. 사방팔방 산으로 둘러싸여 있는 데다 산꼭대기에는 눈이 쌓여 있었으니까요.

눈은 물이 자그마한 조각들로 얼어붙은 거예요. 그걸 눈송이라고 해요. 얼어붙는다는 것은 물이 바위처럼 단단하게 되는 거예요.

아니에요, 눈송이는 눈사람 지미와는 아무런 상관이 없어요. 어째서 그의 이름 일부가 눈송이와 같은지 나는 모르겠어요.

나는 지금 두통 때문에 손을 이마에다 이렇게 얹고 있는 거예요. 두통은 머리에 통증을 느끼는 거예요.

고맙습니다. 내 생각에 가르랑거리기가 분명 도움을 줄 거예요. 그렇지만 여러분이 그렇게 질문을 많이 하지 않는다면 그것 또한 도움이 될 거예요.

맞아요, 내 생각으로는 아만다 역시 두통을 앓고 있는 게 분명해요. 아니면 어떤 통증 같은 걸 느끼고 있을 거예요. 아마도 여러분이 그녀를 위해 가르랑거리기를 조금은 해 줄 수 있을 거예요.

오늘 밤 젭의 이야기는 이 정도로 충분할 것 같아요. 저것 좀 보세요. 달이 떠오르고 있어요. 이제는 여러분이 침대에 들어갈 시간이에요.

여러분에게 침대가 없다는 걸 잘 알아요. 하지만 나한테는 침대가 있어요. 그래서 이제 나는 침대에 들어갈 거예요. 잘 자요.

잘 자요는 여러분이 아침까지 단잠을 자고 무사히 깨어나기를, 밤사이에 여러분한테 좋지 않은 일이 하나도 일어나지 않기를 바란다는 뜻이에요.

음, 그러니까…… 여러분한테 어떤 종류의 좋지 않은 일들이 일어날 수 있을지 생각나지 않네요.

잘 자요.

마음의 상처

마음의 상처

　매일 밤 토비는 크레이커들에게 이야기를 들려주고 나서 혼자 몰래 빠져나갈 때 아주 조심하려고 애썼다. 그녀는 일단 남들의 시야에서 벗어난 다음 젭을 만났다. 하지만 그녀는 아무도, 특히 인간들 중 어느 누구도 속이지 못한다.

　물론 사람들은 그녀의 행동을 아주 재미있어한다. 젊은 사람들, 스위프트 폭스, 로티스 블루, 크로제와 섀키, 준준시토가 그랬다. 어쩌면 심지어 렌마저도 그럴지 모른다. 아만다까지도. 나이가 약점인 구닥다리들의 로맨스란 웃음을 자아낼 만한 얘깃거리다. 젊은이들에게 쭈그렁바가지 늙은이의 사랑 타령이란 영 어색한 일이거나 웃지 않고는 볼 수 없는 익살극에 불과하다. 감미롭고 애간장을 녹이던 여자가 화를 잘 내고 쪼글쪼글 시든 여자로 바뀌는 순간이 있다. 풍요롭던 바다가 불모의 모래땅이 되는 것이다. 그들은 토비가 그런 순간을 통과했다고 여길

게 분명하다. 약초를 끓이고 버섯을 모으며 구더기를 환부에 붙이고 꿀벌을 돌보며 피부에 생기는 사마귀를 제거하는 일, 그런 건 할머니들이 담당하는 역할인데, 바로 그게 토비의 참된 소명인 것이다.

젭의 경우, 그들은 아마도 그를 우습다기보다는 수수께끼 같은 사람이라고 생각할 것이다. 사회 생물학적 관점에서 본다면 젭은 알파 남성들이 아주 잘하는 일, 즉 그가 소유할 수 있는 젊고 아리따운 아가씨들에게 달려들어 그들을 기절할 정도로 황홀하게 해 주고 그들을 임신시켜서 토비와는 달리 실제로 아기를 낳아 줄 수 있는 여자들을 통하여 자신의 유전 인자를 다음 세대로 전해 주는 일을 해야 했다. 무엇 때문에 젭은 자신의 소중한 정자들을 낭비하고 있단 말인가? 예를 들어 그것을 스위프트 폭스의 난소에 현명하게 투자하는 대신에 말이다. 그들은 분명 궁금해하고 있을 것이다. 속눈썹 깜박거리기, 젖가슴 내밀기, 머리채 흔들기, 겨드랑이 내보이기 등과 같은 신체 언어로 판단해 보건대, 스위프트 폭스가 젭에 대해 무슨 생각을 하고 있는지는 거의 확실하다. 그녀는 차라리 크레이커들처럼 푸른색 엉덩이로 신호를 보내는 게 나을지도 모르겠다. 발정난 개코원숭이처럼.

그만 좀 해라, 토비. 그녀는 자신을 타이른다. 고립무원 상태거나 조난을 당했거나 포위 상태에 있는 닫힌 공동체에서는 바로 이런 식으로 문제가 시작된다. 질투, 불화는 집단 사고의 담벼락에 생긴 구멍이다. 사소한 증오심을 키우고 하찮은 분노를 마구잡이로 방출하며 서로를 향해 고함을 질러 대고 그릇들을 내던지는 등 어두운 자아로 인해 우리의 주의가 산만해지고, 그 결과 우리가 깜빡 잊고 잠그지 않은 문을 통해 우리의 적, 살인자, 그림자가 슬며시 들어오게 된다.

사면초가에 몰린 그룹은 그런 식으로 곪아 터지는 경향이 있다. 그런 식의 험담, 그런 식의 내분. 정원사 시절에 그들은 바로 이런 주제를 놓고 깊은 명상 훈련 세션을 개최한 적이 있었다.

두 사람이 연인 사이가 된 이후로 토비는 계속해서 젭이 떠나는 꿈을 꾼다. 실제로 젭은 토비가 꿈을 꾸는 사이에 떠난다. 벽장만 한 조그만 방에서 토비가 사용하는 싱글 침대 크기의 평판은 그들 두 사람이 함께 드러누울 공간으로 충분치 못하기 때문이다. 그래서 옛 영국의 시골 저택이 배경인 소극의 등장인물처럼, 젭은 밤마다 남몰래 어둠 속에서 토비의 방을 빠져나가 더듬더듬 자신의 비좁은 방으로 되돌아간다.

하지만 꿈속에서는 젭이 정말로 사라지고 없다. 아주 멀리 사라져 그의 행방을 아는 사람이 하나도 없다. 토비는 흙집 울타리 밖에 서서 칡넝쿨에 뒤덮이고 부서진 집의 일부라든지 박살 난 차들로 꽉 막혀 있는 길을 내려다보고 있다. 양이 부드럽게 푸념하는 소리가 들린다. 아니면 양이 울고 있는 건가? "그는 돌아오지 않을 거예요." 수채화 그림에서 들려오는 것 같은 목소리가 말한다. "그 사람은 절대로 돌아오지 않을 거예요."

여자의 목소리다. 렌인가, 아만다인가, 아니면 토비 자신의 목소리인가? 꿈속의 시나리오는 파스텔로 그린 크리스마스카드처럼 감미롭게 감상적이다. 현실에서라면 토비는 그런 걸 무척이나 짜증스러워 했겠지만 꿈에서는 전혀 아이러니가 아니다. 어찌나 많이 울었던지 옷이 눈물로 축축하다. 어느새 몰려온 어둠 속에서 혼자 실룩거리는 청록색 가스 난로의 불처럼 아주 선명한 눈물이다. 아니면 그녀는 지금 동굴 속에 있나? 하지만 그 순간 커다란 고양이같이 생긴 동물이 그녀를 달래 주려고 다가온다. 그것은 바람처럼 가르랑거리며 그녀에게 몸을 비벼 댄다.

토비가 잠에서 깨어나 보니 자그마한 크레이커 소년이 옆에 서 있다. 소년은 그녀의 몸을 휘감고 있는 축축한 시트 자락을 들어 올리고 그녀의 다리를 부드럽게 쓰다듬고 있다. 소년에게서 오렌지 냄새와 뭔가 다른 냄새가 난다. 감귤 방향제. 그들 모두에게서 이런 냄새가 나지만 어린아이들에게서는 더 많이 난다.

"너 여기서 뭘 하고 있어?"

토비는 가능한 한 차분한 목소리로 묻는다. 내 발톱은 무척 더러운데, 그녀는 생각한다. 더럽고 들쭉날쭉하다. 손톱 가위도 수집 목록에 올려놓아야겠다. 피부가 아주 깨끗한 이 아이의 손과 비교하니 그녀의 피부가 너무 거칠다. 이 아이는 몸 안에서 빛을 내는 것일까, 아니면 살결이 너무 고와서 빛을 반사하는 것일까?

"아 토비, 당신도 아래쪽에 다리가 있네요." 소년이 말한다. "우리들처럼요."

"그럼, 나한테도 다리가 있지."

"그럼 가슴도 있어요, 아 토비?"

"그래, 물론 나한테도 있지." 그녀가 웃으면서 말한다.

"두 개 있어요? 두 개의 가슴이요?"

"그래."

토비는 '지금까지는'이라는 말을 덧붙이고 싶은 충동을 밀어내면서 말한다. 이 아이는 가슴이 한 개 또는 세 개, 아니 어쩌면 개처럼 네 개나 여섯 개가 있을 거라고 생각한다는 말인가? 저 아이는 개를 아주 가까이에서 본 적이 있을까?

"그럼 당신의 두 다리 사이에서 아기가 나올까요, 아 토비? 당신이 푸른색으로 변한 다음에요."

도대체 이 아이는 무엇을 알고 싶은 거지? 자신처럼 크레이커가 아닌 사람들이 아기를 낳을 수 있는지 알고 싶은 건가, 아니면 그저 토비에게 아기를 낳을 가능성이 있는지 알고 싶은 걸까?

"내가 좀 더 젊었다면 아기가 나올 수도 있을 거야. 그렇지만 이제 나한테서는 아기가 나올 수 없어."

물론 나이 때문만은 아니었다. 그녀의 인생 전체가 아주 달랐더라면 가능했겠지. 만약에 그녀가 돈을 필요로 하지 않았더라면. 만약에 그녀가 전혀 다른 세상에서 살았더라면.

"아 토비, 당신에게 어떤 질병이 있어요? 많이 다치셨어요?"

소년은 그녀를 안아 주려고 아름다운 두 팔을 들어올린다. 소년의 저 기이한 녹색 눈에 보이는 게 눈물인가?

"괜찮아. 이젠 더 이상 아프지 않아."

토비는 신의 정원사들이 그녀를 받아들이기 전 평민촌에서 살던 시절에 집세를 내려고 난자를 팔았다. 그때 세균에 감염되는 바람에 그녀의 모든 미래의 아이들이 제거되었다. 토비는 오래전에 슬픔을 깊숙이 묻어 버리고 그 문제를 더 이상 생각하지 않았다. 그러지 않았다면 지금이라도 그 슬픔을 묻어 버려야 한다. 전체적인 상황을 고려해서, 그러니까 예전에 인류라고 여겨졌던 존재의 상황을 고려해 볼 때, 그런 감정들은 무의미한 것으로 치부되어야 한다.

토비는 '나한테는 상처가 있어, 마음속 깊은 곳에.'라고 덧붙여 말하려다가 자제한다. 상처가 뭐예요, 아 토비? 그게 그 아이의 다음 질문일 것이다. 그렇게 되면 그녀는 상처가 무엇인지 설명해 줘야 할 것이다. 상처는 네 몸에다 글쓰기를 하는 것과 같아. 그것이 과거에 너한테 일어난 일에 대해 말해 줄 테니까. 예를 들면 피가 났던 피부의 상처처럼 말이야. 글쓰기가 뭐예요, 아 토비? 글쓰기란 네가 종이에다…… 돌 위에다…… 해변에 있는 모래처럼 평평한 표면에다 자국을 만드는 거야. 그리고 각각의 자국은 소리를 의미한단다. 그리고 그 소리들이 서로 합쳐져서 하나의 단어가 되는 거야. 그리고 단어들이 서로 합쳐지면……. 당신은 이 글쓰기를 어떻게 만들어요, 아 토비? 그것은 키보드로 만드는 거야. 아니, 그게 아니다. 일단 그걸 펜이나 연필로 만들면, 그러니까 연필이란…… 아니면 그것을 막대기로 만들 수도 있어. 아 토비, 난 무슨 말인지 모르겠어요. 살갗에다 막대기로 자국을 만들면, 그러니까 피부를 자르게 되면 상처가 생기지요. 그러면 그 상처가 목소리로 바뀌나요? 그게 말을 하나요? 상처가 우리에게 이야기를 해 주나요? 아 토비, 우리는 상처가 말하는 소리를 들을 수 있어요? 그렇게 말을 하는 상처를 어떻게 만들 수 있는지 우리에게 보여 주세요!

아니다, 토비는 이 상처와 연관된 이야기는 절대로 아무것도 말해서는 안 된다. 그러면 크레이커들이 목소리를 낼 수 있는지 알아보기 위해 자신들의 몸에다 글씨를 직접 새겨 넣도록 부추기는 꼴이 될 수도 있다.

"네 이름이 뭐지?" 그녀가 어린 소년에게 묻는다.

"내 이름은 블랙비어드예요." 아이가 진지하게 말한다.

블랙비어드? 사람을 살해하는 악명 높은 해적? 이 달콤한 아이의 이름이? 크레이크는 새로운 종의 몸에서 털이 자라지 못하도록 만들었기 때문에 성인이 된다 해도 턱수염은 절대로 자라지 않을 텐데, 이 아이의 이름이 블랙비어드라고? 기이한 이름을 지닌 크레이커들이 무척이나 많다. 젭에 의하면 크레이크가 그들의 이름을 지었다. 비뚤어진 유머 감각을 지녔던 크레이크. 그러나 전반적으로 특이한 이 종족들의 이름이 기이하지 말아야 하는 이유는 또 뭐란 말인가?

"널 만나서 매우 기쁘구나, 오 블랙비어드."

"당신은 당신의 배설물을 먹나요, 아 토비? 우리는 그렇게 하 잖아요. 우리가 먹는 잎사귀들을 더 잘 소화시키기 위해서요."

무슨 배설물? 먹을 수 있는 똥? 이런 사실에 대해 아무도 그 녀에게 경고해 준 적이 없었다!

"어서 어머니한테 가 봐야지, 오 블랙비어드. 어머니가 무척 이나 걱정하고 계실 텐데."

"아니에요, 아 토비. 엄마는 내가 당신과 함께 있는 걸 아세 요. 엄마는 당신이 착하고 친절하다고 말씀하세요."

아이는 조그맣고 완벽한 치아들을 내보이며 웃는다. 매혹적 이다. 그들 모두가 상당히 매력적이다. 에어브러시로 수정한 화 장품 광고 속 모델 같다.

"당신은 크레이크처럼 착해요. 당신은 오릭스처럼 친절하세 요. 당신에게 날개가 있나요, 아 토비?"

그 아이는 토비의 등을 보고 싶은지 목을 길게 뺀다. 조금 전 끌어안으려고 했던 동작도 어쩌면 단지 그녀의 등에서 돋아나 고 있을지 모르는 깃털 토막을 은근슬쩍 만져 보기 위한 작전 에 불과했는지도 모른다.

"아니. 날개는 하나도 없어."

"내가 좀 더 크면 당신과 짝짓기를 할 거예요." 블랙비어드가 말한다. 이런 제안을 이 아이는 아주 늠름하게 내놓는다. "비록 당신이…… 비록 당신이 단지 아주 조금만 푸르다 해도요. 그렇게 되면 당신은 아기를 낳을 거예요! 아기는 당신의 뼈 동굴에서 자랄 거예요! 그럼 당신은 행복할 거예요!"

단지 아주 조금만 푸르다. 그렇다면 이 아이는 토비가 비교적 나이가 많다는 것을 인식한다는 뜻이다. 물론 크레이커들에게는 나이가 많다는 것을 표현하는 단어가 없다.

"고마워, 아 블랙비어드. 그럼 이제 나가서 놀지 않을래? 나는 아침 식사를 해야 하거든. 그리고 지미도 만나러 가야 하고……. 눈사람 지미가 아픈 게 좀 나았는지 가서 봐야 해."

토비는 자세를 바로 한 다음 두 발을 마룻바닥에 똑바로 놓는다. 그것은 소년에게 이제 가 보라고 말하는 신호다.

물론 소년은 그런 신호를 이해하지 못한다.

"아침 식사가 뭐예요, 아 토비?" 그가 말한다.

그녀는 잊고 있었다. 이 사람들은 그런 식으로 식사를 하지 않는다는 사실을. 이들은 초식 동물처럼 풀을 뜯어먹는다.

소년은 탐이 나는지 토비의 쌍안경을 쳐다보고 쌓여 있는 침대 시트를 찔러 본다. 이제 그는 구석에 세워 둔 그녀의 소총을 쓰다듬고 있다. 그런 짓은 평범한 인간의 아이라도 할 만한 행동이다. 하릴없이 만지작거리고 호기심으로 건드려 볼 수 있다.

"이게 당신이 먹을 아침 식사예요?"

"그건 만지면 안 돼." 토비가 다소 날카로운 목소리로 말한다. "그건 아침 식사가 아니야. 그건 아주 특별한 거야……. 아침 식사란 우리가 아침에 먹는 걸 말하는 거야. 그러니까 나처럼 겉껍질이 있는 사람들이."

"그게 물고기예요? 그 아침 식사라는 거요."

"때로는. 그렇지만 나는 오늘 아침에는 동물의 일부를 먹을 거야. 털이 있는 동물. 아마 그의 다리를 먹을 거야. 그 속에는 냄새가 나는 뼈가 들어 있단다. 넌 그토록 냄새가 나는 뼈를 보고 싶지 않을 거야, 안 그래?"

이런 말을 하면 저 아이는 확실히 이 방에서 나갈 것이다.

"네, 보고 싶지 않아요."

소년이 의심스럽다는 듯이 말한다. 그는 코를 찡그린다. 하지만 이 아이는 아주 흥미를 느끼는 것 같다. 커튼 뒤에 숨어서 트롤*들의 혐오스러운 축제를 몰래 들여다보고 싶지 않을 사람이 이 세상에 어디 있겠는가?

"그러니까 넌 어서 가야 해."

블랙비어드는 여전히 꾸물거린다.

"눈사람 지미가 말해 주었는데요, 혼돈 때 살던 나쁜 사람들이 오릭스의 아이들을 먹었대요. 그 사람들이 아이들을 죽이고 또 죽였대요. 그런 다음 그걸 먹고 또 먹었대요. 나쁜 사람들은 언제나 그걸 먹었어요."

"맞아, 그들은 그렇게 했어. 하지만 그들은 올바르지 않은 방

---

* 북유럽 신화와 스칸디나비아, 스코틀랜드 전설에 등장하는 상상 속 괴물.

미친아담

법으로 그것을 먹었던 거야."

"그 두 나쁜 남자들도 그것을 올바르지 않은 방법으로 먹었어요? 도망친 사람들이요?"

"맞아. 그들은 그랬어."

"당신은 그것을 어떻게 해서 먹어요, 아 토비? 아이들의 다리를요?"

마치 토비에게서 송곳니가 자라나고 그녀가 자기한테 달려들기라도 할 것처럼 블랙비어드의 커다란 두 눈이 그녀에게 고정된다.

"올바른 방법으로."

토비는 이 아이가 올바른 방법이 어떤 것인지 묻지 않기를 바라면서 말한다.

"난 냄새 나는 뼈를 보았어요. 부엌 뒤에 있던데요. 그게 아침 식사예요? 나쁜 남자들도 저런 뼈를 먹나요?"

"그래. 하지만 그들은 다른 나쁜 짓들도 한단다. 수없이 많은 나쁜 짓을 하거든. 훨씬 더 좋지 못한 행동들을 말이다. 우리 모두가 아주 조심해야 해. 그러니까 혼자서 숲속에 들어가면 절대로 안 되는 거야. 혹시라도 네가 그 나쁜 남자들이나 그들과 비슷한 다른 사람들을 보게 되면 곧바로 나한테 와서 알려 줘야 해. 내가 없으면 크로제나 레베카나 렌이나 아이보리 빌한테 말하면 돼. 우리 중 아무한테나 말해 주렴."

토비는 모든 크레이커들에게 이 점에 대해 여러 차례 반복해서 말했다. 하지만 그들이 그 말을 제대로 알아들었는지 확실하지가 않다. 그들은 그녀를 똑바로 쳐다보면서 고개를 끄덕인다. 마치 생각하는 것처럼 천천히 곱씹으면서 말이다. 하지만 그들은 겁을 먹은 것 같지 않다. 그들이 두려움을 느끼지 않는다는 게 무척이나 걱정스럽다.

"눈사람 지미나 아만다는 안 돼요." 소년이 말한다. "그들에게는 말할 수가 없어요. 그들은 아프거든요."

적어도 저 아이는 저만큼은 파악하고 있구나. 소년은 뭔가 생각하는 것처럼 잠깐 동안 말을 중단한다.

"하지만 젭이 나쁜 남자들을 멀리 쫓아 버릴 거예요. 그렇게 되면 모든 게 안전할 거예요."

"그래. 그렇게 되면 모든 게 안전할 거야."

크레이커들은 이미 젭에 대해 강력한 믿음의 근거를 구축해 놓았다. 머지않아 그들 사이에서 그가 모든 문제를 해결할 수 있을 만큼 강력해질 수 있다. 그렇게 되면 골치깨나 아플 수 있다. 왜냐하면 젭은 물론 그렇게 할 수가 없기 때문이다. 심지어 나한테도 못 해 주는데, 토비는 생각한다.

하지만 젭이라는 이름이 블랙비어드의 불안감을 없애 준다. 그는 다시 미소를 짓더니 손을 들어 올리고 살짝 흔든다. 오래전의 대통령처럼, 기마 행렬 속의 여왕처럼, 영화배우처럼. 저 아이는 저런 제스처를 어디서 보고 배웠지? 이제 블랙비어드는 출입문을 등지고 뒷걸음질 치듯 바깥으로 물러가고 있다. 그 아이는 모퉁이를 돌아 나갈 때까지 토비에게서 눈을 떼지 않는다.

내가 저 아이에게 겁을 주었나? 토비는 생각한다. 인간 아이들과 마찬가지로 저 아이는 다른 사람들에게로 돌아가 경이롭지만 혐오스러운 것들에 대해 이야기할까? 모든 아이들이 그렇게 하듯이?

보라색 생태변기

본채 바깥에서는 이미 하루가 진행되고 있다. 다른 사람들은 이미 아침 식사를 마친 모양이지만 스위프트 폭스와 아이보리 빌은 아직도 식탁에 앉아 난해한 수작질을 주고받기에 한창이었다. 여자는 연습 삼아 하는 듯했고 남자 쪽은 애처롭게도 진지해 보였다.

토비는 젭이 주변에 있나 싶어 사방을 둘러본다. 그렇지만 그는 어디에도 보이지 않는다. 어쩌면 샤워를 하고 있을지도 모르겠다. 크로제는 모헤어 양 떼를 몰고 막 출발하는 중이고, 준준시토도 그의 등 뒤를 보호해 주기 위해 분무 총을 메고 크로제와 함께 나가고 있다. 지미의 그물 침대가 나무 밑에 걸려 있고 세 명의 크레이커들이 보살피고 있다.

로티스 블루와 렌은 흙집을 증축하는 일에 달라붙어 있다. 미친 아담 식구들은 투표를 통해 잠을 잘 수 있는 공간의 수를 늘리기로 합의를 보았는데, 새로 만드는 공간은 좀 더 진짜 집처럼 널찍하게 만들기로 했다. 핵심 구조물은 옛날식 전시물처럼 지어졌는데 시멘트로 만든 공룡처럼 선사 시대를 모방한 건물이었다. 예전에는 이곳에서 생명나무 천연 제품 거래가 이루어지곤 했다. 토비는 신의 정원사들과 함께 직접 만든 재활용비누나 식초, 꿀과 버섯, 그리고 옥상에서 키운 채소들을 판매하기 위하여 이곳에 왔던 때를 떠올렸다. 그때는 여전히 물건을 구매하는 행위와 구매하는 사람들, 그런 물품들을 파는 행위와 판매하는 사람들이 있던 시절이다.

돌아다니는 꿀벌들이 있는지 이곳저곳 둘러봐야겠다고 토비는 생각한다. 도망 나가 나무에서 사는 놈들이 분명 있을 것이다. 벌통 몇 개를 돌보는 일은 유용할 뿐만 아니라 마음을 진정시켜 줄 것이다.

흙집 공사는 단계별로 이루어져야 한다. 오늘 아침에는 렌과로티스 블루가 미키 마우스 장식이 붙어 있는 플라스틱 풀장에서 진흙, 짚, 모래를 혼합하고 있다. 나무 틀을 세워 놓고 날마다 벽토 층을 추가하는 중이다. 오후에 나타나는 천둥 번개 때문에 각각의 벽토 층을 건조시키는 게 심각한 문제이긴 하지만다행스럽게도 그들은 그것들을 덮을 수 있는 플라스틱 판을 몇개 주워올 수 있었다.

아만다는 아무것도 하지 않고 두 손을 무릎에 올려놓은 채두 친구 가까이에 앉아 있다. 그녀는 아무것도 하지 않으며 많은 시간을 보낸다. 어쩌면 그것은 느리게 요리하는 것과 마찬가지로 느린 치유 과정일지도 모른다고 토비는 생각한다. 그런 방식이 궁극적으로 더 나은 결과를 가져올지도 모른다. 어쨌든 아만다의 몸무게가 조금은 늘었다. 지난 며칠간 아만다 나름대로 약간의 노력을 기울였는데, 잡초를 한두 가닥 끌어당기고 특이한 민달팽이나 달팽이를 추려 냈다. 과거 에덴절벽 옥상정원 시절에 그들은 야채를 갉아 먹는 이 동지들을 다른 곳으로 옮긴 적이 있었다. 물론 샐러드용 접시 위처럼 부적절한 장소에서 살면 씹어 먹힐 위험이 있으니 곤란하지만, 민달팽이들 역시 이 세상을 살아갈 권리가 있다는 만트라가 있었다. 그러나 이제는 그 수가 압도적으로 많아졌다. 모든 식물에서 자연 발생적으로 민달팽이와 달팽이가 생겨나는 것만 같다. 그래서 대놓고 말은 하지 않지만 대체로 암묵적 합의가 이루어져, 그것들을 소금물에 던져 넣게 됐다.

아만다는 그것들이 몸부림을 치고 거품을 일으키는 모습을 얼마간 즐기는 듯 보인다. 흙집 건축 작업은 아만다에게는 힘겨운 일이다. 예전에 아만다는 상당히 강했다. 어떤 걸 보아도 놀라는 법이 없던 아이였다. 그녀는 강인한 평민촌 망나니였고 기지가 있어 신속한 결정을 내릴 줄 알았으며 어떤 일도 처리할 수 있었다. 렌과 아만다 둘을 비교해 볼 때 렌이 더 나약하고 소심한 편이었다. 아만다가 겪은 일들, 그녀가 고통공 죄수들한테 당한 일이 어떤 것이었는지 다 알 수는 없지만 극단적인 경험이

미친아담

었음이 분명하다.

크레이커 아이들 여럿이 진흙을 혼합하는 작업을 지켜보고 있다. 당연히도 그들은 질문들을 쏟아붓고 있다. 어째서 그런 일을 하고 계세요? 당신들은 혼돈을 만들고 있는 거예요? 머리 위에 둥그런 검은 물체가 있는 저것들은 뭐예요? 미키 마우스가 뭐예요? 하지만 저것들은 생쥐처럼 생기지 않았어요. 우리는 생쥐를 보았거든요. 생쥐한테는 커다란 하얀 손이 없어요 등등. 미친 아담 친구들의 영역에서 그들이 발견하는 새로운 것 모두가 그들에게는 경이의 원천이다. 어제는 크로제가 양 떼를 돌보느라 어슬렁어슬렁 거닐던 중에 어쩌다가 담배 한 갑을 주워 피웠는데 크레이커들은 그걸 목격한 충격에서 벗어날 수가 없었다. 크로제가 하얀 막대기에다 불을 붙였어요! 그가 그걸 입에다 집어넣었어요! 그러고는 연기를 빨아들였어요! 아 크로제, 당신은 어째서 그런 행동을 했어요? 연기는 빨아들이는 게 아니에요. 연기는 생선을 익히는 데 사용하는 거예요 등등.

"그들한테 그건 그냥 크레이크가 만든 거라고 말해 줘."

토비가 말했다. 그래서 크로제는 토비한테 들은 대로 말했다. 크레이크 책략은 두루두루 적용되었다.

여자 크레이커 몇 명과 자그마한 아이 여럿이 흙집의 경계 울타리 바깥쪽에 예전부터 있던 놀이터에서 그네 위로 늘어져 있는 칡넝쿨을 우적우적 씹어 먹고 있다. 칡넝쿨이 그들에게 최고의 먹을거리 중 하나라는 사실은 크레이크의 통찰력을 보여 준다. 근시일 안에 칡넝쿨 부족 사태가 발생할 리는 없기 때문이다. 그들은 빨간색 플라스틱 미끄럼틀을 거의 벌거숭이 상태로 만들었으며 아이들은 미끄럼틀이 살아 있는 물체인 것처럼 어루만지고 있다. 그들이 넝쿨을 갉아먹기 전에는 놀이 기구가 그 밑에 있었다는 걸 어느 누구도 기억해 내지 못했다.

토비는 보라색 생태변기로 향한다. 그곳에 가야 할 필요성도 있었지만 그보다는 스위프트 폭스가 식탁을 떠나기 전에 그곳에 도착하고 싶지 않았기 때문이다. 그녀는 의식적으로 헤픈 여자라는 말을 억누른다. 여자라면 다른 여자에 대해 분명한 이유가 없을 때 그런 말을 함부로 사용해선 안 되기 때문이다.

정말로? 토비의 마음속에서 헤픈 여자라는 말을 내뱉으려는 목소리가 말한다. 너는 젭을 바라보는 저 여자의 눈길을 보았잖아. 파리 지옥풀 같은 그녀의 눈썹, 눈동자를 굴리고 치켜뜨는 음흉한 눈초리. 그런 신호는 꼭 섹스 로봇을 할인 가격으로 판매한다는 구식 광고 같다. 박테리아 내성 섬유, 100퍼센트 애액 분사, 생생한 신음 소리, 최적의 만족을 주는 악력 조임 측정기 운운.

토비는 숨을 들이쉬면서 정원사 시절의 명상 훈련을 상기해 본다. 마음속에서 분노가 달팽이 뿔처럼 피부를 뚫고 밖으로 솟아났다가 자그마한 분노의 꽃봉오리가 맺히고 시들어 떨어지는 모습을 천천히 그려본다. 그녀는 스위프트 폭스가 있는 쪽을 향하여 부드럽게 미소 지으며 생각한다. 네가 원하는 건 그저 얼른 달려드는 거잖아. 그 남자를 낚아채려 드는 건 단지 네 능력을 과시하고 싶어서겠지. 너의 트로피 벽에다 그 남자를 걸어 놓고 싶은 거 아니겠어? 하지만 너는 젭에 대해 아는 것이 하나도 없잖아. 네가 어떻게 그 사람의 진가를 알 수 있겠어. 그는 절대로 너의 소유물이 될 수 없단 말이야. 내가 얼마나 오랫동안 기다렸는지 네가 어떻게 알겠니…….

이런 생각은 해 보았자 아무런 소용이 없다. 아무도 신경 쓰지 않는다. 공정함도 없고 소유권 같은 것도 전혀 없다. 토비에게는 그 어떤 권리도 없다. 만약에 젭이 스위프트 폭스와 잠자리를 한다 해도…… 그가 발끝으로 살금살금 걸어서 그녀의 침대로 다가간다 해도, 심지어 그가 침대 속으로 스며든다 해도 토비에게는 그런 행동에 대해 뭐라 할 자격 같은 게 전혀 없다. 젭이 애정 어린 기분에 취해 잠든 그녀를 내버려 두고 이미 이중적인 행위를 하고 있을지 어찌 알겠는가.(어쩌면 젭과 토비는 절친한 친구 같아서 두 사람 사이에 좀 심할 정도의 동지애가 흐른다고 말할 수 있을지도 모른다. 안 그런가?) 여하튼 여전히 굶주린 젭이 슬그머니 밖으로 나가 다른 통로를 통해 방 안으로 들어가서는 게걸스러운 스위프트 폭스에게로 자신을 슬며시 밀어 넣었을지 모른다.

그런 생각은 너무 끔찍해서 견딜 수가 없었으므로 토비는 더이상 그런 생각을 하지 않을 것이다. 생각하지 않을 것이다. 온 힘을 다해 생각하지 않을 것이다.

보라색 생태변기는 본래 공원에 설치되어 있던 시설의 일부인데, 남자용 세 칸, 여자용 세 칸이 있다. 생태변기의 태양광 전지가 여전히 작동하는 덕분에 자외선 LED와 공기를 통하게 하는 자그마한 송풍 전동기가 기능을 발휘하고 있다. 생태변기들이 여전히 작동하는 한 미친 아담 식구들은 옥외 화장실 구덩이를 팔 필요가 없을 것이다. 다행스럽게도 근처 거리에서 수많은 화장지를 모아 올 수 있다. 화장지는 전염병이 창궐하여 노략질을 일삼던 단계에서 사람들이 극렬히 약탈하던 물품이 아니었기 때문이다. 두루마리 화장지를 가지고 무엇을 할 것인가? 그런 게 아무리 많아도 제정신을 잃도록 술에 취할 수는 없었다.

생태변기 칸의 내부 벽은 평민촌 시절 사람들이 적어 놓은 낙서로 뒤덮여 있다. 여러 세대에 걸쳐 적어 놓은 것들이라 한 층의 낙서 위에 또 한 층의 낙서가 켜를 이뤘다. 질서에 여전히 충실했던 사람들이 그런 낙서들을 페인트로 지우고자 애썼던 시기가 있었지만, 자기표현을 통해 무정부 상태를 보여 주겠다고 작정하고 덤비는 몇몇 아이들은 사흘에 걸쳐서 깨끗하게 칠해진 흰색 벽면을 한 시간도 안 되어 망가뜨릴 수 있었다.

다린에게, 난 너의 암캐, 넌 나의 왕.

무엇보다 나♡너

빌어먹을 기업체

로리스는 좆같이 건방진 년

10만 명의 무자비한 놈들이 널 강간했으면 좋겠어.

화장실 벽에다 낙서하는 인간들아, 네 똥으로 조그만 공이나 만들지 그래. 그리고 이런 지혜의 글을 읽는 인간들아, 너희들은 똥으로 만든 그 공들이나 잡수시죠.

전화 주세요 / 소액으로 살 수 있는 최고의 만족 / 주7일 24시간 비명 소리 보장 / 정액 연못에서 사망 보장.

내 일에 상관하지 마. 아니면 칼에 맞아 죽을 줄 알아라.

그리고 수줍게 쓰다 만 미완성 글, 사랑하라 이 세상이 필요로 한다.

무엇을 먹을까, 어디에다 똥을 눌 것인가, 어떻게 대피할 것인가, 누구를 무엇을 죽일 것인가. 이런 것들이 기본적인 것이란 말인가? 토비는 생각한다. 결국 우리는 이런 것에 귀착한 것인가? 이런 지경으로 떨어졌단 말인가? 아니면 되돌아온 건가?

그리고 너는 누구를 사랑하는가? 누가 너를 사랑하는가? 그리고 누가 너를 사랑하지 않는가? 그러고 보니, 누가 진정으로 너를 미워하고 있을까?

깜빡이는 눈

지미는 나무 밑에서 여전히 잠들어 있다. 토비는 그의 맥박을 확인해 본다. (어제보다 더 진정되었다.) 그러고는 구더기를 다른 것으로 교체한다. (지미의 발에 난 상처가 더 이상 곪지 않는다.) 그런 다음 버섯으로 만든 영약을 양귀비 약간과 혼합해 지미의 입에 흘려 넣는다.

그물 침대를 중심으로 의자들이 타원형으로 배열되어 있다. 지미가 잔칫상의 메인 요리, 가령 거대한 연어라든지 서빙 접시에 올려놓은 돼지라도 되는 것처럼 말이다. 크레이커 셋이 지미에게 가르랑거리기를 해 주고 있다. 남자 두 명과 여자 한 명인데 몸 빛깔이 각각 황금색, 상아색, 흑단색이다. 몇 시간마다 세 명씩 교대로 그렇게 한다. 그들이 가르랑거릴 수 있는 몫이 단지 그 정도뿐인가? 충전이 필요한 배터리와 유사한 건가? 물론 그들은 풀을 뜯어먹고 물을 마셔야 하니까 휴식 시간이 필요할

테지만 가르랑거리기 자체가 전기 주파수 같은 성질을 갖고 있
나?

그런 건 결코 알 수 없을 거야. 토비는 지미가 입을 벌리도록
그의 코를 붙잡으면서 생각한다. 왜냐하면 과학 연구를 해 보
겠다고 크레이커들의 뇌에다 전선을 연결할 방법은 더 이상 없
기 때문이다. 그들에게는 천만다행인 일이다. 옛날 같았으면 어
떤 경쟁 기업체가 파라디스 프로젝트 돔에서 살아가는 그들을
납치한 다음 그들이 어떻게 조립되었는지 알아보기 위해 주사
를 놓고 전기 충격을 주며 철저한 실험을 하고 얄따랗게 조각조
각 저며냈을 것이다. 어떻게 해서 크레이커들에게서 째깍거리
는 소리가 나는지, 어떻게 했기에 이들이 가르랑거리기를 할 수
있는지, 어떻게 이들이 딸깍거리는 소리를 낼 수 있는지 알아내
기 위해서 말이다. 무언가 그들을 병들게 할 수 있는 게 있다면
그게 무엇인지 알아내려고 온갖 짓을 했을 것이다. 그들은 결국
냉동실에 DNA 조각들로 남게 되었을 것이었다.

지미는 약을 삼키더니 한숨을 쉰다. 그의 왼손이 씰룩거린다.

"눈사람 지미가 오늘은 어땠어요?" 토비가 세 명의 크레이커
에게 묻는다. "잠깐이라도 잠에서 깨어났었나요?"

"아니요, 아 토비." 피부가 황금색인 남자가 말한다. "그는 지
금 여행을 하는 중이에요."

이 남자의 머리칼은 선홍색이고 팔다리가 가늘고 길다. 피부
색깔에도 불구하고 그는 아이들의 이야기책, 아일랜드 만화 같

마음의 상처

은 데 나오는 존재처럼 보인다.

"그렇지만 지금은 그가 여행을 멈추었어요." 흑단같이 새까만 남자가 말한다. "지금은 나무 위로 올라갔어요."

"그의 진짜 나무가 아니에요." 상아색 여자가 말한다. "그가 살고 있던 나무가 아니에요."

"그는 이 나무에서 깊은 잠에 빠져 있어요." 흑단색 남자가 말한다.

"그러니까, 그가 잠 속에서 또 잠을 자고 있어요?" 토비가 말한다. 말도 안 되는 것 같다. 어떻게 그런 일이 가능하단 말인가. "꿈속에서 나무에 있다고요?"

"그래요, 아 토비." 상아색 여자가 말한다.

마치 토비가 끈 한 가닥을 빙글빙글 돌리고 있고, 그들은 지루해하는 고양이라도 된 것처럼 세 사람 모두 부드럽게 빛나는 녹색 눈으로 그녀를 가만히 바라본다.

"어쩌면 눈사람 지미는 오랜 시간 잠을 잘 거예요." 황금색 남자가 말한다. "그는 거기 나무에서 옴짝달싹 못하고 있어요. 만약에 그가 잠에서 깨어나 이곳으로 여행을 떠나오지 않으면 그는 결코 깨어나지 못할 거예요."

"하지만 눈사람 지미의 상태는 점점 좋아지고 있는걸요!" 토비가 말한다.

"그는 두려워하고 있어요." 상아색 여자가 태연하게 사무적인 목소리로 말한다. "그는 이 세상에 있는 것들을 두려워하고 있어요. 나쁜 남자들이 두렵고 돼지1들도 두렵고요. 그는 잠에서 깨어나기를 원하지 않아요."

"당신이 눈사람에게 이야기해 줄 수 있을까요?" 토비가 말한다. "잠에서 깨어나는 게 훨씬 좋다고 그에게 말해 줄 수 있어요?"

노력해서 손해 볼 것은 하나도 없잖은가. 지미가 어디에 있건 그들한테는 지미에게 전달될지도 모르는, 들리지 않는 의사소통 방식이 있을지도 모른다. 파장이든, 진동이든.

하지만 이제 크레이커들은 토비를 보고 있지 않다. 렌과 로티스 블루를 쳐다보고 있다. 그들은 아만다와 함께 다가오고 있는데, 아만다는 그들 뒤에 몸을 숨기고 있다.

세 아가씨는 비어 있는 의자로 가서 앉는데 아만다가 머무적거린다. 렌과 로티스 블루는 집 짓는 일을 하느라 진흙투성이가 되었지만 아만다는 아주 깨끗하다. 이들 두 친구가 아침마다 그녀를 샤워시켜 주고 그녀를 위해 깨끗한 침대 시트를 골라 주며 그녀의 머리를 땋아 준다.

"집짓기를 중단하고 잠시 휴식을 취하는 게 좋을 것 같아서요." 렌이 말한다. "지미가 어떤지, 그러니까 눈사람 지미가 어떤지도 알아볼 겸해서요."

상아색 크레이커가 그들을 향해 입을 활짝 벌리고 웃는데 남자 둘은 그보다는 입을 덜 벌리고 웃는다. 크레이커 남자들은 이제 흙집에 사는 젊은 인간 여자들이 주변에 있으면 긴장한다.

난폭한 단체 짝짓기가 허용되지 않는다는 것을 터득한 후로 그들은 자신들이 어떤 행동을 해야 하는지 잘 알지 못한다. 그들이 낮은 목소리로 서로 상의하기 시작하자 상아색 여자 혼자만 가르랑거리기를 한다.

저 여자는 파란가? 한 명은 파래. 다른 두 명은 전에 파랬어. 그래서 우리의 파랑을 그들의 파랑에 합했지만 우리는 그들을 행복하게 해 주지 못했어. 저 여자들은 우리의 여자들과 똑같지 않아. 저 여자들은 행복해하지 않아. 저 여자들은 망가졌나 봐. 크레이크가 저 여자들을 만들었을까? 어째서 그는 저 여자들을 저런 식으로 만들었지? 그러니까 저 여자들이 행복해하지 않게 말이야. 오릭스가 저 여자들을 보살펴 줄 거야. 저 여자들이 우리 여자들과 똑같지 않은데도 오릭스가 저 여자들을 돌보아 줄까? 눈사람 지미가 잠에서 깨어나면 그에게 이런 것들에 대해 물어봐야겠어.

담벼락에 붙어 있는 파리였으면 좋겠다고 토비는 생각한다. 지미가 이 남자들, 아니 반쯤남자들에게 크레이크의 방식을 해명해 주는 말을 귀담아들으면서 말이다.

"지미, 그러니까 눈사람 지미는 괜찮을까요?" 로티스 블루가 묻는다.

"그럴 거야." 토비가 말한다. "그런 걸 결정하는 것은 그의……"

그녀는 '면역 체계'라는 단어를 말하고 싶지 않다. 왜냐하면 크레이커들이 듣게 될 것이기 때문이다.(면역 체계가 뭐예요? 그것은 여러분의 몸속에 들어 있는 것인데, 여러분이 튼튼해지도록 도와주는 거예요. 우리는 어디에서 면역 체계를 발견할 수 있어요? 그건 크레이크 한테서 오나요? 그가 우리에게 면역 체계를 보내줄까요? 등등.)

"그건 그가 어떤 꿈을 꾸는가에 달려 있어."

크레이커들은 별다른 대꾸가 없다. 여기까진 괜찮군.

"하지만 얼마 지나지 않아서 그는 확실히 깨어날 거야."

"지미가 뭘 좀 먹어야 할 텐데요." 로티스 블루가 말한다. "너무 말랐어요! 아무것도 먹지 않고 어떻게 살 수 있겠어요."

"사람은 음식 없이도 상당 기간 버틸 수 있어." 렌이 말한다. "정원사 시절에는 금식도 했는걸. 여러 날을 견딜 수 있어. 여러 주도."

렌이 상체를 구부려 손을 뻗더니 지미의 머리칼을 부드럽게 쓸어 넘긴다.

"지미의 머리를 좀 감겨 줄 수 있으면 얼마나 좋을까. 머리에서 악취가 나려고 해."

"지미가 방금 무슨 말을 한 것 같아." 로티스 블루가 말한다.

"그냥 중얼거리는 거야. 스펀지로 그의 몸을 닦아 줄 수 있을 것 같아. 스펀지 목욕 같은 거 말이야." 렌이 말하며 몸을 더 가까이 기울인다. "지미의 몸이 약간 쪼글쪼글해진 것 같아. 불쌍한 지미. 지미가 죽지 않았으면 좋겠어."

"지미에게 수분을 공급해 주고 있어. 꿀도 먹이고 있고. 방금도 지미에게 그걸 먹여 주고 있었어." 어째서 토비가 말하면 수

간호사의 말처럼 들릴까? 그녀는 방어적으로 말한다. "우리는 그의 몸도 닦아 주고 있는걸. 날마다 그렇게 해 주고 있단다."

"글쎄요, 여하튼 지미는 고열로 들떠 있는 것 같지는 않아요." 로티스 블루가 말한다. "진정되고 있는 것 같아요. 넌 그렇게 생각하지 않아?"

렌이 손으로 지미의 이마를 짚어 본다.

"잘 모르겠어. 지미, 내가 하는 말 들려?"

그들 모두가 지켜본다. 지미는 꼼짝도 하지 않는다.

"이마가 조금 따뜻한 것 같은데. 아만다, 네 생각엔 어떤지 한 번 만져봐."

렌이 아만다를 끌어들이려고 애쓰고 있구나, 토비는 생각한다. 아만다가 뭔가에 관심을 갖게 만들려고. 렌은 언제나 다정한 아이였어.

만약에 저 여자, 저 로티스 뭔가 하는 여자가 파랗다면 우리가 저 여자와 짝짓기를 해야 할까? 아니, 그러면 절대로 안 돼. 그들에게 노래를 부르지도 말아야 하고, 그들에게 꽃을 따 줘도 안 되고, 그들에게 페니스를 흔들어 대지도 말아야 해. 이 여자들은 무섭다고 소리를 질러 대잖아. 우리가 그들에게 꽃을 주어도 그들은 우리를 선택하지 않아. 그들은 우리가 페니스를 흔들어 대면 아주 싫어해. 우리는 이 여자들을 행복하게 해주지 못해. 그들이 무엇이 무섭다고 소리를 질러 대는지 도통 모르겠어. 그렇지만 저 여자들은 어떤 때는 두려워서 소리 지르는 게 아니야. 때때로 그들은…….

"나 좀 누워야겠어."

아만다가 말하고는 자리에서 일어나 흙집을 향해 비칠비칠 걸어간다. 렌이 말한다.

"정말이지 아만다가 걱정스러워요. 오늘 아침에도 먹은 걸 다 토했어요. 뭘 제대로 먹지를 못해요. 극단적인 요양 상태예요."

"어쩌면 자그마한 벌레 때문일지도 몰라." 로티스 블루가 말한다. "아만다의 음식에 들어 있었을지도 모르잖아. 정말이지 그릇을 씻을 때 좀 더 제대로 씻어야만 할 것 같아. 내 생각에는 물이……."

"저것 좀 보세요." 렌이 말한다. "지미가 눈을 실룩였어요."

"그가 당신의 말을 듣고 있어요." 상아색 크레이커가 말한다. "그는 당신의 목소리를 듣고 있고 이제 걷고 있어요. 그는 행복 해해요. 그는 당신과 함께 있고 싶어 해요."

"나하고요? 정말로요?"

"그래요. 보세요, 그가 미소 짓고 있잖아요."

정말로 미소를 짓고 있다. 아니면 미소의 흔적인가? 토비는 생각한다. 물론 아기들의 경우처럼 어쩌면 단지 가스 때문일 수 도 있다.

상아색 크레이커가 손을 흔들어 지미의 입에 앉은 모기 한 마리를 쫓아 버린다. 그녀가 말한다.

"그는 곧 깨어날 거예요."

신비로운 젭

신비로운 젭

저녁이다. 토비는 크레이커들과의 이야기 시간을 피하고 있었다. 그들에게 이야기를 해 주는 게 무척이나 힘들다. 우스꽝스러운 빨간 모자를 쓰고 언제나 바싹 구워졌다고 할 수 없는 제식용 물고기를 먹어야 할뿐더러 꾸며 내야 하는 것들이 너무나 많기 때문이다. 그녀는 거짓말하고 싶지 않다. 고의로는 싫다. 그러니까 보통 거짓말이라고 하는 것은 하고 싶지 않지만, 좀 더 암울하고 복잡하게 얽힌 현실의 모퉁이들은 언급하지 않으려고 애쓴다. 그것은 토스트를 만들려고 하면서도 그것이 검게 타지 않게 하려는 것과 비슷하다.

토비는 크레이커들에게 말했다. "내일 올게요. 오늘 밤에는 젭을 위해 중요한 일을 해야만 하거든요."

"아 토비, 당신이 해야만 하는 중요한 일이 뭐예요? 우리는 당신을 도와주고 싶어요."

적어도 그들은 중요하다는 것이 무슨 뜻인지는 묻지 않았다. 아마도 그 단어의 의미를 대략적으로 이해한 것 같다. 위험하다 와 맛있다 사이의 어디쯤으로.

"고마워요. 하지만 그건 오로지 나만이 할 수 있는 일이에 요."

"나쁜 사람들에 대한 일이에요?" 어린 블랙비어드가 물었다.

"아니야. 우리는 나쁜 사람들을 한동안 보지 못했어. 그들은 어쩌면 멀리 갔는지도 몰라. 그렇더라도 여전히 조심해야겠지. 그리고 만약에 그들을 보게 되는 경우에는 반드시 다른 사람들 에게 알려야 해."

모헤어 양 한 마리가 행방불명되었다. 크로제가 그녀에게 조 용히 말해 주었다. 장식용 수술을 달고 있는 빨강 머리 모헤어 양이 사라졌다고. 어쩌면 녀석은 그저 풀을 뜯어먹다가 옆길로 잘못 들어섰을 수 있다. 아니면 사자양이 잡아갔거나.

그런 게 아니면 더 나쁜 일일지도 모른다고 토비는 생각한다. 사람이 연관된 어떤 일.

그날은 숨이 턱턱 막히도록 무더웠다. 심지어 오후에 천둥 번 개를 동반한 소나기가 왔는데도 습기를 쓸어 가지 못했다. 정상 적인 상황이라면 ─ 정상적이라는 게 뭐지? ─ 이런 날씨에는 과도한 욕망의 공급이 중단되었어야 했다. 축축한 매트리스 아 래에 있는 것처럼 욕망의 소리가 죽고, 토비와 젭도 기력 없이 기진맥진했어야 했다. 하지만 그 대신 두 사람은 갈망으로 미끈 거리고 구멍이란 구멍은 모두 열망했으며 모든 모세혈관이 확장되고 웅덩이에 빠진 도롱뇽처럼 몸부림이 쳐져서 평소보다 더 일찍 다른 사람들의 눈을 피해 살그머니 빠져나왔다.

이제 땅거미가 짙게 내려앉았다. 땅에서 자주색 어둠이 솟구 쳐 오르고 박쥐들이 가죽으로 만들어진 나비처럼 휙 하고 스쳐 지나간다. 밤에 피는 꽃들이 주둥이를 활짝 펼치자 공기 중에 사향 냄새가 풍긴다. 별로 부는 것 같지는 않지만 그래도 저녁의 산들바람을 느끼기 위해 두 사람은 밖으로 나와 채마밭에 앉아 있다. 둘의 손가락이 느슨하게 얽혀 있다. 토비는 아직도 그들 사이에 소량의 전류가 흐르는 걸 느낄 수 있다. 자그마한 무지갯빛 나방들이 두 사람의 머리 주변에서 일렁이고 있다. 저들은 우리에게서 어떤 냄새를 맡을까? 그녀는 생각해 본다. 버섯 냄새 같을까? 으스러진 꽃잎 냄새 같을까? 이슬 같은 냄새일까?

"나 좀 도와줘야 할 것 같아요." 토비가 말한다. "크레이커들에게 해 줄 이야깃거리가 더 많이 필요해요. 그들은 당신이라는 사람에 대해 만족할 줄 모르고 더 많이 알고 싶어 해요."

"예를 들면?"

"당신은 그들의 영웅이에요. 그들은 당신이 살아온 이야기를 알고 싶어 해요. 당신의 기적적인 출생, 당신의 초자연적인 행동, 당신이 좋아하는 조리법 등을요. 당신은 그들에게 왕족이나 다름없어요.”

“어째서 나야? 난 크레이크가 그 모든 걸 없앴다고 생각했는데. 그들은 그런 것에 흥미를 느껴서는 안 되는 거잖아.”

“글쎄요, 어쨌거나 그들은 흥미가 많은걸요. 당신 얘기라면 사족을 못 써요. 당신은 그들의 록 스타라니까요.”

“제기랄, 제발 좀 집어치우라고 해. 그냥 당신이 허튼소리 좀 꾸며낼 수 없어?”

“그들은 변호사들 같아서 아주 날카롭게 반대 신문을 해요. 아무리 못해도 나는 기본적인 건 알고 있어야 해요. 기본 자료는요.”

그녀가 젭에 대해 알고 싶은 것이 크레이커들을 위해서일까 아니면 그녀 자신을 위해서일까? 둘 다. 하지만 대체로 그녀 자신을 위해서다.

“나라는 사람에 대해서는 다 알려졌잖아.”

“얼버무리지 말아요.”

젭이 한숨을 쉰다. “그 모든 것으로 거슬러 올라가는 건 죽기보다 싫어. 그걸 모두 다시 살아 내야 하잖아. 그런 일은 두 번 다시 생각도 하기 싫어. 누가 상관이나 하겠어?”

“내가 해요.”

그리고 당신도 하겠죠, 그녀는 생각한다. 당신은 여전히 상관하고 있잖아요.

“어서 말해 줘요.”

"당신 참 집요해, 안 그래?"

"시간은 충분해요. 밤새도록 해도 좋아요. 그러니까 당신이 태어난 건⋯⋯."

"알았어, 인정하지." 또다시 한숨짓는다. "좋아. 우선 당신이 알아둬야 할 게 있어. 우리 두 사람한테는 부적절한 어머니들이 있었어."

"부적절해요? 어떻게요?"

토비는 거의 알아볼 수도 없는 얼굴에 대고 말한다. 광대뼈가 나온 옆얼굴, 그림자, 번득이는 눈.

젭의 출생에 관한 이야기

나는 눈사람의 빨간 모자를 썼고, 물고기도 먹었어요. 나는 반짝이 시계가 하는 말도 들었어요. 이제 나는 젭의 출생에 관한 이야기를 할 거예요.

여러분은 노래 부를 필요가 없어요.

눈사람과는 달리 젭은 크레이크에게서 생겨나지 않았어요. 그리고 그는 토끼들과는 달리 오릭스에 의해 만들어지지도 않았어요. 그는 여러분이 태어난 것과 똑같은 방식으로 태어났어요. 그는 여러분과 똑같이 뼈 동굴에서 자랐고 여러분과 똑같이 뼈 터널을 통해 밖으로 나왔어요.

왜냐하면 우리의 옷 껍질 속을 들여다보면 우리는 여러분과 똑같거든요. 거의 똑같아요.

아니, 우리는 푸른색으로 변하지 않아요. 물론 우리한테서 가끔은 파란 냄새가 날 수도 있긴 해요. 그렇지만 우리의 뼈 동굴은 똑같아요.

내 생각에 지금 당장은 푸른 페니스에 대해 이야기할 필요가 없을 것 같아요.

여러분의 것이 더 크다는 건 나도 잘 알아요. 그 점을 여러분이 지적해 줘서 고마워요.

맞아요, 우리에게도 가슴이 있어요. 여자들은 가슴이 있어요.

그래요, 두 개예요.

맞아요, 앞에 있어요.

아니요, 나는 지금 당장 여러분들에게 내 가슴을 보여 주진 않을 거예요.

왜냐하면 이 이야기는 가슴에 관한 이야기가 아니기 때문이에요. 이 이야기는 젭에 관한 이야기예요.

아주 오래전 혼돈 시기에, 그러니까 크레이크가 그 모든 걸 깨끗이 치워 버리기 전에 젭은 그의 어머니의 뼈 동굴에서 살았어요. 그리고 그곳에 있을 때 오릭스는 그를 돌보아 주었어요. 왜냐하면 그녀는 뼈 동굴에서 살고 있는 모든 사람들을 돌보기 때문이에요. 그러다가 젭은 뼈 터널을 통해서 이 세상으로 여행을 나왔어요. 그때에는 아기였는데 나중에 크게 자란 거예요.

젭에게는 아담이라는 이름을 가진 형이 한 명 있었어요. 그런데 아담의 어머니는 젭의 어머니와 같은 사람이 아니었어요.

왜 그런가 하면 아담이 아주 어렸을 때 아담의 어머니는 아담의 아버지로부터 멀리 도망갔기 때문이에요.

멀리 도망간다는 말은 그녀가 매우 빨리 다른 장소로 갔다는 뜻이에요. 물론 그녀는 보통 말하는 그런 달리기를 하지 않았을 수도 있어요. 아마도 그녀는 걸어서 갔거나 아니면 뭔가를 타고 달려갔거나…… 그래서 아담은 엄마를 더 이상 보지 못했어요.

그래요, 아담은 말할 필요도 없이 몹시 슬펐을 거예요.

왜냐하면 아담의 어머니는 단지 젭의 아버지뿐만 아니라 여러 명의 다른 남자들과 짝짓기를 하고 싶었기 때문이에요. 아니, 그것은 젭의 아버지가 아담에게 해 준 말이에요.

그래요, 하고 싶다는 건 좋은 거예요. 만약에 그녀가 여러분과 함께 생활할 수 있었다면 그녀는 행복했을 거예요. 여러분처럼 그녀는 한 번에 네 명의 남자들과 짝짓기를 할 수 있을 테니까요. 그러면 그녀는 매우 행복했을 거예요!

그렇지만 젭의 아버지는 그런 식으로 생각하지 않았어요. 그는 그녀와 결혼이라는 것을 했거든요. 결혼을 하면 여자 한 명에 남자 한 명, 남자 한 명에 여자 한 명이 함께 살아야 했어요. 물론 때로 더 많은 경우도 있었어요. 하지만 그렇게 하면 안 되는 걸로 되어 있었어요.

그렇게 하면 혼돈이 벌어지기 때문이었어요. 그것은 혼돈 때의 일이었으니까요. 그렇기 때문에 여러분은 그것을 이해할 수 없는 거예요.

결혼은 이제 사라지고 없어요. 크레이크는 그것을 어리석은 일이라고 생각했기 때문에 깨끗이 없애 버렸어요.

어리석다는 말은 크레이크가 좋아하지 않았던 것들을 의미해요. 크레이크가 어리석다고 생각했던 것들이 아주 많았어요.

맞아요, 착하고 친절한 크레이크예요. 여러분이 노래를 부르면 나는 더 이상 이 이야기를 하지 않겠어요.

여러분이 노래를 하면 나는 여러분에게 해 주려던 이야기를 잊어버리기 때문이에요.

고맙습니다.

그래서 아담의 아버지는 함께 결혼 생활을 할 수 있는 새로운 여자를 찾아냈고 젭이 태어난 거예요. 이제 어린 아담은 남자 동생이 생겼기 때문에 외롭지 않았어요. 그리고 아담과 젭은 서로 도왔어요. 하지만 젭의 아버지는 때때로 자식들의 마음을 몹시 아프게 했답니다.

왜 그랬는지는 나도 몰라요. 그는 고통이 어린아이들에게 좋다고 생각했던 것 같아요.

아니, 그들의 아버지는 아만다에게 상처를 안겨 준 두 명의 나쁜 남자들만큼 나쁘지는 않았어요. 그렇지만 그는 친절한 사람은 아니었어요.

그 시절에 살던 몇몇 사람들이 무엇 때문에 친절하지 않았는지 나도 모르겠어요. 그것은 혼돈 때의 일이었으니까요.

젭의 어머니는 자주 낮잠을 자거나 아니면 관심 가는 다른 일들을 했어요. 그녀는 어린아이들에 대해서는 별로 관심이 없었거든요. 그리고 그녀는 "너희들 때문에 내가 죽을 지경이야."라고 말했다고 해요.

내가 죽을 지경이라는 말은 설명하기가 무척 어려워요. 그 말은 그녀가 아담과 젭이 하고 있는 것들에 만족하지 않는다는 뜻이에요.

아니, 젭은 자기 어머니를 죽이지 않았어요. 내가 죽을 지경이라는 말은 그녀가 의미 없이 했던 말이에요. 그녀는 그런 말을 많이 했어요.

그게 사실이 아닌데 어째서 그녀는 그런 말을 했냐고요? 그것은…… 음, 그런 사람들은 그런 식으로 말했거든요. 그것은 사실인가 아닌가의 문제가 아니었어요. 그러니까 그건 그 중간에 있는 거였어요. 그것은 사람들이 마음속에 품고 있을 수 있는 감정에 대해 말하는 방식이었어요. 그것은 하나의 표현 방식이었어요. 표현 방식이라는 말의 뜻은…….

여러분이 옳아요. 젭의 어머니 역시 친절한 사람이 아니었어요. 때때로 그녀는 젭의 아버지가 젭을 옷장에 가둘 때 도와주었어요.

가둔다라는 말의 뜻은…… 옷장이라는 말의 뜻은…… 그것은 아주 작은 방이고 그 안에 들어가 있으면 캄캄했어요. 그리고 젭은 밖으로 나올 수가 없었어요. 아니, 그들은 젭이 밖으로 나올 수 없을 거라고 생각했어요. 그렇지만 젭은 곧바로 꽉 닫힌

미친아담

문을 여는 여러 가지 방법을 터득하게 되었어요.

아니에요. 그의 어머니는 노래를 부를 줄 몰랐어요. 여러분의 어머니들과는 달랐어요. 그리고 여러분의 아버지들과도 달랐고, 또 여러분과도 달랐어요.

하지만 젭은 노래를 부를 줄 알아요. 노래 부르기는 옷장 안에 갇혔을 때 그가 했던 것 중 하나였어요. 그는 노래를 불렀어요.

버르장머리 없는 반석석유 개구쟁이들

 젭의 어머니 트루디는 무척이나 착한 성도였고, 아담의 어머니 페넬라는 아무나하고 성관계를 하는 쓰레기 같은 인간이었다. 그것은 트루디와 아버지 목사가 그들에게 해 준 이야기였다. 젭은 끔찍할 정도로 쓸모없는 괴물이고 자신들은 엄청날 정도로 의로운 사람이라고 그들 두 사람이 주장했기 때문에, 젭은 자연스럽게 자신이 입양되었을 것이라고 생각하게 되었다. 그토록 깨끗한 DNA 재료에서 어떻게 자기처럼 형편없는 인간이 태어날 수 있단 말인가.

 예전에 젭은 페넬라가 자기를 남겨 두고 떠나간 게 틀림없을 거라는 헛된 공상에 빠지곤 했다. 왜냐하면 그녀야말로 쓸모라고는 없는 자신의 진짜 어머니일 게 분명했기 때문이다. 그녀는 서둘러서 도망갈 수밖에 없었으므로 멀리 떠나가면서도 아들을 데려갈 수가 없었던 것이다. 그녀는 젭을 골판지 상자에 넣어 대문 앞에 놓고 갔는데 궁극적으로는 이 트루디라는 인간이 집 안으로 데리고 들어와 무참하게 짓밟았던 것이다. 트루디는 젭과 아무런 혈연 관계가 없는데도 그 점에 대해 거짓말을 해 왔던 것이다. 페넬라는 ― 어디에 있든지 간에 ― 자기 아들을 내버리고 온 것에 대해 깊이 후회하고 있으며 일단 살아갈 방도를 마련하면 다시 돌아와 그를 데려갈 계획을 세워 놓고 있었다. 그런 다음 그들은 함께 멀리 멀리 떠날 것이고 아버지 목사가 눈살을 찌푸렸던 기다란 목록에 적혀 있는 항목들을 하나도 빠짐없이 실행에 옮길 것이었다. 아버지 목사는 그들 두 사람이 공원 벤치에 함께 앉아 감초 뿌리를 씹으며 행복하게 코를 파는 모습을 보게 될 것이었다. 그냥 예를 들자면 말이다.

하지만 그런 공상은 젭이 아주 어렸을 때 했던 것이다. 일단 유전학을 이해하게 되자 렌치를 들고 주택에 침입해 좀도둑 행세를 하던 어떤 수리공과 트루디가 은밀하게 성관계를 가졌던 게 분명하다고 결론 내렸다. 수리공 아니면 정원사였겠지. 트루디는 젭처럼 머리 색깔이 검은 텍사스-멕시코 출신의 불법 이민자 놈팡이들을 수월하게 다루곤 했다. 그녀는 그들에게 손수레로 흙을 퍼 나르고 관목을 파내고 바위 정원에 더 많은 돌을 갖다 놓는 일들을 시키고는 돈을 제대로 지불하지 않았다. 젭의 생각에 그 바위 정원은 정말로 그녀의 관심을 끈 유일한 장소로, 트루디는 그곳을 보살피고 손질하는 데 온갖 정성을 기울였다. 그녀는 언제나 끝이 포크같이 생긴 제초기를 들고 그곳에 나가 있거나 아니면 뜨거운 식초를 부어 개미 둥지를 엉망으로 만들어 놓았다.

젭이 말한다. "물론 나는 아버지 목사에게서 범죄 성향을 물려받았을 수도 있겠지. 그 사람한테 그런 염색체가 있었으니까. 그 사람은 자신이 저지르는 비행들을 잔뜩 치장하여 제법 그럴듯한 행동처럼 보이게 만드는 재주가 있었거든. 반면에 난 진짜로 골칫덩어리였어. 그는 엉큼하고 교활했는데, 내 얼굴에는 못된 짓을 했다는 게 그대로 적혀 있었지."

"당신 자신을 너무 나쁘게만 생각하지 마요." 토비가 말한다.

"자기야, 내 말을 못 알아들은 것 같은데. 난 지금 자랑하고 있는 거야."

아버지 목사에게는 그 나름대로의 종교 의식이 있었다. 그 시절에는 고함 치기와 협박을 할 수 있는 재능이 있는 데다가 황금의 혀가 있어서 사람을 흥분시키는 설교를 할 수 있는 재주까지 있는 사람이 엄청난 돈을 벌고 싶은 마음이 있다면, 그러니까 그에게 다른 회색 지대가 없고 파생 상품 거래와 같이 시장성 높은 기술이 있다면 종교 의식은 아주 요긴한 수단이었다. 사람들이 듣고 싶어 하는 말을 해 주고 스스로를 종교라 칭하면서 기부하라고 압력을 가할 뿐만 아니라, 자신만의 매스컴을 운영하면서 그것을 자동응답 전화의 메시지나 매끄러운 온라인 캠페인을 위해 활용하고, 정치인들과 친구가 되든지 아니면 그들을 협박해 세금을 회피하는 것이었다. 최소한 아버지 목사의 그런 능력은 인정해 줄 수밖에 없었다. 그는 프레츨*처럼 뒤틀려 있었고 못생긴 코에 개구리 발을 쿵쿵 굴러 대는 은박지 후광의 쥐새끼 왕 같은 인물이었지만, 결코 어리석지는 않았다.

이를테면 아버지 목사의 성공 사례를 들여다 보자. 젭이 태어났을 무렵 아버지 목사는 완만하게 경사진 평원에 대형 교회를 갖고 있었는데 가짜 화강암으로 지어진 그 건물은 온통 유리벽에, 오크 무늬를 입힌 싸구려 의자들로 가득했다. 반석석유 교회는 좀 더 주류라고 말할 수 있는 반석침례교단에 소속되어 있었다. 이용 가능한 기름이 부족해져 석유값이 폭등하고 평민촌 사람들 사이에 절망감이 고착된 시기였는데도 그들은 한동안 잘나가고 있었다. 수많은 기업체의 최고층 인사들이 교회에 초청 연사로 나타나곤 했다. 그들은 이 세상을 가스와 독소로 축복해 주신 것에 대해 전능하신 분께 감사드리며 휘발유가 하늘에서 내려오는 것인 양 눈길을 위쪽으로 던지면서 마귀처럼 경건한 척 거짓 표정을 짓곤 했다.

"마귀처럼 경건한 척하다, 나는 그 말을 항상 좋아했지. 나의 겸허한 관점에 의하면 경건하다와 마귀는 동전의 양면이었으니까."

_____

* 길고 꼬불꼬불한 하트 모양 밀가루 반죽에 소금을 뿌려 구워 낸 빵과자의 일종.

"겸허한 관점이요? 언제부터요?"

"당신을 만난 후부터. 당신의 멋진 엉덩이를 단 한 차례 흘깃 본 순간 기적 같은 창조물이라는 생각이 들었거든. 그리고 그 것과 비교할 때 내 몸이 얼마나 날림으로 만들어졌는지 깨달았 지. 당신은 이다음에 나한테 혓바닥으로 마룻바닥을 문지르라 고 할 거잖아. 불쌍한 놈 좀 너그럽게 봐줘요. 그러지 않으면 내 가 겁먹을 수 있으니까."

"좋아요. 겸허한 관점 하나는 허용해 주죠. 계속해요."

"당신의 쇄골에 키스해도 돼?"

"조금 있다가요. 핵심에 이른 다음에요."

추파를 던진다든지 아양 떠는 일이 몹시도 낯설지만 토비는 지금 그걸 즐기는 중이다.

"내 핵심을 원한다고? 당신 나한테 꼬리 치는 거야?"

"다음에 해요. 여기서 이야기를 멈추면 안 된단 말이에요."

"좋아, 그렇게 하지."

아버지 목사는 헌금을 긁어모으는 데 도움이 될 만한 신학 체계를 짜 만들었는데 거기에는 당연히 성경적 근거가 마련되 어 있었다. 「마태복음」 16장 18절 말씀, "너는 베드로라 내가 이 반석 위에 내 교회를 세우리니."

"베드로라는 말은 라틴어로 반석이라는 뜻이니까 '베드로'의 실제적이고 진정한 의미가 석유, 즉 바위에서 나오는 기름을 가리킨다*는 것을 알아내는 데 천재의 지능이 필요한 것은 아니라고 목사는 말하곤 했지. '그러므로 사랑하는 성도 여러분, 이 성경 구절은 단지 성자 베드로에게만 한정된 것이 아닙니다. 이것은 예언의 말씀입니다. 석유 시대의 비전을 말하는 거예요. 사랑하는 성도들이여, 그 증거가 바로 여러분의 눈앞에 있습니다. 자, 보세요! 오늘날 우리에게 석유보다 귀하게 여겨지는 것이 뭐가 있습니까?' 여하튼 고약한 냄새가 물씬 풍기는 친구였지만 말솜씨 하나는 대단하다는 걸 인정할 수밖에 없었지."

"그분이 정말로 그렇게 설교했어요?"

웃어야 하나, 그러지 말아야 하나? 젭의 말투로는 분간하기 힘들다.

"석유 부분을 잊으면 안 돼. 그게 베드로보다 훨씬 더 중요했으니까. 목사는 석유에 대해서 몇 시간이고 헛소리를 늘어놓을 수 있었지. '성도 여러분, 우리 모두가 알고 있듯이 석유는 기름의 라틴어입니다. 그리고 실제로 기름은 성경의 어디를 보아도 거룩하지 않습니까! 제사장이나 선지자나 왕의 머리에 바르는 것으로 기름 말고 다른 게 쓰였던가요? 기름! 그것은 특별한 선택을 나타내는 표시로 성스럽게 구별된 석유인 겁니다! 오늘날 우리의 기름이 성스럽다는 점에 대해 얼마나 더 많은 증거가 필요하단 말입니까? 주님의 신실한 종들이 그의 창조물을 증대

---

* 석유를 뜻하는 '페트롤리움(pdtroleum)'이 성자 베드로(Peter)와 기름(oleum)의 합성어라고 주장하는 언어 유희.

시키는 일에 특별하게 사용할 수 있도록 여호와가 그것을 직접 땅속에 넣어 두신 게 아닌가요? 그분의 석유 추출 장치가 우리가 통치하는 지구상에 넘쳐나고 있고, 그분이 우리 가운데 석유라는 하사품을 풍성하게 펼쳐 놓으셨잖습니까! 성경 말씀에 등불을 켜서 말 아래에 두지 않도록 조심해야 한다고 하지 않던가요? 그리고 기름 아닌 다른 어떤 것이 그토록 확실하게 불빛을 지속시킬 수 있단 말입니까? 그렇습니다! 기름입니다, 사랑하는 성도들이여! 성스러운 석유는 말 아래에 숨겨져 있으면 안 됩니다. 다시 말해서 바위 밑에 방치해 두면 안 된다는 말입니다. 그렇게 하는 것은 여호와의 말씀을 따르지 않는 것이기 때문입니다! 교우 여러분, 찬양의 목소리를 한층 더 드높이세요. 그리고 은총 받은 줄기들을 통해 석유가 한층 더 강력하게 솟구쳐 나오도록 합시다!'"

"지금 흉내 내고 있어요?"

"제기랄, 맞아. 능숙하게 떠벌리던 목사의 설교를 물구나무하고서도 전부 흉내 낼 수 있을 거야. 그런 설교를 귀에 못이 박이도록 들어야 했거든. 나하고 아담 둘 다."

"당신 정말 잘하네요."

"아담은 더 잘했어. 목사의 교회에서나 목사의 식탁에서는 우리 죄를 용서해 달라거나 심지어 비를 내려 달라고 기도한 적이 없었어. 물론 여호와는 용서든 비든 우리한테 각각이 어느 정도 필요하다는 걸 말하지 않아도 잘 아시겠지. 그렇지만 우리는 석유를 달라고 기도했어. 아, 그리고 천연가스를 위해서도 기도했고. 목사는 선택된 자들에게 신이 베푸시는 선물 목록에다 그것도 포함시켰지. 식사하기 전 감사 기도를 드릴 때마다 목사는 그 식탁에 음식을 올려놓은 것이 기름이라고 지적하곤 했어. 왜냐하면 기름 덕분에 들판을 경작하는 트랙터를 움직일 수 있고 상점에 음식을 배달하는 트럭에도 연료가 공급되니까. 또한 우리의 헌신적인 어머니 트루디가 식재료를 구매하기 위해 상점으로 몰고 갔던 자동차에도 연료가 공급되었고, 음식을 조리하는 불을 만들어 낸 전기도 기름이 제공했다는 거지. 어쩌면 우리는 기름을 먹고 마시는 게 나았을 거야. 어떤 면에서 그건 맞는 말이잖아. 그러니 무릎을 꿇으라는 거지!"

"목사의 연설이 대충 이 지점에 이를 때쯤 아담과 나는 식탁 밑에서 서로를 향해 발길질을 시작하곤 했어. 우리의 목적은 자기는 절대 들키지 않으면서 상대편을 아주 세게 발로 차서 비명을 지르게 하거나 몸을 움찔하게 만드는 거였거든. 누구든지 소음을 내게 되면 세게 얻어맞거나 오줌을 마셔야만 할 테니까. 사실 더 끔찍한 벌도 있었어. 하지만 아담은 절대로 깽깽거리는 타입이 아니었기에 나는 그 점에 대해서는 그를 존경했지."

"말이 그렇다는 거지 실제는 아니죠? 오줌 말이에요."

"가슴에 대고 십자가라도 그어서 맹세할까? 그런데 나는 돌처럼 단단하게 굳어 버린 심장이라는 물건을 어디에 두었지?"

"당신들은 서로를 좋아했던 거 아니에요? 당신과 아담이요."

"물론 그랬지. 테이블 밑에서 발차기를 하는 건 그냥 남자아이들이 하는 짓거리야."

"그때 당신은 몇 살이었는데요?"

"먹을 만큼 먹었어. 물론 아담이 나보다 나이가 더 많았지. 기껏 두 살 정도 더 많았지만. 그래도 아담은 나이에 맞지 않게 지혜롭다고 정원사들이 말하곤 했잖아. 그는 현명했고 나는 어리석었어. 언제나 그런 식이었지."

아담은 삐쩍 마른 쥐새끼 같았다. 아담이 나이는 더 많았지만 젭이 다섯 살을 넘긴 뒤부터는 젭만큼도 힘이 세지 못했다. 성향이 체계적인 아담은 심사숙고하고 상황을 충분히 고려하는 타입이었다. 반면에 젭은 충동적이어서 성급한 반응을 보였고 분노에 몸을 맡기는 유형의 아이였다. 그래서 젭은 자주 곤경에 휘말렸지만 그만큼이나 빈번히 용케 궁지에서 빠져나왔다.

아담과 젭이 마음을 합해 단결하면 상당한 시너지를 냈다. 젭은 좋지 못한 일들에 아주 능숙한 못된 아이였고 아담은 선한 일을 하는 것조차 서툰 착한 아이였다. 아니면 아담은 좋지 못한 일들을 위장하기 위해 좋은 일들을 전면에 내세우던 친구였다. 아담(Adam)과 지블런(Zebulon, 젭)은 알파벳으로도 북엔드* 같은 존재였다. 그 귀여운 A-Z의 이름 대칭은 목사의 아이디어

---

* 여러 권의 책을 세워 놓은 것이 쓰러지지 않게 양쪽 끝에 놓는 받침대.

였는데, 그는 모든 것을 테마파크처럼 만드는 걸 좋아했던 사람이었다.

아담은 항상 본보기로 제시되는 인물이었다. 어째서 젭은 형처럼 예의 바르게 행동할 수 없는 걸까? 똑바로 앉아라. 꼼지락대지 마라. 제대로 먹어라. 네 손은 포크가 아니다. 얼굴을 셔츠에다 닦지 마라. 아버지께서 말씀하시는 대로 행동해라. '예, 아버지.' 아니면 '아니요, 아버지.'라고 공손히 대답해라 등등. 그런 식으로 트루디는 거의 빌다시피 말하곤 했다. 그녀가 원하는건 오로지 평화와 고요함이었기 때문이다. 그녀는 정말이지 젭이 반발하거나 골을 냈을 때 결과적으로 나타나는 것들, 매질 자국이나 타박상이나 상처가 전혀 달갑지 않았다. 그녀는 엄밀한 의미에서 목사처럼 사디스트는 아니었다. 그렇지만 그녀는 자기 자신이 만들어 놓은 우주의 중심에 우뚝 선 대스타였다. 그녀는 그런 지위에 수반되는 특권을 원했고 아버지 목사는 그것을 위해 지불되어야 하는 현금이 마르지 않게끔 끊임없이 보내 주는 원천이었다.

트루디는 아담이 얼마나 모범적인 아이인지 젭에게 말하는데서 그치지 않고 아담이 어른이 시키는 대로 또박또박 행동하는 것은 특별할 뿐 아니라 한층 더 갸륵하다는 말을 늘어놓곤했다. 그때 그녀는 그 아이의⋯⋯를 생각해 볼 때라고 말꼬리를 흐리곤 했는데, 그것은 트루디와 목사가 아담의 어머니 페넬라에 대한 이야기를 장황하게 입에 올린 적이 한 번도 없었기 때문이었다. 보통은 목사 부부가 아담을 후려치기 위한 막대기로 페넬라의 가증스럽고도 바보 같은 행실을 활용하면서 아담이 그런 행실을 유전적으로 물려받았다고 비난했을 것이라고 생각할 수 있겠지만, 그들은 절대로 그런 적이 없다. 커다란 푸른 눈과 성자 같아 보이는 수척한 얼굴을 지닌 아담은 천진난만함 또는 순진한 척하는 가식적인 행동을 너무나도 능숙하게 연출해 냈다.

젭은 우연히 페넬라의 옛날 사진들을 보게 되었다. 사진은 그가 자주 갇혔던 옷장의 보관 상자 밑바닥에 있던 섬드라이브*에 저장되어 있었다. 어둠 속에서도 볼 수 있도록 그곳에다 자그마한 등을 숨겨 놓았던 젭은 섬드라이브를 발견하고는 슬쩍 훔쳤으며 어떤 일이 발생하는가 보기 위해 아버지 목사의 컴퓨터에 연결해 보았다. 그 물건은 여전히 작동했고 거기에 페넬라의 사진 서른 장 정도가 들어 있었는데, 어떤 것은 조그만 아담과 함께 찍은 사진이었고 목사와 함께 찍은 사진도 몇 장 있었다. 그런데 사진 속에서는 어느 누구도 웃고 있지 않았다. 집에는 페넬라의 다른 사진들이 한 장도 없었기 때문에 섬드라이브의 존재는 실수였던 게 분명했다. 그녀는 어떻게 보아도 난잡한 여자로는 보이지 않았다. 그녀는 아담처럼 말랐고 진실해 보였으며 눈이 커다랬다.

---

* 컴퓨터의 USB 포트에 꽂아 사용할 수 있는 휴대용 데이터 저장 기기.

젭은 그녀에게 홀딱 반했다. 그녀에게 말을 걸 수만 있다면 얼마나 좋을까. 그는 어떤 일이 일어나고 있는지 페넬라에게 말해 줄 것이고 그렇게 하면 그녀는 그의 편을 들어줄 것이며 젭만큼이나 이 모든 상황을 경멸할 것이다. 그녀는 분명 그렇게 했을 것이다. 왜냐하면 그녀는 도망가지 않았던가? 그러나 페넬라는 도망치는 타입처럼 생기지 않았을뿐더러 충분히 강해 보이지도 않았다.

이따금 젭은 아담을 시샘했다. 왜냐하면 아담에게는 한때 페넬라라는 엄마가 있었는데 자신에게는 오로지 트루디뿐이었기 때문이다. 그래서 그는 아무런 문제가 되지 않는 아담의 처벌 회피 시스템에 마구 분노를 터뜨렸고, 다른 사람이 없을 때면 아담을 열 받게 만들곤 했다. 아담의 침대 속에 똥을 넣어 두거나 싱크대에 죽은 쥐를 갖다 놓기도 했고 샤워장의 온수, 냉수 수도꼭지를 바꾸어 놓은 적도 있다.(당시 젭은 배관에 대해서도 파악했던 것 같다.) 또는 아담의 침대 시트를 애플파이 베드*로 만들어 놓기도 했다. 쪼잔한 장난들이었다. 목사는 물을 뿜어내는 우물 같은 성도들의 예금 통장뿐 아니라 자신이 갖고 있던 석유 주식으로 큰 수익을 거둘 수 있었다. 그래서 그들은 커다란 집에서 살았고 아담과 젭이 쓰는 방의 반대편 끝에 트루디와 목사의 방이 있었다. 그렇기에 혹시 아담이 비명을 질러 댄다 하더라도

* 장난으로 시트를 중간에 거꾸로 접어서 다리를 쭉 뻗지 못하게 해 놓은 잠자리.

그들은 그 소리를 듣지 못할 것이다. 그러나 아담은 한 번도 비명 소리를 낸 적이 없었다. 그는 그저 '널 용서해 줄게.' 하는 투의 책망 섞인 눈길을 보냈는데 그건 열 배나 더 짜증스러웠다.

이따금 젭은 페넬라를 들먹이며 아담을 놀리곤 했다. 페넬라는 젖가슴은 물론이고 전신에 문신을 했을 것이라고 말했고, 그녀를 코카인 중독자라고 조롱했으며, 그녀가 어떤 바이커와 아니 바이커 열 명과 눈이 맞아 떠났는데 그들 모두와 함께 뒹굴었을 거라고 말하곤 했다. 젭은 또 너의 엄마가 라스베이거스 거리에서 정신 못 차리는 마약 중독자들이나 매독에 걸린 포주들에게 마약 행상을 하고 있을 거라고도 말했다. 젭은 무엇 때문에 제2의 자아로 여긴 페넬라에 대해 그처럼 역겹고 혐오스러운 말들을 했던 걸까? 페넬라는 신비한 요정 가루를 뿌리면서 젭을 영적으로 도와주는 사람이었고 대리석 여신에 가까운 사람이었는데도. 누가 알겠는가?

이상한 것은 아담이 말대꾸를 하지 않았다는 점이다. 아담은 마치 젭이 알지 못하는 뭔가를 알고 있다는 듯 그저 괴기스럽게 미소 짓곤 했다.

아담은 젭의 어린애 같은 장난을 목사 부부에게 일러바친 적이 없었다. 심지어 그토록 어릴 때에도 아담은 속이 시꺼먼 꼬마 녀석이었다. 여하튼 그들 둘은 대체로 팀으로 일했다. 학교에서는(캠록 예비학교는 한 석유회사가 운영하는 사립학교로 남자아이들만 다녔다.) 아버지의 지위 때문에 거룩한 반석석유 개구쟁이들로 알려져 있었다. 하지만 대놓고 그들을 괴롭힌 사람은 한 명도 없었다. 일단 젭의 몸집이 충분히 커진 다음에는 한 번도 없었다. 아담 혼자였다면 손쉬운 공격 대상이었을 것이다. 그는 힘줄이 다 드러나도록 속이 훤히 들여다보였기 때문이다. 그렇지만 그게 누구건 아담이 있는 쪽으로 손가락 하나라도 까딱하면 젭이 죽도록 패 줄 것이었다. 그런 일은 단 두 차례로 끝났으며 그다음엔 소문이 해결해 주었다.

실리치*의 손

트루디와 목사가 한 팀이 되어 세뇌 공작을 해 댈 때 아담과 젭은 합동 회피 작전을 취했다. 처벌을 제외하고 그들은 어떤 것을 회피하였던가? 의로운 길, 거룩한 반석석유의 길, 아버지 목사와 트루디가 그들에게 밟아 가라고 끊임없이 종용하는 그 길로 인도할 것 같은 모든 걸 회피했다.

아담은 그러기 위해 푸른 눈을 똑바로 뜨고 거짓말 하는 전략을 택했다. (아담에게는 젭을 제외한 거의 모든 사람들로 하여금 그가 풀어진 달걀만큼이나 순진하다고 생각하게 만드는 재주가 있었다.) 반면에 젭에게는 좀도둑 본능이 있었다. 머리핀도 나름대로 쓸모가 있듯이 벌 받느라 옷장에서 보낸 시간에도 긍정적인 면이 있었다. 다른 사람들은 젭이 겨울 코트와 오래된 가전제품 사이에 꼼짝

---

* 살 실리치(Sal Schillizzi)는 은퇴한 미국의 사업가로 금고털이 계통에서 22년간 챔피언이었고, 영화 「콘도르」(1975)에 출연했다.

없이 갇혀 있을 거라고 생각했겠지만, 그는 얼마 지나지 않아서 아무도 모르게 옷장 서랍과 어른들의 이메일을 뒤져 보면서 발끝으로 살금살금 온 집 안을 이리저리 돌아다니고 있었다. 자물쇠 따기는 그의 취미가 되었으며 머지않아 은밀하게 진행된 학교 디지털 시설에 관한 세션이라든지 공공 도서관에서 보낸 자유 시간 덕분에 해킹이 그의 천직이 되었다. 환상의 세계에는 젭을 못 들어가게 막는 암호가 하나도 없었고 그가 밖으로 나갈 수 없게 막는 문 역시 하나도 없었다. 젭이 점차 나이를 먹고 한층 노련해질수록 환상은 현실과 합쳐졌다.

젭은 처음에는 포르노 훔쳐 보기 사이트에 집착했고 애시드 록*과 기상천외한 쇼에 사용되는 음악들을 불법으로 복제했다. 말할 필요도 없이 이것들 모두가 교회에서는 금지곡이었다. 교회에서는 버튼업 칼라와 공개적인 순결 서약을 지지했는데, 그 음악은 우주 공간에서 침입한 1천 마리의 몬스터 거머리처럼 사람을 빨아들였다. 그래서 젭은 이어폰을 꽂고 '발광 시체' 또는 '췌장암' 또는 '바이폴라 알비노 십이지장충' 같은 이름을 한 밴드의 음악을 들으면서 컴퓨터 화면에 나타나는, 늘 새롭고 교묘하게 배치된 여자애의 신체 부위를 찾으려고 애쓰곤 했다. 사실 그런 짓을 한다고 나쁠 것은 전혀 없었다. 그들은 이미 비디오를 만들어 놓지 않았던가. 그러니까 젭이 하는 건 그저 시간 여행

---

* 약물 파티에 이용되는 애시드 하우스보다 더 강렬한 비트의 환각적인 록 음악.

의 한 형태일 뿐이다. 그는 아무런 문제도 야기하지 않았다.

그러다가 준비가 되었다는 생각이 들었을 때 젭은 일단 한 단계 더 높여 자신이 갖고 있는 능력을 실제로 확인해 보기로 마음먹었다.

반석석유 교회에는 첨단 기술을 이용할 수 있는 설비가 갖추어져 있었고 정교한 온라인 소셜 미디어라든지 주 7일 24시간에 걸쳐 신실한 성도들이 보내오는 현금을 거두어들이는 기부 사이트가 열 개도 넘었다. 해당 사이트에 대한 보안은 잘못될 염려가 없도록 최대한 완벽하게 이중 차단시켜 놓았기 때문에 잠재적인 절도광이 차변 계정에서 돈을 빼내 도망가기 위해서는 두 겹으로 엮은 코드의 씨실과 날실을 뚫고 들어가야만 했다. 게다가 시스템 자체가 그런 절도광들이 침입하지 못하도록 차단돼 있었다. 하지만 내부자 소행에 대한 방어책은 전혀 만들어져 있지 않았기 때문에 아직 열여섯 살도 되지 않은 어린 젭이 그런 일을 그토록 장대하게 해낼 수 있었던 것이다.

아버지 목사의 약점은 바로 자기 자신이 난공불락의 위치에 있다는 확신이었다. 그래서 그는 조심성이 없었다. 목사는 숫자와 문자의 조합에 능하지 못했기 때문에 암호를 쪽지에다 적어 놓았다. 그런 다음에는 그 쪽지를 너무나도 빤한 장소에 숨겨 놓았으므로 부활절 토끼마저도 비웃을 판이었다. 커프스 단추 상자에다? 제일 좋은 구두코 부분에? 복고풍 백치로군. 젭은 한숨을 내쉬면서 그 쪽지들을 꺼내 비밀스럽게 휘갈겨 써 놓은 암호들을 암기한 다음 상자나 신발을 정확하게 있던 자리에 다시 갖다 놓았다.

일단 왕국으로 들어가는 열쇠를 손에 넣은 젭은 기부의 강줄기를 전환시켜서 자신이 직접 만든 여러 계정으로 흘러 들어가게 했다. 젭은 뇌엽 절제 수술을 받은 멍청이가 아니었으므로 전부가 아니라 오차 범위 내인 0.09퍼센트만 그렇게 되도록 했다. 그리고 기부자들은 교회에서 관례적으로 보내는 비굴한 감사 편지와 죄책감을 유발시키는 격려 메시지를 확실하게 받아 볼 수 있도록 조치해 놓았다. 감사 편지를 보낼 때에는 반드시 신의 거룩한 기름을 반대하는 적들을 향한 증오의 슬로건을 한두 개 덧붙였다. "태양 전지판은 사탄이 하는 일이다.", "생태학은 마약 중독과 똑같다.", "마귀는 여러분이 어둠 속에서 얼어 죽기를 바란다.", "연쇄살인범은 지구 온난화를 믿는다."

빼돌린 현금을 은닉하기 위해 그는 보안 설정이 어설픈 타깃들을 은밀히 공격하여 프래그먼트들을 무단 추출해 합친 신원을 사용했다. 그가 공격한 타깃으로는 3D 아바타 도박장, '물고기 입양'이나 그와 비슷하게 눈물샘 자극하는 생명공학 기반 자선 단체들, 교외 쇼핑몰에 설치된 '생생감각체험' 포르노 시설 등이 있었다. ("햅틱 모션으로 진짜를 느낀다, 살과 살이 마주치는 극강의 자극! 가짜 비명, 가짜 신음은 이제 그만, 이건 진짜다! 경고: 본 전자 기기에 액체를 뿌리지 마시오. 단말기를 입속이나 점막 있는 다른 신체 부위에 삽입하지 마시오. 중화상 위험.")

젭은 컴퓨터 탐험을 하던 중에 아버지 목사 자신도 햅틱 모션 자위 사이트들을 자주 방문한다는 사실을 알아낼 수 있었는데, 별로 놀랄 일도 아니었다. 물론 목사는 쇼핑몰에서 사람들 눈에 뜨일 수는 없으니까 집에서 그런 자극을 즐겼으며 단말기는 골프 가방에 숨겨 놓고 있었다. 그는 채찍, 병 삽입, 젖꼭지에 불붙이기 등을 제공하는 사이트를 선호했다. 그는 또한 참수형을 역사적으로 재연하는 사이트의 열혈 팬이기도 했는데, 그런 것들은 아마도 소품과 의상 때문인지 상대적으로 이용료가 비쌌다. "스코틀랜드의 메리 여왕: 이 빨간 머리에서 뜨겁게 분출하는 피를 느끼세요.", "앤 불린: 로열 색녀! 친오빠와 한 그녀가 당신과도 멋지게 해 줄 겁니다. 하고 난 후 그녀의 더러운 목을 잘라 보세요.", "캐서린 하워드: 강력한 칼날을 내려쳐 얼음처럼 차가운 이 여우를 진짜 얼음처럼 차가운 시체로 바꾸세요.", "레이디 제인 그레이: 이 엘리트 처녀가 그 교만함에 대가를 치르게 하십시오. 눈가리개는 옵션입니다." 이 사이트들은 도끼로 여자의 목을 벨 때 어떤 느낌이 드는지 이용자의 손으로 생생하게 느끼게 해 주었다. ("흥미진진! 역사적! 교육적!")

돈을 추가로 지불하면 한층 더 흥미롭게도 그들에게 옷을 입히지 않은 채로 목을 벨 수가 있었다. 젭은 그 짓을 몇 차례나 직접 해 보았다. 아버지 목사의 계정을 이용하였고 거기에 맞춰서 장부를 조작해 놓았다. 그래서 그는 옷을 입은 모드와 벌거벗은 모드를 비교해 볼 수 있었다. 머리가 날아가기 직전에 벌거벗은 채로 무릎을 꿇고 있는 여자, 어째서 이게 사람들의 관심을 사로잡는 걸까? 이런 걸 좋아하는 사람은 몰인정한 사람인가 아니면 사이코패스 같은 사람인가? 사이코패스들은 뇌 조각이 빠져나간 사람들이었다. 이런 것들에 대한 책을 많이 읽은 아담이 그렇게 말했다. 사이코패스는 공감 능력이 결여되어 있으므로 비명이라든가 눈물은 그 사람들에게는 그저 성가신 소음에 불과했다. 젭과는 달리, 그들은 자신이 하고 있는 일에 대한 불쾌감이라든지 아니면 자신들의 변태 행위에 대한 죄책감을 전혀 느끼지 못했다.

젭은 그 사이트로 해킹해 들어가 도끼를 내리칠 때 손이 아니라 목에서 감각을 느낄 수 있도록 그 프로그램을 다시 코딩할까도 생각해 보았다. 자신의 머리가 잘려 나갈 때 어떤 느낌이 들 것인가? 많이 아플까? 아니면 충격 때문에 아픔을 느끼지 못할까? 아니면 그 순간 공감 능력이 솟구쳐 오를까? 하지만 공감 능력이 너무 커지면 위험할 수 있다. 심장이 멎을 가능성이 있기 때문이다.

벌거벗은 채 무릎을 꿇고 앉아 있는, 머지않아 머리가 잘려 나갈 그 여자들은 진짜였을까 아니면 가짜였을까? 온라인상에서의 현실은 매일매일의 실재와는 달랐기 때문에 젭은 진짜가 아니었을 거라고 추정했다. 현실 세계에서는 어떤 일이 발생하면 우리의 몸이 다치게 되어 있다. 무엇보다 살아 있는 진짜 여자들을 모니터 위에서 바로 살해하는 행위는 허용되지 않을 것이다. 말할 필요도 없이 그것은 불법이었다. 그렇지만 3D로 보여 주는 효과가 얼마나 놀라운지 피가 뿜어져 나오는 것을 보는 순간 반사적으로 몸을 피할 수밖에 없었다.

아담은 이런 행위들에 대해 알게 되었을 때 별 매력을 느끼지 못했다. 목사의 은밀한 생활에 대해 자신이 알게 된 것들을 아담과 공유하고 싶은 욕망이 어찌나 컸던지 젭은 결국 아담에게 털어놓고 말았던 것이다. 게다가 그것은 이제 어느 정도 젭 자신의 은밀한 생활이기도 했다.

"그건 타락이야." 아담의 논평이었다.

"맞아! 바로 그게 핵심이란 말이야! 도대체 형은 뭐야, 게이야?"

젭의 말에 아담은 미소만 지을 뿐이었다.

아버지 목사의 뒤틀리고 좌절된 욕구는 배출구를 필요로 하는 게 분명했다. 이제 젭의 몸집이 너무나 커진 데다가 얼굴도 험상궂었으므로 목사는 더 이상 젭을 사디즘의 대상으로 삼는 도박을 할 수가 없었기 때문이다. 젭이 반격할지도 모를 일이었고, 아버지 목사는 내심 겁쟁이어서 벨트로 때리기, 소변 먹이기, 감금하기는 이제 과거의 일이 되었다. 트루디 역시 이 뒤틀린 못난이의 선택 대상이 아니었다. 왜냐하면 그녀는(당신의 식사 권한만은 지켜 드린다는 굴종의 모습을 보이기는 했지만) 가죽 굴레라든지 젖꼭지 피어싱이라든지 지팡이로 때리기라든지 아니면 자신의 배설물 먹기와 같은 변태 행위들을 절대로 참아 낼 여자가 아니었기 때문이다. 정보는 힘이므로, 젭은 온라인 햅틱 모션 사이트들을 발견하게 된 행운에 감사했다. 그는 아버지 목사가 사이트를 방문한 횟수를 기록해 놓은 다음 나중에 활용할 수 있도록 음험한 정보가 담긴 이 산타의 선물 보따리를 조심스럽게 비축해 두었다.

물론 그사이에 목사가 자신의 거시기를 통해 감전사할지도 모르긴 했다. 너무 삶아진 핫도그처럼 스스로 폭발하는 경우가 있을 테니까. 그런 경우 그 우스꽝스러운 낭패를 확실하게 목격할 수 있도록 열쇠 구멍에 눈을 하나 달아 놓을 수 있다면 얼마나 좋을까. 그는 이런 목적을 달성하기 위해 햅틱 단말기의 전선을 바꿔 볼까 잠깐 고민하기도 했지만 그에 필요한 전압이 어느 정도인지 확신이 서지 않았다. 한 푼도 환불받지 못한 채 죽음을 맞이하는 대신, 목사가 그저 심하게 화상을 입는 걸로 끝나게 된다면 심각한 골칫거리를 야기할 수 있었다. 누가 그런 짓을 했는지 아버지 목사는 틀림없이 알아내고야 말 것이기 때문이다.

이때쯤 젭은 마법의 손가락을 갖게 되었다. 그는 모차르트가 피아노를 연주하는 것처럼 코드를 능숙하게 다룰 수 있게 되었고 설형 문자로 재잘거릴 정도가 됐다. 그는 또한 호랑이가 서커스 공연에서 수염을 그슬리지 않고 불이 활활 타오르는 둥근 테 속으로 점프해 통과하듯이 별 어려움 없이 방화벽을 통과할 수 있었다. 젭은 재빠르게 몇 차례 움직여 반석석유 교회의 회계 업무, 즉 공식 회계 장부와 실제 회계 장부 어느 쪽으로든 은밀하게 미끄러져 들어갈 수 있었는데, 이 짓을 정기적으로 하게 되었다.

그가 이런 일을 2년 정도 계속하는 사이에 0.09퍼센트는 계속 쌓여 갔으며, 젭의 키는 점점 더 자랐고, 체모도 더 많아졌고, 캡록 예비학교 체육관에서 꾸준히 운동도 했다. 학교 성적은 종형 곡선의 중간 정도를 유지하도록 조심했는데 특히 IT과목에서 그랬다. 그래야 외계인 수준의 능력을 의심받지 않을 것이기 때문이었다.

어느덧 6개월만 지나면 젭은 졸업을 하게 되어 있었다. 그다음에는 어떻게 할 것인가? 젭에게는 몇 가지 생각이 있었지만 그의 감독관인 부모들도 마찬가지였다. 아버지 목사는 젭에게 자신의 연줄을 통해 사람들이 탐내는 북부의 석유 사막 쪽 일자리를 구해 줄 수 있다고 대놓고 이야기했는데, 그 일은 석유가 풍부한 역청 자갈과 씨름해야 하는 아주 거대한 기계를 운전하는 일이었다. 그런 일을 하고 나면 젭이 사람 노릇을 하게 될 것이라고 목사는 말했지만, 그 사람에 대한 정의는 애매모호하게 공기 중에 떠돌고 있었다.(아동 학대범? 종교 사기꾼? 온라인으로 아가씨 목 따는 놈?) 게다가 월급이 아주 괜찮았다. 잠시 동안 그 일을 하고 난 다음 젭은 자신이 추구하고 싶은 직업을 결정할 수 있을 것이었다.

이 제안에는 세 가지 의미가 숨어 있었다. 1) 목사는 젭이 두려워지기 시작했으므로 그가 아주 먼 곳으로 가기를 원했는데 그럴 만도 했다. 2) 젭이 폐암이라도 걸리거나 아니면 제3의 눈, 즉 두정안이 생기거나 아니면 아르마딜로처럼 몸에 딱지 같은 것이 생겼으면 좋겠다. 그곳 사막의 공기는 독성이 아주 강해서 일주일 정도 지나면 사람이 변형되었다.

그리고 3) 젭은 머리가 뛰어나지 못하다. 아담과는 다르다. 아담의 경우는 이 노인의 사이비 교회 사업을 이어 가리라는 희망을 품고 스핀들탑 대학에 보냈으며 그는 그곳에서 반석신학, 설교학, 반석생물학을 전공했다. 젭이 알기로 이 마지막 과목은 기성 생물학이 틀렸음을 입증하기 위해 필수적으로 생물학을 공부해야 했다. 이런 공부를 하려면 어느 정도 지적으로 뛰어날 필요가 있었는데 젭은 그런 면에서 부족하다. 이런 뜻이 함축적으로 암시되어 있었다. 갤리선 노예나 할 법한 육체노동이 젭의 수준에는 더 합당할 것이다.

"그것 참 훌륭한 생각인 것 같네요." 트루디가 말했다. "젭, 널 위해 그 모든 수고를 아끼지 않으시는 아버지한테 고맙게 생각해야 해. 너처럼 모든 아이들에게 좋은 아버지가 있는 건 아니란다."

웃어, 젭은 자신을 향해 명령했다. "저도 알아요." 그가 말했다. 스마일은 그리스어로 '고기 자르는 칼'을 뜻했다. 그는 역사적 인물들의 목을 자르지 않을 때면 웹사이트에서 그런 뜻을 찾아냈다.

젭은 아담이 집에 없을 때 그를 몹시 그리워했는데 그런 감정이 상호적일 거라고 생각했다. 그들의 인생 속 단면에서 벌어지고 있는 사실 같지도 않은 별난 일들에 대해 도대체 어느 누구에게 말할 수 있단 말인가? 여호와가 거룩한 기름을 드러내 보여 준 성 루카스*란 인물에게 아버지 목사가 올리는 기도문을 도대체 어느 누가 그토록 우스꽝스럽게 한 마디 한 마디 그대로 흉내 낼 수 있단 말인가?

아담과 젭은 떨어져 지내는 동안 문자 메시지, 전화, 전자 신호로 하는 모든 통신 교류를 피했다. 인터넷은 잘 알려진 대로 전립선암 환자처럼 정보가 새어 나갔으며, 아버지 목사는 아담은 몰라도 젭만큼은 염탐할 가능성이 컸다. 하지만 아담이 방학을 맞아 집으로 돌아오면 그때는 다시 예전과 같은 상황으로 돌아가는 시간이었다. 젭은 그를 환영하는 의미에서 신발 속에 개구리 같은 양서류를 넣거나 커프스 단추 상자에다 곤충 같은 절지동물을, 아니면 Y자형 팬티 속에다 껍질이 꺼끌꺼끌한 씨앗 한두 개를 기술적으로 붙여 놓곤 했다. 물론 이제 그런 식의 장난을 하기에는 나이가 너무 많긴 했다. 그래서 이런 장난은 그냥 향수 같은 것에 더 가까웠다.

그런 다음 그들은 테니스 코트로 가서 게임을 하는 척하며 네트를 사이에 두고 정보를 교환하면서 이런저런 이야기를 짤

---

* Anthony Francis Lucas, 크로아티아 출생의 석유 탐사자.

막짤막하게 나누었다. 젭은 아담이 섹스를 해 본 적이 있는지 알고 싶어 했지만 아담은 그 질문을 아주 능숙하게 피하곤 했다. 아담은 젭이 교회로부터 돈을 얼마만큼 뽑아내 그의 은닉 계좌에 옮겨 놓았는지 알고 싶어 했다. 일단 충분한 자금이 확보되면 저주받은 아버지 목사의 특권 그룹에서 빠져나가는 것이 그들의 확고한 계획이었기 때문이다.

그때는 아담이 졸업하기 전 마지막으로 맞은 방학 기간이었다. 아담은 재벌들이나 타고 다니는, 기름을 잔뜩 잡아먹는 아버지 목사의 자동차나 트루디의 고급 SUV가 집으로 들어올 경우에 대비해 창가에 서서 보초를 섰고 젭은 의료용 라텍스 장갑을 끼고 작은 소리로 콧노래를 부르며 집에 있는 목사의 사무 책상 모니터 앞에 앉아 있었다.

"네 손은 실리치의 손 같다."

아담이 특유의 중립적인 목소리로 젭에게 말했다. 이 말은 감탄인가, 아니면 단순한 관찰인가?

"실리치? 염병할 쓰레기 같으니, 식중독에 걸린 그 늙은이의 횡령 사건과 비교하다니! 이건 훨씬 더 엄청난 거야! 이것 좀 봐!"

"난 네가 욕만 안 하면 참 좋겠다."

아담은 아주 온화한 목소리로 말했다.

"실컷 먹기나 해." 젭이 쾌활하게 말했다. "게다가 목사는 돈을 그랜드케이맨*의 은행 계좌에 숨겨 두었단 말이야!"

"실리치는 20세기 금고털이 세계에서 아주 유명했던 선량한 해커였어." 젭과는 달리 역사에 관심이 많은 아담이 말했다. "그는 폭발물을 사용한 적이 한 번도 없었고 오로지 자기 손으로만 작업했거든. 아주 전설적인 인물이었지."

"이 실성한 늙은이가 튈 준비를 하는 것 같아. 오늘은 여기 있지만 느닷없이 휙 날아가 다음 날 아침에는 열대 해변에서 마티니를 빨면서 섹시한 여자들을 데려다가 거시기를 빨게 하는 거지. 제기랄, 충실한 신도들은 곤란한 상황에 처해 저 추운 바깥에서 벌벌 떨고 있는데 말이야."

"아니, 그랜드케이맨 섬은 아니야. 거긴 거의 물에 잠겼거든. 그 은행들은 대부분 카나리아 제도로 이전했어. 거기는 산이 많아서 지대가 높으니까. 그냥 그랜드케이맨 회사라는 이름만 유지하는 거야. 전통을 보존하겠다는 거겠지."

"목사가 튈 때 믿음직스럽고 퀴퀴한 냄새를 풍기는 트루디도 데려갈까? 궁금한걸." 젭이 말했다.

은행에 대한 아담의 지식에 젭은 무척 놀랐다. 하지만 아담이 가진 다른 많은 지식 역시 젭을 놀라게 했다. 아담이 무엇을 알고 있는지 안다는 건 쉽지 않은 일이었다.

"트루디는 데려가지 않을 거야." 아담이 말했다. "그녀는 재

---

* 역사적으로 조세 피난처로 이용되어 온 카리브해의 섬.

미친아담

정적으로 지나치게 많은 것을 요구하고 있거든. 그가 무슨 일을 꾸미고 있는지 그녀는 의심하고 있어."

"그걸 형이 어떻게 알아?"

"경험에서 나온 추측이야." 아담이 말했다. "신체 언어란 게 있잖아. 아침 식사 때 보면 트루디는 목사가 쳐다보지 않을 때 눈살을 찌푸리고 그를 노려보고 있어. 그녀는 휴가에 대해 그에게 잔소리해 대잖아. 언제 휴가를 갈 건 말하라고. 게다가 트루디는 인테리어에 대한 자신의 야망이 좌절되었다고 생각하고 있어. 벽지 샘플과 페인트 조각들을 모아서 진열해 놓은 것 좀 봐. 그녀는 이제 신도들 앞에서 천사 같은 아내를 연기하는 것도 지겨운 거지. 자기가 가정 경제를 흑자로 만드는 데 기여했다고 생각하니까 그녀는 더 많은 힘을 갖고 싶겠지."

"페넬라처럼." 젭이 말했다. "그녀 역시 더 많은 힘을 원했잖아. 적어도 그녀는 일찌감치 빠져나갔지."

"페넬라는 빠져나간 게 아니야."

아담이 특유의 중립적인 목소리로 말했다.

"그녀는 지금도 바위 정원 밑에 있어."

젭은 앉아 있던 아버지 목사의 인체 공학적 회전의자를 빙그르 돌렸다.

"뭐가 어쨌다고?"

"이제들 나타나신다. 둘이 동시에 열을 지어 들어오시네. 전원 차단해."

뮤트와 세프트

"그 얘기 다시 해 봐."

일단 테니스 코트로 나온 후 아무도 그들이 하는 말을 듣지 못하게 되자 젭이 말했다. 두 사람 모두 테니스를 잘 치지 못했지만 그들은 연습하는 척했다. 그들은 나란히 서서 공을 네트 너머로, 아니 그보다는 더 자주 네트 속으로 쳐 넣고 있었다. 그들의 방에는 도청 장치가 되어 있었다. 젭은 여러 해 전에 그 사실을 발견하고는 기꺼운 마음으로 자신의 책상 램프에 거짓 정보를 흘린 다음 그것이 아버지 목사의 컴퓨터를 거쳐서 다시 자기에게 돌아오도록 만들어 놓았다. 그렇지만 최선은 도청용 마이크를 설치된 곳에 그대로 두고 아무것도 모르는 척 시치미를 떼는 것이었다.

"바위 정원 밑. 거기가 페넬라가 있는 곳이야."

"확실해?"

"그들이 그녀를 그곳에다 묻는 걸 난 지켜보고 있었어. 창가에 서서. 그들은 나를 보지 못했고."

"그게 혹시 음…… 형이 꿈을 꾼 게 아니었을까? 그때 형은 분명 좆도 아니었을 텐데!"

아담은 젭을 째려보았다. 그는 외설스러운 말을 인정하지 않았을 뿐만 아니라 그런 말에 결코 익숙해지지 못하는 것 같았다.

"내 말은 실제로 아주 어렸다는 거지. 어린아이들은 이런저런 말을 꾸며내잖아."

말은 그렇게 했어도 젭은 아담의 얘기에 충격을 받아 제대로 생각을 할 수가 없었다.

만약에 아담의 이야기가 사실이라면(그가 무엇 때문에 이런 이야기를 지어내겠는가?) 스스로를 바라보는 젭의 시각이 바뀔 것이었다. 젭은 페넬라를 통하여 자신의 과거에 대한 이야기, 그리고 미래에 대한 이야기를 만들어 놓지 않았던가. 그런데 갑자기 페넬라가 해골로 나타나다니. 그녀는 그동안 내내 죽어 있었다. 그러니까 저 밖에서 기다리고 있는 젭의 비밀 원조자는 한 명도 없었다. 젭을 도울 수 있는 사람은 아예 존재하지 않았던 것이다. 언젠가 출구 유도등을 발견하면 보이지 않는 자물통을 열고 아버지 목사가 쳐 놓은 철망을 끊고, 닭장 우리에서 나갈 수 있는 출구를 확보하고 나서 어디에 있는지 그 위치를 파악해야 할 이해심 많은 가족 구성원은 지금껏 단 한 명도 없었던 것이다. 젭은 자기와 똑같이 머리에 상처를 입어 마음을 합치게 된 형을 제외하면 날개가 부러진 채 홀로 외롭게 날고 있었다. 그 형은 어쩌면 진짜로 경건하게 변할지도 몰랐다. 그에게는 그런 재능이 있었다. 그렇다면 젭 자신은 오래된 졸작 우주 영화에나 나올 법한 우주 비행사처럼 춥고 어두운 공허한 공간에서 쓰레기처럼 버려진 채 떠돌아다닐 것이다. 그는 그물에 대고 공을 세게 쳤다.

"그때 내 나이는 거의 네 살이었어."

아담은 '내가 말했으니까 이게 맞아.' 하는 투로 말했는데 그게 아버지 목사의 목소리와 너무나 비슷해서 젭은 편치 않았다.

"난 아주 분명하게 그때를 기억하고 있단 말이야."

"형은 나한테 한 번도 말한 적 없잖아."

젭은 언짢았다. 아담은 그를 신뢰할 만한 사람으로 여기지 않았던 것이다. 그 사실이 마음 아팠다. 두 사람은 한 팀이 아니었던가.

"넌 그 말을 내뱉고 말았을 거야. 그러면 저들이 어떤 짓을 했을지 누가 알겠어?"

아담은 자신의 공을 위로 던지더니 그걸 네트 위로 가볍게 쳐서 넘겼다.

"그럼 너 역시 결국 바위 정원 밑에서 최후를 맞이했을 수도 있어. 나는 말할 것도 없고."

"잠깐, 저들이라고? 형, 그러니까 좆같은 트루디도 이 일에 개입되어 있었단 말이야?"

"내가 이미 말해 줬잖아. 욕할 필요는 없어."

"미안해, 제기랄, 그냥 무심코 튀어나왔단 말이야."

젭은 아담이 자신의 말투까지 통제하도록 내버려 둘 생각은 전혀 없었다.

"선한 트루디까지 연루되었다고?"

"트루디도 분명 얻을 게 있었겠지."

아담이 '난 지금 너의 짜증스러운 목소리를 고상하게 간과하고 있어.' 하는 투로 말했다.

"최소한 '협박 자료'라도 확보할 수 있었겠지. 아니, 어쩌면 그녀는 자기가 가는 길이 원활하도록 페넬라가 비켜 주기를 원했을지도 몰라. 내 짐작으로는 아마 그녀는 벌써 너를 임신하고 있었던 것 같아. 결혼식에 쓰는 거룩한 기름 때문에 반석석유 교회는 이혼을 인정하지 않잖아. 우리가 잘 알다시피."

그러니까 이제 그것, 페넬라의 죽음은 젭의 잘못이었다. 젭은 자기 자신이 잉태되는 악취미를 갖고 있었던 것이다. 젠장.

"그들이 그 일을 어떻게 했을까? 그 둘이서? 그녀가 마시는 차에다 비소를 슬쩍 집어넣었을까? 아니면……."

페넬라의 목을 벤 건 아니겠지, 젭은 이런 생각을 하는 자기 자신이 부끄러웠다. 그들은 그 정도까지는 하지 않았을 것이다.

"모르겠어. 그때 난 고작 네 살이었으니까. 난 그냥 묻는 광경만 봤거든."

"그래서 그녀에 대해 매춘에 마약하는 쓰레기라는 이야기를 떠들어 대는 거로군. 자기 아이를 내버리고 갔다는 둥. 그건 그냥……."

"그게 바로 교인들이 믿고 싶어 했던 말이니까. 그리고 그들은 정말로 그렇다고 믿었어. 못된 어머니라는 주제는 언제나 그들한테 좋은 이야깃거리잖아."

"어쩌면 시체보안회사를 불러들여야 할지도 모르겠는걸. 그들에게 삽을 들고 오라고 말해야겠어."

"나라면 그런 위험을 감수하지 않을 거야. 시체보안회사에는 상당히 많은 수의 반석침례교도들이 있는 데다가 교회 이사회에도 석유회사에 소속된 건달들이 여럿 있거든. 그러니까 양측의 이익이 겹치는 부분이 상당히 많아. 그들은 반대를 진압할 필요성에 대해 합의를 보았겠지. 석유회사는 목사가 순수하고 단순한 아내를 살해했다고 해도 그 자체로 그들의 재산이 위협당한 건 아니기 때문에 아버지 목사를 감싸 줄 거야. 충격적인 스캔들이 퍼지면 신뢰가 손상되리라는 점을 잘 알고 있으니까. 그들은 우리 둘을 정신적으로 불안하다고 비난하겠지. 우리들을 격리시키고 중독성 마약을 사용할 거야. 그렇지 않으면 내가 말했듯이…… 바위 정원에다 새로운 구멍을 두 개 더 파든가."

"그렇지만 우리는 그의 자식이잖아!"

젭은 심지어 제가 듣기에도 두 살배기 같은 소리를 했다.

"그렇다고 그 사람이 그런 짓을 하지 않을 것 같아? 피는 돈보다 연한 법이야. 그는 더 큰 이익을 위해 아들의 희생을 제시하는 여호와의 편리한 음성을 듣겠지. 이삭을 생각해 봐. 이번에는 여호와가 양을 보내 주지 않을 테니까 그는 우리의 목을 따고 우리 몸에 불이라도 붙일 거야."

이것은 지금까지 젭이 기억하는 아담의 발언 중에서 가장 암울한 것이었다.

"그런데 말이지, 어째서 지금에서야 나한테 이 이야기를 해 주는 거야?"

젭이 물었다. 몸을 거의 움직이지 않았는데도 불구하고 그는 가쁜 숨을 몰아쉬고 있었다.

"만약에 네 말대로 현금 전용이 정말 성공적으로 이루어졌다면 우리에게 충분한 돈이 모인 거잖아. 게다가 네가 현금을 전용하고 있다는 사실을 교회가 포착할 수도 있거든. 그러니 꼬리가 잡히기 전에 떠날 때가 온 거야. 그들이 너를 죽음의 땅인 타르 구덩이로 보내 버리기 전에."

그는 덧붙여 말했다. "그래 놓고 그들은 물론 사고라고 말하겠지."

젭은 감동했다. 아담은 동생에게 나쁜 일이 일어나지 않도록 주의하고 있었던 것이다. 그는 언제나 젭보다 한 걸음 앞서서 생각했다.

그들은 다음 날까지 기다렸다. 그날 아버지 목사는 이사회가 있었고 트루디는 여신도들의 기도 모임을 인도할 예정이었기 때문이다. 그들은 태양광 택시를 타고 총알기차 역으로 가면서 쫑 긋거리는 운전수의 귀로 들어가도록 가짜 정보를 교환했다. 택시 운전수 대부분이 공식적이건 비공식적이건 간에 염탐꾼들이었다. 그 각본에 의하면 아담은 다시 스핀들탑 대학으로 돌아가는 길이었고 젭은 형을 배웅하러 나가는 중이었다. 거기에 특별한 점은 하나도 없었다.

기차역에 있는 인터넷 카페에 들어가 아버지 목사가 그랜드 케이맨 은행 계좌에 은닉해 둔 돈을 젭이 몽땅 빼내는 동안 아담은 태연하게 행동하면서 지나칠 정도로 관심을 보이는 것 같은 사람이 있는지 살펴보았다. 일단 목사의 기금을 확보하여 이체한 다음 젭은 사이버 사냥개들의 추적을 최대한 오래 지연시키기 위해 임시로 만든 복잡한 경로를 경유하여 메시지 한 쌍을 아버지 목사에게 보냈다. 남성용 데오드란트의 동영상 광고 네트워크로 침투해 들어간 젭은 털이 깎여 반짝이는 종마 같은 남자의 배꼽을 클릭했다.(그는 예전에 그 픽셀의 웜홀을 살펴본 적이 있었다.) 그런 다음 이런 상황에서 적합한 집과 정원 사이트로 뛰어 들어가 흙손을 선택했다. 그곳에서 그는 메시지들을 날려 보냈다.

첫 번째 메시지 내용은 "우리는 바위 밑에 누가 있는지 알고 있다. 우리를 뒤쫓지 마라."였다. 두 번째 메시지에는 아버지 목사가 반석석유 교회의 자선 사업 기금에서 훔쳐 낸 돈의 세부 내역과 함께 "마을을 떠나지 마라. 혹시라도 마을을 떠나면 이

내용을 공개할 것이다. 그대로 있으면서 지시를 기다려라."라는
또 다른 경고문을 적어 넣었다. 이 메시지를 보게 되면 곰팡내
가 물씬 나는 늙은이는 머지않아 그들이 다시 연락을 취해 올
거라고 생각할 것이다. 그들의 동기는 틀림없이 협박일 것이므
로 그는 숨어서 그들을 기다릴 터였다.

"그 정도면 틀림없이 효과가 있을 거야."라고 아담은 말했지
만 젭은 세 번째 메시지, 그러니까 아버지 목사가 그동안 원거
리 햅틱 모션 사이트를 방문한 상세 내역 사본을 추가로 보내고
싶은 마음을 제어할 수가 없었다. 레이디 제인 그레이는 목사가
가장 좋아했던 인물이었는데, 그는 그녀의 목을 적어도 열다섯
번은 잘랐을 것이다.

"정말이지 지켜볼 수 있다면 얼마나 신날까."

그들이 기차에 올라탄 후 젭이 말했다.

"그가 자기한테 온 메일을 열어 볼 때 말이야. 그리고 그가 케
이맨 은행에 숨겨 둔 돈이 몽땅 사라진 걸 발견할 때의 표정을
볼 수 있다면 훨씬 더 신날 텐데."

"고소해하면서 혼자 싱글벙글하는 건 성격상의 결함이야."
아담이 말했다.

"염병할, 너나 잘해." 젭이 말했다.

젭은 기차를 타고 가는 동안 내내 창문 밖으로 지나가는 풍
경을 바라보았다. 그들이 방금 도망쳐 나온 곳과 유사한 외부인

출입 제한 주택지, 콩밭, 수압 파쇄 시설, 풍력 발전 지역, 거대한 트럭 타이어 더미, 자갈 더미, 피라미드처럼 쌓아 놓은 폐기된 세라믹 변기들. 산처럼 쌓여 있는 쓰레기 속을 돌아다니며 물건을 수집하는 수십 명의 사람들, 평민촌 빈민가, 폐기된 온갖 잡동사니로 지은 오두막집. 오두막 지붕 위에, 쓰레기 더미 위에, 타이어 더미 위에 올라서서 다채로운 비닐봉지로 만든 깃발을 흔들어 대거나 단순한 모양의 연을 날리거나 아니면 젭을 향해 가운뎃손가락을 흔들어 대는 아이들. 교통 상황을 정밀 촬영하고 있다고 주장하는 기이하게 생긴 카메라 무인 항공기가 머리 위에서 떠다니며 누군지도 모르는 사람들의 오고 가는 행적을 기록하고 있었다. 만약에 누군가가 그것들에 특별히 추적당한다면 그건 그에게 아주 좋지 못한 소식이었다. 젭은 웹의 가십난에서 그 정도로 많은 것들을 수집해 두었던 것이다.

그렇지만 아버지 목사는 아직 그들을 찾고 있지 않을 것이다. 그는 지금 이사회의 오찬 모임에서 실험실 고기로 만든 전채 요리와 농장에서 키운 민물고기 요리를 걸신들린 듯 삼키고 있을 것이다.

해킹 핵핵, 기찻길 트랙,

엄마는 정원에 있네. 그러니 뒤돌아보지 마시게.

젭은 흥얼거렸다. 그는 페넬라가 아버지 목사의 역겨운 도착이 전혀 개입되지 않은 갑작스러운 죽음을 맞았기를 바랐다.

아담은 젭 옆에서 잠들어 있었는데 그의 얼굴은 깨어 있을 때보다 한층 더 창백하고 말라 보였으며 어떤 짜증스러운 우화적 인물, 그러니까 신중함, 성실함, 믿음의 이상을 보여 주는 동상과도 같았다.

젭은 너무 흥분해서 잠을 이룰 수가 없었다. 자신도 모르게 신경이 곤두서 있었다. 그들은 커다랗고 두꺼운 가시철망 선을 넘어왔고, 그들은 괴물 같은 인간의 돈을 털었으며, 그들은 그의 보물을 가지고 도망쳐 나온 것이었다. 복수가 뒤따를 것이다. 그래서 그는 잠을 자지 않고 망을 보았다.

누가 페넬라를 죽였을까?
정말로 나쁜 녀석.
그녀의 머리를 내리쳤네,
그녀를 세차게 후려치자
모든 게 캄캄해졌고
제기랄, 그녀는 죽고 말았네.

뭔가 젭의 얼굴을 따라 흘러내렸다. 그는 그것을 닦아 내기 위해 셔츠 소매를 사용했다. 제발 그만 훌쩍거려라. 그는 자신을 향해 말했다. 그에게 그런 만족감을 주어서는 안 되잖아.

샌프란시스코에 도착한 아담과 젭은 일단 헤어지기로 결정했다.

"그가 이 일을 그냥 넘어가지는 않을 거야." 아담이 말했다. "연줄 닿는 사람들이 많을 테니까. 그는 석유업체의 네트워크를 활용하여 긴급 비상 사태를 선포하겠지. 우리가 함께 다니면 지나치게 눈에 뜨일 거야."

그건 분명했다. 그들은 너무나 이질적이었다. 어둠과 빛이고, 강하고 약하다. 이례적인 것들은 기억에 남는 법이다. 그리고 아버지 목사는 그들 두 사람을 묶어 묘사하지 한 사람씩 하지는 않을 것이다.

머트와 제프(키다리와 땅딸보), 뮤트와 세프트(벙어리와 절도범), 큐트와 데프트(귀요미와 날쌘돌이). 젭은 콧노래를 흥얼거렸다.

"그런 노래 같지도 않은 소음 좀 안 내면 어때. 그런 소음이 우리한테로 관심을 끈단 말이야. 여하튼 넌 음정도 못 맞추잖아." 아담이 말했다.

그건 일리 있는 지적이었다. 그래, 2점을 주지.

젭은 평민촌의 회색시장에서 출신 배경을 바꿀 수 있는 조립 용품을 시간제로 대여해 주는 가게로 들어가, 그들이 사용할 신분증을 공들여 만들었다. 골판지라 면밀한 검토를 견뎌 내지는 못할 테고 시간에 민감해서 오래가지 못하겠지만 여행의 다음 단계를 위해서는 그런대로 쓸 만했다. 각자 위장을 하기 위해 아담은 북쪽, 젭은 남쪽으로 떠났다.

젭과 아담은 전자 사서함을 만들기로 합의했다. 그것은 사람들이 많이 방문하는 이탈리아 관광 사이트의 배경인 보티첼리의 「비너스의 탄생」 그림에서 산들바람에 의해 흩날린 장미꽃 중 가장 높은 위치에 있는 장미꽃이었다. 젭은 비너스의 왼쪽 젖꼭지를 선택했지만 아담이 그곳은 너무나 눈에 띈다고 말하면서 그의 결정을 뒤엎었다. 적어도 6개월 동안은 그들이 서로에게 접촉하고자 하는 시도 역시 너무나 눈에 뜨일 것이라고 아담은 덧붙여 말했다. 아버지 목사가 앙심을 품고 있을 테고 지금쯤이면 겁도 집어먹었을 터였다.

젭은 이러한 복수심과 공포감이 가져올 만한 결과들을 깊이 생각해 보았다. 지금까지 한 번도 좋아한 적 없는 우쭐대는 아들 두 놈이 자신의 역겨운 비밀들을 가지고 급하게 도망쳤다면 젭 자신은 어떻게 할까? 분노. 배신. 결국 그는 아담을 혼쭐낼 것이다. 그리고 젭도. 체벌은 그 녀석들의 영적 발달을 위하여 가장 좋은 일이 아니었던가? 목사는 아마도 그와 같이 의로운 구역질로 여전히 스스로를 기만하고 있을 것이다.

목사는 무엇보다도 재빨리 흔적을 쫓을 수 있는 온라인 디지털 전문가 몇 명을 고용할 것이다. 전문가들이라 고액을 청구하겠지만 그만큼의 결과를 내놓는다고 알려져 있었다. 전문가들은 온라인에서 프로필에 부응하는 그럴듯한 사람을 탐지해 내게끔 구성된 탐색 알고리즘을 설정할 것이다. 따라서 가능한 한 디지털 근처에는 가지도 말고 멀리 떨어져 있을 필요가 있었다.

절대로 인터넷 서핑을 하면 안 된다. 구매 행위도 절대로 하면 안 된다. 사교 행위도 절대 금지. 재치 있는 농담 역시 절대로 하지 마라. 포르노도 절대 금지 대상이다.

"너답게 행동하지 않도록 해."

이 말이 헤어질 때 했던 아담의 충고였다.

평민촌으로 깊이 들어가기

젭은 샌프란시스코에서 머리를 잘랐다. 콧수염을 길렀으며 암시장에서 눈 색깔을 바꿔 줄 뿐만 아니라 난시 기능과 홍채 위조 기능이 들어 있는 콘택트렌즈 몇 개를 구입했다. 이 정도 위장이면 건성으로 하는 단층 검사는 통과할 수 있겠지만 한층 더 철저한 정밀 검사라면 어떨지 몰랐다. 젭은 페이크 핑거스라는 지문 왜곡기도 구입했지만 프로들의 눈에는 가소로운 장치일 터였다. 그래서 젭은 운에 맡긴 채 총알기차를 다시 타는 어리석은 짓은 하지 않는 편이 나을 것 같았다. 게다가 총알기차의 승객 대부분은 여전히 법의 합법성과 질서의 정연함을 믿는 사람들이었다. 그들은 꾸준히 길들여진 바대로 뭐든 의심스러운 상황을 보면 바로 신고할 수도 있었다.

그래서 젭은 운을 바라고 고속도로를 택했다. 그는 산호세까지 남쪽으로 가는 차편을 얻어 탔다. 트럭A필러 부품 수송차를 히치하이크했는데 실제보다 나이 들어 보이려고 노력했다. 몇 몇 운전자는 태워 준 대가로 은근히 구강 섹스를 기대했지만 그걸 강요하기에는 젭의 몸집이 너무나 컸다.

다른 위험 요소는 길가에 있는 식당에서 재빠르게 성매매를 권하는 프로 매춘부들이었다. 하지만 젭은 여태까지 경험한 섹스라고는 햅틱 피드백 사이트를 통해 온라인으로 해 본 것이 전부라 실제로 다른 사람의 살에다 자신의 살을 접촉할 준비가 되어 있지 않았다. 게다가 그는 아무리 짧은 시간이라도 다른 사람들과 관계 맺는 것을 경계했다. 얼마나 많은 매춘부가 부업으로 정보를 거래하고 있을지 누가 안단 말인가? 그런 여자들 중 몇몇은 의심스럽게도 옷을 잘 차려입고 있었으며 전혀 배고파 보이지도 않았다.

그리고 성병 위험도 있었다. 젭에게는 지금 병원에 갇히게 되는 일이 아마도 최악의 상황일 것이다. 그의 신분증이 검사를 통과한다고 가정할 때 말이다. 만약에 신분증 검사를 통과하지 못한다면, 그는 병원 기업체가 동원한 보안 폭력배에게 두들겨 맞게 될 터이다. 고문 끝에 자신이 누구인지 털어놓게 된다면 당연히 목사 아버지에게 연락이 갈 것이다. 그렇게 되면 없애 버리라는 명령이 내려지든가 아니면 독선적인 벌을 내릴 수 있도록 플라스틱 수갑을 채워서 집으로 돌려보내질 것이다. 날 존경할 때까지 혼내 주겠어. 너에 대한 통제권은 나한테 있단 말이야. 너 같은 놈은 하나님도 싫어해. 넌 도덕적으로 전혀 쓸모없는 놈이니까. 무릎

꿇고 회개하도록 해. 저 양동이에 있는 걸 마시고 마룻바닥에 납작 누워 있어. 그리고 굵은 각목 하나 가져와. 넌 그걸로 더 세게 두들겨 맞기를 원하잖아. 엉엉 소리치며 울게끔 만들어 주겠어, 기타 등등. 종교적이고 사디스트적인 성도착자가 헤비메탈식으로 장황하게 늘어놓는 익숙한 소리. 잠들기 전에 한바탕 즐기는 오락.

아버지 목사는 엉망진창이 되고 무방비 상태로 벌벌 떨고 있는 젭의 몸을 끝장내 결국은 바위 정원 속에다 파묻을 것이다. 물론 그렇게 하기 전에 불에 그슬리고 무자비하게 제압당한 젭은 아담을 배신하여 아담에게로 연결되는 디지털 경로를 넘겨줄 수밖에 없을 것이고, 목사의 재정적·성적 비행들을 공개하지 말아야 할 필요성이라든지 그 모든 것을 설명하기 위해 직접 만나야만 하는 절실한 필요성을 포함해서 아담에게 보내는 온라인 미끼와 지침을 어쩔 수 없이 설치해야 할 것이다. 젭은 목사나 그의 조력자들이 자신에게 기꺼이 가할 그런 행위들을 견뎌낼 힘이 자신에게 있을 것이라는 오해는 전혀 하지 않았다.

어쨌거나 거시기가 썩는 병에 걸린다고 가정한다면 병원 말고는 선택할 다른 방안이 없었다. 병원행의 대안은 전혀 매력이 없었다. 음경이 곪아 가고 발기도 못하고 쪼그라들다가 썩어 버린다. 이런 주제를 다루는 인터넷의 공포 사이트는 녹색을 띤 노르스름한 이미지로 가득한 악몽들이었다. 트럭A필러 부품 수송차들이 멈춰 서는 정류장에서 사람을 유혹하는 요부들을 피해야 할 이유는 너무나도 많았다. 붉은 가죽 핫팬츠가 터져 나갈 듯 꽉 찬 그들의 허벅지가 아무리 통통하고 단단해도, 가짜 도마뱀으로 만든 그들의 플랫폼 슈즈 바닥이 아무리 높아도, 아무리 대담하게 용과 두개골 문신을 새겨 넣었더라도, 또는 검정색 새틴으로 만든 홀터 톱 안에서 유방 확대 수술을 한 반쪽짜리 멜론이 부풀어 오르는 빵 반죽처럼 모습을 드러내더라도 말이다. 물론 젭이 지금까지 살아오면서 부풀어 오르는 빵 반죽을 가까이에서 본 적이 단 한 번이라도 있었던 것은 아니다. 하지만 그런 모습을 비디오에서 본 적은 있었다. 옛날에는…… 하면서 복고풍 엄마가 등장하는 이야기가 나오면 그는 (솔직히 말해서) 금방이라도 눈물이 날 것만 같았다. 죽은 페넬라는 밀가루 반죽으로 빵을 구워 본 적이 한 번이라도 있었을까? 왜냐하면 제기랄, 트루디는 한 번도 반죽을 만든 적이 없었기 때문이다.

그리하여 입술이 다 번지고 맛 간 눈에 젤리 같은 엉덩이를 지닌 여자들이 "거기, 대물 오빠, 저기 있는 도넛 가판대 뒤로 가서 빨리 한판 하면 어때?"라고 말할 때 젭은 '그럽시다.'라고 하지 않았고, '나 죽으면 천당에서나 만나시든가.'라는 말도 하지 않았고 '염병할, 정신 나갔어?'라고도 하지 않았다. 그는 아무런 대꾸를 하지 않았다.

젭은 질병 인자뿐만 아니라 평민촌 지역의 어둡고 더 캄캄한 오솔길들을 탐색하는 방법을 아직은 터득하지 못했다. 그는 낯선 여자와 하룻밤을 즐기기 위해 눈먼 사람처럼 골목길을 헤맨다거나 아니면 누추한 모텔이나 수상쩍은 매음굴의 화장실로 들어갔다가 들것에 실려 나오거나 아니면 시체 운반용 부대에 담겨서 나오고 싶지 않았다. 십중팔구 그 사람들은 그를 공터로 내던져 쥐와 독수리의 밥으로 만들 것이다. 한때는 공적으로 이루어지던 보안 서비스가 점차적으로 민영화되었기 때문에 이제는 젭과 같은 떠돌이들을 제대로 매장할 수 있는 여분의 공간이 전혀 없었다. 또는 어떤 비열한 악당이 잔돈푼이나 갖겠다고 그를 칼로 찔러 죽일 수도 있다는 점을 우려할 여유도 없었다. 그들은 우려라는 단어를 즐겨 사용했다.

젭의 큰 키라든지 새로 돋기 시작한 콧수염은 충분한 보호책이 되지 못했다. 그는 갓 베어 낸 나무, 한마디로 만만한 타깃이었다. 그들은 한번 흘깃 보기만 해도 다 파악하고 젭에게로 직행할 것이다. 평민촌은 어렸을 때 다녔던 학교 운동장으로부터 아주 멀리 떨어진 곳에 있었다. 어릴 때는 실제로 크기가 관건이었다. "몸집이 크면 클수록 더 세게 넘어지는 법이야." 당시 허접스러운 밴텀급 아이들은 — 한 명 이상이 — 그에게 그렇게 말했었다. "맞아."라고 그는 대답했다. "그렇지만 몸집이 작으면 작을수록 더 자주 넘어지는 법이거든." 그런 다음 신속하게 한 대 후려쳤다. 제대로 펀치를 날린 것도 아니었는데 그들은 쓰러지곤 했다.

그러나 평민촌 한복판으로 들어가게 되면 어떤 형태로든 말장난은 전혀 없을 것이다. 방울뱀처럼 경고하는 듯한 익살이나 농담 따위 없고 다만 재빠르게 찌르거나 자르고 심지어는 불법 총기에서 발사되는 총알이 날아올지도 모른다. 인터넷 정보에 의하면 린트헤드* 갱단이 특히 잔인했다. 그리고 새까매진 레드피시들, 황색 아시안 퓨전들. 그리고 마약 전쟁 때 속임수를 썼던 텍사스-멕시코인들, 옛 영화 제작지의 대형 천막에서 목매달아 죽인 다리 없는 사체들, 머리를 잔뜩 모아 놓은 무더기들. 젭이 판단하기에 남쪽으로 내려가는 고속도로에는 분명 트럭A필러 부품 수송차들을 통제하는 텍사스-멕시코 갱단들이 많을 터였다. 그곳은 그들의 영토와 가까웠다.

이런 의구심이 들긴 했지만, 아니 좀 더 솔직히 말해서 소심한 공포심이 몰려들긴 했지만 젭은 단기적으로 몸을 숨길 수 있는 최상의 장소는 마을에서 최고로 위험한 지역이라는 사실을 잘 알고 있었다. 돈을 너무 많이 쓰면 승냥이들이 몰려들 것이다. 젭은 그 정도는 알 만큼 세상 물정을 파악했다. 그래서 일단 산호세에 들어간 다음 세간의 이목을 피하면서 술집에는 될수록 들어가지 않고 최하층 계급 사람들 속으로 섞여 들어갔다. 그들은 가장 저급한 평민촌 거리를 이리저리 돌아다니며 쓰레기통의 쥐처럼 무엇이든지 건질 만한 것을 찾아 뒤지고 다녔다.

젭은 잠시 동안 시크릿버거에서 유사고기 제품을 되는 대로

---

* 방직공장 노동자라는 뜻.

미친아담

휙휙 내던지는 일을 했다. 그 일은 열 시간 근무에 최저 임금도 주지 않았으며 회사 티셔츠와 얼간이나 쓰는 모자를 착용해야 했다. 하지만 시크릿버거는 신원에 대해 까다롭지 않았다. 그리고 그들은 자기 점포에서 일하는 노동자들을 길거리 패거리들로부터 보호해 주었고 남의 뒤를 캐고 다니는 사람들을 전부 돈으로 매수해 놓았으므로 귀찮게 하는 사람은 단 한 명도 없었다. 젭은 여자 직원들을 측은하게 여겼다. 그들은 남자들보다 돈도 조금 받았고 꽉 끼는 티셔츠를 입고 고객과 관리자 양쪽의 공격을 전부 막아내야 했다. 그들에게는 젖가슴을 방어할 수 있는 플라스틱 가리개라도 나눠 주는 게 합당했다.

그렇지만 젭은 측은지심 때문에 여자들과 만나는 일을 그만둘 사람이 아니었다. 그는 마침내 와이넷이라고 하는 시크릿버거의 웨이트리스와 진짜 육체관계를 맺게 되었다. 머리칼이 갈색인 그녀는 눈 가장자리가 거무죽죽했고 허기져 보이는 커다란 눈을 갖고 있었다. 젭을 사로잡았던 그녀의 '고혹적인 특성'이란 것이 실은 다소 느슨했던 그녀의 성기에 대한 완곡어법이었음을 이제는 인정할 수밖에 없다. 그 점에 대해서는 참 미안하게 생각하지만 당시만 해도 젭은 자연의 계획에 따라 호르몬이 넘쳐나는 청년이었다. 빌어먹을, 그는 그녀를 사랑한다고 생각했다. 여하튼 와이넷은 성기 외에 자그마한 방이라는 혜택 또한 제공해 주었다.

시크릿버거에서 일하는 웨이트리스들 대부분은 그마저도 감당할 능력이 안 되었다. 그들은 엘리베이터도 없는 아파트 층계에서 복닥복닥 함께 지내거나 허물어져 가는 압류 가옥에 불법 거주했다. 아니면 아이나 마약에 중독된 친척이나 천박하고 번지르르한 포주를 먹여 살리기 위해 부업으로 매춘부 노릇을 했다. 반면 와이넷은 신중하고 검소했으며 낭비하지 않았으므로 어느 정도 사생활을 누릴 여유가 있었다. 그녀의 방은 고약한 소변 맛과 페인트 제거제 맛이 나는 술을 판매하는 모퉁이 가게 위에 위치하고 있었다. 하지만 그 당시 젭은 까탈을 부릴 처지가 아니었다. 그래서 그는 섹스하기 전에 와이넷에게 주려고 술병 하나씩을 집어 들곤 했다. 그것을 마시면 긴장을 푸는 데 도움이 된다고 그녀가 말했기 때문이다.

"그게 그만큼 좋았어요?" 토비가 묻는다.

"뭐가 그만큼 좋았냐고 묻는 거야? 아니면 무엇만큼 좋았는가 묻는 거야?"

"와이넷과의 섹스 말이에요. 참수당한 레이디 제인 그레이만큼 좋았냐고요."

"사과와 오렌지처럼 천양지차지. 그런 건 비교해 보았자 아무런 의미가 없어."

"아, 그래도 한번 해 봐요."

"좋아. 레이디 제인 그레이는 여러 번 할 수 있었지. 현실은 그게 아니잖아. 당신이 궁금해하니까 말하는데, 때로는 둘 다 좋지만 어느 쪽이든 실망스러울 수도 있지."

호전되는 눈사람

꽃무늬 침대 시트

햇살이 그녀를 잠에서 깨운다. 그녀의 칸막이 방 창문을 통해 스며드는 햇살이. 새들의 노랫소리, 크레이커 아이들이 뛰노는 소리, 모헤어 양의 울음소리. 불행하거나 슬픈 일은 하나도 없다.

몸을 똑바로 들어 올린 다음 토비는 오늘이 며칠인지 기억해 내려고 애쓴다. 남조식물*의 축일인가? 아 신이시여, 수많은 사람들로부터 그토록 간과되던 하찮은 청록색 해조류인 남조식물이 생겨나게 해 주신 것을 감사하나이다. 그것들 덕분에, 당신이 보시기에는 단지 눈 깜짝할 시간에 불과하겠지만, 그토록 오래전인 수백만 년 전에 산소로 가득한 우리의 대기가 존재하게 되었기 때문이지요. 산소가 없었더라면 어떻게 우리들이나 이 땅에서 살아가고 있는 다른 동물 형체들이 숨

---

* 무성 생식하는 단세포 조류로 현생 식물 중 가장 미분화한 식물로 일컬어진다.

을 쉴 수 있었겠습니까. 그렇게도 다양하고 그렇게도 아름다우며 그렇게도 새로운 동물들의 형체들을 우리들이 볼 수 있을 때마다 그리고 그들을 통해 당신의 은총을 직감할 수 있을 때마다 우리는 늘 감사하나이다……

하지만 어쩌면 오늘이 성 제인 구달의 날인지도 모르겠다. 아신이시여, 성 제인 구달의 인생에 복을 내려 주셔서 감사하나이다. 대담무쌍하게도 정글에서 살아가는 신의 아이들과 친구가 된 구달은 종 간의 격차를 가로질러 접근하기 위해 수없이 많은 위험한 상황뿐만 아니라 흡혈 곤충 역시 용감하게 대면하였습니다. 그리고 우리의 가까운 사촌인 침팬지들에게 그녀가 베푼 사랑과 수고를 통해 우리는 다른 손가락들과 마주 볼 수 있는 엄지손가락과 커다란 발가락의 가치를 이해하게 되었습니다. 그리고 또한 우리 자신의 깊은……

우리 자신의 깊은 무엇? 토비는 다음 문구를 찾아내기 위해 머릿속을 뒤적거린다. 아무래도 잘못하고 있는 것 같다. 그런 것들을 기록으로 남겨 두어야 하는데. 새론당신 스파에서 홀로 지낼 때 했던 것처럼 날마다 일기를 써야 하는데. 한 걸음 더 나아가 이제는 사라지고 없는 신의 정원사들의 행동 양식이라든지 발언들을 미래를 위해, 그러니까 정치인들이 표를 노릴 때 주로 사용했던 표현처럼 아직 태어나지 않은 세대를 위해 기록해 둘 수도 있을 텐데. 혹시라도 미래에 인류가 살아남는 경우를 대비해서 말이다. 그리고 혹시라도 그들이 글을 읽을 수 있다면 말이다. 그러고 보니 이것들은 상당히 중대한 두 개의 가정이라서 그럴 가능성이 클 것 같지는 않다. 그리고 혹시 미래에도 글을 읽을 수 있다 해도, 정체가 모호하고 막상 그때가 되면 불법화되어 해체되고 말 환경 친화적 종교 단체의 활동에 흥미를 가질 사람이 한 명이라도 있을까?

토비가 그런 미래를 믿는 사람처럼 행동한다면 어쩌면 그런 미래를 창출해 내는 데 도움이 되지 않을까? 정원사들도 그런 식으로 말했다. 지금은 그녀에게 종이가 한 장도 없지만 다음 번에 젭이 물건들을 수집하러 원정 나갈 때 종이를 조금만 갖다달라고 부탁할 수 있을 것이다. 눅눅하지도 않고 생쥐들이 둥지를 짓기 위해 쏠지도 않았고 개미들이 뜯어 먹지도 않은 종이들을 젭이 조금이라도 발견할 수 있으면 얼마나 좋을까. 아, 연필도 갖다달라고 부탁해야겠다. 아니면 펜. 아니면 크레용. 그렇게 되면 기록을 시작할 수 있을 텐데.

물론 미래라는 개념에 마음을 집중시킨다는 게 무척이나 어렵긴 하다. 토비는 현재에 너무나 깊숙이 빠져 있다. 현재에는 젭이 포함되어 있지만 미래에는 그렇지 않을 수도 있다.

그녀는 오늘 밤을 갈망한다. 방금 시작한 낮 시간을 건너뛰고 마치 수영장으로 뛰어들듯이 앞뒤 살피지 않고 곧장 밤 속으로 뛰어들고 싶다. 달빛이 반사되는 수영장. 그녀는 맑은 달빛 속에서 헤엄치고 싶다.

하지만 밤을 위해 산다는 것은 위험한 일이다. 대낮의 시간이 무의미해진다. 그렇게 되면 사람이 부주의해질 수 있고 세부 사항들을 간과할 수도 있으며 방향을 놓칠 수가 있다. 토비는 머지않아 샌들 한쪽을 손에 들고 방 한가운데에 서서 어떻게 여기 오게 되었는지 의아해하는 자신의 모습을 발견할지도 모른다. 아니면 바깥에 나가 나무 밑에서 나뭇잎이 팔랑거리는 것을 지켜보면서 자기 자신을 재촉할지도 모른다. 움직여. 어서 움직여. 빨리 시작해. 넌 해야 한단 말이야…… 그렇지만 정확하게 그녀가 해야 할 필요가 있는 일이 무엇이지?

이런 상태는 단지 그녀만의 문제, 그녀의 밤 생활이 야기한 문제만은 아니다. 토비는 다른 사람들도 역시 느슨해지고 있다는 걸 알아챌 수 있었다. 이유 없이 움직이지 않고 가만히 서 있다거나 아니면 이야기하고 있는 사람이 한 명도 없는데 무언가에 귀를 기울이고 있다. 그러다가 몸을 확 돌려 다시 실재하는 대상으로 돌아가 거기 집중한다. 정원, 울타리, 일광욕실, 흙집을 확장하는 일에 열심히 매달린다…… 크레이커들이 그래 보이듯 표류하는 것은 참으로 매혹적이다. 크레이커들에게는 축제도 없고 달력이란 것도 없고 기한도 전혀 없다. 장기적인 목표 또한 일절 없다.

인류를 살해하는 전염병 바이러스가 완전히 사라지기를 기다리며 새론당신 스파에 몸을 숨겼던 시간 동안 토비는 이렇게 두둥실 떠 있는 듯한 기분으로 지냈던 것을 아직도 생생하게 기억한다. 그때에는 시간이 지남에 따라 더 이상 울음소리도 들리지 않고 애원하거나 문을 탕탕 두드리는 일도 없게 되었으며 잔디에 널브러진 사체들도 더 이상 볼 수 없게 되자 그저 기다림만 남았다. 누군가 다른 사람이 살아남았다는 징후를 기다리는 수밖에 없었다. 의미 있는 시간이 다시 시작되기만을 기다리는 수밖에.

그녀는 평범한 일상에 매달렸다. 계속해서 입속으로 음식과 물을 집어넣었고 사소한 활동들로 시간을 채웠으며 날마다 일기장에 뭔가를 적어 넣었다. 홀로 있을 때 종종 그러하듯 그녀의 머릿속으로 기어들어 오려고 기를 쓰는 목소리들을 밀어냈다. 정처 없이 떠나고 싶고 숲속으로 들어가고 싶고 어떤 일이 발생하건 상관없이 문을 열고 싶은 마음의 유혹, 아니 좀 더 솔직하게 말하자면 삶을 끝내고 싶은 유혹을 막아 내면서 말이다. 모든 것을 마무리 짓고 싶은 유혹을.

그것은 가수면 상태 아니면 몽유병 증세와 같았다. 항복해. 포기하란 말이야. 우주 속으로 섞여 들어가. 그러는 편이 낫잖아. 마치 뭔가가 귀에다 대고 속삭대면서 그녀를 어둠 속으로 유인하는 것 같았다. 어서 들어와, 이쪽으로 와. 끝내 버려. 그렇게 하면 한시름 덜게 될 거야. 모든 게 완결되겠지. 그다지 아프지도 않을 테고.

토비는 그런 속삭임이 다른 사람들의 귀에서도 울리는지 무척이나 궁금하다. 사막에서 은둔 생활을 하는 사람들이 그런 목소리를 듣고 지하 감옥에 들어가 있는 죄수들도 듣는다. 하지만 아마도 지금은 그런 소리를 듣고 있는 사람이 한 명도 없을 것이다. 이곳은 그때의 새론당신 스파가 아니기 때문이다. 이곳은 격리실이 아니고, 모두가 다른 사람들과 함께 지낸다. 그럼에도 불구하고 토비는 아침마다 사람들의 머릿수를 세면서 미친 아담 식구들과 예전의 정원사들이 전부 제자리에 있는지 확인하는 자신의 모습을 발견한다. 여태까지는 그들 중에서 새가 지저귀고 바람소리 들리는 적막한 밤중에 나뭇잎과 나뭇가지 들로 가득한 미로 속으로 발걸음을 잘못 내딛은 사람은 한 명도 없었다.

그녀의 방문 옆쪽 벽을 가볍게 두드리는 소리가 들린다.

"방 안에 계세요, 아 토비?"

어린 블랙비어드가 그녀가 무엇을 하고 있는지 확인하러 온 것이다. 어쩌면 이 아이는 그녀의 두려움을 어느 정도 공유하고 있으며 그녀가 사라지는 것을 원하지 않는지도 모를 일이다.

"그래. 나 여기 있어. 거기 밖에서 기다리고 있을래?"

토비는 서둘러 그날의 침대 시트를 몸에 걸친다. 오늘의 시트는 평소보다 화려하고 덜 기하학적이며, 꽃무늬가 많이 들어가 있고 조금 더 감각적이다. 활짝 핀 장미꽃들. 휘감고 올라가는 덩굴. 그녀에게 허영심이 있나? 아니다, 그보다는 그녀의 새로운 삶을 축하하기 위해서다. 그것이 그녀의 핑곗거리다. 그녀의 모습이 우스꽝스러운가? 젊게 보이려고 안간힘을 쓰는 중년 여자처럼 꼴불견인가? 거울이 없으니 도통 알 수가 없다. 중요한 것은 어깨를 뒤로 젖힌 채 자신감을 가지고 발을 앞으로 성큼성큼 내미는 것이다. 그녀는 머리카락을 귀 뒤로 넘겨서 틀어 올렸다. 흔들거리는 덩굴 모양의 머리카락은 한 가닥도 없다. 약간의 자제심을 나타내는 게 좋겠지.

"제가 아주머니를 눈사람 지미한테 데려갈 거예요."

토비가 준비를 마치고 나자 블랙비어드가 당당하게 말한다.

"그러면 아주머니가 그를 도와줄 수 있잖아요. 구더기로요."

그는 이 단어를 알게 된 걸 아주 자랑스럽게 여긴다. 그래서 그는 다시 한번 그 단어를 말한다.

"구더기요!" 그는 환하게 웃는다. "구더기는 좋은 거예요. 오릭스가 그것을 만들었죠. 그것들은 우리를 해치지 않을 거예요."

블랙비어드는 자기가 올바로 말했는지 알아보기 위해 토비의 얼굴을 자세히 훑어본 다음 또다시 웃는다.

"그리고 머지않아 눈사람 지미는 아프지 않을 거예요."

그는 토비의 손을 잡더니 앞으로 끌어당긴다. 그는 어떻게 해야 하는지 잘 알고 있다. 그는 그녀의 작은 그림자가 되어 모든 것을 빨아들이고 있다.

만약에 나한테 아이가 하나 있었다면 그 아이도 이렇게 행동했을까? 토비는 생각한다. 아니다. 내 아이라면 이렇게 행동하지 않았을 것이다. 한탄하지 마라.

지미는 아직도 자고 있다. 하지만 그의 얼굴색은 더 좋아졌고 고열도 사라졌다. 토비는 그의 입안에다 버섯으로 만든 영약과 함께 꿀물을 숟가락으로 조금 떠 넣는다. 그의 발이 빠르게 치유되고 있다. 머지않아 구더기는 더 이상 필요하지 않을 것 같다.

"눈사람 지미가 걸어오고 있어요."

크레이커들이 그녀에게 말해 준다. 오늘 아침에는 그들 네 명이 순번을 지키고 있는데 남자 세 명과 여자 한 명이다.

"그는 매우 빠르게 걸어오고 있어요. 머릿속에서요. 머지않아 이곳에 도착할 거예요."

"오늘이요?" 토비가 그들에게 묻는다.

"오늘내일이요. 곧이요." 그들은 그녀를 쳐다보고 웃는다.

"걱정하지 마세요, 아 토비." 크레이커 여자가 말한다. "눈사람 지미는 이제 안전해요. 크레이크가 그를 다시 우리에게로 보내 주고 있어요."

"그리고 오릭스도요. 그녀 역시 눈사람 지미를 보내 주고 있어요." 키가 가장 큰 남자가 말한다. 아마 에이브러햄 링컨일 것이다. 토비는 정말이지 이 사람들의 이름을 구분하기가 무척이나 힘들다.

"오릭스는 그녀의 아이들에게 눈사람을 해치지 말라고 당부했어요." 여자가 말한다.

이 여자의 이름이 조세핀 황후던가?

"비록 그의 오줌발은 아직 약하지만요. 오릭스의 아이들은 눈사람을 먹을 수 없다는 것을 처음에는 이해하지 못했어요."

"우리의 오줌발은 강해요. 우리 남자들의 오줌발이요. 오릭스의 아이들은 그런 오줌발을 잘 알아요."

"날카로운 이빨을 지닌 아이들은 오줌발이 약한 것들을 먹어요."

"엄니가 있는 아이들은 그런 사람들을 먹어요. 때로는요."

"곰처럼 덩치가 크고 발톱이 있는 아이들은 그래요. 우리는 아직 곰을 본 적이 없어요. 젭은 곰을 먹었대요. 그는 곰이 어떻게 생겼는지 잘 알아요."

"하지만 오릭스가 그들에게 그러지 말라고 말했어요."

"눈사람 지미를 먹지 말라고요."

"크레이크는 우리들을 보살펴 주라고 눈사람 지미를 보냈어요. 그리고 오릭스 역시 그를 보내 주었어요."

"그래요, 오릭스도요."

다른 크레이커들이 맞장구를 친다. 그들 중 한 명이 노래를 부르기 시작한다.

여성 용품

오늘은 아침 식사 테이블에 활기가 넘친다.

아이보리 빌, 매너티, 타마로, 그리고 준준시토는 접시에 담긴 음식들을 깨끗이 먹어 치우고서 후생유전학 논의에 깊이 빠져 있다. 크레이커의 행동 중 어느 정도가 유전적인 것이고 어느 정도가 환경적인 것인가? 그들에게 자신들의 유전자 발현으로부터 분리되어 환경적으로 얻어진 거라고 말할 수 있는 행동이 있는가? 아니면 그들은 오히려 개미들과 더 유사한가? 노래 부르기는 어떤가? 그것은 일종의 통신 형식임에 틀림없다. 그렇지만 그것은 새들의 울음소리처럼 영역 표시를 위한 것인가? 아니면 그것을 예술이라고 이름 붙일 수 있을까? 확실히 후자는 아니라고 아이보리 빌이 말한다. 크레이크는 그것을 설명할 수가 없었고 그것을 좋아하지도 않았다고 타마로가 말한다. 그렇지만 노래 부르기를 없애면 발정을 하지 않거나 발정 상태가 오래 지속되지 않는 냉담한 크레이커들이 만들어지는 바람에 크레이크와 그의 팀은 어쩔 수 없이 그 부분을 그냥 내버려 둘 수밖에 없었다.

짝짓기 주기는 유전적인 게 확실하다고 준준시토는 말한다. 발정기에 나타나는 여자들의 복부와 생식기의 색소 변화가 그렇듯이 말이다. 발정기 남자들도 마찬가지여서 다수의 섹스 파트너를 갖는 게 가능하다. 만일 크레이커들이 처한 상황이 바뀐다면 이런 현상도 달라질까? 과거에 파라디스 돔에서 지낼 때 그 점을 시험해 볼 기회가 전혀 없었는데 그건 참 애석한 일이었다고 그들 모두가 동의한다. 변수를 달리하며 이에 대한 연구를 해 볼 수 있었을 텐데 그러지 못했다고 매너티가 말한다. 하지만 크레이크는 실험실을 지나칠 정도로 엄하게 다스렸다고 타마로가 말한다. 크레이크는 너무나도 독단적이어서 자기 자신이 생각해 낸 것들 외에는 어떠한 개선 사항에 대해서도 귀를 기울일 마음이 전혀 없었다. 그뿐 아니라 크레이커들은 막대한 돈을 끌어들이는 미끼가 될 것이므로 크레이크는 자신의 걸작품이 혹시라도 열등한 요소들의 도입 때문에 망쳐지는 걸 원하지 않았다고 준준시토는 말한다. 아니, 그것은 크레이크가 실제로 한 말이었다고 타마로가 지적한다.

"물론 그 친구는 우리한테 계속해서 허튼소리를 해 댔던 거죠." 준준시토가 말했다.

"맞아. 그렇지만 그 친구는 결실을 맺었잖아." 아이보리 빌이 말한다.

"실제 가치를 위해서죠." 매너티가 말한다. "염병할 놈."

"문제는 '어떻게'라기보다는 무엇 때문에 그랬는가 하는 거지. 크레이크가 무엇 때문에 그런 짓을 했는지 정말로 궁금해. 어째서 '환희 이상'이라는 알약에다 치명적인 인간 말살 바이러스를 집어넣었을까? 무엇 때문에 인류가 멸종되기를 원했던 거지?"

아이보리 빌은 마치 크레이크가 정말로 저 위에 있다가 천둥처럼 꽈르릉 답변이라도 내려보내 줄 수 있을 것처럼 하늘을 올려다보며 말한다. "어쩌면 그에게는 그저 아주아주 심각한 정신적 문제가 있었는지도 모르죠." 매너티가 말한다.

"논의를 위해 반대 입장에서 생각해 보고 또 크레이크에 대해 공정하게 평가해 보자면, 그는 다른 모든 것이 멸종되고 있다고 생각했을 수도 있어요." 타마로가 말한다. "그때 당시 생물권이 대폭 격감되고 기온이 급등하고 있었잖아요."

"그리고 혹시 크레이커들이 그의 해결책이었다면, 그는 우리에게서 그들을 보호해야 할 필요성을 미리 알았던 거겠지. 인간들의 공격적인 방식으로부터 말이야." 아이보리 빌이 말한다.

"빌어먹을 과대망상증 환자들은 늘 그런 식으로 생각하잖아요." 매너티가 말한다.

"의심할 여지없이 그는 크레이커들을 지구의 원주민으로 간주했을 거야." 아이보리 빌이 말한다. "그리고 호모사피엔스사피엔스는 욕심도 많고 탐욕스러운 정복자였을 테고. 어떤 점에서는……."

"글쎄요, 그래도 인류 안에서 베토벤 같은 인물도 나왔잖아요." 매너티가 말한다. "그리고 이 세상의 주요 종교 같은 것들도 생겨났고요. 크레이커들에게서 퍽이나 그런 게 나오겠네요."

화이트 세지는 그들 옆에 앉아 주의 깊게 그들을 응시하고 있지만, 어쩌면 귀는 기울이고 있지 않은지도 모른다. 만약 여기에 혼령의 목소리를 듣고 있는 사람이 있다면 저 여자일지도 모르겠다고 토비는 생각한다. 그녀는 예쁘게 생긴 아가씨다. 아마 미친 아담들 중에서 가장 예쁠지도 모른다. 어제 그녀는 아침 요가와 명상 그룹을 만들면 어떻겠느냐는 의견을 내놓았다. 하지만 그런 제안을 받아들이는 사람은 한 명도 없었다. 그녀는 하얀 백합꽃이 그려져 있는 회색 침대 시트를 두르고 있었고 검은 머리칼은 뒤로 모아 틀어 올렸다.

아만다는 식탁 끄트머리에 앉아 있다. 그녀는 아직도 얼굴이 창백하고 무기력하다. 로티스 블루와 렌이 법석을 떨면서 그녀에게 아침을 먹으라고 권하고 있다.

레베카는 그들 모두가 커피라고 부르기로 합의한 걸 한 잔 마시고 있다. 토비가 자리에 앉자 그녀가 몸을 돌린다. 레베카가 토비에게 말한다.

"또 햄이야. 그리고 칡넝쿨 팬케이크도 만들었어. 아, 그리고 원한다면 저기에 초코 뉴트리노도 조금 있고."

"초코 뉴트리노요? 그걸 어디서 구했어요?" 토비가 말한다.

초코 뉴트리노는 이 세상에서 초콜릿 수확이 불가능하게 된 후 어린아이들이 아침 식사로 먹을 수 있는 맛 좋은 시리얼을 만들기 위해 필사적으로 노력한 결과물이었다. 그 속에는 태운 콩이 들어가 있다고들 했다.

"젭과 코뿔소와 섀키가 어딘가에서 그걸 가져왔어. 신선하다고는 말할 수 없으니까 유통 기한 같은 건 물어볼 생각도 하지 마. 저런 건 지금 먹어 치우는 게 나을 것 같아."

"그런가요?" 토비가 말한다.

주발에 담긴 초코 뉴트리노는 자그마한 자갈 같기도 하고 갈색 외계 음식, 그러니까 화성에서 온 낟알 같기도 하다. 예전에 사람들은 늘 이런 종류의 것들을 먹고 살았다고 그녀는 생각한다. 그리고 사람들은 그런 걸 당연시했다.

"카페 기분을 내는 건 이게 마지막이야." 레베카가 말한다. "일종의 추억 여행이지. 맞아, 나도 예전에는 저게 역하다고 생각했지만 모헤어 양젖과 함께 먹으니까 그다지 나쁘지는 않아. 어쨌든 저기에는 비타민과 미네랄이 보강되어 있잖아. 상자에 그렇게 쓰여 있어. 그래서 한동안은 진흙을 먹지 않아도 될 거야."

"진흙이요?"

"왜 있잖아, 미량 원소를 보충하기 위해서."

이따금 토비는 레베카가 농담을 하고 있는 건지 알 수가 없다. 토비는 햄과 칡넝쿨 팬케이크를 먹는다.

"다른 사람들은 어디 있어요?"

그녀는 중립적인 목소리를 유지하면서 묻는다. 레베카가 손가락으로 한 사람씩 센다. 크로제는 이미 식사를 끝마치고 모헤어 양들을 이끌고 목초지로 나가는 중이고, 벨루가와 섀키는 분무 총 한 자루를 들고 크로제의 등 뒤를 엄호하러 나섰다. 검은 코뿔소와 카투로는 지난밤 보초를 섰으므로 지금은 들어가서 잠을 자고 있다.

"스위프트 폭스는요?"

"뭉그적거리고 있겠지. 잠을 자고 있거나. 지난밤에 그 아이가 숲에서 뒹구는 소리를 들었거든. 신사 방문객 한두 명과 함께."

그녀의 미소는 '너처럼 말이야.'라고 말하고 있다.

젭은 아직도 나타나지 않는다. 토비는 너무 눈에 뜨일 정도로 사방을 주의 깊게 살펴보지 않으려고 노력한다. 젭 역시 잠을 자고 있나?

토비가 쓰디쓴 커피를 다 마셔 갈 때 스위프트 폭스가 나타난다. 오늘은 속이 비치는 연한 색깔의 시프트 원피스, 반바지, 그리고 파스텔 톤의 녹색과 분홍색이 섞인 챙이 넓은 모자를 착용하고 있다. 머리는 양 갈래로 땋아 내리고 헬로 키티 플라스틱 핀으로 고정시켰다. 스위프트 폭스는 여학생의 모습으로 나타난 것이다. 옛날 같았으면 저런 모습이 용납되지 못했을 거라고 토비는 생각한다. 스위프트 폭스는 고도의 기술을 지닌 유전자 아티스트였으므로 조롱이라든지 지위의 상실을 두려워했을 것이고 자신의 높은 신분을 널리 알리기 위해 성인처럼 옷을 입고 다녔을 것이다. 하지만 이제 그런 종류의 신분이나 지위는 다 벗겨져 버렸는데 도대체 그녀는 지금 정확히 무엇을 피로하고 있는 걸까?

너무 편견을 갖고 보지 마. 토비는 자신을 타이른다. 스위프트 폭스도 큰 위험을 무릅썼잖아. 그녀가 크레이크에게 납치되어 파라디스 돔에 와서 다른 미친 아담 추종자들과 함께 두뇌광 노예로 일하기 전에 그녀는 미친 아담의 비밀 정보원이었다. 크레이크는 그들 대부분을 유인해 왔다.

그렇지만 젭은 아니었다. 크레이크는 한 번도 그를 궁지에 몰아넣은 적이 없었다. 젭이 자신의 행적을 너무나도 잘 감췄기 때문이다.

"안녕, 여러분."

스위프트 폭스가 두 팔을 쫙 뻗고 가슴을 들어 올리며 말한다. 두 가슴이 아이보리 빌을 겨냥하고 있다.

"아우, 또다시 침대 속으로 들어갈 수 있으면 얼마나 좋을까! 모두들 잘 주무셨지요. 빌어먹을 난 잠을 제대로 자지 못했어요! 그놈의 벌레들을 어떻게 해야 좋을까요."

"살충제가 있잖아." 레베카가 말한다. "감귤 향 스프레이가 아직 남아 있어."

"그건 효과가 금방 떨어지잖아요. 그렇게 되면 그놈들한테 물려서 잠에서 깨어나게 되죠. 그러면 숙박부에 본명을 쓰지 않아도 되는 추레한 골판지 벽으로 둘러싸인 싸구려 모텔 방처럼 옆방 사람들의 이야기 소리가 들려온단 말이에요."

스위프트 폭스는 또다시 아이보리 빌을 향해 미소를 짓고, 입을 꼭 다문 채 그녀를 응시하는 매너티는 무시해 버린다. 매너티의 표정은 못마땅하다는 것인가 아니면 극단적인 욕망의 표시인가? 토비는 궁금하다. 어떤 남자들의 경우는 그런 차이를 알아내기가 무척이나 힘들다.

"내 생각엔 성대에다 통금 시간을 만들어 놓아야 할 것 같아요." 스위프트 폭스는 곁눈질로 토비를 흘끗 쳐다보고는 말한다. 난 당신이 내는 소리를 다 들었어요라고 그 눈길은 말하고 있다. 윤기도 없고 우스꽝스러운 중년의 섹스에 탐닉해야겠다면 적어도 입은 다무셔야죠. 토비는 자신의 얼굴이 빨개지는 걸 느낄 수 있다.

"사랑스런 아가씨." 아이보리 빌이 말한다. "때때로 우리가 밤에 벌이는 열띤 토론 때문에 당신이 잠을 설친 적은 없었으리라 믿어요. 매너티와 타마로 그리고 내가……."

"아, 당신은 아니었어요. 그리고 토론 때문도 아니었고요. 저거 초코 뉴트리노인가요? 옛날에 내가 숙취에 시달렸을 때 저걸 한 사발 토했던 적이 있거든요."

아만다가 식탁에서 일어나 손으로 입을 움켜쥐더니 서둘러 자리를 떠난다. 렌이 그녀를 뒤따라간다.

"저 애는 어디가 잘못된 게 틀림없어. 골이 빠져나갔거나 뭐 그런 게 아닐까요. 쟤 원래 저런 얼간이였어요?"

"넌 저 애가 무슨 일을 겪었는지 잘 알잖아." 레베카가 인상을 찌푸리면서 말한다.

"그럼요, 알고말고요. 그렇지만 이제는 털어 낼 때도 되었잖아요. 우리들처럼 일이라도 하던가요."

토비는 분노를 느낀다. 스위프트 폭스는 잡일을 해야 할 때 제일 먼저 나선 적도 없을 뿐 아니라 고통공 죄수의 지적에 있어 본 적도 없다. 창녀 로봇처럼 그들한테 이용당하거나 강아지처럼 줄에 묶여 있었거나 창자가 터져 나올 지경으로 괴롭힘당한 적도 없다. 아만다는 스위프트 폭스 같은 사람 열 명과도 바꾸지 않을 만큼 가치 있는 사람이다. 그건 차치하더라도 토비는 얇게 비치는 시프트 원피스라든지 깜찍한 반바지는 말할 나위 없고 스위프트 폭스가 자신을 은근히 헐뜯고 빈정댄 점에 대해 분개하고 있다. 그리고 가슴이라는 무기라든지 지나칠 정도로 소녀답게 양 갈래로 땋은 머리 모양 좀 보라지. 그런 꼴이 이제 생겨나는 네 주름과 어울린다고 생각하니? 그렇게 말해 주고 싶다. 피부를 햇볕에 그을리면 그렇게 되는 법이야.

스위프트 폭스는 또다시 미소를 짓는다. 하지만 토비를 향한 미소가 아니다. 미소가 토비를 그대로 지나간다. 그녀는 치아 전체가 드러나고 보조개가 생기도록 웃는다.

"안녕하세요."

스위프트 폭스는 한층 더 부드러운 목소리로 말한다. 토비는 고개를 홱 돌린다. 코뿔소와 카투로다.

그리고 젭이 서 있다. 그럼 그렇지, 그렇고말고.

"안녕하십니까, 여러분."

젭이 차분히 말한다. 스위프트 폭스에게만 보내는 특별한 신호는 전혀 없다. 토비를 향해서도 전혀 없다. 밤은 밤으로 끝나고 낮은 낮이기 때문이다.

"무엇이든 필요한 물건이 있는 분 말씀하세요. 우린 그 지역을 신속하게 살펴볼 예정입니다. 두세 시간 정도 체크만 할 겁니다. 우리는 몇 군데 상점을 지나갈 거예요."

젭은 자신의 진짜 목적을 자세히 설명하지 않는다. 그들 모두가 젭이 고통공 죄수들의 흔적을 찾아다닐 거라는 사실을 잘 알기 때문이다. 일종의 순찰을 도는 것이다.

레베카가 말한다. "베이킹 소다요. 아니면 베이킹파우더, 아무 거나요. 그게 다 떨어지면 어떻게 해야 할지 모르겠어요. 혹시 미니 슈퍼 같은 데를 가시게 되면……"

"베이킹 소다가 와이오밍주의 이탄산수소나트륨 매장 층에서 나온다는 걸 알고 계셨어요?" 아이보리 빌이 말한다. "아니면 과거에 거기에서 나왔다는 사실을요."

"아, 아이보리 빌." 스위프트 폭스가 특별히 그를 향해 미소 지으며 말한다. "당신이 곁에 있으면 아무도 위키백과가 필요없겠어요."

아이보리 빌은 그 말이 칭찬이라고 생각하기에 적당히 입을 벌리고 웃는다.

"효모요." 준준시토가 말한다. "야생 효모. 혹시 밀가루가 아직도 남아 있다면요. 그걸로 발효시키면 시큼한 맛이 나는 빵 반죽을 만들 수 있을 거예요."

"그러네요." 레베카가 말한다.

"나도 같이 갈래요. 난 편의점에 가야 해요." 스위프트 폭스가 젭에게 말한다.

잠시 침묵이 흐른다. 모든 사람이 그녀를 쳐다본다.

"그냥 우리한테 네가 필요한 물건을 말해 줘. 우리가 구해다 줄게."

검은 코뿔소가 말한다. 그는 얼굴을 찌푸리고 그녀의 맨다리를 쳐다본다.

"여성 용품이란 말이에요. 아저씨는 그런 걸 어디에 가서 찾아야 하는지 모르시잖아요."

스위프트 폭스는 렌과 로티스 블루 쪽을 힐끗 쳐다본다. 그 둘은 펌프 옆에서 아만다를 젖은 수건으로 닦아 주고 있다.

"난 우리 모두가 쓸 수 있는 용품을 찾아올 거예요."

다시 침묵이 흐른다. 생리대일 거라고 토비는 생각한다. 스위프트 폭스의 말이 맞다. 창고에 챙겨 둔 물품이 줄어들고 있다. 침대 시트를 찢어 만든 천 조각에 의지해 생리 기간을 나고 싶은 사람은 아무도 없을 것이다. 아니면 질긴 천. 조만간 그래야 할 날이 오겠지만 말이다.

"안 좋은 계획인데." 젭이 말한다. "저 바깥에 나가면 악당 두 놈이 여전히 살아서 돌아다니는 데다가 놈들은 분무 총도 갖고 있어. 세 번씩이나 고통공 감옥에 들어갔던 놈들이라 그들의 공감 회로에는 눈곱만치도 남아 있는 감정이 없다니까. 그놈들한테 붙잡히기를 바라지는 않겠지. 그놈들은 예의범절 같은 건 전혀 신경도 쓰지 않을 거야. 넌 아만다가 어떤 일을 당했는지 잘 알잖아. 그 아이가 신장을 빼앗기지 않은 채 도망쳐 나온 건 행운이었다고밖에 할 수 없어."

아이보리 빌이 씩씩하게 나선다. "나도 전적으로 동감입니다. 사실 아가씨가 여기 있는 우리의 아늑하고 자그마한 영토의 경계선을 벗어난다는 건 정말이지 아주 좋지 못한 생각이에요. 내가 가지요. 만약에 아가씨가 나를 믿고 그대의 쇼핑 목록을 넘겨주면요. 그리고……."

스위프트 폭스가 젭을 행해 말한다. "그렇지만 그곳에 가더라도 아저씨가 나와 함께 계실 거잖아요. 보호자로서요. 그럼 나는 안전하겠죠!"

그녀가 속눈썹을 내리깐다. 젭이 레베카에게 말한다.

"커피가 있습니까? 아니, 그 쓰레기 같은 걸 뭐라고 부르건 간에, 그거 좀 있나요?"

스위프트 폭스는 목소리를 사무적인 어조로 바꾸어 말한다.

"좋아요. 옷을 바꿔 입을게요. 난 속도를 맞출 수 있으니까 걸

림돌이 되지는 않을 거예요. 게다가 나는 분무 총을 다루는 방법도 안단 말이에요."

그녀는 두 눈을 또 아래로 내리깔며 약간 느린 말투로 덧붙여 말한다. 그러더니 다시 건방을 떨기 시작한다.

"저기, 우리는 도시락도 싸 갈 수 있어요! 어딘가에서 소풍을 즐겨요!"

"그렇다면 먹을 걸 모아 봐. 우리는 먹자마자 바로 떠날 거니까." 젭이 말한다.

코뿔소가 무슨 말을 하려다가 그만둔다. 카투로가 위쪽을 응시하며 말한다.

"비는 올 것 같지 않은데요."

레베카는 토비의 눈치를 대충 살피더니 눈썹을 치켜올린다. 토비는 얼굴 표정을 가능한 한 평온하게 유지한다. 스위프트 폭스도 그녀를 곁눈질로 살피고 있다.

이름도 폭스, 천성도 여우라고 그녀는 생각한다. 그래, 어디 한번 분무 총을 실제로 다뤄 보렴.

호전되는 눈사람

"아 토비, 어서 가서 보세요! 어서 가요!"

블랙비어드가 그녀의 시트 자락을 잡아당기고 있다.

"무슨 일 있니?"

토비는 짜증을 내지 않으려 애쓰면서 말한다. 그녀는 그 자리에 더 머물러 있고 싶다. 물론 젭이 아주 멀리, 오랫동안 떠나가는 건 아니지만 그에게 작별 인사를 하고 싶다. 토비는 젭에게 어떤 표시라도 남기고 싶은가? 스위프트 폭스 앞에서. 키스, 손을 꼭 쥐기. 이 사람은 내 거야. 꺼져.

그렇게 한다고 해서 무슨 소용이 있겠는가. 스스로를 웃음거리로 만들 뿐이다.

"아 토비, 눈사람 지미가 깨어나고 있어요! 그가 지금 깨어나고 있단 말이에요."

블랙비어드가 말한다. 퍼레이드나 불꽃놀이가 있을 때 어린

아이들이 내던 소리 같다. 잠깐 동안 어떤 기적적인 일이 벌어지기라도 한 것처럼 이 아이의 목소리는 불안한 듯하면서 동시에 잔뜩 긴장한 것처럼 들린다. 토비는 이 아이를 실망시키고 싶지 않아서 그가 이끄는 대로 따라간다. 그녀는 뒤를 한 번 돌아본다. 젭과 코뿔소와 카투로가 식탁에 앉아 포크를 사용하여 아침 식사를 하고 있다. 스위프트 폭스는 바보 같은 모자와 내 다리 좀 봐 주세요라고 말하는 반바지를 벗어 버리고 엉덩이 모양이 그대로 드러나는 위장복을 입기 위해 서둘러 가고 있다.

토비. 너의 감정을 잘 통제해 봐. 여기는 고등학교가 아니잖아, 그녀는 자기 자신을 타이른다. 하지만 여러 가지로 고등학교 같은 면이 아주 없지는 않다.

지미의 그물 침대 주변에 한 무리가 모여서 안을 들여다보고 있다. 어른 아이 할 것 없이 대부분의 크레이커들이 침대 주위로 모여 들었는데 그들의 표정은 행복해 보였고 그 어느 때보다 흥분한 것처럼 보인다. 그들 중 일부는 벌써 노래를 부르고 있다.

"그가 우리에게로 왔어요! 눈사람 지미가 다시 한번 우리와 함께 있어요!"

"그가 돌아왔어요!"

"그는 크레이크의 말을 가져왔을 거예요!"

토비는 그물 침대로 다가간다. 크레이커 여자 둘이 지미가 쓰러지지 않게 받쳐 주고 있다. 그의 두 눈이 뜨여 있다. 그는 얼떨떨한 것 같다.

"눈사람에게 인사하세요, 아 토비."

에이브러햄 링컨이라는 키가 큰 남자가 말한다. 그들 모두가 지켜보고 있고 그들 모두가 열심히 귀를 기울이고 있다.

"그는 크레이크와 함께 지냈어요. 그는 우리에게 크레이크의 말을 가져왔을 거예요. 그는 이야기를 가져왔을 거예요."

토비는 손을 그의 팔에 올려놓는다.

그녀가 말한다. "나야, 토비. 저 아래 해변 근처에서 캠프파이어를 할 때 나도 그 자리에 있었는데, 기억나니? 아만다, 그리고 두 남자와 함께 있었잖아."

지미가 그녀를 올려다본다. 그의 두 눈이 놀라울 정도로 깨끗하다. 흰자는 새하얗고 동공이 다소 확장되어 있다. 그는 눈을 깜박인다. 알아보는 기색이 전혀 없다. 지미가 말한다.

"헛소리하시네."

"이 말이 무슨 뜻이에요, 아 토비?" 에이브러햄 링컨이 말한다. "저게 크레이크의 말인가요?"

"아니에요. 이 말은 아니에요. 그는 지금 지쳐 있어요." 토비가 말한다.

지미가 말한다. "젠장, 오릭스는 어디 있어요? 그녀가 여기에 있었는데. 그녀가 불 속에 있었는데."

"넌 지금까지 쭉 아팠어." 토비가 말한다.

"내가 누군가 사람을 죽였나요? 그들 중 한 명…… 악몽을 꾼 것 같아요."

"아니야, 넌 어느 누구도 죽이지 않았어."

"내가 크레이크를 죽인 것 같아요. 그가 오릭스를 붙잡고, 손에는 칼을 쥐고 있었는데, 그가 그어 버렸어요…… 맙소사. 분홍색 나비들이 온통 피투성이에요. 그런 다음 나는, 그 순간…… 나는 그를 총으로 쏘았어요."

토비는 몹시 놀란다. 지미가 하는 말이 무슨 뜻이지? 크레이커들이 저런 이야기를 듣게 되면 어떤 생각들을 할까? 아무 생각도 하지 않기를 바란다. 크레이크는 하늘에 있어서 결코 죽을수가 없기 때문에 이건 전혀 말도 안 되는 소리고 횡설수설하는말처럼 들릴 것이다. 그녀가 조심스럽게 말한다.

"넌 악몽을 꾼 거야."

"아니에요, 그렇지 않단 말이에요. 그게 아니라고요. 아, 퍼크(fuck, 제기랄). 아 퍼크."

지미는 자리에 도로 눕더니 두 눈을 감아 버린다.

"퍼크가 누구에요? 어째서 그가 퍼크에게 말을 하는 거죠? 그건 여기 있는 사람의 이름이 아니잖아요."

에이브러햄 링컨이 말한다. 토비는 그 말의 의미를 이해하는데 잠깐 시간이 걸린다. 왜냐하면 지미가 그저 '퍼크'라고 말하는 대신 "아 퍼크"라고 말했기 때문에 그들은 '아 토비'와 같이 누군가를 호칭하는 말이라고 생각하는 것이다. 그들에게 '아 퍼크'라는 말이 무슨 뜻인지 어떻게 설명할 수 있을까? 그들은 짝짓기를 나타내는 퍼크(fuck)라는 단어가 그토록 좋지 못한 의미, 그러니까 혐오감의 표현, 모욕, 실패를 뜻하는 말로 쓰일 수 있다는 것을 절대로 믿지 못할 것이다. 그녀가 이해하는 한 그들에게 짝짓기 행위는 형언할 수 없는 기쁨이다. 토비가 안간힘을 써서 간신히 말한다.

"여러분은 퍼크를 볼 수가 없어요. 오직 지미, 오직 눈사람 지미만 그를 볼 수가 있어요. 그는……"

"퍼크가 크레이크의 친구인가요?"

"그래요. 그리고 눈사람 지미의 친구이기도 해요."

"이 퍼크가 그를 도와주고 있어요?" 한 여자가 묻는다.

"맞아요. 뭔가가 잘못되면 눈사람 지미는 그를 도와달라고 불러요." 이 말은 어떤 면에서 보면 사실이다.

"퍼크는 하늘에서 사는군요! 크레이크와 함께요!" 블랙비어드가 의기양양하게 말한다.

"우리는 퍼크에 관한 이야기를 듣고 싶습니다. 그리고 그가 눈사람 지미를 어떻게 도와주었는지에 대해서도요." 에이브러햄 링컨이 정중하게 말한다.

지미는 두 눈을 다시 뜨더니 찡그린다. 이제 그는 자신의 몸을 감싸고 있는, 동요 테마 그림이 그려져 있는 퀼트 이불을 쳐다보고 있다. 그는 고양이와 바이올린, 미소 짓는 달을 어루만진다.

"이건 뭐죠? 빌어먹을 암소구나. 뇌 스파게티."

그는 손을 들어 올려 햇빛을 가린다.

"지미는 여러분이 조금만 뒤로 물러나 주기를 바라고 있어요."

토비가 말한다. 그녀는 지미가 다음에 할 말이 무엇이건 그것을 차단할 수 있기를 바라면서 가까이 기댄다.

"내가 다 개판으로 만든 거죠, 그렇죠? 오릭스는 어디에 있어요? 그녀가 바로 여기에 있었어요." 다행히도 지미는 거의 속삭이듯 말하고 있다.

"넌 잠을 좀 더 자야 할 것 같구나." 토비가 말한다.

"빌어먹을 돼지구리들이 날 잡아먹을 뻔했어요."

"넌 이제 안전해." 토비가 말한다.

혼수상태에서 깨어난 사람이 환각 상태에 빠지는 것은 흔히 있는 일이다. 그렇지만 크레이커들에게 '환각 상태에 빠진다.'라는 말을 어떻게 설명할 수 있겠는가? 그건 여러분이 그 자리에 없는 어떤 물건을 보는 거예요. 그렇지만 만약에 그 물건이 그 자리에 없다면, 아 토비, 어떻게 그것을 볼 수가 있단 말인가요?

"무엇이 널 잡아먹을 뻔했다고?" 그녀가 참을성 있게 말한다.

"돼지구리요. 거대한 돼지들이요. 그런 것 같아요. 미안해요. 스파게티처럼 온통 뒤죽박죽이에요. 내 머릿속이요. 그 친구들은 누구였죠? 내가 총을 쏘지 않은 그 사람들이요."

"지금 당장은 아무것도 걱정할 필요가 없어. 배고프지?"

토비가 말한다.

뭘 먹는 건 아주 소량으로 시작해야 할 것이다. 금식을 한 뒤에는 그게 최상이다. 바나나가 몇 개 있으면 얼마나 좋을까.

"빌어먹을 크레이크. 그 새끼가 나한테 엿을 먹였는데 나는 당하기만 했단 말이에요. 망할, 내가 개판으로 만들었어요. 젠장."

"괜찮아. 넌 아주 잘했어."

"빌어먹을, 그렇지 않아요. 술 한잔 할 수 있을까요?"

크레이커들은 조금 떨어져서 공손하게 서 있었다. 하지만 이제 그들이 앞으로 다가온다. 에이브러햄 링컨이 말한다.

"우리가 가르랑거리기를 해 줘야 해요, 아 토비. 그를 강하게 만들기 위해서요. 그의 머릿속에 뭔가가 뒤얽혀 있어요."

"당신 말이 옳아요. 뭔가가 뒤얽혀 있어요."

"꿈 때문이에요. 그리고 여기로 걸어오느라고 힘들어서 그래요. 이제 우리가 가르랑거리기를 해 줄 거예요."

"그러고 나면 그가 우리에게 크레이크의 말을 전해 줄 거예요." 흑단처럼 새까만 여자가 말한다.

"그리고 퍼크의 말도요." 상아색 여자가 말한다.

"우리가 퍼크에게 노래를 불러 줄 거예요."

"그리고 오릭스에게도요."

"그리고 크레이크에게도요. 착하고 친절한⋯⋯."

"그럼 나는 눈사람에게 신선한 물을 조금 가져다주겠어요. 그리고 꿀도 조금." 토비가 말한다.

지미가 말한다. "술 좀 있어요? 염병할. 기분이 아주 더럽단 말이에요."

렌과 로티스 블루와 아만다가 야외 펌프 근처에 있는 나지막한 돌담 위에 앉아 있다.

"지미는 어때요?" 렌이 말한다.

"깨어났어." 토비가 말한다. "그렇지만 아직은 의식이 또렷하지 않아. 그토록 오랫동안 의식이 없었으니 그게 정상이지."

"지미가 무슨 말을 했어요? 나를 찾진 않아요?"

"우리가 그를 만나 보아도 될까요?" 로티스 블루가 묻는다.

"그의 머릿속이 온통 스파게티처럼 뒤죽박죽이래." 토비가 말한다.

"걔 머릿속은 언제나 스파게티처럼 뒤죽박죽이었어요." 로티스 블루가 말하고는 깔깔대고 웃는다.

"너도 지미를 알고 있었어?" 토비가 묻는다.

오래전 지미와 렌 사이에, 그다음에는 지미와 아만다 사이에 연결 고리가 있었다는 걸 잘 알고 있다. 하지만 로티스 블루는?

"맞아요." 렌이 말한다. "우리가 그걸 알아냈어요. 로티스 블루가 지미를 알고 있었다는 것을요."

"건강현인 고등학교에 다닐 때 지미의 실험 파트너였어요." 로티스 블루가 말한다. "생물학 시간. 유전자 접합 개론 시간이었어요. 내가 우리 가족과 함께 총알기차를 타고 서부로 가기 전의 일이었죠."

렌이 말한다. "그때 네 이름은 와컬라 프라이스였지. 지미가 나한테 말해 줬어. 너한테 홀딱 반했었다고! 네가 자기 마음을 아프게 했다던데. 하지만 넌 한 번도 그를 이해하려고 하지 않았을 거야. 맞지?"

"걔는 항상 헛소리만 해 댔어." 로티스 블루가 말한다.

지미가 장난꾸러기인 건 맞지만 그래도 사랑스러운 아이인 것처럼 그녀의 어조에 애정이 어려 있다.

"그러고는 지미는 내 마음을 아프게 했어." 렌이 말한다. "그가 날 차 버린 다음 아만다에게 무슨 말을 했는지는 오직 신만이 알고 있겠지. 아마도 내가 자기 마음을 아프게 했다고 말했을 거야."

로티스 블루가 말한다. "지미는 어느 누구에게도 전념하지 못하는 문제가 있는 것 같아. 그런 친구들이 종종 있더라."

"그는 스파게티를 좋아했어." 아만다가 말한다. 고통공 죄수들에게서 구출해 온 이후로 토비가 지금까지 그녀에게서 들은 것보다 더 많은 말을 한 것이다.

"고등학교 시절에는 피시핑거*를 좋아했었는데." 렌이 말한다.

"그거 20퍼센트만 진짜 생선이었잖아. 기억나?" 로티스 블루가 말한다.

"실제로 그 속에 뭐가 들었는지 누가 알겠어." 두 명 모두 큰

---

* 생선살을 막대 모양으로 잘라 튀긴 냉동식품.

소리로 웃어 댄다.

"하지만 그게 다 그렇게 나쁘지는 않았어." 렌이 말한다.

"찐득찐득한 실험실 고기." 로티스 블루가 말한다. "하지만 우리가 뭘 알았겠어? 뭐, 우리는 그런 걸 먹고 살았잖아."

"지금 당장은 그중 뭘 주더라도 개의치 않을 거야. 그리고 트윙키도. 복고풍의 부활이었는데!" 렌은 한숨을 쉰다.

"소파 덮개를 먹는 느낌이었지." 로티스 블루가 말한다.

"나는 저기로 갈 거야." 아만다가 말한다.

아만다가 자리에서 일어나더니 몸에 두른 침대 시트를 똑바로 펴고 머리를 뒤로 넘긴다.

"지미한테 가서 인사를 하고 혹시라도 필요한 게 있는지 알아봐야겠어. 그는 많은 일을 겪었으니까."

토비는 생각한다. 마침내 아만다의 예전 모습이 나타나는구나. 내가 정원사 시절에 알았던 아만다의 모습이. 에너지라든가 풍부한 지략 같은 것들. 그걸 근성이라고 부르곤 했었는데. 아만다는 늘 경계선을 넘나들던 개척자였다. 그때는 심지어 몸집이 더 컸던 남자아이들조차 아만다가 마음대로 할 수 있도록 양보하곤 했다.

"우리도 같이 갈게." 로티스 블루가 말한다.

"짜잔! 하고 말해 볼까." 렌이 말한다.

두 사람이 키득거리며 웃어 댄다.

상처가 다 나았구나, 토비는 생각한다. 렌은 지미와 관련해서는 더 이상 망가진 곳이 없는 것처럼 보인다.

"어쩌면 조금 더 기다려야 할지도 몰라."

토비가 말한다. 만약 지미가 눈을 뜨고서 과거에 엮였던 세 여자가 세 운명의 여신들처럼 몸을 앞으로 숙이고 그를 내려다보는 모습을 보게 된다면 어떤 반응을 보일까? 그들이 지미에게 영원한 사랑, 그의 사과, 고양이 밥그릇에 담긴 그의 피를 요구한다면? 아니면 더 나아가 그를 아기처럼 다루면서 보모 놀이를 하고 친절함으로 그를 숨 막히게 만들 기회를 요구한다면? 어쩌면 지미 역시 그런 걸 좋아할지도 모르겠다.

하지만 토비가 걱정할 필요는 없었다. 왜냐하면 그들이 그곳에 도착했을 때 지미의 두 눈은 감겨 있었기 때문이다. 가르랑거리기로 진정된 지미는 또다시 잠에 빠져 있었다.

물품 수집 팀은 예전에 거리였던 곳을 따라 이동했다. 젭이 맨 앞에 서고 그 뒤로 검은 코뿔소, 그다음에는 스위프트 폭스, 그리고 카투로가 맨 뒤를 맡았다. 그들은 돌무더기 위로 그리고 그 주변을 돌아서 천천히 조심스럽게 이동하고 있다. 그들은 운에 의지하지 않고 매복 공격의 가능성을 계속 의식하며 나아갈 것이다. 토비는 남겨진 어린아이처럼 그들의 뒤를 뒤쫓고 싶다. 잠깐만! 기다려요! 나도 함께 데리고 가요! 나한테 소총이 있단 말이에요! 하지만 그래 봤자 아무런 의미가 없다.

젭은 그녀를 위해 자신이 가져다줄 만한 물건이 있는지 전혀 물어보지 않았다. 만약에 젭이 물었더라면 그녀는 어떤 걸 가져다 달라고 대답했을까? 거울? 꽃다발? 적어도 종이와 연필은 요청했어야 했는데. 하지만 여하튼 그녀는 요청할 수 없었을 것이다.

이제 그들은 시야에서 사라지고 없다.

하루가 흘러가고 있다. 태양이 저 높이 올라가더니 하늘을 가로질러 이동하고 그림자는 납작해졌으며 눈앞에 나타난 음식은 사람들의 입으로 사라지고 이런저런 이야기들이 오간다. 식탁에 올려진 그릇들을 함께 모아 깨끗하게 씻는다. 교대로 보초를 선다. 흙집의 담벼락이 조금 더 높이 올라가고 흙집을 둘러싸고 있는 울타리에는 구리 철사 한 뭉치가 더 얹혔으며 정원에 난 잡초들이 제거되고 세탁물이 펼쳐져 널린다. 그림자가 또 길게 발을 뻗기 시작하고 오후의 구름들이 모여든다. 지미는 집 안으로 옮겨졌다. 비가 인상적인 천둥소리와 함께 쏟아진다. 그런 다음 하늘이 다시 맑아지고 새들은 합창을 재개하며 서쪽 하늘에 모여 있는 구름들이 붉게 물들기 시작한다.

젭은 오지 않았다.

모헤어 양들과 그들을 인도하는 크로제와 벨루가와 섀키가 돌아와 캠프 내의 인구 구성에 호르몬으로 충만한 남자 세 명이 추가된다. 크로제는 렌의 주위를 맴돌고 섀키는 아만다에게 조금씩 다가가고 있으며 준준시토와 벨루가는 로티스 블루에

미친아담

게 눈길을 보내고 있다. 늘 그렇듯이 젊은이들 사이에서 사랑의 음모가 펼쳐지는 중이다. 그리고 양상추 위에 있는 달팽이들과 케일을 괴롭히는 반짝거리는 녹색의 딱정벌레들 사이에서도 같은 일이 벌어지고 있다. 중얼거림, 으쓱이는 어깨, 앞으로 내딛는 발걸음, 뒤로 물러나는 발걸음.

토비는 수도원에서 남은 시간을 계산하며 충실하게 인내하는 사람처럼 자신의 과업을 계속해서 진행한다.

아직도 젭은 오지 않는다.

그에게 일어날 수 있는 일이 뭐가 있을까? 그녀는 그런 그림들을 완전히 지워 버린다. 아니, 그것들을 지워 버리려고 애쓴다. 날카로운 이와 발톱이 달려 있는 동물. 쓰러지는 나무. 암석, 시멘트, 철강, 깨진 유리. 아니면 인간.

젭이 갑자기 이 자리에서 사라진다고 가정해 보자. 소용돌이가 밀려든다. 토비는 그런 가능성을 닫아 버린다. 그녀 자신의 손실은 아무것도 아니다. 다른 사람들은 어떻게 될까? 다른 인간들은. 젭은 귀중한 기술을 지니고 있고 결코 대체될 수 없는 지식을 갖고 있다.

그들은 너무나 소수라서 서로가 서로에게 너무나 필요한 존재들이다. 때때로 이 야영지는 신통치 않은 휴가지 같은 느낌이 들지만 사실은 그렇지가 않다. 그들은 일상생활에서 도망쳐 나온 것이 아니다. 여기가 지금 그들이 살고 있는 곳이다.

토비는 크레이커들에게 오늘 밤은 이야기를 하나도 하지 않을 것이라고 말한다. 젭이 그녀의 머릿속에 자기 이야기를 남겨 놓기는 했지만 그 이야기의 어떤 부분은 이해하기가 너무 어려워서 그들에게 그 이야기를 해 주려면 먼저 그것들을 정리해야 할 필요가 있기 때문이다. 그들이 토비에게 혹시 물고기가 도움이 되겠느냐고 묻는다. 하지만 그녀는 지금은 그렇지 않다고 답한다. 그런 다음 정원으로 나가 혼자 앉는다.

네가 졌어, 그녀는 자신을 향해 말한다. 넌 젭을 빼앗겼다니까. 분명 지금쯤 스위프트 폭스가 그를 차지했을 거야. 틀림없이 그녀의 팔과 다리에 그리고 인체의 매력적인 구멍들한테 단단히 잡혀 있을 거야. 젭은 토비라는 존재를 텅 빈 종이봉투처럼 내던져 버렸겠지. 어째서 안 그러겠어? 우린 어떤 약속도 한 적 없잖아.

미풍은 사그라지고 축축한 열기가 땅에서 솟아오르며 그림자들이 한데 섞인다. 모기들이 앵앵거리며 울어 댄다. 저기 달이 보이는데 더 이상 보름달이 아니다. 나방들이 뛰놀 시간이 돌아온다.

접근하는 불빛의 움직임은 전혀 보이지 않는다. 목소리도 전혀 들리지 않는다. 아무것도, 아무도 없다.

토비는 지미의 방으로 들어가 그를 지켜보고 그의 숨소리에 귀를 기울이면서 밤을 꼬박 지새운다. 그곳에 촛불이 하나 있다. 그 빛을 받아 지미의 퀼트 이불에 그려진 동요 그림들이 흔들거리기도 하고 부풀어 오르기도 한다. 암소는 입을 크게 벌리며 활짝 웃고 강아지는 소리 내어 웃는다. 접시는 스푼과 함께 도망가고 있다.

편의점 로맨스

아침에 토비는 식탁에 모여 있는 사람들을 피한다. 그녀는 후생 유전학 강의를 들을 기분이 전혀 아니다. 게다가 그들의 호기심 어린 눈길이라든지 젭의 변절을 그녀가 어떻게 받아들이는지에 대한 어림짐작 등을 감당할 자신이 없다. 젭은 스위프트 폭스에게 확고하게 안 된다고 말할 수도 있었겠지만 그렇게 하지 않았다. 메시지는 너무나도 분명했다.

토비는 빙 돌아서 간이 부엌으로 들어가 어제저녁에 먹다 남은 차가운 돼지고기와 뒤집혀 있는 사발 밑에서 시들어 가고 있는 우엉 뿌리를 집어먹는다. 레베카는 음식을 내버리는 걸 좋아하지 않는다.

그녀는 식탁에 앉아 주변을 살펴본다. 뒤쪽에서는 모헤어 양들이 크로제가 그들을 밖으로 데리고 나가 오솔길을 따라 자라나고 있는 잡초를 먹을 수 있게 해 주기를 기다리며 서성거리고 있다. 이제 크로제가 나타나는데 성경에 나오는 것 같은 괴상한 침대 시트 옷을 차려입고 손에는 기다란 막대기를 들고 있다.

저편에서는 렌과 로티스 블루가 지미를 데리고 그네 옆을 이리저리 걸어 다니고 있는데 여섯 개의 다리가 불편한 조합을 이루고 있다. 지금은 지미의 근육긴장 상태가 좋지 못하지만 그는 그런대로 신속하게 힘을 되찾을 것이다. 모진 일들을 겪긴 했지만 지미는 여전히 청춘이기 때문이다. 아만다도 그들과 함께 있는데, 그네에 앉아 있다. 그리고 여러 명의 크레이커들이 사방에서 자라나는 칡넝쿨을 조금씩 뜯어먹으며 그들을 지켜보고 있다. 그들의 표정은 어리둥절한 것 같긴 한데 무서워하는 것 같지는 않다.

멀리서 보면 이곳의 풍경은 목가적이다. 물론 별로 좋지 않은 모양들도 나타나긴 한다. 길을 잃어 실종된 것인지 도망친 것인지 알 수 없지만 모헤어 양 한 마리가 여전히 행방불명 상태다. 아만다는 무심히 땅만 내려다보고 있다. 크로제의 긴장된 어깨나 렌에게 등을 돌리고 외면하는 모습을 볼 때 그는 렌이 지미를 소중히 보살피는 것을 질투하고 있다. 토비 자신도 별로 좋은 상태는 아니다. 물론 지켜보는 사람들에게는 그녀가 평온한 것처럼 보이겠지만 말이다. 그런 식으로 보이는 게 최선이다. 오랜 기간에 걸친 정원사 훈련 과정을 통해 토비는 부드러운 미소를 지으면서 얼굴에 감정을 드러내지 않는 방법을 터득했다.

그런데 도대체 젭은 어디를 헤매고 있는 거지? 그는 어째서 아직도 돌아오지 않는 걸까? 아담1을 찾아냈을까? 만약에 아담이 부상이라도 입었다면 그를 업어서 데려올 수밖에 없을 것이다. 그렇게 되면 그들의 발걸음이 느려질 터이다. 저기 파괴된 도시에서 어떤 일이 벌어지고 있는 걸까? 그녀는 볼 수도 없는 그런 곳에서. 휴대전화가 아직도 작동한다면 얼마나 좋을까? 하지만 송신탑들이 무너졌다. 비록 전력원이 여전히 존재한다 하더라도 여기에 있는 사람 중에 그 기술을 복구하는 방법을 아는 사람은 단 한 명도 없을 것이다. 수동식 라디오가 있지만 그것은 벌써부터 작동 정지 상태이다.

우리는 또다시 봉화로 신호하는 법을 배워야만 할 거야, 토비는 생각한다. 불 하나는 그가 나를 사랑한다. 불 둘은 그가 나를 사랑하지 않는다. 불 셋은 끓어오르는 분노다.

일을 하면 마음이 진정될 거라는 이론에 따라 토비는 정원에서 일을 하면서 하루를 보내고 있다. 보살펴야 할 벌통이 몇 개라도 있으면 얼마나 좋을까. 그 옛날 신의 정원사들이 지내던 옥상정원에서 생전의 필라와 함께 했던 것처럼, 그녀는 매일매일 일어나는 일들을 꿀벌들과 나눌 수 있을 것이다. 그들에게 충고를 해 달라고 부탁하기도 하고, 마치 그들이 사이버 꿀벌이라도 되는 양 멀리까지 날아가 탐색한 다음 돌아와 보고해 달라고 요청할 수도 있을 텐데.

오늘 우리는 성 얀 스바메르담*에게 경의를 표합니다. 우선 그는 왕벌이 아니라 여왕벌이라는 것을 발견하였고, 또 벌집에 있는 모든 일벌이 자매지간이라는 것을 발견하였습니다. 또한 동방의 꿀벌 후원자인 성 조시마**를 찬미합니다. 우리도 역시 우리 나름대로 그런 생활을 하고 있다고 볼 수 있지만 조시마는 사막에서 아무런 사심 없이 수도승 생활을 하였습니다. 그리고 꿀벌의 통신 책략을 세심하게 관찰해 준 성 C. R. 리번스에게 경의를 표합니다. 또한 우리 다함께 꿀벌 자체를 만들어 놓으신 창조주께 감사합시다. 벌들은 우리에게 꿀과 꽃가루라는 선물을 줄 뿐만 아니라 우리가 먹는 과일과 견과류 그리고 꽃을 피우는 식물들 사이에서 대단히 소중한 수정 작업을 하고 있습니다. 그렇습니다. 또한 그들은 우리가 스트레스를 받을 때 엄청난 위로를 가져다줍니다. 테니슨이 언젠가 썼듯이 셀 수 없이 많은 벌들이 윙윙대는 소리로 우리의 마음을 안정시켜 줍니다……

필라는 벌통에 가서 일하기 전에 피부에다 약간의 로열 젤리를 문지르라고 그녀에게 알려 주었다. 그렇게 하면 벌들은 그녀를 위협적인 존재로 여기지 않을 것이기 때문이다. 그들은 그녀의 팔과 얼굴 위를 걸어 다니면서 자그마한 발로 속눈썹이 스치듯 아주 부드럽게, 마치 구름이 지나가듯 가볍게 피부를 건드릴 것이다. 꿀벌들은 메신저라고 필라는 종종 말하곤 했었다. 그들은 보이는 세계와 보이지 않는 세계를 오가며 소식을 전한다.

---

* 네덜란드의 곤충학자.
** 러시아 백해에 있는 솔로베츠키 군도에 처음으로 꿀벌을 들여온 인물.

만약에 사랑하는 사람이 그림자 세계의 문턱을 건너갔다면 벌들이 그 소식을 전해 줄 것이다.

오늘 갑자기 꿀벌 수십 마리가 정원에 나타나서는 콩 꽃 사이에서 바쁘게 움직이고 있다. 근처에 야생벌 떼가 새롭게 나타난 게 분명하다. 벌 한 마리가 그녀의 손에 내려앉더니 손에서 소금 맛을 본다. 젭이 죽었나요? 토비는 벌에게 조용히 물어본다. 지금 말해 줘요. 하지만 벌은 아무런 신호도 보내지 않고 손에서 떨어져 날아오른다.

토비는 그 모든 걸 믿었단 말인가? 나이 많은 필라가 들려준 옛날 이야기들을? 아니, 정말로 믿지는 않았다. 그런 이야기들을 전적으로 믿었던 건 아니다. 아마도 필라 역시 그런 말을 완전히 믿지는 않았을 것 같다. 그렇지만 그 이야기는 희망을 준다. 왜냐하면 죽은 사람들은 완전히 죽어 버린 것이 아니라 다른 방식으로 살아가고 있다고 말하고 있기 때문이다. 조금은 희미한 방식으로, 조금 더 어두운 어딘가에서. 하지만 산 자들이 그런 메시지들을 인식하고 해독할 수만 있다면 여전히 메시지를 보낼 수 있는 것이다. 아무리 어둡다 해도 어둠 속에서 목소리가 울려 나온다면 소리 하나 없는 침묵의 공간보다는 더 낫기 때문에 사람들한테는 그런 이야기들이 필요하다고 필라는 언젠가 말했다.

늦은 오후 한차례 천둥이 지나간 뒤에 수집 팀이 돌아온다.

버려진 트럭과 태양광 자동차들 사이로 나타났다 사라졌다 하는 모습들. 토비는 등 뒤로 기우는 태양 빛을 받으며 길을 따라 걸어오는 그들을 보면서 얼굴을 식별할 수 있기도 전에 실루엣의 수부터 세어 본다. 그렇다, 네 명이다. 실종된 사람은 한 명도 없다. 그렇지만 추가된 사람 역시 한 명도 없다.

그들이 흙집을 돌아 울타리로 접근하자 렌과 로티스 블루가 맞이하기 위해 달려 나가고 그 뒤로 크레이커 아이들 한 무리가 따라간다. 아만다 역시 달려가지만 다른 사람들만큼 빠르지는 못하다. 토비는 걸어간다.

"정말이지 조마조마했었어! 하지만 적어도 편의점까지는 다녀왔지."

스위프트 폭스가 가까이 다가오면서 말한다. 그녀의 얼굴이 벌겋게 달아올랐고 땀을 조금 흘린다. 더러워졌지만 의기양양하다. 그녀는 자기 꾸러미를 내려놓더니 그것을 푼다.

"내가 뭘 가져왔는지 보여 줄 테니 조금만 기다려 봐!"

젭과 검은 코뿔소는 지쳐 보인다. 카투로는 그들보다는 덜 지친 것 같다.

"무슨 일이 있었어요?"

토비가 젭에게 묻는다. 걱정돼 죽는 줄 알았어요라고는 말하지 않는다. 분명 젭은 그랬다는 걸 잘 알고 있다.

"이야기가 길어." 젭이 말한다. "나중에 말해 줄게. 샤워 좀 해야겠어. 무슨 일이라도 있었나?"

"지미가 깨어났어요. 힘은 좀 없지만요. 그리고 너무 말랐고요."

"잘됐군. 그의 몸에 살이 붙도록 만들고 걸을 수 있게 해 줍시다. 여기에 도움을 줄 수 있는 사람이 몇 명은 더 있을 테니."

젭은 그렇게 말하고는 그녀로부터 떨어져서 저쪽에 있는 흙집 뒤편으로 향한다.

토비는 일순간 분노가 온몸을 흘러가는 걸 느낄 수 있다. 거의 이틀 동안 보지 못했는데 고작 저것밖에는 할 말이 없단 말인가? 물론 토비는 아내가 아니니까 잔소리할 권리는 전혀 없다. 그렇지만 그녀는 다음과 같은 이미지들이 떠오르는 것을 막을 수가 없다. 젭이 버려진 편의점 통로에서 스위프트 폭스와 함께 뒹굴다가 컨디셔너라든지 염색약 겸용 샴푸 병들 사이에서 그녀의 위장복을 찢는다. 아니면 감각을 향상시키는 젤과 콘돔 근처에 있는 통로 두세 칸 너머에서 관계를 맺었나? 어쩌면 그들은 계산대 옆에 있는 좁은 공간에 몸을 쑤셔 박았거나 유아용품 진열대로 가서 물티슈 한 상자를 몽땅 없앴을지도 모른다. 그와 유사한 어떤 일이 틀림없이 발생했다. 스위프트 폭스의 얼굴에 저토록 잘난 척하는 표정이 나타나는 것을 보면 그런 일이 일어난 게 분명했다.

"매니큐어, 진통제, 칫솔! 이것 좀 봐, 족집게야!" 그녀는 지금 떠들어 대는 중이다.

"거기 있는 걸 몽땅 쓸어온 거 아냐?" 로티스 블루가 말한다.

"남아 있는 게 그다지 많지 않았어. 약탈자들이 이미 다 쓸어 갔더라고. 그들은 의약품에 관심이 많았던 것 같아. 옥시클린, 환희이상 알약, 코데인(진통제)이 들어 있는 거라면 다 가져갔더라."

"헤어 제품은 별로 인기가 없었는가 보네?" 로티스 블루가 말한다.

"그런가 봐. 그리고 여성 용품 같은 것도 가져가지 않았어."

스위프트 폭스는 오버나이트 생리대와 탐폰과 팬티라이너가 들어 있는 꾸러미를 풀기 시작한다.

"남자들 보따리에다 몇 개씩 넣어서 가져오게 했어. 남자들은 맥주를 조금 확보했거든. 작은 기적에 가까운 일이었지."

"왜 이렇게 오래 걸렸어?" 토비가 묻는다.

스위프트 폭스는 그녀를 향해 미소 짓지만 빈정대는 웃음이 아니다. 대신에 그녀는 너무나 다정하고 너무나 정직하며 마치 통행금지 시간을 위반한 10대 아가씨처럼 군다.

"글쎄, 함정에 빠진 거나 마찬가지였어요. 우리는 여기저기 뒤지고 물건들을 쓸어 모았거든요. 그러다가 오후가 되어 되돌아 나오려는데 한 떼의 거대한 돼지들이 나타났어요. 우리가 총을 쏘기 전에 정원을 습격하려고 시도했던 놈들 말이에요."

"처음에는 그놈들이 우리 뒤에 몸을 도사리고 그저 숨어 있던 거였어요. 그런데 우리가 편의점에서 일을 끝마치고 밖으로 나오려고 했을 때 비로소 그놈들이 우리 길을 가로막고 있다는 것을 알게 된 거죠. 그래서 우리는 다시 편의점으로 달려 들어 갔는데 앞쪽 창문들은 이미 박살이 나 있었어요. 그놈들이 들 어오지 못하도록 막을 게 하나도 없었던 거죠. 우리는 창고 천 장에 붙어 있는 자그마한 비밀 통로를 통해 간신히 지붕으로 올 라갈 수 있었어요. 그놈들이 기어 올라올 수는 없으니까요."

"돼지들이 배고파 보였어?" 렌이 말한다.

"돼지를 보고 어떻게 그런 걸 알 수가 있어?" 스위프트 폭스 가 말한다.

그놈들은 닥치는 대로 무엇이든 먹지, 토비는 생각한다. 그들 은 아무거나 먹을 것이다. 하지만 배고프건 배고프지 않건 그들 은 화풀이로라도 인간을 죽일 것이다. 아니면 복수하기 위해서. 우리는 지금까지 돼지들을 먹고 살았으니까.

"그런 다음에는?" 렌이 말한다.

"우리는 잠시 동안 지붕 위에 있었어. 그런데 돼지들이 편의점 에서 나오다가 우리가 지붕 위에 있는 걸 본 거야. 놈들이 감자 칩이 든 커다란 상자 한 통을 찾아내서 그것을 밖으로 질질 끌 고 나와 눈으로는 계속해서 우리를 지켜보면서 파티를 벌이더 라니까. 감자칩을 아주 삐기면서 먹더군. 우리가 배가 고프다는 걸 그놈들이 알았던 게 분명해. 돼지들이 그룹으로 나뉠 경우 에 대비해서 그들의 수를 세라고 젭이 말했어. 그들 중 일부가 주의를 산만하게 만드는 동안에 다른 놈들이 우리를 습격하려 고 노릴 수도 있으니. 그때 놈들이 그곳을 떠나 서쪽으로 옴직이기 시작했는데 그냥 가는 게 아니라 마치 목표물이라도 정한 것처럼 종종걸음으로 가는 거야. 그래서 그쪽을 바라보니 뭔가가 있었어. 연기가 피어오르는 거야."

때로는 도시에 있는 뭔가에 불이 붙을 수가 있다. 아직도 태양광 장치에 연결된 전기 배선이 남아 있으니까. 발작적인 자연 발화로 인해 타오르는 축축한 유기물 더미라든지 태양에 의해 가열된 석유 찌꺼기 저장소가 있다. 연기는 그렇게 드문 일이 아니다. 토비는 그렇게 말한다.

"이건 달랐어요. 모닥불처럼 아주 가냘프더라고요." 스위프트 폭스가 말한다.

"어째서 돼지들을 쏘지 않았어?" 로티스 블루가 말한다.

"수가 너무 많았기 때문에 시간 낭비가 될 거라고 젭이 말했어. 게다가 우리는 분무 총에 필요한 에너지 팩을 바닥내고 싶지 않았거든. 젭의 생각은 우리도 그곳으로 직접 가서 뭐가 있는지 한번 보자는 거였어. 하지만 날이 컴컴해지고 있었지. 그래서 우리는 그날 밤을 편의점에서 보냈어."

"지붕 위에서?" 토비가 말한다.

"창고에서요. 우리는 그곳으로 들어가 상자 몇 개를 가져다가 문에 방어벽을 만들었어요. 그렇지만 쥐가 들끓는 걸 제외하고는 아무 일도 일어나지 않았어요. 쥐가 너무나 많았어요. 그런 다음 아침에 우리는 불이 피어오르던 곳으로 가 보았죠. 젭과 검은 코뿔소는 고통공 죄수들의 짓이라고 생각했어요."

"놈들을 보았어?" 아만다가 묻는다.

"그들이 불을 피웠던 흔적을 보았어. 다 타고 없었어. 그 위로 온통 돼지 발자국이 나 있었지. 또 우리가 키우던 모헤어 양의 흔적이 있었어. 빨간색의 땋은 머리를 달고 있던 모헤어 양이었지? 그들이 아마도 그걸 먹고 있었던 것 같아."

"이런 세상에." 로티스 블루가 말한다.

"고통공 죄수들이, 아니면 돼지들이?" 아만다가 말한다.

"둘 다. 그렇지만 우리는 죄수들을 보지는 못했어. 젭이 그러는데 분명 돼지들이 그들을 쫓아버렸을 거래. 사실 우리는 조금 더 떨어진 길에서 죽은 새끼 돼지를 발견했거든. 분무 총에 맞아 죽은 거라고 젭이 말해 줬어. 뒷다리가 잘려 나갔더군. 나중에 그걸 갖고 오기 위해 다시 가야 한다고 젭이 말했어. 왜냐하면 앞으로는 그 돼지들이 우리가 가는 길에 또다시 자기네 몸을 내던지지는 않을 것 같으니까. 특히 자기 새끼 한 마리가 살해당한 후에는 그렇게 하지 않겠지. 그래서 우리는 주인 없는 돼지고기를 최대한 활용해야 한다는 거야. 하지만 거기서 미친 듯이 사악한 개 접합체 몇 놈이 우는 소리를 들었어. 그래서 그걸 가져오려면 어쩌면 그놈들과 싸워야 할지도 몰라. 저 바깥은 완전히 동물원이야."

"정말로 동물원이라면 울타리를 쳐 놓겠지." 로티스 블루가 말한다. "그 모헤어 양은 도난당한 거네, 그렇지? 그냥 길을 잃어버린 게 아니었어. 그 두 녀석이 우리가 있는 곳에 아주 가까이까지 왔던 게 분명한데 그들을 본 사람이 한 명도 없었잖아."

"정말로 소름끼친다." 렌이 말한다.

스위프트 폭스는 듣고 있지 않다. "내가 또 뭘 가져왔는지 보라니까. 이건 임신 테스트기야. 막대기에다 소변을 누는 그런 거 있잖아. 내 생각으로는 우리 모두한테 이게 필요할 것 같았어. 아니면 적어도 우리 중 일부는 그럴 거야."

그녀는 미소 짓고 있지만 토비를 쳐다보지는 않는다.

"난 빼 줘." 렌이 말한다. "누가 이런 세상으로 아기를 데려오겠어?"

그녀는 팔을 내밀어 가리킨다. 흙집, 나무들, 미니멀리즘.

"수돗물도 없잖아? 내 말은……."

"너한테 그런 선택권이 있을지 모르겠는걸. 결국에는. 여하튼 인류를 위해서는 어쩔 수 없잖아. 넌 그렇게 생각하지 않아?" 스위프트 폭스가 말한다.

"아빠 노릇은 누가 해?" 로티스 블루가 관심을 보이며 말한다.

"네 마음대로 골라 보라고 말하고 싶은걸." 스위프트 폭스가 말한다. "일렬로 죽 세워 놓은 다음 혓바닥을 가장 길게 뽑는 사람을 선택하는 거야."

"그럼 넌 아이보리 빌을 떠맡겠네." 로티스 블루가 말한다.

"내가 가장 긴 혓바닥이라고 했나?"

스위프트 폭스가 말하고는 로티스 블루와 낄낄거린다. 렌과 아만다는 웃지 않는다.

"그 소변 막대기 좀 보여 줘." 렌이 말한다.

토비는 어둠 속을 빤히 쳐다본다. 젭을 따라갔어야 했나? 분명 지금쯤이면 샤워를 끝마쳤을 텐데. 흙집에서의 샤워는 절대로 오랫동안 할 수가 없다. 스위프트 폭스가 아니라면 말이다. 그녀는 늘 태양열로 데운 물을 모두 써 버렸다. 그렇지만 젭은 여전히 보이지 않는다.

그녀는 만약을 위해 자기 방에서 자지 않고 깨어 있다. 달빛이 그녀의 두 눈을 은빛으로 반짝이게 한다. 서로의 깃털을 좋아하는 올빼미들이 울어 대고 있다. 그녀는 아무것도 바라지 않는다.

잡초 뽑기

젭은 아침 내내 보이지 않는다. 젭에 대해 말하는 사람도 전혀 없다. 토비도 물어보지 않는다.

점심 식사는 수프인데 어떤 고기와(훈제한 개인가?) 마늘을 넣은 칡넝쿨이 들어 있다. 내버려 두었으면 더 많이 무르익었을 폴리베리. 혼합 채소 샐러드.

"식초를 구할 수 있는 방안을 강구해야 할 것 같아. 그러면 제대로 된 드레싱을 만들 수 있거든." 레베카가 말한다.

"그럼 먼저 와인부터 만들 필요가 있겠네요." 준준시토가 말한다.

"난 대찬성이야." 레베카가 말한다.

레베카는 후추와 유사한 효과를 내기 위해 샐러드에다 아루굴라 씨앗을 넣었다. 그녀는 저 아래 해변에다 제염소, 그러니까 증발기를 만들 계획을 갖고 있다. 일단 해안에서 위험 요소가 사라지면 그렇게 하겠다고 말한다. 고통공 죄수들의 소재가 확인된 후에 말이다.

점심 식사 후 저마다 실내 시간, 즉 개인 시간을 갖는다. 저 높이 떠 있는 태양은 타는 듯이 뜨겁다. 먹구름은 아직 만들어지지 않았다. 공기는 습기로 끈적끈적하다.

토비는 자기 방에 들어가 낮잠을 자려고 애쓰지만 잠은 오지 않고 기분만 시무룩하다. 부루퉁한 기분은 절대 허용될 수 없어, 그녀는 자신을 향해 타이른다. 상처를 핥아서는 안 돼. 그녀는 심지어 핥을 상처가 있는지도 확신할 수가 없다. 물론 상처를 입은 것 같은 기분이지만.

늦은 오후 한차례 비가 지나갔다. 보초를 서고 있는 크로제와 매너티를 제외하면 사방을 둘러보아도 누구 한 사람 보이지 않는다. 토비는 정원에 무릎을 꿇고서 민달팽이를 죽이고 있다. 옛날 같았으면 그런 행위에 죄책감을 느꼈을 것이다. 민달팽이 역시 신의 창조물 아닌가요? 아담1이 그렇게 말할 것이기 때문이다. 이 민달팽이에게도 공기를 호흡할 권리 정도는 있을 겁니다. 우리의 에덴 절벽 옥상정원보다 그들에게 좀 더 알맞은 장소에서 살아간다면 그렇게 할 수 있지 않을까요? 그렇지만 지금 당장은 그들을 죽이는 일이 토비한테 배출구 역할을 하고 있다. 무엇의 배출구? 그녀는 그런 것에 대해 깊이 생각하고 싶지 않다.

불행하게도 토비는 민달팽이를 죽이는 행위에 감정이 실려

미친아담

있다는 걸 깨닫는다. 죽어라, 이 못된 민달팽이! 그녀는 바닥에 나뭇재와 물이 담겨 있는 양철통에다 낚아챈 민달팽이를 하나씩 떨어뜨린다. 예전에는 소금을 사용했지만 이제는 할애할 소금이 거의 남아 있지 않다. 아마도 납작한 돌로 재빨리 내리치는 것이 민달팽이들에게는 한층 더 친절한 처형법일 것이다. 나뭇재는 분명 고통스러울 테니까. 하지만 그녀는 민달팽이를 처치하는 데 상대적으로 자비로운 방법이 어떤 것인지 따져 볼 기분이 아니다.

그녀는 잡초를 힘껏 잡아당긴다. 신이 만든 거룩한 잡초라는 꼬리표를 붙여 놓고 우리는 너무도 경솔하게 이것을 잡아 뽑고 있습니다. 사실 잡초라는 이름은 인간의 계획을 방해하기 때문에 우리를 짜증나게 만드는 식물에다 붙여 놓은 것 아니던가요. 얼마나 많은 잡초들이 유용하고 먹을 수도 있으며 맛있는지 한번 생각해 볼 일입니다.

맞는 말이다. 하지만 이건 아니다. 꼴을 보아하니 돼지풀이다. 그녀는 그것을 뽑아 폐기물 더미로 던진다.

"이봐요, 암살단."

목소리가 들린다. 젭이 그녀를 내려다보며 활짝 웃고 있다.

토비는 허둥지둥 일어난다. 손이 너무 더러워서 어떻게 해야 할지 모르겠다. 그는 지금까지 방 안에서 잠을 잤단 말인가? 아니면 무엇을 했지? 그녀는 스위프트 폭스와 무슨 일이 있었는지 아니면 혹시 어떤 조짐이라도 발생했었는지 물어볼 수가 없다. 잔소리 심한 여자처럼 보이는 건 정말이지 질색이다.

"당신이 안전하게 돌아와 줘서 정말로 다행이에요."

토비는 말한다. 그리고 그녀는 정말이지 기쁘다. 말로 표현할 수 없을 정도로 무척 기쁘다. 하지만 심지어 그녀가 듣기에도 그녀의 목소리는 가짜처럼 들린다.

"나도 그래. 이번 탐색은 내가 예상했던 것 이상이었어. 완전 녹초가 되어 세상모르고 잠만 잤지. 이제는 나이를 먹었다는 게 실감난다니까."

은폐 작전으로 나가겠다는 것인가? 그녀가 어떻게 의심스러워할 수 있단 말인가?

"당신이 보고 싶었어요." 그녀가 말한다.

그래, 바로 그거지. 그렇게 말하는 게 그리도 힘들었던가?

젭이 입을 더 크게 벌리고 웃는다.

"그럴 거라 믿었어. 당신 주려고 뭘 좀 가져왔지."

그것은 자그마한 원형 거울이 달린 콤팩트다.

"고마워요."

토비는 간신히 미소 짓는다. 이건 죄책감에서 나온 선물, 사과의 표시인가? 사무실 동료와 은밀하게 뒹군 남편이 아내를 위해 마련한 장미꽃 같은 걸까? 하지만 토비는 아내가 아니다.

"당신 주려고 종이도 조금 가져왔어. 학교 공책 두세 권, 편의점에 아직도 그런 것들이 남아 있더군. 와이파이 탭을 구입할 여유가 없는 평민촌 아이들을 위한 거였던 것 같아. 볼펜하고 연필도 몇 자루 있고, 매직펜도 있고."

"내가 그것들을 원하는지 어떻게 알았어요?"

"옛날 옛적에 독심술사하고 일한 적이 있었잖아. 흘림체 글씨는 정원사 시절 기술이던가, 맞지? 당신이 그날그날의 사건들을 기록하고 싶어 할 거라고 생각했지. 이봐, 포옹 정도는 해 줘야 하는 거 아냐?"

"그럼 당신은 온통 진흙투성이가 될 텐데요."

마음이 누그러진 토비가 미소를 지으며 말한다.

"그보다 더 더러웠는데 뭐 어때."

민달팽이 때문에 손가락이 미끈거리지만, 어떻게 그를 두 팔로 끌어안지 않을 수가 있겠는가?

태양은 빛나고 있고, 꿀벌들은 노란색 호박꽃들 사이에서 날고 있다. 토비는 젭의 연기 빛깔 수염을 향해 말한다.

"나한테 정말로 필요한 게 뭔지 알아요? 돋보기예요. 그리고 벌집하고요."

"곧 구해 보도록 할게." 잠깐 동안 침묵이 흐른다. "이걸 한번 봐 주겠어?"

소매 안쪽에서 젭이 신발 한 짝을 꺼낸다. 샌들이다. 고무 타이어, 자전거 튜브 안쪽 끈, 은백색 강력 테이프 등의 재활용 재료로 만든 수제화다. 흙이 묻어 있긴 했지만 아주 닳아 해지지는 않았다.

"정원사."

토비가 말한다. 그녀는 그들의 패션, 아니 패션 센스의 결핍

을 생생하게 기억한다. 그런 다음 그녀는 앞에 한 말에 단서를
단다.

"그냥 가능성일지도 모르죠. 다른 사람들도 그런 걸 전혀 만
들지 않았던 건 아니니까요."

토비의 머릿속에 하나의 그림이 그려진다. 머리 위에서 도시
들이 활활 불타오르며 붕괴되고 인류는 녹아서 사라지는데, 한
편에서는 아담1과 살아남은 정원사들이 미리 마련해 두었던 아
라랏 은신처 중 한 곳, 예를 들면 버섯을 키우던 낡은 지하실에
쭈그리고 앉아 굴속의 요정들처럼 촛불 밑에서 샌들을 수선하
고 저장된 꿀과 구운 콩을 먹으며 살아가고 있을지도 모른다.
그러나 그렇다고 믿기에는 너무나 많은 것이 필요해서, 그게 사
실일 수가 없다는 것 또한 알고 있다.

"그걸 어디서 찾았어요?"

"새끼 돼지가 살해된 근처에서. 다른 사람들한테는 보여 주
지 않았어."

"당신은 그게 아담의 것이라고 생각하는군요. 그가 아직도
살아 있을 거라고 생각하는 거죠. 그가 당신을 위해, 아니면 누
군가를 위해 이것을 고의로 남겨 놓았다고 생각하고 있고요."

이 말은 질문이 아니었다.

"당신도 그렇잖아. 당신도 역시 그렇게 생각하잖아."

"너무 큰 기대는 하지 말아요. 기대가 크면 실망도 큰 법이니
까요."

"알았어. 당신 말이 옳아, 그렇지만."

"당신 말이 옳다면, 아담은 당신을 찾고 있지 않을까요?"

자외선 헤드램프

젭과 퍼크 이야기

당신이 매번 그들에게 이야기를 해 줄 필요는 없잖아. 대신 나와 함께 갑시다. 한 번은 건너뛰어도 돼.

난 벌써 하룻밤을 건너뛰었어요. 그들에게 너무 많은 실망을 안겨줄 수는 없어요. 그들이 여기를 떠나 다시 해변으로 돌아갈지도 모르잖아요. 그렇게 되면 공격당하기 쉬워요. 그놈의 고통 공 죄수들이 혹시라도……. 그럼 나 자신을 결코 용서하지 못할 거예요. 만약에 그런 일이…….

좋아. 그렇다면 짧게 할 수 있겠지?

그게 가능할지 모르겠어요. 그들은 질문을 많이 하거든요.

그냥 가서 오줌이나 싸라고 해.

그들은 그런 말을 이해하지 못할 거예요. 그들은 오줌이 좋은 거라고 생각해요, 퍼크(fuck)처럼요. 그들은 퍼크가 눈에 보이지 않는 어떤 실체라고 생각해요. 어려운 시기에 크레이크를 도와

주는 사람이지요. 그리고 지미도요. 그들은 지미가 오 퍼크라고 말하는 걸 들었거든요.

난 그들의 말에 전적으로 동감이야. 퍼크! 눈에 보이지 않는 실체! 어려운 시기에 도와주는 사람! 딱 맞는 말이잖아!

그들은 퍼크에 대한 이야기를 듣고 싶어 해요. 퍼크와 당신에 대한 진짜 이야기를요. 당신들 두 사람은 매력적인 모험을 해 본 사람들이에요. 당신들 둘 다 스타란 말이에요. 그들은 내게 그 것에 대해, 그 이야기를 해 달라고 졸라 대고 있어요.

나도 들을 수 있을까?

안 돼요, 당신은 껄껄대고 웃을 거예요.

이 입 보이지? 강력 테이프가 붙은 거나 다름없잖아! 만약에 딱풀이 있다면 난 아마…… 그러니까, 난 이 입을 풀로 딱 붙일 수도 있어, 당신의 그…….

그렇게 꼬아서 말하지 말고요.

삶 자체가 꼬였잖아. 난 그저 조화를 이루는 거지.

물고기를 가져다줘서 고마워요.

보세요, 난 지금 빨간 모자를 쓰고 있어요. 그리고 내 팔에 차고 있는 이 둥그런 반짝이가 하는 말도 귀 기울여 들었어요.

오늘 밤에는 여러분에게 젭과 퍼크에 대한 이야기를 해 줄 거 예요. 여러분이 해 달라고 했잖아요.

옛날에 젭은 자기 집을 떠났어요. 집에서 지낼 때 그의 아버지와 어머니는 그에게 친절하지 않았거든요. 그래서 그는 혼돈 세상을 떠돌아다니게 되었어요. 이제는 어디로 가야 할지 몰랐거든요. 그의 형 아담이 어디에서 살고 있는지도 그는 몰랐어요. 아담이 그의 유일한 친구이자 그를 도와주는 사람이었는데도요.

그래요, 퍼크도 그의 친구이고 조력자였지만, 그는 눈으로는 볼 수가 없었거든요.

아니에요, 저기 나무 뒤 어둠 속에 있는 건 동물이 아니에요. 저 사람은 젭이에요. 그는 웃고 있는 게 아니라 기침을 하고 있는 거예요.

그러니까 젭의 형 아담은 그가 눈으로 볼 수도 있고 만질 수도 있는 그의 유일한 친구이자 그를 도와주는 사람이었어요. 아담이 길을 잃었을까요? 누가 와서 그를 몰래 데려갔을까요? 젭은 알지 못했기 때문에 몹시 슬펐어요.

그렇지만 퍼크가 그의 친구가 되어 주고 그에게 조언을 해 주었어요. 퍼크는 공중에서 살면서 새처럼 사방팔방으로 날아다니거든요. 그래서 퍼크는 어떤 순간에는 젭과 함께 있다가 그다음에는 크레이크와 있기도 하고 또 다음 순간에는 눈사람 지미와 함께 있을 수가 있는 거예요. 그는 동시에 여러 장소에 있을 수도 있어요. 만약 누군가가 곤경에 빠지면 그를 향해 소리치면 돼요. 오 퍼크! 하고요. 그러면 그는 항상 그 자리에 나타날 거예요. 그러니까 그의 도움이 꼭 필요할 때는요. 그리고 그의 이름을 부르자마자 곧바로 기분이 좋아질 거예요.

그래요, 젭은 기침을 아주 심하게 하고 있어요. 하지만 여러분이 지금 당장 그에게 가르랑거리기를 할 필요는 없어요.

그래요, 퍼크와 같은 친구이자 조력자가 있다는 건 정말이지 좋은 일일 거예요. 나에게도 그런 사람이 한 명 있다면 얼마나 좋을까요.

아니에요, 퍼크는 나에게 도움을 주는 사람이 아니에요. 나한테는 도움을 주는 사람이 따로 있는데 그녀의 이름은 필라예요. 그녀는 지금은 죽어서 식물이 되었어요. 그리고 지금은 꿀벌들과 함께 살고 있어요.

그래요, 나는 그녀를 볼 수 없을 때에도 그녀에게 말을 걸어요. 하지만 그녀는 그렇게…… 그녀는 퍼크처럼 그렇게 불쑥 나타나지는 않아요. 그녀는 천둥보다는 미풍에 더 가까워요.

필라에 대한 이야기는 언젠가 다음에 해 줄게요.

그래서 젭은 위험한 장소들로 깊숙이, 점점 더 깊숙이 들어가게 되었어요. 그런 곳에는 잔인하고 해로운 일을 하는 못된 사람들이 상당히 많았어요. 그러다가 그는 오릭스의 아이들을 요리해서 먹는 장소에 이르게 되었어요. 그런 짓을 하는 것이 잘못이라는 걸 젭은 알고 있었죠. 그래서 젭이 퍼크에게 조언을 해 달라고 요청했더니, 퍼크는 그에게 그 장소를 떠나야만 한다고 말해 주었어요. 그런 다음에는 사방에 물이 있는 어떤 집에서 살게 되었는데 거기서 젭은 뱀을 알게 되었어요. 그렇지만 그곳은 아주 위험했어요. 그래서 그는 아 퍼크! 하고 말했지요. 그러자 퍼크가 공기를 가르고 날아와 젭에게 말해 주었어요. 젭이 그곳에서 안전하게 나갈 수 있도록 도와주겠다고요.

자, 오늘 밤 이야기는 여기서 끝입니다. 여러분은 젭이 저기 앉아있는 게 보이죠? 그러니까 여러분은 젭이 그곳에서 안전하게 빠져나왔다는 걸 벌써 알고 있는 거예요. 그리고 젭도 이 이야기를 들으면서 아주 행복해하고 있어요. 그래서 지금 저렇게 웃고 있는 거예요. 더 이상 기침도 하지 않네요.

안녕히 주무세요라고 말해 줘서 고마워요. 난 무척 행복해요. 왜냐하면 내가 나쁜 꿈을 꾸지 않고 푹 자기를 여러분이 바라기 때문이에요.

여러분도 안녕히 주무세요.

네, 잘 자요.

안녕히 주무세요!

이제 됐어요. 안녕히 주무세요라는 말은 그만해도 돼요.

고마워요.

뜬구름 세상

어느 날 잠에서 깨어난 젭은 시크릿버거에서 웨이트리스로 일하는 와이넷이 자기 옆에 누워 있는데 그녀에게서 그릴에 구운 햄버거 패티와 오래된 식용유 냄새가 난다는 걸 깨달았다. 맞다, 젭 자신에게서도 고기와 기름 냄새가 났다. 하지만 그건 달랐다고 젭은 말한다. 그게 자기 자신의 냄새일 때는 문제가 없기 때문이다. 하지만 인간은 자기 욕망의 대상에게서 그런 냄새가 나는 것은 원하지 않는 법이다. 영장류에게는 기본적인 문제이며, 실험으로 이미 확인되었다. 여기 있는 미친 아담 괴짜들 중에 생명공학을 전공한 아무나 붙잡고 물어봐라.

그리고 양파, 그것도 절대 빼놓을 수 없다. 플라스틱 병에 들어 있는 소름 끼치는 빨간 소스는 고객들이 어찌나 선호하던지 마약이 들어 있지는 않은지 의심됐다. 상황이 과열되어 싸움이라도 벌어지게 되면 항상 누군가가 그 빨간 소스를 집어 들고 사방에다 뿌려 대기 시작한다. 머리통이 깨져서 떨어지는 피와 소스가 섞이면 누군가가 출혈이 심해 지금 죽을 지경에 이르고 있는지 아니면 그냥 빨간 소스가 묻은 건지 도무지 알 도리가 없었다.

　몇 가지 냄새가 뒤섞여 옷이나 머리칼 심지어는 피부의 땀구멍으로까지 스며드는 것은 그들 두 사람이 일하는 그런 장소에서는 어쩔 수가 없었다. 설령 샤워를 한다 해도 그런 악취는 씻어 없앨 수 없다. 와이넷은 냄새를 덮으려고 다른 걸 온몸에다 떡칠하듯 문질러 댔지만, 효과가 썩 조화롭진 못했다. 딜라일라라는 이름의 그 싸구려 물건은 로션과 향수 두 가지 형태로 판매되었는데 그 냄새를 참아 낸다는 게 무척이나 힘들었다. 그것은 마치 시들어 가는 백합이 넘치도록 많은 곳이나 반석석유 교회에 출석하던 나이 많은 여자 성도 무리 사이로 걸어가는 것과 같았다. 그 두 가지 냄새, 시크릿버거 냄새와 딜라일라 냄새는 진짜로 배가 몹시 고프든지 성적으로 무척이나 흥분 상태일 때라든지 아니면 배도 고프면서 동시에 성적으로 흥분 상태일 경우에는 그런대로 참을 만했다. 하지만 그렇지 않을 때에는 그다지 향기롭지 못했다.
　제기랄, 젭은 그날 아침 잠에서 깨어나 그곳에 누워 끔찍할 정도로 오묘한 포푸리 냄새를 들이마시면서 생각했다. 이런 생활은 미래가 전혀 없어.

혹시 미래가 있다 하더라도 그것은 부정적인 것이었다. 왜냐하면 와이넷이 요상한 냄새를 풍길 뿐만 아니라 꼬치꼬치 캐묻기 시작했기 때문이다. 비유적으로 말하자면 사랑이라는 명목으로, 그리고 진심으로 젭을 총체적으로 더 잘 알고 이해하고 싶다는 미명하에 그녀는 젭의 마음속까지 깊이 탐구해 들어가고 싶어 했다. 그녀는 젭의 뚜껑을 벗겨 내고 싶어 했다. 만약에 그녀가 너무나 열심히 뚜껑을 비틀어 연다면…… 잘 생각해 보니까 젭이 충분히 조심해서 만들어 놓지도 않은 엉성한 변명거리들을 와이넷이 하나씩 벗겨 낸다면 글쎄, 그래서 젭은 다음번에 누군가를 속여야 한다면 스토리를 한층 더 신중하게 만들어야겠다고 마음속으로 굳게 다짐했다. 만약에 그녀가 정말 작정하고 파헤치려 든다면, 한꺼풀만 벗겨도 바로 드러날 것들 가운데 설득력 있는 이야기는 하나도 없었다. 그런 다음에도 그녀가 계속해서 뚜껑을 비틀어 댄다면 젭의 출생지가 어디인지, 젭이 본래 어떤 사람이었는지 얼마간은 짐작할 수 있을 터였다. 그렇게 되면 입에서 입으로 전해지는 쥐들의 네트워크에 존재하는 평민촌의 회색 지대로부터 분명 어떤 보상을 제안받을 게 확실한데, 와이넷이 그것을 받기 위해 젭에게서 족제비처럼 잽싸게 빠져나가는 것은 시간문제일 것이다.

젭은 그런 보상이 있다는 걸 믿어 의심치 않았다. 심지어 그의 귀 사진이나 동영상으로 만든 그의 걸음걸이 윤곽, 그리고 학교 시절에 찍었던 엄지손가락 지문 같은 그의 몇몇 생체 정보들이 나돌고 있을지도 몰랐다. 와이넷은 그가 아는 한 범죄 조직 같은 데에는 연결되어 있지 않았으며, 다행스럽게도 너무나 가난해서 컴퓨터나 태블릿 같은 것을 갖고 있지 못했다. 그렇지만 카페에 가면 시간제로 빌려주는 싸구려 인터넷을 이용할 수 있었기 때문에 그녀가 만약에 젭 때문에 몹시 화가 났다면 웹서핑을 통해 그의 신원을 알아볼 수 있을 것이다.

와이넷은 젭과 섹스하기 시작하던 시기에 느꼈던, 마치 각성제를 먹은 강아지가 처음으로 외계인과 접촉하는 것같이 마술적이고 열정적인 생식선의 조화로 유발되던 혼수상태에서 빠져나오고 있었다. 젊은 남자들은 섹스에 관한 한 흔히 말하는 취향이란 게 전혀 없기 때문에 차별 또한 전혀 없기 마련이다. 젊은이들은 빅토리아 시대의 사람들에게 충격을 준 펭귄들과 같아서 구멍만 있으면 그 무엇과도 성관계를 가질 것이다. 젭의 경우엔 와이넷이 그 수혜자였다. 자랑하려는 것은 아니지만 그들이 매일 밤 엉겨 붙을 때마다 그녀의 눈알이 머리끝까지 돌아가는 바람에 그녀는 대체로 완전히 죽지는 않은 좀비 같은 존재가 되었고, 그녀가 만들어 내는 증폭된 록밴드 같은 소음은 1층에 있던 술집과 그들 위층에 살고 있던 한 떼의 애절한 월급 노예들 모두로부터 쿵쿵 쾅쾅 두들기는 경고를 야기했었다.

하지만 이제 와이넷은 젭의 동물적인 에너지를 뭔가 더 심오한 것으로 착각하고 있었다. 그녀는 섹스가 끝나면 담소를 나누고 싶어 했다. 영적인 차원에서 그들의 본질을 좀 더 깊숙이 나누고 싶었던 것이다. 예를 들어 그녀의 가슴이 충분히 큰가, 이 라임빛 녹색이 그녀한테 잘 어울리는가, 어째서 그들은 처음처럼 하룻밤에 두 번씩 하지 않는가와 같은 질문들을 던지기 시작했다. 사람을 함정에 빠뜨리는 질문들에 대해서는 여하튼 대답할 수밖에 없었다. 이러한 야간 심문 세션은 점차로 짜증나기 시작했다. 아마도 와이넷에 대한 그의 감정이 결코 진정한 사랑은 아니었던 것 같다고 젭은 결론을 내렸다.

"그런 눈으로 날 쳐다보지 마. 난 정말 젊었단 말이야. 그리고 내가 사람들과 어울리는 방법을 제대로 배우지 못했다는 사실을 잊어서는 안 돼." 젭이 말한다.

"어떻게 당신을 쳐다봐요?" 토비가 말한다. "지금은 염소의 배 속보다도 더 캄캄한데요. 당신은 날 볼 수 없잖아요."

"당신의 시선에서 얼음처럼 차디찬 빙하의 냉기가 느껴지는 걸."

"난 그저 그녀가 측은할 뿐이에요. 그게 다예요."

"아니, 그렇지 않아. 만약에 내가 그녀와 함께 계속해서 머물렀다면 아마 난 지금 당신과 이 자리에 있지 못할 거잖아, 안 그래?"

"그래요. 분명한 사실이에요. 슬픔은 취소할게요. 그렇긴 해도."

젭은 그런 점에 있어서 철저하게 형편없는 놈은 아니었다. 그는 와이넷에게 현금 약간과 영원한 흠모의 쪽지를 남겼다. 젭은 쪽지에다 어떤 것이라고 구체적인 언급은 하지 않고 그냥 지저분한 거래에 연루되어 생명이 위협을 당하게 되었는데 자기 때문에 그녀를 위험에 빠뜨리는 일은 생각조차 할 수 없다고 추신으로 덧붙였다.

"당신이 그런 단어를 사용했단 말이에요? 위험이라는 단어를요?"

"와이넷은 로맨스를 좋아했거든. 원탁의 기사 뭐 그런 거 있잖아. 낡은 문고판 책이 몇 권 있었는데 그녀가 그 방을 임대할 때부터 그곳에 있던 거였어. 책장이 떨어져 나가고 있었지."

"그리고 당신은 빛나는 갑옷을 입은 기사 노릇을 하고 싶지 않았군요?"

"그녀를 위한 기사 노릇은 싫었어. 당신을 위해서라면 기꺼이……." 젭은 그녀의 손가락 끝에다 입을 맞춘다. "동 틀 때에 긴 칼을 뽑으리다. 언제라도."

"그 말을 어떻게 믿어요. 당신이 얼마나 대단한 거짓말쟁이인지 당신이 방금 나한테 말했잖아요!"

"적어도 거짓말하는 수고를 아끼지 않는다는 거지, 당신을 위해서라면. 거짓말하는 게 적나라한 진실보다 더 많은 수고가 필요하거든. 그걸 구애의 표시라고 생각하면 어떨까. 나는 몹시 늙어 가고 있는 데다가 이렇게 저렇게 마모되었고, 저기 있는 저 크레이커들처럼 거대한 푸른색 거시기도 없잖아. 그러니까 나로서는 기지를 활용할 필요가 있단 말이야. 남아 있는 것이라면 뭐든지."

젭은 트럭A필러 부품 수송로를 따라 남쪽으로 급하게 이동하다가 잔재가 남아 있는 산타모니카 지역에서 휴식을 취하게 되었다. 상승하는 해수면이 해변을 완전히 잠식해 버렸고 한때 상류층을 대상으로 운영하던 고급 호텔과 콘도는 반 정도가 물에 잠겨 있었다. 몇몇 거리는 운하가 되어 버렸고 인근에 위치한 베니스라는 도시는 이름값을 톡톡히 하고 있었다. 그 지역 전체가 뜬구름 세상으로 알려져 있었는데 실제로 그 지역은 대체로 떠 있었다. 특히 보름달이 한사리*를 불러올 때에 그러했다.

그 지역의 원래 소유주들은 더 이상 그곳에서 한 명도 살지 않았다. 보험금을 받을 수 없었으므로 — 밀려 들어오는 바닷물이 불가항력적인 천재지변이 아니고 무엇이겠는가? — 그들은 언덕 위로 도망갔고 그 자리에 불법 거주자들과 여러 종류의 단기 체류자들이 이주해 들어왔다. 물론 지방 정부 관할 공공 서비스는 남아 있는 게 하나도 없었다. 하수도 및 수도관이 망가졌고 전기는 한참 전에 끊긴 상태였다.

하지만 그 지역은 선정적인 곳으로 알려져 있기 때문에 고지

---

* 음력 보름과 그믐 무렵의 밀물이 가장 높은 때.

대의 좀 더 상류층 지역에서 사는 중년 고객들은 이따금 방종한 스릴을 맛보기 위해 위험을 무릅쓰고 뜬구름 세상으로 기꺼이 내려와 태양광을 이용하는 퍼트퍼트 엔진이 달려 있는 소형 모터보트를 타고 물에 잠긴 거리들을 탐색하며 돌아다녔다. 그들이 이곳을 찾는 목적은 도박 및 불법 약물 거래나 아가씨들 때문이기도 했지만, 무너져 내리고 있는 빌딩 사이를 오가는 실황 서커스 때문이기도 했는데, 부지가 너무 많이 침수되거나 또는 아직 남아 있던 더 많은 해안선과 건물들을 격렬한 폭풍이 휩쓸고 지나가면 그에 따라 장소를 옮겨 다녔다.

뜬구름 세상에서는 많은 것이 할인 판매되고 있었다. 그렇게 팔아도 수익이 컸다. 사업자 중 어느 누구도 집세나 세금을 지불하지 않았기 때문이다. 아침과 밤에 주사위를 가지고 하는 불법 도박이 진행되었는데, 온라인 게임만으로는 욕구가 채워지지 않아 게슴츠레한 눈을 하고 여기저기 기웃거리는 무리가 참여하였다. 그들은 신경이 곤두서는 위험 상황에 중독되어 있었다. 또한 그들은 감시로부터 완전히 해방되고 싶어 했다. 그들은 인터넷이 트럭A필러 부품 수송차 기사들이 묵는 모텔만큼이나 감시당할 수 있는 작은 틈새들로 가득하다고 믿었으며 인터넷에다 자신들의 가상 DNA를 하나라도 남겨 놓지 않고자 했다.

그곳에는 소아 성애자들을 위한 상점 하나가 있었는데 진짜 여자아이들과 매춘 로봇들이 뒤섞여 있었다. 구매자는 미리 프로그램된 상호 관계 선호에 따라 대상을 선택할 수 있었지만 로봇과 실제 인간의 차이를 늘 분간할 수 있는 것은 아니었다. 홍수가 난 거리를 가로질러 높이 매달아 놓은 밧줄 위에서 횃불을 환히 밝힌 채 공중 줄타기를 하는 거리 곡예사 무리가 있었다. 그들은 때때로 줄에서 떨어져 목과 같은 신체 일부가 부러지곤 했다. 온라인 세계는 점점 더 사전 검열이 심해졌고 좀 더 깔끔하게 멋을 부리게 되었으므로 실제 세계에서나 접할 수 있는 진짜 부상 또는 죽음의 가능성은 강력한 매력 포인트였다. 이른바 리얼리티 사이트조차 시청자들의 마음속에 진실성에 대한 의문을 일으키게 되면서 거칠고 세련되지 않은 물리적 세계가 신비한 매력을 갖게 되었던 것이다.

실황 서커스에서 묘기를 부리는 사람들 중에 마술사가 있었다. 그는 슬픈 눈을 지닌 50세 정도의 남자로 중고품 할인점에서 훔친 게 분명한, 무릎이 늘어난 옷을 입고 있었다. 그런 일로 돈을 많이 남기기는 어려우니까. 그 사람은 이전에 플래티넘 급이었던 호텔의 곰팡이가 마구 피어나고 있는 메자닌 층*에다 가설무대를 세워 놓고는 거기서 카드와 동전과 손수건을 능숙하게 조작했는데, 반 토막을 낸 여자들을 캐비닛에서 사라지게 만들었을 뿐만 아니라 사람들의 마음을 알아맞혔다. 그런 즐거움은 텔레비전이나 온라인에서는 이미 사라지고 없었다. 디지털 영역에서는 그런 기술을 아무리 멋지게 발휘한다 해도 손으

---

* 다른 층들보다 작게 두 층 사이에 지은 층.

미친아담

로 만져서 느껴지는 감각을 맛볼 수 없으므로 신뢰를 얻지 못했다. 그게 단지 특수 효과 때문인지 어떻게 알 수 있단 말인가? 그렇지만 뜬구름 세상의 마술사가 자신의 입에다 바늘을 한 움큼 집어넣을 때 사람들은 그게 진짜 바늘인 것을 볼 수가 있었다. 그리고 그것들이 실에 꿰여 나타날 때 사람들은 그 실을 만져 볼 수도 있었다. 그리고 그가 공중 높이 카드 한 팩을 던졌는데 스페이드 에이스가 천장에 붙은 채로 매달려 있을 때 사람들은 바로 자신의 눈앞에서 그런 일이 실시간으로 일어나는 것을 목격하게 된다.

뜬구름 세상의 마술사가 자신의 쇼를 무대에 올렸던 금요일과 토요일 밤에는 메자닌 층이 항상 사람들로 북적거렸다. 마술사는 자신을 앨런 슬라이트의 이름을 따서 '슬라이트의 손'*이라고 불렀다. 앨런 슬라이트는 20세기 연금술의 역사가였다. 물론 관객 중에는 그런 것에 대해 아는 사람이 거의 없었다.

하지만 젭은 그런 사실을 알게 되었는데, 왜냐하면 그가 찾아낸 일이 바로 슬라이트의 손과 함께하는 것이었기 때문이다. 젭은 표범 가죽 같은 인조 모피로 만든 촌스러운 복장을 입은 근육질 보조원 로타의 역할을 맡았다. 그는 사방으로 캐비닛을 끌고 다니다가 그 안에 아무것도 없다는 것을 보여 주기 위해 캐비닛을 뒤집거나 톱을 사용하여 몸을 두 토막으로 자를 아름다

---

* Sleight of Hand. 날랜 손재주, 교묘한 속임수라는 의미를 지니고 있다.

운 여자 보조원을 상자 속에 집어넣는 일을 했다. 때로는 마치 청중인 것처럼 행세하면서 독심술 행위를 위한 정보를 수집하거나 아니면 놀라는 척하며 사람들의 주의를 다른 곳으로 돌릴 때도 있었다. 낮에는 뜬구름 세상 밖으로 쇼핑 심부름을 나갈 때도 있었는데, 그런 곳에 가면 미니 슈퍼마켓이라든지 낮에 활동하는 사람들을 만날 수 있었다.

"난 슬라이트의 손으로부터 많은 걸 배웠어." 젭이 말한다.

"톱으로 여자를 반으로 자르는 방법이요?"

"그것도 배웠지. 그렇지만 누구라도 여자를 반으로 자를 수 있어. 진짜 마술은 그걸 하는 동안 여자들이 미소 짓게 만드는 거야."

"그걸 하는 데 거울들이 필요할 것 같은데요. 연기도 피어오르게 하고요."

"나는 비밀을 지키기로 맹세했어. 늙은 슬라이트의 손이 가르쳐준 것 중에서 최고는 속임수였지. 마술사는 자기가 실제로 하고 있는 동작에서 멀리 있는 다른 걸 사람들이 보도록 만드는 거야. 그러면 그사이에 아주 많은 걸 해낼 수가 있거든. 슬라이트는 그의 아름다운 조수들 하나하나를 미스 디렉션이라고 불렀는데, 그 말은 그가 그 여자들을 뭉뚱그려서 부르는 통상적인 용어였어."

"아마도 그는 한 사람 한 사람을 구별할 수 없었나 보죠."

"아마 그건 아니었을 거야. 그들은 그런 식으로는 그의 관심을 끌지 못했던 거였어. 하지만 그들은 금박 장식을 아주 많이 사용하지 않고도 쇼에서 멋있어 보여야 했지. 당시에 각광을 받던 미스 디렉션은 카트리나 우였는데, 그녀는 팰로앨토 출신의 아시아계 혼혈로 눈이 아주 날카로웠어. 난 속으로 그녀를 카트리나 우우라고 부르면서 그녀와 친해지려고 노력했지. 시크릿버거의 웨이트리스 와이넷은 모든 가능성의 세계를 활짝 열어 놓았고 난 무모했던 것 같아. 그런데 미스 디렉션 우우한테는 그런 게 하나도 먹히지 않았어. 주말만 되면 그녀를 내 품에 안고 있었는데도 말이야. 톱으로 썰고 사라지게 만들려면 그녀를 상자나 캐비닛 속에다 쑤셔 넣어야 하고 또 공중 부양할 수 있도록 테이블 위에다 그녀를 뉘어 놓아야 했으니까. 그때마다 나는 야릇한 느낌이 들도록 그녀를 꽉 조이거나 내 딴에는 뼈라도 녹여 버릴 음흉한 시선을 보내곤 했었지. 그렇지만 그녀는 미소를 지으면서 그따위 행동은 당장 집어치우라고 나한테 조그맣게 화난 목소리로 말하곤 했었어."

"꼼짝 못하게 쉿 하는 소리를 제대로 내지 그랬어요. 정말 몸이 반으로 잘린다면 그녀의 중요한 체액은 거의 다 빠져나올 텐데요."

"안 돼. 줄타기 곡예사 중 한 사람이 그런 걸 책임지고 관리했어. 그녀가 슬라이트의 손을 위해 일하지 않는 주중에는 그 친구가 그녀에게 공중그네 춤을 가르치고 있었거든. 그들 둘은 높은 줄 위에서 스트립쇼를 같이 했으니까. 그녀에게는 쇼를 할 때 입는 의상이 두 벌 정도 있었는데 새 모양의 복장과 뱀 껍질 복장이었어. 뱀 동작을 연구하기 위해 그녀는 진짜 뱀도 갖고 있었지. 대뇌의 백질 절제 수술을 받은 비단뱀이었는데, 이름이 마치(March, 3월)였어. 미스 우우에 따르면, 3월은 희망의 달이고 그녀의 비단뱀은 항상 희망적이라는 거야."

"미스 우우는 그놈을 좋아하는 것 같았어. 그녀는 어떤 동작을 취할 때 그 뱀을 자기 목에 걸치고는 그놈이 몸부림을 쳐 대도록 그냥 내버려 두곤 했었거든. 나는 마치와 친해져서 그놈에게 주려고 생쥐를 잡곤 했지. 공포에 사로잡힌 그놈의 생쥐들이 우우의 마음을 사로잡을 수 있을 거라고 생각했으니까. 그렇지만 천만에, 헛수고였어."

"도대체 여자들과 뱀 사이에 무슨 연관이 있죠? 아니, 새랑 여자도 마찬가지예요."

"여자들이 야생동물이라서 그런 게 아닐까. 화려한 장식 아래에 그런 게 있단 말이지."

"멍청하단 말인가요? 아니면 인간 이하라는 거예요?"

"날 너무 몰아붙이지 말아 줘. 내 말은 무서울 정도로 통제하기 어렵다는 거야. 좋은 면에서. 비늘과 깃털로 장식한 여자는 대단히 매력적이잖아. 그녀는 여신처럼 우위를 차지하고 있었어. 위험하고 극단적이었지."

"좋아요, 우리 그럼 서로 양보해요. 그렇다면 그다음은요?"

"그렇다면 그다음은 뭔가 하면 카트리나 우우와 고공 줄타기를 하던 친구가 어느 날 줄행랑을 친 거야. 비단뱀 마치, 그놈도 함께 사라졌고. 당시에는 그게 몹시도 신경 쓰이더군. 뱀이 그렇다는 게 아니라 미스 우우 말이야. 그러니까 난 큐피드의 더러운 화살을 맞아 감염이 된 거지. 솔직하게 말해서 난 우울했어."

"당신이 맥 빠져 있는 모습은 상상이 안 되네요."

"하지만 그랬어. 난 골칫거리였지. 남들이 날 어떻게 보건 그건 상관없었어. 대체로 내가 나 자신에게 골칫거리였던 거야. 떠돌던 소문에 의하면 카트리나와 줄타기 친구는 돈을 벌기 위해 동쪽으로 향했다고 했어. 약 2년 후에 나는 그들이 뱀과 새의 모티프를 활용하여 상류층 남자들을 대상으로 비늘꼬리라는 고급 술집을 차렸다는 것을 알게 되었지. 처음에는 소규모로 시작했는데 프랜차이즈가 되었더군. 기업체가 성매매업을 인수하기 전이었어."

"에덴절벽 옥상정원 근처 싱크홀에 있던 비늘꼬리 클럽 같은 곳이요? 유흥업소잖아요?"

"바로 그거야. 정원사 아이들이 식초를 만들기 위해 마시다 남은 와인을 수집하곤 했던 바로 그곳 말이야. 똑같은 프랜차이즈지. 거긴 아주 중요한 순간에 날 살려 냈지. 하지만 그 이야기는 나중에 해 줄게."

"그건 당신과 그 뱀 여인에 관한 이야긴가요? 결국 그 사람이 당신한테 넘어왔어요? 어서 빨리 듣고 싶어요. 거기에 비단뱀도

한몫했어요?"

"진정해. 나는 지금 시간 순서를 따라서 이야기하려고 애쓰고 있어. 그리고 토비, 모든 게 다 내 성생활과 연관된 건 아니야."

여태까지는 대체로 그랬다고 토비는 말하고 싶지만 참는다. 전부 이야기해 달라고 요구해 놓고는 거기에 이의를 제기한다는 것은 온당하지 못하다는 것을 깨달았기 때문이다.

"좋아요, 계속해요." 그녀가 말한다.

"카트리나 우우가 뜬구름 세상에서 사라진 후 나이 많은 슬라이트의 손은 또 다른 미스 디렉션을 찾기 위해, 그리고 아마도 물속으로 가라앉지 않는 좀 더 심미적으로 매력적인 공연 공간을 찾기 위해 정처 없이 떠났어. 나는 하는 일 없이 빈둥거렸는데 그렇게 한 게 결과적으로는 잘된 일이었던 것 같았어. 그 무렵 두 눈을 크게 뜨고 귀는 쫑긋 세우고서 차선책을 찾고 있는데 여기저기 기웃거리며 염탐하는 어중이떠중이 쓰레기 같은 친구 두어 명이 눈에 띄더군. 어떤 친구가 처음으로 기름진 포니테일 머리에 북슬북슬한 콧수염에 요란스런 코 장신구를 하기 시작하면 누가 봐도 알 수 있는 법이지. 자꾸 신경이 쓰여 얼굴을 지나칠 정도로 만지작거리기 마련이거든. 그리고 그들의 바지가 수상쩍었어. 그들은 척처럼 새 바지를 입는 실수는 저지르지 않았지만 째진 틈이나 찢어진 구멍들이 너무나 어색했지. 아니, 내 판단으로 그랬다는 거야. 그래서 난 히치하이

미친아담

킹을 할 수 있는 다음번 트럭A필러 부품 수송차에 올라타고 떠났어."

"이번에는 저 아래 멕시코까지 쭉 내려갔지. 아버지 목사가 어떤 촉수를 뻗을 수 있을는지 몰랐지만 그게 그토록 멀리까지는 닿을 것 같지 않았거든."

해킹

멕시코에는 젭 역시 피해망상에 빠진 마약 밀매자로 치부하며 자신들의 이해관계가 젭의 이해관계와 충돌할 것이라고 추정하는 피해망상증 마약 밀매꾼들이 넘쳐났다. 두피에 불가사의한 문신이나 튤립 문양을 면도날로 새겨 넣은 남자들이 도끼눈을 뜨고 젭을 노려보았을 뿐만 아니라, 매사를 분명히 해 둬야 한다며 칼을 던지는 사건이 두세 차례 벌어졌고, 일촉즉발의 상황까지 몰리는 일들이 꽤나 많았다. 그래서 그는 지도를 따라 아래로 이동하면서 가는 곳마다 남은 잔돈을 흘려 버렸다. 부수적인 비용을 지불할 때에는 현금만 사용했는데 그것은 사이버 흔적, 그러니까 존이나 로베르토, 혹은 디아즈라는 사람의 사이버 흔적조차도 남기고 싶지 않았기 때문이었다.

젭은 코수멜섬에서 시작하여 카리브해 제도를 통해 계속해서 이리저리 옮겨 다니다가 콜롬비아로 건너갔다. 하지만 젭이 술집에서 낯선 사람들과 술 마시는 기술을 더 많이 연마했을 뿐만 아니라 그것 말고도 몇 가지 다른 가르침을 얻으며 살아남았음에도 콜롬비아의 수도 보고타에서는 그에게 어떤 가능성도 보이지 않았다. 그뿐만 아니라 그는 너무나 눈에 띄었다.

리우는 아주 달랐다. 당시 리우의 별명은 해킹이었다. 당시는 전력망 파괴라든지 소형 드론 공격이 시작되기 전으로, 그때 살아남은 진짜 컴퓨터 전문가들은 신규 사업을 오픈하려고 캄보디아 정글로 들어갔다. 하지만 젭이 갔을 때만 해도 리우는 상종가를 달리고 있었다. 리우는 와일드 웨스트 웹(Wild West of web)으로 불렸는데 까칠까칠하도록 수염을 기르고 검은 모자를 뒤집어쓴 온갖 국적의 젊은 사이버 사기꾼들이 넘쳐났다. 게다가 큰 무리의 잠재 고객들이 있었다. 기업은 다른 기업들을 감시하고 있었고 정치인은 다른 정치인들을 옭아매기 위한 그물을 설치하고 있었으며 군사적인 이해관계도 있었다. 이 마지막 부류가 돈을 가장 많이 지불하긴 했지만 예비 직원들에 대해 적당할 정도로 완벽한 보안 검사를 시행했기 때문에 젭은 그런 것을 원하지 않았다. 대체로 리우는 판매자의 시장이었다. 손이 빠른 사람들이 고용되었고 질문하는 법이 없었으며, 외모가 어떻든 아무런 상관이 없었다. 충분히 이상한 모습이기만 하면 그곳 남쪽 지방에서는 주위 환경에 섞여 들기 쉬웠다.

지글지글 타오르는 철판에다 고기 패티를 패대기치고 마술사 슬라이트의 손의 보조원 노릇을 하면서 미스 디렉션에게 추파를 던지고 비단뱀과 몸싸움을 벌이면서 지내온 그동안의 시간들 때문에 처음에 젭은 키보드 위에서 잠시 헤맸다. 그렇지만 유연성을 되찾는 데에 오랜 시간이 걸리지는 않았다. 그런 다음 일자리를 찾아 나섰다. 일주일이 채 지나지 않았을 때 그는 자신의 재능에 적합한 일자리를 발견했다.

젭의 첫 번째 고용주는 리스트본즈 그룹으로 전자 투표 집계기를 전문적으로 해킹하는 집단이었다. 21세기로 들어와 첫 10년 동안은 그 일이 제법 쉬웠고 수익성도 있었다. 그 기계들을 장악하면 선거에서 득표수가 비슷하게 나뉘었을 때 어떤 후보건 원하는 사람을 슬며시 밀어 올릴 수 있었다. 그렇긴 해도 결과에 따라 분노가 표출되었고 야단법석을 떨어 댔을 뿐만 아니라 그때에는 민주주의의 외형이 여전히 지켜져야 할 가치가 있는 것으로 간주되던 시기였다. 그래서 방화벽들이 설치된 탓에 이제는 조작이 한층 더 복잡해졌다.

그 일은 또한 아주 지루했다. 실제적인 예방을 위해서라기보다 그저 보여 주기 위한 일로서 초보적인 레이스 세공 작업을 반복하는 코바늘 뜨개질과도 같았다. 그 일에 관심을 가지고자 애를 쓰며 작업해도 깜빡 졸기 일쑤였다. 그래서 젭은 핵소 주식회사에서 제의가 들어왔을 때 얼른 수락해 버렸는데, 나중에 알고 보니 너무 빨리 그 제의를 받아들인 거였다. 그때 젭은 술에 취한 상태는 아니었지만 보드카가 관련되어 있긴 했다. 그뿐 아니라 핵소의 멤버들은 수도 없이 젭의 등을 쳐 가며 동료답게 큰 소리로 웃어 가면서 칭찬을 해 댔다. 그를 데려가기 위해 점잖은 남자 세 명이 동원되었는데, 한 명은 커다란 손을 갖고 있었고 다른 친구는 큰돈을 쥐고 있었다. 세 번째 친구는 아마도 조직의 제거 임무를 담당하는 사람이었는지 말을 많이 하지 않았다.

핵소는 리우 연안에 정박시켜 놓은 대형 크루즈에 둥지를 틀고 무엇을 하든 상관없는 섹스 바자회 사업으로 자리를 잡아 가고 있었다. 그저 단순히 자리만 잡은 것이 아니었다. 그곳에서는 닭고기 수프에서부터 견과류에 이르기까지 뼈를 바른 것이나 바르지 않은 것, 그에 더해 급매로 내놓은 것까지 무엇이든 구할 수 있었기 때문이다. 젭은 「스타워즈」의 '데스 스타'와도 같은 난공불락의 악의 요새에서 러시아 여자들을 밀수입하는 더러운 무리를 위해 일하면서 불안한 4주를 보냈다. 이 밀수업자들은 자신들이 사고파는 인간 매물의 불평이나 출혈, 그리고 그들을 먹여야 하는 일에 염증을 느껴 수입원의 다각화를 위해 생체 조직이 필요 없는 사업을 구상했다. 그들은 전자 정보를 훔쳐 내는 스키밍* 목적을 위해 젭에게 온라인 파친코 포커로 해킹해 들어갈 것을 지시했다. 그것은 스트레스가 상당한 일이었다. 다른 암호 노예들이 말하길 디지털 패턴을 풀어 내는 데 너무 오랜 시간을 보낸다는 생각이 들면 핵소 사람들은 그 친

---

* 기계에 신용카드를 긁어서 마그네틱 띠에 저장된 정보를 읽어 냄으로써 개인 정보를 도용하는 행위.

구를 어둠 속에서도 빛을 발하는 크릴 새우 떼에게 던져 버린다고 했기 때문이다.

혹은 자신이 담당하는 대상에 너무 집착한다는 의심이 들 때도 제거될 위기에 처했다. 상품이 너무 많이 손상되지 않는 한에서 소프트웨어를 오용하는 것은 그래도 괜찮았다. 손상을 입히는 것은 돈을 지불하는 고객들을 위해 마련된 특전이었기 때문이다. 해킹 직원들을 위해 주당 몇 개의 자유 시간 쿠폰이 지급되었는데 무료 도박용 칩 몇 개와 식사와 음료수 쿠폰과 함께 급여 봉투에 들어 있었다. 그렇지만 감상적인 애착 같은 것은 엄격한 금지 사항이었다.

핵소 회사의 섹스 바자회 사업은 지저분한 범주를 넘어섰다. 특히 아이들의 경우에는 잠깐 쓰고 버릴 용도로 빈민가에서 훔쳐 와서 매출을 올린 다음, 빠른 속도로 어류용 사료로 만들고 있었다. 그 부분은 아버지 목사의 양육 방식과 너무나 흡사하여 젭의 취향에 맞지 않았고, 그러한 불쾌감이 티가 났던지 쾌활한 동지들의 따뜻한 우정은 급속하게 시들어 갔다. 계약하고 고작 한 달 동안 일을 한 후 젭은 간신히 러시아 경비원과 보드카를 함께 마실 기회를 마련했다. 거기서 그는 그 경비원을 때려 눕히고 신분증을 훔친 다음 그를 배 밖으로 밀어 버리고는 쾌속정을 빼돌렸다. 그게 젭의 첫 살인이었다. 그다지 머리가 좋지 못했던 멍청이 경비원으로서는 무척이나 안타까운 일이었다. 그 친구는 핵소를 위해 일을 하고 있다는 것을 고려할 때 당연히 몸집이 작지는 않았는데, 젭처럼 영악한 풋내기 젊은이를 신뢰할 정도로 어리석지는 말았어야 했다.

젭은 쓸모가 있을지도 모른다는 생각에 핵소의 암호 몇 줄과 비밀번호 몇 개를 가지고 도망쳐 나왔다. 그는 아가씨도 한 명 데리고 나왔는데, 젭은 달콤한 말로 꼬드겨 그녀가 마치 자신의 미스 디렉션인 것처럼 행동하게 만들었다. 그는 쿠폰을 사용해 그녀를 한 시간 예약한 다음 그녀로 하여금 잠옷 같은 옷(치즈를 만들 때 사용할 법한 짜임이 성긴 천 조각)을 입고 만취한 경비원 옆을 지나가게 만들었다. 코코넛 뇌를 지닌 멍청이 경비원이 고개를 돌리며 어디에 가는 거지?라고 물을 정도로 충분히 매혹적이고 음흉한 표정을 지으라고 그녀에게 시켰다.

젭은 그 아가씨를 크루즈에 내버려 두고 올 수도 있었지만 그녀가 안쓰러웠다. 동지들은 그녀가 바람잡이 역할을 했다고 생각할 것이다. 그녀가 알고 그랬든 모르고 그랬든 그들은 상관하지 않고 그녀가 찐감자라도 되는 것처럼 으깨 버릴 것이었다. 그녀가 배를 탔던 이유는 단지 수상쩍은 유혹의 말과 뻔한 삼류 아첨에 넘어가 미시건 주에 있는 촌구석 고향 땅을 떠나왔기 때문이었다. 그녀를 유혹한 사람들은 그녀에게 재능이 많다는 칭찬을 퍼부어 대면서 그녀가 할 일은 단지 춤추는 것뿐이라고 말했다.

젭은 쾌속정을 일반 정박지로 몰고 갈 정도로 우둔하지는 않았다. 동료들은 어쩌면 두 명, 아니 경비원을 포함하여 세 명이 사라졌다는 사실을 이미 알아차리고서 동정을 살피며 배회하고 있을지도 몰랐다. 그는 해안에 있는 한 호텔 부두에 배를 댄 다음 경비원의 신분증으로 방을 하나 예약하고 복도로 통하는 입구를 확보할 때까지 그 아가씨를 장식용 분수대 뒤에 숨겨 놓았다. 그런 다음 담당자 코드를 작동시켜 물품이 잔뜩 들어 있는 침실로 몰래 들어갔다. 젭은 아가씨를 위한 옷 몇 벌과 자신이 입을 셔츠를 훔쳤다. 셔츠가 너무 작긴 했지만 소매를 걷어 붙였다. 그는 욕실 거울에다 비누로 위협적인 메시지를 휘갈겨써 놓았다. '나중에 다시 오겠다. 복수.' 그런 장소에 머물고 있는 인간 열 중 아홉에게는 자신을 향해 복수의 칼을 가는 난폭한 폭력배가 적어도 한 명은 있을 것이므로 옷장에서 사라진 품목에 대해, 또는 사라진 자동차 열쇠나 자동차에 대해 불평하지 않고 신속하게 호텔을 떠날 가능성이 충분했다.

그들이 충분히 먼 곳으로 도망쳤을 때 젭은 인터넷 카페를 찾아 들어갔다. 그곳에서 해킹을 통해 만든 경로를 타고 남몰래 숨겨 둔 0.09퍼센트 계정으로 들어가 뭉칫돈 한 덩어리를 다른 계좌로 이체하여 그 돈을 자신이 뽑아 쓸 수 있게 만들었다. 그렇게 한 다음 모든 흔적을 지워 버렸다. 그러고는 우연찮게 바로 사용할 수 있는 다른 승용차를 빌렸다. 사람들은 참으로 부주의했다.

거기까지는 좋았다. 그런데 문제는 그 아가씨였다. 그녀의 이

미친아담

름은 민타로, 유기농 껌을 연상시키는 이름이었다. 신선한 녹색. 그들이 탈출하는 동안 그녀는 흔들림 없이 확고한 자세를 유지했고 겁을 먹지도 않았으며 조용했다. 그런 상태가 오래 지속되지 못한 것을 볼 때 그녀는 필시 공황 상태에 빠져 있었던 것 같다. 정신적이었는지 아니면 신체적인 것이었는지 잘 알 수 없었지만 그녀는 안에서부터 붕괴되고 있었던 것이다.

민타는 그들이 거리나 상점에서 사람들 눈앞에 있을 때에는 괜찮았다. 잠시 동안은 정상적으로 행동할 수 있었던 것이다. 그렇지만 실내로 들어와 방에 있거나 자동차를 타고 북쪽과 서쪽으로 갈지자형으로 달려가는 내내 그녀는 두 가지 특별한 장기를 보이곤 했는데, 절망적으로 울어 대든지 아니면 우두커니 먼 산만 바라보는 것이었다. 텔레비전은 그녀의 관심을 끌지 못했고 섹스도 마찬가지였다. 그녀가 젭의 손길을 싫어하는 것은 충분히 이해할 수 있는 일이었다. 감사의 마음에서인지 아니면 값을 치르는 형태로 그러는 건지 알 수 없었지만 민타는 젭이 원하는 대로 그의 몸을 만져 주기는 했다.

"그래서 당신은 그녀의 그런 행동을 받아들였어요?"

토비는 목소리를 부드럽게 유지하면서 말한다. 어떻게 만신창이가 된 허약한 어린 소녀를 질투할 수 있단 말인가?

"아니, 생각해 봐. 그렇게 하는데 무슨 즐거움이 있겠어. 차라리 쇼핑몰에서 자위할 수 있는 매춘 로봇을 이용하는 게 더 낫지. 나로서는 그녀에게 그럴 필요가 없다고 말해 주는 게 더 재미있었어. 그렇게 말하니까 그녀는 내가 자신의 몸을 조금 껴안도록 허용해 주더군. 그렇게 하면 그녀를 진정시킬지도 모른다고 생각했는데 그녀는 오히려 몸을 부들부들 떨어 댔어."

민타는 이상한 소리를 듣기 시작했다. 까치발로 걷는 소리, 거친 숨소리, 절그렁거리는 쇳소리. 아무튼 그녀는 그들이 머물고 있던 지저분한 호텔방에서 나갈 때마다 무서워했다. 젭은 좀 더 고급스러운 숙소에 머물 수도 있었다. 그렇지만 깊숙한 평민촌, 그러니까 어두운 곳에 숨어 있는 것이 더 안전했다.

유감스럽게도 민타는 샌디에이고에 머물 때 발코니에서 뛰어 내림으로써 생을 마감했다. 그때 젭은 방에 없었다. 그는 그녀에게 커피를 사다 주려고 외출 중이었지만 군중이 모여드는 걸 보았고 사이렌이 울리는 소리를 들었다. 그것은 젭이 혹시라도 있게 될지 모를 조사를 피하기 위해 그 마을을 서둘러 빠져나와야 한다는 의미였다. 바꾸어 말하면, 물론 점차로 그런 일은 없어졌지만 혹시라도 행정 당국이 후속 조치를 취하기로 결정하게 된다면, 그의 인상착의가 살인 용의자 명단 맨 꼭대기에 오를 수 있다는 뜻이었다. 물론 민타는 신분증이 없었고, 젭은 호텔방에 자신의 물건은 하나도 남겨 놓지 않았다. 방에서 나올 때마다 그는 물건을 전부 가지고 나왔다. 그렇지만 보안 카메라가 어딘가 가까이에 있었을지 누가 알겠는가? 밑바닥 인생들이 사는 어둠의 땅 평민촌이니 그럴 가능성은 없었지만 혹시 모를 일이었다.

젭은 시애틀까지 올라갔고, 그곳에서 아담과 공유하는 비너스의 탄생의 전자 사서함을 신속하게 들여다보았다. 그에게 메시지가 하나 와 있었다. 네가 아직 몸속에 들어 있는지 확인 바람. 아담은 이따금 아버지 목사의 말투를 소름 끼칠 정도로 똑같이 따라했다.

누구의 몸속에? 젭이 답신을 올렸다.

그 말은 젭이 즐겨 하던 시시한 농담이었다. 이건 아버지 목사가 장례식에서 경건하게 '더 이상 몸속에 있지 않은' 이라고 말하는 것을 조롱하기 위해 그가 항상 써먹던 말이었다. 젭이 이렇게 농담으로 답한 것은 그의 흉내를 내는 어떤 바람잡이가 아니라 젭 자신이 실제로 이 답변을 썼다는 것을 아담이 알 것이기 때문이었다. 사실상 아담 역시 '몸속에 들어 있는가' 따위의 질문을 의도적으로 썼을 게 확실했다. 아담은 젭이 그런 농담할 기회를 그냥 넘어가지 않으리라는 것을 잘 알고 있었다. 반면에 가짜 젭이었다면 그저 곧이곧대로 답변했을 것이다. 대체로 아담은 커브 볼을 던지기 전에 예상 밖의 비틀기를 몇 차례 하는 선수였다.

젭이 선택한 다음 행선지는 화이트호스였다. 그는 리우에 있는 술집에서 베어리프트에 관한 이야기를 들었으며 어느 누구도 젭이 그곳에 가리라는 걸 예상하지 못할 것이기에 그곳이 숨어 있기에 안성맞춤인 장소라고 판단했던 것이다. 젭에게 풀어야 할 원한이 있는 핵소는 결코 생각해 내지 못할 장소였다. 그들은 다른 해커들의 주요 거점에서 그를 찾으려 들 것이다. 그리고 아버지 목사 역시 생각해 내지 못할 장소였다. 젭은 결코 야생동물에 대해 흥미를 보인 적이 없었기 때문이다.

"그래서 나는 황량한 매켄지산맥의 불모지로 들어가 곰 가죽을 뒤집어쓰고 또 산길을 따라 자전거를 타고 가는 사람에게 달려들어 빅풋 사스쿼치로 오인받게 된 거였어."

"그랬군요. 그들은 당신이 곰 가죽을 입고 있지 않았어도 그렇게 생각했을지도 몰라요."

"지금 날 비난하는 건가?"

"아니, 칭찬인데요."

"그건 좀 생각해 봐야겠군. 여하튼 나는 그런 식으로 결론이 난 게 별로 애석하진 않았어."

잠깐 다시 화이트호스로 돌아가자면, 그곳에 젭이 있었다. 몸을 깨끗하게 씻고 옷을 제대로 차려입고 있었으며 그런 일을 치렀다는 사실을 감안하면 올바른 정신 상태를 유지하고 있었다. 그는 베어리프트 본사 사람들이라든지 늘상 다니던 술집을 피하고 있었다. 왜냐하면 그 사람들은 젭이 죽었다고 생각했기 때문이었다. 무엇 때문에 부존재성이 가져다줄 수 있는 이점들을 포기하고 싶겠는가? 그래서 그는 모텔 방에 들어앉아 가짜 땅콩을 먹고 피자를 배달시키고 유료 프로그램을 시청하는 데 엄청난 시간을 보내면서 다음 행동을 궁리했다. 화이트호스를 떠나 어느 곳을 행선지로 잡을 것인가? 어떻게 나갈 것인가? 어떤 인물로 변신할 것인가?

그리고 여전히 풀리지 않는 궁금증이 있었다. 도대체 누가 척에게 바늘로 그를 찌르라고 시켰을까? 젭의 불행을 원하는 여러 팀 중에서 도대체 누가 척처럼 산뜻하게 옷을 차려입은 데다 챙이 넓은 솜브레로 모자를 쓰고 솜씨는 더럽게 없는 그런 놈을 골라서 독화살을 쏘라는 지시를 내렸을까?

차가운 음식

젭은 두 가지 상태로 존재했다. 하나는 실제적인 위장 모드로 가짜 이름을 쓰면서 그때그때 얼굴 형태를 바꾸는 것이었고 다른 하나는 헬리쏩터 사고로 바삭바삭하게 튀겨져 죽은 과거의 존재였다. 누군가는 이를 유감이라고 말할지도 모르지만 다른 사람들에게는 매우 편리했다. 그리고 젭 자신을 위해서도 마찬가지였다.

하지만 젭은 아담까지 자신이 죽었다고 생각하길 바라진 않았다. 베어리프트에서 망나니 행세를 할 때에는 오랫동안 통신 두절 상태였기 때문에 젭은 자신의 허위 사망 소식이 새어 나가기 전에 아담에게 연락할 필요성을 느꼈다.

젭은 비행사 헬멧, 푹신한 가짜 오리털 재킷, 그리고 선글라스를 포함하여 갖고 있던 옷을 모두 착용하고서 그 지역에 있는 인터넷 카페 두 곳 중 한 군데로 진출했다. 컵스 코너라는 이름의 깔끔한 그 카페에선 따분한 유기농 콩 음료와 설익은 거대한 머핀을 팔고 있었다. 그는 두 가지를 다 주문했다. 로컬 푸드를 먹는 것이 그가 세워 놓은 원칙이었다. 그런 다음 30분의 인터넷 사용 요금을 현금으로 지불하고는 전자 사서함을 통하여 아담에게 메시지를 보냈다. 어떤 멍청한 놈이 날 살해하려는 시도가 있었음. 제기랄, 모든 사람들이 내가 죽었다고 생각함.

10분이 채 지나지 않아서 답장이 왔다. 욕설을 포기하면 너의 소화 능력이 향상될 것임. 죽은 채로 지낼 것. 일할 기회가 있을 것 같음. 뉴뉴욕 지역으로 최대한 신속하게 이동한 후 연락 바람.

오케이, 직장 확인 아이디를 구해 줄 건가? 그가 회신했다.

그래, 기다리고 있겠음. 아담이 답변했다. 도대체 아담은 어디에 있었을까? 그에 대한 단서는 전혀 없었다. 그렇지만 그는 충분히 안전하다고 느낄 만한 곳에 정착한 게 분명했다. 그건 젭에게도 안도감을 주었다. 아담을 잃는 것은 마치 팔다리를 잃는 것과 같다. 그리고 정수리도.

젭은 모텔 방으로 돌아가 어떻게 뉴뉴욕으로 이동할 것인지 실행 계획을 꼼꼼히 생각해 보았다. 죽은 사람인 젭은 이것저것 끌어모아 임시 신분증을 만든 다음 트럭A필러 부품 수송차를 얻어 타고 캘거리 정도까지만 가게 된다면 운 좋게 총알기차를 탈 수 있을지 몰랐다.

그렇지만 주된 수수께끼가 아직도 젭을 괴롭히고 있었다. 도대체 누가 척을 통해 그를 붙잡으려 했을까? 그는 범위를 좁혀 보려고 애를 썼다. 무엇보다도 대체 누가 그의 행방을 알아낼 수 있었을까? 베어리프트에서 그를 지목했을까? 그때 젭의 이름은 데블런이었고, 그 전에는 래리였고, 또 그 전에는 카일이었다. 그의 모습은 별로 카일처럼 보이지 않았지만 때때로 이름과 실제 모습이 반대인 게 더 나을 때도 있었다. 그 이전에 사용한 이름도 최소 여섯 개는 됐다.

젭은 주로 회색시장보다 더 회색인 시장에서 신분증을 사들였는데 그 사람들로서는 그를 팔아 넘겨 봤자 아무런 이익도 얻지 못했다. 그들에게는 운영해야 하는 사업체가 있었고 고객의 신뢰를 지켜야 했으며, 여하튼 그들은 젭을 찾고 있는 구매자를 정확히 알아낼 능력이 없을 것이다. 그들에게 젭은 그저 숱한 도망자 중 한 명일 뿐으로, 악성 부채나 탐욕스러운 아내, 횡령죄, IP 도용죄 또는 편의점 털이를 저질렀거나 아니면 쇠지레를 든 복장 도착증 사이코 살인을 저지르고 도망쳤거나 아무 상관없었다. 그들은 뭐든 아랑곳하지 않았고, 이런저런 질문을 던져대면서 자신들에게 기준과 윤리가 있는 척했다. 아동 학대범은 절대 취급 안 하네 어쩌고. 그래서 젭은 그들 모두가 헛소리라는 것을 빤히 아는 개소리를 줄줄 늘어놓곤 했다. 그러면 그들은 "현금 좀 봅시다."라는 의미로 "기쁘게 도와드리겠습니다." 등의 개똥 같은 소리로 응대하는 것이 의례적이었다.

그러니까 어느 사이버 탐정이 겹겹이 껴입은 젭의 가짜 껍질을 벗기려 한다면 이는 상당한 재원을 제공받았다는 의미일 터였다. 그들이 정확하게 어디를 찾아야 할지 몰랐다면 그는 자신이 걸어온 자취를 그런대로 잘 감춰 놓았다는 뜻이었다. 그렇다면 그를 찾으려는 자는 누구든 강력한 동기가 있어야만 할 것이다.

젭은 리스트본즈 회사는 거의 제외시켰다. 왜냐하면 누설된다 하더라도 그들에게 크나큰 타격을 줄 만한 것을 젭이 갖고 있지 않았기 때문이다. 투표 집계기를 해킹하는 것은 공공연한 비밀이었다. 소위 언론이란 곳에서 불평의 소리가 터져 나오긴 했지만 예전의 투표용지 시스템으로 되돌아가고 싶어 하는 사람은 정말이지 한 명도 없었을 뿐만 아니라 그 기계를 소유한 기업체는 승자를 선택했으며, 은밀히 홍보 일을 해 주었다며 사례금을 받았다. 거기에 대해 지나칠 정도로 반대를 많이 하는 사람들은 모든 사람들의 재미, 그러니까 심지어 재미를 전혀 누리지 못했던 사람들의 재미까지도 망치겠다고 작정하고 덤벼드는 뒤틀린 빨갱이라고 중상모략을 당했다. 다른 사람들의 재미를 망친 대가로 그들은 나중에 하늘에서 재미를 누리게 되었을 수도 있었다.

결론적으로 젭은 리스트본즈 회사에는 전혀 위협적인 존재가 아니었다. 왜냐하면 그가 혹시라도 어떤 종류의 케케묵은 시민 사회 무리들을 분발하게 만들려는 시도를 했다 하더라도, 그의 말에 귀를 기울이려는 사람은 누구건 간에 헤르페스 균이 뇌로 들어가 말기 증상을 일으키는 것이라고 여겨질 터였기 때문이다. 만약에 젭이 제정신이 아니었다면 투표 조작이 얼마나 쉬운지를 보여 주기 위해 가상의 상원 의원을 하나 코딩한다든지 해서 투표 집계기를 두 번 해킹했을 것이다.

"그렇지만 당신은 미치지 않았잖아요." 토비가 말한다.

"시간만 있었더라면 그저 재미 삼아 그런 짓을 했을 수도 있었을 거야. 그랬다면 그건 나처럼 성미가 까다로운 키보드 천재들이 시스템에는 아무런 영향도 미치지 못하겠지만 단순히 자신의 반대 의사를 표명하기 위해 시도했을 법한 그런 덧없는 장난이 되었겠지."

"그렇다면 리스트본즈는 아니었네요. 그럼 혹시 핵소였을까요?"

"그들에게는 보복할 명분이 확실히 있었지. 그들의 경비원을 물고기밥으로 만들어 버린 데다가 보트를 훔쳤고 고통스러워하는 아가씨 한 명을 로빈 후드처럼 구해 냈잖아. 그렇지만 더 심각한 문제는 그들이 허술한 조직인 것처럼 보이게 만들었다는 점이었어. 그들은 나를 본보기로 만들고 싶었을 거야. 나를 쇠사슬에 묶어서 다리 같은 곳에다 매달아 놓고 내 다리 하나를 잘라서 피를 몽땅 쏟게 만드는 거지. 나를 흐물거리는 전시물로 만들어 버리는 거야. 그렇긴 해도 나를 홍보의 기회로 삼으려면 그들은 내가 그들에게 무슨 짓을 했는지 밝혀야만 했을 것이고, 그렇게 되면 그들 역시 체면을 잃게 되었겠지."

"어쨌든 나는 그들이 저 위쪽 화이트호스에 있는 베어리프트까지 나를 추적해 오는 모습을 상상할 수가 없었어. 그곳은 리우에서 아주 멀었을 뿐만 아니라 그들은 필시 화이트호스엔 눈과 이글루뿐이라고 생각했을 테니까. 만약에 그들이 그곳에 대한 생각을 조금이라도 했다면 말이지. 하지만 그것보다는 그 친구들을 위해서 일하는 사람 중에 척처럼 융통성 없는 놈을 한 번도 본 적이 없었어. 심지어 나는 그들이 같은 술집에 함께 앉아 있는 모습조차 상상할 수 없었지. 핵소 같은 유형의 사업체는 직원을 고용하기 전에 술집에 함께 가야 할 필요성이 있었는데 척은 적절한 인물이 아니었어. 척이 입고 있는 옷들은 최악이었으니까. 핵소 사람이라면 죽어도 그런 이상한 바지를 입은 친구를 고용하지는 않을 거야."

척에 대한 생각, 그러니까 구역질날 정도로 깨끗한 척의 모습을 생각하면 할수록 젭은 점점 더 바로 그게 열쇠였다는 생각을 하게 되었다. 역겨울 정도로 알랑거리면서 친근감을 표시하고 백색의 가짜 치아를 내보이는 상냥함…… 그는 반석석유 교회의 일원임에 틀림없었다. 하지만 아버지 목사와 그의 짝패들, 심지어 고용된 전문가 친구들일지라도 젭이 엮어 놓은 그 모든 그물망을 꿰뚫고 그의 뒤를 추적했을 수가 없었다. 제기랄, 절대로 그럴 수는 없었다.

그래서 젭은 전체를 거꾸로 바라보아야겠다고 생각했다. 아버지 목사, 교회 전체, 그들과 항상 친하게 붙어 다니는 열매파 같은 유명한 종교 집단, 그리고 그들의 정치적 동지들, 그 모두가 극성스러운 환경 보호론자들을 강력하게 반대하는 사람들이었다. 그들의 광고를 보면 수리남 두꺼비 또는 거대한 백상어와 같이 특별히 혐오감을 주는 멸종 위기종과 나란히 특별히 귀여운 금발 소녀의 모습을 보여 주면서 슬로건을 말한다. '이것인가? 아니면 저것인가?' 수리남 두꺼비가 번성할 수 있으려면 모든 귀여운 금발 소녀들은 목이 잘려 나갈 위험에 처할 수밖에 없다는 암시였다.

더 나아가 데이지 꽃 향기를 좋아하는 사람이 냄새 맡을 데이지 꽃을 들고 수은이 없는 물고기를 먹으면서, 그들이 마시는 물에 들어 있는 독성 폐기물 때문에 눈이 셋인 아이가 태어나게 되는 것을 반대한다면, 그 사람은 미국적 삶의 방식과 동일체인 신의 거룩한 기름을 고의적으로 방해하기로 작정한 악령에 사로잡힌 사악한 어둠의 자식이었다. 게다가 베어리프트는 불분명한 추론과 서투른 전달 시스템에도 불구하고 더 많은 기름이 발견되거나 아니면 일반적인 고장, 유출, 은폐 행위가 있더라도 기름이 파이프로 수송될 수 있는 지리적 영역에 위치하고 있었다.

그러니 아버지 목사 주변 사람들은 자연스럽게 베어리프트에 침투하고자 시도했을 것이다. 베어리프트는 직원으로 누구를 받아들일 것인가에 대해 전혀 까다롭게 굴지 않았다. 척은 정말 반석석유 교회의 신도였던 게 분명했다. 그들은 척을 그곳에 보내 빌어먹을 모피새끼들을 계속해서 감시하고 그들이 만들어 내고 있는 폐해에 대해 보고하도록 지시했을 것이다. 척은 특별히 젭을 찾고 있었던 것은 아니었을지도 모른다. 하지만 우연히 젭을 발견했을 때 척은 당연히 그를 알아보았을 것이었다. 당시에 척은 아버지 목사와 아주 가깝게 지내던 사이여서 함께 찍은 가족사진을 보았을 것이다. 이 녀석은 은혜를 모르는 배은망덕한 아들이지. 반면 너는…… 내가 갖고 싶었던 아들이었어. 한숨 소리. 아쉬워하는 미소. 손을 어깨에 얹고. 나지막한 목소리. 남자답게 토닥이기. 그런 식이었을 것이다.

나머지 상황은 다음과 같이 진행되었을 것이다. 척의 고자질 보고서, 아버지 목사로부터의 지시 사항들, 의식을 잃게 만드는 바늘을 획득하기, 실패로 끝난 헬리쇼터에서의 시도. 불타는 잔해.

여기에 이르렀을 때 젭은 다시 한번 분노가 치밀어 올랐다.

젭은 다시 옷을 모두 차려입고 다른 메시지들을 한바탕 보내기 위해 힘차게 발걸음을 옮겼다. 이번에는 시내에 있는 프레스토섬즈라는 다른 인터넷 카페를 이용했는데 미니 쇼핑몰에 위치하고 있는 이 카페는 좀 더 초라했다. 그것은 '진짜 느낌'이라는 이름의 햅틱 피드백이 있는 원격 섹스숍 바로 옆에 있었다. "진짜 느낌, 진짜 거래! 안전 보장! 스릴 만점, 방출 만점, 미생물 없음!" 하지만 그는 과거에 대한 향수를 꾹 눌러 담고 '진짜 느낌' 상점을 지나 섬즈로 걸어 들어가 단말기를 사용하기 시작했다.

제일 먼저 젭은 반석석유 교회의 최상위 장로에게 메시지를 보냈는데, 거기에 목사의 횡령 자료를 첨부하면서 실제 현금은 카나리아 제도의 그랜드케이맨 은행 계좌에서 찾을 수 없을 것이라는 사실을 알려 주었다. 왜냐하면 실제로 그곳에 계좌가 있긴 있지만 트루디의 바위 정원에 묻혀 있는 금속 상자 속에 주식의 형태로 들어 있기 때문이었다. 그는 장로에게 목사가 무장을 하고 있어서 위험할 수 있으니까 삽을 가진 남자 여섯 명뿐 아니라 전기 충격기로 무장한 보안 팀도 함께 데리고 갈 것을 권유했다. 젭은 메시지에 '아르고스'라는 이름으로 사인했다. 그리스 신화에 나오는 100개의 눈이 달린 거인, 그가 바로 젭 자신이었다. 비너스의 탄생을 관리하는 똑같은 사이트에 아르고스의 그림들이 올려져 있었다. 눈이 100개 있다는 것은 미적 관점에서 보면 매력적일 수 없었다. 거기에는 젖꼭지가 100개나 되는 여신의 그림도 있었지만, 그 또한 많은 것이 언제나 더 좋은 것은 아니라는 사실을 극명하게 보여 주는 또 하나의 예였다.

곧 닥쳐올 목사의 저녁 시간을 엉망으로 만든 다음(젭의 희망 사항이었다.) 그는 케이맨 은행에 있는 목사의 비밀 계정에서 돈을 몽땅 훔쳐 냈다. 목사가 자신의 지시 사항들을 잘 따르면서 그걸 건드리지 않고 그냥 내버려 두었는지 확인하기 위해 젭은 여행하는 동안 내내 이따금씩 목사의 계정을 살짝살짝 엿보았다. 아, 그래, 그것 모두가 여전히 그곳에 있었다. 그는 아담을 위해 릭 바틀비라는 이름으로 만들어 두었던 계정으로 전액을 옮겼다. 그리고 바틀비를 위해 설득력 있는 신분도 만들어 놓았다. 릭이라는 인물은 뉴질랜드 크라이스트처치에 사는 장의사였다. 젭은 아담에게 비너스의 오른쪽 젖꼭지로 들어가면 계좌 번호와 비밀번호와 함께 깜짝 놀랄 일을 발견할 것이라고 쓴 메시지를 남겨 놓았다. 아담이 마침내 젖꼭지를 클릭하는 모습을 상상만 해도 신이 났다.

젭의 생각으로는 베어리프트에다 메시지를 보내더라도 별 지장이 없을 것 같았다. 그들에게 척이 침투했던 사실을 알려 주는 게 좋을 것 같았다. 그러니까 특별히 주머니가 너무 많이 달린 새 옷을 입고 난데없이 나타나 엉덩이를 빨아 댈 정도로 상냥한 아첨꾼들에 대해서는 더 많은 뒷조사를 해야 할 필요가 있다는 걸 어쩌면 그들이 깨닫게 되지 않을까. 제기랄, 어찌 생각하면 그들 자신들만큼 다른 모든 사람들도 그들의 빌어먹을 방식을 매력적이라고 생각하지 않는다는 사실에 대해 베어리프트의 주의를 환기시키는 것도 좋을 듯싶었다. 젭은 메시지를 보내면서 '빅풋'이라고 사인했는데, 보내기를 누르자마자 곧바로 후회했다. 너무나 많은 힌트를 제공했던 것이다.

그런 다음 젭은 쓰레기 같은 모텔로 돌아가 대형 평면 스크린이 있는 술집에 앉아 아버지 목사가 진행시켜 온 쇼가 어떤 결과를 가져올지 기다렸다. 아니나 다를까, 발견된 페넬라의 유골

조각들이 전국 방송 텔레비전 채널의 저녁 뉴스로 등장했다. 목사는 끌려가면서 얼굴을 손으로 가리고 있었다. 밀크셰이크만큼이나 달콤한 트루디는 자신은 아무것도 몰랐으며 그동안 내내 이토록 냉혹한 살인자와 살아 왔다는 게 얼마나 끔찍한 일인지 모르겠다고 말하며 눈물을 닦아 내고 있었다.

똑똑하게 행동하는걸. 트루디에게 점수를 줘야겠군. 트루디에게 책임을 돌릴 일말의 가능성도 없었다. 그때쯤 트루디는 남편의 비밀 금고에 대해 알게 되었을 게 분명했다. 장로들이 횡령 자금에 대해 그녀를 심문했을 것이기 때문이다. 그러고는 목사가 자신을 내칠 계획을 세우고 있었을 거라고 추측했을 것이다. 따스한 햇볕 속에서 마음 내키는 대로 미성년자들을 애무하거나 아니면 피부가 벗겨지도록 후려칠 수 있을 만한 해안의 안전 가옥으로 목사 혼자서 출발하면서 말이다. 물론 트루디 역시 그런 사실들을, 목사가 뒤틀린 사람이라는 걸 줄곧 알고 있었다. 그렇지만 그녀는 눈을 감은 채 그런 일을 모르고 있기로 마음먹었던 것이다.

젭은 또다시 겨울옷을 여러 겹 껴입고 컵스 코너로 걸어 올라가 그곳에서 아담에게 메시지를 보냈다. 아주 짤막하게, 체포에 대한 뉴스를 찾아볼 수 있는 웹페이지 주소만 보냈다. 그걸 보게 되면 아담은 분명 만족스러워 할 것이다. 아버지 목사가 일을 그만두거나 아니면 적어도 심각할 정도로 감봉 조치를 받게 되면 아담이나 젭이나 숨쉬기가 조금은 수월해질 것이기 때문이다.

하지만 젭은 화이트호스를 곧바로 떠나야 할 필요가 있었다. 형사 사법 시스템에서 일하는 사람들 또는 그들과 동등한 위치에 있는 사람들이 그가 반석석유 교회의 장로에게 보낸 메시지를 추적하려고 시도할 가능성이 있었기 때문이다. 그리고 그들이 성공하는 경우, 그들은 그다지 크지 않은 화이트호스 지역을 꼼꼼히 살펴보기 시작할 것이다. 엄밀한 의미에서 그들이 젭을 찾지는 않겠지만(그는 죽은 사람이었다.) 살펴본다는 것 자체가 모양새가 사나울 것이며 그들이 그의 위치를 십자형*으로 표시하는 데는 오랜 시간이 걸리지 않을 것이다. 어쩌면 그들의 작업이 벌써 끝났을 수도 있었다. 그는 그 점에 대해 좋지 않은 예감이 들었다.

그래서 젭은 모텔로 되돌아가지 않았다. 대신에 가장 가까운 고속도로에 있는 트럭A필러 부품 수송차 정류장으로 성큼성큼 달려가 트럭에 올라탔다. 일단 캘거리에 도착한 후에는 밀폐된 총알기차에 슬그머니 올라탈 수 있었다. 그리고 두세 차례 기차를 바꿔 탄 다음 '어쩌면 나는 방금 정말로 바보 같은 짓을 저지른 것 같아요.'라는 말을 할 수 있기도 전에 뉴뉴욕에 도착했다.

"정말로 바보 같은 짓이었어요?" 토비가 묻는다.

---

* 그래픽 입력 장비로 쓰이는 디지타이저 등에 붙어 있는 위치 지정 표시 .

"아버지 목사를 고발하고 그의 돈을 몽땅 움켜쥔 것이 어쩌면 그다지 똑똑한 짓은 아니었을 수도 있었어. 내가 정말로 죽은 게 아니라는 사실을 그가 알아차렸을 테니까. 복수에 대해 이런 말이 있는 것 알아? 복수라는 음식은 차게 해서 먹는 거라는 말. 그건 홧김에 복수를 해서는 안 된다는 뜻이야. 그렇게 하면 일을 개판으로 만들 게 분명하기 때문이지."

"하지만 당신은 그러지 않았잖아요. 개판으로 만드는 거요."

"거의 개판이나 마찬가지였어. 하지만 난 운이 좋았지." 젭이 말한다. "저것 좀 봐, 달이 떠오르는걸. 어떤 사람들은 저런 걸 로맨틱하다고 말하겠지."

과연, 저기 보인다. 동쪽 하늘에 나무 위로 달이 떠오르고 있다. 보름달에 가까운 달의 색깔은 거의 새빨갛다.

어째서 저 달을 보면 항상 놀라움을 느낄까? 토비는 생각한다. 달. 저 달이 떠오르리라는 것을 너무나도 잘 알고 있는데도 우리는 달을 볼 때마다 발걸음을 멈추고 서서 입을 다물게 된다.

자외선 헤드램프

뉴뉴욕은 저지주 해안에, 아니 이제 해안이 된 곳에 위치해 있었다. 올드뉴욕에는 더 이상 사람이 많이 살지 않았다. 물론 그곳은 공식적으로는 출입 금지 구역이라 임대도 불법이었다. 그런데도 소수의 거주자는 아직도 운에 기댄 채 위험을 무릅쓰고 침수되고 붕괴되어 가는 버려진 건물에서 기꺼이 살아가고 있었다. 그렇지만 젭은 그렇게 하지 않았다. 그에게는 물갈퀴 발도 없었고 죽고 싶은 마음도 없었다. 뉴뉴욕은 비록 낙원은 아니었지만 더 많은 사람들이 살고 있었기 때문에 사람들 눈에 띄지 않을 가능성이 더 컸으며 몸을 숨길 만한 곳도 더 많았다. 뒤섞일 수 있는 무리가 훨씬 많았다.

일단 그곳에 도착한 젭은 곧바로 소프트 프레즐이 그득히 진열된 겉만 번지르르한 인터넷 카페로 들어가 아담에게 도착했다는 메시지를 보냈다. 플랜 A 만세, 플랜 B는 무엇인가? 그런 다음 아담이 빌어먹을 어디에 있는지도 모르겠고 제기랄 무슨 꿍꿍이속인지 여하튼 세월아 네월아 답장을 보내는 데 늦장을 부리자 젭은 그저 열을 식히면서 조용히 기다렸다. 가장 최근에 아담에게서 받은 문자 메시지는 아주 간결했다. 곧 만나.

젭은 얼마 전까지만 해도 이용 가능했던 수영장에다 파티 룸까지 구비되어 있던 스타버스트라는 상류사회의 콘도 단지로 숨어들어 갔다. 아마도 불꽃놀이를 본떠 지은 이름인 것 같다. 하지만 지금은 새까맣게 타 버린 항성 간 잔해를 연상시킬 뿐이었다. 스타버스트는 얼마 전에 반감기*에 도달했다. 한때 고가 제품이었던 소용돌이 장식의 철문은 주로 개들이 오줌 싸는 구역이 되어 버렸고 곰팡이가 피고 물이 새는 건물들은 공간을 분할해 아파트로 바꾸어 임대해 주고 있었다. 이곳에 머무는 손님들은 마약상들과 마약 중독자들, 도로 청소원과 술주정뱅이, 창녀들과 다단계 사기의 야반도주자와 앞잡이, 협잡꾼들과 임대 사기꾼들로 모두가 서로에게 기생하면서 산호초 생태계를 이루고 있었다.

그러는 동안 스타버스트 소유주들은 꼭 필요한 수리를 기피하면서 다음번 회전 주기를 기다리고 있었다. 첫 번째로는 지나칠 정도로 활기가 넘치고 세상에 원망이라든지 이 세상을 바꿀 수 있다는 자기기만으로 가득 찬 저급한 예술가들이 몰려들 것

---

* 半減期. 본래는 물리학 용어지만 여기서는 쇠퇴하기 직전의 왕성한 시기라는 비유적 의미로 사용되었다.

이다. 그다음으로는 윤기가 번지르르 흐르는 추잡한 바람이 그들에게도 영향을 미치기를 바라며 새롭게 출발한 디자이너들과 그래픽 회사들이 들어오고, 그 후에는 유전자를 판매하는 의심스러운 점포와 유행을 따르는 포주들 그리고 사이비 미술관과 최신 유행하는 레스토랑의 개업식이 뒤따르게 되어, 드라이아이스와 실험실 고기와 퀸*을 사용한 분자 요리, 그리고 점점 줄어들고 있는 생물종으로 대담하게 만든 자그마한 고명이 등장할 것이다. 그런 곳에서는 찌르레기의 혀를 넣은 파이가 최신 유행이었다. 스타버스트 소유주들은 필시 일부 슈퍼 기업체를 통해 끌어모은 현금을 가지고 부동산으로 장난치고 싶어 하는 친구들일 가능성이 컸다. 일단 찌르레기 혀를 넣은 파이 단계가 성과를 얻게 되면, 그들은 쇠락하고 있는 임대 아파트를 허물어 버리고 정해진 유효 기간이 있는 상류층 대상의 새로운 콘도 단지를 세울 것이다.

하지만 아직까지 스타버스트는 그런 달콤한 구역이 아니었다. 그래서 그곳에서 자신의 일만 신경 쓰면서 어기적거리고 다니는 한 젭은 아주 안전했다. 그러면 사람들이 그를 보게 되더라도 그저 뇌가 손상된 마약중독자에 불과하다고 여길 것이다. 젭은 사람이건 사건이건 간에 절대로 가까이 하지 않았다. 왜냐하면 그는 척 같은 스파이를 끌어들이고 싶지 않았기 때문이다.

---

* 버섯으로 만든 고기 대용 식재료.

아버지 목사에 관한 뉴스를 몇 개 읽어 보니 목사는 비록 재판을 기다리고 있긴 했지만 보석금을 내고 감옥에서 나왔으며 자신의 결백에 대한 성명서를 발표하였다는 사실을 알 수 있었다. 목사의 주장에 의하면 반종교적인 반석유 좌파 도당들이 성자 같은 자신의 첫 번째 아내 페넬라를 납치, 살해하고는 그녀가 부도덕한 생활을 즐기려고 도망쳤다는 악의적인 소문을 퍼뜨렸으며 자신은 그들이 꾸민 음모의 피해자에 불과했다. 게다가 목사 자신은 그 소문을 진짜라고 믿고 있었기에 그것은 지속적인 고문이었다. 목사는 이 악랄한 도당이 오로지 그의 명성을 더럽히고 거룩한 석유 자체의 명성을 훼손할 목적으로 페넬라의 시체를 목사의 뜰에 파묻은 것이라고 주장하고 있었다.

그러니까 보석 중인 아버지 목사는 자기 집에서 살고 있을 것이므로 반석석유 교회의 네트워크에 접근이 가능할 것이다. 횡령 혐의 때문에 목사를 기피하는 진짜로 충실한 성도들은 제외하고 그는 좀 더 냉소적인 진영, 그러니까 돈벌이를 위해 교회에 발을 들여놓은 사람들에게 접근할 것이다. 게다가 아버지 목사는 자신의 바위 정원에서 식물 영양분으로 바뀌고 있는 페넬라의 측은한 뼈들에 관한 정보를 제공했을 만한 사람에 대하여 깊은 의심을 품고 있을 것이므로 악의에 불타는 차가운 복수심이 철철 넘치고 있을 것이다.

한편 절호의 기회만 노리던 트루디는 자서전에 쓰일 법한 비탄의 소리를 팔아 대며 온라인 인터뷰를 숱하게 해 대고 있었다. 그녀는 결혼할 당시 목사가 더 큰 선을 위해 헌신하는 홀아비라고 확신했다. 기막히게도 그 때문에 그녀는 그동안 목사에게 얼마나 많이 속아 왔단 말인가. 그뿐 아니라 남편의 경건한 사역의 동반자로 일하면서 페넬라의 아들인 어린 아담에게 정말로 좋은 엄마가 되기를 얼마나 원했던가. 그 젊은이는 무척이나 민감한 청년이기 때문에 그를 찾아낸다는 것은 불가능할 것이며 그 청년이 자기만큼이나 세간의 이목이 쏠리는 것을 싫어한다는 건 전혀 놀랄 일이 아니다. 목사의 살인자적 본성이 사실이라는 것을 깨닫고 얼마나 엄청난 충격을 받았던지! 비록 당시에는 실제로 어떤 일이 일어났었는지 전혀 몰랐긴 하지만, 그런 사실을 알게 된 후로 트루디는 정말이지 페넬라의 영혼을 위해 계속해서 기도했고 용서를 빌었다고 했다. 왜냐하면 다른 모든 사람들과 마찬가지로 트루디 자신은 페넬라가 어떤 쓰레기 같은 텍사스-멕시코인이나 그런 종자와 눈이 맞아 도망갔다는 이야기를 사실로 믿었기 때문이다. 그녀는 자신이 그토록 그릇되게 페넬라를 비난해 왔다는 사실에 부끄러워 몸 둘 바를 모르겠다고 말하고 있었다.

그리고 이제 트루디 자신의 교회 신도들 중 일부, 그녀가 형제자매로 생각했던 사람들이 그녀와 말 섞기를 거부하고 있을 뿐만 아니라 심지어 그동안 유혈과 폭력이 난무하고 절도를 일삼았던 목사의 활동에 그녀 역시 동참했다고 비난까지 하고 있다. 그녀는 오로지 믿음에 매달려 이런 시험과 괴로운 시련을 견뎌 내고 있으며 잃어 버린 그녀의 아들 제블런(젭)을 그저 잠깐이라도 볼 수 있기를 갈망했다. 사랑하는 그 아들은 옆길로 새 나갔는데, 그의 아버지가 어떤 사람인가를 생각해 보니 절대로 놀라운 일이 아니었다. 하지만 그녀는 이 아들이 어디에 있건 그를 위해 계속해서 기도했다.

트루디가 그렇게도 보고 싶어 하는 그 아들은 계속해서 잃어 버린 아들로 남기로 굳게 마음먹었다. 물론 눈물을 짜내고 있는 트루디의 온라인 연극 중 하나로 해킹해 들어가 유령의 목소리를 가장하여 환청처럼 그녀를 맹렬히 비난하고 싶은 유혹이 엄청나긴 했다. 젭은 대단한 DNA를 물려받은 셈이다. 아빠로부터는 사이코패스적 사기꾼 기질을, 재물에 대해 강박적 애착을 보이는 엄마로부터는 이기적인 거짓말쟁이 기질을 물려받았다. 그는 오로지 트루디가 나르시시즘과 탐욕 이외에도 아버지 목사를 보기 좋게 속여 넘기고 원예용 도구 창고에서 얼굴빛이 검은 이방인과 은밀히 놀아난 문란한 바람둥이였기를 바랄 수밖에 없었다. 만약에 그렇다면, 젭에게 한층 더 의심스러운 재능을 물려준 사람은 어쩌면 이름도 모르는 그의 진짜 아버지, 어쩌면 반지와 팔찌를 끼고 있는 상류층 고객들의 아내들과 외도를 일삼는 뜨내기 정원사였을 것이다. 그래서 젭이 여자를 홀리는 능력과 현실과 가상의 창문 모두를 들락날락하는 재주를 타고난 거겠지. 또 신중함이 용맹함의 핵심일지니 하는 류의 고전적 용기도. 그리고 익명성의 망토를 뒤집어쓰는 수상쩍은 재능도 거기서 물려받았을 것이다. 물론 이것은 언제나 통하는 재능은 아니었지만.

　어쩌면 그런 이유 때문에 아버지 목사가 젭을 그토록 증오했는지도 모르겠다. 목사는 트루디가 그를 뻐꾸기 남편으로 전락시켰다는 사실을 알고 있었지만 두 사람이 땅을 파는 행위를 함께했기 때문에 아내에게 직접적으로 앙갚음을 할 수가 없었던 것이다. 목사는 트루디를 살해하든지 아니면 단정치 못한 그녀의 품행을 참아 내야만 했다. 젭이 과거에 목사의 DNA를 약간, 머리카락 몇 가닥 또는 잘라 낸 발톱을 훔쳐 낼 생각을 할 수 있었더라면 유전자 검사를 해서 자신의 마음을 가라앉힐 수 있었을 텐데. 아니, 그래도 가라앉히지 못했을까. 이렇건 저렇건 간에 젭은 적어도 자신의 혈통에 대해서만은 확실하게 알 수 있었을 것이다.

　하지만 아담에 대해서는 의심의 여지가 없었다. 그는 명확할 정도로 아버지 목사와 닮은꼴이었다. 물론 페넬라 덕분에 개선된 면은 있었다. 그 가련한 아가씨는 필시 선한 일을 하면서 사람들을 도와주기를 갈망했던 경건한 유형이었을 것이다. 매니큐어도 전혀 한 적이 없는 볼품없는 손, 귀 뒤로 넘겨 하나로 묶은 헤어스타일, 장식 하나 없는 흰색 팬티. 무방비 상태로 앉아 있는 손쉬운 귀염둥이 아가씨. 이 비뚤어진 목사는 분명히 페넬라가 자신에게 귀중한 조력자가 될 것이며 그 일은 고귀한 소명이라는 생각을 그녀에게 주입시켰을 것이다. 물론 목사는 주님의 종인 자신의 사역을 도우려면 그녀가 기쁨과 즐거움은 포기해야 할 것이라고 납득시켰을 것이지만 말이다. 젭은 목사가 여자들의 오르가슴에 대해서는 절대로 인내심을 발휘하지 않았을 거라고 추측했다. 쓰레기 같은 섹스, 그들 두 사람은 틀림없이 그런 관계를 맺었을 것이다.

젭이 이런 생각들을 품게 된 것은 그가 숨어 있던 눅눅한 스타버스트 콘도에서 낮 시간에 텔레비전을 시청하거나 얼룩지고 울퉁불퉁한 매트리스 위에서 이리저리 뒤척이며 부실하게 잠긴 문밖에서 들려오는 고함 소리나 비명 소리에 귀 기울이고 있을 때였다. 야성적 충동, 약물로 인한 환락, 증오, 공포, 광기. 비명에도 단계적 차이가 있었다. 중간에 중단되는 소리들은 걱정해야만 하는 것들이었다.

마침내 아담에게서 연락이 왔다. 약속 장소의 주소, 시간 그리고 착용할 의상에 대한 몇 가지 지침이 있었다. 빨간색은 절대 안 되고 오렌지색도 절대 안 되고 가능하면 무늬가 없는 갈색 티셔츠면 좋겠다고 했다. 녹색도 절대 안 되었다. 왜냐하면 그건 정치적인 색깔로 열렬한 환경보호론자들에 대한 앙갚음을 나타내기 때문이었다.

주소는 뉴 아스토리아 지역에 있는 평범한 행복한컵 카페였는데, 반쯤 물에 잠기고 위험할 정도로 불안정한 해안가의 건물들과 많이 가깝지는 않은 곳이었다. 젭은 장식이 지나치게 조잡

한 작은 테이블 뒤로 비집고 들어가 유치원을 연상시키는 아주 자그마한 의자에 앉았다. 심지어 젭이 유치원생일 때도 그에게는 작았을 법한 의자였다. 젭은 행복한카푸치노를 세월아 네월아 마시고 기운을 북돋기 위해 에너지 바 반쪽을 먹으면서 이번에는 아담이 어떤 타구를 던질지 궁금해하고 있었다. 그는 젭을 위해 마련해 놓은 일거리를 들고 나타나겠지. 그게 아니라면 아담은 만나자는 연락을 해 오지 않았을 것이다. 하지만 어떤 종류의 일일까? 벌레 잡는 사람? 개 사육장의 야간 경비원? 아담은 어디서 어떤 식으로 접촉 체계를 구축해 놓았을까?

아담이 두 사람의 만남에 중개인을 활용할지도 모른다는 암시를 주었기에 젭은 안전이 걱정스러웠다. 그들 두 사람은 서로를 제외한 다른 사람들을 신뢰하는 문제에 있어서 항상 조심해 왔다. 맞다, 아담은 신중하게 행동할 것이다. 그러나 그는 무척이나 꼼꼼하긴 했지만 바로 그런 체계적인 성향 때문에 그의 정체가 드러날 수도 있었다. 유일하게 확실한 위장은 예측 불가능한 방식으로 행동하는 것이었다.

젭은 비좁은 의자에 앉아 중개인을 알아챌 수 있기를 바라면서 실내로 들어오는 고객들을 한 명 한 명 유심히 살펴보았다. 홀터넥 상의를 입고 스팽글이 달린 뿔 세 개짜리 머리 장식을 하고 있는 저 금발의 양성자일까? 젭은 그 사람이 아니기를 바랐다. 아니면 바지 자락이 엉덩이 사이에 낄 정도로 몸에 딱 맞는 크림색 반바지에다 폭 넓은 복고풍 벨트를 하고서 껌을 씹고 있는 저 토실토실한 여자인가? 그녀는 너무나 멍청해 보였다. 물론 아가씨들의 경우에 백치미는 실패할 염려가 거의 없는 위장이 될 수 있었다. 그도 아니면 언젠가는 여드름투성이 친구들로 가득한 강당을 향해 기관총을 갈길 것 같은, 괴짜처럼 보이는 저 온화한 소년일까? 아니다, 저 친구 역시 아니었다.

그런데 갑작스럽게 짜잔! 아담이 직접 그 자리에 모습을 드러냈다. 방금 전만 해도 비어 있던 맞은편 의자에 떡하니 앉아 있는 아담의 모습을 보는 순간 젭은 깜짝 놀랐다. 혼령과 소통하는 사람의 몸에서 나와 혼령이 형체를 가질 수 있게 해 준다는 심령체 같았다고나 할까.

아담의 모습은 빛과 그림자로 색이 바래고 있는 여권 사진 같았다. 마치 죽었다가 살아 돌아온 사람 같았다. 아담에게 빛을 발하는 눈알 같은 것이 있는 것만 같았다. 그가 입고 있는 티셔츠는 베이지색이었고 야구 모자에는 슬로건이 하나도 적혀 있지 않았다. 범생이들처럼 따분하게 일만 하다가 잠깐 휴식을 취하는 비밀 공제 조합의 회원이나 물에 빠지고 있는 드론처럼 결딴날 운명에 봉착한 어떤 창업 프로젝트에 대해 논의하고 있는 사람들처럼 보이기 위해서인지 아담은 자신이 마실 행복한모카를 벌써 사 들고 앉아 있었다. 행복한모카와 아담은 어울리지 않았다. 젭은 호기심이 발동했다. 아담이 실제로 저런 음료수를 단 한 번이라도 마셔 본 적이 있을까. 저토록 불순한 물질을.

"목소리 높이지 마."

아담의 입에서 처음으로 나온 말이었다. 젭의 인생에 다시 끼어든 지 채 2분도 지나지 않았는데 그는 벌써 명령을 내리고 있었다.

"제기랄, 난 소리라도 지를까 생각하고 있었는데."

욕설을 입에 담지 말라는 말이 나오기를 기다리며 한 말인데 아담은 그런 미끼를 덥석 물지 않았다. 젭은 그를 빤히 쳐다보았다. 뭔가 다른 점이 느껴졌다. 아담의 눈은 그저 예전처럼 둥글고 푸른색이었는데 머리칼 색깔이 옅어졌다. 머리가 벌써 하얗게 세고 있는 것일까? 턱수염도 새롭게 기르고 있었는데 그것 역시 연한 색이었다.

"형을 만나니 반가운걸." 그가 덧붙였다.

아담은 미소를 지었다. 미소가 잠깐 스쳤다고나 할까.

"넌 샌프란시스코 근처에 있는 건강현인 조합으로 가게 될 거야. 데이터를 입력하는 사람으로 말이지. 그렇게 주선해 놓았어. 그러니까 여기에서 나갈 때 네 왼쪽 무릎 옆에 놓여 있는 쇼핑백을 집어 들고 가면 돼. 너한테 필요할 물품이 거기에 다 들어 있으니까. 넌 신분증에 넣을 지문이나 스캔을 구해야만 할 거야. 그걸 구할 수 있는 주소가 그 안에 들어 있어. 그리고 옛날 신분증은 폐기 처분해야 해. 온라인에 있는 정보는 모두 삭제해 버려. 하기야 이런 이야기까지 할 필요는 없겠지."

"그건 그렇고 도대체 그동안 어디에 있었어?" 젭이 물었다.

아담은 사람을 미치게 만드는 성자 같은 방식으로 특유의 미소를 지었다. 물론 그런다고 버터가 녹아내릴 리 없었다. 지금까지 한 번도 녹은 적이 없었으니까.

"비밀이야. 다른 사람들이 연루되어 있거든."

바로 저런 식의 말투 때문에 그의 침대 속에다 징그러운 두꺼비를 집어넣고 싶었던 것이다.

"그래, 맘대로 해라. 그건 그렇고 건강현인 조합은 뭐고 또 나한테 그곳에 가서 뭘 하라는 거야?"

"그곳은 복합 단지야." 아담이 말했다. "연구와 혁신. 의학적 치료용 약품, 예를 들면 강화된 비타민 보충제, 유전자 변형 접합과 유전자 향상을 위한 자료들, 특히 호르몬의 혼합 및 모의 실험 장치가 있어. 거긴 아주 힘 있는 기업체야. 최고의 두뇌들이 많이 모여 있어."

"그런 곳에 어떻게 날 집어넣었어?"

"새로 사귄 친구들이 몇 명 있거든." 난 너보다 더 많은 것을 알고 있어라는 식의 미소를 계속 유지하면서 아담이 말했다. "그들이 네 뒤를 봐줄 테니까 넌 안전할 거야."

그는 젭의 어깨 너머를 살펴보더니 자기 시계를 들여다보았다. 아니, 시계를 들여다보는 척했다. 젭은 아담의 그런 모습을 지켜보면서 괜찮은 속임수라는 것을 알았다. 아담은 그림자들을 점검하면서 방을 훑어보고 있었던 것이다.

"헛소리 집어치워. 형은 내가 형을 위해 뭔가 해 주기를 바라는 거잖아."

아담은 미소를 잃지 않았다.

"넌 자외선 헤드램프가 되는 거야. 일단 그곳에 도착하면 온라인으로 확인할 때 특별히 조심해야 해. 아, 그리고 전자 사서함을 새로 만들었고 그곳으로 들어가는 게이트웨이도 새로 만들었어. 전에 쓰던 사이트에는 두 번 다시 들어가지 마. 거긴 벌써 침해당했을 가능성이 크니까."

"자외선 헤드램프가 뭔데?"

젭이 물었다. 하지만 아담은 벌써 자리에서 일어나 자신의 베이지색 티셔츠를 매만진 다음 문 쪽으로 반 정도 가 있었다. 행복한모카 커피는 입도 대지 않았다. 그래서 친절하게도 젭이 아담 대신 커피를 들이켰다. 이곳 평민촌에서는 손님이 커피를 마시지 않은 걸 알게 되면 눈살을 찌푸리는 일이 일어날 수도 있었다. 이런 동네에서는 포주들이나 돈이 남아돌기 때문이었다.

젭은 서두르지 않고 스타버스트로 되돌아갔다. 그곳으로 가는 동안 내내 목 뒤에 난 털들이 쭈뼛 서 있었는데 자신이 감시당하고 있다는 게 너무나도 확실했기 때문이었다. 하지만 그를 습격하려고 시도한 사람은 없었다. 일단 자기 방에 들어선 다음 그는 최근에 구매했지만 마음에 들지 않으면 언제라도 내버릴 수 있을 만한 싸구려 휴대전화에서 '자외선 헤드램프'를 찾아보았다. '자외선'은 이번 세기로 들어와 첫 10년 동안에 만들어진 것 중에 가장 진기한 물품 중 하나라고 적혀 있었다. 왜냐하면 그것은 어둠 속에서도 우리를 볼 수 있게 해 주고 또 우리가 어둠 속에서도 어떤 물건들을 볼 수 있게 해 주기 때문이다. 안구. 치아. 하얀 침대 시트. 형광 헤어젤. 안개. '헤드램프'의 경우는 말 그대로였다. 자전거 가게에서 그것들을 판매했고 캠핑 장비 가게에서도 팔았다. 이제는 버려진 건물 내부 말고 다른 곳에 캠핑을 하러 가는 사람이 남아 있는 건 아니지만.

아담, 하늘만큼 땅만큼 고마워, 젭은 생각했다. 제기랄, 그건 정말이지 유용한 것이다.

그런 다음 그는 아담의 쇼핑백을 열었다. 그가 걸칠 새로운 꺼풀이 아주 산뜻하게 젭 앞에 놓여 있었다. 이제 그가 해야 할 일은 트럭A필러 부품 수송차를 타고 샌프란시스코로 가는 것이었다. 그런 다음 준비된 곳으로 기어들어 가면 되었다.

장내 기생충 게임

 아담의 준비는 철저했다. 쇼핑백 속에는 '본 다음엔 태워 버려 리스트'뿐만 아니라 현금이 가득 담긴 커다란 봉투가 들어 있었다. 젭의 가짜 통행증을 만들어 주기로 한 회색시장의 암거래 상인에게 지불하려면 어느 정도의 돈이 필요할 것이기 때문이었다. 신용카드도 들어 있었으므로 젭은 이것을 가지고 아담의 생각에 적합한 복장을 직접 구매할 수 있었다. 아담은 자세한 설명까지 곁들여 놓았는데, 촌스러운 범생이가 입을 만한 평상복으로 갈색 코듀로이 바지와 모노 톤의 티셔츠, 그리고 격자무늬 셔츠(갈색과 회색)와 그 무엇도 확대하지 못하는 테가 둥근 안경이라고 적어 놓았다. 신발에 관하여 아담이 추천한 품목은 젭이 축제에서 영국 민속춤을 추는 동성애자 아니면 로빈 후드 코스튬 세션에서 도망 나온 사람처럼 보이도록 만들어 줄, 고무 끈을 끝도 없이 교차해 묶어 놓은 운동화였다. 모자는 2010년대에 나온 스팀펑크* 중산모로 이런 게 다시 유행하는 중이었다. 하지만 아담은 도대체 이런 걸 어떻게 아는 거지? 지금까지 한 번도 패션에 관심을 보이는 것 같지 않았는데. 하지만 물론 무관심이 곧 관심일 수도 있었다. 아담은 남들처럼 입지 않으려고 다른 사람들의 옷차림에 주목했던 게 분명했다.

젭에게 지정해 준 이름은 '세스(Seth)'였다. 이건 아담이 만들어 낸 성경 스타일 농담이었다. 세스의 의미는 '지정되었다.'인데, 젭과 아담은 둘 다 성경에 나오는 주요 이름들과 이야기들을 나사 못을 돌려 박듯이 머리통 속에 밀어 넣어야만 했으므로 그 의미를 잘 알고 있었다. 세스는 아담과 이브의 셋째 아들로, 살해당한 아벨의 대리인으로 지정된 인물이었다. 하지만 아벨은 완전히 죽은 게 아니었다. 왜냐하면 그에게는 아직도 땅에서 울부짖고 있는 말하는 피가 있었기 때문이다. 그러니까 세스는 이 세상을 하직하고 사망한 것으로 추정되는 젭을 대신하는 인물이었다. 아담의 호의로 지정된 인물. 재밌어 죽겠다, 아주.

아담은 젭/세스에게 건강현인 단지에 들어가기 전에 새로 만든 대화방을 테스트해 본 뒤 그가 여전히 지구 위를 걸어 다니고 있다는 신호를 보내기 위해 일주일에 한 번은 반드시 대화방에 들어오라고 요구했다. 그래서 바로 그다음 날 젭은 자신의 위조문서에 집어넣을 지문과 홍채 스캔을 구하기 위해 우회로

---

* 전기가 아닌 증기 기관을 바탕으로 발전한 가상의 미래를 배경으로 삼은 대중문화 장르와 그 이미지를 차용한 패션.

미친아담

를 통하여 회색시장의 암거래 상인에게 가는 도중에 임의로 인터넷 카페를 선택하여 아담이 그를 위해 펼쳐 놓은 경로를 따라가 보았다. (젭이 빌어먹을 천치 바보라도 되는 양 암기한 다음 없애 버리라는 말이 쪽지에 적혀 있었다.)

가장 중요한 관문은 멸종마라톤이라는 이름이 붙은 생명과학 괴짜들의 도전 게임이었다. 미친 아담이 모니터하는 이 게임은 이렇게 말했다. 아담은 살아 있는 동물들의 이름을 지어 주었고, 미친 아담은 죽은 동물들에게 이름을 지어 줍니다. 게임을 하시겠습니까? 그래서 젭은 아담이 그에게 제공한 코드명인 유령곰과 구두장이라는 암호를 적어 넣었더니 자신도 모르는 사이에 게임 속에 들어와 있었다.

게임을 하는 사람은 상대가 제공해 준 모호한 단서들을 이용하여 멸종된 다양한 갑충이나 물고기, 식물, 도마뱀 등의 정체를 추측해 내야만 했다. 이미 멸종된 것들의 이름을 다시 점호하는 것이다. 그것은 정말이지 따분한 게임이었다. 심지어 시체보안회사 요원들도 이 게임을 하면 잠들 게 분명했다. 게다가 그친구들은 대부분의 답변에 대해 아무런 단서도 갖고 있지 못할것이다. 공정하게 젭에 대해서도 말하자면, 자신들이 한 수 앞섰다는 모호한 우월 의식을 지니고 있던 베어리프터들과 함께 시간을 보냈음에도 불구하고 젭 역시 그런 단서들을 갖고 있지 못했다. 베어리프터들이 본다면 스텔러바다소*에 대해 들어본 적이 없다고요? 정말입니까? 하고 말하고는 히죽 자기만족적 웃음을 흘렸겠지.

멸종마라톤에 접속해 5분만 지나면 자존심 강한 시체보안회사 요원이라도 비명을 질러 대며 술을 찾아 나설 것이다. 지루해 죽을 정도로 재미없는 이 게임은 변장할 때 멍청한 시선을 연기하는 것과 거의 같은 효과를 발휘했다. 게다가 그들은 그토록 개방되어 있고 별스럽게도 환경친화적인 것처럼 보이는 그런 장소에 뭔가가 숨겨져 있다고는 결코 생각해 내지 못할 것이다. 그 대신 그들은 유방 확대 수술 광고나 사무실 의자를 떠나지 않고도 온라인으로 이국적인 동물들을 총으로 쏠 수 있는 사이트들을 샅샅이 뒤져 댈 것이다. 아담에게 만점을 줘야겠는걸, 젭은 생각했다.

아담이 이 게임을 직접 디자인했다는 게 정말로 가능한 일일까? 운영자로 자신의 이름을 건 게임을? 지금까지 아담이 이처럼 동물에 대해 많은 관심을 보였던 적은 한 번도 없었다. 물론 이제 생각해 보니 창세기에 대한 아버지 목사의 해석을 아담이 은근히 경멸 어린 눈초리로 바라보던 모습을 본 적이 있긴 했다. 목사의 해석을 따르자면 신이 동물을 창조한 까닭은 오로지 인간들의 즐거움과 인간들 마음대로 사용할 수 있도록 해 주기 위해서였다. 그렇기 때문에 인간은 기분에 따라 동물을 몰살시킬 수가 있었다. 그러니까 멸종마라톤은 아담의 편에서 보면 안

---

* 바다소목 듀공과의 포유류로 18세기에 멸종되었다.

미친아담

티 목사 반란 계획의 일환이었던가? 어쩐 일인지 알 수 없지만 아담이 열렬한 환경보호론자들과 어울리게 되었나? 어쩌면 뇌를 손상시키는 환각 물질을 너무 많이 애용하던 중에 아담이 개종의 순간을 맞이하였고 또 나무 요정과 결합하게 되었을지 누가 알겠는가. 물론 그럴 가능성은 아주 희박했지만 말이다. 화학 물질을 가지고 모험을 감행했던 사람은 아담이 아니라 젭이었기 때문이다. 그렇지만 아담은 다른 누군가와 어울린 게 분명했다. 아담이란 인물은 자기 혼자서 이런 일을 성사시킬 수 있는 그런 사람이 결코 아니었다.

젭은 계속해서 경로를 따라갔다. 준비가 되었음을 알리기 위해 예스를 선택했더니 또다시 길을 알려 주었다. 환영합니다, 유령곰. 일반 게임을 하시겠습니까 아니면 다른 그랜드 마스터로 하시겠습니까? 두 번째를 선택해야 한다고 아담의 매뉴얼에 적혀 있었다. 그래서 젭은 그것을 클릭했다.

좋습니다. 게임방을 찾으십시오. 미친 아담이 그곳에서 당신을 만날 것입니다.

게임방으로 가는 길은 무척이나 복잡했는데 무해한 사이트 여기저기에 위치한 픽셀을 통하여 하나의 좌표에서 다른 좌표로 뛰어다녀야만 했다. 물론 그중 일부는 "무서운 부활절 토끼 사진 열 개", "역대 가장 무서운 영화 열 편", "10대 무서운 바다 괴물"처럼 흔한 리스트였고 대부분은 광고였다. 그렇게 돌아다니던 젭은 마침내 미친 게 분명한 보라색 헝겊 토끼 인형이 무릎 위에 공포에 질린 어린아이를 올려놓은 페이지에 이르렀고 토끼 이빨을 눌러 포털 사이트에 입장한 뒤 거기서 또 고전 공포 영화 「살아 있는 시체들의 밤」 원본 속 묘비 스틸 컷으로 이동했다. 그러고는 실러캔스*의 눈에 다다랐다. 그것을 누르자 마침내 대화방에 입장할 수 있었다.

미친 아담의 게임방에 오신 것을 환영합니다, 유령곰. 메시지가 도착했습니다.

젭은 메시지를 클릭했다.

안녕, 메시지가 말했다. 봐, 작동하잖아. 다음 주의 대화방을 위한 이 좌표들을 기억해 둬. A.

빌어먹을 미니멀리스트 같으니, 젭은 생각했다. 나한테는 아무것도 말해 주지 않을 작정이군.

젭은 아담이 추천한 복장 대부분을 구입했다. 부담스러운 신발과 둥근 안경은 빼고. 입던 옷처럼 보이게 하려고 젭은 바지와 셔츠에다 음식을 흘리기도 하고 그것들을 비벼 대 옷을 해트렸고 몇 차례 세탁기에 넣어 돌렸다. 그런 다음 이전에 입었던 옷들을 여러 쓰레기통에 나누어 버렸고 그가 머물렀던 스타버스트 방에서 그의 생체 흔적들을 가능한 한 전부 닦아 냈다.

굳이 채무자 수색원의 추적을 받을 일을 만들 필요가 없었으므로 젭은 스타버스트에서 돈을 다 지불하고서 대륙을 횡단하

---

* 5000만 년 전에 멸종된 것으로 알려졌지만 마다가스카르 근해에서 서식하는 것이 밝혀져 큰 화제를 모은 희귀한 물고기.

여 샌프란시스코까지 기나긴 여행을 했다. 그런 다음 아담의 지침을 따라 건강현인 조합으로 가서 신고하면서 자신의 가짜 서류들을 제시하였더니 얼굴이 토실토실하고 땅딸막한 사람이 그를 맞이해 주었다. 안녕 친구, 당신이 이곳에 오신 것을 환영해요. 편하게 지낼 수 있도록 우리가 도와줄 거예요. 그는 환영의 미뉴에트를 조잘거렸다.

젭의 출현에 딴지를 거는 사람은 아무도 없었다. 그는 도착했고 받아들여졌다. 윤활유처럼 매끄러웠다.

그는 건강현인 조합 안쪽에 있는 주거 타워에서 독신자 콘도를 배정받았다. 인테리어 디자인이 다소 검소하고 엄격해 보이긴 했지만 출입구 주변의 멋진 조경, 옥상 수영장, 그리고 배관과 전기 시설이 모두 작동하는 등 이곳에는 쇠퇴한 부분이 하나도 없었다. 방 안의 퀸 사이즈 침대는 제법 낙관적인 신호였다. 건강현인 조합의 세계에서는 독신이라고 해서 성관계를 하지 말라는 뜻은 아니라고 말해 주는 것 같았다.

작업 공간인 고층 건물에 구내식당이 있었는데 젭은 그곳에서 그의 소비를 기록하게 될 전자 카드를 발급받았다. 모두가 카드에 포인트를 갖고 있었으며 그것으로 메뉴에 있는 아무 음식이나 사 먹을 수 있었다. 음식은 그가 베어리프트에서 먹었던 것 같은 끈적끈적한 가짜 음식이 아니라 진짜 음식이었다. 음료에는 주류도 포함되어 있었는데, 적어도 음료수라면 그 정도는 기대할 수 있는 게 아니던가.

건강현인 여자들은 바빴으며 할 일이 많아서 잡담을 나눌 시간이 많지 않았다. 젭이 짐작하기에 그들은 저렴한 작업 멘트 따위는 조금도 용인할 것 같지 않아 그는 시도조차 하지 않았다. 젭은 개인적으로 연루되었을 경우에 발생할 수 있는 질문들 때문에 그 점에 대해 조심하기로 굳게 마음먹긴 했다. 그렇다고 해서 그가 돌로 만들어진 사람은 아니지 않나. 벌써 젊은 여자 두세 명이 그가 달고 있는 세스라는 이름표를 유심히 본 터였다. 건강현인에서는 이름표가 남들의 이목을 끌 수 있는 패션 액세서리였다. 그리고 그중 한 명이 젭에게 이곳에 새로 왔느냐고 물었다. 왜냐하면 그녀는 이전에 그를 본 기억이 전혀 없었기 때문이다. 하지만 그녀 역시 이곳에 온 지 얼마 되지 않는 직원이긴 했다.

그녀의 어깨가 약간 비틀리면서 덤으로 눈꺼풀이 가볍게 떨렸던가? 젭은 보통 크기인 가슴에 자리 잡고 있는 그녀의 이름표에 자신의 시선이 너무 오랫동안 가 있지 않도록 주의하면서 그녀의 이름을 읽었다. 마저리. 티가 날 정도의 유방 확대 수술이 건강현인 담장 안에서는 흔하지 않았기 때문이다. 마저리는 스패니얼 강아지처럼 뭉툭한 코, 갈색 눈, 순종적인 얼굴을 지니고 있었다. 젭은 평소 같았으면 작업을 걸었겠지만 그때는 상황이 상황이니만큼 그저 다음에 또 보자고 말했다. 그런 바람은 그가 갖고 있던 희망의 목록에서 윗자리를 차지하지는 않았다. 제일 윗자리는 '붙잡히지 않기'를 위해 남겨 두었다. 그렇다고 해서 그 소망이 맨 밑바닥에 위치한 것도 아니었다.

세스가 맡은 업무 내용은 지극히 초보적인 수준의 IT 종사자가 하는 일이었다. 다양한 흥밋거리 정보와 건강현인 두뇌광들이 고안해 내는 수없이 많은 정보들을 기록하고 비교하기 위해 만들어진, 지루하지만 편리한 소프트웨어 패킷을 사용하여 데이터를 입력하는 것이었다. 조금 미화시키자면 디지털 비서랄까, 그것이 젭이 하기로 되어 있던 일이었다.

세스가 담당한 업무는 특별히 어려운 것이 아니었으므로 그는 손가락 두 개만 가지고도 업무를 위해 할당된 시간보다 훨씬 빠르게 해낼 수 있었다. 건강현인 프로젝트 관리자들은 감독을 많이 하지 않았고 단지 새로 발표된 것이 빠지지 않도록 실시간으로 입력하기를 원했다. 한편 그는 아무런 방해도 받지 않고 건강현인 데이터뱅크에 들어가 이리저리 뒤질 수 있었다. 혹시 어떤 외부의 불법 복제자가 해킹을 시도하고 있지는 않은지 알아보기 위해 그는 자신만의 정보기술 보안 테스트들을 몇 가지 실행하였는데, 만약에 해킹 시도가 있다면 그것에 대해 알고 있는 게 상당히 유용할 것이기 때문이었다.

처음에는 명백한 흔적들을 하나도 발견하지 못했다. 그러던 어느 날 깊숙이 들어가 살펴보던 중에 젭은 어떤 걸 정확히 찾아냈는데, 그것은 마치 비밀 터널처럼 보였다. 그 터널을 통해 꿈틀꿈틀 기어 들어가 보니 젭은 타오르는 방화벽으로 둘러싸인 건강현인 단지 바깥세상으로 나와 있는 자신을 발견하게 되었다. 그런 다음 그는 비밀 경로를 타고 멸종마라톤 대화방으로 들어갔다. 메시지 하나가 그를 기다리고 있었다. 필요한 경우에만 사용할 것. 오랫동안 이용하지 말 것. 모든 흔적을 닦아 낼 것. A. 젭은 재빨리 로그아웃한 다음 자신의 흔적을 지웠다. 이 터널을 사용하고 있는 사람이 누구건 간에 다른 사람이 그것을 통해서 들어왔었다는 사실을 알아 낼 수 있을지 몰랐기 때문에 젭은 또 다른 포털을 구축할 필요가 있을 것이다.

혹시 누군가가 기웃거리더라도 멸종마라톤 게임에 접속하는 것이 이상해 보이지 않도록, 세스라는 친구는 정신 못 차리고 게임에 몰두하는 사람으로 알려질 필요가 있다고 젭은 생각했다. 그것이 작전상의 이유였다. 그렇지만 그저 게임을 테스트해 보고 싶기도 했다. 직원들은 이런 식으로 많은 시간을 낭비해서는 안 되었기 때문에 그는 작업 시간에 질책 받지 않고 얼마나 쉽게 장난칠 수 있는지 알아보고 싶었던 것이다. 게다가 속임수를 쓰는 게 얼마나 쉬운지도 알고 싶었다. 그걸 알아내야 여기서 길게 지낼 수 있을 거라고 그는 생각했다.

오락을 위해 제공되는 몇몇 게임들은 일반적인 것으로 무기, 폭발 등이었지만 다른 게임들은 건강현인 조합 직원들이 직접 만든 것이었다. 생명과학 괴짜들은 다른 괴짜들과 마찬가지로 게임 마니아였기 때문에 그들은 자연스럽게 자기들만의 게임을 설계했다. 스팬드럴은 괜찮은 게임에 속했다. 왜냐하면 이 게임에서는 참가자가 생명 형태를 위하여 기능적으로 쓸모없는 성

질들을 추가로 고안해 낸 다음 그것들을 성 선택과 연결시키고 진화의 기계가 잇달아서 어떤 걸 만들어 내는지 알아보기 위해 빨리가기 단추를 누르는 게 허용되었기 때문이다. 이마에 수탉 같은 육수(肉垂)*가 달려 있는 고양이, 립스틱 키스를 할 수 있는 커다란 빨간 입술의 도마뱀, 왼쪽 눈이 엄청나게 커다란 남자들. 뭐가 됐든 선택은 암컷이 하는 쪽이 선호됐다. 그리고 마치 실제 생활인 것처럼 남자들의 속성에서 좋지 못한 취향을 조작할 수 있었다. 그런 다음 참가자는 포식자와 사냥감을 경쟁시켰다. 슈퍼 섹시한 스팬드럴이 사냥 기술을 방해하거나 탈출 속도를 늦출 것인가? 만약에 플레이어가 상대하는 친구가 충분히 섹시하지 않다면 그는 성관계를 하지 못하게 될 것이고 그러면 플레이어는 멸종될 것이다. 만약에 그가 지나칠 정도로 섹시하다면 그는 잡아먹히고 플레이어는 멸종될 것이다. 섹스 대 저녁 식사. 그것은 훌륭한 균형을 이루었다. 무작위 돌연변이 꾸러미는 적은 돈으로도 구매할 수 있었다.

날씨 괴물들도 나쁘지 않았다. 이 게임은 플레이어가 선택한 선수, 남녀 양쪽 성별의 작고 연약한 인간 아바타에게 극단적인 기상 현상들을 던져 준 다음 플레이어가 선택한 선수가 그 상황에서 얼마나 오랫동안 버텨내고 살아남을 수 있는지 알아보는 것이었다. 점수를 따게 되면 자신의 아바타를 위한 도구들, 더

---

* 칠면조, 닭 따위의 목 부분에 늘어져 있는 붉은 피부.

빨리 달리고 더 높이 뛰어오를 수 있게 해 주는 부츠, 번개로부터 보호해 주는 의류, 홍수와 쓰나미를 위한 떠다니는 판자, 산불 화재시에 코를 막을 수 있는 젖은 손수건, 눈사태 때문에 두꺼운 눈 밑에 갇힐 때를 위한 에너지 바를 구입할 수 있었다. 삽, 성냥개비 몇 개, 도끼. 죽음의 이벤트에서는 산사태로 거대한 진흙 더미가 흘러내렸음에도 플레이어의 아바타가 살아남으면 도구 상자를 통째로 받게 될 것이고 다음 게임에 쓸 수 있는 추가 점수 1000점도 획득할 수 있었다.

젭이 가장 많이 참여한 게임은 장내 기생충이었는데, 그것은 생명과학 괴짜들이 아주 재미있다고 생각한 쓰레기 같은 게임이었다. 정말이지 흉측하게 생긴 기생충으로 입 주위를 돌아가며 미늘이 달린 낚싯바늘들이 있었고 눈은 없었다. 그것들이 플레이어의 몸 안에다 수천 개의 알을 낳거나 뇌를 통해 들어갔다가 눈물길로 나오거나 아니면 스스로 재생되는 조각으로 분열하여 그의 몸속을 부패한 패티멜트*로 바꾸어 놓기 전에 플레이어는 그것들을 독약이 들어 있는 알약으로 핵공격하거나 아니면 나노로봇이나 티끌보다 작은 로봇들로 가득한 무기고를 효율적으로 이용해야 했다. 그것들은 진짜였을까, 아니면 생명과학 괴짜들이 만들어 낸 것이었을까? 더 심각한 문제는 그 괴짜들이 생물 무기 제조 프로젝트의 일환으로 지금 당

---

* 쇠고기 패티에 치즈를 얹어 구운 것으로 빵에 얹어 먹는다.

미친 아담

장 그것들의 유전자를 접합하고 있는가 하는 문제였다. 그것은 결코 알 수 없었다.

　장내 기생충 게임을 너무 많이 하게 되면 반드시 악몽을 꾸게 될 것이라는 경고가 게임의 실행 화면에 적혀 있었다. 그래서 지시대로 행동하는 법이 결코 없는 청개구리 같은 젭은 그 게임을 지나칠 정도로 너무 많이 해 댔고 정말로 악몽을 꾸었다.

　그런데도 젭은 그 게임의 별칭을 만들어 내는 일도 멈추지 않았으며 그런 다음에는 게이트웨이로 기능하도록 끔찍한 입을 다시 만들어 냈다. 그는 안전한 보관을 위해 삼중의 잠금 장치가 되어 있는 휴대용 데이터 저장기기인 섬드라이브에다 암호를 감춘 다음 그것을 그의 감독관 책상 서랍 안쪽에 있는 고무 밴드, 코 푼 수건, 혼자 떨어져서 굴러다니는 목캔디 등이 들어 있는 상자 속에다 넣어 두었다. 그곳을 들여다볼 사람은 한 명도 없을 것 같았기 때문이다.

뼈 동굴

흘림체

토비는 일기를 쓰고 있다. 사실은 그럴 기운이 하나도 없다. 그렇지만 젭이 그녀에게 그 물건들을 가져다주기 위해 수고를 아끼지 않았는데 그녀가 그것들을 사용하지 않는다면 젭이 알아챌 공산이 아주 크다. 그녀는 어린 학생들을 위해 편의점에서 파는 값싼 공책들 중 하나를 꺼내 일기를 쓴다. 겉표지에는 샛노란 태양, 분홍색 데이지 꽃 여러 송이, 그리고 어린아이들이 그리던 어설픈 막대 형체의 남자아이와 여자아이가 그려져 있다. 예전에 인간의 아이가 있던 시절의 이야기다. 얼마나 오래전 일이지? 전염병이 휩쓸고 지나간 후 수세기가 흘러간 것 같다. 반년도 채 지나지 않았는데 말이다.

남자아이는 파란 반바지, 파란 모자에 빨간 셔츠를 입고 있다. 여자아이는 양 갈래로 땋은 머리에 빨간색 삼각형 스커트와 파란색 윗도리를 입고 있다. 그들 둘 다 지저분한 검은색 방울 눈과 양끝이 위로 올라간 두툼한 빨간 입술을 갖고 있다. 그들은 까르르 웃어 대고 있는 중이다.

죽기에 딱 알맞군. 그들은 단지 종이에 그려진 아이들에 불과하지만 여하튼 다른 모든 진짜 아이들처럼 지금은 죽어 버린 것만 같다. 토비는 마음이 아파서 이 공책의 표지를 오랫동안 들여다볼 수가 없다.

당면한 일에나 정신을 집중하는 게 나을 듯싶다. 곱씹는다거나 울적해하지 마라. 그저 하루하루 마음 편하게 살아가자.

성 밥 헌터*와 무지개 전사들**의 축제일이라고 토비는 적는다. 시간적으로 볼 때 이날이 정확하지 않을 수도 있다. 어쩌면 하루나 이틀 정도 틀릴 수도 있다. 하지만 그럴 수밖에 없지 않은가. 그녀가 어떻게 확인한단 말인가? 몇 월 며칠이라는 것을 관장하는 중앙 기관이 더 이상 존재하지 않는다. 그렇지만 레베카는 알지도 모른다. 축제일과 잔치들을 위한 특별한 조리법이 있었기 때문이다. 아마도 그녀는 그것들을 암기해 두었을 것이다. 어쩌면 그녀는 그것을 기록해 두었을지도 모르겠다.

달: 만월에 가까워지는 중.

날씨: 특별한 것 없음.

주목할 만한 사건: 돼지 집단의 공격성이 드러남. 젭 원정대에 의해 고

---

* 캐나다의 환경보호 운동가.
** 북미 원주민의 예언을 실현시키고자 하는 환경론자들.

통공 죄수들의 흔적이 목격됨. 새끼 돼지가 총에 맞았고 부분적으로 난자당함. 아담을 찾을 수 있는 단서인 타이어 조각을 붙인 샌들 발견. 아담 1과 정원사들의 명확한 흔적은 전혀 없음.

그녀는 잠깐 동안 생각한 다음 추가한다. 지미의 의식이 돌아왔고 몸 상태가 좋아지고 있다. 크레이커들은 계속해서 다정하게 대해 준다.

"아 토비, 뭘 만들고 계세요?"

어린 블랙비어드다. 토비는 그가 들어오는 소리를 듣지 못했다.

"그 줄들은 뭐예요?"

"이쪽으로 와 볼래? 묻지 않을 테니 안심하고 이리로 와. 이것 좀 봐. 난 지금 글쓰기를 하고 있는 거야. 그래서 이 줄들이 있는 거야. 내가 하는 걸 잘 봐."

그녀는 기본적인 것들을 대충 설명해 준다. 이것은 종이이고 나무로 만든 거란다.

그럼 나무가 아프지 않아요? 아니야, 종이가 만들어질 때 나무는 이미 죽었기 때문에 아프지 않아. 아주 작은 거짓말이지만 아무렴 어떤가. 그리고 이것은 펜이란다. 이 안에 검은 액체가 들어 있는데 그걸 잉크라고 해. 그렇지만 네가 글쓰기를 할 때 반드시 펜이 있어야 하는 건 아니야. 이런 말을 해 두는 것도 좋아, 그녀는 생각한다. 저 볼펜들은 얼마 지나지 않아서 남아 있지 않을 테니까.

넌 글쓰기를 하기 위해 많은 것들을 활용할 수가 있어. 앨더베리 열매 즙을 잉크로 활용할 수가 있거든. 그리고 펜 대신에 새의 깃털을 사용할 수도 있고 또 막대기를 가지고 젖은 모래 위에다 글을 쓸 수도 있단다. 이 것들 모두가 글쓰기에 활용될 수가 있어.

"자, 이제 네가 글자들을 그려야 해. 글자 하나하나가 소리를 뜻하는 거야. 그리고 이 글자들을 함께 합쳐 놓으면 그것들이 단어가 되는 거지. 그리고 그 단어들을 네가 종이에다 그려 놓 으면 그것들은 거기에 계속 있단다. 그러면 다른 사람들이 종이 에 있는 그것들을 보게 될 것이고 단어들이 내는 소리를 들을 수가 있는 거지."

블랙비어드는 무슨 말인지 얼떨떨하고 토비의 말을 믿을 수 가 없는지 눈을 가늘게 뜨고 토비를 쳐다본다.

"아 토비, 하지만 저건 말을 할 수가 없는걸요. 나는 아주머니 가 거기에다 만들어 놓은 표시들을 보고 있어요. 그렇지만 그 건 아무런 말도 하지 않아요."

"네가 글쓰기의 목소리가 되어야만 해. 네가 그것을 읽을 때 말이야. 읽기라는 것은 네가 이 표시들을 다시 소리로 바꾸어 놓는 거야. 자, 이걸 봐. 내가 너의 이름을 쓸 테니까."

토비는 공책 뒤쪽에서 종이 한 장을 조심스럽게 뜯어내 거기 에다 인쇄체로 그의 이름을 쓴다. 블랙비어드. 그런 다음 그를 위 해 각 글자를 소리 내어 읽는다.

"알겠어? 이게 널 의미하는 거야. 너의 이름."

그녀는 블랙비어드의 손에다 펜을 놓고 펜 주위를 그의 손가 락으로 감은 다음 그 손과 펜을 인도하여 알파벳 B를 쓴다.

"이 글자로 너의 이름이 시작되는 거야. B로 시작하는데, 벌이라고 쓸 때도 똑같아. 똑같은 소리잖아."

무엇 때문에 토비는 블랙비어드에게 이걸 말해 주고 있는 걸까? 도대체 이게 저 아이에게 무슨 소용이 있을까?

"그건 내가 아니에요. 그건 벌도 아니잖아요. 그건 단지 어떤 표시일 뿐이에요."

블랙비어드가 인상을 찌푸리면서 말한다.

"이 종이를 가지고 렌한테 가 봐. 렌에게 이걸 읽어 보라고 해봐. 그런 다음 나한테 다시 와서 렌이 너의 이름을 말했는지 알려 줘."

토비는 미소를 짓는다. 블랙비어드는 그녀를 빤히 쳐다본다. 토비가 자기에게 해 준 말을 도저히 믿을 수가 없다는 표정이다. 그래도 그는 그 종이쪽지에 보이지 않는 독이라도 묻어 있는 것처럼 아주 조심스럽게 들고 밖으로 나간다.

"아주머니는 여기에 계속 계실 거예요? 내가 다시 돌아올 때까지요?"

"그래. 난 여기 꼼짝 않고 있을게."

그는 언제나처럼 뒷걸음질 쳐서 문밖으로 나가더니 모서리를 돌 때까지 그녀에게서 눈을 떼지 않는다.

토비는 자신의 일기장으로 되돌아간다. 그 밖에 또 무엇을 써야 하지? 있는 그대로의 사실을 날마다 기록하는 것 외에 말이다. 어떤 종류의 이야기, 어떤 종류의 역사가 그녀가 예견할 수 없는 미래에 존재할지도 알 수 없는 사람들에게 어떻게든 조금이라도 도움을 줄 수 있을까?

젭과 곰이라고 토비는 적는다. 젭과 미친 아담. 젭과 크레이크. 이 이야기들은 모두 다 기록해 놓을 수가 있을 것이다. 그렇지만 무엇 때문에? 누구를 위해서? 오로지 자기 자신만을 위해서? 왜냐하면 그걸 쓰는 동안 젭에 대한 생각 속에 깊이 빠져 살아갈 수 있을 테니까?

젭과 토비라고 적는다. 그렇지만 이건 그냥 각주 처리될 게 뻔하다.

성급하게 단정 짓지 말라고 토비는 자기 자신에게 말한다. 젭이 선물을 들고 정원으로 찾아오지 않았는가. 스위프트 폭스에 대한 생각은 오해일 수 있다. 그리고 설령 그렇지 않더라도 어쩐단 말인가? 지금 이 순간이 제공하는 것을 붙잡아라. 문을 닫지 마라. 감사의 마음을 가져라.

블랙비어드가 다시 방으로 살그머니 들어온다. 강력한 방패라도 되는 것처럼 그 종이를 자기 몸 앞에다 들고 있다. 그의 얼굴에서는 빛이 난다.

"그랬어요, 아 토비. 글자가 내 이름을 말했어요! 그게 렌한테 내 이름을 말해 주었어요!"

"그것 봐. 그게 글쓰기라는 거야."

블랙비어드는 고개를 끄덕인다. 이제 그는 그 가능성을 완전히 움켜잡고 있다.

"이걸 내가 가져도 되요?"

"물론이지."

"또 보여 주세요. 그 검은 걸로요."

나중에, 비가 내린 다음, 그 비가 그친 다음에 토비는 모래 놀이터에서 블랙비어드를 발견한다. 그는 막대기를 가지고 있고 종이도 들고 있다. 모래에 그의 이름이 적혀 있다. 다른 아이들이 그를 지켜보고 있다. 그들 모두가 노래를 부르고 있다.

지금 내가 무슨 짓을 한 거지? 토비는 생각한다. 어떤 벌집을 건드려서 일을 복잡하게 만들고 있는 걸까? 그들은 무척이나 빠르다. 이 크레이크 아이들은. 이 아이들은 이걸 익혀서 다른 모든 아이들에게 전할 것이다.

그다음엔 어떤 일이 일어날까? 규칙, 교리, 법률? 크레이크의 유언? 그들이 순종해야 하지만 해석하는 방법을 잊어버렸다고 생각되는 고대의 텍스트들은 언제 나타날 것인가? 내가 그들을 망쳐 놓았나?

벌 떼

아침 식사는 칡넝쿨과 갖가지 사료용 녹색 채소, 베이컨, 정체불명의 씨앗을 넣은 기이한 납작 빵, 찐 우엉이다. 민들레, 치커리, 뭔가 다른 뿌리들을 잘 조합하여 노릇노릇 구워서 만들어낸 커피도 있다. 이 커피를 마시고 나면 태운 재 같은 뒷맛이 남는다.

설탕은 이제 거의 떨어졌고 꿀도 전혀 없다. 하지만 모헤어 양젖은 있다. 암양들 중 또 다른 놈, 그러니까 파란 머리털의 암양이 쌍둥이를 출산했는데, 한 마리는 금발이고 다른 한 마리는 갈색 머리다. 양고기 스튜에 대한 몇 가지 우스갯소리들이 있었지만 그걸 대놓고 이야기하고 싶은 사람은 한 명도 없는 것 같다. 여하튼 인간의 머리털을 지닌 동물을 도축해서 먹는다는 것은 어려울 것이기 때문이다. 특히나 광택이 흐르고 머리 모양을 멋있게 손질할 수 있다는 점에서 예전의 샴푸 광고를 연상시키는 인간의 머리털을. 모헤어 양들이 몸을 부르르 떨 때마다 빛나는 갈기와 교태를 부리는 물결과 출렁임 등이 마치 텔레비전에 나오던 헤어 모델의 뒷모습을 지켜보고 있는 것만 같다. 토비는 그들이 당장이라도 아주 능숙하게 제품 선전을 하면서 나타날 것 같은 생각이 든다. 날마다 머릿결이 마음에 들지 않으세요? 머릿결 때문에 속상해서 미칠 것만 같았어요, 그러다가…… 난 죽었어요.

그렇게 너무 비관하지 마라, 토비. 단지 머리칼에 불과하잖아. 그렇다고 이 세상이 끝나는 건 아니야.

그들은 커피를 마시며 다른 음식으로의 대체 가능성을 놓고 이야기한다. 단백질의 다양성이 부족하다는 점에 대해 그들 모두가 동의한다. 레베카는 살아 움직이는 닭들이 있으면 얼마나 좋겠냐고 말한다. 그러면 그것들을 닭장에다 가두어 놓고 달걀을 얻을 수 있기 때문이다. 그렇지만 어디서 그런 닭들을 발견할 수 있겠는가? 저 아래 해변으로 내려가면 유기된 타워 꼭대기에 바닷새들이 낳은 알이 있다. 분명 그곳에 가면 있을 것이다. 새들이 거기에 둥지를 틀고 있기 때문이다. 그렇지만 덩치 크고 악의적인 돼지 한 무리 또는 두 무리가 돌아다니고 있을 것임은 말할 필요도 없고, 풀들이 무성하게 제멋대로 자라 고통공 죄수들이 숨어 있을지도 모르는 헤리티지 공원을 통하여 저 아래 해변에 이르기까지 그 위험한 길을 어느 누가 기꺼이 내려가려고 하겠는가? 게다가 지금쯤은 당장 쓰러져도 이상하지 않은 그 타워의 내부 층계를 걸어 올라갈 일일랑 생각조차 해서는 안 되었다.

논쟁은 다음과 같이 진행되고 있다. 한쪽 편 사람들은 크레이커들이 다성의 노래를 불러 대면서 이리저리 멋대로 헤매고 돌아다닌다는 사실을 지적한다. 그들은 시멘트 블록들을 뒤죽박죽 쌓아 만든 해변의 본거지를 찾아가고 있으며 그곳을 원으로 빙 둘러싸고 서서 오줌을 누어서 동물들이 침범하지 못하도록 계속 보호하고 있다. 그들은 그렇게 하면 돼지구리나 늑개, 그리고 봅키튼들이 그 원을 넘어가지 못할 것이라고 믿고 있다. 크레이커들은 눈사람 지미의 기능을 수행하고 그들에게 이야기를 해 줄 토비에게 증정하려고 막대기로 의식용 물고기를 찔러 잡는다. 크레이커들이 숲길을 산책할 때 그들을 괴롭힌 동물은 하나도 없었다. 최소한 지금까지는 그랬다. 고통공 죄수들의 경우는 그들이 마지막으로 남겨 놓은 흔적, 즉 최근에 살해된 새끼 돼지의 시체가 있는 지점을 미루어 보건대, 지금쯤은 아주 멀리 가 있는 게 분명했다.

다른 편 사람들은 크레이커들이 소변으로 방어하는 것 외에도 이동 중에 야생동물이 가까이 접근하지 못하게 하는 방법이 있는 것 같다고 주장한다. 어쩌면 노래 부르기가 그것일까? 만약에 그렇다면, 지적할 필요도 없이 그건 통상적인 인간들은 사용하지 못할 방어법이다. 왜냐하면 인간의 성대는 크레이커들처럼 디지털 키보드의 테레민* 소리를 내도록 만들어지지 않았기 때문이다. 고통공 죄수들에 대하여 말하자면, 그들은 지금쯤 벌써 한 바퀴 돌아서 그 자리로 되돌아왔을 가능성이 많으며 칡넝쿨로 가득한 다음 모퉁이 주변에 숨어서 기다리고 있을지 모르는 일이었다. 그러므로 아무리 조심해도 지나치지 않고 나중에 후회하는 것보다는 미리 조심하는 것이 낫기 때문에 몇 개의 갈매기 알을 위하여 한두 명을 희생시킬 수는 없는 일이다. 여하튼 갈매기 알은 초록색일 것이고 그 맛은 물고기의 내장 맛과 유사할 가능성이 크다.

그래도 알은 알이라고, 알을 가지러 가는 걸 찬성하는 사람들은 말한다. 왜 크레이커들과 몇 명의 사람을 함께 보내면 안 되는가? 그렇게 하면 인간들은 크레이커들을 통하여 야생동물들로부터 보호를 받을 터이고 크레이커들은 미친 아담 식구들이 무장하고 가는 분무 총을 통해 고통공 죄수들로부터 보호받을 수 있을 것이다. 크레이커들에게 분무 총을 주는 것은 아무런 의미가 없다. 그들에게는 사람을 향해 총을 쏜다든지 사람을 살해하는 것에 대해서는 절대로 가르쳐 줄 수가 없기 때문이다. 그들은 그저 할 수가 없다. 엄밀한 의미에서 그들은 사람이 아니기 때문이다.

그렇게 속단할 필요는 없다. 그것은 아직 입증되지 못했다고

---

* 두 개의 진공관에 의해서 맥놀이를 일어나게 하여 소리를 내는 전자 악기의 일종.

아이보리 빌이 말한다.

"만약에 그들이 우리와 이종교배를 할 수 있다면 사례가 생겨날 겁니다. 실질적 동종이죠. 아니면 말고." 그는 몸을 앞으로 숙여 자신의 커피 잔을 들여다보고는 레베카에게 묻는다. "조금 더 있을까요?"

"그건 반만 사실이에요." 매너티가 말한다. "암말과 수나귀가 결합하면 노새가 나오지만 노새는 새끼를 낳지 못하잖아요. 우리는 다음 세대에 이르기까지 확실한 걸 알 수 없을 거예요."

"이제는 내일 먹을 것밖에 없어요." 레베카가 말한다. "민들레 뿌리를 조금 캐야 할 것 같아요. 주변에 있는 것들은 모두 다 먹어 치웠거든요."

"그건 아주 흥미로운 실험이 되겠는데." 아이보리 빌이 말한다. "하지만 물론 숙녀분들의 협조가 필요할 겁니다."

그는 스위프트 폭스 쪽을 향해 정중하게 고개를 수그린다. 그녀는 지금 분홍색, 푸른색 리본으로 묶은 분홍색 푸른색 꽃다발이 그려진 매력적인 꽃무늬 시트를 걸치고 있다.

"여러분도 쟤네들 좆 봤잖아요." 스위프트 폭스가 말한다. "좋은 것도 한두 번이지. 내 입안에 저런 좆이 들어 있다면 끝까지 안 들어왔길 바라야겠지요."

이 말에 충격을 받은 게 분명한 아이보리 빌이 화가 났는지 조용히 고개를 돌린다. 몇몇 사람은 깔깔대고 웃고 다른 사람들은 눈살을 찌푸린다. 스위프트 폭스는 사람들, 특히 남자들

앞에서 거친 말을 즐겨 한다. 자신을 단지 예쁜 몸매의 소유자로만 생각하지 말라는 것을 행동으로 보여 주기 위해 그러는 걸 거라고 토비는 추측한다. 그녀는 두 가지를 동시에 갖고 싶어 한다.

젭은 식탁 한쪽 끝에 앉아 있다. 그는 늦게 나타났으므로 아직까지 이 논쟁에 합세하지 않고 있다. 그는 납작 빵에 정신을 빼앗긴 사람 같다. 스위프트 폭스가 그에게 눈길을 던진다. 그녀가 목표로 하는 청중이 젭인가? 그는 아무런 관심도 보이지 않는다. 그렇지만 그때는 저러지 않았을 것 같다. 아닌가? 블로그에 사내 연애에 대한 글을 올리던 연애 코치들이 종종 하던 말대로라면, 어떤 사람들이 사내 연애를 하는지 안 하는지는 그들이 의도적으로 서로를 피하는 모습을 보면 알 수 있다.

"저 친구들은 어떤 협조도 필요하지 않아요. 달려들 거예요. 그냥 보……만 있으면, 죄송해요, 토비. 그러니까 치마만 둘렀으면 된단 말이에요." 크로제가 말한다.

"치마!"

스위프트 폭스가 하얀 치아를 드러낸 채 또다시 깔깔대고 웃는다.

"당신은 어디 갔다 왔어요? 우리들 중에 치마 두른 사람을 본 적이 있나요? 침대 시트 싸개는 포함시키지 말고요. 내 치마가 마음에 드나요? 여기 겨드랑이까지 쭉 올라가는데!"

그녀는 패션쇼 무대를 걸어가는 것처럼 어깨를 앞뒤로 비틀어 댄다.

"좀 내버려 둬요. 앤 미성년자잖아요." 매너티가 말한다.

크로제가 이상할 정도로 얼굴을 찡그린다. 화가 났나? 당혹
스러운가? 렌이 크로제 옆에 앉아 있다. 그는 그녀를 보고 멋쩍
다는 듯 씩 웃더니 자기 손을 렌의 팔에 올려놓는다. 렌은 배우
자라도 되는 것처럼 그를 향해 눈살을 찌푸린다.

스위프트 폭스가 말한다. "가장 재미있을 때잖아요. 미성년
자들이요. 팔팔하고요. 엔도르핀으로 가득 차 있고 뉴클레오
티드 배열이 끝내주죠. 말단소립들이 수없이 남아 있다는 증거
죠."

렌은 무표정한 얼굴로 그녀를 응시한다. 렌이 말한다. "크로
제는 미성년자가 아니에요."

스위프트 폭스가 미소를 짓는다.

식탁에 둘러앉은 남자들은 그것을 느낄까? 토비는 무척이나
궁금하다. 공중에 떠돌고 있는 무언의 진흙탕 싸움의 기운을?
아니, 아마도 느끼지 못할 것이다. 그들은 지금 수태 작용을 담
당하는 황체 호르몬인 프로게스테론의 파장을 타고 있지 않다.

"크레이커들은 꼭 정확한 조건하에서만 해요. 집단 성교 행
위요. 여자가 배란기여야만 해요." 매너티가 말한다.

"그들의 여자 입장에서는 괜찮겠네요." 벨루가가 말한다. "그
렇게 되면 그들은 분명한 호르몬의 신호를 받게 되잖아요. 시각
적으로나 후각적으로 모두. 그렇지만 우리의 여자들은 그들에

게 언제나 배란기인 것으로 인식되잖아요.”

“어쩌면 그럴지도 모르죠. 여자들은 그걸 인정하지 않겠지만
요.” 매너티가 활짝 웃으면서 말한다.

“그러니까 요점은 두 개의 서로 다른 종이라는 말이로군요.”
벨루가가 말한다.

“여자는 개가 아니에요.” 화이트 세지가 말한다. “이런 대화
는 정말 상당히 불쾌해요. 정말이지 여러분은 우리를 그런 식으
로 입에 올려서는 안 될 것 같아요.”

그녀의 목소리는 차분하지만 그녀의 등뼈는 쇠꼬챙이처럼 뻣
뻣하다.

“이건 단지 객관적이고 과학적인 논의에 지나지 않아요.” 준
준시토가 말한다.

“이봐요.” 레베카가 말한다. “내가 했던 말은 그저 달걀이 좀
있으면 얼마나 좋을까라는 게 다였어요.”

오전 작업 시간, 아직은 태양이 지나칠 정도로 뜨겁지 않다.
연한 분홍색의 칡넝쿨 나방들이 그늘에 매달려 있고 푸른색과
심홍색의 나비 떼는 공중에서 연 싸움을 하고 있으며 황금색
꿀벌들은 폴리베리 꽃으로 몰려들고 있다.

토비는 또다시 정원에서 일하면서 잡초를 뽑고 민달팽이를
제거하고 있다. 그녀는 소총을 울타리 안쪽에 기대어 놓았다.
어떤 일이 발생할지 알 수가 없기 때문에 어디를 가든지 손이

닿는 곳에 총이 있기를 원한다. 사방팔방에서 식물들이, 잡초든 재배 품종이든 가리지 않고 식물들이 마구 자라고 있다. 그녀는 그것들이 땅을 뚫고 나오는 소리를 들을 수 있을 것만 같다. 잔뿌리는 영양분을 찾아 코를 킁킁거리면서 주변에 있는 잔뿌리에 바짝바짝 다가가고 잎사귀는 공기 매개 화학 물질을 구름처럼 방출한다.

씨앗의 성인 반다나 시바,* 오늘 아침 토비는 공책에다 기록했다. 성 니콜라이 바빌로프,** 순교자. 그녀는 신의 정원사들이 외우던 종래의 기도문을 첨가했다. 오래된 씨앗의 치열한 수호자인 성 반다나와 성 바빌로프를 우리들이 유념하게 하소서. 레닌그라드가 포위 공격을 당하는 동안에도 씨앗을 수집하고 그것들을 지켜 냈는데도 불구하고 성 바빌로프는 독재자 스탈린의 희생자가 되고 말았습니다. 생물 해적질 반대 운동을 부단히 펼쳤던 전사 성 반다나는 살아 있는 식물계의 모든 다양성과 아름다움을 지켜 내기 위하여 자신을 헌신적으로 바쳤습니다. 당신들이 가졌던 순수한 정신과 강력한 의지를 우리들에게 빌려주시옵소서.

토비는 문득 생각났다. 정원사 시절, 이브6이었을 때 그녀는 나이 많은 필라와 함께 줄지어 심어 놓은 콩밭에서 작업을 시작하기 직전 이 기도문을 암송했다. 그러고 나서 그들은 부지런을 떨어야 하는 민달팽이와 달팽이 재배치 작업을 개시했다. 때때

---

* 인도 출신의 세계적인 환경 사상가, 운동가.
** 러시아의 식물육종학자, 유전학자.

로 그 시절에 대한 향수가 강력하고 예상치 못한 순간에 몰려들어 거대한 파도처럼 그녀를 쓰러뜨린다. 당시에 카메라를 갖고 있어서 앨범이라도 남겼더라면 사진이라도 열심히 들여다볼 텐데. 그렇지만 정원사들은 카메라건 종이건 기록을 신뢰하지 않았기 때문에 그녀에게 남은 것이라고는 오직 말뿐이다.

이제는 정원사가 된다는 게 아무런 의미가 없을 것이다. 창조주의 자연 창조에 장애물은 더 이상 존재하지 않는다. 인간이 지구라는 행성을 지배했을 때 멸종되지 않은 것들은 동물이고 새고 간에 걷잡을 수 없이 번창하고 있다. 식물의 생명력은 말할 필요도 없다.

어쩌면 우리는 더 적은 수의 식물만으로도 살아갈 수 있을지 모른다고, 토비는 정원 울타리를 휘감아 올라가고 있는 공격적인 칡넝쿨을 가위로 잘라 내면서 생각한다. 이건 여기저기 없는 데가 없다. 넝쿨은 지칠 줄도 모르고 뻗어 나가 열두 시간만 지나면 한 자는 자랄 수 있어서 녹색 쓰나미와도 같이 올라와 무엇이든지 휘감아 버린다. 방목하고 있는 모헤어 양들이 넝쿨이 덜 자라나게 만드는 데 조금은 도움을 주고 있고 크레이커들은 이걸 우적우적 씹어 먹고 있으며 레베카는 시금치처럼 다듬어 식탁에 내놓고 있는데도 넝쿨은 거의 줄어들지 않는다.

몇몇 남자들이 이걸로 와인을 만드는 계획을 놓고 논의하는 소리를 들은 적이 있지만 토비는 확신이 서지 않는다. 그 맛이 어떨지 상상할 수가 없다. 갈퀴로 으깬 잔디의 맛이 겹쳐진 화이트 와인 피노 그리지오가 될까? 퇴비 냄새가 훅 풍기는 피노 베르데 맛일까? 그렇지만 그런 문제는 차치하더라도 그들처럼 작은 무리가 정말로 어떤 형태로든지 알코올에 탐닉할 수 있을까? 알코올은 사람의 의식을 둔하게 만드는데, 그렇게 하기에 그들은 너무나 취약한 상황이다. 그들의 자그마한 거주지는 수비 상태가 극히 빈약하다. 술에 취한 보초 한 명, 그런 다음에는 침투, 곧 대량 학살로 이어질 것이다.

"당신을 위해 벌 떼를 하나 찾아냈어."

젭의 목소리가 들린다. 그가 뒤에서 다가오는 바람에 그녀는 볼 수가 없었다. 아무리 빈틈없이 행동한다 해도 이 정도에 불과하구나.

토비는 미소를 지으며 돌아선다. 이게 진짜 미소일까? 전적으로 그렇지는 않다. 왜냐하면 그녀는 아직도 스위프트 폭스에 대한 진실을 알지 못하기 때문이다. 스위프트 폭스와 젭. 그들은 그 짓을 했을까 안 했을까? 만약에 젭이 열린 문을 통과하여 지나간 것에 불과하고 그 이상으로도 이하로도 전혀 생각하지 않았다면 토비 또한 그 문제로 고민할 필요가 없지 않을까?

"벌 떼요? 정말요? 어디서요?"

"나랑 숲으로 갑시다."

젭이 동물의 발 같은 손을 내밀고 동화에 나오는 늑대처럼 활짝 웃으며 말한다. 그녀는 당연히 그의 손을 맞잡고 그의 모든 것을 용서한다. 지금 당장은. 비록 용서할 게 하나도 없을지 모르지만 말이다.

두 사람은 흙집 공터를 벗어나 멀리 떨어져 있는 나무의 가장 자리를 향해 걸어간다. 미친 아담 식구들이 그곳에서 치우거나 잘라 낸 것이 아무것도 없었는데도 그곳은 정말로 공터 같은 느낌이 든다. 그렇지만 이제는 식물이 밀고 들어오는 중이어서 그곳을 공터로 유지하기 위해 열심히 작업하는 중이니까 어쩌면 공터를 만드는 데 기여했다고 볼 수 있지 않을까?

나무 아래에 서면 더 시원한 반면에 한층 더 불길한 것 같기도 하다. 나뭇잎과 나뭇가지들이 녹색의 빗금을 그리면서 음영을 만들어 시야를 가로막기 때문이다. 산길이 하나 보인다. 구부러진 나뭇가지로 표시되어 있는 걸 보니 젭이 벌써 왔었던 게 분명하다.

"이곳이 안전하다는 게 확실해요?"

토비는 무의식중에 목소리를 낮추었다. 탁 트인 야외에서는 포식동물이 소리가 들리기도 전에 나타나기 때문에 유심히 주시한다. 하지만 나무들 가운데 있을 때에는 귀를 기울여야 하는데 그것은 포식동물의 모습이 보이기 전에 소리가 먼저 날 것이기 때문이다.

"방금 전에 이곳에 왔었는데 그때 꼼꼼히 살펴보았어."

젭의 말은 지나치게 의기양양한 것 같다.

정말로 벌 떼가 있다. 그것도 크기가 수박만큼이나 되어 아주 커다란 공처럼 모여 있는 벌 떼가 젊은 플라타너스 나무의 나지막한 가지에 매달려 있다. 그들은 부드럽게 윙윙거리고 있다. 벌들로 이루어진 공의 표면이 산들바람에 휘날리는 황금색 모피와도 같이 잔물결을 일으키고 있다.

"고마워요." 토비가 말한다.

그녀는 다시 그들이 모여 사는 흙집으로 되돌아가 용기를 찾아낸 다음 벌 떼의 중심부를 파고들어 여왕벌을 사로잡아 용기 속에 집어넣어야만 한다. 그렇게 하면 나머지 벌들은 자연히 따라올 것이다. 심지어 꿀벌들에게 연기를 내뿜을 필요도 없을 것 같다. 그들은 둥지를 방어하고 있는 게 아니라서 침을 쏘지 않을 것이다. 토비는 무엇보다 먼저 그녀가 그들에게 선의를 가지고 있으며 그들이 그녀의 메신저가 되어 죽음의 땅으로 소식을 전해 주기를 바란다는 사실을 벌 떼에게 설명해야 할 것이다. 야생벌 떼에게 함께 따라와 주기를 설득할 때에는 반드시 이런 말이 필요하다는 이야기를 정원사 시절에 양봉 교사였던 필라가 말해 주었다.

"아마도 가방 같은 걸 구해 와야 할 거예요. 그들은 이미 둥지로 삼을 만한 좋은 장소를 찾아다녔을 거예요. 그렇다면 곧바로 날아가 버릴지도 모르니까요."

"당신은 내가 저 벌들을 지켜보고 있기를 원하는 거요?"

"아니, 괜찮아요."

토비는 젭이 그녀와 함께 흙집으로 돌아가기를 원한다. 혼자서는 숲길을 걷고 싶지 않기 때문이다.

"하지만 그저 잠깐 동안만 내가 하는 말에 귀를 기울이지 않을 수 있어요? 다른 쪽을 바라보면서요."

"소변 봐야 해? 난 신경 쓰지 마."

"이 일이 어떻게 진행되는지 당신도 알잖아요. 당신도 정원사였으니까. 난 벌들에게 이야기를 해 줘야 해요."

이런 행위는 외부인의 시각에서 보면 기괴하다고 여겨질 게 분명한 정원사들의 관행 중 하나다. 그리고 토비가 생각해도 자신은 부분적으로는 여전히 외부인이기 때문에 그런 행동이 아직도 기이하게 여겨진다.

"그럼, 알고말고. 토비, 그럼 당신이 해야 할 일을 해."

그는 옆으로 돌아서서 숲속을 응시한다.

토비는 자신의 얼굴이 빨개지는 걸 느낄 수 있다. 그래도 그녀는 머리를 덮기 위해 시트의 끝자락을 위로 끌어올린다. 이런 행동은 극히 중요하다고 늙은 필라는 말했더랬다. 그렇게 하지 않으면 벌들은 존중받지 못한다고 느낄 것이다. 그러고 나서 그녀는 윙윙거리는 털 뭉치를 향해 작은 목소리로 이야기한다.

"오, 벌들아, 너희 여왕에게 안부 좀 전해 주렴. 나는 그녀의 친구가 되고 싶고, 그녀를 위해 그리고 또 그녀의 딸들인 너희들을 위해 안전한 집을 마련해 주고 싶어 한다고 말해 주면 좋겠어. 그리고 난 너희들에게 날마다 소식을 전해 주고 싶어. 너희들이 이 산 자의 땅에서 일어나는 이야기들을 그림자의 땅에 살고 있는 모든 영혼들에게 전달해 주면 정말로 고마울 거야. 나의 제안을 받아들일 것인지 지금 나한테 말해 줄 수 있을까?"

토비는 기다린다. 윙윙거리는 소리가 점차로 커진다. 그런 다음 여러 마리의 정찰병 벌들이 날아와 그녀의 얼굴 위에 내려앉는다. 그들은 그녀의 피부, 콧구멍, 눈꼬리를 탐색하는데 마치 십여 개의 자그마한 손가락들이 그녀를 어루만지는 것 같다. 만약에 그들이 침을 쏘면 그 답변은 싫다는 뜻이다. 쏘지 않으면 그 답변은 좋다는 뜻이다. 그녀는 차분해지려고 애쓰며 숨을 들이쉰다. 벌들은 두려움을 좋아하지 않는다.

정찰병 벌들이 토비로부터 떨어지더니 다시 자신의 무리를 향해 나선형으로 날아올라 움직이고 있는 금빛 털 뭉치 속으로 섞여 들어간다. 토비는 숨을 내쉰다.

"이제 봐도 좋아요."

그녀가 젭에게 말한다.

날카롭게 탁탁거리는 소리, 매질하는 것 같은 소리가 들린다. 뭔가가 덤불을 헤치고 다가오고 있다. 토비는 두 손에서 피가 빠져나가는 느낌이다. 이런 젠장, 그녀는 생각한다. 돼지, 늑개? 지금 우리한테는 분무 총이 없는데. 그리고 나는 소총을 저기 정원에다 놓고 왔는데 어쩌지. 그녀는 집어던질 돌을 찾으려고 사방을 둘러본다. 젭은 벌써 막대기를 집어 들었다.

성 다이안, 성 프란체스코, 성 파테 싱 라토르. 당신들의 힘과 지혜를 나에게 빌려주소서. 이제 저 동물들에게 말해 주소서. 저들이 우리로부터 몸을 돌리고 신이 마련해 놓은 그들의 양식을 구하게 하소서.

하지만 아니, 저건 동물이 아니다. 목소리가 들린다. 다름 아닌 사람이다. 사람을 상대로 드리는 정원사 기도는 하나도 없다. 고통공 죄수들…… 그들은 우리가 여기에 있다는 사실을 알지 못한다. 어떻게 해야 하지? 뛰어서 도망갈까? 아니다, 그들은 지금 너무 가까이에 와 있다. 사정거리 안에서 벗어나자. 가능하다면.

젭이 토비 앞쪽으로 한 걸음 나서면서 한 손으로 그녀를 자기 등 뒤로 밀었다. 그는 꼼짝도 하지 않고 서 있다. 그러더니 껄껄대고 웃는다.

뼈 동굴

덤불 속에서 스위프트 폭스가 분홍색과 파란색의 꽃무늬 침대 시트를 정돈하면서 나온다. 크로제가 그녀와 마찬가지로 자기 침대 시트를 바로잡으면서 뒤따라 나오는데, 그가 두른 시트는 물론 검정과 회색의 줄무늬로 이루어진 절제된 색상이다.

"안녕, 토비. 안녕, 젭." 크로제가 지나칠 정도로 가볍게 말한다.

"산책 나오셨어요?" 스위프트 폭스가 말한다.

"벌 사냥하러." 젭이 말한다.

그는 마음이 상한 것 같지 않다. 그러니까 어쩌면 내 생각이 틀렸나 보다고 토비는 생각한다. 젭은 스위프트 폭스에 대해 텃세를 부리는 것 같지도 않고 그녀가 크로제와 잡초 속에서 뒹굴었다는 사실에 대해서도 전혀 개의치 않는 것 같다.

크로제는 렌을 쫓아다니는 게 아니었나? 아니면 토비는 이

점에 대해서도 잘못 알고 있었던가?

"벌 사냥이요? 정말로요? 그래요, 뭐든지 하시면 어때요." 스위프트 폭스는 깔깔대고 웃는다. "우리는요, 우리는 찾아다니고 있었어요. 버섯을요. 찾아다니고 또 찾아다녔죠. 두 손과 무릎으로 기어 다니면서 온갖 곳을 찾아 헤맸거든요. 하지만 단 한 개의 버섯도 발견하지 못했어요. 안 그래, 크로제?"

크로제는 땅을 내려다보면서 고개를 가로젓는다. 그는 마치 바지를 내리고 있다 들킨 사람처럼 행동한다. 하지만 그는 바지를 입고 있지도 않고 다만 줄무늬 시트만 걸치고 있을 뿐이다.

"안녕히 가세요. 즐겁게 벌 사냥하세요."

그녀는 흙집을 향해 되돌아가고 크로제는 줄에 묶여 끌려가는 사람처럼 그 뒤를 따라간다.

"어이, 꿀벌 여왕님." 젭이 토비에게 말한다. "어서 당신의 물품을 구하러 갑시다. 당신을 집으로 안전하게 모셔다 드리리다."

완벽한 세상이었다면 토비는 벌써 꿀 생산용 계상과 이동식 뼈대로 가득한 얇은 상자 모양의 표준 벌통을 구비하고 있을 것이다. 혹시라도 벌 떼를 발견할 수 있을지 모르니까 그녀는 벌통을 미리미리 준비해 두었어야 했다. 하지만 선견지명이 부족했던 탓에 그 일을 미리 해 두지 못했다. 적절한 벌통이 없다면 꿀벌의 관심을 끌기 위해 어떤 걸 활용할 수 있을까? 꿀벌들이 자유롭게 들어가고 나갈 수 있는 입구가 있는 보호받을 수 있는 빈 공간이면 무엇이라도 상관없을 것이다. 충분히 건조하고 충분히 서늘하고 충분히 따뜻한 그런 통이라면 좋겠다.

레베카가 이곳저곳을 뒤지더니 스티로폼 아이스 박스를 찾아 준다. 젭은 측면 위쪽에 입구로 사용할 구멍과 몇 개의 환기 구멍을 만들어 준다. 토비와 젭은 정원의 한쪽 모서리에 그것을 설치한 다음 안정감을 주고 추가적인 보호책이 되게끔 그 주위를 돌로 에워싸고 합판으로 된 내력벽 몇 장을 덧붙였는데 자그마한 돌들을 이용해서 아이스 박스 바닥보다 위쪽으로 그 벽을 세웠다. 그저 벌통을 대충 흉내 내어 만든 것이지만 우선은 그것으로 만족해야 할 것이다. 위험 요소는 만약에 벌들이 여기에다 확실하게 자리를 잡게 되는 경우, 나중에 그들을 다른 곳으로 이동시킬 때 그들이 무척이나 실망할지도 모른다는 점이다.

토비는 베갯잇을 이용하여 즉석에서 벌을 잡는 가방을 만든다. 그런 다음 두 사람은 벌을 모으기 위해 다시 숲으로 걸어 들어간다. 그녀는 기다란 막대기로 재빨리 벌들을 긁어모은다. 벌떼가 가방 속으로 부드럽게 굴러 들어온다. 가장 빽빽한 부분은 여왕이라는 자석에 들러붙어 있다. 여왕은 몸 안에 들어 있는 심장처럼 눈에 보이지 않는다.

두 사람은 큰 소리로 윙윙거리는 베갯잇을 들고 정원으로 들어온다. 베갯잇 안에 들어가지 못하고 밖에서 자유롭게 날아다니는 벌들이 자욱하게 그들의 뒤를 좇아온다. 토비는 꿀벌 무리를 아이스 박스 속에다 조심조심 풀어놓은 다음 베갯잇 밖에서 헤매고 있는 벌들이 모두 다 길을 찾아 들어갈 때까지 기다려 준다. 그리고 나서는 꿀벌들이 새 집을 탐험하는 동안 다른 벌들이 조금 더 오기를 기다린다.

벌을 다룰 때 토비는 언제나 아드레날린이 분출된다. 일이 잘못될 수도 있다. 예를 들어 어느 날 그녀에게서 뭔가 이상한 냄새가 날 수가 있다. 그런 경우 분노하여 얼얼하도록 찔러대는 벌 떼의 한가운데 서 있게 될 수도 있다. 때로는 거품 목욕이라도 하듯이 온몸을 벌들로 씻어 낼 수 있을 것 같은 느낌이 들 때가 있다. 그렇지만 그런 것은 아주 높은 고지대나 황홀경을 느끼는 깊은 바닷속에 있을 때처럼 벌 떼를 다루면서 맛볼 수 있는 희열이다. 실제로 그런 짓을 시도한다면 무척이나 어리석을 것이다.

벌 떼가 모두 자리를 잡았을 때 토비는 아이스 박스의 뚜껑을 닫고 위에다 돌을 몇 개 올려놓는다. 곧바로 벌들이 날개를 퍼드덕거리며 입구를 통해 들어갔다 나갔다 하면서 정원의 꽃들 사이에서 꽃가루를 찾기 위해 샅샅이 뒤져 댄다.

"고마워요." 그녀는 젭에게 말한다. 그러자 그는 마치 연인이기보다는 건널목지기라도 되는 것처럼 "언제라도 좋습니다."라고 답한다. 지금은 대낮이라는 사실을 떠올린다. 젭은 낮 시간에는 언제나 딱딱하게 사무적으로 말한다. 그는 성큼성큼 걸어가 흙집 모퉁이를 돌아서 시야에서 사라진다. 임무 완수.

토비는 자신의 머리를 가린다.

"아 벌들아, 여기서 행복하게 지내기를 바란다. 너희들의 새로운 이브6으로서 약속하는데, 가능한 한 날마다 너희들을 찾아와 새로운 소식들을 전해 줄게."

그녀는 스티로폼 아이스 박스를 향해 말한다.

"아 토비, 글쓰기를 또 할 수 있어요? 종이에다 기호로요."

그녀의 그림자, 어린 블랙비어드가 말한다. 아이는 바깥에서 정원의 울타리를 기어 올라와서는 두 팔에다 턱을 고이고 울타리에 매달려 있다. 도대체 이 아이는 얼마나 오랫동안 그녀를 지켜보고 있었을까?

"그럼, 할 수 있지. 아마 내일 할 수 있을 거야. 네가 일찍 온다면."

"그 상자는 뭐예요? 돌들은 뭐죠? 아 토비, 뭘 하고 계세요?"

"나는 벌들이 집을 찾을 수 있도록 도와주고 있는 거야."

"그들은 상자에서 살 건가요? 어째서 아주머니는 벌들이 그 안에서 살기를 원하시는 거예요?"

그들의 꿀을 훔치고 싶으니까 그러지, 토비는 생각한다.

"왜냐하면 벌들이 저 안에서 살면 안전할 테니까."

"아 토비, 아주머니는 벌들에게 말을 하고 계셨어요? 아주머니가 이야기하는 걸 들었거든요. 아니면 아주머니는 크레이크에게 말하고 계셨어요, 눈사람 지미처럼요?"

"나는 벌들한테 말하고 있었어."

토비가 답하자 블랙비어드의 얼굴이 미소로 환하게 빛난다.

"난 아주머니가 그런 걸 하실 수 있는지 몰랐어요. 아주머니는 오릭스의 아이들과 이야기를 하시는 거예요? 우리들처럼요? 하지만 아주머니는 노래를 부를 수는 없잖아요!"

"그럼 너는 동물들에게 노래를 불러 주니? 그들이 음악을 좋아해?"

이 질문은 블랙비어드를 어리둥절하게 만든 것 같다.

"음악이요? 음악이 뭐예요?"

다음 순간 블랙비어드는 울타리 뒤로 쿵 하고 뛰어내리더니 꽁무니가 빠져라 달려가 다른 아이들과 합세했다.

실제로 벌들과 함께 있지 않더라도 벌 냄새를 풍기게 되면 원치 않는 곤충 무리들을 끌어모을 수 있다. 벌써부터 진딧물 몇 마리가 그녀의 몸에 달라붙으려 하고 있고 관심을 보이는 말벌들도 몇 마리 있다. 토비는 손을 씻기 위해 펌프가 있는 곳으로 간다. 손을 문질러 씻고 있는데 렌과 로티스 블루가 토비를 찾아온다.

"아주머니한테 꼭 이야기할 게 있어요." 렌이 말한다. "아만다에 관한 일이에요. 정말로 걱정스러워서요."

"다른 생각을 하지 못하게 그녀를 바쁘게 만들어 보렴. 머지않아 아만다는 반드시 정상으로 돌아올 거야. 그 아이는 충격을 받았잖아. 이런 일들은 시간이 걸리는 법이야. 렌, 너도 기억나잖아. 너도 고통공 죄수들의 공격에서 회복하던 시절에 처음에는 어땠었는지 말이야. 아만다의 기운을 보강해 주기 위해 버섯으로 만든 영약을 조금 먹여야겠구나."

"아니, 아주머니는 내 말을 알아듣지 못하셨어요." 렌이 말한다. "아만다가 아기를 가졌어요."

토비는 펌프 옆에 걸려 있는 수건으로 두 손의 물기를 닦아 낸다. 그녀는 생각할 시간을 벌기 위해 그 동작을 아주 천천히 한다.

"확실한 거야?"

"아만다가 막대기에 오줌을 누었거든요." 로티스 블루가 말한다. "양성 반응이 나왔어요. 빌어먹을 그게 웃는 얼굴을 보여 주던걸요."

"분홍색 웃는 얼굴이었어요! 그 막대기는 너무 짓궂어요! 끔찍하다니까요!" 렌이 말하고는 울기 시작한다. "아만다가 어떻게 그 아기를 낳을 수가 있겠어요. 그놈들이 아만다한테 그런 짓을 했는데요! 고통공 죄수 아빠의 아이라니 말도 안 돼요!"

"아만다가 좀비처럼 걸어 다니고 있어요." 로티스 블루가 말한다. "우울증이 너무 심해요. 그녀는 정말이지 그저 모든 의욕을 상실한 것 같아요."

"내가 아만다와 이야기해 볼게."

불쌍한 아만다. 그 아이가 살인자의 자식을 낳을 거라고 어느 누가 예상이나 할 수 있었단 말인가? 그녀를 강간하고 학대한 자들의 아이라니. 물론 아버지에 관한 한 다른 가능성이 있기는 하다. 토비는 성 줄리안의 날, 그 혼란스럽던 저녁에 모닥불 불빛 사이로 꽃, 노래, 그리고 크레이커의 팔다리가 열정적으로 엉켜 있던 광경을 회상해 본다. 아만다가 아기 크레이커를 잉태하고 있는 거라면 어떻게 하지? 그런 일이 정말로 가능하단 말인가? 그렇다, 그들이 총체적으로 다른 종이 아니라면 가능하다. 만약에 그렇다면 위험하지는 않을까? 크레이커의 아이들은 발달 시계가 전혀 달라서 훨씬 빨리 자란다. 만약에 아기가 너무 크거나 너무 빨리 자라나서 순탄하게 밖으로 나올 수 없다면 어떻게 하지?

여기에 병원이 있는 게 아니지 않은가. 심지어 의사조차 없는데. 시설로 말할 것 같으면 동굴에서 아이를 낳는 것과 똑같을 것이다.

"아만다는 저기서 그네를 타고 있어요." 로티스 블루가 말한다.

아만다는 어린아이들이 타는 그네에 앉아 부드럽게 앞뒤로 움직이고 있다. 그녀의 몸이 그네에 잘 맞지 않는다. 그네가 땅 가까이에 있어서 그녀의 무릎이 부자연스럽게 위로 불쑥 올라가 있다. 그녀의 두 뺨으로 눈물이 느릿느릿 흘러내리고 있다.

아만다 주위에 세 명의 크레이커 여자들이 둘러서서 그녀의 이마와 머리칼과 어깨를 만지고 있다. 그들 모두가 가르랑거리기를 하고 있다. 아이보리색, 흑단같이 새까만 색과 황금색 여자들이다.

"아만다, 괜찮아. 모두들 널 도와줄 테니까." 토비가 말한다.

"죽고 싶어요." 아만다가 말한다.

렌은 와락 눈물을 터뜨리며 꿇어앉아 두 팔로 아만다의 허리를 감싸 안는다.

"절대로 그런 말은 하지 마! 우리는 지금까지 잘 견뎌 왔잖아! 이제 와서 포기할 수는 없어!" 렌이 말한다.

"나한테서 이걸 빼내고 싶어요. 독약을 마시면 안 돼요? 아주머니가 갖고 계신 버섯 같은 걸로요."

적어도 이 아이에게 어느 정도 힘이 남아 있다고 토비는 생각한다. 그리고 사실 예전에 사용되던 식물들이 있긴 하다. 토비는 필라가 야생 당근, 달맞이꽃 같은 다양한 씨앗과 뿌리를 언급하던 것이 생각난다. 그렇지만 적당량에 대해서는 확신이 없다. 그런 걸 시도한다는 건 너무나 위험한 행동일 것이다. 그리고 배 속에 있는 것이 크레이커의 아기라면 그런 걸 마신다 해도 전혀 효과가 없을 수 있다. 미친 아담들에 의하면 크레이커들은 생화학적으로 다른 구조를 지니고 있다.

아이보리색의 크레이커 여자가 가르랑거리기를 멈춘다.

"이 여자는 더 이상 파랗지 않아요. 그녀의 뼈 동굴이 더 이상 비어 있지 않거든요. 그것은 좋은 일이에요."

황금색 여자가 말한다. "아 토비, 저 여자는 어째서 슬퍼하

나요? 우리는 뼈 동굴이 가득 차 있으면 언제나 행복해하는데
요."

뼈 동굴. 그들은 그것을 그런 이름으로 부르는구나. 어떤 면에
서는 아름답고 아주 정확한 표현이다. 하지만 지금 당장 토비 자
신이 눈앞에 그려 볼 수 있는 것이라고는 물어뜯긴 뼈들로 가
득한 동굴일 뿐이다. 아만다에게도 그렇게 느껴질 게 분명했다.
생명 속의 죽음이라고나 할까. 이 이야기를 듣기 좋게 꾸미기 위
해 토비가 할 수 있는 일이 어떤 게 있을까? 별로 많지 않다. 칼
과 밧줄은 모두 치워 버리고 친구들이 늘 함께 지내도록 주선
하는 수밖에 없다.

"토비, 혹시라도……." 렌이 말한다.

"제발 한번 해 봐요." 아만다가 말한다.

"아냐, 나한테 그런 지식은 없어." 토비가 말한다.

정원사 시절에 산부인과를 담당했던 사람은 산파였던 마루
시카였다. 토비 자신은 질병과 상처에 전념했는데 구더기와 습
포제와 거머리는 이런 데에는 전혀 소용이 없다. 토비는 계속해
서 말한다.

"그게 네가 생각하는 것만큼 나쁘지 않을 수도 있어. 아버지
가 고통공 죄수가 아닐 수도 있잖아. 그날 밤이 생각나지 않아?
성 줄리안의 날에 모닥불 주변에서 그들이 달려들었잖아…….
문화적인 오해가 있었기 때문이지. 그러니까 크레이커의 아기일
지도 몰라."

"아주 기가 막히네요." 렌이 말한다. "선택지가 굉장해요! 극악한 범죄자인가 아니면 유전자 접합으로 생겨난 괴물인가. 여하튼 문화적인 오해 아니 그걸 뭐라고 부르시건 간에 아만다만이 유일하게 그런 일을 당한 게 아니란 말이에요. 어쩌면 내 배 속에서도 그런 괴물 아기가 자라고 있을지도 모르거든요. 난 그저 막대기에다 오줌을 눈다는 게 무서울 뿐이에요."

토비는 뭔가 할 말을 생각해 내기 위해 머리를 짜내고 있다. 긍정적이고 마음을 달래 줄 수 있을 어떤 말을. 유전자가 총체적 운명인 건 아니지 않은가? 유전 대 환경, 악에서 선이 나올 수 있을까? 고려해야 할 후성적 전환들이 있으며 어쩌면 고통공 죄수들이 그저 아주 아주 좋지 못한 양육 과정을 거쳤을 수도 있지 않을까? 아니면 이건 어떨까? 크레이커들은 우리가 생각하는 것보다는 한층 더 인간적일 수도 있지 않을까? 하지만 그 어떤 말도 심지어 토비에게조차 아주 설득력 있게 들리지 않는다.

"아 토비, 슬퍼하지 말아요."

어린아이의 목소리가 들린다. 블랙비어드가 토비 옆에서 그녀를 슬쩍 건드리며 말한다. 아이는 그녀의 손을 잡더니 토닥거린다.

"오릭스가 도와줄 거예요. 그리고 아기는 뼈 동굴에서 나올 거예요. 그러면 아만다는 행복해할 거예요. 아가가 태어나면 모두들 아주 행복해해요."

아기 돼지 형제들

"몸 좀 들어 봐, 당신의 몸이 내 팔을 짓누르고 있어. 무슨 고민거리라도 있나?" 젭이 말한다. "

"아만다가 걱정스러워요."

이 말이 사건의 전말은 아니지만 나름대로 정확하다.

"임신한 것 같은데 전혀 기뻐하지 않거든요."

"만세 삼창이라도 외쳐야겠군. 우리의 멋진 신세계에 첫 번째로 태어나는 어린 선구자를 위하여."

"가끔은 당신이 너무 매정해지곤 한다고 말해 주는 사람은 없었나요?"

"아무도 안 그러던데. 내 심장이 이토록 떨고 있잖아. 물론 그동안의 사태로 판단해 볼 때 고통공 죄수가 아이 아버지일 가능성이 가장 높겠는걸. 그렇다면 완전 엉망진창이겠지. 그렇다면 우리는 아기를 새끼 고양이처럼 익사시켜야 할지도 모르겠네."

"그럴 가능성은 아마도 없을 거예요. 저 크레이커 여자들이 아기를 얼마나 사랑하는데요. 만약에 당신이 아기한테 잔인하고 해로운 일을 저지르기라도 하면 그들은 미쳐 날뛸 거예요."

"여자들은 이상해. 하긴 나였어도 보호하려고 애쓰고 꼭 껴안아 주고 하는 그런 엄마가 있었다면 거부하지는 않았을 거야."

"어쩌면 아기가 혼종일지도 몰라요. 반은 크레이커요. 성 줄리안의 축제 기간 동안 그들 무리가 했던 행동을 고려하면 말이에요. 그렇다면 아기 때문에 아만다가 죽을지도 모르잖아요. 크레이커 태아의 성장 속도는 다르니까요. 게다가 크레이커 여자들이 업고 다니는 아이들을 보면 크레이커 신생아는 머리가 더 크니까 옴짝달싹 못하게 꽉 막혀서 밖으로 나오지 못할 수도 있잖아요. 난 제왕절개 수술을 어떻게 시작해야 하는지조차 몰라요. 아니, 수술은 고사하고 혹시 혈액형 부적합 현상이 일어나면 어떻게 해요?"

"아이보리 빌이나 다른 사람들이 그것에 대해 뭔가 알고 있지 않을까? 혈액 유전이나 뭐 그런 것에 대해서?"

"아직 그 사람들에게 물어보지 않았어요."

"좋아, 그럼 그 문제를 위기 목록에 올려놓읍시다. 임신한 사람 한 명. 그룹 회의를 소집하지. 그렇지만 만약에 미친 아담들이 어떤 일이 일어날지 알지 못한다면 그건 그냥 기다려 보는 수밖에 없을 것 같은데?"

"여하튼 그 문제는 그저 지켜보는 수밖에 없어요. 아기를 낙태시킬 수가 없잖아요. 그런 기술을 가진 사람이 여기에 단 한 명도 없는데 그런 수술을 감행하는 건 너무나 위험할 테니까요. 약초가 몇 가지 있기는 하지만, 뭔지도 모르면서 시도하게 되면 독성이 지나칠 수 있어요. 그룹 회의에서 누군가가 뛰어난 제안을 내놓지 않는 한 우리가 할 수 있는 일이 하나도 없어요. 그렇지만 그걸 하기 전에 상담을 조금 해 봐야 할 것 같아요."

"누구하고? 우리의 두뇌광들 중에는 의사가 한 명도 없는데."

"지금부터 내가 하는 말을 듣고 비웃으면 안 돼요."

"혀는 붙들어 맸고 입술은 스테이플러로 고정시켰어. 자 어서 말해 보시죠."

"좋아요, 내가 하는 말이 정신 나간 소리처럼 들릴지도 모르지만 난 필라와 상담해 보고 싶어요. 당신도 알다시피 지금은 죽고 없는 사람하고요."

잠깐 동안 침묵이 흐른다. "그걸 어떻게 할 계획인데?"

"그녀를 방문해 보려고요. 그러니까 거기 우리가……."

"그녀의 신전으로? 마치 성자처럼?"

"대충 그런 거지요. 강도 높은 명상을 하는 거예요. 우리가 그녀를 묻은 위치를 기억하시죠? 공원이요. 그녀를 퇴비로 만들던 날에요. 공원 관리인처럼 옷을 차려입고 우리가 구멍을 팠잖아요……."

"알아, 난 그 장소를 기억하고 있어. 당신은 내가 당신을 위해 훔쳐낸 공원 관리인의 녹색 작업복을 입고 있었잖아. 필라를 묻은 다음 우리는 그 위에다 딱총나무 관목을 한 그루 심었지."

"맞아요, 그곳이 바로 내가 가 보고 싶은 장소예요. 그걸 보고 바깥지옥 세계 사람들은 미친 짓이라고 말할 거라는 걸 나도 잘 알아요."

"첫 번째론 벌들에게 말을 건네더니 이제는 죽은 사람에게 말을 하고 싶은 거요? 심지어 정원사들조차 그렇게 행동했던 적은 결코 없었는데."

"그들 중 몇몇 사람은 했어요. 은유적으로 한번 생각해 봐요. 그러니까 내 안에 있는 필라와 내가 접속하는 거라고요. 아담1이라면 그렇게 말했을 거예요. 아마도 그는 지지해 줄 거예요."

또다시 침묵이 흐른다. "글쎄, 그 일은 당신 혼자 할 수 없을 텐데."

"알아요." 이제는 그녀가 말을 멈추고 침묵할 차례다.

한숨 소리. "좋아요. 뭐든 우리 자기가 원하는 대로 해야지. 난 자원할 거고, 코뿔소와 새키도 함께 가자고 설득해 보지. 우리가 당신을 보호해 줄 거요. 분무 총 한 개와 당신의 소총을 가져갑시다. 그걸 하는 데 어느 정도 시간이 걸릴 것 같아?"

"약식의 고강도 명상을 할 거예요. 혼자서 너무 많은 시간을 쓰고 싶지는 않으니까요."

"당신은 목소리가 들릴 거라고 생각해? 그냥 궁금해서."

"무슨 소리를 들을지 전혀 모르겠어요." 토비는 솔직하게 말한다. "분명 아무 소리도 듣지 못할 거예요. 그렇다 해도 여하튼 난 그걸 꼭 해야만 해요."

"당신의 그런 점이 맘에 들어. 당신한테는 무엇이든 시도할 투지가 있거든."

약간의 바스락거리는 소리, 약간의 뒤척이는 소리. 그런 다음 또다시 침묵이 흐른다.

"그것 말고 또 다른 걱정거리가 있는 거요?"

"아니요, 괜찮아요." 토비는 거짓말을 한다.

"나를 기만하기로 작정한 거요? 맘대로 해, 난 괜찮으니까."

"기만이라니. 꽤나 고상한 단어네요."

"내가 한번 맞혀 볼까? 당신은 내가 황야로 쇼핑을 나갔을 때 그 '이름이 뭐더라' 양과 옷을 홀딱 벗었는지 아닌지 말해 줘야 한다는 거잖아. 그 쬐끄만 여우 아가씨랑 뭘 했는지. 내가 그 여자의 몸을 더듬었는지 아니면 그 반대였는지. 성적 결합이라도 이루어졌는지 말이야."

토비는 그것에 대해 생각해 본다. 그녀는 자신이 두려워하는 것에 대해 좋지 못한 소식을 듣고 싶은가 아니면 그녀가 믿지 못할 좋은 소식을 원하는가? 그녀는 지금 촉수와 빨판으로 착 달라붙는 무척추동물로 바뀌고 있는 중인가?

"좀 더 흥미로운 걸로 이야기해 줘요."

젭이 껄껄대고 웃는다. "농담도 잘하는걸."

그렇다. 교착 상태에 빠진다. 젭으로서는 알아야 하고 토비는 알고 싶은 마음을 자제하려고 노력해야 한다. 그는 암호화하는 걸 좋아한다. 어둠 속에서 젭의 얼굴을 자세히 볼 수는 없지만 토비는 그가 미소 짓고 있다는 걸 느낄 수 있다.

그들은 바로 다음 날 아침 동이 틀 무렵에 출발한다. 검은 날개를 활짝 펼치고 있는 독수리들은 다른 나무들보다 키도 더 크고 더 많은 부분이 죽어 버린 나무들 꼭대기에 앉아 있으므로 날개 위에 맺혀 있던 이슬은 증발될 것이다. 그들은 몸을 들어 올리고 나선형을 그리며 날아갈 수 있게끔 도와줄 상승 온난 기류를 기다리고 있다. 까마귀들은 한 번에 하나의 거친 음절로 소문을 퍼뜨리고 있다. 몸집이 자그마한 새들은 몸을 뒤척이더니 지지배배 지저귀기 시작한다. 가느다란 실오라기 같은 핑크빛 구름이 동쪽 수평선 위로 떠다니며 더 낮은 테두리를 금빛으로 밝히고 있다. 어떤 날은 하늘이 오랜된 그림 속 천국처럼 보일 때가 있다. 거기엔 반드시 천사가 몇 명쯤 떠다녀야 할 텐데. 흰 옷자락을 무도회에 처음 나온 아가씨들의 치맛자락처럼 휘날리며, 분홍색 발가락은 우아하게 뻗고, 공기 역학적으로 도저히 불가능한 날개를 달고서. 이제는 천사 대신 갈매기들이 날아다닌다.

그들은 아직도 헤리티지 공원이라고 인식할 수 있는 곳을 통하여 여전히 남아 있는 오솔길을 따라 걸어가고 있다. 옆으로 갈라지는 조그마한 자갈길에는 길을 가로질러 덩굴 식물들이 뻗어 나가고 있었지만 그래도 피크닉 테이블이나 시멘트로 만들어진 바비큐 그릴들은 아직도 그 모습을 알아볼 수 있을 정도로 남아 있었다. 만약 여기에 유령이 살고 있다면 그들은 깔깔대고 웃어 대는 아이들의 유령일 것이다.

드럼 모양의 쓰레기통들이 모두 다 뚜껑이 벗겨진 채로 뒤집혀 있다. 사람들이 한 짓은 아니었을 것 같다. 뭔가가 분주했던 게 분명하다. 하지만 너구컹크는 아니었을 것 같다. 쓰레기통은 너구컹크들이 접근하지 못하도록 만들어졌기 때문이다. 피크닉 테이블을 둘러싸고 있는 흙들이 바퀴 자국으로 깊이 팼고 온통 진흙이다. 뭔지는 모르겠지만 밟아 뭉개고 뒹굴어 댔던 것 같다.

젭과 토비가 필라를 퇴비화한 장소로 이송할 때 이용했던 도로처럼 아스팔트가 깔려 있는 헤리티지 공원의 주요 도로는 자동차가 다닐 수 있을 만큼 충분히 넓다. 도로에는 벌써 잡초의 싹들이 조심스럽게 솟아나고 있다. 잡초들이 발휘하는 힘은 믿기 어려울 정도로 엄청나다. 그것들은 몇 년 지나지 않아서 건물을 땅콩처럼 부스러뜨릴 것이고 10년이 채 지나기도 전에 돌무더기로 바꾸어 놓을 것 같다. 그런 다음에는 땅이 돌조각을 삼켜 버리겠지. 모든 것이 삭고 소화될 것이다. 정원사들은 그것을 축하할 일로 생각했지만 토비는 그런 것에서 위안을 받았던 적이 한 번도 없었다.

코뿔소는 분무 총을 들고 앞장서서 걸어간다. 새키는 뒤쪽에 있다. 젭은 중간에 토비 옆에서 걸어가며 그녀를 엄중히 지켜보고 있다. 토비는 벌써 약식 고강도 명상을 하기 위한 혼합물을 마셨으므로 젭이 안전을 위해 소총을 들고 간다. 다행스럽게도 그녀가 여러 해 동안 보관해 두었다가 새론당신 스파를 떠나올 때 가지고 온 여러 종류의 말린 버섯들 가운데 예전의 정원사 시절 버섯 모판에서 재배한 실로시빈* 종자가 약간 있었다. 토비는 물에 흠뻑 적셔 불린 다음 건조시킨 버섯과 갈아서 가루로 만든 여러 종의 씨앗들에다 광대버섯을 아주 조금 첨가했다. 한 꼬집 분량이다. 뇌가 전면적으로 파열되기를 바라지는 않으니까. 그저 조금 흔들리는 정도랄까, 눈에 보이는 세계를 그 이면에 숨어 있는 어떤 것과 분리시킬 정도로 창문 유리가 살짝 뒤틀리는 그런 흔들림을 원한다. 효과가 나타나기 시작한다. 벌써 발걸음이 흔들리고 변화가 느껴진다.

"이봐, 너 지금 여기서 뭐 하고 있는 거야?"

어떤 목소리가 말한다. 어두운 터널을 따라 그녀에게로 다가오는 새키의 목소리. 그녀는 뒤돌아선다. 다름 아닌 블랙비어드가 서 있다.

"나는 토비와 함께 있고 싶어요."

"오 퍼크." 새키가 말한다.

---

* 멕시코산 버섯에서 얻어지는 환각 유발 물질.

미친아담

블랙비어드는 행복하게 미소 짓는다. "그리고 퍼크도 함께요."

"그래, 괜찮아." 토비가 말한다. "블랙비어드도 데려가요."

"여하튼 당신은 저 아이를 막을 수가 없나 보군." 젭이 말한다. "저 아이를 없애 버리기 전에는. 물론 내가 저 아이에게 꺼져 버리라고 말할 수는 있겠지."

"제발, 저 아이를 혼란스럽게 만들지 말아요."

"아주머니는 어디에 가시는 거예요? 아 토비."

토비는 블랙비어드가 내미는 손을 붙잡는다.

"친구를 방문하러 가는 거야. 하지만 너는 그 친구를 볼 수 없을 거야."

블랙비어드는 아무런 질문도 하지 않는다. 단지 고개를 끄덕일 뿐이다.

젭은 저 앞을 바라보더니 왼쪽을 보고 오른쪽을 살핀다. 토비가 그를 처음으로 알았을 때부터 줄곧 해 온 습관대로 젭은 노래를 흥얼거리고 있다. 그런 행동이 나타나는 건 대체로 그가 스트레스를 받고 있다는 뜻이다.

지금 우리는 똥통에 빠진 거야.

그래, 정말로 재수가 없는 거야.

맞아, 우리가 운이 없는 거니까.

왜냐하면 우리는 좆도 모르기 때문이지…….

"하지만 눈사람 지미는 그 친구를 알잖아요 그리고 크레이크도요. 그도 역시 그 친구를 알아요."

블랙비어드가 말하고는 스스로에게 아주 만족한 표정을 지으며 확인하듯이 토비와 젭을 올려다보고 환하게 웃는다.

"그래, 그건 네 말이 맞다. 그게 바로 그들이 알고 있는 거지. 두 사람 모두." 젭이 말한다.

토비는 고강도 명상을 위한 물질이 최고조로 효과를 발휘하는 것을 느낄 수가 있다. 태양을 등지고 서 있는 젭의 머리를 둘러싸고 끝이 갈라진 머리카락임에 분명한 것들이 후광처럼 원을 이루고 있다. 정말이지 그의 머리를 다듬어 주면 좋을 텐데. 어떡해서든지 가위를 구해야겠다. 하지만 그럼에도 불구하고 토비의 눈에는 젭의 머리칼에서 빛나는 전기 에너지가 한바탕 찌르르 터져 나오는 것처럼 보인다. 모르포나비*가 빛을 발하면서 길을 따라 떠돌고 있다. 물론 그녀는 기억한다. 저 나비들은 언제고 빛을 발한다는 사실을. 그렇지만 지금은 가스난로의 불처럼 강렬한 푸른색이다. 검은 코뿔소가 발소리를 내면서 거인처럼 흐릿하게 나타난다. 도로 양옆에 쐐기풀이 나 있고 그것들의 잎사귀에 솟아난 가시들은 빛을 받아 투명하다. 사방이 온통 소리와 소음, 거의 사람의 목소리와 같은 소리들로 가득하

---

* 중남미에 서식하는 모르포 속(屬)의 대형 나비. 푸르게 빛나는 날개로 알려져 있다.

다. 윙윙대는 소리와 딸각대는 소리, 톡톡 두드리는 소리, 소곤소곤 속삭이는 소리.

그리고 그들이 아주 오래전에 필라의 무덤 위에 심어 놓은 대로 바로 그 자리에 딱총나무 한 그루가 서 있다. 지금은 훨씬 많이 자랐다. 나무에는 흰색 꽃이 풍성하게 매달려 있고 달콤함이 대기를 가득 채우고 있다. 그 나무를 둘러싸고 흔들림이 느껴지는데 꿀벌들, 땅벌들, 크고 작은 나비들이 날아다니고 있다.

"넌 여기에 남아 있어, 젭과 함께."

토비가 블랙비어드에게 말한다. 그녀는 그의 손을 놓은 다음 앞으로 한 걸음 나아가 딱총나무 앞에 무릎을 꿇는다.

토비는 송이를 이루고 있는 꽃들을 응시하면서 생각한다, 필라를. 나이가 많아 주름이 쪼글쪼글하던 얼굴, 갈색 손, 부드러운 미소를. 단번에 그 모든 것이 이토록 실제적으로 느껴지다니. 벌써 흙으로 돌아갔을 텐데.

당신이 여기에 있다는 걸 난 알아요. 새로운 몸으로 변해서요. 난 당신의 도움이 절실해요.

목소리는 전혀 들리지 않지만 자리는 남아 있다. 잠시 기다린다.

아만다. 그 아이가 죽을까요? 아만다의 배 속에 있는 아기가 그녀를 죽게 만들까요? 난 어떻게 해야 하죠?

아무런 반응도 없다. 토비는 버림받은 것 같은 느낌이 든다. 하지만 정말로 무언가를 기대했단 말인가? 마법은 없다. 천사도

뼈 동굴

없다. 그런 건 언제나 어린아이들의 장난일 뿐이었다.

그렇지만 그녀는 어쩔 수 없이 도움을 요청할 수밖에 없다. 나에게 메시지를 보내 주세요. 신호로요. 당신이 내 입장이라면 어떻게 하실 건가요?

"조심해." 젭의 목소리가 들린다. "움직이지 말고 가만히 있어요. 천천히 쳐다봐요. 왼쪽으로."

토비가 고개를 돌린다. 길 건너편, 돌을 던져 맞힐 정도로 가까운 거리에 거대한 돼지 한 마리가 있다. 암퇘지가 새끼들과 함께 있다. 자그마한 새끼 돼지 다섯 마리가 한 줄로 서 있다. 엄마 돼지는 부드럽게 꿀꿀거리는데 어린 돼지들은 절규하는 듯 높은 피리 소리를 낸다. 그들의 분홍색 귀가 얼마나 선명하게 빛나는지, 그들의 발굽이 얼마나 수정처럼 맑은지, 얼마나…….

"철저히 지키고 있으니 걱정하지 말아요."

젭이 천천히 소총을 들어 올리고 있다.

"쏘지 말아요." 토비가 말한다.

토비의 귀에 들려오는 자신의 목소리가 아주 멀게 느껴지고 거대해진 자신의 입은 마비된 것 같다. 심장이 정지된 것만 같다.

암퇘지는 발걸음을 멈추더니 옆으로 돌아선다. 완벽한 목표물이다. 암퇘지가 정면으로 토비를 바라본다. 새끼 돼지 다섯 마리가 엄마 돼지의 그림자 속에, 마치 조끼 단추처럼 모두가 일렬로 달려 있는 엄마의 젖꼭지 밑에 옹기종기 모여 있다. 암퇘지의 입은 미소라도 짓는 것처럼 양쪽 끝이 올라가 있지만 그건 단지 그렇게 생겼기 때문이다. 빛을 받은 이빨이 번득인다.

어린 블랙비어드가 앞으로 나선다. 태양빛을 받아 온몸이 황금색인 그는 부드럽게 빛나는 녹색 눈을 반짝이며 두 손을 쭉 내민다.

"이리로 돌아와." 젭이 말한다.

"잠깐만요." 토비가 말한다.

엄청난 힘이 느껴진다. 총알이 날아온다 해도 암퇘지를 멈추게 하지 못할 것이다. 분무 총을 발사해도 암퇘지의 몸에 흔적 하나 남기지 못할 것이다. 암퇘지는 탱크처럼 그들을 들이받을 수 있다. 생명, 생명, 생명, 생명. 생명. 지금 이 순간 가득 차 터질 것만 같다. 1초. 천 분의 1초. 천 년. 영년(永年).

엄마 돼지는 움직이지 않는다. 계속해서 머리를 치켜든 채 귀를 쫑긋 세우고 있다. 백합처럼 커다란 귀. 그녀는 돌격할 징조를 전혀 보이지 않는다. 검붉은 산딸기 열매와도 같은 눈을 지닌 새끼 돼지들은 제자리에 꼼짝 않고 서 있다. 딱총나무 열매 색깔의 눈.

이제 소리가 들린다. 이 소리는 어디로부터 들려오는 거지? 그 소리는 나뭇가지에 바람이 스쳐 가는 소리 같기도 하고 매가 날아가며 내는 소리 같기도 하다. 아니야, 얼음으로 만들어 놓은 고운 소리로 노래하는 명금과도 같다. 아니, 그러니까 마치…… 젠장, 토비는 생각한다. 너무 취해서 몽롱하구나.

그건 바로 블랙비어드가 부르는 노랫소리다. 가냘픈 소년의 목소리. 인간의 음성이 아니라 블랙비어드가 내는 크레이커의 소리.

다음 순간 암퇘지와 어린 새끼 돼지들은 사라지고 없었다. 블랙비어드가 고개를 돌리고 토비를 향해 미소를 짓는다.

"그녀가 여기에 왔었어요." 그가 말한다.

저 아이가 무슨 말을 하는 거지?

"헛소리." 섀키가 말한다. "저기 돼지갈비 도망간다."

그래서 토비는 생각한다. 집으로 가야지. 샤워를 하고 정신을 차려야겠다. 넌 이제 비전을 갖게 되었으니까.

벡터

크레이크는 어떻게 태어났나에 관한 이야기

"약 기운이 아직도 남아 있는 것 같아?"

한때 지미의 그물 침대가 매달려 있었고 지금은 크레이커들이 기다리고 있는 나무들을 향해 걸어가면서 젭이 묻는다. 해가 지면서 땅거미가 내려앉고 있는데 보통 때보다 더 깊고 더 두꺼우며 더 많은 층을 이루고 있다. 나방들은 더 밝게 빛나고 저녁 꽃들의 향내는 한층 더 강해져서 감각이 마비되는 것 같다. 고강도 단기 명상 물약이 불러일으킨 결과다. 그녀의 손안에 있는 젭의 손이 거친 벨벳 같다. 그의 손은 고양이의 혀처럼 따뜻하고 부드러우며 섬세하고 거칠다. 어떤 때는 이런 기분이 사라지는 데 반나절이 걸리기도 한다.

"약 기운이 남아 있다는 말이 신비로운 준종교적 경험을 표현하는 데 적절한 말인지 잘 모르겠어요." 토비가 말한다.

"그게 그거 아닌가?"

"어쩌면요. 블랙비어드는 필라가 돼지 껍질을 쓰고 나타났다고 사람들에게 말하고 다니니까요."

"말도 안 돼! 게다가 필라는 채식주의자였는데. 어떻게 그녀가 돼지 속으로 들어갈 수 있겠어?"

"블랙비어드는 당신이 곰의 껍질을 걸쳤던 것처럼 필라가 돼지 껍질을 입었다고 말하고 있어요. 다만 그녀가 돼지를 죽여서 먹은 건 아니죠."

"무슨 낭비람."

"블랙비어드는 필라가 나한테 말을 했다고도 떠들고 다녀요. 그녀가 나한테 말하는 걸 자기가 들었다고요."

"당신도 역시 그렇게 생각해?"

"꼭 그런 것은 아니에요. 당신도 정원사들의 방식을 잘 알잖아요. 나는 내 안에 있는 필라, 그러니까 뇌에 작용하는 화학 촉진제의 도움으로 우주의 파장과 연결되어 눈에 보이는 형태로 구체화된 필라와 의사소통을 한 거였죠. 우주에는 우연의 일치라는 것은 절대 없잖아요. 그리고 정신 활성화 물질들이 혼합된 물을 마시면 감각적 인상이 '야기'될 수 있다고 말한다고 해서 그게 반드시 환각을 의미하는 것은 아니잖아요. 문은 열쇠로 열 수 있지만 문을 열었을 때 눈앞에 드러난 물건들이 거기에 있던 게 아니라는 뜻일까요?"

"아담1이 감언이설로 당신을 완전히 세뇌시켜 놓았군. 그렇지 않아? 아담1이라면 그런 헛소리를 몇 시간이라도 지껄일 수 있을 테니까.”

“나는 아담1의 추론을 따라갈 수 있어요. 그러니까 그런 의미에서 그가 날 세뇌시켰다고 말할 수 있겠죠, 맞아요. 하지만 ‘신념’의 문제에 이르면 나도 그렇게 확실하지는 않아요. 물론 아담1의 말을 따른다면 ‘신념’이란 게 뭐겠어요. 그건 단지 부정적인 생각들을 기꺼이 유보하는 거잖아요?”

“그래, 맞아. 아담1이 자신이 말하는 것들을 정말로 믿었는지, 또는 그의 신념이 너무도 확고해서 그걸 위해서라면 자기 팔을 불속에라도 집어넣을 것인지 나 자신도 결코 알 수 없었어. 아담1은 정말 약삭빠른 놈이었다니까.”

“만약에 우리가 신념을 따라 행동한다면 그건 똑같은 거라고 아담1은 말했어요. 믿음을 갖는 것과 같다고요.”

“그를 찾아낼 수 있으면 얼마나 좋을까. 혹시 그가 죽었다고 해도. 어떻게 되었건 간에 무슨 일이 있었는지 난 알고 싶거든.”

“사람들은 그걸 ‘종결’이라고 말하곤 했어요. 어떤 문화권에서는 제대로 된 장례를 치러 주지 않으면 죽은 사람의 혼령이 자유로워질 수가 없다고 믿잖아요.”

“가련한 것들 같으니, 웃기지도 않아. 인류 말이야. 그렇지 않아? 자, 다 왔네. 이제. 당신 일을 하시죠, 이야기꾼 아가씨.”

“내가 할 수 있을지 잘 모르겠어요. 오늘 밤은 못 할 것 같은데. 아직도 정신이 아물아물하거든요.”

“한번 해 보는 거야. 적어도 그 자리에 나타나긴 해야지. 폭동이 일어나는 게 싫으면 말이야."

물고기를 가져다 줘서 고마워요.

지금 당장은 그걸 먹지 않겠어요. 왜냐하면 그보다 먼저 여러분에게 해 줘야 할 중요한 말이 있으니까요.

난 어제 반짝이는 것을 통해 크레이크의 말에 귀를 기울였어요.

제발 노래하지 마세요.

크레이크가 말하기를, 물고기를 익힐 때 시간을 조금 더 길게 주는 게 좋다고 하네요. 물고기가 전부 뜨거워질 때까지요. 그것을 요리하기 전에 바깥에 뜨거운 햇볕에다 놓아 두면 절대로 안 돼요. 또는 물고기를 잡아 놓고 하룻밤 동안 그냥 내버려 두어도 안 돼요. 크레이크가 말하기를, 물고기의 경우에는 그게 최상의 방법이래요. 그리고 그것이 눈사람 지미가 항상 원하던 요리법이라는군요. 또 오릭스가 말하기를, 만약에 그녀의 물고기 아이들이 먹힐 차례라고 한다면, 그것들이 최상의 방법으로 먹히기를 원한대요. 무슨 말인가 하면 물고기는 전체적으로 골고루 익혀야 한다는 뜻이에요.

그래요, 눈사람 지미는 지금은 자기 방에서 잠만 자고 있지만 몸 상태가 이전보다 더 좋아지고 있어요. 그의 발은 더 이상 그렇게 많이 아픈 것은 아니에요. 여러분이 그 발에다 가르랑거리기를 아주 많이 해 주어서 정말로 많이 나았거든요. 눈사람 지미는 아직은 빠른 속도로 달릴 수는 없지만 날마다 걷기 연습을 하고 있어요. 그리고 렌과 로티스 블루가 그를 도와주고 있어요.

아만다는 마음이 너무 슬퍼서 그를 도와줄 수가 없어요.

지금 이 자리에서는 그녀가 무엇 때문에 그토록 슬픈지에 대해서 이야기할 필요는 없을 것 같아요.

오늘 밤 나는 이야기를 하지 않을 거예요. 물고기 때문이에요. 그리고 물고기를 어떻게 익혀야 하는지 그 방법 때문에요. 또한 오늘은 내 기분이 조금…… 오늘은 몹시 피곤하거든요. 몸이 피곤하니까 눈사람 지미의 빨간 모자를 썼을 때 거기서 들려오는 이야기를 듣는 게 한층 더 힘들어요.

여러분이 실망했다는 걸 나도 알아요. 그렇지만 내일은 여러분에게 이야기를 해 주겠어요. 여러분은 어떤 이야기가 듣고 싶나요?

젭에 대한 이야기요? 그리고 크레이크에 대한 이야기도요?

두 사람이 모두 들어 있는 이야기 말인가요? 그래요, 그런 이야기가 있을 것 같네요. 아마도.

크레이크가 이 세상에 태어난 적이 있느냐고요? 그럼요, 난 그랬다고 생각해요. 여러분은 어떻게 생각하세요?

글쎄, 확실한 건 잘 모르겠어요. 하지만 그는 틀림없이 이 세상에 태어났을 거예요. 왜냐하면 그의 모습은, 그러니까 옛날에 그는 사람처럼 생겼었거든요. 그때 젭은 크레이크와 잘 알고 지냈어요. 그렇기 때문에 두 사람이 모두 다 들어 있는 이야기가 있을 수 있어요. 그리고 그 이야기 속에는 필라도 들어 있어요.

블랙비어드? 너는 크레이크에 대해 뭔가 할 말이 있니?

크레이크는 사실 뼈 동굴에서 태어난 게 아니라, 단지 사람의 껍질 속에 들어가 있었던 거라고? 그는 그것을 옷처럼 입었던 거였어? 그렇지만 껍질 속에 들어 있을 때는 달랐던 거야? 그는 반짝반짝 빛나는 물건처럼 둥그렇고 단단했어? 그렇구나.

고마워, 블랙비어드. 네가 지미 눈사람, 아니 눈사람 지미의 빨간 모자를 쓰고서 우리에게 그 모든 이야기를 들려주지 않겠니?

아니야, 모자는 널 해치지 않아. 그걸 썼다고 해서 네가 다른 사람으로 바뀌는 건 아니야. 그렇지 않아, 네가 모자를 쓴다고 해서 너한테 겉껍질이 생겨나는 게 아니야. 너는 나처럼 옷이 생기지 않는단다. 넌 너의 피부를 계속 유지할 수 있어.

괜찮아. 네가 굳이 빨간 모자를 쓰지 않아도 되니까 제발 울지 마.

"글쎄, 그런 낭패를 보게 될지 몰랐어요. 그들이 그걸 그토록 두려워하는지 정말로 몰랐거든요. ……그 오래된 빨간 야구 모자를요." 토비가 말한다.

"나도 레드 삭스 팀을 두려워했어. 아주 어렸을 때에. 난 이미 그때부터 진정한 도박꾼이었거든." 젭이 말한다.

"그것이 그들에게는 신성한 물건처럼 여겨지나 봐요. 그 모자 말이에요. 그러니까 금기시되는 물건처럼요. 그들은 그 모자를 이리저리 들고 다닐 수는 있는데 그것을 쓸 수는 없어요."

"제기랄! 당신은 그들을 비난할 수 있다는 거요? 그 물건이 얼마나 더러운데! 틀림없이 이도 붙어 있을 거야."

"난 지금 인류학적 논의를 해 보려는 거예요."

"당신의 엉덩이가 아주 멋지다는 걸 내가 최근에 말해 준 적 있었어?"

"이상하게 굴지 말아요.

"이상하게라는 게 한심한 멍청이를 뜻하는 다른 말이야?"

"아니에요. 그건 그저……."

그저 무엇이지? 그녀는 단지 젭이 진심으로 칭찬하는 것인지 믿을 수가 없었을 뿐이다.

"맞아, 그건 칭찬의 말이야. 그걸 기억해? 남자들은 여자들한테 그런 걸 해 주잖아. 그건 구애의 동작 같은 거지. 그게 인류학이라는 거야. 그러니까 그걸 그냥 꽃다발이라고 생각해 줘. 합의한 거지?"

"좋아요, 그렇게 해요."

"그럼 우리 다시 시작해 봅시다. 아주 오래전 우리가 필라를 땅에 묻던 바로 그날에 나는 당신의 그 멋진 엉덩이를 발견했어.

당신이 그 헐렁한 여자 정원사 옷을 벗고 공원 관리인의 작업복을 입었을 때였지. 그걸 보았을 때 내 마음은 열망으로 가득 차올랐어, 정말이야. 하지만 그때 당신은 접근할 수 없는 존재였지."

"사실 그렇지 않았었는데. 난⋯⋯."

"아니, 당신은 좀 그랬어. 내 생각으로는 신의 정원사들을 모두 통틀어서 당신이 미스 순결이었어. 아담1을 헌신적으로 돕는 소녀 복사였지. 사실대로 말하자면 아담1이 혹시라도 당신과 놀아나고 있는 건 아닌지 의심했었어. 내가 얼마나 질투했는지 아마 당신은 모를 거야."

"절대로 아니었어요. 그는 결코, 한 번도⋯⋯."

"좋아요, 일단 그렇다고 해 둡시다. 여하튼 그때 나는 루선과 함께 살고 있었으니까."

"그래서 당신이 나서지 않았단 말이에요? 바람둥이 씨?"

한숨. "당연히 나는 귀여운 아가씨들에게 끌렸지. 예전에 내가 젊었을 시절에는. 그건 호르몬의 문제야. 거시기에 털이 많아지면 발생하는 일이잖아. 자연의 신비랄까. 그렇지만 귀여운 아가씨들이 항상 나한테 끌려오지는 않던데." 잠시 중단한다. "여하튼 난 충실한 사람이었어. 만약에 내가 실제로 함께 지내는 사람이 있다면, 그게 누구건 간에 나는 그 사람한테 충실하지. 확실한 일부일처주의자라고 할까."

토비는 이 말을 믿는가? 확실치가 않다.

"하지만 그때 루선은 정원사들을 떠났잖아요." 그녀가 말한다.

"그리고 당신은 이브6였지. 벌들한테 이야기를 하고 정신을 고양시키는 약들을 만들어 내는 일을 했잖아. 당신은 수녀원장 같았어. 당신이 날 혼쭐낼 거라고 생각했었지. 접근하기 어려운 흰눈썹뜸부기." 젭은 토비가 예전에 사용하던 미친 아담 대화방의 암호명을 언급한다. "그게 당신이었어."

"그리고 당신은 유령곰이었죠. 발견하기는 힘들지만 우연히 그런 곰과 맞닥뜨리게 되면 행운이잖아요. 그 곰들이 멸종하기 이전에 그런 이야기들이 있었어요."

그녀는 코를 훌쩍이며 울기 시작한다. 명상을 위한 물질이 그런 효과도 가져오는 것 같다. 그것이 요새의 벽들을 용해하는가 보다.

"이봐. 왜 그래? 내가 좋지 못한 말을 한 거야?"

"아니에요. 그저 감상적이 되어서요."

그 오랜 세월 동안 당신은 나의 생명선이었어요, 토비는 그렇게 말하고 싶다. 그렇지만 그 말을 하지는 못한다.

어린 크레이크

"이제는 뭔가를 이야기해 줘야 해요. 크레이크가 들어가 있는 이야기요. 그리고 당신도 들어 있어야 해요. 크레이크는 아주 어렸을 때부터 필라를 알고 지냈잖아요. 그걸 생각해 냈어요. 그렇지만 당신에 대해서는 무슨 말을 해 주지요?"

"공교롭게도 그 부분은 사실이야." 젭이 말한다. "심지어 정원사들의 집단생활이 시작도 되기 전부터 나는 크레이크를 알고 있었어. 그렇지만 당시에는 크레이크가 아니었지. 전혀 비슷하지도 않았어. 그는 그저 엉망진창 비행 청소년 글렌이었지."

젭은 건강현인 조합에 들어가 지내면서 모방을 통해 이어지는 그곳의 사회 관습과 문화 요소를 배웠는데 가능한 한 빠른 속도로 그것들을 따라하기 시작했다. 올바른 문화 요소를 드러낸다는 것은 주변 환경에 섞여 들어가고 또 그렇게 함으로써 살아남을 수 있는 노란 벽돌 길이었다. 그렇게 해야만 아버지 목사의 거대한 괴물 눈이 슈퍼 기업체의 네트워크를 통해 그를 찾아내려고 들이닥치더라도 (언제라도 그럴 가능성은 충분히 있었다.) 그 눈이 그의 머리 위로 지나갈 것이다. 보호색, 바로 그것이 젭에게 필요했다.

건강현인 조합이 공식적으로 표방한 이미지는 이 회사가 진리 추구와 인류 발전을 위해 전념하는 하나의 행복한 대가족이라는 것이었다. 주주들을 위하여 지나칠 정도로 가치 추구에만 몰두하는 것은 천박한 행위로 간주되었다. 그러면서도 다른 한편으로는 직원들을 위한 옵션 패키지가 있었다. 직원 모두는 자신에게 할당된 목표를 부지런히 달성하기 위해 끊임없이 쾌활하게 일해야 했으며, 진짜 가족처럼 실제로 어떤 일이 진행되고 있는지에 대해서는 지나치게 많은 질문을 하면 안 되었다.

또한 진짜 가족이 그러하듯 내부에 출입금지 구역이 있었다. 어떤 것은 개념적이었지만 어떤 것은 전적으로 물리적이었다. 예를 들어 통행권이나 지정된 보호책을 손에 넣지 못하면 절대로 갈 수 없는 곳이 건강현인 단지 밖에 있는 평민촌이었다. IP 주변에 세워 놓은 방화벽이 두터워져서 연줄이 없는 경우라면 뚫고 들어갈 수가 없었다. 그 시스템을 해킹할 수 없다면 최초의 원재료만을 손에 넣을 뿐이었다. 온갖 종류의 기업체에서 두뇌광들을 납치해 해외로 빼돌렸는데, 일부 사람들은 그들이 경쟁 기업체 단지로 끌려간 거라고 했다. 그런 다음 그들의 머릿속에 들어 있다고 추정되는 금처럼 귀한 정보를 캐내기 위해 머릿속을 채굴했다.

바로 이런 이유 때문에 건강현인 조합은 심각하게 우려하고 있었던 것이다. 즉 그들이 문을 잠가 놓은 채로 상당히 중요한 어떤 일을 비밀리에 진행하고 있었다는 뜻이다. 그래서 장벽들도 공고하게 세워 놓았던 것이다. 최고위급 바이오 괴짜들은 자신의 위치를 표시해 주는 경보 발신기를 몸에 지니고 다녔다. 물론 어떤 때에는 이것들이 교묘하게 해킹당했으며 그런 다음에는 그것들을 소지한 사람들을 표적으로 삼고 추적하는 수단으로 이용되기도 하였다. 복도 벽이나 회의실 여기저기에 포스터들을 붙여 놓아 방심하고 있는 사람들에게 늘 상존하는 위험 요소를 상기시켰다. 안전 규칙을 따르고 머리를 지켜 내자! 머릿속 내용물도 보호하자! 또는 당신의 기억은 우리의 IP. 우리는 당신을 위하여 그것을 보호할 것이다!

또는 뇌는 초원과 같아서, 경작을 했을 때 그 가치가 더 높다. 이 마지막 포스터에다 누군가가 사인펜으로 적어 넣었다. 더 많이 경작되도록 하라! 똥을 더 많이 먹어라! 그래서 젭은 얼굴로는 웃고 있지만 남모르게 반대 의견을 마음속 깊이 숨기고 있는 사람들이 적어도 몇 명은 있다고 생각했다.

행복한 가족 정신의 일환으로 건강현인 조합은 단지 내에 있는 자그마한 중앙 공원에서 매주 목요일 바비큐 파티를 열었다.

아담이 말하기를 이런 행사들은 남의 말을 엿들을 수 있고 보이지 않는 힘의 중심 세력들을 알아낼 수 있는 중요한 자리니까 절대로 빠져서는 안 된다고 했다. 필시 편한 옷을 입은 사람들이 우두머리일 것이다. 아담은 또한 몇 가지 흥미로운 오락거리들을 보드게임에서 주로 발견하게 될 거라고 했는데 물론 왜 그런지에 대해서는 말해 주지 않았다.

젭은 그곳에 도착한 후 첫 번째로 맞은 목요일에 건강현인 조합 바비큐 파티에 참석했다. 그는 음식을 시식해 보았다. 아이들을 위한 정말맛있는 아이스크림, 육식을 하는 사람들을 위한 돼지갈비, 엄격한 채식주의자들을 위한 대두오대두 콩 요리와 버섯으로 만든 햄버거 대용품 퀸버거가 있었다. 동물을 죽이는 건 싫지만 고기는 먹고 싶어 하는 사람들을 위한 네버블리드(NevRBled) 시시케밥친구 제품도 있었다. 이 음식 속 고기 덩어리들은 실험실에서 세포들을 가지고 배양한 것("고통을 당한 동물은 전혀 없다.")이었다. 젭은 곁들여 마실 맥주만 충분하다면 이 음식도 맛이 그다지 나쁘지는 않다는 사실을 알게 되었다. 그렇지만 그는 정신을 바짝 차려야만 했기에 주량을 조절할 생각이었다. 그래서 갈비에만 달라붙어 있었다. 그걸 맛있게 먹기 위해 반드시 술에 취해야 할 필요는 없었다.

파티 참석자들의 언저리를 둘러싸고 온갖 지질한 스포츠가 진행되고 있었다. 태양이 쏟아지는 곳에서는 크로케와 잔디 볼링이 펼쳐졌고, 천막 아래에서는 탁구와 테이블 축구가 한창이었다. 6세 이하의 아이들을 위한 서클 게임이 있었고 나이가 좀 더 많은 아이들을 위해서는 다양한 술래잡기 놀이가 진행되고 있었다. 또한 진지하고 괄목할 정도로 총명하며 잠재적 아스퍼거 증후군 환자인 어린이 두뇌광들을 위하여 파라솔 그늘 속에다 컴퓨터를 일렬로 늘어놓았다. 그런 아이들은 온라인으로 강박적인 일들을 할 수 있었는데(물론 건강현인 방화벽 안에서) 시선을 마주치지 않은 채 전투를 하자고 서로에게 도전할 수도 있었다.

젭은 게임들을 자세히 살펴보았다. 3차원 웨이코 게임, 장내 기생충 게임, 날씨 괴물 게임, 피와장미 게임 등이 보였다. 그 외에 젭으로서는 처음 보는 야만인 스톰프라는 생소한 게임도 있었다.

저쪽에서 스패니얼 강아지 눈을 지닌 마저리가 그를 향해 곧장 다가오고 있었다. 언제라도 터져 나올 준비가 되어 있는 그녀의 애원하는 듯한 미소는 턱에 묻은 케첩 자국으로 한층 두드러졌다. 이 자리를 피해 몸을 숨길 때였다. 왜냐하면 마저리의 얼굴에 이미 권리 주장을 확실히 해 놓은 여자의 표정이 그대로 드러났으며, 남자가 잠들어 있는 동안 연적을 찾기 위해 그의 바지 주머니를 탈탈 터는 것은 물론 이메일도 읽어 볼 그런 여자였기 때문이다. 어쩌면 젭이 과민 반응을 하는 것인지도 몰랐지만 위험한 짓은 하지 않는 게 최상이었다.

"나하고 한판 할래?"

젭은 가장 가까이에 있는 아주 앳돼 보이는 두뇌광에게 말했다. 검정색 티셔츠 차림의 소년은 몸이 마른 편이었는데 옆에 있는 종이 접시 위에는 뜯어먹은 돼지갈비가 수북이 쌓여 있었다. 저건 커피 잔인가? 언제부터 저런 나이의 어린아이한테도 커피가 허용된 거지? 도대체 부모들은 어디에 있는 거야?

젭을 올려다보는 소년의 눈은 커다랗고 녹색이었는데 불분명하긴 했지만 아마도 냉소적인 눈길이었던 것 같다. 이 바비큐 파티에서는 심지어 아이들조차도 이름표를 착용하고 있었는데, 글렌이라고 젭은 읽었던 것 같다.

"좋아요." 어린 글렌이 말했다. "고전 체스요?"

"뭐 다른 거라도?" 젭이 물었다.

"3D로 해요."

글렌이 아무렇지도 않게 말했다. 만약에 젭이 3D 체스를 모른다면 그는 체스를 잘하는 선수는 못 될 거라는 뜻이다. 노골적으로 명백했다.

그렇게 젭은 크레이크를 처음 만났다.

"하지만 내가 말했잖아. 그때 그 아이는 아직은 크레이크가 아니었어." 젭이 말한다. "당시에는 그저 어린아이에 불과했지. 그때까지는 그 아이한테 나쁜 일들이 너무 많이 일어나지는 않은 상태였어. 물론 '너무 많다'는 게 항상 개인차가 있는 문제이긴 하지."

"정말이에요?" 토비가 말한다. "그렇게 오래전에 만났다고요?"

"내가 당신한테 거짓말을 하겠어?"

토비는 그 점에 대해 생각해 본다. "이것에 대해서는 아니겠죠."

젭은 관대하게, 하지만 생색도 내면서 글렌이 백을 갖고 시합하도록 해 주었다. 젭이 선전하긴 했지만 글렌이 그를 완파했다. 그런 다음 그들은 3차원 웨이코 게임을 한 판 두었는데 여기서는 젭이 글렌을 이겼다. 그러자 글렌은 즉각적으로 한 판을 더 두자고 제안했다. 그 판은 무승부로 끝났다. 글렌은 약간은 증가된 존경심을 내보이며 젭을 쳐다보더니 그에게 어디서 왔는지 물었다.

젭은 몇 가지 거짓말을 했다. 하지만 흥미로운 거짓말들이었다. 왜냐하면 그가 미스 디렉션과 뜬구름 세상, 그리고 베어리프트에서 겪은 곰 관련 이야기들을 몇 가지 집어넣었기 때문이다. 물론 그는 이름과 지역을 바꾸었고 척에 대한 이야기는 모두 함구했다. 글렌은 이 단지 밖으로 나가 본 적이 한 번도 없었다. 아니, 그가 기억하는 한에서는 그랬다. 그래서 이런 이야기들이 글렌에게는 신화적으로 느껴진 게 분명했다. 물론 그 아이는 애써 깊은 인상을 받지 않은 것 같은 표정을 지었다.

여하튼 글렌은 목요일 바비큐 행사가 있을 때 젭 주변에 나타난다든가 점심 시간에 놀러 오기 시작했다. 그것은 결코 영웅 숭

배는 아니었다. 그렇다고 해서 글렌이 젭을 자신의 아빠로 원하는 것도 아니었다. 그러니까 형 같은 존재이기를 원하는 것일 거라고 젭은 짐작했다. 건강현인 조합에는 글렌이 함께 게임을 할 만한 또래 아이들이 많지 않았다. 아니면 글렌만큼 영리한 아이들이 없었다. 그렇다고 해서 글렌이 젭을 지능 면에서 아주 높게 평가하는 것 같지는 않았다. 하지만 젭은 그런대로 인정할 만한 범주 안에 들어 있었다. 물론 이러한 일련의 행위들 속에는 글렌이 왕세자로 군림하고 젭은 다소 어리석은 시종으로 행세하는 약간의 어전 행사 같은 느낌이 들어 있긴 했다.

글렌이 정확하게 몇 살이었던가? 여덟, 아홉, 열 살? 여덟이나 아홉, 혹은 열 살이었을 때 자신의 삶이 어땠는지 기억하고 싶지 않은 젭으로서는 알아맞히기가 힘들었다. 그 시절 젭은 암흑 속에서 너무나 많은 시간을 보냈고 어떻게든 지나왔다. 그는 그 모든 걸 잊어버려야만 했기에 그것들을 잊기 위해 몹시도 노력해 왔다. 그러나 여전히 그 또래 남자아이들을 보면 이렇게 말하고 싶었다. 도망쳐! 아주 빨리 도망쳐 버려! 그리고 두 번째로 하고 싶은 말은 이랬다. 어서 **몸집**을 키워! 아주 크게 자라라고! 몸집이 충분히 크게 자라기만 하면 어느 누구건 간에 그 아이에게 위력을 행사하지 못할 것이기 때문이다. 아니, 그렇게 많은 위력을 행사하지는 못할 것이다. 곰곰이 생각해 보니 고래들에게는 그런 게 해당되지 않을 것 같았다. 호랑이 또는 코끼리도 마찬가지일 것이다.

어린 글렌의 생활 속에는 그를 계속해서 괴롭히는 어떤 것이 있었던 게 확실했다. 글렌의 얼굴에서는 그런 표정, 말하자면 젭이 거울에 비친 자신의 모습을 볼 때 문득 나타나곤 했던 표정이 보였다. 그건 마치 어떤 덤불숲이나 주차장 또는 가구가 쩍 갈라지며 적이 튀어나오든지 아니면 바닥이 보이지 않는 깊은 구멍이 뻥 뚫릴지 알지 못하는 사람처럼 타인을 믿지 못하고 경계하는 듯한 표정이었다. 물론 글렌에게는 흉터도 전혀 없었고 타박상 흔적도 없었으며 식사를 할 때에도 아무런 어려움이 없었고 최소한 젭이 볼 수 있는 건 하나도 없었다. 그렇다면 글렌을 줄기차게 괴롭히는 것의 정체는 무엇이었을까? 어쩌면 명확한 건 하나도 없을지도 모른다. 그보다는 결핍, 공백 같은 것이라고 말할 수 있을까.

목요일이 여러 차례 지나가면서 그 아이를 세심하게 관찰한 후에 젭은 글렌의 부모 중 어느 쪽도 글렌을 위해 많은 시간을 할애하지 않는다는 결론을 내렸다. 또한 서로를 위해서도 그렇게 하지 않았다. 두 사람의 보디랭귀지를 볼 때 그들은 짜증나는 단계라든지 이따금씩 반감을 느끼는 단계는 훨씬 지났고 서로에 대해 적극적인 증오를 보이는 상태로 깊숙이 들어가 있었다. 글렌의 부모는 공공장소에서 마주치면 서릿발 같은 시선을 보내거나 무뚝뚝하게 단음절을 내뱉고는 재빠르게 걸어가 버렸다. 닫힌 커튼 뒤로 보이는 그들의 개인 난로 위에는 분노가 들끓는 냄비가 올라가 있었다. 부글부글 거품이 이는 가마솥이 그들 부부의 모든 관심을 사로잡고 있었으므로, 글렌은 없어도 아무런 불편이 없는 각주 아니면 수집용 트레이딩 카드 정도의 취급을 당하고 있었다. 어쩌면 이 아이는 어린아이들이 공룡을 좋아하는 것과 같은 이유로 젭에게 마음이 끌렸는지도 몰랐다. 통제할 수 없는 어떤 힘의 세계에 버려진 것 같은 느낌이 들 때 비늘로 뒤덮인 거대한 짐승을 친구로 두는 것은 마음에 위안을 주기 때문이다.

글렌의 어머니는 물자 공급 상황을 추적하고 식단을 짜는 식품 관리 직원이었다. 상당한 고위급 연구원인 글렌의 아빠는 특이한 미생물과 터무니없는 바이러스, 이상한 항원 및 아나필락시스(과민성) 바이오벡터의 색다른 변종들을 취급하는 전문가였다. 에볼라 열병과 마르부르크 열병이 그의 전공이었지만, 지금 당장은 진드기에 물리는 것과 연관 지어 붉은색 고기로 인해 드물게 나타나는 알레르기 반응을 집중적으로 연구하고 있었다. 진드기의 타액 단백질 속에 들어 있는 어떤 물질이 그런 것을 야기한다고 글렌은 말했다.

"그러니까……." 젭이 말했다. "진드기 침이 네 몸속에 들어오면 스테이크를 먹을 때마다 두드러기가 불쑥불쑥 돋아나고 질식해 죽게 된단 말이야?"

"긍정적인 측면에서는요." 글렌이 말했다.

당시 글렌은 한창 그런 표현을 애용하는 단계에 있었는데, 그는 "긍정적인 측면"이라고 말한 다음 몇 가지 끔찍한 관련 정보를 추가해서 말하곤 했다.

"긍정적인 측면을 보자면, 만약에 일반 대중 사이에 그것을 확산시킬 수만 있으면, 예를 들어 그 진드기 침에 들어 있는 단백질을 흔히 먹는 아스피린에 끼워 넣게 되면, 모든 사람이 붉은색 고기에 대해 알레르기를 일으키겠죠. 붉은색 고기는 거대한 탄소 발자국*을 남기고 있고, 소를 방목하기 위해 숲을 다 제거할 테니 삼림의 급격한 파괴를 야기하잖아요. 그렇게 되면……"

"내가 생각하는 긍정적인 측면은 아닌걸. 논쟁을 위해 말하자면, 우리는 본래 원시 수렵인이었는데 진화해서 고기를 먹게 되었잖아."

"그리고 진화해서 진드기 침에 치명적인 알레르기를 일으키게 되었겠죠."

"유전자 풀에서 제거하기로 선발된 사람들에 한해서겠지. 그렇기 때문에 그게 희귀한 것 아닐까."

글렌이 활짝 웃었는데, 그건 그가 자주 하지 않는 행동이었다.

"맞아요."

젭과 글렌이 목요일의 행사에서 온스크린 게임들을 하고 있는 동안 글렌의 어머니 로다는 이따금씩 그들 옆으로 설렁설렁

---

* 온실 효과를 유발하는 이산화탄소의 배출량.

다가와 게임을 지켜보곤 했다. 간혹 그녀가 젭의 어깨에 너무 가까이 기댄 나머지 심지어 뭔가로 어깨를 건드리기도 했다. 그것이 뭐였지? 젖꼭지 끝부분인가? 형태가 몽톡한 게 그런 것 같았다. 분명 손가락은 아니었다. 그녀의 입에서는 맥주 냄새가 났고 젭의 귀 근처에 있는 잔털들이 흔들리기도 했다. 그렇지만 그녀는 아들인 글렌은 한 번도 만져 주는 법이 없었다. 사실상 어느 누구도 글렌을 만지는 걸 한 번도 보지 못했다. 왜 그런지 모르겠지만 여하튼 글렌은 그런 식으로 정리해 놓았다. 그는 자기 주위에 보이지 않는 비행 금지 구역을 만들어 놓았던 것이다.

로다는 말하곤 했다. "당신들은 저쪽으로 나가서 다른 사람들과 어울려야 해요. 크로케를 좀 해 보세요."

글렌은 어머니의 간섭을 들은 척도 하지 않았고 젭 또한 마찬가지였다. 글렌의 어머니는 주름이 쪼글쪼글하지는 않았지만 여하튼 젭에게는 최적의 신선도 보증 기간을 훌쩍 넘긴 사람이었다. 물론 만약에 그가 그녀와 함께 단둘이서 구명정을 타고 무인도에 버려졌다고 가정한다면……. 하지만 지금은 그런 상황이 아니었다. 그래서 젭은 젖꼭지로 살짝살짝 찌르고 숨결로 귀를 간질이는 등의 신호를 보내 와도 모르는 척 무시했고 피와장미 게임에서 피 부분에 집중하였다. 그는 고대 카르타고의 주민들을 절멸시키고 그 땅에 소금을 뿌렸으며, 벨기에령 콩고는 노예 기지로 만들고 첫 번째로 태어난 이집트의 아기들을 살해하였다.

그런데 무엇 때문에 첫 번째로 태어난 아이들에서 중단했던 걸까? 가상의 피와장미 게임이 제공하는 몇몇 잔학 행위를 보면 아기들을 공중에 던져서 칼에 꽂히게 하라는 지시도 있었다. 아기들을 용광로에 내동댕이치는 것도 있었다. 또 다른 잔혹 행위로는 아이들을 돌벽에 던져서 머리통을 깨트리는 것이 있었다.

"1000명의 아기를 줄 테니 베르사유 궁전과 링컨 기념관하고 바꾸자." 젭이 글렌에게 말했다.

"싫어요. 아저씨가 히로시마를 덤으로 주시면 모를까요."

"무슨 그런 터무니없는 소리를 해! 넌 이 아기들이 고통 속에서 죽기를 원해?"

"그들은 진짜 아기가 아니잖아요. 이건 게임이에요. 그러니까 그들은 죽고 잉카 제국은 보존되는 거잖아요. 금으로 된 그 모든 멋진 예술품과 함께요."

"그렇다면 아기들과는 작별을 고하렴. 매정한 꼬마 녀석. 맞지? 철퍼덕. 거 봐. 죽었잖아. 그건 그렇고 나는 링컨 기념관을 폭파시키기 위해 와일드카드 조커 점수를 이용해야겠는걸."

"맘대로 하세요. 나한테는 아직도 베르사유 궁전에다 잉카 제국이 있는걸요. 여하튼 아기들이 너무나 많아요. 그들은 거대한 탄소 발자국을 만들잖아요."

"당신들은 끔찍해요."

로다가 몸을 긁어 대면서 말했다. 젭은 고양이가 발톱으로 펠트 천을 할퀴는 것처럼 그의 등 뒤에서 손톱이 만들어 내는 소리를 들을 수 있었다. 그는 로다가 신체의 어떤 부위를 긁어 대고 있는지 궁금했지만 그런 생각을 중단하려고 애썼다. 글렌에게는 신뢰할 수 있는 그의 유일한 친구가 신뢰할 수 없는 자신의 어머니와 성관계를 하지 않더라도 이미 골치 아픈 문제들이 충분히 많았다.

젭은 그런 사실을 알기 전에 어린 글렌에게 코딩 과외 수업을 해 주고 있었다. 사실은 그것 외에 해킹에 대해서도 알려 주었는데, 이 아이는 재능을 타고난 것 같았다. 글렌은 마침내 자신은 모르는데 젭은 알고 있는 몇몇 것들로 인해 감명을 받았는데, 이 아이한테는 순식간에 파악하는 능력이 있었다. 그토록 재능이 뛰어난 아이를 데려다가 재능을 갈고 닦게 한 다음 왕국으로 들어가는 열쇠(열려라 참깨, 뒷문, 지름길)를 전해 주고 싶은 마음이 얼마나 컸을까? 무척이나 유혹적이었다. 그래서 젭은 바로 그런 행동을 하고야 만 것이다. 그 아이가 모든 것을 몽땅 빨아들이는 광경을 지켜보는 일이 얼마나 신났는지 모른다. 그리고 어느 누가 그 결과를 예견할 수 있었겠는가? 그런 결과는 신나는 일에는 흔히 뒤따르는 것이었다.

젭이 코딩과 해킹의 비밀을 가르쳐 주는 것에 대한 보답으로 글렌은 자기가 알고 있는 몇 가지 비밀을 털어놓았다. 예를 들자면 그 아이는 자기 엄마의 침대 머리맡 램프에다 녹음용 귀걸이를 숨겨 놓고 엄마의 방을 도청하였다. 그렇게 해서 글렌의 엄마 로다가 피트라고 하는 상부 중간 관리자와 대체로 점심 시간 직전에 바람을 피우고 있다는 사실을 젭까지도 알게 되었다.

"아빠는 모르고 계세요."

글렌은 젭에게 그 기괴한 녹색 눈을 고정시키더니 잠깐 동안 생각에 잠겼다.

"아빠에게 말씀드리는 게 좋을까요?"

"글쎄, 그런 개떡 같은 걸 네가 듣지 않는 게 좋을 것 같은데."

글렌은 그를 차분하게 응시했다. "왜요?"

"왜냐하면 그런 건 어른들의 일이니까."

자기가 듣기에도 잔소리꾼 같은 목소리로 젭이 말했다.

"아저씨도 내 나이라면 분명히 하실 거예요." 글렌이 말했다.

그리고 젭은 그런 기회와 기술이 제공된다면 눈 깜짝할 순간에 하고 말았을 행동이라는 걸 부정할 수 없었다. 탐욕스럽게 아주 만족스러운 듯이, 두 번도 생각하지 않고서.

다른 한편으로는 만약에 자기 자신의 부모가 연루되어 있다면 어쩌면 젭은 그런 짓을 하지 않았을지도 모른다. 지금 이 순간에도 그는 아버지 목사가 향수 로션과 윤활유를 발라 미끈거릴 게 분명한, 속을 두툼하게 채운 분홍색 새틴 베개를 닮은 트루디 위에 올라가 아래위로 급하게 흔들어 대며 흥흥거리는 소리를 내뱉는 꼴을 상상만 해도 욕지기가 날 것 같았다.

그로브의 공격

"자, 이제는 내가 필라와 만나는 부분을 말할 차례야." 젭이
말한다.

"이런 세상에, 도대체 필라는 건강현인 조합에서 무슨 일을
하고 계셨어요?" 토비가 묻는다. "단지 안에 있는 기업체를 위
해 일하셨어요?"

하지만 토비는 그 대답을 알고 있었다. 수많은 정원사들이 기
업체 단지 안에서 일했고 수많은 미친 아담 식구들도 마찬가
지였다. 생명과학 분야에서 훈련을 받은 사람들이 그 밖에 어느
곳에서 일을 했겠는가? 연구직에서 일하고 싶다면 그런 기업체
를 위하여 일해야 했다. 왜냐하면 바로 그곳에 돈이 있었기 때
문이다. 하지만 연구자들에게 흥미 있는 주제가 아니라 기업체
가 관심을 가지는 프로젝트에 초점이 맞추어지는 게 너무나 당
연했다. 그리고 기업체의 관심을 끌었던 프로젝트들은 상업적

으로 활용되어 수익을 낼 수 있어야만 했다.

젭은 목요일 바비큐 파티에서 필라를 처음 만났다. 그는 예전에는 그곳에서 그녀를 본 적이 없었다. 좀 더 고위급에 있는 사람들 중 일부는 매주 벌어지는 바비큐 파티에 참석하지 않았다. 그런 행사는 우연히 만나 갖게 되는 성관계를 노리든 노리지 않든, 아니면 험담을 교환하고 정보를 수집하기를 기대하든 안하든 간에 여하튼 조금은 젊은 사람들을 위한 것이었다. 그런데 필라는 그런 단계를 넘어서 있었다. 젭이 나중에 알게 된 사실이지만 그녀는 연공서열 사다리의 정상에 가까운 위치에 있었다.

하지만 그 목요일에 필라는 그 자리에 있었다. 젭이 처음으로 본 그녀의 모습은 한쪽 구석에서 글렌과 체스를 두는 자그맣고 머리가 희끗희끗한 여자였다. 모양새가 노인에 가까운 숙녀와 건방진 어린아이라는 아주 특이한 조합이었는데, 그 모습이 젭에게 강한 호기심을 불러일으켰다.

젭은 자연스럽게 어슬렁어슬렁 걸어가 글렌의 어깨 너머로 불쑥 모습을 나타냈다. 그는 주제넘게 참견하지 않으려고 애쓰면서 한동안 게임을 지켜보았다. 어느 쪽도 뚜렷하게 유리한 위치에 놓여 있지 않았다. 글렌은 곰곰이 생각하면서 게임을 하는 반면에 나이 많은 숙녀는 허둥대지는 않았지만 비교적 빠른 속도로 게임을 진행했다. 그녀는 글렌이 열심히 생각하게 만들고 있었다.

"여왕을 H5로 옮겨."

젭이 마침내 한마디 했다. 글렌이 이번에는 흑을 쥐고 있었다. 젭은 글렌이 혹시라도 허세를 부리느라 흑을 선택한 것인지 아니면 백을 놓고 그들이 던지기라도 했는지 궁금했다.

"내 생각으로는 그게 아닌데요."

글렌은 나이트를 옮기면서 젭을 올려다보지도 않고 말했다. 젭은 비로소 그것이 체크를 막기 위한 움직임임을 알았다. 노부인은 젭을 향해 미소를 지었는데, 그것은 숲속에서 살고 있는 주름진 눈을 지닌 갈색 피부의 요정이 지을 수 있는 미소로 난네가 좋아부터 조심해에 이르기까지 그 어떤 것도 의미할 수 있는 웃음이었다.

"네 친구분은 누구시지?" 노부인이 글렌에게 물었다.

글렌은 젭을 쳐다보며 눈살을 찌푸렸는데 그건 글렌이 게임에 대해 불안감을 느낀다는 걸 의미했다.

"이분은 세스예요. 이분은 필라시고요. 아주머니가 두실 차례예요."

"안녕하세요." 젭이 고개를 끄덕이며 말했다.

"반가워요." 필라가 말했다. "잘 막았군." 그녀가 글렌에게 말했다.

"안녕, 나중에 또 보자." 젭이 글렌에게 말했다.

그는 네버블리드 시시케밥친구들을 먹을 요량으로 어슬렁어슬렁 그 자리를 떴다. 모조품의 질감에도 불구하고 이제 젭은 시시케밥친구들을 좋아하게 되었다. 그다음은 거의 라즈베리 향을 내는 정말맛있는 아이스크림으로 마무리를 지었다.

젭은 아이스크림을 핥으며 잔디밭을 둘러보다가 눈에 띄는 모든 여자들의 점수를 매겼다. 그건 그냥 악의 없는 취미였다. 점수는 1점부터 10점까지다. (당장이라도 오케이! 등급인) 10점짜리 는 한 명도 없었고 (다소 거리낌을 가지고 만날 수 있을) 8점짜리는 두 명 정도 있었으며 (다른 선택의 여지가 전혀 없다면 어쩔 수 없는) 5점짜 리는 무더기로 있었고 (오히려 나한테 돈을 줘야 할) 확고한 3점짜리 들도 몇 명 있었으며 (나한테 돈을 많이 지불해야 할!) 유감스러운 2점 짜리도 한 명 있었다. 그 순간 그는 팔에 어떤 손길이 닿는 걸 느 꼈다.

"세스, 놀란 사람처럼 행동하지 말아요."

누군가 낮은 목소리로 말했다. 그는 내려다보았다. 목소리의 주인공은 호두같이 주름진 얼굴을 한 아주 자그마한 필라였다. 그녀가 젭에게 수작을 거는 것이었을까? 분명 그건 아니었다. 하지만 만약에 그런 거라면 예절 측면에서 아주 미묘한 순간이 될 수 있었다. 어떻게 말하면 호감 가는 태도로 거절할 수 있을 까?

"구두끈이 풀어졌군요."

필라가 말했다. 젭은 그녀를 응시했다. 그의 신발에는 끈이 없었다. 그가 신고 있는 것은 그냥 신고 벗을 수 있는 슬립온이

미친아담

었다.

"미친 아담에 합류하신 걸 환영해요, 젭."

필라가 미소를 지으며 말했다. 젭이 기침을 하는 바람에 아이스크림 덩어리가 튀어나왔다.

"이런 제기랄!"

하지만 그는 마음의 평정을 유지하고 그 말을 최대한 부드럽게 내뱉었다. 아담과 바보 같은 그의 구두끈 암호. 어느 누가 그걸 기억할 수 있었겠는가?

"괜찮아요." 필라가 말했다. "난 당신의 형을 잘 알아요. 당신을 이곳으로 데려오는 데 내가 도움을 주었지요. 우리가 잡담이라도 나누고 있는 것처럼 아주 지루한 표정을 짓도록 해요."

그녀는 젭을 향해 또다시 미소를 지었다.

"다음 목요일 바비큐 파티 때에 또 봅시다. 체스를 두는 자리를 마련해 보면 좋겠군요."

그런 다음 필라는 차분하게 크로케 경기장을 향해 걸어가기 시작했다. 그녀의 자세는 상당히 훌륭했다. 젭은 요가 전문가의 모습을 감지했다. 저런 자세를 보니 젭은 자신의 모습이 단정치 못하다는 느낌이 들었다.

젭은 당장 온라인에 접속하여 멸종마라톤 미친 아담 대화방에 들어가고 싶은 생각이 굴뚝같았다. 아담에게 이 여자에 대해 물어보고 싶었던 것이다. 하지만 젭은 그것이 신중하지 못한 행동이라는 것을 잘 알았다. 자기가 속해 있는 공간이 아무리 안전하다는 생각이 들더라도 온라인에서는 말을 아낄수록 더 좋았다. 인터넷은 항상 그런 식이었다. 그러니까 인터넷은 정말 그물 같은 구멍들로 가득해서 그만큼 더 함정으로 빠져들 수가 있었다. 그들은 뚫을 수 없는 알고리즘과 암호와 엄지손가락 스캔 등의 해결책을 끊임없이 추가하고 있다고 주장했지만 인터넷은 여전히 허점이 많았다.

하지만 그들은 다른 어떤 것을 기대했단 말인가? 젭 같은 코드 노예들이 보안 열쇠를 책임지고 있으니 물론 그런 것은 유출되게 마련이었다. 급료가 너무 낮았기 때문에 보상만 많이 해준다면 조금씩 빼돌리고 염탐하고 밀고하고 팔고 싶다는 유혹이 컸다. 그렇지만 처벌 역시 점차 극심해지고 있었기 때문에 그것이 일종의 평행추 같은 역할을 했다. 젭이 리우에서 함께 일했던 집단 같은 온라인 도둑들은 점차적으로 더 능숙해졌다. 복고풍 마스크를 쓴 중년 남자들이 거미줄투성이인 웹의 희미하고 지엽적인 모서리로 들어가 향수 어린 추억들을 느끼던 전설적인 황금기에 했던 것처럼 장난삼아 해킹을 한다든지 아니면 심지어는 이의를 제기하기 위해 해킹하는 사람들도 더 이상 찾아볼 수 없었다.

요즘 같은 세상에 이의를 제기한다고 해서 무슨 이익이 돌아올 것인가? 기업체는 그들 나름대로 사적인 비밀 서비스를 제공하는 집단을 조직하여 포병대를 장악하려는 움직임을 보이고 있었다. 대중을 보호한다고 사칭하는 새로운 무기 관련 법들이 매달 몇 가지씩 반드시 등장했다. 옛날식의 데모 정치는 사라지고 없었다. 아버지 목사와 같은 개별적인 목표라면 부정한 수단을 이용하여 얼마든지 앙갚음할 수 있었다. 그렇지만 군중이 연루되는 어떤 종류의 공적인 행동이라든지 피켓 흔들기, 그런 다음 이어지는 점포 때려 부수기와 같은 일련의 행위는 싹부터 완전히 잘라 낼 것이다. 점차적으로 사람들은 그런 사실을 알게 되었다.

젭은 먹고 있던 아이스크림을 다 해치웠고 들창코 마저리의 공격도 잘 막아 냈다. 크로케 게임을 함께하자는 마저리의 권유에 젭이 자신은 나무 공은 잘 다루지 못한다고 답했더니 그녀는 기분이 상한 것처럼 행동했다. 그런 다음 젭은 이리저리 거닐다가 글렌이 아직도 체스 판을 쳐다보며 앉아 있는 곳으로 다가갔다. 글렌은 체스 판을 다시 정리해 놓고는 혼자서 자신을 상대로 체스 시합을 하고 있었다.

"누가 이겼어?" 젭이 물었다.

"내가 거의 이긴 경기였어요." 글렌이 말했다. "그런데 필라 아주머니가 나한테 그로브의 공격*을 감행했어요. 방심하고 있던 나의 허점을 찌른 거죠."

"그녀는 여기서 정확하게 어떤 일을 하고 있지? 어떤 일을 책

---

* 체스에서 이 공격법은 평균적인 플레이에서는 있을 법하지 않은 상당히 독특한 체스 오프닝으로 백이 즉각적으로 왕의 기사 졸을 두 칸 앞으로 옮기는 행위.

임지고 있어?"

글렌이 미소 지었다. 그는 젭이 알지 못하는 것들을 안다는 사실을 무척이나 즐거워했다.

"버섯. 균체, 곰팡이. 나하고 게임하실래요?"

"내일 하자. 너무 많이 먹었더니 머리가 흐리멍덩한 것 같아."

글렌은 그를 향해 활짝 웃었다. "겁쟁이."

"아마도 그저 게으른 걸 거야. 넌 그녀를 어떻게 알게 되었어?"

글렌은 다소 지나치게 긴 시간을 지나치게 골똘히 그를 바라다보았다. 녹색의 그 고양이 눈으로.

"말했잖아요. 필라는 아빠와 함께 일하세요. 아빠는 그녀의 팀원이에요. 여하튼 그녀는 체스 클럽에 소속되어 있어요. 난 다섯 살 때부터 그분과 체스를 뒀어요. 아주머니가 아주 멍청하지는 않거든요."

그 말은 글렌이 할 수 있는 최고의 찬사 단계까지 올라간 격찬이었다.

벡터

다음 목요일에 벌어진 바비큐 파티에 글렌은 나타나지 않았다. 그뿐만 아니라 지난 며칠 동안 전혀 눈에 띄지 않았다. 식당 주변을 어슬렁거리지도 않았고 컴퓨터로 해킹 기술을 몇 가지 더 보여 달라고 젭을 조르지도 않았다. 시야에서 아주 사라져 버려서 그를 볼 수가 없었다.

글렌이 병에 걸렸나? 도망을 쳤나? 젭이 생각해 낼 수 있었던 가능성은 그 두 가지뿐이었다. 하지만 그가 도망쳤을 가능성은 제외시켰다. 왜냐하면 그 아이는 그런 짓을 하기에는 분명 너무 어렸기 때문이다. 게다가 건강현인 서부 지구에서 통행증 없이 밖으로 나가는 것은 무척이나 어려웠다. 물론 글렌이라면 새로 찾아낸 로빈 후드 같은 식의 비밀스러운 기술로 가짜 통행증 정도는 만들어 낼 수 있을지도 모르지만.

또 다른 가능성이라면, 이 꼬맹이 천재가 디지털 회선 밖에서 불법 행위를 하고 있는지도 모른다는 것이었다. 그 아이라면 기업체의 신성불가침한 데이터베이스 등 이런저런 곳에 침투하여 뚜렷한 이유 없이 그저 재미 삼아 자기 마음대로 정보를 훔쳐냈을 수가 있었다. 그래도 이 아이는 중국의 회색시장 아니면 더 나쁘게는 알바니아 시장(당시 알바니아인들이 꽤나 극성스러웠으니까)과 수상한 거래를 할 수는 없었을 것이다. 그러다간 꼼짝없이 붙잡혔을 테니까. 그런 경우라면 그는 어딘가에 있을 심문실에서 머릿속에 들어 있는 것들을 몽땅 쏟아 내야만 할 것이다. 그런 일을 겪고 나온 사람은 눈 위쪽이 일 년 동안 써 댄 행주꼴이 될 수가 있었다. 철없는 어린아이에게 그들은 과연 그런 짓을 할 수 있을까? 그렇다. 그들은 그런 짓을 하고도 남을 사람들이었다.

젭은 그런 일이 일어나지 않았기를 진심으로 바랐다. 만약에 그런 상황이라면 젭은 무척이나 죄책감을 느낄 것이다. 그건 젭이 그동안 좋지 못한 스승이었다는 걸 뜻하는 것이기 때문이다. "규칙 1번." 그는 몇 번이고 강조했었다. "절대로 잡혀서는 안 된다." 하지만 그런 것은 때때로 행동보다 말이 쉬웠다. 젭은 코딩할 때 순서도 다듬는 법을 대충 설명해 주었나? 그 아이에게 지금은 쓰이지 않는 지름길을 알려 주었던가? 그 아이는 몇 개의 우회 표지판을 놓쳤을까? 자신이 설계한 밀렵꾼의 정글 트레일이라고 생각한 곳을 지나간 사람이 그와 글렌밖에 없는 건 아니었음을 가리키는 흔적들을 얼마나 놓친 걸까?

젭은 무척이나 걱정스러웠지만 그렇다고 해서 교사들이나 심지어 아들에 대해 신경도 별로 쓰지 않는 소홀한 그의 부모들에게 글렌의 안부를 물어보고 싶은 생각은 들지 않았다. 그는 튀는 행동을 한다거나 사람들의 이목을 끌어서는 안 되었다.

젭은 또다시 바비큐에 참석한 무리들을 꼼꼼히 살펴보았다. 여전히 글렌은 없었다. 그렇지만 필라가 한쪽 구석 나무 아래에 있었다. 그녀는 체스 판 앞에 앉아서 열심히 연구를 하고 있는 것처럼 보였다. 그는 어쩌다가 지나가게 된 것처럼 보이기를 바라면서 무심한 태도로 그쪽을 향해 어슬렁어슬렁 걸어갔다.

"게임 한판 두시겠어요?" 젭이 말했다.

필라가 흘깃 올려다보았다. "물론이죠."

그녀가 미소를 지으며 말했다. 젭은 맞은편 자리에 앉았다.

"백을 누가 갖나 동전 던지기를 하지요." 필라가 말했다.

"난 흑이 좋습니다." 젭이 말했다.

"그렇다고 들었어요. 그럼 그렇게 하세요."

필라는 표준적으로 여왕의 졸을 가지고 시작했다. 그리고 젭은 여왕의 인디언 디펜스를 선택하기로 마음먹었다.

"글렌은 어디에 있죠?" 젭이 물었다.

"상황이 좋지 않아요." 그녀가 대답했다. "게임에 집중하세요. 글렌의 아버지가 죽었어요. 당연히 글렌은 상심하고 있고요. 시체보안회사 임원들은 글렌에게 그건 자살이었다고 했어요."

"제기랄, 말도 안 돼. 그 일이 언제 일어났는데요?"

"이틀 전에요."

필라는 여왕의 나이트를 이동시키면서 말했다. 젭은 그것을 꼼짝 못하게 막으려고 비숍을 움직였다. 이제 필라는 그녀의 중심을 확장시키려고 할 것이다.

"그렇지만 문제는 언제가 아니에요. 어떻게가 중요한 거예요. 육교에서 누군가가 그를 밀어 떨어뜨렸어요."

"그의 아내가요?"

젭은 자신의 등을 슬쩍 눌러오던 로다의 젖꼭지 그리고 또 그녀의 침대 램프에 몰래 감춰 둔 귀걸이를 기억하며 물었다. 그건 농담 식의 질문이었다. 그런 질문을 하다니 부끄러운 줄 알아야 했다. 때때로 그런 식의 말이 팝콘처럼 그의 입에서 튀어나왔다. 하지만 그것은 또한 진지한 질문이기도 했다. 글렌의 아빠가 점심 시간에 벌이는 아내 로다의 막간극을 알아냈을 수가 있었기 때문이다. 그래서 그들은 그 문제를 좀 더 은밀하게 논의하기 위해 건강현인의 담 밖으로 산책을 나갔고 달려오는 차량들을 보기 위해 육교를 따라 걸어가기로 마음먹었을 수도 있다. 그러다가 그들은 대판 싸움을 벌이었고 글렌의 어머니가 글렌의 아빠를 난간 밖으로 밀쳤는데 글렌의 아빠는 아내의 그런 움직임을 방어할 수 없었는지도 모른다……

필라가 그를 쳐다보고 있었다. 아마도 그녀는 젭이 제정신을 되찾기를 기다리고 있었을 것이다.

"좋아요, 그 말은 취소할게요. 그녀가 그런 건 아니겠죠."

"그 사람은 건강현인 안에서 그들이 진행시키고 있는 뭔가를 발견했어요. 그는 그 행위가 비윤리적일 뿐만 아니라 공중 보건에 위험하기 때문에 결과적으로 부도덕하다고 생각했지요. 그는 이런 사실을 대중에게 알리겠다고 위협을 했답니다. 아니, 그러니까 엄밀한 의미에서 대중은 아니었어요. 왜냐하면 언론은 아마 그 문제를 다루려고 하지 않았을 테니까요. 그렇지만 만약에 그가 경쟁 회사, 특히 나라 밖에 있는 기업체로 가 버린다면 그들은 그 정보를 활용하여 막대한 손해를 끼쳤을 거예요."

"글렌의 아버지는 당신 연구 팀에 있지 않았어요?"

젭은 그녀가 하고 있는 말을 이해하려고 노력하다가 게임의 주도권을 상실하고 말았다.

"연계되어 있었지요. 그는 나에게 속마음을 털어놓았어요. 그리고 지금 난 당신한테 그걸 털어놓고 있는 거예요."

필라가 젭의 졸들을 재빨리 해치우면서 말했다.

"어째서요?"

"나는 곧 다른 곳으로 재배치될 거예요. 저 멀리 동쪽에 위치한 건강현인 센트럴로요. 아니, 그곳은 내가 가고 싶은 곳이지요. 물론 상황이 더 나쁠 수도 있어요. 그들은 어쩌면 내가 열정이 부족하다고 생각할 수도 있고, 아니면 나의 충성심을 의심할지도 모르죠. 당신은 이곳을 떠나야만 할 거예요. 일단 내가 다른 곳으로 전근 가게 되면 당신의 안전을 보장해 줄 수가 없거든요. 내 비숍을 당신의 나이트로 잡아먹어요."

"그건 좋지 않은 수인데요. 그렇게 하면 길이 열리잖아요……."

"그냥 잡아먹어요." 필라가 차분하게 말했다. "그리고 손에 꼭 쥐고 있어요. 나한테 다른 비숍이 있어요. 상자에는 그걸로 대치할 거예요. 비숍이 사라졌다는 건 아무도 눈치채지 못할 거예요."

젭은 비숍을 손바닥 안에 감추었다. 그는 예전에 뜬구름 세상에서 일할 때 슬라이트의 손으로부터 그런 걸 숨기는 방법을 터득했다. 그는 솜씨 좋게 그것을 소매 속으로 슬며시 밀어 넣었다.

"이걸 가지고 뭘 해야 합니까?" 젭이 물었다. 필라가 가 버리고 나면 그는 고립 상태가 될 것이다.

"그냥 전달만 하세요. 당신한테 가짜 통행증 일일권을 만들어 줄게요. 거짓 이유를 첨부해서요. 당신이 평민촌에 나가서 무슨 일을 하는지 그들은 알고 싶어 할 테니까요. 일단 건강현인 단지를 벗어나서 밖으로 나가게 되면 새로운 신분증이 당신을 기다리고 있을 거예요. 밖으로 나갈 때 비숍을 가지고 가요. 비늘꼬리 클럽이라고 하는 섹스 클럽 체인점이 있어요. 인터넷에 들어가 찾아봐요. 가장 가까운 지점으로 가요. 암호는 '매우 기름지다.'예요. 그들이 당신을 안으로 들여보내 줄 거예요. 그곳에다 비숍을 맡겨요. 그건 컨테이너고, 그들이 그걸 여는 법을 알아요."

"그걸 누구한테 전달하란 겁니까? 안에 뭐가 들어 있지요?

그들은 누굽니까?"

"벡터예요."

"무슨 뜻인가요? 수학의 벡터 같은 건가요?"

"생물학적인 거라고 해 두죠. 생물의 형태 형성을 위한 매개체랄까. 이 벡터들은 비타민 알약처럼 보이는 몇몇 다른 벡터들 속에 들어 있는데, 흰색, 빨간색, 검정색 세 종류예요. 그 알약들이 또 다른 벡터인 비숍 안에 들어 있고, 그건 또 다른 벡터인 당신이 운반해 주지요."

"알약 안에 들어 있는 물건은 어떤 겁니까? 두뇌 사탕? 코드 칩?"

"그건 확실히 아니에요. 묻지 않는 게 좋아요. 단, 무슨 일을 하건 절대로 그것들 중 어느 하나라도 먹으면 안 돼요. 만약에 누군가가 당신을 뒤쫓고 있다는 생각이 들면 그 비숍을 하수구에 던져 버리도록 해요."

"글렌은 어떤가요?"

"체크 메이트."

필라가 젭의 킹을 넘어뜨리면서 말했다. 그녀는 미소 지으며 자리에서 일어났다.

"글렌은 잘 헤쳐 나갈 거예요. 그 아이는 그들이 자기 아버지를 죽였다는 사실을 알지 못해요. 아직은 몰라요. 아니, 직접적으로는 알지 못해요. 그렇지만 그 아이는 매우 영리하지요."

"그 아이가 그걸 알아낼 거라는 말이로군요."

"너무 빨리 알아서는 안 되겠지요. 그 아이는 그런 종류의 좋지 못한 소식을 받아들이기에는 너무 어려요. 그 아이는 당신과는 달라서 아무것도 모르는 척 가장하지 못할 수도 있을 테니까요."

"저도 때로는 진심이에요. 그러니까 지금 당장은 말이죠. 내 신원을 어디 가서 바꾸죠? 그리고 통행증은 어떻게 받고요?"

"미친 아담 대화방에 들어가면 당신을 기다리고 있는 보따리가 잔뜩 있을 거예요. 그런 다음 현재의 게이트웨이를 뒤죽박죽으로 헤집어 놔요. 여기 있는 컴퓨터에 흔적을 남기면 안 될 테니까요."

"이 일을 하자고 수염까지 바꿔야 하는 건 아니겠지요? 새로운 신분증을 얻기 위해서요. 바보같이 이상한 바지를 입어야 한다거나?"

젭은 분위기를 가볍게 하기 위해 그렇게 물었다.

필라는 미소를 지었다.

"그동안 내내 호출기의 스위치를 꺼 두었어요. 바비큐 파티가 있는 날에는 사람들이 다 보는 곳에 있는 한 그렇게 해도 무방하거든요. 이제는 다시 켜야 돼요. 남들이 듣지 않기를 바라는 말은 절대로 한마디도 하지 말아요. 여행 잘 하세요."

비늘꼬리 클럽

　젭은 예전에 숨겨 둔 책상 서랍에서 섬드라이브를 회수한 후 따개비처럼 달라붙어 있는 목캔디들을 떼어 내고 자신의 컴퓨터에서 장내 기생충 게임 사이트에 접속했다. 그런 다음 앞이 보이지 않는 악몽 기생충의 게걸스러운 목구멍을 통과해 지정된 경로를 따라 미친 아담 대화방으로 들어갔다. 아니나 다를까 거기에는 짐 싸는 요령 꾸러미가 그를 기다리고 있었다. 물론 누가 그것을 남겨 놓았는가에 대한 단서는 전혀 없었다. 그는 꾸러미를 열어 안에 들어 있는 내용물을 완전히 숙지한 다음 들어가면서 남겼던 흔적들을 모두 털어 버리고 허둥지둥 돌아 나왔다. 그런 다음 섬드라이브를 발밑에 놓고 으깼다. 아니, 좀 더 정확하게 말하면 그는 침대 다리 밑에 그것을 놓고 침대 위에 올라가 여러 차례 뛰었다. 그러고는 부서진 조각들을 변기에 넣고 여러 번 물을 내렸다. 그 조각들은 금속이고 플라스틱이었기 때문에 그것들만으로는 쉽사리 빨려 내려가지 않았다. 그래서 변기에다 덩어리를……

"됐어요." 토비가 말한다. "무슨 말인지 알겠어요."

젭이 새로 받은 이름은 헥터였다. 벡터인 헥터라. 누군지 상당히 역겨운 유머 감각을 지니고 있었지만 그 사람이 필라는 아닐 거라고 생각했다. 그녀는 그다지 유머러스한 유형은 아니었다.

물론 젭은 일단 담 바깥으로 나가 건강현인 단지의 보안 카메라에서 벗어나게 되어서야 새로운 헥터 신분을 활성화시킬 것이다. 그때까지는 여전히 갈색 코듀로이 바지와 함께 지질한 괴짜들이나 입는 옷을 입고서 데이터를 입력하는 갤리선에 사슬로 묶여 있는 이류 코드 노예 세스였다. 어느 편인가 하면 젭은 자신의 신분 전환으로 좀 더 괜찮은 바지를 입을 수 있을 거라고 확신하고 있었다. 평민촌에 가면 그의 옷이 대기하고 있다는 말을 들었는데 그것이 쓰레기통 속에 잘 숨겨져 있어서 그가 손에 넣기 전에 어떤 부랑자나 미치광이 아니면 해고당한 중간 관리자가 슬쩍 집어가지 않기를 바랄 뿐이었다.

세스라는 인물이 건강현인 단지를 벗어나도록 제공된 변명거리는 그가 아름다움과 기분을 향상시키는 새론당신이라는 기업체의 한 지점에 서비스 방문을 해야 한다는 것이었다. 그 기업체는 건강현인의 수상쩍은 계열사였다. 건강과 아름다움이라는 매혹적인 쌍둥이 자매는 배꼽이 서로 붙은 채로 세이렌의

502   미친아담

노래를 영원히 불러 대고 있었다. 수많은 사람들이 둘 중 하나를 위하여 터무니없이 많은 돈을 지불할 것이다.

건강현인이 생산하는 제품들, 비타민 보충제, 처방전 없이 살 수 있는 진통제, 특정 질병을 위한 최고급 조제약, 발기 부전 치료제 등에는 라벨에다 과학적 설명과 라틴어 명칭을 적어 넣는 일에 관심을 기울였다. 다른 한편으로 새론당신은 달을 향해 주술 행위를 하는 숭배자들이라든지 암살자 벌레*가 득실거리는 여행 금지 구역인 열대 우림 깊숙한 곳에 사는 무당에게서 불가사의한 비밀들을 캐내고 있었다. 그렇지만 젭은 두 기업체 간에 공통의 이해관계가 있다는 사실을 알 수 있었다. 몸이 몹시 아프고 질병이 생겨서 보기 흉한 모습으로 바뀌고 있다면 건강현인에서 나온 이 약을 복용해 보시죠. 아니면 모습이 보기 흉하고 몹시 아파서 기분이 좋지 않다면 새론당신에서 제공하는 저걸 좀 해 보세요.

젭은 자신의 임무를 수행하기 위한 준비 과정으로 새로 세탁한 갈색 코듀로이 바지를 착용했다. 그는 얼굴 모습을 아주 조금은 엉망인 세스라는 인물로 바꾼 다음 욕실 거울을 들여다보며 그에게 윙크를 보냈다.

"넌 이제 끝장이야."

젭은 세스를 향해 말했다. 세스와의 관계가 끊어지더라도 그

---

* 침노린잿과(科)의 흡혈충.

는 전혀 애석해하지 않을 것이다. 나이 많은 형으로서 내가 너보다 더 잘 알고 있다고 위세를 부리는 아담 덕분에 젭은 어쩔 수 없이 세스라는 인물을 떠맡았던 것이다. 젭은 그 점에 대해 질타하고 싶어서라도 아담을 친히 만나 보길 바랐다. '어떻게 그런 빌어먹을 생각을 했던 거야? 저런 바지를 입혀서 날 볼썽사납게 만들어 보겠다?' 그렇게 말해 주고 싶다.

이제는 세스가 떠나야 할 시간이다. 그는 손에 통행증을 들고서 혼자 조용히 콧노래를 부르며 정문 쪽으로 느릿느릿 걸어갔다.

하이 호 하이 호,

나는 멍청이 같은 일을 하러 간다네,

여기도 얼뜨기 저기도 얼뜨기,

하이 호, 하이 호, 하이 호!

이제는 하급 코드 배관공 세스가 내놓아야 할 변명거리를 잘 기억해야 한다. 그는 새론당신 웹사이트를 조사하여 그것이 어떻게 조작 변경될 수 있었는지 알아내기 위해 파견을 나가는 중이었다. 누군가가, 어쩌면 더 어렸을 때의 젭 자신처럼 우쭐대는 10대 해커가 온라인상의 이미지들을 바꿔 놓았던 것이다. 그래서 기분을 향상시켜 주고 안색을 개선시켜 주는 제품 중 아무것이나 클릭하면 한 무리의 암갈색과 오렌지색 곤충들의 애니

　　　　　　　　　　　　　　　　　미친아담

메이션이 나타나 초고속으로 그 제품을 야금야금 파먹은 다음 폭발하는데, 다리에 경련을 일으키면서 노란색 연기를 마구 뿜어내는 것이었다. 유치하기 짝이 없었지만 묘사가 너무나 생생했다.

건강현인 조합은 당연히 자신들의 시스템 안에서 발생한 문제를 아무나 와서 해결하는 것을 원하지 않았다. 그런 일은 단순한 것처럼 보일는지 모르지만 어쩌면 함정일 수 있기 때문이다. 그걸 기획한 자들은 건강현인의 방화벽을 뚫고 들어와서 그 귀중한 IP를 슬쩍 훔쳐가는 식의 개입을 희망했을지도 몰랐다. 그렇기 때문에 누군가가 직접 새론당신으로 가야만 했다. 파견할 직원은 하급 직원이어야 했고 또한 범죄 조직원들이 득시글거리는 평민촌은 무척이나 위험한 곳이었으므로 언제든 대체 가능한 사람이어야 했다. 그래서 운전자와 함께 건강현인 자동차를 제공하긴 하지만, 그런 역할에는 세스가 적합할 것이다. 어느 누구도 두뇌 채굴을 위해 세스를 잡아가는 수고는 감행할 것 같지 않기 때문이다. 세스는 중추 세력이 아니기 때문이다. 물론 그렇긴 하지.

새론당신은 누가 또는 무엇 때문에 해킹을 했는지 알고 싶어 하지 않았다. 그렇게 하려면 너무나 많은 비용이 들 것이기 때문이다. 그들은 단지 방화벽이 수리되기만을 원했다. 그곳에서 근무하는 사람들은 그 일을 해결할 수 없었으므로 젭이 생각하기에는 극도로 타당하지 못한 변명거리를 내놓았다. 하지만 당시에는 새론당신이 별 볼일 없는 사업체였으므로(이때는 공원 안에 한층 더 안락한 스파를 세우기 전이었다.) 그곳의 IT부서는 탁월한 기술자들로 구성된 A급 팀이 아니었는데, 어쩌면 심지어 B급 또는 C급조차 안 될 것이다. 똑똑한 사람들은 자금이 더 풍성한 기업체에서 낚아채 가고 없었기 때문이다. 그들은 차라리 F팀에 가까웠는데, 해킹을 당했으면서도 전혀 문제 해결을 못했다.

그렇지만 새론당신은 한참을 기다려야 할 것이다. 왜냐하면 한 시간 내에 그는 헥터로 변신할 것이고, 세스란 인물은 더 이상 존재하지 않을 것이기 때문이다. 그는 체스 비숍을 가지고 나갔다. 그것은 헐렁한 코듀로이 바지 주머니 속에 들어 있었는데 젭은 만일의 경우를 대비하여 주머니 속에 왼손을 넣고 있었다. 만약에 누군가가 보고 있었다면 그들은 아마도 그가 자위행위를 하고 있는 줄 알았을 것이다. 혹시라도 자동차에 스파이웨어가 장착되어 있을 경우를 대비하여(그럴 공산이 아주 컸다.) 그는 절제된 방식으로 그런 행위를 하는 척 가장했다. 재수 없이 자위행위나 하는 놈이 배반자에 밀수업자인 것보단 나았다.

새론당신이 위치한 곳은 평민촌 회색시장 가장자리에 자리 잡은 지저분한 부동산 구획이었다. 그래서 그곳에서는 뒤집힌 시크릿버거 가판대가 길을 가로막고 있는 가운데 빨간 소스가 날아다니는 난투극이 벌어지고 고함 소리가 체인처럼 줄줄이 터져 나오고 사방팔방에서 경적을 울려 댈 뿐만 아니라 고기 패티 유격대가 정신없이 날아다니는 광경을 목격하게 되더라도 전혀 낯선 풍경이 아니었다. 젭이 타고 있던 자동차의 운전자도 경적에 기대어 지속적으로 경적을 눌러 댔다. 물론 그 친구는 창문을 아래로 내리고 소리를 질러 댈 만큼 어리석지는 않았다.

하지만 미처 요술을 부릴 새도 없이 자동차는 십수 명의 아시안 퓨전 갱단의 공격을 받았다. 잠금 버튼을 완전히 훼손시키는 걸 보니 그들 중 누군가 건강현인 자동차의 암호가 입력되어 있는 디지털 자물쇠 방식의 권총을 가지고 있었던 게 분명했다. 폭력배들은 눈 깜짝할 사이에 몽둥이를 휘두르며 비명을 질러 대는 운전자를 끌어내더니 그의 신발을 벗기고 옥수수 껍질 벗기듯이 그의 옷을 벗겨 버렸다. 그들 평민촌 패거리들은 신속하고 전문적이었으므로 저항할 도리가 없었다. 그들은 자동차 열쇠를 움켜쥐더니 후진으로 해 놓고 쏜살같이 사라져 버렸는데, 아마도 자동차를 통째로 팔아먹거나 아니면 해체해서 부품을 팔아먹거나 돈이 더 많이 생기는 방법을 택할 것이다.

이제 젭의 차례였다. 그런데 거래와 지불은 벌써 끝나 있었다. 아시안 퓨전 갱단은 비열하긴 했지만 값이 저렴했고 별 볼일 없는 일들도 기꺼이 맡아 처리했다. 제일 먼저 운전자의 눈길이 차단되었는지 확인해야 했다. 이건 반드시 필요한 절차였다. 운전자의 머리 전체가 빨간 소스로 뒤덮여 있었기 때문에 앞을 보지 못할 것이 분명했다. 그런 다음 젭은 자동차 뒷문으로 신속하게 빠져나와 구부정한 자세로 인접한 골목길로 들어갔고 모퉁이를 돌고 다시 다른 모퉁이를 돌고 다시 한번 세 번째 모퉁이를 돈 다음에 지정된 쓰레기통에 도달할 수 있었다.

갈색 코듀로이 바지가 쓰레기통 속으로 들어갔다. 속이 다 시원했다. 제법 낡은 청바지가 잘 어울리는 액세서리들과 함께 들어 있었다. 검정색 가죽 재킷, '장기 기증자, 내 것을 공짜로 사용하세요.'라는 문구가 적힌 검정색 티셔츠, 미러 선글라스, 전면에 알맞은 크기의 빨간색 두개골이 그려진 야구 모자. 치아에 끼울 수 있는 금 덮개, 가짜 콧수염, 새롭게 개발한 능글맞은 미소와 함께 벡터인 헥터는 느긋하게 걸어갈 준비를 마쳤다. 그는 여태껏 아주 조심스럽게 손에 쥐고 있던 체스 비숍을 가죽 재킷 안쪽에 있는 호주머니 속에 넣고 지퍼를 잠갔다.

젭은 서둘러 그 자리를 떠났지만 겉으로는 그렇게 보이지 않으려고 애썼다. 백수처럼 보이는 게 최상이었다. 또한 구체적이지는 않더라도 어떤 못된 짓을 꾸미는 것처럼 보이는 게 상책이었다.

젭의 목표 지점인 비늘꼬리 클럽은 평민촌 속으로 더 깊숙이 들어간 곳에 위치해 있었다. 만약에 그가 예전의 얼뜨기 옷차림으로 그곳에 갔더라면 아마도 머리털, 코, 그리고 급소부터 시작해서 다른 내밀한 영역까지 두루 방어해야만 했을 것이다. 그렇지만 새로운 차림새는 눈을 찌푸리고 몇 차례 자세히 살펴보는 것 이상의 관심을 끌지 못했다. 시비를 걸 만한 가치가 있을까? 생각해 보니, 아닌 것 같군. 덕분에 어슬렁어슬렁 걸어가는 그의 행로는 아무런 방해도 받지 않았다.

* * *

저 앞에 목적지가 있었다. 성인 오락실이라는 네온사인 글자가 빛나고 그 아래쪽에 안목이 높은 신사들을 위한 장소라고 쓰여 있었다. 녹색 비늘로 뒤덮인 몸에 꼭 끼는 옷을 입은 파충류 미녀들의 사진이 붙어 있었는데, 대부분이 성형수술을 받아 놀랄 만큼 풍만한 가슴을 가졌으며 일부는 등뼈가 없다는 걸 암시하는지 한껏 뒤틀린 자세를 취하고 있었다. 두 다리로 자신의 목을 감을 수 있는 여자에게는 아주 참신한 방식으로 제공할 수 있는 뭔가가 있었다. 그게 정확히 무엇인지는 분명치 않았지만. 공중그네를 타는 화끈한 코브라 여인은 양어깨에 고리 모양으로 비단뱀을 말고 있는데, 그 모습이 뜬구름 세상에서 함께 일했던 사랑스러운 뱀 조련사 카트리나 우우와 상당히 닮아 보였다. 당시 젭은 마술사가 그녀를 톱질로 반 토막 내는 묘기를 할 때 수시로 보조를 했다.

심지어 그때에 비해 나이가 더 많이 들어 보이지도 않았다. 그러니까 그녀는 아직도 그런 일을 하고 있었던 것이다. 이를테면 말이다.

시간이 대낮이었기 때문에 그곳으로 들어오는 고객 차량은 한 대도 없었다. 젭은 자신에게 부여된 우스꽝스러운 암호를 마음속에 떠올렸다. 매우 기름지다. 이 단어를 사용하여 어떻게 그럴듯한 문장을 만들지? '당신은 오늘 매우 기름진 것처럼 보이네요?' 그렇게 말했다가는 상대가 누구냐에 따라서 주먹질이나 따귀가 돌아올지 몰랐다. '오늘 날씨가 매우 기름지군.', '그놈의 기름진 노래 좀 꺼요.', '제기랄 더럽게 기름진 짓 좀 그만해!' 어느 하나도 제대로 된 문장 같지 않았다.

그는 초인종을 울렸다. 문은 금속 함량이 높은 은행 금고처럼 아주 두꺼워 보였다. 구멍을 통해 눈 하나가 그를 유심히 살펴보았다. 잠금장치에서 딸깍하는 소리가 들리더니 문이 열렸다. 젭만큼이나 덩치가 커다란 경비원이 온통 새카만 모습으로 나타났다. 빡빡 깎은 머리, 검정색 양복, 선글라스.

"뭐요?"

"여기에 엄청 기름진 아가씨들이 있다는 소문을 들었소만. 아주 죽여준다던데."

덩치는 선글라스를 낀 눈으로 그를 응시했다.

"뭐라고? 다시 한번 말해 보쇼?"

젭은 다시 한번 말했다.

"엄청 기름진 아가씨라…… 죽여준다고."

덩치는 그게 마치 도넛의 가운데 구멍이라도 되는 것처럼 입 안에서 그 말을 굴려 대며 말했다.

그의 양 입꼬리가 올라갔다.

"좋아요. 맞소. 안으로."

그는 문을 닫기 전에 길거리를 확인했다. 더 많은 잠금장치들이 딸깍거린다.

"그녀를 보고 싶다는 거군요." 그가 말했다.

보라색 카펫이 깔려 있는 통로를 지나 층계를 올라갔다. 영업 시간이 아닐 때 쾌락 공장에서 나는 냄새는 너무나도 슬펐다. 여자를 파는 상점의 냄새는 거짓으로 꾸며내는 음란을 의미했고, 또 그것은 외로움을 뜻했으며 돈을 지불할 때만 사랑받는다는 것을 의미했다.

덩치는 이어폰에 대고 뭔가를 말했는데, 젭의 눈에는 보이지 않는 걸로 봐서 그 이어폰은 분명 아주 작은 것임에 틀림없었다. 어쩌면 그것은 치아 속에 들어 있을 수도 있었다. 요즘 어떤 사람들은 그런 것을 사용하고 있었다. 물론 치아가 깨져서 그것을 삼키게 되면 결국 엉덩이로 바보 같은 소리나 떠들어 댈지도 몰랐다. 헤드 오피스, 보디 오피스 겸용이라고 표시된 내부 도어에는 반짝반짝 윙크하는 녹색의 뱀 로고와 함께 "우리는 유연합니다."라는 모토가 적혀 있었다.

"들어가시죠."

덩치가 다시 한번 말했다. 말이 많지 않은 친구였다. 젭은 안으로 들어갔다.

그 방은 일종의 사무실로, 비디오 화면들이 많이 설치되어 있었고 값비싼 가구들 몇 개가 소리 없이 뭔가를 말해 주고 있었으며 미니바도 갖춰져 있었다. 젭은 갈망하는 눈으로 바를 유심히 살펴보았다. 아마도 맥주가 있을 것 같았다. 이렇게 위장하고 한참을 뛰어다녔더니 목이 말랐다. 하지만 지금은 그럴 때가 아니었다.

방에는 두 사람이 있었는데 각기 의자 깊숙이 앉아 있었다. 한 사람은 카트리나 우우였다. 그녀는 뱀 복장은 아니었고 그냥 3번 창녀라고 적힌 큼지막한 운동복 상의와 딱 달라붙는 검정색 청바지를 입었고, 죽마춤 댄서를 불구로 만들어 버릴 것만 같은 은색 스틸레토 힐을 신고 있었다. 그녀는 젭을 보고 미소를 지었는데 그 웃음은 쉭쉭 하며 뱀 소리를 내는 와중에도 항상 유지할 수 있었던 가식적인 무대용 미소였다.

"오랜만이에요."

"그다지 오래된 것 같지는 않은데요. 당신은 여전히 들어올리기는 쉬워도 내려놓기는 힘든 사람처럼 보이는군요."

카트리나 우우는 미소 지었다. 젭은 비늘로 뒤덮인 그녀의 속옷으로 쳐들어가고 싶은 마음이 간절했다는 걸 인정하지 않을 수 없었다. 그런 소년 같은 열망은 전혀 사라지지 않았던 것이다. 그렇지만 방 안에 있는 또 다른 사람이 다름 아닌 아담이었기 때문에 그 순간 젭은 그런 목표물에 집중할 수가 없었다. 아담은 나병 환자에 관한 무언극을 공연하려고 주워 모은 듯한, 넝마주이처럼 보이는 괴상한 카프탄 비슷한 것을 걸치고 있었다.

"제기랄. 요정들이나 입을 그런 잠옷은 도대체 어디서 구한 거야?"

젭이 말했다. 놀라움을 보이지 않는 것이 최상이었다. 그런 태도를 보이게 되는 순간 그런 위치에 올라갈 자격이 없는 아담에게 유리한 위치를 부여하는 것이기 때문이다.

아담이 말했다. "넌 아주 고상한 티셔츠를 입었는걸. 너한테 아주 잘 어울린다. 괜찮은 모토로구나, 어린 아우야."

"이곳에 도청장치라도 붙어 있나?"

한 번만 더 어린 아우라고 빈정대면 그는 아담을 때려 눕힐 판이었다. 아니, 그렇게 하지는 않았을 것이다. 아담은 너무나도 이 세상 사람 같아 보이지 않았으므로 젭은 그런 친구를 차마 본격적으로 공격할 수 없었을 것이다.

"물론이죠." 카트리나 우우가 말했다. "하지만 양해를 구하고 모두 다 꺼 놨어요."

"나보고 그 말을 믿으라는 겁니까?"

"카트리나가 정말로 껐어. 잘 생각해 봐. 그녀가 자기 시설에 우리의 발자국이 하나라도 남는 걸 원할 것 같아? 이분은 지금 우리한테 커다란 호의를 베풀고 있는 거야." 아담이 카트리나에게 말했다. "고맙습니다. 우리는 오래 있지 않을 겁니다."

그녀는 죽마를 탄 사람처럼 살짝 불안정하게 걸어 방 밖으로 나가면서 어깨 너머로 그들을 향해 미소를 던졌는데, 이번의 웃음은 어쩔 수 없이 가식적으로 짓는 그런 미소가 아니었다. 그녀는 카프탄 복장에도 불구하고 분명히 아담에게 빠져 있었다.

"나중에 음식이 조금 나올 거예요. 원하시면요. 아가씨들의 카페에서요. 공연을 시작할 시간이 얼마 남지 않아서 저는 의상을 갈아입어야 해요."

아담은 그녀가 문을 완전히 닫을 때까지 기다렸다.

"네가 드디어 해냈구나. 잘했다."

"그만둬, 됐어. 그놈의 꺼벙한 갈색 바지 때문에 난 린치를 당할 수도 있었단 말이야."

그는 사실 아담이 아직도 살아 있다는 것을 알고 얼마나 기뻤는지 몰랐다. 하지만 그걸 솔직하게 인정하진 않을 것이었다.

"그런 염병할 바지를 입고 있으니까 제기랄 꼭 얼간이 같잖아."

그는 욕설을 아주 푸짐하게 뱉어 놓았다. 아담은 그 부분은 못 들은 척했다.

"그걸 가져왔어?"

"가져오고말고. 혹시 형이 말하는 게 이 빌어먹을 체스 조각이라면."

젭이 그것을 넘겨주었다. 아담이 비숍의 머리 부분을 비틀어 거꾸로 뒤집자 여섯 개의 알약이 미끄러져 나왔다. 적색, 백색, 흑색 알약이 각각 두 개씩 들어 있었다. 아담은 그것들을 살펴본 다음 다시 비숍 안에 집어넣고 머리 부분을 다시 붙였다.

"고맙다. 이것을 보관할 만한 매우 안전한 장소를 생각해 내야 해."

"그게 뭔데?"

"순수한 악이지. 만약 필라의 말이 맞다면. 하지만 상당한 가치가 있는 악이지. 그리고 매우 은밀하고. 이것 때문에 글렌의 아버지가 죽음을 맞았으니까."

"저것들이 어떤 일을 하는데? 슈퍼 섹스 알약 같은 거야?"

"그보다 더 영리한 거야. 그들은 자기들이 만들어 낸 비타민제라든지 처방전 없이 살 수 있는 진통제를 질병 확산의 벡터(매개체)로 사용하고 있어. 그런 질병들에 대한 약물 치료를 통제하는 거지. 백색 알약 속에 들어 있는 것이 무엇인지는 모르지만 실제로 배포되고 있어. 무작위로 유통되고 있어서 어느 누구도 시작 지점이 되는 어떤 특정한 위치에 대해 의심하지 못할 거야. 그들은 모든 수단을 동원해서 비타민제에서, 그다음에는 약물에서, 그리고 마지막으로 병이 골수에 박힌 사람에게서 돈을 뽑아내는 거지. 언제나 그렇듯이 치료 약물 역시 잔뜩 만들어 놓았으니까. 피해자들의 돈을 기업체 주머니 속으로 빼돌리기에는 아주 좋은 계획이잖아."

"그러니까 그것들이 백색 알약이로군. 그럼 적색과 흑색 알약들은 뭐야?"

"우리는 몰라. 그것들은 실험용이야. 어쩌면 다른 질병들이거나 효과를 더 빨리 발휘하는 제품일지도 모르지. 어떤 안전한 방법으로 알아낼 수 있는지 그것조차도 확실하지 않아."

젭은 그 말을 이해했다. "규모가 아주 크구나. 이걸 생각해 내느라 얼마나 많은 두뇌광들이 투입되었는지 궁금한걸."

"이걸 만드는 건 건강현인 안에 있는 아주 조그만 그룹이야. 상부로부터 직접 지시를 받고 있지. 글렌의 아버지는 그들에 의해 이용되었던 거야. 그는 표적 암 치료 벡터를 위해 작업하고 있다고 생각했었어. 하지만 자기 일의 실체를 완전히 깨달았을 때 그는 그 계획에 동조할 수가 없었던 거야. 그래서 그는 이런 사실들을 필라에게 슬쩍 알려 주었어. 직전에……."

"이런 젠장. 그들이 그녀도 죽였단 말이야?"

"아니야, 그들은 심지어 필라가 알고 있다는 사실조차 아직은 몰라. 그러기를 우리는 바라고 있지. 그녀는 방금 전에 동쪽 해안에 있는 건강현인 센트럴로 전근되었어."

"나 맥주 한 잔 마셔도 될까?"

젭은 대답을 기다리지 않았다.

그는 상쾌하게 한 모금 들이켠 다음 말했다. "그렇다면 이제 형은 이 물건을 손에 넣었으니까, 다음으로 할 일은 뭐야? 이것들을 회색시장에서 팔기라도 할 거야? 외국 기업체들이 돈을 많이 지불할 테니까."

"아니야, 어떻게 그런 짓을 해. 그렇게 한다는 건 우리 원칙에 어긋나는 일이야. 이제 우리가 이 세상에서 할 수 있는 일은 단지 어떤 걸 피해야 하는지 알아내는 거야. 가능하다면 다른 사람들에게 비타민제에 대해 경고하려고 해. 그렇지만 우리가 이런 정보를 공개하려고 시도해 봤자 사람들은 우리가 하는 말을 믿지 않을 거야. 피해망상증 환자 같은 소리라고 하겠지. 그런 다음에는 불행한 사고를 당하게 될 거고. 너도 알다시피 기업체가 언론을 통제하고 있잖아. 독립적인 규제라는 건 모두 다 명목상으로만 독립적인 거야. 그래서 우리는 아무런 위험 없이 이 알약들에 대한 분석이 끝날 때까지 이것들을 감춰 놓으려고 해."

"그 우리라는 게 도대체 누구야?"

"모르고 있으면 너는 말할 수가 없겠지. 그게 널 포함해서 모두를 위해 더 안전하지 않겠어?" 아담이 말했다.

젭과 뱀 여자들 이야기

"그 모든 것을 내가 어떻게 크레이커들에게 설명할 수 있겠어요?" 토비가 말한다. "뱀처럼 옷을 입은 비늘꼬리 클럽 아가씨들에 대해서요."

"그건 그냥 건너뛰어도 되잖아."

"아니에요. 그 이야기는 꼭 해야 할 것 같아요. 그게 적절할 것 같거든요. 여자이면서 또 뱀인 것. 그건 명상과 아주 잘 어울려요. 뱀의 이미지와도 잘 맞고요. 그때 나타났던 암퇘지와도 그렇고. 그건…… 암퇘지는 정말로 나하고 대화를 나누는 것 같았어요. 그리고 블랙비어드와도."

"당신은 그것이 부분적으로는 인간이었다고 생각하는 거야? 돼지 여자? 진짜로 환각 상태에 단단히 빠졌었나 보군."

젭이 싱긋 웃는다.

"아니, 그렇다는 것은 결코 아니지만……."

"당신이 만든 혼합물에 페요테 선인장* 덩어리가 너무 많이 들어갔던 모양이지. 아니면 당신이 뭔가를 집어넣었던가."

"어쩌면요. 의심할 여지없이 당신 말이 맞아요."

토비의 머릿속에서 이야기가 전개되고 있다. 그녀가 그 이야기에 대하여 생각하거나 그 이야기의 전개 방향을 결정하는 것 같지는 않다. 그녀에게는 이야기에 대한 통제력이 전혀 없고 단지 귀를 기울일 뿐이다. 몇 개의 식물 분자가 인간의 두뇌에 영향을 미치고 또 그 영향이 얼마 동안 지속된다는 게 정말이지 놀랍다.

지금부터 하는 이야기는 젭과 뱀 여자들에 관한 거예요. 뱀 여자들은 처음에는 이야기에 나타나지 않고 나중에 등장할 거예요. 중요한 것은 종종 나중에 이야기 속으로 들어와요. 그렇지만 시작 부분에 나올 때도 있어요. 그러고는 중간에 또 나오고요.

시작 부분은 내가 이미 이야기했으니까 이제부터는 중간이에요. 젭은 젭에 관한 이야기의 중간에 등장할 거예요. 젭은 그 자신에 관한 이야기의 가운데 부분에 나타나요.

나는 이 이야기에는 나오지 않아요. 여기에는 나와 관련된 부분이 들어 있지 않거든요. 그렇지만 난 대기하고 있어요. 훨씬

_____

* 마약 성분이 포함되어 있다.

먼 미래에 젭의 이야기가 나의 이야기와 만나게 되기를 기다리고 있어요. 토비의 이야기요. 바로 지금 여러분과 함께 나누고 있는 이 이야기에서요.

필라는 딱총나무 덤불에서 살면서 벌들을 통해 우리한테 이야기를 해 주고 있어요. 그녀는 한때 늙은 여자의 모습을 지녔었어요. 그녀는 젭에게 특별히 중요한 물건을 주면서 그것을 잘 보살펴야 한다고 말했어요. 씨앗처럼 아주 자그마한 거였어요. 그 씨앗은 만약에 사람이 먹게 되면 그 사람을 아프게 만들어요. 하지만 혼돈 때에 살던 몇몇 나쁜 사람들은 이 씨앗을 먹으면 행복해질 거라고 다른 모든 사람들에게 말해 주고 있었어요. 그러니까 단지 필라와 젭과 몇몇 사람들만이 그 진실을 알고 있었던 거예요.

나쁜 사람들은 무엇 때문에 그렇게 말했을까요? 돈 때문이었어요. 돈은 퍼크처럼 눈에 보이지 않았어요. 그들은 돈이 그들의 조력자라고 생각했지요. 그들은 돈이 퍼크보다 더 좋은 조력자라고 생각했어요. 그렇지만 그들은 그것에 대해 잘못 알고 있었던 거예요. 돈은 그들의 조력자가 아니었거든요. 돈은 사람들이 그것을 필요로 하는 바로 그 순간에 사라지고 말아요. 그렇지만 퍼크는 아주 충실하지요.

그래서 젭은 그 씨앗을 가지고 문을 통해 밖으로 나갔어요. 만약에 젭이 그걸 가지고 있다는 걸 나쁜 사람들이 알게 되면 뒤쫓아 와서 그것을 그에게서 빼앗을 것이고 젭에게 몹시 해로운 짓을 할 것이기 때문이에요. 젭은 겉으로는 서두르지 않는 척하면서 부지런히 서둘렀어요. 그가 "아 퍼크." 하고 말하자 퍼크가 공기를 가르고 날아왔어요. 여러분이 퍼크를 부르면 항상 그러듯이 퍼크는 매우 빠르게 날아왔어요. 퍼크는 젭에게 뱀 여자들의 집에 가는 방법을 알려 주었어요. 뱀 여자들은 문을 열고 그를 집 안으로 데리고 들어갔어요.

뱀 여자들은요…… 여러분은 뱀을 본 적이 있지요? 그리고 또 여자들도 보았잖아요. 뱀 여자들은 둘 다인 거예요. 그들은 여러 명의 새 여자들, 꽃 여자들과 함께 살았어요. 그들은 젭을 숨겨 주었어요. 거대한…… 아주 큰, 음…… 조개껍질 속이나. 아니, 소파였어요. 아니 아마도 그들은 젭을 아주아주 엄청나게 커다란, 음…… 꽃 속에다 숨겨 놓았을 거예요. 등불이 달려 있는 아주 밝은 꽃 속에요.

그래요, 등불을 환하게 밝힌 꽃이었어요. 어느 누구도 젭을 꽃 속에서 찾지는 않을 테니까요.

그리고 젭의 형인 아담 역시 꽃 속에 있었어요. 참 잘된 일이었어요. 아담은 젭에게 도움을 주는 사람이었고 젭은 아담을 도와주는 사람이었기 때문에 두 사람은 서로 만나게 되어 매우 행복했어요.

* * *

뱀 여자들은 때때로 사람을 물어뜯을 때도 있었지만 그들은 젭을 물지 않았어요. 그들은 젭을 좋아했거든요. 그들은 젭에게 샴페인 칵테일이라고 하는 특별한 음료를 만들어 주었고 그런 다음 그를 위해 특별한 춤을 추었어요. 결국 그들은 뱀이었기 때문에 그것은 꾸불꾸불 움직이는 춤이었어요.

뱀 여자들은 매우 친절했어요. 오릭스가 그들을 그렇게 만들었기 때문이지요. 그리고 그들은 오릭스의 아이들이잖아요. 왜냐하면 그들의 일부는 뱀이었으니까요. 그들은 크레이크와는 아무런 관계가 없었어요. 아니, 그다지 많지는 않았어요.

그리고 뱀 여자들은 젭이 멋진 대형 침대, 반짝반짝 빛나는 녹색 침대에서 잠을 잘 수 있게 해 주었어요. 공간이 아주 많으니까 퍼크 역시 거기서 잠을 잘 수 있다고 그들은 말했어요.

그래서 젭은 고맙다고 말했어요. 뱀 여자들은 그에게 상당히 친절했고 보이지 않는 그의 조력자에게까지 친절하게 대해 줬기 때문이지요. 그들 덕분에 젭은 기분이 훨씬 더 좋아졌어요.

아니요, 그들이 젭에게 가르랑거리기를 해 준 건 아니었어요. 뱀들은 가르랑거릴 수가 없으니까요. 그렇지만…… 그들은 몸을 구불구불 꼬았어요. 그래요, 바로 그렇게 했어요. 몸을 좀 휘감는 거예요. 그리고 약간은 조이기도 하고요. 그들은 그런 일도 했어요. 뱀들은 수축할 수 있는 근육들이 아주 잘 발달되어 있거든요.

그리고 젭은 정말이지 무척이나 피곤했어요. 그래서 그는 단번에 잠에 빠져들었어요. 뱀 여자들과 새 여자들과 꽃 여자들은 그를 잘 보살펴 주었고 그가 잠을 자는 동안 나쁜 일이 하나도 일어나지 않도록 최선을 다해 지켜 주었어요. 혹시 그곳에 나쁜 사람들이 오더라도 자신들이 젭을 지켜 주고 젭을 숨겨 줄 거라고 그들은 말했어요.

그런데 정말로 나쁜 남자들이 그곳에 나타났어요. 하지만 그 이야기는 다음 부분에 나올 거예요.

그리고 이제 나도 정말이지 무척이나 피곤하거든요. 그래서 잠을 좀 자려고 해요.

안녕히 주무세요.

이것이 토비가 다음 이야기 시간에 말해 줄 내용이다.

아기 돼지

권위자

토비는 필라의 딱총나무 덤불을 방문하고 온 다음 날 아침에도 여전히 고강도 명상을 위해 마신 혼합물의 효과를 느끼고 있다. 이 세상이 본래보다 좀 더 밝아 보이고 배경막 같은 색조나 형태도 좀 더 투명해 보인다. 그녀는 마음을 진정시켜 주는 중간색으로 무늬가 하나도 없는 담청색 침대 시트를 몸에 걸치고 펌프로 가서 얼른 얼굴을 씻은 다음 아침 식사 테이블로 발걸음을 옮긴다.

다른 사람들은 모두 다 아침 식사를 끝내고 그 자리를 떠난 것 같다. 화이트 세지와 로티스 블루가 그릇들을 깨끗이 설거지하고 있다.

"남은 음식이 조금은 있을 거예요." 로티스 블루가 말한다.

"아침 식사로 뭐가 나왔어요?" 토비가 묻는다.

"햄과 칡넝쿨 튀김이요." 화이트 세지가 말한다.

토비는 밤새도록 꿈을 꾸었다. 새끼 돼지 꿈. 순진무구한 새
끼 돼지들, 그녀가 실제로 보았던 것들보다 한층 더 통통하고
더 깨끗하고 덜 야생적인 사랑스러운 새끼 돼지들이었다. 얇게
비치는 하얀색 잠자리 날개가 달린 분홍색의 새끼 돼지들이
날아다니고 있었다. 새끼 돼지들은 알아듣지 못할 언어로 말하
고 있었으며, 심지어는 과거의 몇몇 애니메이션 영화나 통제 불
능의 뮤지컬에서처럼 노래를 부르며 줄지어 뛰어다녔다. 벽지
에 거듭거듭 반복적으로 그려져 있는 새끼 돼지들이 덩굴과 뒤
얽혀 있었다. 그들 모두가 행복했고 죽은 돼지는 한 마리도 없
었다.

지금은 사라져 버렸지만 토비도 한때 소속되어 있었던 과거
의 문명사회에서는 인간의 특성을 부여받은 동물들을 정말이
지 즐겁게 묘사했었다. 밸런타인데이 카드에는 껴안아 주고 싶
도록 솜털이 보송보송하고 하트를 움켜쥔 곰들이 파스텔 색조
로 그려져 있었다. 너무 귀여워 꼭 안고 싶은 사자들. 춤추고 있
는 사랑스러운 펭귄들. 그보다 더 오래된 것으로는 돈을 넣을
수 있도록 등에 구멍을 뚫은 반짝거리고 익살스러운 분홍색 돼
지가 있었는데, 골동품 상점에 가면 그것들을 볼 수가 있었다.

토비는 왈츠를 추는 새끼 돼지들로 가득했던 밤을 보낸 뒤라
햄은 먹을 수가 없다. 그게 바로 어제였기에 어쩔 수가 없다. 암
돼지가 그녀에게 전달해 준 내용을 어떻게 말로 표현할 수 있을
지 막막했지만 아직도 그녀의 머릿속에 생생하게 남아 있다. 그

것은 오히려 흐름에 가까웠다. 물줄기, 전기의 흐름. 길고도 음속보다 느린 파장. 뇌 화학 매시업*. 정원사였던 필로가 언젠가 말했듯이, 텔레비전이 전혀 필요없다. 어쩌면 필로는 철야 기도와 고강도 명상을 너무 오래 했었나 보다.

"아침 식사를 건너뛸까 생각 중이야." 토비가 말한다. "새로 데우면 별로 맛있을 것 같지 않아서. 그냥 커피나 가져다 마셔야겠다."

"괜찮으세요?" 화이트 세지가 묻는다.

"응, 괜찮아."

토비는 자갈들이 파문을 일으키며 녹아내리고 있는 곳들을 요리조리 피해서 취사 구역으로 이어지는 길을 따라 조심스럽게 걸어갔다. 그곳에서는 레베카가 커피 대용품을 마시고 있고, 어린 블랙비어드가 곁에 있는데 그는 마룻바닥에 팔다리를 쭉 뻗고 엎드려 글자를 쓰고 있다. 그 아이는 토비의 연필 한 자루를 갖고 있었으며 그녀의 공책 역시 슬쩍해 갔다. 그런 행위는 '도둑질'이라고 말해 보았자 소용없다. 크레이커들에게는 사유재산이란 개념이 전혀 없는 것 같다.

"아주머니는 잠에서 깨어나지 않던데요. 아주 멀리까지 걸어가셨나 봐요, 밤에요."

블랙비어드는 비난하는 것 같지는 않은 투로 말한다.

---

* 두 개의 소스로부터 나온 데이터들을 합쳐서 만든 정보.

"토비, 이걸 본 적이 있어? 이 아이는 정말이지 놀라워." 레베카가 묻는다.

"지금 무엇을 쓰고 있어?"

"나는 이름들을 쓰고 있어요, 아 토비." 블랙비어드가 답한다.

블랙비어드는 정말로 이름들을 쓰고 있다. 토비. 젭. 크레○○. 레베카. 오릭스. 눈사람지미.

"저 아이는 이름들을 모으고 있는 중이야. 다음은 누구야?" 레베카가 블랙비어드에게 묻는다.

"다음으로는 아만다를 쓸 거예요." 블랙비어드가 진지하게 대답한다. "그리고 렌이요. 그러면 그들이 나에게 말을 할 수가 있어요."

그는 마룻바닥에서 재빨리 몸을 일으킨 다음 토비의 공책과 연필을 움켜쥐고 달아난다. 어떻게 저 아이에게서 저것들을 도로 가져오지? 그녀는 곰곰이 생각한다.

"토비, 넌 아주 녹초가 된 것 같은데. 밤잠을 설쳤어?" 레베카가 그녀에게 말한다.

"뭔가를 지나치게 많이 넣었나 봐요. 고강도 명상을 위한 혼합물에요. 버섯을 과하게 많이 넣은 것 같아요."

"그건 위험해. 물을 많이 마셔. 내가 클로버와 소나무 차를 조금 만들어 줄게."

"어제 거대한 돼지를 보았어요. 새끼 돼지들이 딸린 암돼지요.”

“많으면 많을수록 한층 더 신나지. 우리한테 분무 총이 있기만 하면 말이야. 베이컨이 떨어지려고 하거든.”

“아니, 잠깐만이요. 그게…… 글쎄 그 암퇘지가 나를 보고 아주 이상한 표정을 짓던걸요. 자기 남편을 내가 총으로 쏘았다는 사실을 그녀가 알고 있는 것 같은 느낌이 들었어요. 예전에 새론 당신 스파에서요.”

“와우, 너 정말이지 버섯 한번 제대로 마셨나 보다. 나도 한때 내 브래지어와 대화를 나눈 적이 있었어. 그러니까 그 암퇘지가 몹시 화를 냈다는 거야? 그거…… 때문에? 미안해, 난 그걸 남편이라고 부를 수는 없단 말이야! 이런 빌어먹을, 그건 돼지였잖아!”

“그녀는 기분이 좋지 않았어요. 그렇지만 화가 났다기보다 슬퍼 보였다는 게 맞을 것 같아요.”

“명상 촉진제를 마시지 않더라도, 그것들은 보통 돼지보다는 더 똑똑하잖아. 그건 확실해. 그건 그렇고 지미가 오늘 아침에 식사하러 왔었어. 그를 위해 더 이상 환자용 쟁반을 사용할 필요가 없을 것 같아. 그는 아주 잘 지내고 있긴 한데, 네가 다시 한번 자기 발을 살펴봐 주기를 원하던걸.”

지미는 이제 자기 방을 별도로 갖게 되었다. 그 방은 새로 만든 것으로 그들이 마침내 증축을 끝낸 흙집에 있었다. 흙집 벽에서는 아직도 조금은 눅눅하고 조금은 진흙 같은 냄새가 풍긴다. 하지만 예전부터 있던 건물보다는 창문도 더 커다랗고 방충망도 붙어 있으며 활달한 만화 캐릭터 물고기가 그려진 커튼도 달려 있다. 암컷 물고기들은 매력적인 커다란 입과 기다란 속눈썹이 달린 눈을 가졌고 수컷 물고기들은 봉고 드럼에 올라앉은 문어와 함께 기타를 치고 있었다. 지금 토비로서는 이런 그림을 보는 것이 그다지 좋은 일은 아니었다.

"저것들은 어디서 났지? 커튼 말이야."

토비는 마룻바닥에 두 발을 대고 침대 모서리에 똑바로 앉아 있는 지미에게 묻는다. 그의 두 다리는 여전히 가느다랗고 쇠약해 보인다. 근육을 다시 키워야 할 것이다.

"글쎄요. 렌이랑 와컬라, 그러니까 로티스 블루 있잖아요. 그 아이들은 나한테 좀 환한 인테리어가 필요하다고 생각했나 봐요. 이 방에 들어오면 유치원에 온 것 같아요."

지미는 아직도 그 어린이용 누비이불을 갖고 있다.

"네 발을 살펴봐 주기를 원했다며?"

"네, 그랬어요. 몹시 가려워서요. 아주 미칠 지경이에요. 그 구더기들이 단 한 마리라도 몸속에 남아 있지 않았으면 좋겠어요."

"그놈들이 만약에 남아 있다면 지금쯤은 살을 파고서라도 밖으로 나왔을 거야."

"대단히 고맙네요."

지미의 발에 난 상처는 색깔은 빨갰지만 다 아물었다. 토비는 그것을 살펴본다. 열도 전혀 없고 염증도 없다.

"이건 정상이야. 가려운 거 말이야. 거기에 바를 만한 걸 구해다 줄게."

찜질 약으로 물봉선화, 쇠뜨기, 붉은 토끼풀을 그녀는 생각한다. 아마도 쇠뜨기를 가장 쉽게 찾을 수 있을 것 같다.

"돼지구리를 보셨다면서요. 그리고 그게 아주머니에게 말을 걸었다던데요."

"누가 그런 말을 해 주었어?"

"크레이커들이요. 그들 말고 누가 했겠어요? 그들은 나의 라디오예요. 그 아이, 블랙비어드가 다른 크레이커들에게 모든 이야기를 한 것 같아요. 그들은 아주머니가 수퇘지를 죽이지 말았어야 한다고 생각해요. 하지만 그들은 아주머니를 용서해 주었대요. 오릭스가 아주머니가 어쩔 수 없이 그랬다고 말했나 봐요. 그 돼지들의 뇌 속에 인간의 전두엽 피질 조직이 있다는 걸 아주머니도 아시잖아요? 사실이에요. 확실히 맞아요. 난 돼지들과 함께 자라났거든요."

"크레이커들은 그걸 어떻게 알았을까? 내가 수퇘지를 쏜 것을."

토비가 진지하게 묻는다.

"돼지구리가 블랙비어드에게 말해 줬대요. 날 그런 눈으로 보지 마세요. 나는 메신저에 불과하니까요. 그리고 렌이 그러던데, 내가 한동안 환각 상태였다면서요. 그러니까 그렇잖아요, 어쩌면 나는 현실을 제대로 판단하지 못할지도 모르죠."

지미는 토비를 향해 입 한쪽이 처지도록 씩 웃는다.

"내가 잠깐 앉아도 될까?"

"그렇게 하세요. 얼마든지요. 빌어먹을 크레이커들은 자기네들 기분 내킬 때마다 여기로 기어 들어오는걸요. 그들은 염병할 크레이크에 대해서 더 많은 걸 알고 싶어 해요. 내가 크레이크에 대한 권위자라고 생각해요. 내가 갖고 있는 그놈의 손목시계를 통해서 크레이크가 나에게 말을 한다는 거예요. 물론 그건 빌어먹을 내가 직접 꾸며낸 말이니까 누굴 탓하겠어요."

"그러면 너는 그들에게 무슨 말을 해 주는데? 크레이크에 대해서?"

"그들에게 아주머니한테 가서 물어보라고 말해 줘요."

"나한테?"

"이제는 아주머니가 권위자예요. 나는 낮잠 좀 자야겠어요."

"아니, 정말이지 그들이 항상 그러는데 네가…… 그들은 네가 크레이크를 알고 지냈다고 말하던걸. 그가 이 지구상에서 살아 걸어 다녔을 때."

"그게 마치 일등상이라도 되는 것처럼요?"

지미는 시큰둥하니 헛웃음을 살짝 터뜨린다.

"그런 사실이 너한테 어느 정도의 권위를 부여해 주고 있잖아. 그들의 눈에는."

"그건 음…… 순전히 쓰레기 같은 어떤 권위를 가진 것과 같은 거예요. 난 지금 만신창이여서 심지어 똑똑한 비유 하나 생각해 낼 수가 없어요. 조개. 굴. 도도새. 그러니까 내가 하고 싶은 말은요. 나는 음…… 완전히 지쳤다는 거예요. 내가 갖고 있었던 권위자 에센스는 몽땅 바닥이 났어요. 사실을 말하자면 그들 때문에 나는 이미 아주 오래전에 소진되었거든요. 나는 정말이지 크레이크에 대해서 결단코 두 번 다시 생각도 하고 싶지 않아요. 그리고 그가 얼마나 착하고 친절하며 전능한지 또는 그가 알 속에서 그들을 어떻게 만들었고 그런 다음에는 다정하게도 단지 그들을 위해 지구 표면에서 다른 모든 사람들을 몽땅 쓸어 버렸다는 그런 설사똥 같은 이야기들에 대해 더 이상 귀를 기울이고 싶지도 않단 말이에요. 그리고 오릭스가 이러저러하게 동물들을 책임지고 있고 올빼미의 형태로 여기저기 날아다니고 있으며 너희들은 오릭스를 볼 수 없다 해도 여하튼 그녀는 그 자리에 서서 언제나 너희들의 말을 듣고 있을 거라는 말도요."

　"내가 이해하는 바로는, 그건 네가 그동안 그들에게 해 주었던 이야기하고 일치한다는 거야. 그들에에게는 그게 복음인 거지."

　"나도 잘 알아요. 빌어먹을 그게 바로 내가 그들에게 해 준 말이라는 거죠! 그들은 자기들이 어디서 왔는지, 그리고 썩어 가고 있던 죽은 사람들이 무엇인지 그런 기본적인 것들을 알고 싶어 했어요. 그래서 나는 그들에게 뭔가를 말해 줘야 했지요."

"그래서 네가 멋진 이야기를 만들어 냈구나."

"글쎄, 헛소리죠. 나는 그들에게 진실을 말할 수가 없었거든요. 그랬어요. 맞아요, 그 일을 좀 더 똑똑하게 처리할 수 있었을 거예요. 네, 난 두뇌광이 아니에요. 그리고 맞아요, 크레이크는 내 아이큐가 가지와 다를 바 없다고 생각했던 게 틀림없어요. 왜냐하면 그는 나를 장난감 피리처럼 갖고 놀았으니까요. 그래서 그들이 빌어먹을 크레이크에 대해 비굴한 말을 해 대고 염병할 그를 칭찬하는 노래를 불러 대면서 바보 같은 그의 이름을 입에 올릴 때마다 나는 구역질이 난다니까요."

"그렇지만 우리가 쓸 수 있는 건 바로 그 이야기잖아. 그러니까 우리는 그 이야기를 가지고 어떻게든 해 봐야 해. 그렇지만 나는 세세한 부분들까지 다 파악하고 있지는 못하거든."

"아무려면 어때요. 이제는 아주머니 차례예요. 그냥 지금 하고 계신 걸 계속해서 하시면 돼요. 이런저런 이야기를 덧붙이셔도 좋고요. 그렇게 저렇게 신나게 하시면 그들은 그걸 몽땅 삼킬 거예요. 요즘엔 그들이 젭의 광팬이 된 것 같던데요. 그 이야기를 고수하세요. 거기에 다리들이 달렸거든요. 그냥 그 모든 이야기가 엉터리에 불과하다는 걸 그들이 알아차리지 못하도록 주의만 하세요."

"술수가 아주 능한 것 같구나. 그 모든 걸 나한테 떠넘기는 걸 보니까."

"그래요, 부인하지 않겠어요. 사과드릴게요. 하지만 쟤네들 말로는 아주머니가 꽤 잘하신대요. 아주머니는 선택하실 수 있어요. 언제든지 그들에게 꺼지라고 말할 수 있단 말이죠."

"어떤 면에서 우리는 지금 공격 당하고 있다는 걸 너도 알잖아."

"고통공 감옥의 죄수들 말이죠. 그래요, 렌이 말해 주었어요."

지미는 얼마간 냉정하게 말한다.

"그래서 우리는 크레이커들이 자기들끼리 이리저리 돌아다니도록 내버려 둘 수가 없어. 그들은 살해 당할 가능성이 아주 높거든."

지미는 그것에 대해 생각한다. "그래서요?"

"네가 날 좀 도와줘야 한다는 거지." 토비가 부탁한다. "우리가 해 주는 이야기들이 일치하도록 입을 맞춰야 해. 나는 지금까지 어둠 속을 헤매고 다녔거든."

"크레이크에 관한 주제로는 어디 다른 데로 날아갈 곳이 전혀 없어요." 지미가 침울하게 말한다. "나의 회오리바람 속으로 들어오신 걸 환영해요. 크레이크가 그녀의 목을 잘랐어요. 아주머니는 그런 사실을 알고 계셨어요? 착하고 친절한 크레이크가요. 오릭스는 정말 예뻤어요. 그녀는……. 나는 그저 그런 사실을 아주머니께 말해 드려야겠다고 생각했어요. 하지만 내가 그 빌어먹을 놈을 총으로 쏘았어요."

"누구의 목을? 네가 누굴 쏘았어?" 토비가 묻는다.

그렇지만 이제 지미의 얼굴은 제 두 손에 파묻혀 있고 그의 어깨가 들썩거리고 있다.

새끼 돼지

    토비는 어떻게 해야 할지 몰랐다. 자신이 그렇게 해 줄 수 있는 사람이라도 되는 양 엄마처럼 지미를 껴안고 달래 주는 게 알맞은 순서인가? 그렇게 하면 지미가 주제넘은 행동이라고 생각하지 않을까? 간호사처럼 사무적으로 기운 내라고 말하면 어떨까? 아니면 그저 발끝으로 걸어 살금살금 철수할까?

    토비가 어떤 행동을 취할지 마음을 정하기도 전에 블랙비어드가 방으로 달려 들어온다. 그 아이는 비정상적으로 흥분한 상태다.

    "그들이 오고 있어요! 그들이 오고 있어요!"

    아이가 소리친다. 거의 고함이다. 그건 크레이커로서는 상당히 드문 일이다. 그들은 심지어 어린아이들조차도 고함을 지르는 법이 없다.

    "누가? 나쁜 사람들이야?"

토비가 묻는다. 소총을 어디에 두었더라? 이런 것이 명상의 단점이다. 적절하게 공격적이 되는 법을 잊어버린다.

"그들이요! 어서 와요! 어서요."

블랙비어드는 처음에는 토비의 손을 잡아끌다가 다음에는 그녀의 침대 시트를 끌어당기며 말한다. "돼지1들이요. 아주 많이요!"

지미가 고개를 든다.

"돼지구리들. 아 퍼크."

블랙비어드는 무척이나 기뻐한다.

"그래요! 눈사람 지미, 그를 불러 줘서 고마워요! 우리한테는 퍼크가 필요할 거예요. 그가 우리를 도와줘야 해요. 돼지1들한테 죽은 게 생겼어요."

"뭐가 죽었어?"

토비가 물어보지만 아이는 벌써 문 밖으로 나가고 없다.

미친 아담 식구들은 여기저기서 각자 하고 있던 일들을 모두 내려놓고 흙집의 울타리 뒤로 이동하고 있다. 몇몇은 도끼, 갈퀴, 부삽 등의 전투 장비를 갖추고 있다.

모헤어 양 떼를 몰고 목초지를 향해 출발했던 게 분명한 크로제가 서둘러서 오솔길을 따라 되돌아오고 있다. 매너티도 분무 총을 들고 크로제와 함께 오고 있다.

"그들이 서쪽에서 오고 있어요. 진짜 기이해요. 그들이 행진을 해 오고 있어요. 마치 돼지들의 퍼레이드 같아요."

크로제가 말한다. 모헤어 양들이 그를 둘러싸고 있다.

크레이커들이 조립식 그네 세트 주위로 모여들고 있다. 그들은 전혀 두려워하는 것 같지 않다. 낮은 목소리로 이야기를 나누더니 길을 따라 다가오고 있는 것이 무엇이든지 간에 그들과 정면 대응이라도 할 것처럼 남자 크레이커들이 서쪽으로 이동하기 시작한다. 여자들도 여러 명 그들과 함께 간다. 마리 앙투아네트, 소저너 트루스, 그리고 두 명의 다른 여자 크레이커들이다. 그들에게 어떻게 하라고 지시한 사람이 아무도 없었는데도 나머지 여자들은 아이들과 함께 뒤에 남아서 무리 지어 조용히 서 있다.

"크레이커들을 되돌아오게 하세요! 그것들이 그들에게 달려들어 찢어 놓을 거예요!"

미친 아담 그룹에 합류한 지미가 말한다.

"그들에게 어떤 일을 하게끔 시킬 수는 없어요."

정원에서 사용하는 갈퀴를 다소 어색하게 들고 있는 스위프트 폭스가 말한다.

"코뿔소, 선불리 총질을 하지는 마."

젭이 분무 총 한 자루를 코뿔소에게 건네고는 매너티에게도 당부한다.

"잘못하다가는 총알이 크레이커한테 맞을 수 있으니까. 돼지들이 우리를 공격해 오지 않는 한 절대로 총을 쏘면 안 돼."

"등골이 오싹한걸. 아만다는 어디 있지?"

렌이 소심하게 말한다. 그녀는 지금 지미 옆에 서서 그의 팔을 붙잡고 있다.

"자고 있어."

지미의 또 다른 쪽에 서 있는 로티스 블루가 말한다.

지미가 말한다. "등골이 오싹한 정도가 아니야. 저놈들은 교활해, 돼지구리들은 전술을 터득했거든. 한번은 나를 궁지에 몰아넣으려고 술수를 쓰더라니까."

"토비, 당신 소총이 필요할 거요." 젭이 말한다. "만약에 그들이 두 그룹으로 나뉘면 당신은 뒤쪽으로 돌아가요. 한쪽이 전면에서 우리를 산만하게 만들어 주의를 끄는 사이 다른 무리가 재빨리 울타리 밑을 파헤칠 수 있거든. 그러면 그놈들이 양쪽에서 공격해 올 거야."

토비는 서둘러 자기 방으로 간다. 그녀가 낡아 빠진 루거 디어필드 총을 들고 나오는데 거대한 돼지구리 무리가 벌써 흙집 울타리 앞에 있는 빈터로 들어서고 있다.

모두 해서 오십 마리 정도다. 다 자란 돼지구리가 오십 마리다. 몇몇 암돼지들 옆에는 여러 떼의 새끼 돼지들이 있는데 자기 엄마 옆에서 종종걸음으로 따라오고 있다. 수돼지 두 마리가 그룹의 중심에 나란히 서서 이동하는데, 그들 등에 비스듬히 누워 있는 뭔가가 있다. 그것은 마치 꽃 무더기, 꽃들과 나뭇잎들처럼 보인다.

저게 뭐지? 토비는 생각한다. 화해의 선물인가? 돼지 결혼식? 제단 뒤에 놓는 조각품?

몸집이 가장 큰 돼지들은 경호원 역할을 담당하고 있다. 그들은 킁킁거리며 주변 공기의 냄새를 맡고 축축하고 둥글납작한 주둥이로 이쪽저쪽 가리키는 게 왠지 초조한 것 같다. 반짝반짝 윤이 나고 회색빛이 감도는 분홍색 돼지들로, 악몽에서나 볼 법한 거대한 민달팽이들(하지만 적어도 수놈들의 경우에는 엄니가 달린 민달팽이들)처럼 둥글둥글하고 토실토실하며 유선형이다. 저들이 갑작스럽게 돌격해 들어와 치명적인 언월도처럼 생긴 엄니를 휘두르면 물고기처럼 내장이 모두 다 터져 나올 것이다. 그런 다음에 곧바로 크레이커들 곁으로 아주 가까이 다가갈 텐데 설령 분무 총으로 직격탄을 퍼붓는다 해도 그들에게 붙은 탄력을 막아 낼 수가 없을 것이다.

낮은 데시벨로 꿀꿀대는 소리가 이 돼지에서 저 돼지로 계속 이어지고 있다. 만약에 저들이 사람들이라면 그건 한 무리가 웅얼웅얼 속삭이는 소리로 여겨질 거라고 토비는 생각한다. 저건 분명 정보 교환임에 틀림없다. 하지만 어떤 종류의 정보인지 누가 알겠는가. 저들은 '무서워 죽겠어.'라고 말하는 것일까? 아니면 '저 인간들 미워 죽겠어.' 일까? 아니면 그저 단순히 '냠냠.' 하는 소리일지도 모른다.

코뿔소와 매너티는 울타리 바로 안쪽에 자리를 잡았다. 그들은 분무 총을 낮게 들고 있다. 토비는 자신의 소총을 보이지 않도록 감추는 게 좋겠다는 생각이 들었다. 그래서 한쪽 옆구리에 붙여 들고 가던 총을 침대 시트의 접힌 부분 속으로 집어넣었다. 어쩌면 그들한테는 상기시켜 줄 물품이 전혀 필요하지 않을지도 모르지만, 여하튼 그녀가 수퇘지를 학살한 위업을 굳이 그들에게 기억나게 해 줄 필요는 없을 것이다.

"제기랄. 저것 좀 보세요. 저들은 뭔가 계획하고 있는 게 분명하다니까요."

토비 뒤에 서 있던 지미가 말한다.

블랙비어드는 다른 크레이커 아이들을 제쳐두고 토비에게 꼭 달라붙어 있다.

"두려워하지 말아요, 아 토비. 두려우세요?"

"그래, 두려워."

그녀가 답한다. 그래도 나한테는 총이 있고 지미한테는 총이 없으니 지미만큼 두렵지는 않아, 그녀는 마음속으로 덧붙인다.

"저들은 한 번 이상 우리의 정원을 공격했어. 그래서 우리는 우리 자신을 지키기 위해 저들 몇 마리를 죽였던 거야."

그녀는 불편한 마음으로 돼지고기 구이, 베이컨, 그리고 결과적으로 얻게 된 살 토막들에 대해 생각한다.

"그리고 우리는 그것들을 수프에 넣었어. 저들은 냄새나는 뼈로 변했지. 수없이 많은 냄새나는 뼈로."

"맞아요, 냄새나는 뼈였어요. 냄새나는 뼈가 아주 많았어요. 나는 그것들을 부엌 근처에서 본 적이 있어요."

블랙비어드가 생각에 잠겨 말한다.

"그러니까 저들은 우리의 친구가 아니야. 어느 누구라도 자기를 냄새나는 뼈로 바꿔 놓는 사람의 친구가 될 수는 없잖아."

블랙비어드는 이 점에 대해 생각해 본다. 그런 다음 그녀를 올려다보며 부드럽게 미소 짓는다.

"두려워하지 말아요, 아 토비. 그들은 오릭스의 아이들이고 크레이크의 아이들이에요. 둘 모두의 아이예요. 그들이 오늘은 당신을 해치지 않겠다고 말했거든요. 두고 보세요."

토비는 그 점에 대해 전혀 확신하지 않았지만 여하튼 블랙비어드를 내려다보며 미소 짓는다.

크레이커 선발단이 돼지구리 무리들과 합류한 다음 돌아서서 다 함께 걸어오고 있다. 나머지 크레이커들은 돼지구리들이 가까이 다가오는 동안 조립식 그네 세트 옆에서 조용히 기다린다.

이제 나폴레옹 보나파르트와 여섯 명의 다른 남자들이 앞으로 나아간다. 마치 오줌 싸기 퍼레이드라도 할 것 같다. 그렇다, 그들은 한 줄로 서서 오줌을 싸고 있다. 신중하게 겨냥하고서 정중하게 오줌을 누고 있다. 오줌 누기를 마친 다음 그들은 각자 한 걸음씩 뒤로 물러선다. 호기심 많은 아주 조그만 새끼 돼지 세 마리가 날쌔게 앞으로 달려 나오더니 코를 킁킁대며 땅에서 냄새를 맡은 다음 되돌아서서 소리를 질러 대며 자기들 엄마한테로 달려간다.

"거 봐요. 보셨죠? 안전하다니까요." 블랙비어드가 말한다.

크레이커들은 자신들이 오줌으로 그어 놓은 경계선 뒤에 반원으로 둥그렇게 선다. 그리고 노래를 부르기 시작한다. 돼지구리 무리가 둘로 갈라지자 한 쌍의 수돼지가 앞으로 천천히 나온다. 그런 다음 각자 양쪽으로 구르자 그들이 등에 지고 있던 꽃으로 덮인 짐이 땅으로 미끄러져 떨어진다. 그들은 다시 몸을 들어올려 바로 서더니 발과 주둥이로 꽃들을 조금 옆으로 흩는다.

그것은 죽은 새끼 돼지다. 목이 잘린 아주 자그마한 놈. 앞다리는 밧줄로 묶여 있다. 아직도 시뻘건 피가 벌어진 목의 상처에서 흘러나오고 있다. 다른 상처 자국은 전혀 없다.

이제 돼지구리 전부가 그것을…… (뭐라고 해야 할까? 상여인가? 관대인가? 꽃들, 나뭇잎들은?) 둘러싸고 반원으로 자리를 잡는다. 그것은 장례식이다. 토비는 새론당신 스파에서 총으로 쏜 수돼지가 생각난다. 그녀가 구더기를 수집하러 돼지 사체로 다가갔을 때 고사리 잎들과 나뭇잎들이 사체 위에 흩어져 있었다. 그때 그녀는 코끼리를 생각했었다. 코끼리들은 저렇게 한다. 그들이 사랑하는 누군가가 죽었을 때.

"젠장, 저 자그마한 새끼 돼지를 공격해 죽인 게 우리가 아니어야 할 텐데." 지미가 말한다.

"우리가 그런 것 같지는 않은걸." 토비가 말한다.

그런 일이 있었다면 그녀는 확실히 들었을 것이다. 요리에 관한 잡담이 분명 어느 정도 있었을 테니까.

미친아담

새끼 돼지를 등에 지고 온 돼지구리 두 마리가 오줌 경계선까지 앞으로 나온다. 에이브러햄 링컨과 소저너 트루스가 그 반대편에 서 있다. 그들은 돼지구리들과 키 높이를 맞추어 얼굴과 얼굴을 맞댈 수 있도록 무릎을 꿇는다. 크레이커들이 노래 부르기를 중단한다. 침묵이 흐른다. 그런 다음 크레이커들이 또다시 노래를 부르기 시작한다.

"도대체 어떻게 된 거야?" 토비가 묻는다.

"아 토비, 그들은 지금 대화를 하고 있는 거예요." 블랙비어드가 알려준다. "돼지구리들이 도움을 요청하고 있어요. 저들은 그 사람들의 행동을 막고 싶어 해요. 그들의 아기 돼지들을 죽이는 사람들이요."

그는 심호흡을 하고 말을 잇는다.

"아기 돼지 두 마리가 죽었는데, 하나는 겨누는 막대기로 그랬고 또 하나는 칼로 죽였대요. 돼지1들은 살해 행위를 한 그 사람들이 죽기를 바라고 있어요."

"그들이…… 도움을 요청하는 거란 말이지."

그녀는 차마 크레이커들에게라는 말을 할 수가 없다. 크레이커들은 스스로를 그렇게 부르지 않기 때문이다.

"그들이 너희들한테 도움을 요청하는 거라고?"

돼지구리들의 요청이 누군가를 살해해 달라는 것이라면 어떻게 크레이커들이 도울 수 있단 말인가? 토비는 무척이나 궁금하다. 미친 아담들에 의하면 크레이커들은 선천적으로 비폭력적이다. 그들은 싸우지 않는다. 아예 싸울 줄을 모른다. 그들은 그런 걸 할 능력이 없다. 그들은 그런 식으로 만들어졌다.

"아니요, 아 토비. 그들은 당신의 도움을 바라는 거예요."

"나?"

"당신들 모두요. 울타리 뒤에 서 있는 사람들 다요. 피부 위에 겉껍질이 있는 사람들이요. 당신들이 가지고 있는 막대기로 자신들을 도와주기를 원해요. 당신들이 막대기로 구멍을 내서 죽인다는 걸 잘 알고 있어요. 그렇게 하면 피가 나오잖아요. 그들은 당신이 세 명의 나쁜 남자들에게 그런 구멍을 만들어 주기를 원하고 있어요. 피가 나오게요."

그렇게 말하는 블랙비어드의 얼굴이 조금은 아파 보인다. 이런 말을 하는 게 그로서는 쉽지 않은 것이다. 토비는 그를 껴안아 주고 싶지만 그런 행동은 주제넘은 짓일 것이다. 그 아이가 이 임무를 선택했기 때문이다.

"지금 세 사람이라고 말했어? 두 사람만 있는 게 아니야?"

"돼지1이 그러는데 세 사람이 있대요. 그들은 세 사람의 냄새를 맡았대요."

"그다지 좋지 않은 소식이로군." 젭이 말한다. "그들이 지원군을 한 명 더 찾아낸 거야."

그는 검은 코뿔소와 침울한 시선을 주고받는다.

"승부가 뒤집히겠는걸." 코뿔소가 말한다.

"그들은 당신들이 피가 나오게 만들어 주기를 원해요. 세 명 모두가 구멍이 생겨서 피가 나오게요.”

“우리들.” 토비가 말한다. “그들은 우리가 그 일을 해 주기를 바란단 말이지.”

“그래요. 겉껍질이 있는 사람들이요.”

“그렇다면 그들은 어째서 우리한테 직접 말하지 않는 거야? 어째서 너희한테 그 말을 하는 거지?”

아, 그렇지, 그녀는 생각한다. 어리석은 질문이었어. 우리는 그들의 언어를 이해하지 못하잖아. 통역하는 사람이 있어야 하는 거지.

“우리한테 이야기하는 게 더 쉬우니까요.” 블랙비어드가 간단히 말한다. “그리고 당신들이 그 나쁜 사람 세 명을 죽이는 걸 도와주면 그 보답으로 절대로 두 번 다시 이 정원에 들어와 먹는 짓을 하지 않을 거래요. 당신들 중 어느 누구도 먹지 않겠대요.” 그가 진지하게 덧붙인다. “혹시 당신이 죽더라도 당신을 먹지 않을 거래요. 그리고 그들은 요청하고 있어요. 더 이상 그들의 몸에서 피가 나오게 구멍을 만들고 냄새나는 뼈 수프 속에 그들을 집어넣어 요리하거나 아니면 연기 속에다 걸어 놓거나 아니면 프라이해서 먹지 말아 달라고요. 더 이상은 하지 말아 달래요.”

“그들에게 그렇게 합의하겠다고 대답해 줘.” 젭이 말한다.

“벌과 꿀을 포함시켜요. 그곳도 역시 출입금지 구역으로 만들어요.” 토비가 말한다.

"말해 주세요, 아 토비, 합의가 뭐예요?" 블랙비어드가 묻는다.

"합의라는 것은 우리가 그들의 제안을 받아들이고 그들을 돕겠다는 뜻이야. 우리가 그들의 소원을 같이 나누는 거야."

"그러면 그들이 행복해할 거예요. 그들은 내일 아니면 그다음 날에 나쁜 남자들을 찾으러 가고 싶어 해요. 여러분은 구멍을 만들기 위해 그 막대기들을 가져가야 해요."

뭔가가 성립된 것처럼 보인다. 돼지구리들은 지금까지 귀를 앞으로 쫑긋 세우고 입에서 나오는 말의 냄새라도 맡는 것처럼 주둥이를 들어 올리고 있었는데 이제는 뒤로 돌아서더니 자신들이 왔던 서쪽으로 돌아간다. 그들은 땅바닥에다 꽃으로 덮은 죽은 새끼 돼지를 남겨 놓고 떠났다.

토비가 블랙비어드에게 말한다. "잠깐만. 그들이 잊어버렸어, 그들의…… 저 어린 걸 두고 갔어."

그녀는 거의 그들의 아이라고 말할 뻔했다.

"어린 돼지1은 당신들을 위한 거예요, 아 토비. 그건 선물이에요. 그건 이미 죽었잖아요. 그들은 이미 슬픔을 극복했거든요."

"하지만 우리는 더 이상 그들을 먹지 않겠다고 약속했잖아."

"아니요, 죽인 다음에 먹는 것, 그건 안 돼요. 하지만 그들 말로는 당신이 저것을 직접 죽이지는 않았대요. 그렇기 때문에 그건 허용이 된대요. 그들은 당신들이 저걸 먹어도 되고 안 먹어도 된다고 해요. 당신들이 마음대로 선택하래요. 안 먹으면 자기들이 저걸 먹을 거래요."

　기이한 장례 의식이라고 토비는 생각한다. 사랑하는 자를 위해 꽃을 뿌리고 몹시 슬퍼한 다음 그 사체를 먹는다. 어떤 제약도 없는 치열한 재활용이다. 심지어 아담과 정원사들도 그 정도까지 생각한 적은 없었다.

장황한 토론

크레이커들은 조금 떨어진 조립식 그네 세트 옆으로 옮겨 가더니 칡넝쿨을 씹어 먹으면서 나지막한 목소리로 함께 이야기를 나누고 있다. 죽은 새끼 돼지는 땅바닥에 누워 있고 그 위로 파리들이 날아들기 시작하는데 미친 아담 식구들은 그 주위에 둥그렇게 서서 마치 사인을 밝히고자 검시라도 하는 것처럼 차분히 생각들을 하고 있다.

섀키가 말한다. "여러분은 그 멍청한 놈들이 저걸 살해했다고 생각하세요?"

매너티가 답한다. "그랬을지도 모르지. 하지만 저게 나무에 매달려 있지는 않았잖아. 보통 같으면 피를 빼내기 위해 그렇게 했을 텐데."

크로제가 말한다. "돼지들이 내 푸른 친구들한테 말해 주었는데 저건 그냥 길에 누워 있었대요. 누구나 쉽게 볼 수 있게요.”

준준시토가 말한다. “자넨 그게 우리에게 보내는 메시지라고 생각하는 거야?”

섀키가 말한다. “일종의 도전 같은 거죠. 놈들이 우리를 밖으로 불러내려는 게 아닐까요.”

렌이 말한다. “아마도 그래서 저 밧줄을 사용했나 봐요. 저 밧줄은 지난번에 그들을 묶었던 거예요.”

크로제가 말한다. “아닐 거예요. 뭐 하러 그것 때문에 새끼 돼지를 이용하겠어요?”

섀키가 말한다. “어쩌면 다음 번에는 너를 이렇게 해 주겠어 같은 게 아닐까요? 아니면 우리가 얼마나 가깝게 접근할 수 있는지 알면 놀랄걸이라는 메시지거나요. 그들은 세 번씩이나 고통공 감옥에서 살아 나온 베테랑들이란 걸 기억해야 해요. 상대방이 기겁하게 만드는 것, 그게 고통공 스타일이잖아요.”

코뿔소가 말한다. “맞아. 놈들은 진짜로 지금 우리가 갖고 있는 물건을 탐내고 있어. 총에 들어갈 전지 묶음이 분명 바닥나고 있을 테니 점점 발악하는 거겠지.”

섀키가 말한다. “밤중에 살그머니 들어오려고 하겠네요. 보초를 두 배로 강화해야겠어요.”

코뿔소가 말한다. “울타리를 점검하는 게 더 나을 거야. 임시변통으로 만든 거라서 매우 불안해.”

젭이 말한다. “그들에게 공구가 있을지도 모르지. 어디 철물

점에서 구했을 수가 있으니까. 칼, 전선 절단기, 그런 것들."

쳅이 자리를 떠나 흙집 모서리를 돌아가자 코뿔소가 뒤따라 간다.

아이보리 빌이 말한다. "어쩌면 새끼 돼지를 죽인 게 고통공 죄수들이 아닐 수도 있잖아. 혹시 우리가 알지 못하는 사람들이 있지 않을까."

지미가 말한다. "어쩌면 크레이커들일 수도 있어요. 어이, 그냥 농담한 거예요. 그들은 절대로 그런 일을 하지 않으리라는 걸 나도 잘 알아요."

아이보리 빌이 말한다. "절대란 말은 절대로 하지 마. 그들의 뇌는 크레이크가 의도했던 것보다 적응력이 훨씬 더 풍부하거든. 그들은 구성 단계에서 우리가 예상하지 못했던 일들을 여러 가지 해 내고 있어."

스위프트 폭스가 말한다. "어쩌면 우리 그룹에 속한 누군가가 그러지 않았을까요? 소시지를 간절히 원하는 누군가가요."

둥그렇게 서 있는 사람들을 둘러싸고 죄책감을 느끼는 듯 불안한 웃음이 터져 나온다. 그런 다음 침묵이 흐른다.

아이보리 빌이 말한다. "그렇다면 이제 어떻게 하지?"

레베카가 말한다. "자, 이제 저걸 가지고 요리를 할까요? 말까요? 젖먹이 돼지인데?"

렌이 말한다. "아, 난 못해요. 그건 갓난아기를 먹는 것과 같을 거예요."

아만다가 울음을 터뜨린다.

아이보리 빌이 말한다. "사랑스러운 아가씨, 대체 무엇 때문에 이 야단인 거죠?"

렌이 말한다. "미안해. 갓난아기라는 말은 하지 말았어야 했는데."

레베카가 말한다. "좋아요. 우리 솔직하게 말합시다. 손을 들어 보세요. 여기 있는 사람들 중에서 아만다가 임신했다는 사실을 몰랐던 사람이 있나요?"

아이보리 빌이 말한다. "부인과 문제에 대해 유일하게 나 혼자만 무지했던 것 같군. 아마도 그런 은밀한 여자 문제는 나 같은 노인네는 알 필요가 없다고 생각했나."

스위프트 폭스가 말한다. "아니면 어르신이 들으려 하지 않았는지도 모르죠."

레베카가 말한다. "좋아요. 그럼 이제 분명하네. 정원사 시절에 그랬듯이, 이제는 우리 모두 다른 사람들 앞에서 솔직했으면 좋겠어요······. 렌, 넌 어때? 그렇게 하고 싶어?"

렌이 숨을 들이마신다.

"나도 임신이에요. 나도 막대기에 대고 소변을 보았어요. 그랬더니 분홍색이 되면서 스마일 얼굴이 나타났어요······. 이런 맙소사."

렌은 훌쩍거리기 시작한다. 로티스 블루가 그녀를 토닥인다. 크로제가 렌에게 다가가다가 발걸음을 멈춘다.

스위프트 폭스가 말한다. "셋이면 더 좋지 않을까요. 나도 끼워 주세요. 난처하긴 한데 오븐에 빵이 들어 있고, 수레에 새끼돼지가 타고 있어요. 나도 임신했단 말이에요."

적어도 이 여자는 임신한 것에 대해 아주 낙관적이로군, 토비는 생각한다. 그렇다면 누구 아이지?

또다시 침묵이 흐른다.

아이보리 빌이 상당히 못마땅하다는 듯이 말한다. "내 생각으로는 이들, 그러니까 눈앞에 닥친 이 다양한 자손들의 아버지에 대해 추측해 보았자 아무런 의미가 없을 것 같군."

스위프트 폭스가 말한다. "전혀 없어요. 아니, 적어도 내 경우는 그래요. 나는 유전적 진화에 대한 실험을 진행 중이거든요. 적자생식이죠. 날 페트리 접시 배양기라고 생각해 주세요."

"그건 무책임한 태도 같은데." 아이보리 빌이 말한다.

"그건 어르신이 상관하실 일은 아닌 것 같은데요." 스위프트 폭스가 대꾸한다.

"이런! 우라질!" 레베카가 말한다.

토비가 말한다. "아만다의 경우, 어쩌면 크레이커일 수도 있어요. 우리가 그녀를 데리고 온 그날 밤…… 바로 그날 밤에 발생한 어떤 일 때문에…… 그럴 가능성이 가장 커요. 그게 아만다의 경우 최상이라고 볼 수 있죠. 그리고 아마 렌의 임신도 그날 벌어진 일 때문일 거예요."

"여하튼 고통공 죄수들은 아니었어요. 내 경우는요. 그렇지 않다는 걸 난 알아요." 렌이 말한다.

"네가 그걸 어떻게 아는데?" 크로제가 묻는다.

"그런 불쾌한 내용을 상세하게 말하고 싶지 않아. 왜냐하면 너는 그걸 과도한 정보 공개라고 생각할 테니까. 그건 여자들의 일이고 우린 날짜를 세거든. 그렇게 해서 아는 거야."

스위프트 폭스가 말한다. "나도 고통공 죄수들은 확실하게 배제할 수 있어요. 내 경우는요. 그리고 또 소수의 다른 사람들도 배제할 수 있고요."

남자들 중 어느 누구도 서로를 쳐다보지 않는다. 크로제가 터져 나오려는 웃음을 억누른다.

"그리고 크레이커들도?"

토비가 목소리에 감정을 드러내지 않으려고 애쓰며 말한다. 저 여자의 명부 속에 누구 이름이 들어가 있을까? 크로제의 이름은 확실히 있다. 그렇지만 그 외에 또 누가 있지? 아주 많은 수인가? 어쩌면 젭도 결국 그중에 속할 수 있다. 만약에 그렇다면 얼마 지나지 않아서 젖먹이 젭이 나올지도 모른다. 그런 경우 나는 어떻게 처신해야 하지? 아무것도 모르는 척 행동하나? 뜨개질로 아기 옷을 만들어 주나? 곱씹어 생각하면서 시무룩하게 구나? 처음 두 가지를 선택하면 바람직하겠지만, 그렇게 할 수 있을지는 확실하지 않다.

스위프트 폭스가 말한다. "사실 푸른색의 커다란 거시기하고 한두 차례 막간극을 벌이기는 했어요. 보고 있는 사람이 한 명도 없을 때요. 그렇지만 아주 대단한 절호의 기회는 되지 못했어요. 이곳에 있는 사람들은 정말이지 참견하기 좋아하잖아요. 참 스릴 있는 경험이었지만 그 짓을 상습적으로 하고 싶은지는 잘 모르겠어요. 전희는 별로 없었거든요. 하지만 분홍색 스마일 얼굴은 거짓말을 하지 않으니 얼마 지나지 않아 난 아기 때문에 몸이 무거워질 거예요. 문제는 어떤 아기인가예요."

"차차 알게 되겠죠." 섀키가 말한다.

울타리를 점검한 젭과 검은 코뿔소가 돌아온다.

젭이 말한다. "이 장소를 요새라고 보기는 어렵겠어. 문제는 만약에 우리가 무기를 모두 다 가지고 추적에 나선다면 흙집에 남게 되는 사람들은 무방비 상태라는 거야."

코뿔소가 말한다. "어쩌면 그들은 그런 상황을 원하는 게 아닐까? 우리를 전면으로 나오도록 유인한 다음에 뒤쪽으로 몰래 들어오는 거 말이야. 그러고는 여자들을 데리고 줄행랑을 치는 거지."

스위프트 폭스가 말한다. "우리가 무슨 소포 꾸러미인가. 우리도 강력하게 맞설 수 있어요! 우리한테 분무 총 두 자루 정도만 남겨놓고 가시면 되잖아요."

코뿔소가 말한다. "그런 계획이 과연 잘될까?"

크로제가 말한다. "우리가 그놈들을 찾아 나선다면 우리 그룹 전체를 여기서 이동시켜야 해요. 어느 한 사람도 여기에 남겨 놓고 떠나면 안 돼요. 모헤어 양들도 데려가야 해요. 우리 모두 함께 있으면 매복해 있던 놈들이 우리를 습격하는 게 더 어려울 거예요."

젭이 말한다. "하지만 우리를 몰아붙이기는 더 쉽겠지. 우리 모두가 얼마나 빨리 도망칠 수 있을까?"

레베카가 말한다. "난 뛰지 않을 거예요. 그리고 여기 무리 중에 임신한 여자가 세 명 있다는 사실을 지적해야 할 것 같군요."

"세 명이라고?" 젭이 말한다.

"렌과 스위프트 폭스까지요." 레베카가 말한다.

"언제 그런 일이 발생했습니까?"

"당신들이 울타리를 점검하는 동안에 그들이 모두에게 털어놨어요."

"한밤중에 요정들이 와서 임신시키고 갔대요." 지미가 말한다.

"하나도 안 웃기거든, 지미." 로티스 블루가 말한다.

"내 말은 뛰는 게 그들 몸에 좋지 않다는 거예요." 레베카가 말한다.

"그러니까, 우리가 합의한 걸 지킬 수 없다는 겁니까? 우리가 돼지 민병대와 함께 출정할 수 없어요? 그들끼리 그 일을 하게 만든다고요?" 섀키가 말한다.

지미가 말한다. "그들이 어떻게 할 수 있겠어요. 그놈들은 빌어먹게 치명적이긴 해도 층계는 못 올라가거든요. 만약에 돼지가 그놈의 고통공 죄수들을 도시로 몰아넣는다 해도 놈들은 한 층 위로 올라가서 돼지들을 몽땅 쏴 죽일 겁니다. 돼지구리들은 떼죽음을 당할 거예요."

토비가 말한다. "크로제 말이 옳아요. 우리는 모두 함께 이동 해야 해요. 문을 잠글 수 있는 좀 더 안전한 장소로요."

"예를 들면?" 레베카가 묻는다.

"우리는 새론당신 스파로 돌아갈 수 있어요. 내가 그곳에서 몇 달 동안 숨어 살았잖아요. 기본적인 음식이 아직도 조금은 남아 있을 거예요."

그리고 어쩌면 씨앗들도 조금 있을 거라고 토비는 생각한다. 텃밭에 심을 씨앗을 수집할 수 있을 거야. 게다가 그곳에다 총 알을 조금 남겨 놓았으니까 그것들도 확보하게 될 것이다.

렌이 말한다. "그곳에는 진짜 침대가 있어요. 그리고 수건들 도요."

"그리고 문도 아주 단단하죠." 토비가 말한다.

"괜찮은 계획이 될 수 있겠군." 젭이 말한다. "투표로 정할 까?"

반대 의사를 표명하는 사람이 한 명도 없다.

"그럼 이제는 준비를 해야겠군요." 카투로가 말한다.

"우선 새끼 돼지부터 묻어야 해요." 토비가 말한다. "그렇게 하는 게 맞을 것 같아요. 지금 상황에서는요."

그래서 그들은 그렇게 한다.

대비책

그들이 이동할 준비를 마치는 데는 하루가 걸린다. 이동하면서 가져가야 할 물건들이 상당히 많다. 기본적인 요리 도구, 갈아입을 수 있는 여벌의 침대 시트들, 접착 테이프, 밧줄, 손전등, 헤드램프,(대부분의 배터리가 아직은 쓸 만하다.) 물론 분무 총도 모두 가져가야 한다. 토비의 소총. 그리고 예리한 연장들도 전부 가져가야 한다. 칼이나 곡괭이 같은 것들이 적의 손에 들어가면 안 되기 때문이다.

젭이 그들에게 말한다. "될수록 가볍게 챙겨야 해. 상황이 순조롭게 풀리면 며칠 지나지 않아서 우리는 이곳으로 돌아올 거야."

"아니, 어쩌면 이 장소가 잿더미로 변할 수도 있겠지." 코뿔소가 말한다.

"그러니까 정말로 필요한 물건은 가지고들 가세요." 카투로가 말한다.

토비는 벌통이 염려스럽다. 벌들은 괜찮을까? 그들을 공격할수 있는 게 뭐가 있을까? 곰은 아직 한 마리도 보지 못했다. 그리고 돼지구리들은 벌을 건드리지 않겠다고 약속했다. 아니, 그녀는 그럴 거라고 믿어야 한다. 늑개들은 꿀을 좋아하나? 아니, 그들은 육식 동물이다. 너구컹크는 좋아할지도 모르지만 그들은 결코 분노한 벌 떼의 상대가 되지 못할 것이다. 그녀는 아침마다 충실하게 이행해 왔던 대로 머리를 잘 가리고서 벌 떼에게 말한다.

"벌들아, 안녕. 나는 너희들과 너희 여왕에게 소식을 전하러왔어. 내일 나는 잠깐 동안 다른 곳에 가야만 해. 그래서 며칠동안은 너희들과 이야기를 나누지 못할 거야. 우리들이 살고 있는 둥지가 위협을 받았거든. 우리는 지금 위험에 처해 있어서 우리를 위협하는 사람들을 공격해야만 한단다. 우리 입장이라면 너희들도 그렇게 할 거야. 그러니까 꿋꿋하게 잘 버티고 꽃가루도 많이 수집하렴. 필요하다면 너희들의 둥지를 잘 방어해야해. 이 메시지를 필라에게 전해 줄래? 그리고 우리를 위해서 그녀의 강력한 혼령에게 도움을 청해 줘."

벌들은 스티로폼 박스 안에서 날아다니며 구멍을 통해 들락날락한다. 그들은 정원에 위치한 이 집을 아주 좋아하는 것 같다. 그들 중 몇몇은 그녀를 탐색하기 위해 날아온다. 그들은 토비의 꽃무늬 침대 시트를 확인해 보더니 그것만으로는 성이 차지 않는지 그녀의 얼굴로 옮겨 간다. 그렇다, 그들은 그녀를 알고 있다. 그들은 그녀의 입술을 건드려 보고 그녀가 하는 말을 수집하여 그 메시지를 가지고 날아오르더니 어두운 곳으로 사라진다. 이 세상과 바로 그 아래에 위치한 보이지 않는 세상을 갈라놓고 있는 막을 통과해 들어간다. 거기에서 필라가 차분한 미소를 지으며 희미한 불빛으로 빛나는 복도를 따라 걷고 있다.

이제 토비는 자기 자신을 향해 말한다. 말하는 돼지, 의사소통이 가능한 죽은 사람들, 그리고 스티로폼으로 된 맥주 박스에 존재하는 지하 세계. 넌 지금 약에 취해 있는 게 아니야. 심지어 넌 아프지도 않아. 사실 너한테는 핑곗거리가 하나도 없단 말이야.

크레이커들은 호기심을 갖고 출발 준비를 지켜본다. 아이들은 부엌 주변을 서성거리며 커다란 녹색 눈으로 레베카를 빤히 쳐다본다. 그렇지만 그들은 옆구릿살 베이컨이라든지 건조된 늑대 육포가 있는 곳으로는 절대로 가까이 가지 않는다.

크레이커들은 어째서 미친 아담 식구들이 이사를 가는지 그 이유를 완전히 이해하는 것 같지는 않다. 그렇지만 자신들도 함께 따라간다는 의사를 분명히 밝혔다.

그들은 말한다. "우리는 눈사람 지미를 도와줄 거예요.", "우리는 젭을 도와줄 거예요.", "우리는 크로제를 도와줄 거예요. 그는 우리의 친구라서 크로제가 오줌을 더 잘 눌 수 있도록 도와줘야 해요.", "우리는 토비를 도와줄 거예요. 그녀가 우리에게 이야기를 해 줄 거니까요.", "크레이크는 우리가 거기에 가기를 원해요." 등등. 그들 자신은 소유물이 전혀 없으므로 가지고 가야 할 물건이 하나도 없다. 하지만 그들은 다른 물품들을 나르고 싶어 한다. "난 이걸 가지고 갈 거야, 이건 냄비야", "나는 이걸 들고 갈 거야. 이건 태엽 감는 라디오라는데, 어디에 쓰는 거지?", "나는 이 예리한 걸 가지고 갈 거야. 이건 칼이래.", "이건 화장지야. 난 이걸 들고 갈 거야.", "우리는 눈사람 지미를 옮겨 줄 거야." 세 명이 한 조가 되어 선포한다. 그렇지만 지미는 걸어갈 수 있다고 말한다.

블랙비어드는 토비가 거처하는 방으로 행진하듯 걸어 들어온다. 그는 가슴을 쭉 펴고 말한다.

"나는 글쓰기를 가지고 가겠어요. 그리고 펜도요. 난 그것들을 가지고 갈 거예요. 거기에서도 우리에게 필요하니까요."

블랙비어드는 토비의 일기장을 그들 두 사람의 공동 소유물이라고 생각하는데, 나름대로 괜찮은 일이라고 그녀는 생각한다. 블랙비어드의 글쓰기 실력이 어느 정도 향상하고 있는지 그녀가 알 수 있기 때문이다. 물론 어떤 때는 토비 자신이 일기를 쓰려고 하는데 블랙비어드에게서 일기장을 가져오는 게 쉽지 않을 때가 있다. 그리고 비가 오는 날에는 일기장을 바깥에다 놓아 두지 말라고 그에게 신신당부해야 한다.

지금까지 블랙비어드는 주로 이름에만 집중했다. 물론 그는 감사합니다와 안녕히 주무세요라는 말을 쓰는 것도 좋아한다. 크레 ○○ 안녕잠 좋다 나쁘다 꽃 젭 토비 오릭스 감사함다는 그가 늘 쓰는 것들이다. 어쩌면 머지않아 토비는 블랙비어드의 머릿속이 어떤 식으로 작동하는지 새롭게 간파할 수 있을지도 모른다. 물론 아직은 눈부실 정도의 깨달음을 얻었다고 말할 수준은 아니지만 말이다.

다음 날 동틀 녘에 그들은 자그마한 생명나무 공원에 있는 흙집 단지에서 출발한다. 대단한 것까지는 아니지만 여하튼 문명사회로부터 떨어져 나오는 대이동이다.

돼지구리 두 마리가 그들을 호위하기 위해 도착했다. 나머지는 새론당신 스파에서 그들을 기다리고 있을 거라고 블랙비어드가 말한다. 그는 토비의 쌍안경을 차지했는데 어떻게 했는지 그것의 사용법을 알아냈던 것이다. 이따금씩 그는 발걸음을 옆으로 옮겨 가서 쌍안경을 들어 올리고 초점을 맞춘 다음 큰 소리로 공표한다.

"까마귀다."

"독수리다."

크레이커 여자들은 다정하게 큰 소리로 웃어 댄다.

"아 블랙비어드, 그런 눈의 통 같은 물건이 없어도 그게 뭔지 다 알 수 있잖아."

그들이 말한다. 그러면 블랙비어드도 따라 웃는다.

코뿔소와 카투로가 돼지구리들과 함께 앞서 걸어가고 그 뒤를 크로제와 모헤어 양 떼가 따라간다. 몇몇 양들의 등에 보따리가 묶여 있는데 그들로서는 처음 해 보는 일이다. 물론 그들은 개의치 않는 것처럼 보인다. 직모건 곱슬머리건 인간의 머리칼을 지니고 등에 울퉁불퉁한 꾸러미가 달려 있는 모습을 보니 양들은 마치 다리가 달린 전위적인 아방가르드 모자들처럼 보인다.

새키는 행렬의 가운데에서 렌, 아만다, 스위프트 폭스와 함께 이동한다. 그리고 이 여자들의 임신 상황에 관심을 갖게 된 대부분의 여자 크레이커들이 세 여자를 둘러싸고 걸어간다. 크레이커들은 시끄럽게 구구거리는 소리를 내면서 미소 짓고 큰 소리로 웃으며 쓰다듬거나 토닥여 준다. 스위프트 폭스는 그들의 이런 행동을 성가시게 생각하는 것 같은데 아만다는 미소를 짓는다.

나머지 미친 아담 식구들은 그들 뒤에 서서 가고 그 뒤를 크레이커 남자들이 따라온다. 젭은 맨 뒤를 맡고 있다.

토비는 언제라도 쏠 수 있도록 장전한 소총을 들고 크레이커 여자들 가까이에서 걸어간다. 아만다를 찾기 위해 렌과 함께 이 길을 왔던 때로부터 상당히 많은 시간이 흐른 것 같다. 렌도 역시 그때를 기억하고 있는 게 분명하다. 렌은 뒤로 처져 토비 옆으로 다가오더니 아무것도 들지 않아 자유로운 토비의 왼쪽 팔에 자기 팔을 끼면서 말을 걸었다.

"절 받아 주셔서 정말로 고마워요. 새론당신 스파에서요. 그리고 구더기 치료도 해 주셨잖아요. 만약에 아주머니가 날 돌봐 주시지 않았다면 난 벌써 이 세상 사람이 아닐 거예요. 아주머니는 제 생명의 은인이에요."

그리고 너는 내 생명을 구해 주었어, 토비는 생각한다. 만약에 렌이 비틀거리며 그곳으로 찾아오지 않았더라면 그녀는 무슨 일을 저질렀을까? 그녀 혼자 새론당신 스파 안에 틀어박힌 채 기다리고 또 기다리다가 마침내 미쳐 버렸거나 아니면 늙어서 쪼글쪼글 말라 죽었겠지.

* * *

그들은 헤리티지 공원을 통하여 북서쪽으로 향하는 길로 계속 걸어간다. 나비들과 꿀벌들로 뒤덮여 있는 필라의 딱총나무 관목이 보인다. 모헤어 양들 중 한 마리가 그 옆을 지나오면서 열매를 한 입 가득 낚아챈다.

이제 그들은 복고풍 텍사스 멕시코 양식으로 지어진 핑크색의 동쪽 경비실과 새론당신 경내를 둘러싸고 있는 높다란 울타리에 도달했다.

렌이 말한다. "우리 이전에 여기에 왔었잖아요. 그 남자가 저 안에 있었어요. 고통공 감옥에 있었던 그 최악의 죄수요."

"그랬지." 토비가 답한다.

그 죄수는 그녀의 숙적 블랑코였다. 괴저가 생겨 죽을 지경이었는데도 그는 기를 쓰고 그녀를 살해할 생각만 하고 있었다.

"아주머니가 그를 죽였죠, 아니에요?"

아마도 렌은 그때 당시에 그걸 알았던 게 분명하다.

"말하자면 그가 다른 차원의 존재 형태로 바뀌는 걸 내가 도왔지. 그는 얼마 못 가 죽을 상황이었어. 좀 더 고통스럽게. 여하튼 그건 도시 유혈 사태하의 규칙이었어."

토비는 정원사들의 표현법으로 말한다.

첫 번째 규칙은 '자신의 피는 하나도 흘리지 않도록 유의하면서 유혈 사태를 막아야 한다.' 였다.

토비는 블랑코에게 광대버섯과 양귀비를 먹였다. 그는 고통 없이 이 세상을 하직했는데 그로서는 과분한 대접을 받은 것이다. 그런 다음 그녀는 그를 야생동물들을 위한 선물로 삼아 하얀 돌들로 가장자리를 둘러싼 장식용 화단으로 질질 끌고 갔다. 블랑코를 먹은 동물 역시 독 때문에 죽을 정도로 광대버섯의 용량이 많지는 않았던가? 토비는 그러지 않았기를 바란다. 그녀는 독수리들이 무사히 살아가기를 기원한다.

무거운 연철 대문이 활짝 열려 있다. 그곳을 떠날 때 토비는 그 대문을 단단히 묶어서 꼭 닫아 두었는데 밧줄이 물어뜯겨서 조각나 있었다. 돼지구리 두 마리가 먼저 그 문을 빠른 걸음으로 통과한 다음 경비실로 가는 길을 사방팔방 코를 킁킁대고 냄새 맡으면서 조심스럽게 천천히 들어간다. 그들은 돌아서서

미친아담

다시 밖으로 나오더니 종종걸음으로 블랙비어드에게로 걸어간다. 눈과 눈을 마주 보며 조용하게 꿀꿀거린다.

"돼지1들이 말하는데 저기에 세 명의 남자가 있었대요. 그렇지만 지금은 저 안에 없다고 해요." 블랙비어드가 말한다.

"확실하대?" 토비가 묻는다. "예전에 저 안에 한 사람이 있었거든. 나쁜 사람이. 그들은 그 사람을 말하는 거 아니야?"

"아, 아니에요. 돼지1들은 그 남자에 대해서도 알아요. 그는 죽어서 꽃밭에 있었대요. 처음에 그들은 그 남자를 먹고 싶었는데 그 사람 속에 좋지 않은 버섯이 들어 있었대요. 그래서 먹지 않았대요."

토비는 장식용 화단을 확인해 본다. 예전에는 피튜니아 꽃으로 '새론당신에 오신 것을 환영합니다.'라고 쓰여 있었는데, 지금은 초원에서 자라는 잡초들로 무성하게 뒤얽혀 있다. 저 밑에 보이는 저것은 부츠인가? 그녀는 더 이상 살펴보고 싶은 마음이 전혀 없다.

그녀는 그곳에 블랑코의 사체와 함께 그의 칼을 남겨 두었다. 그 칼은 아주 좋은 것이었다. 아주 예리했다. 하지만 미친 아담 식구들에게는 다른 칼들이 있다. 토비는 단지 고통공 죄수들이 그것을 찾아내지 못했기를 바랄 뿐이다. 하지만 그들에게도 분명 다른 칼들이 있을 것이다.

이제 그들은 새론당신 스파 경내로 완전히 들어왔다. 숲을 통해 가는 샛길이 있지만 그들은 계속해서 가장 큰 도로를 따라 걷는다. 토비와 렌은 예전에 그늘로 가기 위해 숲으로 난 오솔길을 택했는데 바로 거기서 고통공 죄수들이 살해한 다음 신장을 빼내고 나무에 목을 매달아 놓은 오츠의 시체와 맞닥뜨렸던 것이다.

오츠는 분명 아직도 거기에 있을 거라고 토비는 생각한다. 그를 찾아내어 밧줄을 잘라 낸 다음 적절히 묻어 줘야 할 것이다. 그렇게 하면 오츠의 형제인 섀키와 크로제가 무척이나 좋아하겠지. 오츠 위에 그를 상징하는 나무를 심어 놓고 진정한 퇴비화가 이루어지게 해야겠다. 흙이 차분하게 용해되는 가운데 작은 뿌리들이 만들어 내는 서늘한 평화 속으로 그를 보내 주어야지. 하지만 지금은 그럴 때가 아니다.

늑개들이 저 멀리 숲속에서 짖어 댄다. 그러고는 귀를 기울이기 위해 짖기를 중단한다.

"만약에 저놈들이 꼬리를 흔들어 대며 가까이 다가오면 총을 쏘아야 해요. 늑개들, 그놈들은 아주 사납거든요." 지미가 말한다.

"탄약이 한정되어 있어. 더 많은 탄약을 발견할 때까지는 어쩔 수 없어." 코뿔소가 말한다.

"저놈들은 지금 우리를 공격하지 않을 거야. 사람이 너무 많잖아. 게다가 돼지구리도 두 마리나 있고." 카투로가 말한다.

"지금쯤은 저놈들도 씨가 말라 갈 텐데." 섀키가 말한다.

그들은 다 타 버린 지프를 지나치고 그다음으로 소각된 태양광 자동차를 지나친다. 키스하는 입술과 윙크하는 눈 모양의 새론당신 로고가 그려진 분홍색 미니밴이 완전히 망가진 채 널브러져 있다.

"자동차 안은 들여다보지 마. 아름답지 못하니까." 벌써 안을 들여다본 젭이 말한다.

그리고 이제 눈앞에 스파 건물이 보인다. 온통 분홍색인 그 건물은 여전히 건재하다. 그것을 불로 태워 없앤 사람은 아무도 없었다.

돼지구리들의 주력 부대가 바깥에서 서성대고 있다. 어쩌면 한때 고객들의 다이어트 샐러드에 들어갈 재료들을 재배하던 유기농 채마밭을 몽땅 해치우고 있는지도 모르겠다. 토비는 홍수가 휩쓸고 지나간 후에 계속해서 살아갈 수 있도록 식물을 충분히 키울 수 있기를 바라며 홀로 채마밭에서 보냈던 시간들이 생각난다. 지금쯤은 채마밭 흙이 모두 뒤집어졌을 것이다.

적어도 그녀는 문을 잠그지 않은 채로 그곳을 떠났었다.

그림자, 흰곰팡이. 토비의 예전 모습이 실체도 없이 거울이 없는 복도를 떠돌아다닌다. 그녀는 자신의 모습이 반사되는 걸 막기 위해 거울에다 수건을 덮어 두었었다.

"들어오세요. 어서들 들어와서 편히 쉬세요."

그녀는 모두에게 말한다.

새론당신 요새

크레이커들은 새론당신 스파를 보더니 넋을 잃었다. 그들은
복도를 따라 조심스럽게 걸어 다니며 허리를 굽혀 매끈매끈하
고 번쩍번쩍 윤이 나는 마룻바닥을 만져 본다. 그들은 토비가
거울 위에 걸어 놓은 분홍색 수건들을 들어 올리다가 거울에
비친 사람을 언뜻 보고는 거울 뒤를 살펴본다. 그러다가 거울
속의 사람이 자기 자신이라는 사실을 깨닫자 그들은 자신들의
머리칼을 만져 보고 거울에 비친 자신들을 미소 짓게 하려고 미
소를 짓는다. 그들은 침실에 들어가 살그머니 침대에 앉았다가
다시 벌떡 일어선다. 체육관에서는 어린아이들이 키득거리며
트램펄린 위에서 깡충깡충 뛰고 있다. 그들은 세면장에 들어가
서는 킁킁거리며 분홍색 비누의 냄새를 맡는다. 분홍색 비누가
아직도 많이 남아 있다.

"여기가 알이에요?"

그들이 질문을 퍼붓는다. 정확히는 어린아이들이 묻는다. 그들에게 높다란 벽과 매끈매끈한 마룻바닥이 있던 이와 유사한 장소에 대한 기억이 아주 희미하게 남아 있는 것 같다.

"여기가 우리가 만들어진 알인가요?", "아니야, 알은 여기하고 똑같지 않아.", "알은 더 멀리에 있어. 그곳은 여기보다 훨씬 멀어.", "알에는 크레이크가 있어. 알에는 오릭스도 있어. 그들은 여기에 없잖아.", "우리는 알에 갈 수 있어요?", "우리는 지금 알에 가고 싶지 않아요. 너무 컴컴해요.", "알에도 이곳처럼 그 안에 분홍색 물건들이 있나요? 우리가 먹을 수 있는 꽃 냄새가 나는 것들이요?", "저건 식물이 아니야. 저건 비누라는 거야. 우리는 비누를 먹지 않아." 등등.

적어도 그들이 노래를 불러 대지 않아서 다행이라고 토비는 생각한다. 그들은 이곳으로 오는 도중에도 노래를 많이 부르지 않았다. 그들은 오는 길에 사방을 둘러보면서 귀를 기울였다. 그들도 위험이 도사리고 있다는 사실을 아는 것 같다.

다행스럽게도 지붕에는 새는 곳이 하나도 없다. 그걸 보고 토비는 무척이나 행복해한다. 곰팡내는 조금 날지 모르지만 덕분에 침대에서 잘 수가 있기 때문이다. 그녀는 실질적인 집주인이었으므로 방을 배정한다. 그녀는 자신이 사용할 방으로 커플 룸을 선택한다. 스파에는 커플 룸이 세 개 있었는데, 흔한 일은 아니었지만 혹시라도 남편과 아내 또는 그에 상응하는 사람들이 함께 들어와 공동으로 얼굴 마사지와 클렌징, 경락과 손톱 손질을 받게 되는 경우를 대비하여 마련한 것이었다. 그렇지만 이런 상품은 인기가 많지 않았다. 적어도 이성 커플의 경우에는 그러했다. 일반적으로 여자들은 향수 냄새를 물씬 풍기는 고치에서 나온 나비들처럼 불쑥 나타나 기막힐 정도의 아름다움으로 많은 사람들을 놀라게 만들 수 있는 서비스를 아무도 모르게 개인적으로 받고 싶어 했다. 토비는 이곳의 운영을 담당했기 때문에 여자들의 그런 심리를 잘 안다. 또한 그 여자들이 엄청나게 많은 돈을 투자했는데도 불구하고 자신들의 모습이 월등하게 향상되지 않았을 때 느끼던 실망감에 대해서도 잘 알고 있다.

토비는 자신의 얼마 안 되는 소지품을 옷장 속에 잘 챙겨 넣는다. 즐겨 착용하는 쌍안경. 흙집에서 지낼 때에는 볼 만한 광경이 별로 없었기 때문에 사용한 적이 거의 없었지만 이제 쌍안경은 필수품이 될 것이다. 그녀의 소총과 탄약. 토비가 여기 스파에다 총알을 많이 남겨 두었으므로 이제는 공급량을 잔뜩 채울 수 있게 되었다. 그 총알마저 다 사용하고 나면 손수 화약 만드는 방법을 터득하지 않는 한, 그녀의 소총은 무용지물이 될 것이다.

토비는 방에 딸려 있는 욕실에다 칫솔을 꽂아 놓는다. 성가시게 흙집에서부터 칫솔을 가져올 필요가 전혀 없었다. 스파에는 분홍색 칫솔이 무척 많았다. 그리고 비품실에는 새론당신의 손님들을 위해 마련해 둔 두 종류의 미니 치약이 선반 가득 놓여 있는데 하나는 벚꽃향 유기농 치약으로 미생물을 이용해 환경 친화적으로 치태를 분해하는 안티 플라크 제품이고, 다른 하나는 어둠 속에서도 키스할 수 있도록 반짝반짝 광채가 내게 만들어 주는 유채색 구강 개선제다.

두 번째 치약은 어둠 속에서도 입 전체가 환하게 빛나도록 만들어 준다고 선전되었다. 토비는 한 번도 그걸 사용해 본 적이 없었지만 일부 여성들은 그 제품을 깊이 신뢰했다. 입술이 몸과 분리된 채 번쩍번쩍 떠다니는 것을 대면하게 되면 젭은 어떤 반응을 보일까, 토비는 무척이나 궁금하다. 아무리 궁금해도 오늘 밤은 그런 걸 알아 낼 수 있는 날이 되지 못할 것이다. 왜냐하면 그녀는 옥상에 올라가 보초를 설 것이기 때문이다. 입술이 번쩍번쩍 빛난다면 저격수에게 훌륭한 목표물이 될 것이다.

토비가 이전에 기록한 일기장들. 그때 그녀는 수녀처럼 참회하는 심정으로 마사지 테이블에서 자곤 했는데 바로 그 자리에 그녀의 일기장들이 놓여 있다. 이것들이 여기에 있었구나. 키스하는 입술과 윙크하는 눈의 로고가 그려진 새론당신의 예약 수첩에다 그녀는 일기를 썼더랬다. 정원사 시절에 행했던 향연과 축제, 그리고 달이 변하는 모습들을 기록해 놓았다. 그리고 무슨 일이라도 발생한 날에는 그 사건을 적어 놓았다. 그렇게 일기를 쓰면서 그녀는 제정신을 유지할 수 있었던 것 같다. 그러다가 시간이 다시 시작되고 진짜 사람들이 이곳에 나타났을 때 그녀는 그 일기장을 여기에다 내버려 두었던 것이다. 이제 그것은 과

거로부터 들려오는 속삭임이다.

글쓰기라는 것이 바로 그런 것인가? 사람의 영혼에게서 나올 만한 목소리란 말인가? 만약에 영혼에게 목소리가 있다면 말이다. 만약에 그렇다면, 어째서 그녀는 어린 블랙비어드에게 글쓰기를 가르치고 있는 것일까? 분명 크레이커들은 그런 것이 없을 때 한층 더 행복할 텐데.

토비는 일기장을 옷장 서랍 속으로 밀어 넣는다. 언젠가 그것들을 다시 읽어 보고 싶은데 지금 당장은 그렇게 할 여유가 전혀 없다.

화장실 변기에 아직도 물이 남아 있는데 거기에는 수많은 파리들이 죽어 있다. 그녀는 변기 물을 내린다. 지붕에 설치된 물을 모아 두는 커다란 통들이 아직도 제 기능을 하는 게 분명했고, 그건 정말로 다행스러운 일이다. 그리고 꽃잎을 눌러 박은 분홍색 화장지도 어마어마하게 비축되어 있다. 예상하지 못했던 알레르기 증상이 발생하는 바람에 과거에 새론당신에서 식물을 이용해 화장지를 만들고자 했던 몇 차례의 실험은 순조롭게 진행되지 못했었다.

여하튼 토비는 물을 끓여서 사용하라는 경고문을 벽에다 붙여 놓아야 한다. 수도꼭지에서 물이 나오는 것을 보면 몇몇 사람은 자제력을 잃을 수 있기 때문이다.

토비는 세수를 하고 객실 옷장에서 머리부터 발끝까지 덮어 주는 깨끗한 핑크색 가리개를 찾아 입은 다음 다른 사람들과 합류한다. 본관 로비에서 열띤 토론이 진행되고 있다. 밤사이에 모헤어 양들을 어떻게 할 것인가? 광활하게 펴져 있는 새론당 신 잔디가 초원에서처럼 허벅지 높이로 자라나 있으므로 낮에는 그들을 방목한다 해도 아무런 문제가 없겠지만, 일단 어둠이 내려오면 비바람이 들이치지 않는 곳에 그들을 집어넣든지 아니면 보초를 세워 감시할 필요가 있을 것이다. 사자양들이 나타날 수 있기 때문이다. 크로제는 그들을 체육관으로 몰아넣는 것에 대찬성이다. 모헤어 양들에 대해 상당한 애착심이 생긴 터라 그는 걱정이 태산이다. 매너티는 양들의 똥 문제는 고사하고 마룻바닥이 미끄러워서 그놈들이 미끄러지게 되면 다리가 부러질 수 있다는 점을 지적한다. 토비는 채마밭을 제안한다. 거기에는 울타리가 있는데 대체로 멀쩡한 편이다. 돼지구리들이 구멍을 파고 들어왔었지만 이 구멍들은 신속하게 메울 수 있을 것이다. 그렇게 하면 옥상에서 보초를 서는 사람이 양 떼들을 지켜보다가 비정상적인 울음소리가 들리면 보고할 수 있으리라.

그렇지만 크레이커들은 어디서 잠을 잘 것인가? 그들은 건물 내부에서 잠자는 걸 좋아하지 않는다. 그들은 초원에서 자는 걸 좋아하는데 그곳에는 또한 그들이 먹을 수 있는 나뭇잎이 많기 때문이다. 하지만 고통공 죄수들이 자유롭게 나돌아 다니는 데다가 어쩌면 사냥 분위기에 젖어 있을지 모르기 때문에 그건 불가능하다.

토비가 말한다. "지붕에서 자면 어떨까요? 그곳에 올라가면 화분이 있어서 그들이 간식을 원할 경우 먹을 만한 식물이 어느 정도 있거든요."

그래서 그렇게 하기로 결정되었다.

* * *

오후에 폭풍우가 내리다가 그친다. 일단 폭풍우가 지나가자 돼지구리들은 잠깐 수영을 하러 수영장으로 들어간다. 해조류와 수초가 무성하고 수많은 개구리들이 활발하게 뛰어다니는데도 불구하고 그들은 수영하는 걸 단념하지 않는다. 그들은 수영장 물이 얕은 쪽으로 풀장의 비품들을 한 무더기 밀쳐 놓음으로써 풀에 드나드는 문제를 해결했다. 휴대용 의자들을 가지고는 일종의 경사로를 만들더니 발판으로 사용한다. 어린 돼지구리들은 신이 나서 물속으로 첨벙첨벙 뛰어들며 꽥꽥 소리들을 질러 댄다. 나이가 지긋한 암퇘지와 수퇘지들은 잠깐 동안 물에 몸을 적셨다가 풀장 옆으로 나와 느긋하게 어슬렁거리면서 너그러운 마음으로 어린 돼지들과 젖을 막 뗀 새끼들을 지켜본다. 토비는 혹시 돼지들도 햇볕에 심하게 타는지 궁금하다.

저녁 식사는 다소 마구잡이로 차려졌다. 물론 라운드 테이블 위에 본래 식당에서 쓰던 분홍색 테이블보를 씌워서 호화롭게 보이긴 했다. 먹을거리를 찾아 나선 한 무리가 초원을 샅샅이 뒤지고 다닌 덕분에 산나물로 든든한 샐러드를 만들어 냈다. 레베카는 뚜껑도 열지 않은 자그마한 올리브 오일 병을 발견해 최고 수준의 프렌치드레싱을 만들어 놓았다. 쪄 낸 쇠비름, 살짝 데친 우엉 뿌리, 늑개 육포, 모헤어 양의 젖. 부엌에 설탕이 들어 있는 단지가 남아 있었으므로 그들은 각자 디저트로 설탕을 한 스푼씩 떠먹는다. 토비는 더 이상 설탕이 입맛에 맞지 않는다. 강한 단맛이 칼날처럼 머리를 찌르고 지나간다.

그들이 설거지를 하고 있을 때 레베카가 말한다.

"너한테 알려 줄 소식이 몇 가지 있어. 네 친구들이 너한테 주겠다고 개구리를 잡아 왔는데 나한테 그걸 요리해 달라고 부탁했어."

"개구리요?" 토비가 되묻는다.

"그래. 그들은 물고기를 잡을 수가 없었대."

"이런, 젠장."

크레이커들은 오늘 밤에 이야기를 해 달라고 요청해 올 것이다. 불행 중 다행으로 그들은 눈사람의 빨간 모자를 깜빡 잊고 가져오지 않았다.

이제는 태양이 가라앉으면서 여유로운 저녁 시간이 찾아온다. 귀뚜라미들이 또르르 울어 대고 새들은 휴식을 취하기 위해 떼를 지어 모여들고 양서류 동물들은 수영장에서 개골개골 울어 대든지 아니면 고무 밴드처럼 팅하고 울리는 소리를 낸다.

토비는 보초를 서는 동안 몸을 감쌀 수 있을 뭔가를 찾는다. 옥상이 꽤 서늘할 수도 있기 때문이다.

토비가 분홍색 침대보로 몸을 단단히 감싸고 있는데 어린 블랙비어드가 그녀의 방으로 쭈뼛쭈뼛 들어온다. 그는 거울에서 자신의 모습을 발견하자 미소를 지으며 자신을 향해 손을 흔들더니 춤을 추듯 살짝 뛰어 본다. 일단 그런 동작을 끝내고 나서 그는 메시지를 전달한다.

"돼지1들이 말하는데요, 나쁜 사람 세 명이 저기에 있대요."

"저기 어디에?"

이렇게 물을 때 토비의 심장박동이 빨라진다.

"저 꽃들 건너편에요. 나무들 뒤에요. 돼지1들은 그 사람들의 냄새를 맡을 수 있어요."

"너무 가까이 가면 안 되는데. 나쁜 남자들은 분무 총을 가지고 있을지도 모르거든. 구멍을 만드는 막대기들. 피가 흐르게 만드는 것."

"돼지1들은 그런 사실을 다 알고 있어요."

토비는 쌍안경을 목에 걸고 준비 상태로 장전한 소총을 어깨에 메고 층계를 걸어서 옥상으로 올라간다. 수많은 크레이커들이 벌써 그 위에 올라와 자리를 잡고서 목을 빼고 그녀를 기다리고 있다. 젭 역시 그곳에 올라와 난간에 기대서 있다.

"당신은 아주 분홍이가 되었구려. 그 색깔이 당신한테 어울리는걸. 옆모습도 아주 멋있어. 미쉘린 타이어 맨인가?"

"얼간이도 아니고, 그런 말을 뭐 하러 해요?"

"일부러 그런 건 아닌데. 까마귀들이 끔찍하게도 울어 대는 군."

그러자 까마귀들이 또다시 한바탕 울어댄다. 숲의 가장자리에서 까악 까악 까악 소리친다. 토비는 쌍안경을 들어 올린다. 아무것도 보이지 않는다.

"올빼미일 수도 있잖아요."

"그럴지도 모르지."

"돼지구리들이 계속해서 남자가 세 명이라고 말한대요. 두 명이 아니고요."

"그들의 말이 틀리는 게 도리어 놀랄 일일 테지."

"당신은 그게 아담일 수도 있다고 생각하세요?"

"당신이 희망에 대해 했던 말 기억해? 당신은 그런 희망이 나쁠 수도 있다고 했잖아. 그래서 난 희망을 갖지 않으려고 애쓰는 중이야."

저 멀리 나뭇가지 사이에서 뭔가 빛 같은 것이 깜박거린다. 저건 얼굴인가? 다시 사라지고 없다.

"가장 견디기 힘든 건 바로 기다림이에요." 토비가 말한다.

블랙비어드가 그녀의 침대보를 잡아당긴다.

"아 토비. 어서 오세요! 지금은 당신이 우리에게 해 주는 이야기를 들을 시간이에요. 우리는 빨간 모자를 가져왔어요."

동결유전자 단지행 기차

두 개의 알과 생각에 대한 이야기

고마워요. 여러분이 잊지 않고 빨간 모자를 가져와 주어서 난 무척이나 기뻐요.

그리고 물고기는요, 이건 정확히 말해서 물고기는 아니고 오히려 개구리에 더 가깝군요. 하지만 여러분이 물에서 그것을 잡았고 우리는 바다에서 아주 멀리 떨어져 있기 때문에 내 생각으로는 크레이크가 분명 이해해 줄 거예요. 그리고 여러분이 물고기를 잡기 위해 바다까지 가기에는 너무나 먼 길이라는 것을 크레이크가 알 거예요.

이것을 익혀 주어서 아주 고마워요. 레베카에게 이것을 요리해 달라고 부탁했더군요. 이것을 모두 다 먹을 필요는 없다고 크레이크가 나에게 말해 주었어요. 한 입만 먹어도 충분할 거예요.

자, 됐습니다.

그래요, 개구리요……. 이 물고기는 그 안에 뼈가 있어요. 냄새나는 뼈가요. 그렇기 때문에 나는 그것을 뱉었어요. 그렇지만 지금 당장은 우리가 냄새나는 뼈에 대한 이야기를 할 필요가 없어요.

내일은 매우 중요한 날이에요. 내일은 말이죠, 피부 위에 겉껍질이 있는 우리 모두가 크레이크가 시작한 일을 끝내야만 해요. 혼돈을 완전히 없애는 일이요. 그 일은 위대한 정돈을 하는 거였어요. 그래서 위대한 공백이 생겨났지요.

하지만 그것은 단지 크레이크가 했던 작업의 일부였어요. 다른 부분은 그가 여러분을 만드는 작업이었어요. 그는 해변에 있는 산호로 여러분의 뼈를 만들었는데 그것은 뼈처럼 흰색이지만 냄새는 나지 않아요. 그리고 여러분의 살은 달콤하고 부드러운 망고로 만들었어요. 그는 이 모든 작업을 거대한 알 안에서 했는데 그곳에는 크레이크를 돕는 사람들이 함께 있었지요. 눈사람 지미는 크레이크의 친구였고 그도 역시 알 속에서 지냈답니다.

오릭스도 그곳에 있었어요. 그녀는 어떤 때에는 여러분들처럼 녹색 눈을 지닌 여자의 형태였고 또 어떤 때에는 올빼미의 형태였어요. 그녀는 거대한 알 안에서 아주 자그마한 올빼미 알 두 개를 낳았어요. 자그마한 올빼미 알 하나는 모두가 그녀의 아이들인 동물과 새와 물고기로 가득 차 있었어요. 그래요, 벌들도 있었어요. 그리고 나비들도요. 맞아요, 개미들도 있었어요. 그리고 딱정벌레들도요, 딱정벌레들도 아주 많았어요. 뱀들도 있었어요. 개구리들도. 구더기도. 너구컹크들도 있었고 봅키튼들도 있었지요. 모헤어 양들. 돼지구리들. 다 있었어요.

고마워요. 하지만 그것들을 하나하나 모두 다 열거할 필요는 없을 것 같아요.

그렇게 하다간 우리들은 여기서 밤을 새울 수도 있어요.

그저 오릭스가 아주 많은 아이들을 만들었다고 말하면 될 것 같아요. 그리고 그들 모두가 자기 나름대로의 특별한 아름다움을 지니고 있었어요.

그래요, 아주 자그마한 올빼미 알 속에서 그것들 하나하나를 모두 다 만들어 내다니 오릭스는 참으로 친절한 분이었어요. 어쩌면 모기들은 제외될지도 몰라요.

오릭스가 낳은 또 다른 알에는 단어들이 가득했어요. 그렇지만 그 알은 동물들로 가득한 알보다 먼저 부화되었는데 여러분은 배가 고팠기 때문에 단어들을 많이 먹어 버렸어요. 그렇기 때문에 여러분의 몸속에 단어들이 들어 있는 거예요. 그리고 크레이크는 여러분이 단어를 모두 먹어 버렸기 때문에 동물들이 먹을 게 하나도 남지 않아서 동물들은 말을 할 수가 없다고 생각했어요. 하지만 크레이크는 그 점에 대해서 잘못 알고 있었어요. 크레이크가 모든 것에 대해 항상 옳은 건 아니니까요.

왜냐하면 크레이크가 보고 있지 않을 때 어떤 단어들은 알에서 떨어져 나와 땅으로 떨어졌고 어떤 것들은 물속으로 빠졌으며, 어떤 것들은 공중으로 날아갔기 때문이지요. 그리고 사람들 중 어느 누구도 그것들을 보지 못했어요. 그렇지만 동물들과 새들과 물고기들은 그것들을 보았기 때문에 그것들을 먹었던 거예요. 그것들은 다른 종류의 말이었기 때문에 사람들은 때때로 동물들을 이해하기가 힘들었어요. 동물들이 말을 너무나도 잘게 씹어 먹었거든요.

그리고 돼지구리, 즉 돼지1들은 다른 어느 동물보다 더 많은 단어들을 먹었어요. 여러분은 그들의 먹성이 얼마나 좋은지 잘 알잖아요. 그래서 돼지1들은 생각을 아주 잘할 수 있는 거예요.

그런 다음 오릭스는 새로운 종류의 것, 그러니까 노래 부르기라는 것을 만들었어요. 그리고 그걸 여러분에게 주었어요. 오릭스는 새들을 무척이나 사랑했으므로 여러분도 그런 식으로 노래 부를 수 있기를 바랐기 때문이지요. 그렇지만 크레이크는 여러분이 노래 부르는 것을 원하지 않았어요. 그는 무척 불안해했어요. 만약에 여러분이 새들처럼 노래를 부를 수 있다면 사람들처럼 말하는 법을 잊어버리게 될 것이고 그렇게 되면 여러분이 더 이상 그를 기억하지 않거나 그가 한 일, 그러니까 여러분을 만들기 위해 그가 했던 그 모든 일을 이해하지 못하면 어떻게 하나 걱정스러웠던 거예요.

그러자 오릭스가 크레이크에게 당신은 그런 감정을 잘 다스리고 그 문제를 잘 받아들여야 한다고 말했어요. 왜냐하면 만약에 이 사람들이 노래를 부를 수 없다면 그들은 마치…… 그러니까 그들은 마치 별 볼일 없는 존재처럼 될 것이기 때문이라고요. 그들은 돌 같은 존재가 될 거라고요.

그 문제를 잘 받아들여야 한다라는 말의 의미는…… 그것에 대해서는 언젠가 다시 이야기해 보도록 하지요.

이제는 이 이야기의 다른 부분, 그러니까 크레이크가 무엇 때문에 위대한 공백을 만들기로 마음먹었는지에 대하여 말해 보겠어요.

크레이크는 오랫동안 생각했어요. 그는 생각하고 또 생각했지요. 그는 자신이 생각한 그 모든 것에 대해 다른 어느 누구에게도 말하지 않았어요. 물론 그는 그중 일부는 눈사람 지미에게 다른 일부는 젭에게 그리고 또 다른 일부는 필라에게 또 다른 일부는 오릭스에게 말하긴 했어요.

이제부터 그가 생각했던 것을 말해 줄게요.

혼돈 속에서 사람들은 배울 수가 없었어요. 그들은 자신들이 바다와 하늘과 식물과 동물에게 무슨 짓을 하고 있는지 이해할 수가 없었거든요. 그들은 자신들이 그것들을 죽이고 있고 그러면 결과적으로 자신들을 죽이는 결과를 가져올 거라는 사실을 이해할 수가 없었어요. 게다가 그런 사람들이 무척이나 많았고 그들 한 사람 한 사람이 그 사실을 아는지 모르는지 여하튼 죽이는 일을 부분적으로 하고 있었어요. 그리고 그들에게 이제 그만 멈추라는 말을 해 줘도 그들은 남의 말을 듣지 않아요.

그래서 할 수 있는 일이 딱 하나 남아 있었어요. 나무들과 꽃들과 새들과 물고기 등과 함께 지구가 아직은 존재하는 동안 대부분의 사람들을 이 지구상에서 깨끗이 없애 버리든가 아니면 그 모든 것이 하나도 남지 않게 되었을 때 모두 함께 죽어 버리든가 선택해야 했어요. 왜냐하면 그런 것들이 하나도 남지 않게 된다면 결국 아무것도 존재하지 못할 것이기 때문이지요. 심지어 사람조차 한 명도 살아남지 못할 거예요.

하지만 아무리 그런 사람들이라고 해도 기회를 한 번 더 주어야 하지 않을까? 크레이크는 자기 자신에게 물어보았어요. 그런데 대답은 '아니다.'였어요. 왜냐하면 그들한테는 이미 두 번째 기회가 주어졌기 때문이지요. 그들에게 두 번째 기회는 아주 많이 왔었거든요. 이제 결정의 순간이 다가왔어요.

그래서 크레이크는 맛이 아주 좋은 자그마한 씨앗들을 몇 개 만들었어요. 그 씨앗은 사람들이 그걸 처음 먹었을 때는 매우 행복한 마음이 들게 했어요. 그렇지만 그 씨앗을 먹은 사람들은 몸이 굉장히 아프게 될 것이고 그런 다음에는 산산조각 나서 죽게 되어 있었어요. 크레이크는 그 씨앗을 온 땅에다 뿌렸어요.

그리고 오릭스도 씨앗을 뿌리는 일을 도와주었어요. 왜냐하면 그녀는 올빼미처럼 날 수가 있었기 때문이지요. 그리고 새여자들과 뱀 여자들과 꽃 여자들도 다 함께 도와주었어요. 물론 그들은 죽는 부분에 대해서는 전혀 알지 못했고 단지 행복한 부분만 알았거든요. 크레이크가 그들에게 자신의 생각을 모두 다 이야기해 주지 않았으니까요.

그런 다음 위대한 정돈이 시작됐어요. 오릭스와 크레이크는 알에서 나와 하늘로 날아갔어요. 그렇지만 눈사람 지미는 여러분을 보살펴 주고 여러분들에게 나쁜 것들이 가까이 오지 못하도록 여러분을 지켜 주고 여러분을 도와주고 또 크레이크의 이야기를 여러분에게 들려주기 위해 이곳에 남은 거예요. 그리고 오릭스의 이야기도 해 주려고요.

노래는 나중에 부르세요.

지금까지 말해 준 이야기가 두 개의 알에 관한 거예요.

이제는 우리 모두가 잠을 자야 해요. 내일 아침 아주 일찍 일어나야 하기 때문이지요. 우리 중 몇몇 사람들이 세 명의 나쁜 남자들을 찾아내기 위해 떠날 거예요. 젭이 갈 것이고 코뿔소와 매너티, 크로제, 그리고 섀키가 갈 거예요. 그리고 눈사람 지미도 가요. 그래요, 돼지1들도 여럿이 함께 갈 거예요. 아기 돼지들이나 그들의 엄마는 가지 않을 거예요.

하지만 여러분은 레베카와 아만다와 렌과 함께 여기에 남아 있을 거예요. 스위프트 폭스도요. 로티스 블루도요. 그리고 여러분은 문을 꼭 닫고 있어야 해요. 어떤 사람들이 와서 무슨 말을 해도 절대로 집 안으로 들어오도록 하면 안 돼요. 여러분이 예전부터 알고 지내던 사람이 아니면요.

두려워하지 마세요.

그래요, 나도 나쁜 남자들을 찾기 위해 함께 떠날 거예요. 그리고 블랙비어드도 갈 거예요. 그는 우리가 돼지1들과 이야기하는 걸 도와줄 거예요.

그래요, 우리는 돌아올 거예요. 우리가 다시 돌아오기를 희망하고 있어요.

희망이란 어떤 일을 무척이나 원하지만 원하는 그 일이 정말로 일어날지 알 수 없을 때 갖는 거예요.

이제는 모두들 잘 자라고 말해야겠어요.

모두들 안녕.

선글라스

"바로 이곳이 내가 당신을 기다렸던 장소예요. 물 없는 홍수가 발생했을 때요. 여기 이 옥상에 올라와 있었어요. 당신이 당장이라도 저 숲에서 어슬렁어슬렁 걸어 나오기만을 기대하고 있었던 거죠."

크레이커들 모두가 그들 주위에서 평화롭게 잠을 자고 있다. 저들은 정말이지 남을 의심할 줄 모른다니까. 토비는 생각한다. 저들은 진정으로 두려움을 느껴 본 적이 한 번도 없었다. 아마도 저들은 그런 감정을 습득할 수 없는가 보다.

"내가 죽었다고는 생각하지 않았어?" 젭이 묻는다.

"당신을 믿었으니까요. 그 모든 상황 속에서도 살아남는 법을 아는 사람이 있다면 그건 바로 당신일 거라고 생각했어요. 그래도 어떤 날은 당신은 이미 죽었다고 나 자신에게 말한 적도 있었어요. 그걸 난 '냉혹한 현실'이라고 불렀죠. 그렇지만 그런 날을 제외하고는 난 계속해서 당신을 기다리고 있었어요."

"그럴 만한 가치가 있었어?"

캄캄해서 보이지는 않지만 그가 활짝 웃고 있다.

"자신감에 이상이 생겼어요? 당신은 그런 걸 꼭 물어봐야 해요?"

"그래, 어느 정도는 그런 것 같아. 예전에는 내가 신의 선물이라고 생각하곤 했지. 하지만 이제 그런 생각은 모두 다 마모되고 말았어. 그 옛날 정원사 시절 당신을 처음 알았을 때 버섯과 물약과 그 모든 걸 다루는 걸 보고 당신이 나보다 훨씬 더 똑똑하다는 걸 알 수 있었지."

"하지만 당신은 누구보다도 술책이 뛰어났잖아요."

"그 말은 인정하지. 그렇지만 어떤 때는 간교한 속임수 때문에 내 꾀에 내가 넘어갈 때도 있었어. 그건 그렇고 내가 어디까지 말했지?"

"당신은 뱀 여자들과 함께 살고 있었어요. 비늘꼬리 클럽에서요. 남들과는 거의 어울리지 않으면서 눈을 크게 뜨고 두 손은 주머니에 집어넣고 입은 완전히 봉한 채로요."

"맞아."

그들은 젭이 경비원으로 일하도록 조치해 주었다. 그것은 훌륭한 위장이었다. 그는 머리를 빡빡 밀었고 검정 양복에 선글라스를 썼으며 입안에는 무전기 용도의 금니를 끼워 넣었다. 옷깃에는 뱀이 자신의 꼬리를 물고 있는 형상의 세련된 에나멜 핀을 달았는데, 아담은 그것이 고대에 재생을 의미하던 무늬라고 했다. 물론 젭으로서는 그런 말을 도저히 믿기가 어려웠다.

젭은 그 시절 평민촌 깊숙한 곳에 있는 나이트클럽 경비원들 사이에서 유행하던 스타일로 수염을 다듬었다. 아주 좁다란 전기면도기를 이용하여 얇은 막처럼 남긴 턱수염에다 십자 모양을 만드는 것이었는데 흡사 털 달린 와플처럼 보였다. 또한 그때 젭은 아담의 제안을 따라 귀 모양도 바꾸었다. 당시에는 신원 확인용으로 귀가 더 많이 활용된다고 아담이 말해 주었기 때문이다. 젭이 귀의 모양을 바꾼다면 혹시 누군가가 그를 찾는다고 가정할 때 귀 모양이 예전에 찍힌 귀 사진과 일치하지 않을 테니 현명한 대비책일 것 같았다. 실제적인 미용 성형 작업은 카트리나 우우의 호의로 이루어졌는데 그녀는 살과 지방을 제대로 다루는 1등급 조각가를 알고 있었다. 귀 위쪽은 더 뾰족하게 하고 귓밥 부분은 더 늘어지게 만들어 달라고 젭은 주문했다.

"지금 쳐다보지 마." 젭이 말한다. "그 후에도 그런 시술을 한두 차례 더 했거든. 그렇지만 그곳에서 지내던 시절 나는 한동안 뾰족한 귀를 가진 부처 요정 같았어."

"지금도 나는 당신에 대해 그렇게 생각하는 걸요." 토비가 말한다.

그곳에서 젭이 했던 일은 싱글벙글 웃지 않으면서 술집 주변을 서성이는 것이었는데, 적극적으로 위협적인 행동을 하지 않고 그저 어렴풋이 무시무시한 존재로 서 있어야 했다. 젭의 파트너는 덩치가 커다란 흑인이었는데, 그때는 예베디아라는 이름이었지만, 미친 아담에 합세하면서 검은 코뿔소로 바뀌었다. 젭은 머릿속에서 자기들 둘을 젭과 엡으로 연결시켰다.

물론 비늘꼬리 클럽에서 그의 이름은 젭이 아니었지만 그렇다고 벡터인 헥터도 아니었다. 당시에는 스모키라는 또 다른 이름으로 불렸다. 예전에 산림청이란 곳에서 사용하던 마스코트 스모키 곰과 같은 이름으로, 아주 적합한 이름이었다. '오직 당신만이 산불을 예방할 수 있습니다.'라는 게 그곳의 슬로건이었는데, 젭이 할 일이 바로 그런 일, 일종의 산불 예방 같은 일이었기 때문이다.

고객들이 언짢은 얼굴로 서로를 노려본다든지 도끼눈을 뜬다든지 말로 불쾌감을 드러낸다든지 플로어 쇼를 장식하기 위한 깃털이나 비늘이나 꽃잎 모양의 천들을 볼꼴사납게 움켜쥐고 찢는다든지 아니면 침팬지처럼 맥주 캔을 흔들어 대는 것을 시작으로 거품이 줄줄 흘러내리는 맥주 캔을 서로 교환한 다음 잇달아서 캔을 던진다든지 병을 깨부순다든지 주먹으로 내려친다든지 하는 무례한 언동이 오가는 징후가 보이면 젭과 엡이 개입하곤 했다. 그럴 때면 수동적으로 어물어물하던 그들의 태도가 신속하고 능동적인 개입 체제로 전환되곤 했는데, 그들의 목표는 대체로 싸움을 촉발하지 않으면서 원활하고 깔끔하게 공격자들을 밖으로 데리고 나가는 것이었다. 물론 불필요할 정도로 고객들을 열 받게 만들고 싶지는 않았지만 그래도 즉각적인 조치는 반드시 필요했다. 하지만 호된 처벌을 당하는 고객은 대체로 단골손님이 아니었다.

또한 시간이 갈수록 기업체라는 레이어 케이크의 상층부에 속한 고객이 늘었는데 그런 친구들은 목숨이 위태로워지는 걸 좋아하는 것도 아니면서 평민촌에 있는 빈민굴 구경을 즐겼다. 조금은 반항적이고 조금은 쌈박하고 조금은 성적으로 기능적인 것을 느낄 수 있으면 그것으로 충분했다. 비늘꼬리 클럽은 코가 비뚤어질 정도로 술을 마셔 대고 분별없이 행동해도 괜찮은 위생적이고도 신중한 술집이라는 명성을 확보하고 있었기 때문에 탄로 날까 조마조마할 필요 없이 미래의 비즈니스 파트너를 데려와 접대할 수 있는 장소였다.

그러다 보니 갈등 해결을 하려면 가벼운 접촉은 필수적이었다. 최상의 방법은 문제의 얼간이 어깨에다 팔을 다정하게 걸친 다음 귀에다 대고 따뜻한 목소리로 으르렁거리듯 말하는 것이었다.

"손님, 손님만을 위한 이 집의 특별 요리를 대접하겠습니다. 매니저님 지시입니다."

한참 술을 진탕 퍼마신 덕분에 의심할 여지없이 나노 뇌사 상태에 이른 그 친구는 뭔가를 공짜로 얻을 것이라는 생각에 기쁜 나머지 혀를 한 자나 축 늘어뜨린 채 몇 개의 복도를 지나고 몇 개의 모서리를 돌아서 어딘가로 인도될 것이다. 그는 깃털 장식이 되어 있고 녹색 공단 침대보가 깔려 있으며 보이지 않는 감시 카메라가 달려 있는 커다란 방으로 안내될 것이다. 그곳에서 몇 명의 사랑스러운 뱀 여인들이 그의 옷을 벗길 것이다. 이 여인들은 보험 통계 보고서라 해도 포르노 같은 목소리로 뜨겁게 읽어 낼 수 있는 재주를 지닌 사람들이었다. 젭이나 옙은 그 녀석이 계속해서 정중한 태도를 유지할 수 있게끔 그저 눈에 뜨이지 않을 만한 중간 거리에 어른어른 서 있었다.

그런 다음에는 어떤 것을 주문했는가에 따라 아마도 주황색이나 보라색이나 푸른색의 칵테일 잔에 색깔이 야한 혼합물을 따르고 거기에다 녹색의 플라스틱 뱀에 꿰인 녹색 체리를 얹어서 들여 온다. 이 칵테일 잔은 난초나 치자나무 또는 플라밍고나 죽마를 타고 있는 형광 파란 도마뱀의 손으로 직접 전달될 터인데, 젖가슴이 커다란 그들은 입술을 핥는 것 같은 미소를 지어 대고 온몸이 장식 조각과 자그마한 LED 전구들 그리고 비늘 또는 꽃잎 또는 깃털로 뒤덮여 있어서 아른아른 빛날 것이었다. 환영 같은 이 존재는 근질근질 간질간질 구구라고 말하든지 아니면 비슷한 말을 할 것이다. 자자, 들이켜요! 붉은 피가 흐르는 남자라면 이런 상황에서 어떻게 싫다고 말할 수 있겠는가? 목구멍을 타고 신비의 액체가 흘러 넘어간 다음에는 순식간에 달콤한 꿈나라로 빠져들 것이므로 자칭 알파 수컷인 그 얼간이는 도우미의 최소한의 힘만으로 제압할 수 있을 것이다.

미친아담

선택받은 그 친구는 열 시간 후에 잠에서 깨어날 터인데 자신이 난생처음 재미있는 시간을 보냈다는 확신에 차 있을 것이다. 실제로 그 친구는 그런 일을 경험했을 거라고 젭은 말했다. 왜냐하면 뇌에 등록시킨 모든 경험은 그에게는 진짜이기 때문이었다. 안 그런가? 비록 3차원, 소위 말하는 현실 세계에서는 발생한 적이 없었다 하더라도 마찬가지다.

　이런 대응은 기업체 경영자 유형들, 즉 평민촌의 기만적인 관습에 무지하고 의심할 줄 모르는 사람들에게는 전반적으로 잘 먹혔다. 젭은 뜬구름 세상에서 일할 때 그런 부류에 대해서 알게 되었다. 그들은 경험이라고 착각하는 뭔가를 갈망하여 밤 시간에 시내에 나가 스릴을 찾아 헤맸다. 그들은 많은 시간을 보내게 되는 기업체 단지라든지 엄중히 경계된 다른 공간, 예를 들면 법원 청사, 주의회 의사당, 종교 기관 같은 데서 온실 속 화초같이 살았다. 그들은 자신들의 담만 벗어나게 되면 뭐든지 잘 믿는 바람에 속여 넘기기 쉬웠다. 이들이 남에게서 쿨에이드를 얼마나 쉽게 받아 마시는지, 숙면(아니, 사실은 그냥 녹색 공단 침대보) 속으로 얼마나 신속하게 미끄러져 들어가는지, 얼마나 부드럽게 잠을 자는지, 그리고 얼마나 기분 좋게 잠에서 깨어나는지를 보면 정말이지 감동적이었다.

　하지만 비늘꼬리 클럽에는 다른 종류의 고객도 자신들의 존재감을 과시하고 있었다. 그들은 자신들이 갖고 있는 분노로부터 쉽사리 빠져나오지 못하는 덜 유쾌한 유형이었다. 증오라는 기름을 공급받고 불속에서 단단해졌기 때문에 유리 제품을 깨트리면서 대학살을 하겠다고 작정하고 덤벼들었다. 이들은 인생의 고난을 많이 겪었던 사람들이라 만반의 경계 태세를 필요로 했다.

"당신도 짐작했겠지만 고통공 죄수들을 말하는 거요." 젭이 말한다. "고통공 감옥이 그때 막 생겨났거든."

그때 당시 고통공 경기장은 닭싸움이라든지 멸종 위기에 처한 종의 학살이라든지 그런 종들을 먹는 행위와 마찬가지로 불법이었다. 하지만 그런 행위들과 마찬가지로 고통공 경기장은 실제로 존재했을 뿐만 아니라 일반 대중의 이목을 피해서 확장되고 있었다. 기술, 간계, 무자비함, 인육 먹기를 포함하여 죽음에 이르기까지 진행되는 결투를 지켜보기 좋아했던 상류층 사람들을 위한 관람석이 따로 마련되었다. 그것은 경쟁적인 기업체 세계를 한층 더 폭력적으로 바꾸어 놓은 버전이었던 것이다. 고통공 경기장에서는 이미 엄청난 돈이 거액 도박의 형태로 이 손에서 저 손으로 옮겨 가고 있었다. 그래서 기업체는 고통공 선수들의 유지비라든지 기반 시설을 위하여 간접적으로 돈을 지불했으며 장소나 서비스를 제공하는 사람들은 붙잡히는 경우 직접적으로 돈을 지불했는데, 이따금 세력 다툼이 발생하는 경우에는 목숨까지도 내놓아야 했다.

이런 조처는 당시 젊은 기업이었던 시체보안회사에는 아주 적격이었다. 이를 통해 시체보안회사는 아직까지 사회라고 여겨지던 것의 기둥으로 간주되는 사람들에 대한 지배력을 강화할 수 있도록 공갈 협박 자료를 풍부하게 확보했다.

일반 교도소에 수감된 죄수는 고통공 감옥을 옵션으로 선택할 수 있었다. 그는 동료 죄수들과 싸워 그들을 제거하면 감옥에서 풀려나 평민촌의 회색시장에서 집행자 일자리를 얻는 등 큰 상을 탈 수도 있었다. 어느 모로 보나 그것은 특전이었다. 물론 일단 고통공 감옥에 들어가기로 선택한 경우, 싸움에서 이기지 못하면 죽음이 기다리고 있었다. 그렇기 때문에 그걸 관람하는 것은 무척이나 신나는 일이었다. 싸움에서 살아남은 자들은 간교한 속임수를 쓰거나 기습 공격으로 상대를 곤란한 지경에 빠뜨리는 능력을 활용한다든지 아주 뛰어난 살인적 공격성을 발휘하여 승리를 거두었다. 눈알을 후벼파 먹어치우는 것이 죄수들이 즐겨 행하는 책략이었다. 한마디로 말해서 자신의 단짝패를 칼로 찌르고 살코기를 저미고 뼈를 발라 낼 각오가 되어 있어야 했다.

일단 고통공 감옥에서 복역을 끝내고 나왔다면 그는 고통공 베테랑이 되어 과거 로마의 검투사들이 누렸던 것과 마찬가지로 깊숙한 평민촌이나 더 높은 고지의 세계에서 상당히 높은 지위를 차지했다. 기업체 임원의 아내들은 돈을 지불하고 그들과 성관계를 맺었으며 남자 임원들은 친구들을 놀라게 하고 고통공 죄수들이 길쭉한 샴페인 잔을 박살 내는 모습을 보며 스릴을 느끼기 위해 죄수들을 저녁 식사에 초대하였다. 물론 고통공 베테랑들이 심각할 정도로 걷잡을 수 없는 난동을 부리는 사태에 대비하여 언제나 보안 집행자들을 참석시켰다. 이런 경우에 약간의 난동은 허용되었지만 제어할 수 없는 아수라장은 허용되지 않았다.

고통공 베테랑들은 회색 지대에서 누리는 유명 인사로서의 지위에 한껏 취해서 '나는 승리자' 호르몬으로 가득하였고 어느 누구와 맞붙더라도 이길 수 있다고 생각했다. 그들은 스모키 곰 젭과 같이 덩치가 크고 단단해 보이는 술집 경비원들을 조롱할 수 있는 기회를 환영했다. 옙은 고통공 죄수한테 절대로 등을 보여서는 안 된다고 젭에게 경고했다. 그놈들은 상대의 콩팥 부위를 후려친 다음 무엇이든지 손에 잡히는 걸 집어 들고 머리통을 갈겨 대고 귀에서 눈이 튀어나올 때까지 목을 졸라 댈 것이기 때문이다.

그들을 어떻게 식별할 것인가? 얼굴의 흉터. 무표정. 어떤 베테랑은 공감 능력을 담당하는 뇌의 거울 뉴런이 아예 실종 상태였다. 정상적인 사람이라면 고통스러워하는 어린아이를 보게 되면 움찔하고 놀라기 마련인데, 이 녀석들은 히죽히죽 능글맞게 웃곤 했다. 옙의 말에 의하면, 혹시라도 이런 정신병자를 상대해야 할 경우에는 반드시 그런 점을 알아야 하기 때문에 특정 징후들을 재빠르게 파악해야 했다. 그러지 않으면 놈들의 목을 부러뜨리기 전에, 눈 깜짝하는 사이 놈들이 재능 있는 여자아이들을 난도질해 놓는 수가 있었다. 그렇게 되면 엄청난 비용이 들었다. 사람들의 머리 위 저 높은 공중에 한 발로 매달린 채 아름답게 스트립쇼를 할 수 있는 공중그네 댄서들은 싼 값에 데려올 수가 없었다. 이와 비슷한 또 다른 경우는, 오르가슴을 증폭시키기 위해 비단뱀으로 질식 직전까지 목을 조를 때도 있었다. 이때 고통공 베테랑이 비단뱀의 머리를 물어뜯는 행위가 자신이 우적의 침팬지 우두머리임을 보여 주는 구애 행동이라고 생각하는 것도 무리는 아니다. 그래서 설사 물어뜯는 짓을 중도에 막더라도 손상된 비단뱀은 대체하기가 어렵다.

비늘꼬리 클럽에서는 고통공 죄수들의 명단이 얼굴 사진과 귀 프로필까지 정기적으로 업데이트되며 철저히 관리되고 있었는데, 그것은 카트리나 우우가 오직 신만이 아는 마법의 카드를 이용하여 어떤 은밀한 뒷구멍을 통해 획득한 것이었다. 그녀는 고통공 감옥의 운영 부서에서 일하는 직원과 알고 지내는 게 분명했다. 그 사람은 아마도 그녀가 제공할 수 있거나 아니면 비밀로 해 줄 수 있는 뭔가를 요청할 것이다. 더 깊숙한 평민촌에서는 청탁 또는 청탁 방지가 가장 높이 평가되는 처리 방식이었다.

젭이 말한다. "'일단 두들겨 패고 비열할 정도로 때려라.' 이것이 얼간이 같은 고통공 죄수들을 상대하는 우리의 규칙이었어. 그들이 몸을 조금이라도 뒤틀기 시작하면 곧바로 실행에 옮겨야 했지. 때때로 그들이 마시는 술에 무엇인가를 타기도 했지만 어떤 경우에는 그들을 영원히 없애 버리기도 했고. 만약에 그렇게 하지 않으면 그들이 복수하겠다고 다시 나타날 테니까. 그렇지만 사체를 치울 때는 아주 조심해야 했어. 그들과 연계된 사람들이 있을 수가 있으니까."

"도대체 그들의 사체를 어떻게 했는데요?" 토비가 묻는다.

"더 깊숙한 평민촌으로 들어가면 농축 단백질 포장물에 대한 수요가 항상 있었다고 말해 두지. 장난삼아서 혹은 이익을 위해서, 그도 아니면 애완동물 사료로 활용하기 위해서 구매했지. 하지만 그때는 초창기라서 시체보안회사가 고통공 감옥을 합법화하여 그걸 텔레비전에서 방영하기로 결정하기 전이었고, 통제 불가능한 고통공 죄수들이 그다지 많지는 않았거든. 그래서 사체를 처분하는 일이 흔한 일이 아니었지. 말하자면 우발적이었달까."

"여가 시간에 하던 놀이 정도로 말하네요. 이건 인간의 생명이잖아요. 그들이 무슨 짓을 저질렀건 간에요."

"그래, 그래, 나도 알아. 내 손목을 한 대 때려. 우리는 아주 못된 짓을 했으니까. 그렇지만 이미 여러 차례에 걸쳐서 살인을 저지르지 않았으면 고통공 감옥에 들어가는 일은 없었을 거야. 이렇게 장황하게 떠들고 있지만 요점을 말하면, 나하고 옙 같은 술집 경호원들이 혼합 음료에 들어가는 재료에 대해 개인적으로 관심을 가졌다는 건 잘 알려진 사실이었다는 거지. 때에 따라서는 우리가 직접 그런 음료들을 만들기도 했으니까."

킥테일

여섯 개의 미스터리 알약이 들어 있는 백색의 체스 비숍은 그동안 내내 추후 지시를 기다리며 안전하게 숨겨져 있었다. 그것이 어디에 있는지 아는 사람은 오직 젭과 카트리나 우우 그리고 아담뿐이었다.

그것을 은폐한 장소는 교묘하게도 바로 눈앞에 뻔히 보이는 곳이었는데, 젭이 예전에 슬라이트의 손으로부터 습득한 수법으로, 분명한 것은 눈에 잘 보이지 않는다는 이론에 근거한 것이었다. 바의 뒤쪽 유리 선반에는 벌거벗은 여자의 모습을 한 진기한 와인 오프너, 호두 까는 기구, 소금통과 후추통 들이 진열되어 있었다. 그것들은 작동 방식이 꽤 독창적이었는데, 예를 들어 두 다리를 벌리면 와인 오프너가 그 모습을 드러내었고, 또 두 다리를 벌리면 사이에 견과류를 집어넣을 수가 있었으며 두 다리를 닫으면 견과류가 깨지게 되어 있었다. 두 다리를 벌리면 머리 부분이 빙글빙글 돌아가며 소금이나 후추가 뿌려지고, 그러면 한바탕 웃음이 터져 나왔다.

백색의 비숍은 이렇게 쇠로 만들어진 처녀의 소금 구멍 속으로 들어갔다. 에나멜 비늘로 뒤덮인 녹색 아가씨의 머리는 여전히 돌아갔고 소금은 여전히 그녀의 허벅다리 사이에서 나왔지만, 바텐더들에게는 이것은 깨지기 쉬우니까 소금이 필요한 경우에는 이 아가씨 말고 다른 것들을 사용하라는 말을 해 두었다. 다행스럽게도 성적인 장난감을 한참 돌리는 도중에 소금이 들어 있는 머리 부분이 떨어져나가는 걸 간절히 보고 싶어 했던 사람은 한 명도 없었다. 맥주를 마시며 바에서 파는 스낵을 먹을 때 소금을 뿌리고 싶어 하는 사람들이 있긴 했지만 그런 경우는 흔하지 않았다.

젭은 안에 비숍이 들어 있는 비늘로 뒤덮인 녹색 아가씨를 계속해서 지켜보았다. 그렇게 하는 게 필라에 대한 의무라고 생각했기 때문이다. 그런데도 그는 선택된 은폐 장소가 신경에 거슬렸다. 자기가 그 자리에 없을 때 만약에 누군가가 그것을 집어 들고 장난치다가 알약이라도 발견하게 되면 어떻게 한단 말인가? 만약에 어떤 사람들이 다채로운 색깔의 작고 길쭉한 그것들을 기분 전환용 약제일 걸로 짐작하고 시험 삼아 한두 개 먹어 보면 어떻게 하지? 젭은 이 알약들이 실제로 사람에게 어떤 영향을 미치는지 전혀 알지 못했기 때문에 그런 가능성으로 인해 긴장할 수밖에 없었다.

반면에 아담은 그런 점에 대해 현저할 정도로 침착했다. 소금이 떨어지지 않는 한 소금통 안을 들여다볼 생각을 하는 사람은 아무도 없을 것이라는 게 아담의 견해였다.

　"내가 지금 무엇 때문에 '현저할 정도로'라는 부사를 쓰고 있는지 잘 모르겠지만, 아담은 언제나 침착한 녀석이었어." 젭은 말한다.

　"아담도 그곳에서 살았어요? 비늘꼬리 클럽에서요?" 토비가 묻는다.

　그녀는 그런 장면을 상상할 수가 없다. 아담1이 그곳에서 하루 종일 무엇을 하면서 지냈단 말인가? 이국적인 댄서들과 특이한 패션 아이템들이 가득한 곳에서. 그녀가 아담을 알았을 때, 그러니까 아담이 아담1로 활약하던 때 그는 여자들의 허영기를 은근히 탐탁잖아 했었다. 여자들이 입는 옷의 색깔이나 화려한 허식, 가슴이 움푹 파이거나 다리가 드러나는 복장을 아주 못마땅하게 여겼다. 그렇긴 하지만 비늘꼬리 클럽에서 아담이 정원사의 믿음을 펼치거나 그곳에서 일하는 종업원들에게 단순한 생활을 따르도록 설득할 방법은 전혀 없었다. 분명 그 여자들은 고가의 매니큐어 관리를 받고 있었을 터였다. 혹시 비늘꼬리 클럽에 채마밭으로 경작할 만한 공간이 있었다 하더라도 그 여자들은 땅을 파서 굼벵이나 달팽이들을 찾아내 다른 곳으로 이동시키는 일을 해야 한다면 절대로 참고 있지 않았을 것이다. 밤의 여인들이 어떻게 낮 시간에 잡초를 뽑고 있겠는가.

"아니, 그는 비늘꼬리 클럽에서 살지 않았어. 그러니까 엄격한 의미에서 그곳에서 지내지는 않았다는 말이야. 그는 왔다 갔다 했지. 그곳은 아담에게 안전 가옥 같은 곳이었거든."

"그분이 그곳에 오지 않을 때에는 무슨 일을 하며 지냈는지 당신은 알아요?"

"이런저런 것들을 알아 가고 있었어. 진행되는 이야기들을 계속 추적하고 먹구름이 일어나는 것을 지켜보고 불평분자들을 자신의 날개 아래로 모아서 개종자로 만들고 그랬지. 그는 이미 커다란 통찰력, 아니 당신이 뭐라고 부르고 싶건 간에 여하튼 그런 것을 갖게 되었거든. 신이 벼락불이라도 떨어뜨린 것처럼 그의 두개골 꼭대기에다 메시지 하나를 넣어 주셨던 거야. 나의 마음에 쏙 드는 내 사랑하는 종들을 구해 내거라. 뭐 그런 것이었겠지. 당신도 그 헛소리를 잘 알잖아. 나는 그런 메시지를 어느 것 하나 개인적으로 받아 본 적이 없는데, 아담은 받았던 것 같아."

"그때쯤 아담은 신의 정원사들을 끌어모으는 일을 거의 다 진척시켰던 것 같아. 심지어 에덴절벽 정원으로 사용하기 위해 평민촌 빈민가에 있던 옥상이 평평한 건물을 구입해 놓았더군. 우리가 아버지 목사의 계좌에서 해킹으로 빼낸 부당 이익금의 일부를 사용한 거지. 필라는 건강헌인 내부에서 비밀스럽게 모집한 사람들을 보내 주고 있었어. 그녀는 이미 아담의 에덴절벽에 합류할 계획을 세우고 있었거든. 그렇지만 나는 그때는 그런 계획에 대해 아무것도 모르고 있었어."

"필라요? 하지만 그녀가 이브1일 수는 없잖아요! 그러기엔 나이가 너무 많아요!"

토비는 이브1에 대해 항상 궁금해하고 있었다. 아담은 아담1이었지만 이브에 대한 언급은 한 번도 없었다.

"아니야, 그녀는 이브1이 아니었어." 젭이 말한다.

아담이 추적하고 있던 이야기 중 하나는 아담과 젭의 아버지였던 목사에 관한 소식이었다. 목사가 반석석유 교회의 기금을 횡령한 일이라든지 바위 정원에 묻혀 있던 목사의 첫 번째 아내 페넬라를 발견하게 된 비극적인 사연이라든지 목사의 두 번째 아내인 트루디가 고약스럽게도 모든 사실들을 숨김없이 까발린 회고록을 출간한 일 등을 둘러싸고 한바탕 통쾌하게 광풍이 휘몰아치고 나더니 이 일은 전반적으로 흐지부지 끝나 버리고 말았다.

물론 재판은 진행되었다. 그렇지만 증거들이 결정적인 것이 못 되었다. 배심원들이 그렇다고 평결을 내렸다. 트루디는 자신의 회고록 출간으로 생긴 수익금을 챙겨 가지고 카리브해에 있는 섬으로, 누군가의 말로는 텍사스-멕시코 출신의 잔디 유지 보수 전문가와 함께 휴가를 떠났는데, 충동적으로 달빛을 받으며 알몸으로 수영을 하다가 파도에 휩쓸려 시체로 발견되었다. 수면 밑에서 흐르는 역류인가 뭔가 하는 위험 요소 때문이었다고 현지 경찰은 말했다. 그녀는 몸이 바다 밑으로 끌려 내려갔다가 바위에 머리를 부딪친 게 분명했다. 그녀의 동행은 그게 누구였든지 간에 사라지고 없었다. 비난받을 게 너무나도 뻔했기 때문에 그 사람으로서는 당연한 일이었다. 물론 그 남자 역시 돈을 받고 매수당했을지 모른다는 소문이 나돌긴 했었다.

그래서 트루디는 재판에서 아무런 증언도 할 수가 없었다. 증언이 하나도 없는데 재판을 통해 어떤 일에 대해 뭘 입증할 수 있단 말인가? 해골로 발견된 페넬라는 땅속에 아주 오랜 기간 묻혀 있었다. 그러니까 누구라도 그곳에다 시체를 집어넣었을 수가 있었다. 다른 곳보다 좀 더 부유한 도시 지역에는 익명의 사람들, 대체로 이민자들이 항상 삽을 가지고 돌아다니고 있었는데, 그런 사람들이라면 순진하고 사람을 믿는 경향이 있으며 원예에 세심한 관심이 있는 숙녀들의 머리를 후려친 다음 그들이 아무리 비명을 질러 댄다 해도 잘 들리지 않게끔 입속에다 원예용 장갑을 쑤셔 넣고는 화분을 넣어 두는 창고에서 그들을 겁탈할 준비가 되어 있었다. 그런 다음에는 사체 위에다 석잠풀이나 흰점나도나물, 잎이나 줄기가 두껍고 물기를 많이 머금은 내건성 다육 식물은 말할 것도 없고 암탉과 병아리들을 묻어 놓았다. 이런 범죄는 조경에 관심이 많은 여성 주택 보유자들이 당할 수 있는, 널리 알려진 위험 요소였다.

상당한 규모의 횡령에 대해서는 조금도 의심의 여지가 없었지만, 아버지 목사는 마지막까지 확실히 신뢰할 수 있는 길을 걸어갔다. 그런 유혹을 받았던 일에 대하여 공개적으로 자백한 후

유혹에 저항하지 못한 결과 저지르게 된 자신의 죄악들을 모두 털어놓았다. 목사는 자기 내면에 있던 사악함을 발견한 이야기를 다시 한번 한바탕 늘어놓고는 그것이 자신에게는 쓰디쓴 약초였다고 말했다. 그런 굴욕적인 시간들을 통해 목사는 자신의 사악함으로부터 완전히 벗어날 수 있었다. 이런 고백은 눈물을 글썽거리면서 신과 인간 모두에게, 특히 이 반석석유 교회의 구성원들에게 용서를 구하는 목사의 비굴한 간청으로 끝이 났다. 빙고! 드디어 그는 죄의 사슬에서 완전히 벗어났고 모든 오점을 말끔히 씻어 냈으며 새롭게 시작할 준비가 되어 있었다. 이 세상 어느 누가 그토록 분명하게 죄를 깊이 뉘우치는 동료 인간에게 용서를 보류해야겠다는 마음을 가질 수 있단 말인가?

아담이 말했다. "목사는 자유의 몸이 되었어. 혐의에서 벗어나 복권이 되었지. 그의 석유회사 동료들이 그를 챙겨 준 거야."

"후레자식. 아니, 후레자식들이라고 해야 되겠네." 젭이 말했다.

"그는 우리를 끝까지 찾아내려고 할 거야. 게다가 이제는 그렇게 할 수 있는 현금도 사용할 수 있게 되었잖아. 그의 석유회사 친구들이 그걸 공급해 줄 테니까. 그러니까 방심하지 말고 조심해야 해."

"알았어. 이 세상에는 더 많은 꺼벙이들이 필요하니까."

이 말은 그가 예전에 늘 하던 농담이었다. 예전에 아담은 이 말을 들으면 깔깔대고 웃거나 미소를 짓곤 했는데 그때는 아무런 반응을 보이지 않았다.

어느 날 저녁 젭은 고속 도로 순찰대원들이 즐겨 사용하던 선글라스를 쓰고 검정색 양복에다 뱀 모양의 라펠 핀을 꽂고서 비늘꼬리 클럽의 바 주변에서 서성거리고 있었다. 그는 미소도 없고 찌푸림도 없는 특유의 얼굴 표정으로 입안의 가짜 금니 무전기에서 나는 지글거리는 소리에 귀를 기울이고 있었는데, 앞 문 쪽에 있던 한 친구가 하는 어떤 말을 듣고는 자신도 모르는 사이에 몸이 더 곧추서는 걸 느꼈다.

이번에는 고통공 죄수에 대한 경고가 아니었다. 그 반대였다.

그 목소리가 말했다. "피라미드 꼭대기, 네 명 들어갑니다. 석유회사 사람 세 명과 반석석유 교회 한 명. 뉴스에 나온 그 목사입니다."

젭은 혈관을 통해 아드레날린이 마구 솟구치는 걸 느낄 수 있었다. 그 목사라는 사람은 아버지임에 틀림없었다. 심성이 뒤틀리고 어린아이들을 후려치고 아내를 살해하는 사디스트가 자기 아들인 젭을 알아볼까, 알아보지 못할까? 혹시라도 필요할지 모르는 상황에 대비하여 젭은 손이 닿는 곳에 던질 수 있을 만한 모든 물건들의 위치를 확인했다. 만약에 "저놈을 잡아라."라는 외침이 들린다거나 또는 그것과 유사한 상황이 벌어진다면, 그는 컷글라스 유리병을 몇 개 던진 다음 쏜살같이 도망칠 것이다. 그의 근육이 잔뜩 긴장하여 팅팅 소리가 날 지경이었다.

미친아담

농담을 주고받는다든지 큰 소리로 웃으며 가볍게 등을 쳐 대는 모습, 아니 등을 조심스럽게 토닥대는 것 같은 모습으로 미루어 볼 때 그들은 지금 축제 분위기에 취해 술집 안으로 들어오고 있었다. 이런 행위들은 대체로 기업체의 최고위층에서 서로가 친형제나 다름 없다는 사실을 표현해 주는 보디랭귀지였다. 그들은 맛있는 안주를 곁들여 샴페인을 마시고 거기에 수반되는 모든 것을 맛보고 싶어서 이곳에 찾아온 것이다. 그 모든 걸 누리게 되면 그들은 아주 후한 팁을 내놓을 것이었다. 자신의 권력 확장을 추구할 때 도움을 주는 사람들 앞에서 잘난 체하면서 많은 액수의 돈을 보란 듯이 내놓으며 으스댈 수 없다면 부자일 필요가 있겠는가?

지위가 높은 기업체 친구들에게 정말로 멋진 일은 비늘꼬리 클럽에서 그저 월급을 받기 위해 힘든 보안 업무를 책임지고 있는 사람들이 마치 그 자리에 자신들은 존재하지 않는 것처럼 그들을 무사통과시킨다는 점이었다. 무엇 때문에 울타리 같은 놈과 시선을 마주친단 말인가? 그런 건 아마도 로마 황제라는 말이 나왔을 때부터 계속 행해진 방식이었을 거라고 젭은 말한다. 그리고 젭으로서는 그런 방식이 얼마나 다행스러웠는지 모른다. 왜냐하면 아버지 목사가 젭을 향해 심지어 눈길 한번 던지지 않았기 때문이다. 물론 목사가 신경 써서 쳐다보았더라도 빡빡 깎은 머리라든지 뾰족한 귀, 그리고 털로 가득한 와플 같은 얼굴에 진한 선글라스를 쓰고 있는 젭을 알아보았을 거라는 말은 아니다. 여하튼 목사는 전혀 신경 쓰지 않았다. 하지만 젭은 목사를 찬찬히 살펴보았고 그를 보면 볼수록 그 모습이 점점 더 싫어졌다.

미러볼들이 고객들이나 섹시하고 재능이 많은 사람들에게 뿌연 빛을 비듬처럼 뿌려 대며 빙글빙글 돌아가고 있었다. 판에 박힌 복고풍 탱고가 흘러나왔다. 스팽글 장식을 한 다섯 명의 비늘 아가씨가 공중그네에서 온몸을 비틀어 대고 있었는데, 젖가슴이 마루 쪽을 향해 있었고 다리를 머리 양옆으로 올려서 몸이 C자 형태로 구부러져 있었다. 비가시광선을 받고 있는 그들의 미소는 빛이 났다. 젭은 바의 유리 선반까지 뒷걸음쳐 갔고 비숍이 들어 있는 녹색의 아가씨를 낚아채 손안에 감춘 다음 그 아가씨를 소매 속으로 밀어 넣었다.

"화장실 좀 다녀올게. 나 대신 커버 좀 해 줘." 그는 파트너 옙에게 말했다.

일단 화장실로 들어간 젭은 나사를 돌려서 비숍을 빼내고 마법의 콩알 세 개, 흰색, 빨간색, 검은색을 끄집어냈다. 그는 손가락에 묻은 소금을 핥고 나서 알약 세 개를 재킷 앞쪽에 달린 주머니에 넣은 다음 자기 자리로 돌아가 비늘로 뒤덮인 녹색 아가씨를 짤랑 소리 한번 내지 않고 선반 위 제자리에 가만히 올려놓았다. 녹색 아가씨가 사라졌었다는 사실을 눈치챈 사람은 없었을 것이다.

목사가 포함된 일행 넷은 아주 즐거운 시간을 보내고 있었다.

아마 축하의 자리일 거라고 젭은 짐작했다. 필시 목사가 소위 말하는 정상적인 생활로 되돌아온 것을 성원하기 위해서일 것이다. 사랑스럽고 미끈미끈한 아가씨들이 그들에게 열심히 술을 권하고 있었고 그들의 머리 위에서는 공중그네 댄서들이 뼈가 없는 사람처럼 몸을 비틀고 척추가 없는 사람처럼 배배 꼬는 동작들을 하고 있었다. 그들은 이것저것을 조금씩 보여 주었지만 절대로 최고의 패는 보여 주지 않았다. 비늘 아가씨들은 그보다 더 멋졌기 때문에 요지경 상자 전체를 보고 싶다면 추가 비용을 지불해야 했다. 매너가 있는 사람이라면 안목 높게 욕망을 가득 담아 감탄을 표시해야 했다. 어느 누구도 고통을 당하고 있지 않았으므로 사실 죄악을 표현하는 곡예사의 제스처 놀이는 목사의 취향에 맞지 않았다. 그렇지만 그는 가식적인 행동을 설득력 있게 연기해 내고 있었다. 그의 미소는 보톡스를 맞아 신경이 손상된 사람의 표정이었다.

갑자기 카트리나 우우가 바에 나타났다. 오늘 밤 그녀는 난초 모양 드레스를 입고 있었는데 라벤더색이 가미된 감미로운 복숭아색이었다. 그녀의 비단뱀 마치가 그녀의 목과 드러난 한쪽 어깨에 걸쳐져 있었다. 그녀가 바텐더에게 말했다.

"저분들이 친구를 위해 우리 바의 특별 상품을 주문했어. 에덴의 맛과 함께."

"진한 테킬라를 만들라고요?" 바텐더가 되물었다.

"전부 집어넣어. 난 아가씨들에게 할 말이 있어."

이 바의 특별 상품에는 녹색의 공단 침대보가 깔린 개인적인 깃털 객실과 변덕스러운 당신에게 최고의 만족감을 안겨 준다고 묘사되어 있는 비늘꼬리 아가씨 세 명이 포함되어 있었고, 에덴의 맛이란 최대의 행복을 가져다 줄 것을 보장하는 최고의 맛을 내는 킥테일이었다. 일단 손님이 그 킥테일을 들이켰다 하면 그는 자기만의 불가사의한 세계로 완전히 빠져들 것이었다. 젭은 비늘꼬리 클럽에서 제공되는 것들을 몇 가지 시도해 본 적은 있었지만 에덴의 맛 킥테일은 한 번도 마셔 본 적이 없었다. 젭은 혹시라도 비전이 나타날까 두려워했다.

이제 저기 카운터에 킥테일이 놓여 있다. 진한 오렌지색 액체가 가볍게 쉬익 소리를 내고 있고 마라스키노 체리*를 꿰어 놓은 거품 제거용 막대가 꽂혀 있었는데 그 막대기를 플라스틱 뱀이 돌돌 말고 있었다. 뱀은 녹색이었고 반짝반짝 빛났으며 커다란 눈과 립스틱을 바른 입술이 미소 짓고 있었다.

젭은 자신의 사악한 충동에 굴복하지 말고 참아 냈어야 했다. 그가 저지른 행동은 신중하지 못했다고 노골적으로 인정하는 바이다. 하지만 인생은 단 한 번뿐이라고 젭은 마음속으로 되뇌면서 어쩌면 아버지 목사는 자신의 한 번뿐인 인생을 이미 다 써 버렸을 것이라고 생각했다. 젭은 세 개의 알약, 그러니까 흰색, 빨강색, 검정색 알약 중 어느 것을 술에다 슬쩍 집어넣을까

---

* 버찌를 채색한 시럽에 절인 것으로 디저트 또는 칵테일 따위의 안주.

미친아담

고민했다. 하지만 무엇 때문에 인색하게 군담 말인가? 그는 자신을 꾸짖었다. 어째서 몽땅 집어넣지 않지?

"건배하세, 내 친구여.", "신나는 여행을 즐기고 오시게!", "일어나서 어서 해치워!", "뻥 가도록 죽여주시게!"

이런 상황에서도 저토록 오래된 농담 따먹기를 여전히 하고 있단 말인가? 그런 것 같았다. 등을 가볍게 두드리고 다 안다는 듯 부드럽게 웃음 다발을 선물해 주자 목사는 특별한 대접을 받기 위해 나긋나긋한 세 명의 작은 뱀 여인들의 손에 이끌려 나갔다. 네 명 모두 낄낄거리며 웃고 있었는데 돌이켜 생각해 보니 그 광경이 무척이나 섬뜩했다.

젭은 어떻게든 바의 임무에서 벗어나 혹시라도 벌어질 수 있는 소란에 대비하여 두 명의 비늘꼬리 클럽 보안요원이 은밀한 깃털 객실들을 감시하고 있는 비디오 녹화실로 슬그머니 들어갈 수 있기를 간절히 바랐다. 그는 그 알약이 어떻게 작용할는지 알지 못했다. 그걸 먹으면 몸이 몹시 아파질까? 만약에 그렇다면 어떻게 하지? 어쩌면 그 효과는 장기적일지도 몰랐다. 그러니까 그 귀염둥이들이 어쩌면 하루, 일주일, 한 달은 아무런 영향도 미치지 않을 수도 있었다. 하지만 혹시라도 어떤 모양이건 간에 효과가 좀 더 신속하게 나타난다면, 젭은 그 꼴을 무조건 지켜보고 싶었다.

하지만 그렇게 행동하게 되면 젭은 범인으로 지목될 수가 있었다. 그래서 그는 긴장을 숨기고 「양키 두들」 선율을 콧노래로 조용히 부르며 귀를 쫑긋 세우고 냉정하게 기다렸다.

아빠는 어린아이들 때리는 걸 무척이나 좋아했지.
그 짓보다 그걸 더 사랑했지.
그의 모든 구멍에서 피가 쏟아져 나왔으면 좋겠네.
그가 먹은 쿠키도 몽땅 게워 내면 좋겠네.

이 노래를 어찌나 많이 되풀이해서 불러 댔던지 치아 무전기마저 잠잠해졌다. 프런트에서는 누군가 다른 사람이 경비에게 이야기하고 있었다. 느낌으로는 기나긴 시간이 흘러간 것 같았지만 실제로는 그렇지 않았는데, 갑자기 카트리나 우우가 프라이빗 객실로 통하는 출입구에서 나타났다. 그녀는 태평한 태도를 유지하려고 애쓰고 있었지만 딸각거리는 그녀의 하이힐 소리는 다급했다.

"무대 뒤로 좀 와 주세요." 그녀가 젭에게 속삭였다.

"난 지금 바를 지키고 있는데요." 그는 주저하는 체하며 말했다.

"내가 프런트에 있는 모디스를 불러들일게요. 모디스가 당신 자리를 지킬 거예요. 지금 당장 오세요!"

"아가씨들은 괜찮아요?"

젭은 시간을 질질 끌고 있었다. 뭔가 좋지 않은 일이 목사에게 일어나고 있는 거라면 그 상황이 계속해서 악화되기를 바랐

618   미친아담

던 것이다.

"그래요. 그렇지만 그들은 공포에 질려 있어요. 지금 위급 상황이에요!"

"그 친구가 길길이 날뛰나요?" 젭이 물었다.

그들은 때때로 그런 짓들을 했다. 에덴의 맛이 주는 효과는 항상 예측할 수 있는 것이 아니었기 때문이다.

"그보다 더 나빠요." 카트리나 우우가 말했다. "옙도 데려오세요."

딸기 무스

깃털 방은 맹렬한 회오리바람이 불고 지나간 현장이었다. 여기에 양말 한 짝, 저기에 신발 한 짝, 정체를 알 수 없는 물질의 자국들, 사방에 더럽혀진 깃털. 모서리에 녹색 공단 침대보로 덮어 놓은 멍청이가 분명 아버지 목사였을 것이다. 침대보 밑에서 새어나오는 건 몹쓸 병에 걸린 혀처럼 보이는 한 뼘 정도의 빨간 거품이었다.

"무슨 일이 있었습니까?"

젭이 천진난만하게 물었다. 선글라스를 쓴 채로 천진난만하게 보인다는 건 무척이나 힘들었다. (젭은 거울을 보며 연습을 해 두었다.) 그래서 그는 선글라스를 벗었다.

"아가씨들은 샤워하라고 보냈어요." 카트리나 우우가 말했다. "그들이 어찌나 냉정을 잃던지! 1분도 채 걸리지 않고……."

"새우 껍질 벗기기 말인가요?" 젭이 말했다.

그것은 고객의 옷, 특히 팬티를 벗긴다는 의미로 직원들이 사용하는 은어였다. 매사가 그러하듯이 그것을 하는 데도 기술이 있다고 비늘꼬리 아가씨들은 말했다. 아니면 기교라고 할까. 천천히 단추를 풀고 장시간에 걸쳐서 감각적으로 지퍼를 내린다. 그 순간을 장악하라. 그자가 너무 달콤해서 당장에 몽땅 핥아먹고 싶은 한 통의 사탕상자인 것처럼 행동하라.

"끝내주게 핥아서 다 녹았네." 젭은 큰 소리로 외쳤다.

그는 몹시 충격을 받았다. 목사에게 나타난 효과는 젭이 상상했던 것보다 훨씬 심각했다. 그는 실제적인 죽음을 의도했던 것은 아니다.

"그래요, 글쎄, 그러니까 비디오 녹화실에 있는 모니터를 보면 음, 그가 그냥 녹아 버렸기 때문에 아가씨들이 그 정도까지 하지 않았던 게 얼마나 다행인지 몰라요. 지금까지 이런 상황은 한 번도 본 적이 없다고 하네요. 아가씨들 말로는 딸기 무스 같대요."

"젠장." 침대보 모서리를 들어 올린 옙이 말했다. "물로 집중 소독해야겠어요. 이 아래는 엄청 더러운 수영장이야. 도대체 저 사람을 뭘로 두들겨 댄 거예요?"

"아가씨들 말로는 저 사람이 그냥 거품을 내뿜기 시작했대요. 처음에는 괴성을 질러 대면서요. 그런 다음 깃털을 잡아 뜯더래요. 그건 다 망가져서 폐기해야 할 거예요. 무슨 낭비람. 그러더니 더 이상 비명 소리는 안 들리고 쏴 하고 뭔가 흐르는 소리가 나더래요. 정말이지 걱정스럽네요!"

카트리나는 축소해서 말하고 있었다. 걱정스럽다기보다는 무섭다는 말이 더 적합했다.

"녹아 버렸군. 분명 뭔가 잘못 먹었나 봅니다."

젭은 그 말을 농담 삼아 했다. 아니, 다른 사람들이 농담이라 여기도록 그렇게 말했다.

그런데 카트리나는 웃지 않았다.

"아, 나는 그렇게 생각하지 않아요. 설령 당신 말이 맞다고 해도, 아마 그건 음식 안에 들어 있었을 거예요. 하지만 그가 여기에서 먹은 것 때문은 아니에요. 절대로 그럴 리가 없어요! 분명 새로운 미생물 때문일 거예요. 살을 파먹는 종인 것 같은데, 어떻게 그토록 빨리 작용한 걸까요? 만약 전염되는 거라면 어떻게 하죠?"

"도대체 저 사람은 어디서 그런 것에 옮았을까요? 우리 아가씨들은 깨끗한데." 엡이 말했다.

"손잡이에서 옮았나?" 젭이 말했다.

또 다른 엉성한 농담이었다. 입 닥치지 못해, 이 멍텅구리야. 그는 자신을 향해 말했다.

카트리나가 말했다. "운 좋게 우리 아가씨들은 바이오 필름으로 만든 보디글러브를 입고 있었어요. 그것들도 불태워야 할 거예요. 여하튼 아무것도, 그러니까 그게 뭔지는 모르겠지만 흘러나온 건 그 어느 것도 그들 몸에 닿지 않았어요."

그때 젭은 치아로 걸려온 전화를 받았다. 상대는 아담이었다. 이 친구는 언제부터 치아로 방송하는 권한을 갖게 되었지? 젭은 생각했다.

"사고가 난 것 같던데."

아담의 목소리는 깡통 찌그러지는 소리 같았고 종잡을 수가 없었다.

"형 목소리가 내 머릿속에서 들리니까 염병하게 오싹한걸. 꼭 화성인이 말하는 것 같아."

"그렇겠지. 하지만 지금 당장은 그런 게 중요한 문제가 아니잖아. 죽은 사람이 우리 부모라던데."

"제대로 들었군. 그런데 누가 말해 줬어?"

젭은 다른 사람들을 배려해서 아담과 어느 정도 사적인 대화를 나눌 수 있도록 방의 한쪽 구석으로 자리를 옮겼다. 자신의 치아에다 대고 말하는 사람의 말에 귀를 기울여야 한다는 것은 정말이지 짜증나는 일이었기 때문이다. 카트리나는 다른 쪽 구석으로 가서 술집 내부에서 통하는 무선 전화로 비늘꼬리 클럽의 청소 전담반을 불러들이고 있었는데, 그들이 들어와서 보면 기겁할 가능성이 컸다. 이 술집의 특별 상품이 제공되는 과정에서 나이 많은 손님들이 이와 비슷한 사고를 당한 적이 있다고 알려져 있었다. 그러니까 신체 능력과 기능이 감소된 사람들에게는 킥테일이 지나치게 강력할 수 있었다. 하지만 이번 상황과 유사한 적은 한 번도 없었다. 보통은 뇌졸중이나 심장마비였다.

이런 식으로 거품을 일으킨 경우는 전례가 없었다.

"당연히 카트리나가 전화해 주었지. 그녀는 나한테 계속해서 진행상황을 알려 주잖아." 아담이 말했다.

"그녀가 알고 있어? 그가 우리의……."

"꼭 그런 건 아니야. 그녀는 내가 그 기업체, 특별히 석유회사의 예약 사항에 관심이 있다는 걸 알거든. 그래서 그녀는 네 명의 예약 내용과 그중 세 사람이 네 번째 인물에게 선물 형식으로 특별한 깜짝 파티를 마련했다고 알려 주었지. 그런 다음 그녀가 프런트에 붙여 놓은 문의 장식품이 자동으로 생성한 얼굴 사진을 나한테 전송해 주었는데 내가 그를 단번에 알아본 거지. 혹시라도 나를 필요로 할지 몰라 재빨리 올 수 있도록 진작부터 부지 내에서 대기하고 있었어. 지금은 바깥 바 구역에 와 있는데, 진기한 와인 오프너와 소금통을 진열해 놓은 유리 선반 바로 옆에 서 있지."

"아, 잘됐네." 젭은 심드렁하게 내뱉었다.

"어떤 걸 사용했지?"

"뭘?"

"시치미 떼지 마. 나는 산수를 할 줄 알거든. 여섯에서 셋을 빼면 셋이잖아. 흰색, 빨간색, 검은색, 어느 거였어?"

"전부 다."

잠시 침묵이 흘렀다.

아담이 말했다. "유감인걸. 각각에 정확하게 무엇이 들어 있었는지 알아내기가 훨씬 더 어려워지겠어. 좀 더 절제된 접근 방식이 좋았을 텐데."

"형은 지금 나한테 빌어먹을 바보 멍청이라고 말하려는 것은 아니겠지? 병신처럼 빌어먹을 그런 멍청한 짓을 했다고 말이야. 물론 그렇게 직접 대놓고 말하지는 않겠지만."

"네가 조금 즉흥적이었던 건 사실이잖아. 하지만 더 나쁜 일들이 일어날 수도 있었겠지. 정작 그가 널 알아보지 못했다는 게 뜻밖이었어."

"가만 있자. 그럼 형은 그가 문으로 걸어 들어오리라는 걸 알고 있었던 거야? 그런데 나한테 주의도 주지 않았어?"

"상황에 맞추어 네가 적절하게 행동하리라고 믿었지. 내 믿음이 잘못된 것도 아니잖아."

젭은 격분했다. 어떻게 형이라는 자가 이토록 간교하게 자기 동생을 그런 상황으로 몰아넣을 수 있단 말인가, 제기랄! 그렇지만 아담은 어떤 난장판이 벌어진다 할지라도 그런 상황에 대처할 능력이 충분하다고 젭을 신뢰했던 것이다. 그래서 젭은 분노에 뒤이어 온몸이 따스해지면서 불명예를 씻은 것 같은 느낌이 들었다. 사실 이런 상황에서 고맙다는 말은 적합하지 않았으므로 젭은 그 대신에 "빌어먹을, 똑똑한 척은 혼자 다 하는군!"이라고 말했다.

아담이 말했다. "유감이야. 정말이지 안타깝게 생각한다니까. 하지만 결과적으로 이제 그 사람 문제는 영원히 우리 손에서 떠났다는 사실을 지적해도 되겠지? 자, 이제부터 말하는 게 상당히 중요하니까 잘 들어. 거기 있는 사람들한테 그분을, 그러니까 그것을 긁어모을 수 있는 만큼 싹싹 쓸어 담으라고 말해 줘. 긁어 모은 걸 동결유전자 단지로 가져가 화물용 관에 보관해야 해. 카트리나가 동결유전자 단지와 계약을 체결한 고객들을 위해 관 몇 개는 항상 확보해 뒀으니까. 머리만 담는 관보다 전신용 관이 나을 거야. 더 이상 젊지 않은 여러 비늘꼬리 클럽 고객들을 이미 그렇게 처리한 적이 있어. 규약대로 그런 사람들한테 지금처럼 불상사가 생기면 대응하는 방법이야. 동결유전자 단지에서는 이걸 '생명 유예 사건'이라고 부르지. 하나 더, 자신들의 생명을 유예시키기로 한 사람들을 언급할 때는 동결유전자 단지의 직원들과 마찬가지로 죽음이라는 단어는 절대 피해야 한다는 걸 명심해. 얼마 지나지 않아서 네가 그들 중 한 사람인 척 가장하게 될 테니까. 그러니까 만약에 그런 생명 유예 사건이 발생하는 경우, 고객은 곧바로 화물용 관에 넣어 급속 냉동시킨 뒤 훗날 언젠가 동결유전자 단지에서 소생의 생명공학 기술을 개발하게 되면 부활시키려고 동결유전자 단지로 수송하게 되어 있어."

"돼지들이 하늘을 날아다닐 수 있을 때쯤이겠군. 카트리나한테 커다란 얼음통이 있으면 좋을 텐데."

"필요하면 양동이를 사용해. 반드시 그를 보내야 해. 우리는 저쪽 동부에 가 있는 필라의 수수께끼 팀에게 그 유출물을 전

미친 아담

달해야 한단 말이야."

"필라의 뭐라고?"

"수수께끼 팀. 우리 친구들이야. 그들은 낮에는 생명공학 기업체, 그러니까 장기주식회사, 건강현인 조합, 되젊음 조합, 동결유전자 단지 등에서 일하지만 밤이 되면 우리를 도와주고 있어. 수수께끼는 말하자면 애벌레 속에 몸을 숨기고 있다는 뜻의 바이오 용어야."

"형은 도대체 언제부터 그런 애벌레들하고 그렇게나 친해졌어? 형은 죽은 딱정벌레 이름이나 짓는 바보 같은 미친 아담 멸종마라톤 게임 사이트 속에 숨어서 머리통을 쥐어짜고 있는 거야?"

아담은 젭의 말을 무시했다.

"수수께끼 팀이 알약 안에 어떤 성분이 들어 있었는지 찾아낼 거야. 아니면 지금도 들어 있는지 모르지. 그게 공기 감염체는 아니기를 바라야겠지. 아직은 그런 가능성은 없는 것 같아. 그랬다면 그 방에 있었던 사람들 모두가 벌써 전염되었을 테니까. 그 알약은 효능이 매우 빨리 나타나는 것 같던데. 그러면 곧바로 사람들한테서 증상이 나타났을 거야. 현 상태로 보건대 그것은 접촉으로만 증상이 나타나는 듯해. 절대로 잔류물이 몸에 조금이라도 닿지 않도록 조심해."

그 찐득찐득한 것에다 손가락을 집어넣은 다음 그걸로 엉덩이라도 쑤셔 대면 큰일 나겠군. 염병할 젭은 생각했다.

"빌어먹을, 난 천지 바보가 아니야." 그는 큰 소리로 말했다.

아담이 말했다. "지금 말한 걸 반드시 실천에 옮겨. 넌 분명 해낼 수 있을 거야. 밀폐된 총알기차에서 만나자. 화물용 관과 함께."

"우리는 어디로 갈 건데? 형도 함께 가는 거야?"

하지만 아담은 벌써 통화를 끝냈다. 아니, 전화를 끊었다. 아니, 로그아웃했다. 건너편에 있는 치아에서 무슨 짓을 했건 여하튼 대화는 끝났다.

플라스틱 필름 옷을 입고 얼굴은 마스크로 가린 청소 전담반이 물로 소독하면서 아버지 목사를 에나멜 양동이 안에 쓸어 담은 다음 깔때기를 통해 밀봉 가능하고 냉동고로 사용하기 좋은 금속 관에다 집어넣는 동안, 젭은 좀 더 단정하고 좀 더 달콤한 버전의 스모키 곰이 되기 위해 그곳에서 물러났다. 그는 소각할 수밖에 없는 검정색 복장을 벗고서 비늘꼬리 아가씨들이 사용한 것과 똑같은 제품으로 재빨리 항균 샤워를 했다. 비누 거품을 내어 얼굴을 말끔히 씻고 더러운 겨드랑이도 깨끗하게 씻어 낸 다음 뾰족한 귀를 면봉으로 닦아 냈다.

그놈의 목사를 당장에 머릿속에서 씻어 버려야지.

그는 죽기만 한 게 아니라 빨갰으니까.

찐득찐득 빨갛고 빨갰어도 잘된 일이지.

이제 아빠와 난 끝났고 너도 그렇잖아.

부비티-둡-드-둡-드-둡-드-두!

젭은 춤을 추듯 두 걸음 살짝 앞으로 가서 씰룩씰룩 엉덩이를 흔들었다. 그는 샤워하면서 노래 부르는 걸 좋아했는데 특히 좋지 않은 일이 일어날 조짐을 보일 때는 그랬다.

또 하나의 강, 젭은 말쑥한 검은 양복을 입으면서 노래를 불러 댔다. 그것은 권태의 강! 또 하나의 어금니, 치실을 써야 하는 또 하나의 어금니로군.

그런 다음 젭은 자신의 임무로 돌아가 카트리나 우우 뒤에서 보초를 섰다. 그녀는 이제 사과 모양의 한쪽 젖가슴에다 매력적으로 한 세트의 잇자국을 수놓은 드레스를 과실 송이처럼 차려입고 비단뱀 마치를 목에 두르고서 세 명의 석유회사 임원들에게 비통한 소식을 털어놓았다. 하지만 카트리나는 그렇게 하기 전에 먼저 세 손님 모두를 위해 자신의 클럽에서 서비스로 제공되는 프로즌 다이키리 칵테일을 주문해 두었는데 그것과 함께 생선살을 막대 모양으로 잘라 튀김옷을 입혀 튀겨 낸 미니 피시 핑거, 진짜 가리비처럼 맛있는 콩깍지,(젭은 부엌에서 얻어먹어 봐서 잘 아는데 라벨에 '이것은 억지로 끌고 가서 먹으라고 말할 필요가 없는 제품'이라고 쓰여 있다.) 그리고 몇몇 미식가의 휴가용 감자튀김이 담긴 안주 접시와 실험실에서 자란 새로운 유전자 결합물로 '결코 그

물을 쓰지 않은' 새우튀김 한 그릇까지 곁들여 놓았다.

"불행하게도 사장님들의 친구에게 생명 유예 사건이 발생했어요."

카트리나는 석유회사 임원들에게 말했다.

"더없는 행복이 사람의 몸에 많은 부담을 줄 수가 있잖아요. 그런데 그분은 동결유전자 단지와 계약을 맺어 두셨어요. 머리뿐만 아니라 전신에 대해서요. 그래서 모든 게 순조롭게 처리되는 중이에요. 여러분이 일시적으로 친구를 잃게 된 것에 대해 진심으로 유감을 표합니다."

"그런 줄 전혀 몰랐는걸." 임원 중 한 명이 말했다. "그 계약 말이오. 그런 경우 동결유전자 단지에서 주는 팔찌 같은 것을 끼고 다닌다고 알고 있었는데. 나는 그 친구가 차고 있는 걸 한 번도 본 적이 없어."

"일부 신사 분들은 생명 유예의 가능성을 널리 알리는 걸 좋아하지 않으세요." 카트리나는 부드럽게 말했다. "그런 분들은 문신 옵션을 선택하시는데, 보이지 않는 아주 은밀한 위치에다 해 두는 거예요. 이런 사업을 하다 보니 우리는 그런 문신들에 대해 모두 알게 되지요. 사업상 캐주얼하게 만나는 비즈니스 파트너들은 모를 수도 있지만요."

젭은 사과 같은 그녀의 젖가슴을 내려다보지 않으려고 애쓰면서 생각했다. 카트리나에 대해 한 가지 더 감탄할 사항은 그녀가 아주 훌륭한 거짓말쟁이라는 점이었다. 젭이라 해도 그녀보다 더 잘할 수는 없었을 것이다.

"타당한 말이로군." 최고 간부가 말했다.

"여하튼 우리는 그런 사실을 제때 발견할 수 있었어요." 카트리나가 말했다. "그리고 여러분도 아시겠지만, 그것이 효과를 발휘하기 위해서는 절차가 즉각적으로 이행되어야 해요. 다행스럽게도 우리는 동결유전자 단지와 신속한 프리미엄 플래티넘 계약을 체결하고 있어서 숙달된 그쪽 요원이 상시 대기 상태랍니다. 사장님들의 친구 분은 이미 관에 안치해 놓아서 지체할 필요 없이 당장이라도 동부 해안에 위치한 중앙 동결유전자 단지로 이송될 거예요."

"우리가 그의 얼굴을 볼 수 없단 말이오?" 두 번째 임원이 말했다.

"일단 관을 밀봉하여 진공 상태로 해 놓게 되면, 지금 그렇게 해 놓았거든요, 어떤 목적으로든지 그것을 연다는 것은 불가능할 거예요. 동결유전자 단지에서 보내 온 인증서를 보여드릴 수 있어요. 프로즌 다이키리 칵테일을 한 잔 더 드시겠어요?" 카트리나는 미소를 잃지 않고 말했다.

"젠장." 제3의 간부가 말했다. "그 친구의 그 별난 교회에다 뭐라고 말하지? 술집에서 아가씨와 놀다가 쓰러졌다고 말하면 좋아하지 않을 텐데."

"저도 같은 의견이에요."

카트리나가 다소 냉담한 말투로 말했다. 그녀는 비늘꼬리 클럽이 단순히 아가씨가 있는 술집 이상의 장소라고 생각했다. 웹사이트의 안내문에는 총체적인 미적 경험을 맛보는 곳이라고 적혀 있었다.

"하지만 비늘꼬리 클럽은 그런 문제에 있어서 상당히 신중한 걸로 잘 알려져 있어요. 그렇기 때문에 사장님들처럼 지각 있는 신사 분들이 저희 집을 첫 번째로 선택하시는 거잖아요. 우리 클럽에 오시면 사장님들은 지불하신 것보다 더 많은 것을 받아 가시죠. 그리고 그 안에는 훌륭한 변명거리도 들어 있답니다."

"무슨 묘안이라도 있소?" 두 번째 간부가 물었다. 그는 결코 그물을 쓰지 않은 새우튀김을 몽땅 먹어 치우더니 이제는 가리비에 손을 댔다. 어떤 사람들은 죽음 앞에서 배가 고파지나 보다.

카트리나가 말했다. "평민촌 깊숙한 곳에서 살아가고 있는 불쌍한 아이들을 심방 갔다가 바이러스성 폐렴에 걸렸다고 하시는 게 어떨지요. 저는 그걸 첫 번째로 제안하고 싶어요. 그게 일반적으로 선택할 수 있는 이야기예요. 우리에게는 사장님들을 도와드릴 우리만의 훌륭한 홍보팀이 있어요."

"마담, 고맙소." 다소 불그스름해진 눈을 가늘게 뜨고 그녀를 지켜보던 제3의 간부가 말했다. "마담이 참으로 큰 도움을 주었어요."

"도움이 되었다니 기쁘네요."

이 말을 하면서 카트리나는 우아하게 미소를 지었고 그들이 그녀와 악수를 한 다음 그녀의 손가락 끝에 입맞춤을 할 수 있도록 몸을 살짝 앞으로 기울였다. 그러면서 그녀는 자신의 재산이라고 할 수 있는 상체를 충분히 드러내면서도 너무 많이 보이지 않도록 주의를 기울였다.

"아무 때라도 들러 주세요. 우리가 항상 응원해 드릴 테니까요."

* * *

"대단한 여자였어." 젭이 말한다. "그녀는 엄지손가락 하나로 어떤 최고 기업체라도 운영할 수 있었을 거야. 그럼, 문제가 없고말고."

토비에게 아주 친숙한, 심술궂은 질투의 덩굴손이 심장을 옭아매는 것 같은 느낌이 찾아온다.

"그래서 당신은 한 번이라도?"

"자기야, 한 번이라도 뭐?"

"한 번이라도 비늘에 덮인 그녀의 속옷 안으로 들어가 봤어요?"

"그게 내가 지금까지 살아오면서 후회하는 것 중 하나지. 하지만 못했어. 심지어 시도도 해 보지 않았거든. 두 손을 단단히 움켜쥐고 주머니에서 뺀 적이 없었으니까. 턱도 마찬가지로 앙다물고 있었고. 그건 자제하기 위한 노력이었지만 적나라한 진실이야. 단 한 번도 나는 그걸 시도한 적이 없었어. 심지어 윙크 한번 안 했지."

"무엇 때문에요?"

"첫째, 내가 비늘꼬리 클럽에서 일할 때 그녀는 나의 상사였어. 여자 상사와 함께 마룻바닥에서 구른다는 건 현명한 처사가 아니거든. 그러면 혼란스러워지니까."

"아, 제발요, 그건 너무나 20세기적인 사고예요!"

"맞아, 맞아. 나는 음, 성차별주의자라고 불려 마땅한 돼지 같은 놈이야. 하지만 정확하게 말해서 그런 일이 일어난다니까. 호르몬 과다 분비로 효율성을 망치게 되지. 나는 실제로 그런 걸 지켜본 적이 었어. 여자 상사들이 어떤 얼간이 종마 같은 놈한테 명령을 내리는데 온통 교태를 부리고 기이하게 행동하던걸. 그 얼간이가 어떻게 여자 상사의 합리적인 능력을 없애 버리고 머리통을 날려 버렸는지, 그들은 발정한 너구컹크처럼 으르렁거리고 죽어 가는 토끼처럼 괴성을 지르더군. 힘의 계층 구조가 바뀌게 되는 거지. '날 데려가요. 날 데려가 줘요. 내 연설문을 써 줘요, 나에게 커피 한 잔 가져다줘요. 당신은 해고예요.' 그런 식이었어."

그는 잠시 동안 입을 다물고 있다.

"게다가."

"게다가 뭐요?"

토비는 카트리나 우우에게 어떤 혐오스러운 성질이 있다고 말하기를 바라고 있다. 맞다, 토비는 그녀를 한 번도 본 적이 없고 이제는 그녀가 죽었을 가능성이 99.999퍼센트다. 하지만 질투는 모든 경계선을 넘는 법이다. 어쩌면 그녀는 안짱다리였을지도 몰랐고 입 냄새가 심하게 났거나 아니면 음악에 대한 취향이 끔찍할 수 있었다. 심지어 여드름이 있었다고 해도 어느 정도 위안이 됐을 것이다.

"게다가 아담이 그녀를 사랑했거든. 의심의 여지가 없었지. 난 그의 금붕어 연못에 몰래 들어가 고기 낚는 일은 절대로 안 하는 사람이야. 그는, 그는 내 형이잖아. 내 가족이란 말이야. 넘지 말아야 하는 선이 있는 법이지."

"농담하지 말아요! 아담1이요? 사랑에 빠져요? 카트리나 우우하고요?"

"그녀가 이브1이었어." 젭이 말한다.

동결유전자 단지행 기차

"그 말을 어떻게 믿어요. 당신이 어떻게 알아요?"

젭은 아무 말도 하지 않고 가만히 있다. 이 이야기로 인해 아직도 마음이 아픈가? 그럴 가능성이 상당히 높다. 과거에 대한 이야기 속에는 대체로 고통스러운 요소들이 들어 있기 마련이다. 특히나 지금은 과거가 돌이킬 수 없을 정도로 너무나 격렬히 파열되지 않았는가.

확실한 것은 인간 역사상 이번이 처음은 아니라는 점이다. 얼마나 많은 사람들이 이런 입장에 처해 보았을까? 모두가 사라지고 모든 것이 씻겨 내려갔는데 혼자만 남겨졌다는 것. 사체들이 천천히 타 들어가는 담배 연기처럼 증발하고 그들이 사랑하고 정성스럽게 돌보던 가정은 버려진 개미둥지처럼 무너져 내린다. 그들의 뼈는 칼슘으로 되돌아가고 있는데 야간의 포식자들은 메뚜기나 생쥐로 형태를 바꿔 산산이 흩어진 그들의 살을 찾아 헤맨다.

이제 달이 떠오르고 있다. 보름달에 가깝다. 올빼미들에게는 행운이지만 토끼들한테는 불운이다. 뇌가 페로몬으로 가득 차 활기가 넘쳐흐르게 된 토끼들은 달빛을 받아 신이 나면 종종 위험할 정도로 섹시하게 뛰어다니기를 선택하기 때문이다. 지금 저 아래에서 토끼 두 마리가 뛰놀고 있다. 희미하게 녹색으로 반짝이는 그들이 초원을 이리저리 뛰어다닌다. 저 높이 떠 있는 달에 거대한 토끼가 살고 있다고 생각하는 사람들이 살던 때가 있었다. 그들은 토끼의 귀를 뚜렷이 알아볼 수 있었다. 다른 사람들은 웃는 얼굴이 있다고 생각했지만 또 다른 사람들은 바구니를 들고 있는 할머니를 찾아내기도 했다. 크레이커들이 훗날, 백 년 후 또는 십 년 후 아니면 일 년 후 점성술에 관심을 갖게 된다면 달에서 어떤 모습을 발견했다고 말할까? 물론 그들이 점성술에 관심을 보일지 아닐지는 아무도 모른다.

그런데 지금 달은 차오르는 걸까 아니면 이지러지고 있는 걸까? 요즘에는 달의 움직임에 대한 그녀의 감각이 정원사 시절만큼 예민하지 못하다. 그 옛날에는 보름달이 떴을 때 얼마나 여러 차례 철야 기도를 드렸던가? 어째서 아담1은 있는데 이브1은 없는 걸까, 어째서 그런 것에 대한 언급이 전혀 없는 걸까 이따금씩 궁금해하면서 말이다. 이제는 그 이야기를 듣게 될 것이다.

젭이 말한다. "이걸 한번 마음속에 그려 봐. 아담과 나는 밀폐된 총알기차에 사흘 동안 함께 타고 있었어. 우리가 아버지 목사의 은행 계좌를 정리한 다음 헤어져서 각자의 길로 떠난 후로 나는 단 두 번밖에 아담을 보지 못했어. 한 번은 행복한컵 카페에서, 다른 한 번은 비늘꼬리 클럽의 밀실에서였지. 파헤칠 시간이라곤 전혀 없었어. 그래서 난 아주 자연스럽게 아담에게 그런 걸 물어보게 되었지."

젭은 꼼꼼하게 관리하던 와플 수염을 희생해야 했다. 미니 사각형으로 그루터기 모양을 만들어야 했기에 그걸 유지하려면 세심한 신경을 써야 했지만 그는 그런대로 그 수염을 좋아하게 되었다. 그러나 이제 면도기로 아주 깨끗하게 수염을 밀어 버렸으므로 남은 거라곤 염소수염뿐이었다. 그는 기업체가 초창기 시절부터 모헤어를 가지고 접착식으로 만들어 낸 비현실적인 가발을 쓰고 다녔는데, 그것은 기생오라비처럼 윤기가 자르르한 갈색 모발이었다.

다행스럽게도 젭은 사기꾼처럼 보이는 그의 인상을 얼간이 같은 모자로 얼마간 감출 수 있었다. 그 모자는 동결유전자 단지가 직원에게 제공하는 복장 중 하나였다. 그곳 직원은 '장의사보조'로 불리고도 남았겠으나 동결유전자 단지는 그런 표현 대신에 비활성인의 임시 관리인이라는 명칭을 사용했다. 마술사와 요정을 모두 참조해서 만든 모양인지, 그건 모자라기보다 변형된 터번에 가까웠고 색깔은 불그스름했으며 앞쪽에 불꽃 모양이 그려져 있었다.

"영원히 타오르는 생명의 불꽃이지, 안 그래? 그들이 나한테 삼류 마술 쇼에서나 쓸 법한 누더기 같은 모자를 보여 주었을 때 내가 말했지. '빌어먹을, 설마 진심은 아니시겠지! 머리에다 어떻게 삶은 토마토를 쓰고 있으라는 거야!' 하지만 그 순간 나는 그 모자의 아름다움을 발견했지. 그 모자와 함께 앙상블을 이루는 나머지 복장. 잠옷, 아니 어쩌면 가라테 도복인가, 여하튼 전면에 동결유전자 단지의 로고가 딱 붙어 있는 그 보라색 유니폼은 입은 모습을 보게 되면, 어느 누구라도 다른 직장은 꿈도 꿀 수 없었던 덩치만 커다란 얼간이는 아니라고 오해할 일이 절대 없을 것 같았지. 기차에서 바구니 같은 관이나 지키고 있다니, 그 모습이 얼마나 한심해 보이겠어? '만일 당신이 있을 거라고 어느 누구도 예상하지 못할 곳에 있다면 당신은 투명인간이 되는 겁니다.' 나이 많은 슬라이트의 손이 말하곤 했었지."

아담도 똑같은 유니폼을 입고 있었는데 그걸 입은 아담의 모습은 젭보다 한층 더 바보처럼 보였다. 그런 모습이 조금은 위로가 되었다. 여하튼 누가 그들을 쳐다보겠는가? 아담과 젭은 내부 온도를 영도 이하로 유지하기 위해 별도의 발전기에다 전원을 연결해 놓은 시신용 관과 함께 동결유전자 단지가 보내온 특수 자동차에 감금되다시피 했다. 동결유전자 단지는 보안 설비를 단단하게 구축해 놓았다는 사실에 자부심을 갖고 있었다. 다른 더 큰 신체 부위를 조금씩 빼돌리는 것은 말할 것도 없고

DNA 절도 행위가 자신의 탄소 구조물을 사랑하는 사람들 사이에서 걱정거리였기 때문이다. 그들의 세계에서 아인슈타인의 뇌가 도난당했다는 사실은 절대로 잊어버릴 수 없는 사건이었다.

그래서 무장 경비원이 자동차 문 가까이에 있는 조수석에 앉아서 관을 지키는 모든 사람들과 함께 이동했다. 동결유전자 단지의 진정한 임무를 수행해야 하는 이 경비원은 끊임없이 확장되고 강화되고 있는 시체보안회사의 일원이었을 것이고 분무 총으로 무장했을 것이다. 하지만 이 특별한 범죄 행위에 대한 것은 모두 가짜였기 때문에 그 경비원 역할은 모디스라고 하는 비늘꼬리 클럽의 매니저가 수행하였다. 강인한 데다가 반짝반짝 빛나는 검정색 딱정벌레처럼 부리부리한 눈, 떨어지는 바위만큼이나 공정한 미소를 띤 모디스는 그런 역할에 적격이었다.

그렇지만 그의 무기류는 진짜가 아니었다. 수수께끼 팀은 의상은 베낄 수 있었지만 삼중 안전 장치로 이루어진 그러한 부품의 작동 기술은 재현할 수 없었다. 그래서 분무 총은 정교하게 플라스틱으로 만든 다음 거품 페인트칠을 한 가짜였고, 누군가가 주먹으로 칠 수 있을 만큼 가까이 접근하지만 않으면 전혀 문제될 게 없었다.

하지만 누가 무엇 때문에 그런 행동을 한단 말인가? 다른 사람들에게 이것은 그저 일상적인 죽음으로의 질주였다. 동결유전자 단지 스타일로 표현하자면, 이는 생명 유예 사건의 피험자를 이쪽 생명의 해안에서 저쪽 생명의 해안으로 다시 수송해 주는 왕복 유람 여행이었다. 그 말은 길고도 복잡했지만 동결유전자 단지는 그런 식의 애매하고도 형편없는 비유를 즐겨 사용했다. 그들이 하고 있는 사업을 고려할 때 그런 식으로 해야만 했다. 그들이 상품을 판매할 때 가장 큰 도움을 주는 두 가지 요소는 고객들의 잘 속아 넘어가는 성격과 근거 없는 희망이었기 때문이다.

젭이 말한다. "그때의 여행은 지금까지 내가 경험한 것 중 가장 기괴했지. 알라딘처럼 차려입은 나는 밀폐된 기차 칸에서 으깨진 호박 반 통을 머리에 쓰고 있는 형과 함께 앉아 있었고 우리 둘 사이에는 수프용 육수로 변한 우리 아버지의 관이 놓여 있었지. 물론 관 속에다 뼈와 치아도 집어넣긴 했어. 그것들은 용해되지 않았거든. 비늘꼬리 클럽에서 뼈로 이루어진 물질에 관한 약간의 논의가 있었지. 깊숙한 평민촌으로 들어가면 인간의 뼈가 상당한 가격을 받을 수 있었을 거야. 거기서는 조각 공예가가 제작한 인체 소재 장신구가 유행이었거든. 뼈 블링*이라고 불렸지. 하지만 뭐니 뭐니 해도 어느 정도 침착했던 아담과 카트리나 그리고 보잘것없는 소생은 그런 것에 열광하는 친구들을 무시해 버렸어. 아무리 오랜 시간 그것들을 끓인다고 해도 어떤 미생물이 죽지 않고 살아남아 있을지 절대로 장담할 수 없었으니까. 아직은 그것들에 대해 밝혀진 게 하나도 없었어."

---

* 요란한 장신구나 옷가지, 과소비와 허세로 뭉친 행동 양식.

티스켓, 타스켓, 녹색과 노란색의 시신용 관, 젭은 노래했다.

아담은 자그마한 공책과 연필을 꺼내더니 이렇게 썼다. 말조심! 도청 가능성 높음. 손으로 가린 채 그것을 보여 주더니, 지우고는 다시 이렇게 썼다. 그리고 제발 노래 좀 하지 마. 엄청 짜증남.

젭은 그 작은 공책을 달라고 손짓했다. 아담은 잠깐 망설이더니 그것을 넘겨주었다. 젭은 거기에다 FU+PO라고 썼다. 그러고는 그 밑에다 이렇게 썼다. Fuck You and Piss Off.(좆까고 꺼져. 제발 주둥아리 좀 닥치시지.) 그런 다음 총각 딱지는 떼셨고?라고 썼다.

아담은 그걸 보더니 얼굴이 빨개졌다. 그가 얼굴을 붉히는 걸 보니 참으로 신기했다. 젭은 아담의 그런 모습을 예전에는 한 번도 본 적이 없었다. 아담의 얼굴이 어쩌나 창백하던지 그의 모세혈관까지 볼 수 있을 것 같았다. 아담이 썼다. 신경 꺼.

젭이 썼다. 하하, 상대는 K? 돈은 지불했나? 젭은 아담의 바람이 어느 방향으로 불고 있는지를 오랫동안 의심해 왔기 때문이다.

아담이 썼다. 두 번 다시 그 숙녀에 대해 그런 식으로 말하지 말도록 해. 우리의 활동을 성공시키기 위해 그녀가 얼마나 헌신적으로 노력했는지 알아?

젭은 이렇게 썼어야 했다. 무슨 활동? 그렇지만 그는 그토록 어리석게 말해서는 안 되었다. 그 대신 그는 하하, 그러니까 나는 홀인원을 기록한 거네. :D!! 적어도 형은 게이는 아니로군! :D :D

아담이 썼다. 너한테는 저속하다는 표현도 과분해.

젭이 썼다. 그래, 난 그런 사람이야! 괜찮아, 난 진정한 사랑을 존중

하니까. 그는 하트를 그린 다음 꽃 한 송이를 그렸다. 그녀가 멋쟁이 구강 섹스 가게를 운영하고 있더라도 말이야라고 덧붙여 쓸 뻔했지만 젭은 쓰지 않기로 마음을 돌렸다. 아담이 발끈하고 화를 낼 기세였기 때문이다. 너무나 화가 나서 난생처음 앞뒤를 가리지 않고 젭을 한 대 후려칠지도 몰랐다. 그렇게 되면 액체로 변한 그들 아버지의 유해 앞에서 꼴사나운 실랑이가 벌어질 것이고 젭으로서는 좋게 끝날 수 없을 것이다. 왜냐하면 아담을 진짜로 때려눕힐 수는 없는 노릇이었으므로 젭은 핼쑥하고 자그마한 약골 아담이 자신을 두들겨 패도록 그냥 내버려 두어야 할 것이기 때문이다.

아담은 화가 누그러진 것처럼 보였다. 아마도 하트와 꽃 때문이었을까. 하지만 심기는 아직도 불편한 듯싶었다. 그는 지금까지 그들이 주고받은 글들이 적혀 있는 공책의 페이지를 모두 다 구겼다. 그러더니 그것들을 조각조각 찢어서 화장실로 들고 갔다. 젭의 추정으로는 그곳에서 그는 그것들을 변기에 넣고 물로 씻어 내린 것 같았다. 혹시라도 참견하기 좋아하는 어떤 스파이 같은 친구가 그것들을 주워 모아 어떻게든 끈기 있게 모두 이어 붙인다 하더라도 흥미로운 사실은 알아내기 힘들 것이다. 그저 영양가 하나 없는 음담패설 한 뭉치에 불과했고, 관을 지키는 사람들이 시간을 보내는 동안 돈을 지불하는 고객들의 귀에 들리지 않게 나눌 것이라고 예상할 만한 그런 종류의 잡담이었다.

나머지 여정은 아무 말 없이 침묵 속에서 흘러갔다. 팔짱을 낀 아담은 얼굴을 잔뜩 찡그리고 있었지만 표정은 경건했고 젭은 창문 밖으로 커다란 대륙이 쌩하고 지나가는 동안 작은 소리로 콧노래를 부르고 있었다.

동쪽 끝 대서양 연안에 이르렀을 때 동결유전자 단지의 전용 자동차를 마중 나온 사람은 필라였다. 시체, 아니 그보다는 일시적으로 생명이 유예된 고객에 대해 염려하는 친척 행세를 하고 있는 그녀 옆에는 추정컨대 수수께끼 팀에 소속되었을 법한 사람이 세 명 서 있었다.

"그들 중 두 명은 당신도 아는 사람이야." 젭이 말한다. "카투로와 매너티였어. 세 번째는 아가씨였는데 크레이크의 미친 아담 멤버로 일하다가 죽고 말았지. 당시에 크레이크는 크레이커들을 설계하고 있던 터라 그의 파라디스 프로젝트를 위해 두뇌 노예들을 끌어모으고 있었거든. 그 아가씨는 도망가려고 했던 것 같아. 내가 추정해 볼 수 있는 건 그녀가 고가 도로를 건너던 중에 자동차 타이어에 말려들어 곤죽이 되었다는 것뿐이야. 하지만 그런 일은 그때까지 한 번도 발생한 적이 없었지."

혹시라도 주변에 소형 드론이나 스파이웨어 시설이 장착되어 있을 경우를 대비하여 필라는 손수건을 대고 거짓 눈물을 몇 방울 흘렸다. 그런 다음 그녀는 화물용 관이 기다란 차량에 적재되는 동안 신중하게 감독했다. 동결유전자 단지는 그런 차량을 '영구차'라고 부르지 않았다. 그것은 "생명에서 생명으로의

644   미친 아담

리무진 셔틀"이었다. 그 차의 색깔은 삶은 토마토 색이었고 문에는 영원히 타오르는 활기찬 생명의 불꽃이 그려져 있었다. 축제 분위기를 망칠 만한 음침한 것은 하나도 없었다.

그래서 관 속에 들어 있는 아버지 목사는 생명에서 생명으로의 리무진 셔틀 안에 안치되어 극도의 보안을 유지하는 생체 샘플 추출 부서로 향했는데, 그 부서는 동결유전자 단지가 아니라 건강현인 센트럴에 있었다. 동결유전자 단지에는 그런 일을 할 수 있는 장비가 갖추어져 있지 않았기 때문이었다. 필라가 그 차에 올라탔고 젭도 올라탔다. 모디스는 복장을 갈아입고서 현지에 있는 비늘꼬리 클럽으로 향할 것이다. 그곳에서 좀 더 강인한 관리자를 필요로 했기 때문이었다.

아담은 한층 더 기괴한 외출복으로 갈아입고는, 깊숙한 평민촌에서 그가 무슨 일을 하는지는 정확히 몰랐지만, 하여튼 그 일을 하기 위해 발을 질질 끌며 느릿느릿 걸어갔다. 아담은 아가씨 모양 소금통에서 꺼내 온 백색 비숍을 필라에게 건네주었다. 수수께끼 팀이 그 알약의 내용물을 면밀히 조사하기를 원했기 때문이다. 그들은 자신들이 감염에 노출될 염려 없이 그런 것을 할 수 있는 장비를 마침내 갖추게 되었다고 생각했다.

젭은 필라가 이미 그를 위해 준비해 둔 또 다른 신분을 갖기로 계획되어 있었다. 그는 곧바로 건강현인 센트럴로 파견될 예정이었다.

"제 부탁 좀 들어주시겠어요?"

필라가 생명에서 생명으로의 리무진 셔틀을 혹시 모를 스파이웨어 설치에 대비하여 철저하게 청소해 놓았다는 걸 그들에게 확신시켜 주자 젭이 그녀에게 말했다.

"내 DNA를 비교해 주실 수 있나요? 아버지 목사하고요. 저관에 들어 있는 친구 말입니다."

목사가 자신의 진짜 아버지가 아니라는, 어린아이 때부터 지녀 온 젭의 생각은 한 번도 흔들렸던 적이 없었다. 그리고 지금이 진실을 확실히 알아낼 수 있는 마지막 기회였다.

필라는 그런 건 전혀 문제도 안 된다고 했다. 젭은 즉석에서 자신의 입 안쪽 뺨에서 면봉으로 채취한 소량의 조직 샘플을 넘겨주었고 그녀는 그 샘플을 겉으로 봐선 바싹 말라붙어 쭈그렁거리는 요정의 귀처럼 생긴 것이 들어 있는 자그마한 노란색 비닐봉지 속에다 조심스럽게 밀어 넣었다.

"그게 뭐예요?"

젭은 '빌어먹을 그게 도대체 뭐죠?'라고 말하고 싶었지만, 필라가 너무 가까이 있어서 욕설을 내뱉을 엄두가 나지 않았다.

"우주에서 온 그렘린인가요?"

"살구버섯이에요. 버섯이요. 절대로 가짜 살구버섯과 혼동되면 안 되는 식용 버섯이지요."

"그러니까, 나한테 곰팡이의 DNA가 있다고 하시겠군요?"

필라는 깔깔대고 웃었다. "그럴 가능성은 별로 없어요."

"다행입니다. 아담에게 말해 주세요."

그날 밤 늦게 젭은 스파르타식으로 검소했지만 그런대로 괜찮은 자신의 건강현인 숙소로 돌아와 잠에 빠져들려고 하는데 갑자기 고민거리 하나가 생각났다. 그 유일한 고민거리라는 것은 이거다. 만약에 필라가 DNA 비교를 실행에 옮겼는데 목사가 그의 아버지가 아니라는 판명이 난다면, 그 말은 아담이 그의 형이 아니라는 뜻이었다. 아담은 젭과 아무런 관계가 없게 될 것이다. 혈연관계가 전혀 없게 된다.

페넬라+아버지 목사=아담.

트루디+알 수 없는 정액 기증자=젭.

∴ 공유 DNA 없음.

만약에 그것이 진실이라면, 정말이지 젭은 그런 진실을 알고 싶었을까?

루미로즈 장미

건강현인 센트럴에서 젭의 새로운 직함은 1급 소독 기사였다. 그는 전면에 건강현인 로고와 함께 야광 오렌지색으로 커다랗게 소독 기사라고 써넣은 끔찍한 녹색 작업복을 받았다. 또한 그는 머리에 망을 착용했는데 그것은 그의 머리에 붙어 있는 모낭류가 상사들의 책상 공간에 떨어지는 것을 막기 위해서였다. 게다가 코에는 원뿔형 여과기를 착용하였으므로 만화에 나오는 돼지처럼 보였다. 그에게는 액체가 스며들지 못하게 막아 주는 보호용 나노 생물 형태의 방수 장갑들과 신발들도 무한정 공급되었다. 무엇보다 중요한 것은 그에게 암호 키가 생겼다는 점이다.

물론 그 암호 키는 관료들의 사무실에 들어갈 때만 사용할 수 있었지 다른 건물에 있는 실험실에는 적용되지 않았다. 그렇지만 한밤중에 선량한 시민들이 침대에서 깊이 잠들어 있을 때

손가락이 민활한 로빈 후드 같은 인물이, 음지에서 활약하는 수수께끼 요원들이 그에게 슬쩍 건네준 몇 줄의 진입 코드를 가지고 아무렇게나 방치되어 있는 컴퓨터에서 어떤 정보를 퍼낼 수 있을지는 결코 알 수 없는 일이었다. 건강현인은 배우자 부문에서 다소 구멍이 많았다.

예전에는 젭이 맡은 소독 기사 자리를 '청소부'라고 불렀을 것이었다. 그리고 그 이전에는 '잡역부'였고 또 그보다 앞서서는 '파출부 아주머니'였을 것이다. 하지만 지금은 21세기였으므로 그들은 그 칭호에 나노 생물 형태의 의식을 추가시켰다. 그런 칭호에 합당한 인물이 되기 위해 젭은 엄격한 보안 검사를 통과해야만 했다. 어떤 적대적 기업체가 컴퓨터 키보드 불법 복제자 중 한 명을 말단 직원으로 가장시켜 그가 찾아낼 수 있는 것은 무엇이든지 가져오라는 지시를 내릴 생각을 할 수도 있지 않겠는가?

소독 기사로서의 자격을 갖추기 위해서는 세균들이 잠복할 수 있는 장소라든지 그것들을 퇴치하는 방법에 대한 현대적 최신 잡소리들로 가득한 훈련 과정을 거쳐야 했다. 두말할 필요도 없이 젭은 그런 훈련을 받지 않았다. 그러나 필라는 젭이 건강현인 센트럴로 출발하기 전에 필요한 사항들을 요약해 놓은 쪽지를 건네주었다.

세균은 물론 흔하디흔한 변기, 마룻바닥, 세면대, 방문 손잡이에 붙어 있다고들 말했다. 하지만 그것들은 또한 엘리베이터

버튼, 전화 수신기, 컴퓨터 키보드에도 붙어 있었다. 그래서 젭은 마룻바닥을 씻어 내야 했을 뿐만 아니라 항균성 행주로 이 모든 것들을 닦아 내야 했고 살인 광선으로 그것들을 사정없이 제압해야 했으며, 호화로운 사무실에서는 날마다 작동시키는 로봇 청소기가 놓쳤을지도 모르는 것들을 모두 다 잡아 내기 위해 진공청소기로 카펫의 먼지를 빨아내야 했다. 그런 로봇들은 상시 앞뒤로 굴러다니고 있었는데, 배터리를 충전하기 위하여 벽에 부착된 전기 콘센트까지 다가갔다가 다시 벽에서 떨어져 황급히 달려 나오면서 사람들의 발이 걸려 넘어지지 않도록 삐삐 소리를 내고 있었다. 마치 거대한 게들이 사방으로 흩어져 해변을 탐색하는 것 같았다. 젭은 홀로 있을 때면 그냥 그것들이 얼마나 빨리 제자리로 돌아올 수 있는지 알고 싶어서 그것들을 발로 차 구석으로 몰아넣거나 뒤집어 놓곤 했다.

젭에게는 새 복장뿐만 아니라 호레이쇼라는 새로운 이름도 생겼다.

"호레이쇼요?" 토비가 말한다.

"그렇게 웃을 것까진 없잖아. 그 이름은 장벽 아래로 몰래 기어 들어온 텍사스-멕시코 가족이 세상에 나가 출세하기를 바라면서 자기 아들에게 지어 줄 법한 이름이라고 생각해서 붙여 준 거야. 그들은 내가 조금은 텍사스-멕시코 사람, 아니 어쩌면 그런 DNA가 다소 포함되어 있는 혼혈아처럼 생겼다고 생각했거든. 그 후 얼마 지나지 않아 밝혀졌는데 그건 사실이었어."

"아, 필라가 DNA 대조를 실행했군요."

"맞아, 바로 그거야. 내가 그 소식을 접하기까지는 시간이 한참 걸리긴 했지만 말이야. 사실 그녀는 나하고 만날 구실이 전혀 없었거든. 표면적으로는 그녀가 나를 알 까닭이 없잖아? 여하튼 우리가 만나려면 특별한 노력이 필요했을 거야. 게다가 우리는 서로 다른 근무 조에서 일했어. 그래서 내가 그녀에게 세포 샘플을 주었을 때 우리는 만일을 대비하여 코드를 마련해 놓았지."

"건강현인 센트럴에 도착하기 전에 내가 동결유전자 단지로 향하는 기차를 타고 가는 동안 필라는 나의 소독 기사 신분증을 마련하여 그것을 시스템에 끼워 넣으려고 애쓰고 있었어. 그때 그녀는 벌써 자신의 실험실을 나와 복도를 따라가다 보면 나타나는 여자 화장실을 내가 청소하게 되리라는 걸 알고 있었던 거야. 나는 야간 근무를 했는데 그 시간대에는 소독 기사들 모두가 남자였어. 남녀를 함께 근무하도록 만들어 놓으면 혹시라도 몸을 더듬는다든지 비명을 질러 대는 일이 발생할 수도 있기 때문에 그런 일을 미연에 방지하겠다는 조치였지. 그래서 나는 어두워진 후에는 그 층을 자유롭게 출입할 수 있었어. 왼쪽에서 두 번째 화장실, 바로 그곳이 내가 유심히 지켜봐야 하는 곳이었지."

"필라가 화장실 탱크 속에 쪽지를 남겨 놓았어요?"

"그렇게 명백하면 절대 안 되지. 화장실 탱크는 정기적으로 확인하는 곳이거든. 아마추어들이나 그 안에다 중요한 걸 숨겨 놓겠지. 드롭박스는 그런 화장실에 놓아 두는 사각형 통이었어. 변기에 던져 넣으면 안 되는 그런 물품들을 버리는 통 있잖아. 하지만 너무나 빤한 증거가 될 쪽지를 남길 수는 없는 일이지."

"그러면 신호였어요?"

토비는 어떤 종류의 신호였을지 궁금하다. 기쁨의 신호는 1, 슬픔의 신호는 2였나? 하지만 어떤 걸로 1과 2를 표시하지?

"맞아. 그 장소에 있어도 부적절하지 않을 어떤 것이어야 했지. 하지만 아주 흔한 것도 안 되겠지. 피츠(pits), 필라가 고른 거였어."

"피츠요? 피츠라니, 어떤 거에요?" 토비는 마음속으로 피츠를 그려 보고자 애쓴다. 겨드랑이? 땅 속 구멍?

"복숭아씨 같은 씨를 말하는 거예요?"

"그렇지. 혹시라도 화장실에서 점심을 먹었다면 가능한 일이잖아. 몇몇 비서직 여자들은 그렇게 했거든. 그들은 잠시라도 평화롭게 혼자 있고 싶어서 화장실에 들어가 있곤 했어. 실제로 나는 그 통들에서 베이컨 껍질이나 치즈 조각 등 샌드위치 찌꺼기들을 발견할 수 있었지. 건강현인에서는 시간 압박이 상당히 컸거든. 더군다나 직급 사다리의 저 아래쪽에 위치한 사람일수록 그런 압박감이 훨씬 컸겠지. 그러니까 그들은 남몰래 한숨 돌릴 만한 곳에 숨고 싶었을 거야."

"예스일 때의 씨는 무슨 과일이고 노면 무슨 씨였는데요?"

필라가 생각해 내는 방식은 언제나 토비의 호기심을 불러일으켰다. 그녀는 과일 선택을 닥치는 대로 아무렇게나 하지는 않았을 것이다.

"목사와 아무런 관계가 없을 경우에는 복숭아씨였어. 예스일 경우면 대추씨였는데 무척이나 재수 없는 거지. 목사가 내 아빠라는 소리니까. 그 말을 듣게 되면 나 역시 적어도 반 정도는 정신병자일 테니까 눈물을 흘리라는 거겠지."

토비가 생각하기에 복숭아씨는 합당한 선택이었다. 복숭아나무는 정원사들 사이에서 에덴동산에 있었던 생명의 과실수로 여겨져 아주 귀하게 평가되었기 때문이다. 그렇다고 해서 정원사들이 대추라든지 화학 살충제를 전혀 뿌리지 않았던 다른 과일들을 폄하했던 것은 아니다.

"건강현인은 제법 비싼 과일들을 어느 정도 구할 수 있었나 보네요. 그때쯤 벌들이 대규모로 죽어 없어지는 일이 발생하면서 복숭아나 사과 수확량이 급감했을 텐데요. 물론 자두도 그랬겠죠. 그리고 감귤 품종들도요."

"건강현인은 엄청난 돈을 벌어들이고 있었어. 비타민제 사업이라든가 치료약 부문에서 돈을 긁어모으고 있었지. 그러니까 그들은 컴퓨터로 꽃가루받이를 시킨 수입 품종을 얼마든지 구매할 수 있었던 거야. 신선한 과일을 먹는다는 게 건강현인에서 일하는 특전 중 하나였지. 당연히 상관들에게만 해당되는 사항이긴 했지만."

"어떤 걸 발견했어요? 씨요."

"복숭아씨였어. 두 개. 그녀는 그걸 강조했던 거지."

"그걸 보았을 때 기분은 어땠어요?"

"비싼 과일을 두 개나 없앤 것에 대해서?"

젭은 지금 감정 표현을 회피하고 있다.

"당신 아버지가 진짜 아버지가 아니었다는 걸 알게 된 것에 대해서요." 토비가 인내심을 가지고 말한다. "씨앗을 보았을 때 당신은 분명 어떤 느낌을 받았을 것 아니에요."

"그랬지. 그러니까 그럴 줄 알았어 하는 느낌이었어. 난 언제나 정확히 알고 싶었던 거야. 누가 그렇지 않겠어? 게다가 말하자면 죄책감을 덜 느끼게 된 거지. 그 사람이 입에 게거품을 물고서 죽게 만들었잖아."

"그것에 대해 당신이 죄책감을 느꼈어요? 비록 그가 당신의 아버지였다고 해도, 그는 그토록……."

"맞아, 나도 알아. 그래도 여전히 그랬어. 어쨌거나 피는 진한 법이니까. 그것 때문에 어느 정도는 괴로웠지. 골치 아픈 문제는 아담과의 관계였어. 그 점을 생각하니 난 아주 기분이 좋지 않았거든. 갑자기 아담이 나와 아무런 관련이 없게 된 거잖아. 그러니까 유전적 연관성은 전혀 없는 거지."

"아담에게 그 사실을 말했어요?"

"아니. 난 여전히 그가 나의 형이라고 생각했으니까. 머리 부분이 서로 붙어 있는 형. 우리 두 사람은 많은 것을 공유하고 있었거든."

젭이 말한다. "토비, 이제는 당신이 별로 좋아하지 않을 이야기를 할 차례야."

"루선에 관한 이야기라서요?" 토비가 말한다.

젭은 바보가 아니다. 그는 정원사 시절에 토비가 그와 동거했던 루선을 어떻게 생각했을지 오랫동안 짐작하고 있었던 게 틀림없다. 신경질쟁이 루선, 공동 제초 작업을 땡땡이치는 사람, 여자들의 바느질 그룹에서 게으름 피우는 사람, 툭하면 두통을 핑계로 내세우는 꾀병 환자, 징징거리며 젭을 독차지하려던 여자, 렌의 태만한 엄마. 한때 높은 지위의 괴짜와 결혼하여 건강현인 단지에서 살았던 섹시한 루선. 수없이 많은 영화 속에서 아름다운 여자들의 낭만적인 탈선을 보았기 때문에 가난하고 꾀죄죄한 젭과 줄행랑을 친 낭만적인 몽상가 루선.

루선의 설명대로라면 젭은 그녀에 대한 억누를 수 없는 끈질긴 욕망으로 제정신이 아니었다. 새론당신 스파에서 정원사로 일했던 젭은 루미로즈 장미꽃을 심고 있던 중에 분홍색 잠옷을 입은 루선을 발견하고는 욕정으로 눈이 완전히 돌아가 안절부절못했다. 그래서 그는 바로 그 순간 그 자리, 새벽에 이슬이 촉촉이 내린 잔디 위에서 미친듯이 그녀와 열정적인 사랑을 나누었다. 토비는 과거 정원사 시절에 그 이야기를 루선에게 여러 차례 직접 들었으며 듣는 횟수가 늘어날수록 그 이야기가 점점 더 싫어졌다. 만약에 토비가 옥상 난간에 기대어 침을 뱉는다면, 젭과 루선이 그 옛날 잔디밭에서 처음으로 뒹굴었던 바로 그 지점을 맞힐 수 있을지도 몰랐다. 아니면 그 근처라도.

"맞아. 루선. 내 인생에서 그다음으로 닥쳤던 게 바로 그 일이었어. 당신이 원한다면 그 이야기는 건너뛸 수도 있지."

"아니에요. 나는 당신의 입장에서는 한 번도 들어보지 못했어요. 하지만 루선이 루미로즈 장미 꽃잎에 대해서는 말해 주었어요. 당신이 고동치는 그녀의 온몸에다 꽃잎을 얼마나 많이 뿌려 주었는지요."

토비는 부러워하는 소리처럼 들리지 않게 하려고 노력하지만 무척 어렵다. 지금까지 어느 누가 고동치는 자신의 몸 위에 루미로즈 장미 꽃잎을 뿌려 준 적이 있었던가? 아니, 심지어는 그런 생각이라도 해 본 적이 있었던가? 없었다. 그녀는 기질적으로 꽃잎을 뿌려 주기에 적합한 사람이 되지 못한다. 아마도 그녀는 그 순간을 망쳐 버릴 것이다. '바보같이 그 꽃잎을 가지고 무슨 짓을 하는 거예요?' 아니면 깔깔대고 웃어서 돌이킬 수 없는 사태를 초래할 것이다. 토비는 지금 당장은 입을 꼭 다물고 논평하고 싶은 마음을 자제할 필요가 있다. 그러지 않으면 그 이야기를 듣지 못할 테니까.

"그랬지. 어쨌든 꽃잎 뿌리기는 나로서는 아주 자연스러웠거든. 예전에 마술사 일을 했었잖아. 그렇게 하면 사람들의 주의를 흩뜨릴 수 있으니까. 하지만 루선이 당신에게 해 준 이야기들이 아마도 어느 정도는 사실이었을 거야."

그렇지만 젭과 루선 두 사람이 처음으로 만난 곳은 새론당신 스파가 아니었다. 그들이 처음 마주친 곳은 젭이 청소를 맡아 하기로 정해진, 아니 실제로 청소를 하고 있던 여자 화장실에서였다. 당시 젭은 복숭아건 대추야자건 간에 씨앗을 찾기 위해 금속 상자에 담긴 폐기물을 헤집고 있었다. 그때는 아직 그가 씨를 한 개도 발견하지 못했던 때였다. 아마도 필라는 이것저것 짜 맞추어 아버지 목사의 DNA 유전자를 감식한 결과를 아직 몰랐거나 아니면 필요한 씨앗들을 확보하지 못했을 것이다. 그래서 젭은 화장실의 왼쪽 두 번째 칸에서 씨앗 비슷한 것을 하나도 발견하지 못한 채 빈손으로 나오고 있었다. 바로 그때 누가 여자 화장실로 들어왔던가. 다름 아닌 루선이었다.

"한밤중이었잖아요?" 토비가 묻는다.

"그렇다니까. 이 여자가 거기서 무엇을 하고 있던 거지? 나는 마음속으로 물어보았지. 이 여자도 나처럼 로빈 후드 같은 역할을 하고 있었나? 그렇다면 그녀는 있지 말아야 할 곳에서 들킨 꼴이니까 사실 솜씨가 서툴렀던 거지. 그게 아니었다면 그녀와 사귀는 건강현인의 남자 간부가 사무실에서 밤늦도록 일을 해야 하고 이 여자는 체육관에서 운동을 하고 있어야 하는 상황인데, 남자가 자기의 멋진 카펫 위에서 마음껏 뒹굴기 위해 여자에게 이 빌딩으로 들어올 수 있는 액세스키를 건네 주었기에

같이 재미를 보았던 거겠지. 하지만 그런 짓을 하기에도 너무 늦은 시간이었어."

"아니면 둘 다 했을지도 모르죠. 재미도 보고 로빈 후드 역할도 하고."

"그래. 두 가지는 서로 잘 조합되지. 하나가 다른 하나를 위한 구실이 될 수 있으니까. 아, 아니에요. 나는 도둑질을 하고 있었던 게 아니에요. 난 단지 남편을 속이고 바람을 피웠을 뿐이에요. 아, 아니에요. 나는 바람을 피웠던 게 아니라 단지 도둑질을 하고 있었어요. 그렇지만 그것들 중 첫 번째 경우인 게 확실했어. 반응들을 살펴볼 때 잘못 판단할 수가 없었지."

루선은 방수 장갑을 끼고 외계에서 온 우주인처럼 코에다 원뿔형 여과기를 쓴 젭이 화장실에서 나오는 걸 보고는 조그맣게 비명을 질렀다. 젭의 생각으로는 그날 밤 그녀가 괴성을 질러 댄게 그 순간이 처음은 아니었을 터였다. 그녀는 얼굴이 상기되어 있었고 숨을 가쁘게 몰아쉬었으며 전반적으로 부스스해 보였다. 어쩌면 옷 단추가 풀려 있었던 것 같기도 하다. 아니면 그녀의 옷매무새가 흐트러져 있었다고 멋대로 상상해도 좋을 것이다. 말할 필요도 없이 그녀는 그 순간 무척이나 매력적이었다.

아, 말할 필요도 없지, 토비는 생각한다.

"당신은 여기 숙녀 화장실에서 뭘 하고 있는 거죠?"

루선은 비난하듯 말했다. 첫 번째 규칙, 현장에서 들켰을 때에는 먼저 규탄하라. 그녀는 여자가 아니라 숙녀라고 말했다.

그 말 자체가 단서였다.

"뭐에 대한 단서요?" 토비가 묻는다.

"그녀의 성격 말이야. 그녀한테는 페데스탈 콤플렉스*가 있었던 거야. 그녀는 유명 인사 그룹에 속하고 싶었던 거지. 숙녀는 여자보다 한 단계 높은 거잖아."

젭은 쓰고 있던 원뿔형 여과기를 이마 위로 밀어 올렸다. 이제 그는 뭉뚝해진 코뿔소처럼 보였다.

"나는 소독 기사입니다. 1급이지요."

그는 인상적으로 그러면서도 거만하게 덧붙였다. 다른 남자와 잠자리를 가졌던 게 분명한 아주 매력적인 여자에게는 남자에게서 거만한 태도를 끌어내는 뭔가가 있는 법이다. 그 만남이 남자의 자존심에 상처를 남기기 때문이다.

"이 건물에서 무얼 하고 있는 겁니까?"

젭은 역으로 공격했다. 그녀가 결혼반지를 끼고 있는 걸 본 젭은 생각했다. 아하, 우리에 갇힌 암사자였군. 지루함에서 벗어날 휴가가 필요했나 보네.

"마무리해야 할 일이 있었어요."

루선은 가능한 한 설득력 있게 거짓말을 둘러댔다.

"내가 여기 있는 건 완전히 합법적인 일이에요. 출입증이 있으니까요."

----

* 자기 자신이 다른 사람보다 우월하다는 자기중심적 편견에 사로잡혀 있는 병적 증상.

젭은 그것을 보여 달라고 그녀에게 요청할 수 있었지만 그토록 의심스러운 상황에서도 합법적이라는 단어를 사용할 수 있는 여자에 대해 감탄할 수밖에 없었다. 그래서 젭은 그녀를 경비한테 데려가지 않았다. 그렇게 하면 경비는 분명 배우자를 거쳐 확인 절차를 밟았을 것이고 그녀의 애인에게는 유쾌하지 못한 영향을 미쳤을 것이다. 생각해 보니까 궁극적으로는 젭 자신이 해고를 당할 게 뻔했다. 그래서 젭은 그녀가 그런 상황을 모면할 수 있도록 그냥 보내 주었다.

"그렇군요. 좋습니다. 죄송하게 되었어요."

젭은 겸연쩍어하며 호감이 가도록 비굴한 태도로 말했다.

"그럼 이제 괜찮으시다면 여기는 숙녀 화장실이니까, 나 혼자 있고 싶군요, 호레이쇼 씨."

그녀는 이름표에 적힌 젭의 이름을 어루만지면서 말했다. 그녀는 젭의 두 눈을 지그시 응시했다. 그건 간청이었다. 날 배신하지 말아 줘요. 그리고 또한 약속이었다. 언젠가 난 당신의 것이 되겠어요. 물론 그녀에게 그런 약속을 이행할 의도가 있었던 건 아니었다.

잘 넘어갔구나, 젭은 화장실에서 나오면서 생각했다.

그렇게 해서 이른 새벽 동이 틀 무렵 젭과 루선이 두 번째로 맞닥뜨렸을 때 그녀는 그 남자를 알아보았던 것이다. 맨발에다 살이 내비치는 분홍색 잠옷으로 허술하게 몸을 가리고 있는 여자와 손에 남근을 상징하는 삽과 열정적인 루미로즈 나무를 든 남자가 바로 그곳 헤리티지 공원 한가운데 새롭게 지어 놓은 새론당신 스파의 새롭게 잔디를 입힌 뜰에서 만났다. 루선은 이전에는 호레이쇼였던 남자가 신비롭게도, 그가 달고 있는 새론당신 스파의 관리인 이름표에 의하면 아타시라는 사실을 알아보았다.

루선이 말했다. "당신은 건강현인에 있었잖아요. 하지만 당신 이름은……."

그래서 젭은 자연스럽게 루선에게 키스를 퍼붓기 시작했다. 강렬하고 제어할 수 없을 정도로 격정적인 키스였다. 그렇게 하면 그녀는 이야기와 키스를 동시에 할 수 없었기 때문이다.

"자연스럽게라." 토비가 말한다. "당신은 어떤 사람으로 행동해야 했는데요? 아타시는 어떤 사람이었어요?"

"이란인이었소." 젭이 말한다. "조부모가 이민자였지. 안 될 게 뭐가 있겠어? 20세기 말에 수많은 이란 사람들이 건너왔는데. 내가 다른 이란 사람들과 절대로 마주치지 않고 그들이 계보 같은 것을 따지며 우리 가족이 어느 지방에서 왔는지 캐묻지만 않는다면 충분히 안전했거든. 물론 나는 만일의 경우를 대비해서 아타시라는 사람의 신상 정보를 기억해 두긴 했지. 게다가 아주 멋진 배경 스토리까지 생각해 두었는데, 시간과 장소의 불일치를 모두 설명하기에 충분할 정도로 실종과 잔학 행위들이 가미된 이야기였어."

"그렇게 해서 루선은 아타시를 만나게 되었고 아타시가 실제로는 호레이쇼라고 생각했겠네요. 아니면 그 반대던가."

토비는 마음을 아프게 하는 이 부분에서 가능한 한 빨리 벗어나고 싶다. 운이 좋으면, 루선이 지치지도 않고 반복적으로 토비에게 묘사해 주었던 뜨겁고도 저항할 수 없었던 섹스와 꽃잎 뿌리기 부분은 두 번 다시 언급되지 않을 것이다.

"맞았어. 그런데 썩 잘된 일은 아니었어. 건강현인에서 내가 예상보다 빨리 행방불명 상태가 되어야 했거든. 어떤 컴퓨터에 내가 늦게까지 발견하지 못했던 경보 장치가 붙어 있었는데 그게 누군가 그곳에 들어왔다는 걸 컴퓨터 주인에게 알려 주었어. 나는 경보 장치를 작동시킨 후에야 그걸 건드렸다는 걸 알아차렸고. 그들은 그 시간에 누가 건물에 있었는지 추적하기 시작할 것이고 정확하게 나를 잡아내겠지. 나는 미친 아담 대화방으로 긴급 구조를 요청했고 수수께끼 요원들이 아담에게 연락을 취해 주었어. 그리고 아담한테는 내가 새론당신 스파에서 정원사 일을 할 수 있게 해 줄 연줄이 있었던 거야. 물론 우리 둘 다 그 일은 임시방편이고 나는 곧바로 다른 곳으로 이동해야 한다는 걸 잘 알고 있었지."

"그래서 그녀는 사연을 알고 있었고, 당신은 그녀가 안다는 사실을 알고 있고 또 그녀가 안다는 걸 당신이 알고 있는 걸 그녀가 잘 알고 있었고요. 잔디밭에서 마주쳤을 때요." 토비가 말한다.

"정확해. 내 앞에는 두 가지 선택지가 놓여 있었지. 살인 아니면 유혹. 그래서 나는 좀 더 끌리는 것을 선택한 거야."

"그랬겠네요. 나라도 똑같은 선택을 했을 거예요."

그는 마치 편의를 위한 유혹이었던 것처럼 들리게끔 그 말을 하려고 했지만, 두 사람 모두 거기에 그 이상의 것이 들어 있었다는 걸 잘 알고 있다. 그런 행동에 대해 그들이 내세운 변명거리가 있다면 그것은 속이 훤히 비치는 분홍색 잠옷이었다.

"루선을 만난 것은 어떤 측면에서 보면 불운이었어. 물론 다른 면에서는 그녀를 만난 게 행운일 수도 있었겠지. 왜냐하면 어느 누구도 부정할 수 없었던 사실은 그녀가……."

"그 부분은 건너뛰어도 좋아요." 토비가 말한다.

"좋아. 짧게 말하지. 그녀는 여러 가지 면에서 내 약점을 쥐고 있었어. 하지만 화장실에서 마주쳤을 때 난 그녀를 밀고하지 않았잖아. 그리고 그녀는 내가 세심한 배려를 충분히 해 주는 한 은혜에 보답하고 싶어 했어. 그러던 중에 그녀가 나한테 푹 빠지게 되었고 나머지 사연은 당신도 잘 알잖아. 처음으로 만났을 때 돼지코를 착용하고 있던 수수께끼 남자와 도망치는 것 외에는 달리 할 일이 없었을 거야."

"나는 평민촌 안으로 더 깊숙이 들어가 계속해서 이곳저곳 돌아다녔는데 그녀도 처음에는 그런 걸 아주 낭만적이라고 생각했어. 다행스럽게도 어느 누구도, 그러니까 시체보안회사 요원들 중 어느 누구도 그녀가 사라진 것에 대해 별 관심을 보이지 않았지. 왜냐하면 그녀는 그 어떤 정보도 훔쳐 내지 않았으니까. 부인들이 단순히 지루함 때문에 단지에서 빠져나갔던 일이 전례가 아주 없었던 건 아니었으니까. 시체보안회사는 그런 식으로 도망가는 것을 개인적인 문제로 간주했던 거야. 혹시 그 인간들이 뭔가를 개인적인 걸로 간주한다면 말이지. 그러니까 남편이 특별히 조바심을 부리지 않는 경우에는 사라진 사람들에 대해 별로 신경을 쓰지 않았던 거야. 그리고 루선의 남편은 그렇게 하지 않았던 것 같아."

"문제는 루선이 렌을 데리고 나온 거였어. 난 그 귀여운 아이를 아주 좋아했지. 하지만 평민촌 안으로 깊숙이 들어간다는 것은 아이한테 너무나 위험한 일이었어. 그런 어린아이들은 아무리 어른들과 함께 다닌다 해도 그저 거리를 따라 걸어가던 중에 아동 성매매를 위해 납치될 수가 있었으니까. 예를 들어 평민촌 망나니들이 무리지어 실랑이를 벌이는 거지. 몇 명이 시크릿버거 토마토소스를 뿌려 대거나 가판대나 태양광 자동차를 뒤집어엎거나, 경적을 울려 대며 엉뚱한 방향으로 사람들의 시선을 돌리는 속임수를 쓰는 거야. 정신을 차리고 보면 옆에서 걸어가고 있던 아이가 사라지고 없는 거지. 난 그런 위험을 감수할 수가 없었어."

미친아담

젭은 귀, 지문 및 홍채를 몇 차례 더 고쳤다. 그들은 지금쯤이면 젭이 건강현인 컴퓨터에서 좋지 않은 장난을 저질렀다는 사실을 알게 되었을 것이고 그를 찾으려고 혈안이 되어 있을 것이기 때문이었다. 그런 다음…….

토비가 말한다. "그런 다음 당신들 세 사람은 신의 정원사들이 거처하는 곳에 나타난 거로군요. 이제 생각나네요. 처음부터 나는 당신이 그곳에서 무슨 일을 하고 있는지 무척이나 궁금했었어요. 당신은 나머지 사람들과 전혀 어울리지 않았으니까요."

"그러니까 내가 이런저런 맹세를 하지 않았고 장생불사의 영약을 마시지도 않았다는 말이지? 신이 당신들을 사랑하고 진딧물도 사랑하신다는 것에도 동조하지 않고?"

"대충 그런 거죠."

"맞아, 난 그런 걸 하지 않았어. 하지만 여하튼 아담은 그런 나를 참고 받아 주어야 했지, 안 그래? 난 그의 동생이었으니까."

에덴절벽

젭이 말한다. "아담은 그때 이미 그 괴짜 환경 운동 쇼를 시작해서 운영 중이었지. 에덴절벽 옥상정원에서. 당신도 거기에 있었잖아. 카투로와 레베카도 있었고. 누알라? 그녀에게 어떤 일이 발생했는지 궁금하군. 산파였던 마루시카와 다른 사람들도 그렇고. 그리고 필로. 그 사람 일은 정말 너무 안됐어."

"괴짜 쇼라고요? 너무 인정 없이 말하네요. 신의 정원사들은 확실히 그 이상의 가치가 있었어요."

"그래, 당신 말이 맞아. 인정해. 하지만 평민촌의 빈민가 사람들은 거기에다 괴짜 쇼라는 꼬리표를 붙여 놓았어. 오히려 다행스러운 일이지. 그런 지역에서는 무해하고 머리가 이상하고 가난하다고 간주되는 게 최상이었으니까. 아담은 그런 평가를 없애기 위해 아무런 노력도 하지 않았어. 사실 그는 그런 견해를 장려했다니까. 단순하지만 단번에 눈길을 끄는 미치광이 재활용 전문가의 복장을 하고 평민촌을 이리저리 쏘다녔을 뿐만 아니라 아담의 뒤에는 괴상한 찬송가를 불러 대는 찬양대가 따라다녔잖아. 그러다가 시크릿버거 앞에서 발굽 동물들에 대한 사랑을 전파했지. 그런 짓을 하다니, 대뇌 백질 절제 수술을 받았음이 틀림없다. 그게 거리 사람들의 판결문이었어."

토비가 말한다. "만약에 아담이 그런 일들을 하지 않았더라면 나는 지금 이 자리에 있지 못할 거예요. 거리에서 싸움이 벌어졌을 때 그분과 정원사 아이들이 나를 잡아 주었거든요. 당시 나는 시크릿버거에 갇혀 있었고 못된 매니저가 나를 자신의 먹잇감으로 삼고 있었어요."

"당신 친구 블랑코 말이로군. 내가 기억하기로는 고통공 감옥에서 세 번씩이나 살아남은 베테랑이었지." 젭이 말한다.

"맞아요. 그가 노린 여자애들은 결국 다 죽었어요. 내가 그다음 차례였어요. 그는 이미 폭력 단계에 도달해 있었고 거의 날 죽일 지경에 이르렀어요. 누구라도 감지할 수 있었죠. 그래서 난 아담에게, 내가 언제고 아담1로 알고 있는 그에게 많은 빚을 졌어요. 그게 해괴한 망상 쇼였건 아니건 간에요." 그녀는 방어적으로 말한다.

"오해하지 마. 그는 내 형이야. 우리끼리는 의견 차이로 다툴 수도 있었던 거지. 그는 자기 방식대로 일을 처리했고 또 나는 내 방식대로 했던 거야. 하지만 그건 별개의 문제란 말이야."

"당신은 필라를 언급하지 않았어요."

토비는 대화의 방향을 아담1로부터 바꾸고 싶었다. 아담1에 대한 조롱을 듣고 있자니 그녀의 마음이 불편하다.

"필라도 그곳에 있었잖아요. 에덴절벽에요."

"그랬지, 건강현인은 마침내 그녀가 도저히 감당할 수 없는 곳이 되었어. 그녀는 아담에게 내부 자료를 전달해 주고 있었는데 그건 아담에게 아주 유용했지. 아담은 누가 기업에서 빠져나와 선의의 편으로 건너올 마음이 있는지 알고 싶어 했거든. 그렇게 되면 당연히 아담의 편인 거잖아. 하지만 필라는 그곳에 더 이상 머물 수가 없을 것 같다고 말했어. 시체보안회사가 소위 법질서 기능을 떠맡게 되면서 건강현인 조합은 그들이 좋아하는 것이면 무엇이든 밀어붙이고 짓누르고 삭제할 수 있는 힘을 갖게 되었거든. 그들은 중독될 정도로 손쉽게 돈을 벌어들였는데 그런 점이 그녀에게는 아주 강한 독성으로 작용하게 되었던 거야. 그녀의 말을 그대로 인용하면, 그건 그녀의 영혼을 말려 죽이고 있었어."

"그녀는 수수께끼 팀의 도움으로 추격자들의 의심을 전혀 불러일으키지 않고 사라질 수 있는 변명거리를 만들어 낼 수 있었어. 그녀는 불행하게도 뇌졸중을 일으키는 바람에 자그마한 관에 담겨 동결유전자 단지로 즉시 수송되었던 거지. 그러고는 짜잔! 포대 자루를 입고 혼합 물약을 가지고 평민촌 공동 주택 건물 꼭대기에 나타났던 거야."

"그런 뒤에 버섯을 재배하고 나한테 구더기에 대해 가르쳐 주고 벌을 키운 거로군요. 그녀는 그런 일을 정말 잘하셨어요. 설득력이 있었죠. 내가 벌들한테 이야기하도록 만들었으니까요. 그녀가 죽었을 때 그들에게 그 소식을 전한 사람이 바로 나였어요."

토비는 다소 서글픈 목소리로 말한다.

"그랬지. 그 모든 일들이 생각나는군. 하지만 그녀는 거짓말을 했던 게 아니야. 어떤 의미에서 그녀는 그것들을 모두 다 믿었던 거지. 그렇기 때문에 그녀는 건강현인에서 일할 때 그 모든 위험을 기꺼이 무릅썼던 걸 거야. 글렌의 아빠에게 어떤 일이 벌어졌는지 기억나지? 그녀도 그 사람처럼 고가 다리에서 떨어질 수 있었어. 만약에 그녀가 적발되었다면 말이야. 그녀가 백색 비숍과 세 개의 알약을 갖고 있다가 잡혔다면 특히나 그랬겠지."

"그 약들을 계속 갖고 있었어요? 그녀가 그것들을 분석할 예정이었다고 생각했는데요. 아담이 그녀에게 그것들을 건네준 다음에요."

"필라는 그게 너무나 위험한 일이라고 판단했어. 누군가가 그것들을 열었는데 혹시라도 안에 들어 있던 게 밖으로 나온다면 말이지. 아직은 그 알약을 어떤 방법으로 폐기해야 하는지 몰랐거든. 그래서 그 비숍은 필라가 건강현인 센트럴에서 근무하는 동안에는 바로 그곳에 있었지. 그녀는 그곳을 떠나올 때 비숍을 가지고 나왔고 손수 조각한 체스 세트의 백색 비숍 안에다 그 알약들을 넣어 두었어. 우리는, 그러니까 당신과 나는 내가 병상에 있을 때 필라가 만든 세트를 가지고 체스를 했던 거야. 내가 아담을 위해 수행하고 있던 평민촌 임무를 위해 밖에 나갔다가 칼에 베였잖아."

토비는 연무가 끼어 흐릿한 오후에 그늘진 곳에 앉아 있던 젭의 모습을 아직도 마음속에 담아 두고 있다. 젭의 팔. 죽음의 배달자인 백색 비숍을 움직이던 토비 자신의 손. 다른 많은 것들처럼 그때 당시 그녀는 알지 못했던 일이었다.

토비가 말한다. "당신은 언제나 흑을 잡고 게임을 했어요. 필라가 죽었을 때 그 비숍은 어떻게 했어요?"

"필라는 봉인된 편지와 함께 체스 세트를 글렌에게 전해 주라는 유언을 남겼어. 옛날에 그녀가 건강현인 서부 지구에서 근무할 때 글렌은 아주 어렸는데 그녀는 그 아이에게 체스를 가르쳐 주었거든. 하지만 필라가 죽었을 즈음 그 아이의 엄마는 함께 놀아나고 있었던 피트 삼촌이라는 작자와 이미 결혼을 했고 승진해서 건강현인 센트럴로 옮겨간 후였어. 필라는 수수께끼 팀을 통해 글렌과 계속 연락을 취하고 있었는데, 글렌이 바로 그녀를 위해 암 검사를 주선해 주었을 뿐만 아니라 그녀가 말기암 환자라는 걸 알아냈던 거야."

"편지에는 뭐라고 적혀 있었어요?"

"편지는 봉인되어 있었어. 내 생각으로는 비숍을 여는 방법이었을 것 같아. 나 같으면 슬쩍했을 텐데, 아담이 그걸 확실하게 통제하고 있었어."

"그래서 아담은 그 물건을 그냥 넘겨주었어요? 알약이 들어 있는 체스 세트를요? 글렌, 그러니까 크레이크에게요? 그 아이는 겨우 10대에 불과했잖아요."

"필라는 그 아이가 나이에 비해 성숙하다고 말했고 아담은 임종시에 말한 필라의 유언이 존중되어야 한다고 생각했어."

"당신 생각은 어땠어요? 그때 나는 이브가 되기 전이었지만 당신은 그때 그 위원회의 일원이었잖아요. 거기서 그런 중요한 결정들을 논의했을 것 아니에요. 분명히 당신도 의견을 피력했을 텐데요. 당신도 아담이었잖아요. 아담7이요."

"다른 사람들은 아담1의 견해에 동의했어. 내 생각으로는 그건 좋지 않은 선택이었지. 만약에 그 아이가 내가 했던 것처럼 그것들이 어떤 작용을 하는지 정확하게 알지 못한 채 어떤 사람에게 시험적으로 사용하면 어떻게 하지?"

"그 아이는 분명 그랬을 거예요, 나중에요. 자기 나름대로 몇 가지를 더 추가해서요. 그게 바로 환희이상 알약의 핵심이었던 게 분명해요. 그러니까 그런 환희를 경험한 다음에 얻게 되는 거잖아요."

"맞아. 당신 말이 옳은 것 같군." 젭이 말한다.

"당신 생각에 필라는 그 아이가 그 미생물 또는 바이러스 또는 그게 무엇이건 간에 그런 것들을 어떤 목적으로 활용할지 알았던 것 같아요? 궁극적으로요?"

토비는 주름진 필라의 자그마한 얼굴, 그녀의 친절함, 그녀의 평온함, 그녀의 힘이 생각난다. 그렇지만 그런 겉모습과는 달리 마음속에는 언제나 단호한 의지를 품고 있었다. 그걸 비열하다거나 사악하다고 말할 수는 없을 것이다. 어쩌면 체념이었을까.

"이런 식으로 한번 생각해 봅시다." 젭이 말한다. "진짜 정원사들은 하나같이 인류 개체군 파괴 시한이 지났다고 믿고 있었잖아. 어쨌거나 그런 일은 발생할 거니까 빠르면 빠를수록 좋다고 생각했을지도 모르지."

"하지만 당신은 진짜 정원사가 아니었잖아요."

"필라는 내가 철야를 했기 때문에 날 정원사라고 생각했어. 아담1과 거래한 것 중에 나도 그 칭호, 그러니까 아담7이라는 지위를 떠맡아야 한다는 게 포함되어 있었지. 아담의 표현을 따르면 그렇게 해야만 필요한 권한을 부여받는다는 거야. 일종의 신분 상승 장치였지. 그리고 그런 신분을 얻으려면 철야를 견뎌 내야 했었어. 자신의 영적 동물과 어떤 관계가 이루어지는지 알아보는 거잖아."

"나도 그걸 했어요. 수많은 별들이 반짝이는 가운데 토마토 나무에게 말을 걸었어요." 토비가 말했다.

"맞아, 그 모든 걸 거쳐야 했어. 늙으신 필라가 강장제 속에다 무엇을 집어넣었는지 모르지만 효능이 아주 강력했지."

"당신은 무엇을 보았어요?"

잠시 아무런 말이 없다.

"곰이었어. 내가 불모의 땅에서 걸어 나올 때 죽여서 먹었던 곰."

"그게 당신한테 메시지를 전해 주었어요?"

토비의 영적 동물은 수수께끼 같은 정체불명의 동물이었다.

"그렇지도 않았어. 하지만 그놈은 자기가 내 안에서 계속 살아가고 있다는 걸 이해할 수 있게 해 주었지. 그놈은 심지어 나한테 화도 내지 않던걸. 상당히 다정했던 것 같아. 제기랄, 우리가 자신의 신경 세포를 가지고 수작을 부릴 때 일어나는 일은 정말이지 놀랍다니까."

젭은 먼저 아담7이 된 다음에 루선과 어린 렌과 함께 신의 정원사들 그룹에서 선의의 구성원으로 자리 잡을 수 있었다. 그러나 그들은 다른 사람들과 잘 섞이지 못했다. 렌은 전에 살던 단지와 친아버지를 그리워했고, 루선은 매니큐어에 대한 욕구가 너무나 강력했기 때문에 정원사로 살아갈 수 없었다. 채소를 마련하기 위해 그녀가 투자한 시간은 전무했고, 정원사들의 필수 의상인 칙칙하고 헐렁한 옷과 턱받이 같은 앞치마를 혐오했다. 시간이 흘러갈수록 루선이 이런 조처를 참아 내지 않을 거라는 사실을 젭은 미리 알았어야만 했다.

젭 역시 달팽이와 민달팽이의 장소 이동이라든지 비누 만들기나 주방 정리에 전혀 마음이 가지 않았다. 그래서 그는 어떤 임무를 떠맡을지를 놓고 아담과 합의를 보았다. 그는 아이들에게 생존 기술을 가르쳤고 좀 더 고상한 관점에서 보게 되면 길거리 싸움에 불과한 도시 유혈 사태시의 규칙도 알려 주었다. 정원사들이 구성원을 모집하고 확장하고 다른 도시에 지부를 설치해 나갈 때, 젭은 서로 다른 그룹들 사이에서 배달원 역할을 담당했다. 정원사들은 휴대전화나 다른 어떤 종류의 기술도 사용하기를 거부했다. 젭이 독단적으로 비밀리에 사용하던 고성능 컴퓨터는 별개의 문제였다. 젭은 거기에다 스파이웨어 장비를 장착해서 시체보안회사를 염탐할 수 있었고 어떤 침입이라도 막을 수 있도록 방화벽을 극대화시켜 놓았다.

* * *

아담을 위하여 배달원 노릇을 담당하다 보니 나름대로 장점이 있었다. 그는 집을 떠날 수 있었으므로 루선의 불평불만에 귀를 기울일 필요가 없었다. 하지만 거기에는 또한 단점도 있었는데, 그가 집을 자주 비우자 루선의 불평이 점점 더 늘어났다는 것이었다. 그녀는 헌신의 문제를 놓고 성가실 정도로 젭에게 잔소리를 늘어놓았다. 예를 들면 어째서 젭은 자기에게 신의 정원사들의 반려자 의식을 올리자고 한 번도 요청하지 않는단 말인가?

"사람들이 원으로 둘러서 있는 동안 두 사람이 함께 모닥불을 뛰어넘은 다음 녹색 나뭇가지를 서로 교환하고 다 함께 경건

미친아담

한 잔치 같은 걸 벌였잖아. 그녀는 진심으로 내가 그 의식을 자기랑 하길 바랐어. 하지만 나는 그녀에게 그런 건 아무런 의미도 없는 공허한 상징에 불과하다고 생각한다고 말했지. 그러자 그녀는 내가 자기를 처참하게 깔아뭉갰다고 비난했던 거야."

"그게 정말 아무 의미 없는 거라면 어째서 당신은 그걸 하지 않았어요? 그걸 해 주면 그녀가 만족했을 수도 있잖아요. 한층 행복했을 테고요."

"퍽도 그랬겠다. 나는 그냥 그러고 싶지 않았어. 떠밀려서 하는 건 죽기보다 싫었거든."

"그녀 말이 옳았네요. 당신에게는 헌신이 부족했어요." 토비가 말한다.

"아마 그랬던 것 같아. 여하튼 그녀가 날 차 버렸어. 단지로 돌아가면서 렌도 데리고 갔지. 그 뒤에 나는 정원사들이 좀 더 운동가처럼 활동하고 모든 일이 해결되기를 바랐는데 반대로 다 엉망이 되어 버렸어."

"나는 그때쯤 더 이상 거기서 지내지 않았잖아요. 고통공 감옥에서 나온 블랑코가 나를 뒤쫓기 시작했으니까요. 나는 정원사들에게까지 위험 요소가 되어 버린 거예요. 내 신분을 세탁하는 데 당신이 많은 도움을 주었죠."

"여러 해에 걸쳐 연습한 덕분이었지." 그는 한숨을 쉰다. "당신이 떠난 후 상황이 심각해졌어. 시체보안회사가 보기에 신의 정원사들의 규모가 너무나 커지고 있었고 성공적이었거든. 그들은 저항 운동이 형성되고 있는 것으로 여겼을 거야."

"아담은 생화학 관련 기업체에서 도망 나온 사람들의 안전 가옥으로 정원을 활용하고 있었는데, 그들이 그런 사실을 파악하기 시작했던 거지. 그래서 시체보안회사 사람들이 우리를 공격하라고 평민촌 갱단에게 돈을 지불하고 있었어. 아담1은 평화주의자였기 때문에 정원의 주민들을 무장시킬 수가 없었지. 나는 아담이 장난감 감자총을 효과적인 단거리 파편 분사기로 바꿀 수 있게끔 도와줄 수 있었는데 그는 도통 내 말을 들으려하지 않았어. 그 친구한테는 그런 짓이 너무나 성자답지 못한 행동이었으니까."

"지금 비웃고 있군요."

"설명하는 거야. 아담은 아무리 위험한 상황에 처해 있더라도 선제공격을 가할 수가 없었다고. 직접적으로는 못했던 거야. 기억해? 그는 장남이었잖아. 목사, 그놈의 늙어 빠진 살인마가 실제로는 얼마나 대단한 사기꾼이었는지, 우리 둘 중 한 명이 알아내기 훨씬 전에 아담은 그의 손아귀에 일찌감치 사로잡혔던 거야. 아담에게 붙어 있었던 건 자신이 착해야 한다는 생각이었어. 극도로 선량해야 했어. 그래야만 신이 그를 사랑할 것이기 때문이지. 아마도 아담은 자신이 몸소 목사 같은 걸 하려고 했을지도 몰라. 그렇지만 제대로 하려고 했겠지. 아버지 목사는 하는 척만 했던 그 모든 것을 말이야. 어쩌면 아담은 실제로 그랬을 거야. 그건 실행하기가 아주 어려운 일이었어."

미친아담

"그런데 당신한테는 그런 게 하나도 붙어 있지 않았고요."

"그렇지 않다는 걸 나도 알았지. 난 악마의 자식이었잖아, 기억하지? 그래서 나는 선해야 한다는 강박감에서 해방되었던 거야. 아담은 거기에 사로잡혀 있었어. 아담은 죽었다 깨어나도 자신의 손으로 아버지 목사를 라즈베리 소다로 바꾸어 놓지 못했을 거야. 그는 나를 그런 일을 할 수 있는 위치에다 갖다 놓기만 했지. 그렇기는 하지만 아담에게는 약간의 죄책감이 있었어. 목사는 좋든 싫든 그의 아버지였잖아. 비록 한 부모가 다른 부모를 죽여서 바위 정원에 묻었다 할지라도, 네 부모를 공경해라 운운하는 용서의 문제가 있었던 거야. 아담은 포용해야 한다고 생각했어. 모든 걸 자기 잘못으로 돌렸지. 아담은 그런 사람이었어. 카트리나 우우를 잃어버린 다음부터는 그런 증상이 한층 더 심해졌지."

"그녀가 다른 남자와 눈이 맞아 도망갔어요?"

"그렇게 재미있는 게 전혀 아니야. 시체보안회사는 성매매 사업을 인수하기로 마음먹었어. 수익성이 상당히 좋았거든. 그들은 정치인 몇 명을 매수하여 그 사업을 합법화시킨 다음 섹스마트를 설립했어. 그러고는 그 사업에 종사하는 사람들 모두가 어쩔 수 없이 그 밑으로 기어들게 만들었지. 카트리나는 처음에는 순응했지만 얼마 지나지 않아 그들은 그녀가 받아들일 수 없는 정책들을 도입하고 싶어 했어. 그들은 그걸 '협회 정책', 뭐 그런 식으로 표현했지. 그녀는 양심의 가책을 느끼게 되었고, 그래서 그들에게 귀찮은 존재가 되었던 거야. 그들은 비단뱀 역시 제거해 버렸어."

"아, 그랬군요. 애석한 일이네요." 토비가 말한다.

"나도 그렇게 생각했어. 아담은 말로 다할 수 없이 안타까워했을 뿐만 아니라 비통해했고 움츠러들었어. 아담은 뭔가가 빠져나간 사람처럼 보였지. 그는 카트리나를 정원에 데려다 놓겠다는 꿈을 가지고 있었던 것 같아. 하지만 그 꿈은 이루어질 수 있는 게 아니었어. 잘못된 의상 선택 같은 거였지."

"정말 안타깝네요."

"맞아, 그랬어. 내가 좀 더 이해심이 많았어야 했는데. 그 대신에 난 시비를 걸었어."

"아, 당신 혼자요?"

"아마도 우리 둘 다 그랬던 것 같아. 아무런 거리낌도 없이 치열하게 다퉜어. 나는 아담에게 형은 정말이지 아버지 목사와 똑같은 존재라고 말했어. 단지 뒤집혔을 뿐 양말 짝처럼 똑같다고. 둘 다 다른 사람은 전혀 안중에도 없고 언제나 자기들 식으로 하거나 아니면 전혀 안 한다고. 그랬더니 아담은 나에게 넌 항상 범죄자 성향을 갖고 있었기 때문에 너 같은 사람은 평화주의라든가 내면의 평화를 이해할 수 없는 거라고 반박하더군. 그래서 나는 형이 아무것도 하지 않고 방관하는 것은 특히 석유회사와 반석석유 교회처럼 지구를 빌어먹을 개판으로 만들고 있는 세력들과 공모하는 거라고 맞받아쳤지. 그러자 아담은 내가 신앙심이 전혀 없는 사람이라고 말하면서 창조주가 상당히 빠른 시간 내에 지구의 상황을 정리할 것이며, 창조에 대해 진정한 사랑을 가지고 적절히 대응한 사람들은 절대로 멸망하지 않을 거라는 거야. 그래서 나는 바로 그런 게 이기적인 견해라고 말해 줬지. 그랬더니 그는 내가 세속적인 세력의 속삭임에 귀를 기울이고, 어린 시절 허용된 범주를 넘어서려고 했을 때에 그랬던 것처럼 그저 사람들의 관심을 받고 싶어 한다고 말하더군."

그는 다시 한숨을 쉰다.

"그런 다음에는 어떻게 했어요?" 토비가 묻는다.

"난 울화통이 터지고 말았지. 그래서 절대로 하지 않았으면 좋을 말을 하고 말았어."

잠시 침묵이 흐른다. 토비는 가만히 기다린다.

"아담에게 형은 사실 내 형이 아니라고, 유전적으로 아니라고 했어. 형은 나와 아무런 관계도 없다고."

또다시 침묵이 흐른다.

"아담은 처음에는 내 말을 믿지 못하더군. 그래서 내가 더 밀어붙여 필라가 행한 유전자 감식에 대해 말해 주었더니 그는 그냥 무너져 버리고 말았어."

"아." 토비가 말한다. "정말로 안됐네요."

"나는 곧바로 참담한 기분이 들었지만 그렇다고 방금 한 말을 철회할 수도 없잖아. 그런 다음 우리는 어색한 감정을 보기 좋게 덧대고 도배해 보려고 애썼지. 하지만 상황이 점차 악화되었어. 그래서 어쩔 수 없이 우리는 각자의 길을 가야만 했던 거야."

"카투로는 당신을 따라왔군요. 레베카, 검은 코뿔소, 새키, 크로제, 그리고 오츠도요."

토비가 말한다. 그건 분명한 사실이다.

"처음에는 아만다도 따라왔지. 그렇지만 그녀는 떠나 버렸어. 그런 다음 새로운 사람들이 합류했지. 아이보리 빌, 로티스 블루, 화이트 세지. 그들 모두가."

"그리고 스위프트 폭스도요." 토비가 덧붙인다.

"맞아. 그녀도 들어왔어. 우리는 글렌, 그러니까 크레이크가 미친 아담 대화방을 통해 우리에게 기업체 정보를 공급해 주고 있는 내부자라고 생각했었어. 그런데 그는 우리를 파라디스 돔으로 끌고 들어가 자신을 위해 유전자 조작 일을 하도록 그동안 계속해서 올가미를 씌우고 있었던 거야."

"그의 전염병 바이러스 혼합도요?"

"내가 듣기로는 그건 아니야. 그 일은 글렌 혼자서 했어." 젭이 말한다.

"그의 완벽한 세상을 만들기 위해서요."

"완벽한 건 아니지. 그는 그렇게 주장하지는 않을 거야. 그보다는 재부팅을 해서 새롭게 시작하려는 거였어. 그리고 그는 자기 방식으로 성공했잖아. 지금까지는."

"고통공 죄수들은 예상하지 못했나 봐요." 토비가 말한다.

"예상했어야 했는데. 아니면 그 비슷한 거라도." 젭이 말한다.

저 아래쪽 숲속은 매우 조용하다. 크레이커 아이가 잠결에도 이따금씩 노래를 부르고 있다. 수영장 주변에서는 돼지구리들이 마치 연기를 뿜어내는 것처럼 조그맣게 꿀꿀거리면서 꿈을 꾸고 있다. 저 멀리서 뭔가가 울부짖는다. 봅키튼인가?

서늘한 산들바람이 약하게 불어온다. 나뭇잎들이 바스락거리며 바쁘게 움직거리고 달은 하늘을 가로질러 여행하면서 멈칫멈칫 다음 단계로 옮겨 가며 시간을 표시해 주고 있다.

"당신은 잠을 좀 자 둬야 할 텐데." 젭이 말한다.

"우리 둘 다 그래야죠. 에너지가 필요할 테니까요."

"당신한테 주문을 걸어야겠군. 수리수리 마수리. 내가 스무 살만 젊다면 얼마나 좋을까. 고통공 죄수들의 건강 상태가 그다지 좋지는 않겠지? 그들이 그동안 뭘 먹고 살았는지 어떻게 알겠어."

"돼지구리들은 충분히 건강해요."

"그들은 방아쇠를 당길 수가 없잖아."

젭이 잠시 동안 말을 멈춘다.

"만약에 말이지, 내일 우리 두 사람 모두 살아서 돌아온다면 모닥불 앞에서 하는 의식을 하면 어떨까? 녹색 나뭇가지를 들고서."

토비가 웃음을 터뜨린다.

"그런 행위는 아무런 의미도 없는 공허한 상징이라고 말하지 않았나요?"

"심지어 아무런 의미가 없는 공허한 상징이라 해도 어떤 때에는 뭔가 의미를 지닐 수도 있잖아. 당신은 날 거부하는 거야?"

"아니요." 토비가 말한다. "어떻게 그런 생각을 할 수 있어요?"

"최악의 상황을 우려하는 거지."

"그게 최악의 상황일까요? 내가 당신을 거부하는 게?"

"민감한 감정에 빠져 있는 사람을 마구 다그치면 안 되는 거야."

"난 그저 당신이 진지하게 말하는 건지 믿기 어려운 거예요."

젭이 한숨을 쉰다.

"귀염둥이 아가씨, 어서 잠 좀 주무시죠. 그 문제는 나중에 해결합시다. 내일이 다가오고 있군."

알껍데기

집결

동쪽 하늘에 복숭앗빛 안개가 피어오른다. 날이 밝아 온다. 처음에는 태양이 아직 뜨거운 스포트라이트를 비추지 않아 서늘하고 은은하다. 까마귀들이 널리 퍼져서 서로에게 신호를 보내고 있다. 까악! 까악까악! 까악! 그들은 무슨 말을 하고 있는 걸까? 조심해! 조심해! 아니면 얼마 안 있으면 잔치가 벌어진다! 전쟁이 있는 곳에 썩어 가는 고기를 좋아하는 까마귀들이 있을 것이다. 눈알을 마구 먹어 치우는 군용기 같은 갈까마귀들도 나타날 테고, 옛날 옛적부터 거룩한 새였고 오랜 기간 부패 감식을 책임져 온 독수리 떼도 보이겠지.

병적인 독백은 내다 버리시지, 토비는 자기 자신을 향해 말한다. 지금 필요한 것은 긍정적인 전망이다. 그런 걸 위해 트럼펫 팡파르를 울렸고 드럼을 두드려 댔으며 행진곡을 불러 젖혔다. 그런 음악은 우리가 천하무적 부대라고 병사들에게 말해 주었다. 전투에 임하는 병사들은 그 말들을, 그런 거짓된 선율을 믿어야만 했다. 만약에 그런 것도 없다면 어느 누가 죽음을 향해 용감무쌍하게 걸어갈 수 있겠는가? 북유럽 전설에 의하면 곰 그림이 그려진 옷을 입은 용맹한 전사들은 전투에 참여하기 전에 북부에서 자라는 환각성 버섯을 복용했던 것으로 알려져 있다. 아마도 광대버섯이었을 거라고 필라가 정원사 시절에 말해 주었던 것 같다. 오로지 상급생만 수강할 수 있었던 역사적인 버섯 이용법.

어쩌면 물병에다 그 약물을 첨가해야 할지도 모르겠다고 토비는 생각한다. 당신의 뇌에다 독을 집어넣어라. 그런 다음 성큼성큼 걸어 나가 사람들을 죽여라. 아니면 살해당하거나.

분홍색 침대보를 떨치고 일어나 똑바로 서니 몸이 부들부들 떨린다. 이슬이 내렸나 보다. 습기로 인해 그녀의 머리와 눈썹에 구슬이 맺혀 있다. 두 발이 얼얼하다. 소총은 손이 닿는 곳에 그녀가 놓아 둔 그대로 있고 쌍안경 역시 그대로다.

젭은 벌써 자리에서 일어나 난간에 기대서 있다. 그녀가 젭에게 말한다.

"어젯밤 깜빡 잠들었나 봐요. 대단한 파수꾼은 못 되겠어요. 미안해요."

"나도 마찬가지야. 그래도 괜찮아. 돼지구리들이 경고 신호를 울렸을 테니까."

"신호를 울린다고요?" 토비가 살짝 웃으면서 말한다.

"당신은 정말이지 철저한 사람이야. 맞아, 위험하다고 꿀꿀댔겠지. 밤새 우리의 뚱뚱이 친구들이 얼마나 바빴는지 몰라."

토비는 젭이 바라보고 있는 곳, 저 너머 아래쪽을 바라본다. 돼지구리들이 스파 빌딩 주위로 사방팔방 초원을 반반하게 만들어 놓았는데, 키가 커다란 잡초들이나 관목이 있던 곳이 모두 평평해졌다. 몸집이 커다란 돼지구리 다섯 마리가 아직도 작업을 하고 있는데 자기들 발목보다 조금이라도 높은 풀은 전부 짓밟고 그 위에서 뒹굴어 대고 있다.

젭이 말한다. "어느 누구도 저놈들에게 몰래 다가갈 수 없을 거야. 그건 아주 확실해. 무척 영리한 놈들이야. 속임수를 잘 파악하고 있어."

그들이 중간 거리에 남겨 놓은 나뭇잎 한 무더기가 토비의 눈에 들어온다. 그녀는 쌍안경으로 그것을 자세히 살펴본다. 그것은 예전에 새론당신 채마밭이라는 문제를 놓고 그녀와 돼지구리들 사이에 영역 싸움이 벌어졌을 때 그녀가 죽인 수퇘지의 유해를 표시한 것이 분명했다. 아주 기이하게도 돼지구리들은 죽은 새끼 돼지는 기꺼이 먹을 것처럼 굴었으면서도 수퇘지의 시체는 먹어 치우지 않았다. 그런 문제에 있어서 그들 사이에 어떤 위계라도 있다는 건가? 암퇘지가 그들의 새끼를 먹는 일은 허용되지만 수퇘지는 어느 누구도 먹지 않는단 말인가? 그런 다음에는 무엇을 할까, 기념 동상이라도 세우나?

"루미로즈 장미나무들이 너무 안됐네요." 그녀가 말한다.

"맞아, 내가 직접 심었던 건데. 하지만 다시 자랄 거야. 일단 자라나기 시작하면 그놈들은 젠장맞을 칡넝쿨처럼 없애기가 아주 어려워."

"그런데 크레이커들은 아침 식사로 뭘 먹나요? 이제 이파리가 모두 사라지고 없잖아요. 그들이 저 너머 숲 가까이로 헤매고 돌아다니도록 내버려 둘 수는 없을 텐데요."

"돼지구리들은 그 점도 배려했어. 수영장 옆을 좀 봐."

과연 새로운 이파리들이 한 무더기 쌓여 있다. 사방을 둘러보아도 사람이라곤 한 명도 보이지 않는 걸 보니 돼지구리들이 그것을 모아놓은 게 분명했다.

"상당히 사려가 깊네요."

"젠장, 저놈들은 진짜 똑똑하다니까. 얘기가 나왔으니 말인데."

그가 손가락으로 가리킨다.

토비는 쌍안경을 들어 올린다. 중간 크기의 돼지구리 세 마리, 두 마리는 점박이이고 세 번째는 거의 새까만 놈인데 북쪽에서 활기차게 빠른 걸음으로 다가오고 있다. 불도저처럼 밀어붙이며 부지런히 초원을 평평하게 만들고 있던 덩치 큰 돼지구리 무리가 몸을 굴려서 똑바로 서더니 그들을 맞이하기 위해 느릿느릿 걸어간다. 어떤 놈은 꿀꿀거리는 소리를 내고 어떤 놈은 코를 비벼 댄다. 귀들은 앞쪽을 향해 있고 꼬리는 모두 말려서 빙글빙글 돌아가 있다. 여하튼 그들은 두려움에 빠져 있거나 화나 있는 게 아니었다.

"저들이 무슨 말을 하고 있는지 궁금해요?" 토비가 묻는다.

"앞으로 알게 되겠지. 저 망할 놈들이 우리에게 말해 줄 마음의 준비가 되면 말이야. 그들의 입장에서 보면 우리는 그저 보병에 불과하거든. 저놈들은 분명 우리가 나무 그루터기만큼이나 멍청하다고 생각할 거야. 물론 우리는 분무 총을 다룰 수 있지만. 그래도 저놈들이 지휘관인 거야. 저놈들은 틀림없이 나름대로 전략을 다 세워 놓았을 거야."

레베카는 이리저리 뒤지고 다니면서 자질구레한 것들을 찾아낸 게 분명했다. 아침 식사로 그들은 모헤어 양젖에 푹 담가두었다가 설탕을 묻힌 달달한 콩 조각들을 먹는다. 거기에 더해 특별식인 아보카도 바디버터가 한 스푼씩 놓여 있다. 새론당신 스파는 화장품에 음식 비슷한 이름을 붙이는 데 신경을 많이 썼다. 예를 들어 초콜릿 무스 페이스 크림, 레몬 머랭 각질 제거 마스크팩 등이 있었다. 그리고 필수 지방질이 풍부하게 들어간 바디버터들도 다양하게 있었다.

토비가 묻는다. "그 물건이 아직도 남아 있었어요? 내가 전부 먹어 치웠다고 생각했는데요."

레베카가 말한다. "부엌의 커다란 수프 그릇에 숨겨져 있던걸. 어쩌면 네가 직접 그곳에다 넣어 두고는 잊어버렸을지도 몰라. 너는 여기서 일하던 시절 내내 이 건물 어딘가에다 아라랏 저장고를 만들어 두었던 게 분명해."

"맞아요. 하지만 그건 그저 비품 창고였는걸요. 난 내 물건들을 대장 세척제 대용량 패키지 속에다 슬쩍 넣어 뒀어요. 부엌에는 내가 사용하던 물품들을 하나도 남겨 놓지 않았던 것 같은데요. 누군가가 그것들을 발견할 수도 있을까 봐서요. 아마 그건 다른 직원이 숨겨 놓았을 거예요. 그런 짓들을 많이 했어요. 최고급 새론당신 제품을 조금씩 훔쳐 평민촌의 회색시장에서 팔곤 했지요. 그렇지만 나는 2주마다 재고 조사를 했기 때문에 대체로 그런 사람들을 색출해 냈어요."

토비는 그런 사람들을 언제나 상부에 보고했던 것은 아니다. 그렇게 해 보았자 상여금은 없었기 때문이다. 뭐 하러 한 인생을 망가뜨린단 말인가?

아침 식사를 끝낸 다음 그들은 본관 로비에 모인다. 그곳은 한때 신규 고객들을 환영하는 의미에서 핑크색 과일 음료를 알코올 성분이 들어간 것과 들어가지 않은 것으로 준비하여 제공하던 곳이었다. 미친 아담 식구들 모두가 참석했고, 이전에 신의 정원사에 소속되었던 사람들도 모두 모였다. 수퇘지 한 마리도 그 자리에 참석했는데 어린 블랙비어드가 그 옆에 바짝 붙어 있다. 나머지 크레이커들은 아직도 바깥에 있는 수영장 옆에서 켜켜이 쌓여 있는 아침 식사를 아삭아삭 씹어 먹고 있다. 그리고 나머지 돼지구리들 역시 비슷하게 우적우적 먹고 있다.

젭이 말한다. "자, 현재 우리의 상황은 이렇습니다. 적들이 이동하는 방향을 우리는 잘 알고 있어요. 그들은 두 명이 아니라 세 명입니다. 돼지들, 아니 돼지구리들이 그 점에 대해 확신하고 있어요. 그들이 이자들을 분명히 본 건 아닙니다만. 돼지 정찰대는 총에 맞지 않으려고 그들의 시야에서 상당히 떨어져 있었거든요. 하지만 돼지구리들은 그자들을 계속해서 추적해 왔다는군요."

"어느 정도나 떨어져 있었죠?" 코뿔소가 묻는다.

"충분히 멀리랍니다. 일단은 그자들이 우리보다 유리한 출발을 했어요. 하지만 돼지구리들의 말에 의하면 우리에게 유리하게도 세 사람 중 한 명이 발을 절뚝거리고 있어서 사실상 빨리 걸어갈 수가 없답니다. 한쪽 발을 질질 끌면서 가고 있대요. 내 말이 맞지?"

젭이 블랙비어드에게 묻자 그가 고개를 끄덕인다.

"발에서 냄새가 많이 난대요." 블랙비어드가 말한다.

"그건 좋은 소식입니다. 하지만 나쁜 소식은 그들이 되젊음 조합 단지를 향해서 가고 있다는 거예요. 그러니까 필시 파라디스 돔을 뜻하는 거겠죠."

"아 퍼크." 지미가 말한다. "분무 총의 전지 묶음이 있는데! 그놈들이 그것을 찾아내고 말 거예요!"

"그자들이 그걸 노리고 가는 거라고 생각해?" 젭이 묻는다. "미안. 바보 같은 질문을 하다니. 그들의 의도가 무엇인지 우리가 어떻게 알겠어."

"만약에 그자들이 그저 이리저리 헤매고 돌아다니는 게 아니라면 그들에게 목적지가 있을 거라고 추정할 수 있겠지. 세 번째 사람, 그가 놈들에게 길을 안내하고 있을지도 모르잖아." 카투로가 말한다.

코뿔소가 말한다. "우리가 진로를 차단할 필요가 있겠군. 놈들이 거기 들어가지 못하게 막아야 해. 그러지 않으면 무장을 단단히 하고 오랜 시간 버틸 수 있을 테니까."

섀키가 말한다. "그리고 얼마 지나지 않아 우리는 무장 해제 되겠죠. 우리가 갖고 있는 전지 묶음은 이미 거의 다 소모되었거든요."

젭이 말한다. "그렇다면 이제 유일하게 남은 문제는, 누가 우리와 함께 가고 누가 여기에 남느냐는 겁니다. 몇몇 사람은 말할 필요도 없지요. 코뿔소, 카투로, 섀키, 크로제, 매너티, 준준시토는 함께 갑니다. 그리고 물론 토비도 가고요. 임신한 여자들은 모두 이곳에 남습니다. 렌, 아만다, 스위프트 폭스요. 임신한 사람 또 있습니까……. 공표하실 분 또 없어요?"

"빌어먹을 성 역할." 스위프트 폭스가 말한다.

제발 너부터 그런 역할 놀이를 그만두시지 그래. 토비는 생각한다.

"인정해요." 젭이 말한다. "하지만 지금은 그게 현실이에요. 누구라도 스케줄에 맞지 않게 출혈 상황이 벌어지면 안 되니까요. 도중에요……. 한창 진행 중일 때 말입니다. 필요 이상으로 요. 화이트 세지는요?"

"그녀는 평화주의자예요. 그리고 로티스 블루는 여러분도 알다시피 생리통이 심해요." 아만다가 뜻밖에도 입을 연다.

"그럼 남으세요. 또 다른 사람들 중에 장애가 있거나 아니면 거리낌을 느끼는 사람 있습니까?"

"난 가고 싶어요. 그리고 난 확실히 임신도 아니에요." 레베카가 말한다.

"따라오실 수 있겠어요?" 젭이 묻는다. "그게 그다음 문제예요. 솔직히 말해야 합니다. 당신은 당신 자신과 다른 사람들에게 위험을 야기할 수도 있어요. 베테랑 고통공 죄수들은 빈둥거리지 않아요. 그들은 단 세 사람에 불과하지만 상당히 치명적일 겁니다. 이번 소풍은 비위가 약한 사람들에게는 맞지 않습니다."

"좋아요, 취소할게요. 너 자신을 알라. 운동 부족인 사람은 손을 드세요. 비위가 약한 것은 말할 것도 없고요. 나는 여기에 남을게요." 레베카가 말한다.

"저도요." 벨루가가 말한다.

"나도요." 타마로가 말한다.

"그럼 나도." 아이보리 빌이 말한다. "인간의 생애에서 영적으로는 제아무리 기민해도 속된 외피가 한계를 낳는 때가 오기 마련이죠. 무릎은 말할 것도 없고. 그리고 또 다른 문제로는……."

"됐습니다. 그리고 블랙비어드는 우리와 함께 갑니다. 우리에게는 그가 필요해요. 그는 돼지구리들이 전달하고 싶은 말이 무엇이건 그걸 파악하는 것 같습니다."

토비가 말한다. "안 돼요. 블랙비어드는 여기에 남아야 해요. 그는 겨우 어린아이잖아요."

만약에 어린 블랙비어드가 살해당하기라도 하면 그녀는 자책감을 견디지 못할 것 같다는 생각이 든다. 특히나 고통공 죄수들이 그를 생포하는 경우에 그들이 선택할 살해 방법들을 생각하면 끔찍했다.

"게다가 그 아이는 사람에 관한 한 겁이 하나도 없어요. 실제적으로 전혀 느끼지 못해요. 그 아이는 집중 공격하는 곳으로 무턱대고 뛰어들지도 몰라요. 아니면 인질로 사로잡히든가요. 그러면 어떤 일이 벌어지겠어요?"

젭이 말한다. "맞는 말입니다. 하지만 그 아이가 없으면 우리가 어떻게 헤쳐 나갈 수 있습니까? 그 아이가 우리를 돼지들과 연결시켜주는 유일한 통로에요. 돼지들과의 소통이 대단히 중요하니 우리는 위험을 감수해야만 합니다."

블랙비어드는 무슨 대화가 오가는지 제대로 이해하고 있었다.

"아 토비, 걱정하지 말아요. 나는 가야 해요. 돼지1들이 그렇게 말했어요. 오릭스가 날 도와줄 거예요. 그리고 퍼크도요. 난 벌써 퍼크를 불렀어요. 그는 지금 당장 이곳으로 날아오는 중이에요. 두고 보세요."

토비로서는 블랙비어드의 말을 반박할 길이 전혀 없다. 그녀 자신은 오릭스라든지 도움을 주는 퍼크를 볼 수도 없을 뿐만 아니라 돼지구리들의 말을 이해할 수도 없기 때문이다. 블랙비어드의 세계로 들어가면 그녀는 귀머거리이고 장님이다.

토비는 블랙비어드에게 말한다. "그 남자들 있잖아, 그들이 널 향해 막대기를 겨냥하면 너는 땅바닥에 납작 엎드려야 해. 아니면 나무 뒤에 숨거나. 만약에 나무가 있다면 말이야. 그렇지 않으면 벽 뒤라도."

"네. 고마워요, 아 토비."

블랙비어드가 정중하게 말한다. 말투로 볼 때 그 아이는 진작부터 이걸 알고 있었던 것 같다.

"자 그럼, 다 된 거죠?" 젭이 말한다.

"나도 갈 거예요." 지미가 말한다.

모두가 그를 바라본다. 그들 모두가 지미는 뒤에 남는 걸로 생각했다. 그는 여전히 나뭇가지처럼 비쩍 말랐고 먼지버섯처럼 창백하다.

"정말이야? 발은 어떻게 하고?" 토비가 말한다.

"괜찮아요. 나는 걸을 수 있어요. 내가 가야만 해요."

"그게 현명한 일인지 잘 모르겠는걸." 젭이 말한다.

"현명한 거예요." 지미가 말하고는 조금 웃는다. "현명하다는 소리를 들은 적은 한 번도 없었지만요. 하지만 만약에 우리가 파라디스 돔으로 가는 거라면 난 반드시 가야만 해요."

"그 이유는?" 젭이 묻는다.

"왜냐하면 오릭스가 거기에 있으니까요."

어색한 침묵이 흐른다. 이건 미친 짓이다. 지미는 초조하게 웃어 대며 둥글게 모여 있는 사람들을 둘러본다.

"좋아요, 난 미치지 않았어요. 그녀가 죽었다는 걸 나도 잘 알아요. 하지만 당신들한텐 내가 필요하단 말이에요."

"무엇 때문에? 무례하게 굴려는 건 아니지만……." 카투로가 묻는다.

"왜냐하면 난 이미 그곳에 다시 가 보았기 때문이에요. 홍수 사건 이후에요." 지미가 말한다.

"그래서? 향수병이라도 걸렸나?" 젭이 침착한 목소리로 말한다.

토비는 그토록 침착한 어조의 의미를 추측해 본다. 뇌손상을 입은 이 얼간이를 떼어 버리겠다는 뜻인가.

지미는 자신의 입장을 견지한다. "그래서 나는 필요한 물건들이 있는 곳을 잘 안단 말입니다. 예를 들면 전지 꾸러미 같은 거요. 그리고 분무 총들도요. 그것들도 잔뜩 숨겨져 있었어요."

젭이 한숨을 쉰다. "알았어. 하지만 만약에 뒤처진다면 너를 다시 돌려보낼 테니까 그런 줄 알고 있어. 에스코트는 인간이 아닌 종족이 하게 될 거야."

"저 늑대 인간 같은 돼지들 말씀이시죠? 겪어 봐서 알아요. 저놈들은 나를 만만하게 보죠. 에스코트 받을 일 없어요. 난 따라갈 수 있다구요." 지미가 말했다.

출격

토비는 스파 작업복으로 갈아입고 베갯잇을 찢어 만든 햇빛 가리개를 머리에 쓴다. 헐렁한 상의에 그려진 키스하는 입술과 윙크하는 눈 모양이 밀리터리룩과는 매우 거리가 멀어 몹시 유감이고, 핑크라는 색상 또한 그녀를 표적으로 만들 수 있어서 마음에 들지 않는다. 그렇지만 새론당신에는 카키색 직물이 하나도 없다.

그녀는 자신의 소총을 살펴보고 분홍색 스파 전용 백에다 여분의 총알을 적당히 챙겨 넣는다. 스파에서 사용하던 니 삭스도 몇 켤레 보인다. 뒤쪽에 솜털 같은 방울이 달린 면양말로, 토비는 한 켤레는 신고 여분으로 한 켤레를 더 담는다. 만약에 젭이 그녀의 옷차림에 대해 무슨 말이든지 하면 찰싹 때려 주고 싶은 유혹을 느낄 것이다.

토비는 본관 로비에서 레베카가 일찌감치 렌과 아만다의 도움을 받아 알맞게 끓인 물을 채워 놓은 물병을 나눠 준다. 새론 당신 스파는 체육관에서 운동을 하는 동안 적절한 수분 섭취의 필요성을 강조했기 때문에 플라스틱 물병은 충분하다. 미친 아담 식구들은 흙집에서 떠나올 때 에너지 바 몇 개와 차가운 칡넝쿨 튀김을 조금 가져왔다.

젭이 말한다. "계속 가려면 에너지가 충분해야 합니다. 너무 많은 건 좋지 않지만요. 그러면 오히려 몸이 늘어집니다. 나중을 위해 조금은 남겨 두세요."

그는 토비가 입고 있는, 키스하는 입술이 그려진 분홍색 복장을 쳐다본다.

"어디에 오디션 보러 갑니까?" 젭이 말한다.

"발랄하시네요." 지미가 말한다.

"록 스타 같아요. 조금은요." 코뿔소가 말한다.

"괜찮은 위장인데요." 섀키가 말한다.

"놈들이 아주머니를 무궁화꽃인 줄 알겠어요." 크로제가 말한다.

토비가 말한다. "이게 바로 소총이라는 물건이거든요. 여기서 이걸 다룰 줄 아는 사람은 나밖에 없으니까 다들 입 다무세요."

그들 모두가 활짝 웃는다.

그러고 나서 그들은 출발한다.

돼지구리 셋이 정찰대로 나서 선두에서 지면을 따라가며 코를 쿵쿵거린다. 그들의 양옆에 두 마리가 더 서서 축축하고 둥글납작한 코로 공기를 점검하며 외곽 경호를 담당한다. 냄새 레이더라고 토비는 생각한다. 그들은 우리의 무딘 감각으로는 느끼지 못하는 어떤 진동들을 포착하고 있는가? 송골매가 시각이 뛰어나다면 돼지구리들은 냄새에 아주 민감하다.

젖을 막 뗀 새끼들보다 조금 더 자란 어린 돼지구리 여섯 마리도 있다. 그들은 정찰대와 외곽 경호대 그리고 나이가 더 많고 몸집도 더 무거운 주요 선봉대원들, 그러니까 장갑차량이었다면 전차 대대라고 말할 수 있을 돼지구리들 사이에서 서로에게 메시지를 전달해 준다. 그들은 덩치가 아주 큰데도 놀라울 정도로 재빠르게 움직일 수 있다. 바로 이 순간 그들은 에너지를 아껴 가며 꾸준한 속도를 유지하고 있다. 단거리 경주가 아니라 마라톤 보행이다. 꿀꿀대는 소리는 별로 들리지 않고 꽤액 꽥 울부짖지도 않는다. 기나긴 행군에 나선 군인들처럼 그들은 입을 다물고 있다. 그들의 꼬리가 두르르 말려 있지만 움직이지 않고 분홍색 귀는 앞쪽을 겨냥하고 있다. 아침 햇살을 받은 그들의 모습은 만화에 나오는 미소 짓는 돼지들처럼 귀여워 꼭 껴안아 주고 싶다. 큐피드의 날개를 달고서 하트 모양의 빨간색 사탕 상자를 움켜쥐고 있는 밸런타인 돼지들. 이 꼬마 돼지가 날 수만 있다면 내 사랑을 당신에게 전해 주리라!

하지만 단지 비슷할 뿐이다. 이 돼지들은 미소 짓고 있지 않다.

만약에 우리가 깃발을 들고 간다면 거기에는 어떤 구호가 적혀 있을까? 토비는 곰곰이 생각해 본다.

처음에는 가는 길이 순조롭다. 그들은 초원의 평평한 지역을 가로질러 간다. 전염병 희생자들이 쓰러진 곳마다 핸드백과 부츠와 뼈들이 삐죽삐죽 튀어나와 있다. 만약에 그것들이 잡초로 뒤덮여 있었다면 행군하는 무리들은 발이 걸려 넘어졌을 수도 있을 텐데, 눈에 보이기 때문에 피해 가기가 쉽다.

모헤어 양들을 풀어 놓았으므로 꼴을 먹이기 위해 남겨 둔 목초지의 저쪽 가장자리에서 양들이 풀을 뜯어 먹고 있는 중이다. 대리로 지명된 어린 돼지구리 다섯 마리에게 양들을 지키는 일을 맡겨 놓았다. 그들은 자신들의 임무를 아주 심각하게 받아들이고 있는 것처럼 보이지 않는데, 그것은 위험의 냄새가 전혀 나지 않는다는 의미다. 세 마리는 식물이 있는 곳을 헤집고 다니고 있고 한 마리는 축축한 진흙 밭에서 뒹굴고 있으며 다섯 번째 돼지구리는 꾸벅꾸벅 졸고 있다. 혹시라도 사자양 한 마리가 공격해 온다면 저 다섯 마리 돼지구리가 그를 상대할 수 있을까? 당연히 가능하다. 사자양이 두 마리라면? 어쩌면 그것도 가능할 듯싶다. 하지만 어린 돼지구리들은 그놈들이 가까이 다가오기도 전에 모헤어 양 떼를 모두 모아 종종걸음으로 스파로 몰아갈 것이다.

목초지를 떠난 행렬은 새론당신 부지와 맞닿아 경계 울타리를 은폐하고 있는 숲을 뚫고 북쪽으로 가는 도로를 택한다. 북쪽 수위실은 황폐해졌다. 통로에서 햇볕을 쬐고 있는 너구컹크 한 마리를 제외하고 수위실 안이나 주위에 생명체의 흔적이라고는 전혀 없다. 그들이 접근하자 그놈은 일어서긴 했지만 굳이 도망치려 들지 않는다. 그 동물들은 지나칠 정도로 우호적이다. 좀 더 가혹한 세계였다면 그들 모두가 지금쯤 모자로 변해 있을 것이다.

다음으로 나타나는 도시의 거리들은 방향을 읽기가 한층 더 어렵다. 박살 나고 버려진 차량들이 보도를 가로막았고, 보도 위에는 유리 파편과 뒤틀린 금속들이 널려 있다. 칡넝쿨이 이미 밀고 들어와 새로 나온 부드러운 녹색 이파리들이 깨진 것들을 덮고 있다. 돼지구리들은 발에 부상을 입지 않도록 주의를 기울이며 우아하게 자기들이 갈 길을 선택한다. 인간은 두꺼운 신발을 신고 있다. 그럼에도 불구하고 사람들도 종종 발밑을 살피며 신중하게 앞으로 나아갈 필요가 있다.

토비는 파편이라든가 예리한 모서리들 때문에 이 거리를 지나가면서 블랙비어드에게 어떤 문제가 발생할지도 모른다고 예상했다. 사실 그의 두 발은 각별히 두꺼운 피부층 덕분에 흙이나 모래, 심지어 자갈길을 걸어도 괜찮다. 하지만 토비는 예방조치로 미친 아담 무리들이 여기저기서 모아 와 비축해 놓은 신발류를 샅샅이 뒤져서 헤르메스 트리메기스토스*의 다용도 운동화를 블랙비어드 발에 꼭 맞게 고쳐 주었다. 처음에 블랙비어드는 발에다 그런 물건을 신는 것에 대해 극도로 걱정스러워했다. 혹시 아프지는 않을까? 발에 달라붙어 버리는 건 아닐까? 언젠가 이걸 벗을 수는 있을까? 하지만 토비는 신을 신었다가 다시 벗는 방법을 여러 차례 블랙비어드에게 보여 주면서 만약에 그의 두 발이 날카로운 물건들에 베이기라도 하면 그는 더이상 걸어갈 수 없게 될 것이고, 그렇게 되면 돼지구리들이 생각하고 있는 것을 어느 누가 그들에게 말해 줄 수 있겠느냐고 차분히 설명해 주었다. 그래서 블랙비어드는 운동화를 신고 벗는 연습을 여러 차례 해 본 다음 신발을 착용하기로 합의했다. 신발에는 녹색 날개가 기계자수로 수놓여 있었으며, 아직은 배터리가 남아 있었기 때문에 그가 발걸음을 뗄 때마다 불빛이 번쩍거렸다. 이제 블랙비어드는 신발 신는 걸 너무나도 신나 하는 것 같다.

블랙비어드는 돼지구리 정찰대의 정보 보고에 귀를 기울이면서 주력 부대 맨 앞쪽에서 걸어가고 있다. 만약에 그것이 귀를 기울이는 행동이라고 말할 수 있다면 말이다. 어떤 식이건 간에 여하튼 그는 정보 보고를 접수한다. 아직까지는 전달해 줄만큼 중요한 정보를 하나도 알아내지 못한 것이 분명하다. 그는

---

* 신플라톤 학자들이 이집트의 지혜와 마법의 신 토트에게 준 이름으로 신성 마법, 점성술, 연금술에 관한 서적의 저자.

이따금씩 힐끗힐끗 뒤를 돌아보면서 젭과 토비의 행적에 세심한 주의를 기울이고 있다. 그는 또다시 경쾌하게 손을 살짝 흔드는데, 그것은 다 만족스럽다는 것을 의미하는 게 분명하다. 아니, 어쩌면 그 동작은 그저 당신이 보여요, 또는 나 여기 있어요, 또는 아마도 그냥 내 멋진 신발 좀 보세요!일지도 모른다. 높고도 맑은 그의 노랫소리가 공기를 타고 살짝살짝 그녀에게로 전해진다. 크레이커 세계의 모스 부호 같다.

나란히 걸어가고 있는 돼지구리들은 이따금씩 머리를 뒤로 젖히고 그들의 인간 협력자들을 올려다보지만 그들이 무슨 생각을 하고 있는지는 추측만 할 수 있을 뿐이다. 자신들에 비하면 인간의 보행은 분명 굼벵이처럼 느리게 여겨질 것이다. 돼지구리들은 짜증이 날까? 염려될까? 초조할까? 포병 지원을 기뻐할까? 돼지구리들은 인간의 뇌 조직을 갖고 있어서 곡예라도 하듯이 여러 가지 모순되는 것들을 동시에 사고할 수 있으니 의심할 여지없이 이 모든 것을 생각할 것이다.

돼지구리들은 총을 들고 가는 사람에게 각각 세 마리의 경비요원을 할당한 것 같다. 이 경비 요원들은 바싹 붙어 서지도 않고 몰아가거나 지시를 내리지도 않지만 자기가 맡은 사람 곁 반경 약 2미터 안에서 걸어가며 조심스럽게 귀를 돌려 댄다. 분무총이 없는 미친 아담 식구에게는 돼지구리 요원이 각 한 마리씩 배당되었다. 반면에 지미는 돼지구리 다섯 마리가 호위하고 있다. 그들은 지미가 연약하다는 걸 의식하고 있는 걸까? 지금까지는 지미가 잘 따라왔는데 이제 땀을 흘리기 시작한다.

토비는 그를 살펴보기 위해 뒤로 처진다. 그녀는 지미에게 자신의 물병을 건네준다. 그의 물병은 이미 다 비운 것 같다. 그녀에게 셋, 지미에게 다섯, 모두 합해서 돼지구리 여덟 마리가 두 사람을 둘러싸기 위해 위치를 옮긴다.

"돼지고기로 이루어진 만리장성이네요. 베이컨 대대. 햄의 장갑 보병." 지미가 말한다.

"장갑 보병이라고?" 토비가 되묻는다.

"그리스식이에요. 시민군으로 이루어진 진형(陳形)인데, 방패들을 서로 엇갈려 방어벽을 쌓는 거예요. 책에서 본 적이 있어요." 지미는 숨을 약간 헐떡거린다.

"어쩌면 그건 의장대일지도 몰라." 토비가 말한다. "괜찮아?"

"이놈들 때문에 긴장이 돼요. 이놈들이 잘못된 방향으로 이끌고 있는지 우리가 어떻게 알겠어요? 그러니까 매복했다가 습격해서 우리의 내장을 게걸스럽게 삼킬 수도 있잖아요."

"그건 모르지. 그렇지만 글쎄, 나는 그럴 가능성은 없다고 봐. 그들한테는 이미 그럴 기회가 있었잖아."

"오컴의 면도날이네요." 지미가 말한다. 그는 기침을 한다.

"뭐라고?" 토비가 묻는다.

"크레이크가 한 말이었어요. 두 가지 가능성이 있을 때 간결한 쪽이 옳다는 거죠. 아마 크레이크는 '가장 우아한 것'이라고 말했을 거예요. 멍청한 녀석." 지미가 슬프게 말한다.

"오컴이 누군데?"

지미가 약간 다리를 저는 건가?

"수도사였을 거예요. 아니면 주교였던가. 아니, 어쩌면 똑똑한 돼지였을까. 오크햄." 그는 낄낄대고 웃는다. "죄송해요. 쓸데없는 농담이었어요."

두 사람은 아무 말도 하지 않고 조용히 한두 블록을 걸어간다. 그러다가 지미가 말한다.

"인생의 면도날을 미끄러져 내려가네요."

"뭐라고?"

토비는 지미의 이마를 만져 보고 싶다. 그에게 열이라도 있는 건 아닐까?

"그건 아주 오래된 속담이에요. 아슬아슬한 삶을 살아간다는 뜻이죠. 게다가 머리통이 잘릴 수도 있다는 거고요."

이제 그는 한층 더 눈에 띄게 다리를 절룩거린다.

"발은 괜찮아?" 토비가 묻는다.

아무 대답이 없다. 지미는 악착같이 계속해서 터벅터벅 걸어간다.

"지금이라도 돌아가는 게 좋지 않겠니?"

"빌어먹을, 절대로 안 돼요." 지미가 말한다.

일부가 무너진 콘도에서 떨어져 나온 파편 때문에 거리의 저 앞쪽이 막혀 있다. 거기서 화재가 났었다. 정찰대가 우회로를 답사하는 동안 행군을 중단시켰던 젭이 필시 누전으로 야기된 화재였을 거라고 말한다. 불타는 냄새가 아직도 공기 중에 감돌고 있다. 돼지구리들은 그 냄새가 싫은지 여러 마리가 코를 킁킁거린다.

지미가 땅바닥에 주저앉는다.

"왜 그래?" 젭이 토비에게 묻는다.

"발이 또 아픈 거겠죠. 아니면 어디 다른 곳이 아프거나요."

"그렇다면 저 녀석을 스파로 돌려보내야 해."

"아마 돌아가지 않을 거예요."

지미를 따르는 다섯 마리의 돼지구리들이 킁킁거리며 냄새를 맡는다. 그렇긴 해도 돼지들은 공손하게 거리를 유지하고 있다. 그중 한 마리가 그의 발 냄새를 맡기 위해 앞으로 나아간다. 이제는 두 마리가 양쪽에서 지미의 팔을 툭툭 건드린다.

"저리 가!" 지미가 말한다. "저것들이 뭘 원하는 거죠?"

"블랙비어드, 부탁 좀 할게."

토비가 그에게 가까이 오라고 손짓을 한다. 블랙비어드는 돼지구리들과 함께 옹기종기 모여 선다. 조용하게 의견교환이 이루어지더니 이어서 노래를 몇 마디 부른다.

블랙비어드가 말한다. "눈사람 지미는 타고 가야 해요. 저들이 그러는데 그의……."

토비가 해독할 수 없는 단어를 말하는데 그 말이 꿀꿀대고 우르릉거리는 소리처럼 들린다.

"저들이 그러는데 눈사람의 어떤 부분은 강하대요. 그러니까 중간 부분은 강한데 두 발이 아주 약하대요. 저들이 눈사람 지미를 태워서 데려갈 거예요."

돼지구리들 중 한 마리가 가장 덩치가 큰 것도 아니면서 앞으로 나선다. 돼지구리는 지미 옆에서 자신의 몸을 낮춘다.

"저들은 내가 뭘 하기를 바라는 거죠?" 지미가 묻는다.

블랙비어드가 말한다. "아 눈사람 지미, 부탁이에요. 저들이 그러는데 당신은 자기 등에 엎드려 귀를 꼭 붙잡고 있어야 한대요. 다른 두 마리가 당신 옆에서 걸어가면서 당신이 떨어지지 않도록 지켜 줄 거예요."

"바보 같은 소리. 난 미끄러져 떨어질 거야!"

"네게 남은 선택지는 그것뿐이야. 등에 올라탈 게 아니면 그냥 여기 남아 있어야 해." 젭이 말한다.

결국 지미가 돼지구리 등에 올라타서 자리를 잡자 젭이 묻는다.

"혹시 밧줄 좀 있습니까? 그게 조금은 도움이 될 텐데."

지미는 소포 꾸러미처럼 돼지구리 등에 묶였고 그들 모두가 다시 출발한다.

"그러니까 이름이 뭐야, 댄서, 프랜서, 아니면 뭐지?" 지미가 말한다. "내가 얘 등이라도 토닥거려 줘야 해?"

"아 눈사람 지미, 고마워요. 돼지1들이 그러는데요, 귀 뒤를 긁어 주면 좋다고 하네요. 부탁드려요." 블랙비어드가 말한다.

훗날 이 이야기를 큰 소리로 낭송하게 된다면 토비는 눈사람 지미를 등에 실은 돼지구리가 바람처럼 날아갔다고 말하고 싶었다. 그것은 전사한 전우에 대해 반드시 알려져야만 하는 그런 이야기였다. 특히 그토록 중요한 도움을, 그러니까 우연히 그렇게 된 게 아니라 궁극적으로 토비의 생명을 지켜 내는 일을 수행한 사람에 대한 것이기 때문이었다. 만약에 눈사람 지미가 돼지구리에 의해 수송되지 않았더라면 오늘 밤 토비가 빨간 모자를 쓰고 이 자리에 크레이커들과 함께 앉아 그들에게 이 이야기를 할 수 있었겠는가? 아니, 그럴 수 없었을 것이다. 토비는 딱총나무 관목 아래에서 퇴비로 바뀌어 다른 형태를 취하게 되었을 것이다. 정말이지 무척이나 다른 형태였을 거라고 토비는 혼자 속으로 생각하곤 했다.

그래서 그녀의 이야기 속에서 그 돼지구리는 바람처럼 날아갔다.

이 이야기를 할 때 토비가 꿀꿀 소리가 그득한 날아가는 돼지구리의 본래 이름을 조금이라도 비슷하게 발음할 수 없다는 사실 때문에 상황이 다소 복잡해졌다. 그러나 토비의 이야기를 듣고 있던 크레이커들이 토비를 향해 약간의 웃음을 터뜨리기는 했지만 어느 누구도 상관하는 것 같지 않았다. 어린아이들은 게임 하나를 만들어 냈다. 그것은 어린아이 한 명이 단호한 표정을 짓고 바람처럼 날아가는 영웅적인 돼지구리의 역할을 맡고, 몸집이 조금 더 자그마한 아이가 똑같이 단호한 표정을 짓고서 돼지구리 등에 매달려 있는 눈사람 지미의 역할을 하는 게임이었다.

그녀의 등. 돼지구리들은 물체가 아니었다. 토비는 그 사실을 아주 똑바로 전해야만 했다. 그것만이 그들에 대한 존경을 표현하는 올바른 방법이었다.

당시 상황은 다소 다르다. 지미를 업어 나르는 돼지구리의 걸음걸이는 울퉁불퉁하고 그의 등은 둥글고 미끌미끌하다. 지미는 아래위로 덜컹거리며 이동하는데 처음엔 이쪽으로 그다음엔 저쪽으로 미끄러져 내릴 위험에 처해 있다. 그런 위험이 발생하면 양쪽 측면에서 가고 있던 돼지구리들이 눈치껏 자기들 코로 지미의 겨드랑이 아래를 위쪽으로 툭툭 밀었는데 그러면 지미는 간지럽다고 미친 것처럼 소리를 질러 댄다.

"이런 젠장, 저 친구 입 좀 다물게 만들 수 없어? 백파이프를 연주하면서 가는 게 낫겠어." 젭이 말한다.

"지미도 어쩔 수가 없어요. 반사 작용이니까요." 토비가 말한다.

"내가 저 친구 머리를 한 대 툭 쳐도 똑같이 반사 작용을 일으킬걸."

"그놈들은 아마도 우리가 오고 있다는 걸 알고 있을 거예요. 정찰대를 보았을지도 몰라요." 토비가 말한다.

그들은 선두에 선 돼지구리들을 따라가고 있지만 말로 지침을 주는 사람은 지미다.

"우리는 아직도 평민촌을 걸어가고 있는 중이에요. 이 지역을 생생하게 기억하고 있어요."

그런 다음에는 "우리는 지금 단지에 이르기 전에 건물 하나 없이 깨끗하게 정리된 완충 지대인 무인 지대로 다가가는 중이에요."

그러고 나서는 "주요 보안 방위선이 나타납니다."

그리고 또 잠시 후 "저기 보이는 게 동결유전자 단지예요. 그 다음으로 보이는 건 요정들의 도깨비땅 단지랍니다. 반짝거리는 저놈의 빌어먹을 요정 표지판 좀 보세요! 태양광 접속 기능이 아직도 작동하는 게 분명해요."

그런 다음 "자, 이제 중요한 게 나타납니다. 되젊음 단지예요."

까마귀들이 벽에 붙어 있다. 넷, 아니 다섯 마리다. 한 마리 까마귀는 슬픔이라고 필라는 말하곤 했다. 더 많으면 그것들은 수호자 아니면 사기꾼이니까, 당신 마음대로 선택해요. 까마귀 두 마리가 머리 위에서 원을 그리며 그들에 대한 평가를 내리더니 위로 솟아오른다.

되젊음 단지로 들어가는 문이 활짝 열려 있다. 안으로 들어가니 완전히 허물어진 폐가들, 활기 없는 쇼핑몰, 작동을 멈춘 실험실, 모든 게 죽어 있다. 찢어진 천 조각들, 버려진 태양광 자동차들.

지미가 말한다. "돼지들이 있어서 얼마나 다행인지 몰라요. 저들이 없었다면 건초 더미에서 바늘 찾는 격이죠. 거긴 미로거든요."

돼지구리들은 그들이 가는 루트를 확신하고 있다. 그들은 주저함 없이 앞쪽을 향해 종종걸음으로 꾸준히 걸어간다. 모서리를 돌고 또 다른 모서리를 돈다.

"저기 있어요. 저 앞쪽에요. 파라디스의 정문이에요." 지미가 말한다.

알껍데기

크레이크는 파라디스 프로젝트를 직접 설계했다. 되젊음 단지를 위한 차단벽을 마련해 놓았을 뿐만 아니라 그것을 둘러싸고 철저한 보안 경계가 이루어지고 있었다. 그 안은 공원이었는데, 가뭄과 폭우를 모두 견뎌 낼 수 있는 유전자 조작 열대 식물들을 심어 놓은 미세 기후 조절용 혼합 조림지였다. 그 모든 것의 한가운데에 기후 조절이 가능하고 외부 공기 차단 장치가 되어 있는 파라디스 돔이 있었다. 그 돔은 크레이크가 대담하게 만들어 낸 보물인 신인류를 보호하는 온상 같은 곳으로 어느 누구도 뚫고 들어갈 수 없는 알껍데기였다. 그리고 돔의 한가운데에다 크레이크는 나름대로 기이한 완벽체였던 신인간 크레이커들을 창조하고 그들이 숨 쉬며 살아갈 수 있도록 만반의 준비가 갖춰진 인공 생태계를 설치해 놓았던 것이다.

행렬은 경계 게이트에 도달하자 정찰하기 위해 발걸음을 멈춘다. 돼지구리들에 의하면 양쪽 수위실 모두 사람이 한 명도 없다. 그들의 꼬리와 귀가 움직이지 않는 게 그렇다는 신호다.

젭은 잠시 쉬라고 정지 신호를 보낸다. 그들은 에너지를 보충할 필요가 있다. 인간들은 물을 마신 뒤 각자 에너지 바를 반 개씩 먹는다. 아보망고 나무를 발견한 돼지구리들은 뜻밖의 횡재라도 만난 듯 타원형의 주황색 열매들을 턱으로 흐물흐물하게 만들고 지방질이 많은 씨앗들을 으스러뜨려 걸신들린 듯 집어삼키고 있다. 공기 중에 발효된 단맛이 넘실거린다.

돼지구리들이 단맛에 너무 취하지 않으면 좋겠다고 토비는 생각한다. 그들이 취하면 불리한 상황을 초래할지도 모르기 때문이다.

"지미, 지금은 어때?" 토비가 묻는다.

"이 장소가 똑똑히 기억나요. 속속들이 모두 다요. 젠장. 기억이 하나도 나지 않으면 좋을 텐데."

그들 앞에 숲을 통하여 이어지는 도로가 있다. 손질을 하지 않은 가지들이 그 위로 길게 내리뻗은 빛의 회랑까지 닿아 있고 마구잡이로 자란 잡초들은 가장자리부터 도로 안으로 밀고 들어오고 있으며, 삐죽삐죽 튀어나온 덩굴들이 길 위에 드리워져 있다. 부풀어 오르는 거품과도 같은 초목들 너머로 곡선 모양의 돔이 진정제를 복용한 환자의 허연 실눈처럼 그 모습을 드러낸다. 그것, 파라디스 돔은 한때 눈이 부실 정도로 무척이나 반짝였을 것임에 틀림없는데, 보름달을 아주 많이 닮았거나 아니면 희망에 찬 아침노을 같았겠지만 불타는 것 같은 광선은 없었을 것 같다. 하지만 이제 그것은 척박해 보인다. 아니, 그 이상이다. 그것은 하나의 함정처럼 보인다. 그 안에 무엇이 숨겨져 있는지 어느 누가 말할 수 있겠는가. 과연 무엇이 몸을 숨기고 있을까?

그러나 그건 단지 우리가 알고 있는 정보 때문일 것이라고 토비는 생각한다. 순진무구한 관찰자의 눈으로 보면 파라디스 돔의 이미지 자체에는 죽음을 암시할 만한 것이 하나도 없다.

"아 토비!" 블랙비어드가 말한다. "보세요! 알이에요! 크레이크가 우리를 만들었던 바로 그 알이에요!"

"넌 그게 기억나니?"

"잘 모르겠어요. 기억이 그다지 많지는 않아요. 그 안에서 나무들이 자라고 있었어요. 비가 내렸지요. 그렇지만 천둥은 치지 않았어요. 오릭스는 날마다 우리를 보러 왔어요. 그녀는 우리에게 많은 것을 가르쳐 주었죠. 우리는 행복했어요."

"어쩌면 더 이상 똑같지 않을지도 몰라."

"오릭스는 저기에 없어요. 눈사람 지미가 아플 때 그녀는 눈사람을 도와주고 싶었기 때문에 밖으로 날아갔어요. 내 말이 맞지요?"

"그래, 오릭스는 분명 그랬을 거야." 토비가 말한다.

혹시라도 길가에 숨어 있다가 공격해 올지 모르는 적들을 후각으로 탐색하게끔 젊은 돼지구리 정찰대원들을 미리 보냈다.

그들은 이제 나뭇잎이 흩뿌려진 아스팔트 길을 따라 다시 달려오고 있다. 그들의 귀가 뒤로 젖혀 있고 꼬리들이 뒤쪽으로 똑바로 뻗어 있는 걸 보니 경계 신호다.

나이 지긋한 돼지구리들이 땅에 떨어진 아보망고 사이에서 한창 벌이고 있던 열매 파헤치기 잔치를 그만둔다. 블랙비어드가 그들에게로 달려간다. 재빨리 옹기종기 모여 작전 회의에 들어간다. 미친 아담들도 주변으로 모여든다.

"무슨 일이야?" 젭이 묻는다.

블랙비어드가 말한다. "저들이 그러는데 나쁜 사람들이 알 근처에 있대요. 세 명이래요. 한 사람은 밧줄에 묶여 있어요. 그의 얼굴에 흰색 깃털들이 있대요."

"그 사람은 어떤 옷을 입고 있어?" 토비가 묻는다.

아담1이 늘 착용하던 카프탄 아닐까? 하지만 그걸 어떻게 물어보지? 그녀는 바꾸어서 묻는다.

"그 사람한테 겉껍질이 있대?"

"젠장." 지미가 말한다. "그놈들이 비품 창고에 들어가지 못하게 막아야 해요! 분무 총을 전부 갖게 된단 말이에요. 그럼 우리는 끝장이에요!"

"맞아요, 아주머니처럼 그에게도 겉껍질이 있대요. 근데 분홍색은 아니에요. 다른 색깔이에요. 몹시 더러워요. 그의 발에는 이런 게 단 하나밖에 없어요. 신발이요."

"그럼 이제 어떻게 해야 하지?" 코뿔소가 묻는다. "우리는 더 빠르게 이동할 수는 없을 텐데."

"돼지 몇 마리를 보내야겠어." 젭이 말한다. "걸음이 더 빠른 돼지들로. 그들은 숲을 가로질러 갈 수 있을 거야."

"그런 다음 어떻게 해?" 코뿔소가 말한다. "돼지들이 정문을 장악할 수가 없는데. 그놈들한테는 분무 총이 있잖아. 그들에게 전지 묶음이 얼마큼 남아 있는지도 알 수 없고."

"돼지구리들이 그냥 통 안에 든 쥐처럼 총에 맞아 쓰러지게 할 수는 없어요." 토비가 말한다. "지미, 파라디스 정문을 통과해서 들어가면 창고가 어디에 있지?"

"문 두 개가 있어요. 출입문하고 내부 도어요. 그것들은 내가 모두 열어 놓아서 둘 다 열려 있어요. 왼쪽으로 복도를 따라가다가 오른쪽으로 돌고 다시 왼쪽으로 돌면 돼요. 빌어먹을 돼지들이 그 방으로 들어가 문을 열지 못하도록 안쪽에서 막고 있어야 해요."

"알았어, 돼지들에게 이걸 어떻게 알려 주지?" 젭이 말한다. "토비?"

"오른쪽, 왼쪽이 문제가 될 수 있겠어요. 크레이커들도 그런 것은 모를 것 같거든요."

"잘 생각해 봐. 시간이 흘러가고 있단 말이야."

"블랙비어드?" 토비가 부른다. "만약에 네가 저 꼭대기에 올라가 알을 내려다본다 치자. 이게 바로 거기서 보이는 알의 모습이야."

그녀는 흙먼지에다 막대기로 둥근 원을 그린다.

"알겠어?"

블랙비어드가 그것을 쳐다보더니 완전히 알아듣는 것 같지는 않았지만 고개를 끄덕인다. 풍전등화로군. 토비는 생각한다.

"좋았어." 토비는 일부러 활달하게 말한다. "네가 이걸 돼지1들에게 말해 줄 수 있을까? 그들에게 아주 빨리 달려가야 한다고 말해야 해. 돼지 다섯 마리가 나무들을 뚫고 가야 하거든. 그들이 나쁜 남자들보다 먼저 달려가 곧장 알 속으로 들어가야 해. 그런 다음에 그들은 이곳으로 가야만 해."

토비는 막대기로 선을 그린다. "그다음에 이 안으로 들어가야 해. 내 말이 맞아?" 토비가 지미에게 묻는다.

"틀림없이 맞아요." 지미가 답한다.

"돼지1들은 문을 꼭 닫고 있어야 해. 나쁜 사람들이 그 방에 들어갈 수 없도록 문에다 몸을 기대고 있어야 해. 네가 이 말을 모두 다 돼지1들에게 전해 줄 수 있겠니?"

블랙비어드는 얼떨떨한 표정을 짓는다. 그가 묻는다.

"어째서 저 남자들은 알 속에 들어가고 싶어 하지요? 알은 만드는 곳이잖아요. 그들은 이미 만들어졌는데요."

"그들은 남을 죽이는 물건들을 몇 가지 찾고 싶어 해. 구멍을 만드는 막대기들 말이야."

"하지만 알은 좋은 곳이에요. 그 안에는 남을 죽이는 물건들은 없어요."

"지금은 있단다. 우리는 서둘러야 해. 네가 저들에게 말해 줄 수 있겠어?"

"제가 노력해 볼게요." 블랙비어드가 말한다.

그는 땅바닥에 무릎을 꿇는다. 몸통이 가장 큰 돼지구리 두 마리가 블랙비어드의 얼굴 양쪽에 한 마리씩 서서 그들의 거대한 머리를 낮춘다. 블랙비어드의 목 바로 옆에 하얀 엄니가 있다. 토비의 몸이 부들부들 떨린다. 블랙비어드는 토비의 막대기를 가지고 토비가 모래에다 표시한 부호를 따라가면서 노래를 부르기 시작한다. 돼지구리들은 그림을 킁킁대고 냄새 맡는다. 저런, 어떡하나, 토비는 생각한다. 이런 방식으로는 될 것 같지가 않다. 돼지들은 그것이 먹을거리라고 생각하고 있다.

하지만 그 순간 돼지구리들이 주둥이를 들어 올리고 다른 돼지들과 합세하기 위해 이동한다. 나지막하게 꿀꿀거리는 소리, 가만 있지 못하고 들썩거리는 꼬리. 망설이는 건가?

중간 정도 크기의 돼지구리 다섯 마리가 그룹에서 떨어져 나오더니 두 마리는 길 왼쪽, 세 마리는 길 오른쪽에서 조금 빠른 걸음으로 앞장서서 걸어간다. 덤불이 그들을 모두 가려 버린다.

"저들이 감을 잡은 것 같은데." 코뿔소가 말한다.

젭이 활짝 웃는다.

"성공이야, 토비. 당신한테 대단한 잠재력이 있다는 걸 난 항상 알고 있었어."

"돼지1들이 알을 향해 가는 거예요." 블랙비어드가 말한다.

"저들이 그러는데 그 남자들한테 너무 가까이 가지 않을 거래요. 저들은 피가 흘러나오게 만드는 그 막대기 물건들을 아주 조심할 거예요."

"돼지들이 성공하기만 바랍시다." 젭이 말한다. "우리도 어서 올라가야지."

"여기서 멀지 않아요." 지미가 말한다. "여하튼 창문이라고는 하나도 없기 때문에 그들은 창문을 통해 우리에게 총을 쏠 수가 없어요." 그는 힘없이 웃는다.

"젭?" 그들이 길을 따라 움직이기 시작할 때 토비가 부른다. "세 번째 사람이 있다고 하는데 확실한 건 아니지만 내 생각에는 아담1인 것 같아요."

"그래, 맞아. 나도 그럴 거라고 생각했어."

"우리가 어떻게 하면 그를 다시 데려올 수 있을까요?"

"그들은 아담을 맞바꾸고 싶어 할 거야."

"무엇하고요?"

"분무 총들이겠지. 돼지들이 그것들을 가로막는다고 가정한다면. 다른 물건들도 있을 테고."

"그러니까, 예를 들면요?"

"그러니까, 예를 들면 당신일 거야. 내가 그들의 입장이라면 나는 그렇게 할 테니까."

맞는 말이라고 토비는 생각한다. 그들은 복수를 원할 것이다.

파라디스 돔이 그들 앞에 있다. 전체가 조용하다. 정문은 열려 있다. 새끼 돼지 세 마리가 문을 통해 들어갔다가 다시 나온다.

"그들이 안에 있대요. 그 남자들이요." 블랙비어드가 말한다. "하지만 안쪽 깊숙한 곳에 있어요. 문 가까이가 아니고요."

"내가 먼저 들어가야 해요." 지미가 말한다.

"잠깐만 기다려." 토비가 지미 뒤로 바짝 붙어 선다.

출입구 바닥에 다 부서진 해골 두 개가 있다. 뼈들은 의심할 여지없이 동물들에 의해 갉아 먹혀 뒤죽박죽이었다. 썩어서 누더기가 되어 가는 천 조각, 자그마한 분홍색 천 조각과 빨간색 샌들.

지미는 무릎을 꿇더니 두 손으로 얼굴을 감싼다. 토비가 그의 어깨를 어루만진다. "우리 이제 가야 해." 토비가 그렇게 말하자 지미가 소리친다.

"나 좀 그냥 내버려 둬요!"

두개골 하나에 붙은 기다란 검은색 머리칼에 더러운 핑크색 리본이 묶여 있다. 머리칼은 아주 천천히 썩는다고 정원사들은 늘 말했었다. 지미는 리본의 매듭을 풀더니 손가락으로 잡고 리본을 비틀어 댄다.

"오릭스. 아, 맙소사." 지미가 울부짖는다. "이런 바보 같은 놈, 크레이크! 그녀를 굳이 죽일 필요는 없었잖아!"

젭이 이제 토비 옆에 서 있다.

젭이 지미에게 말한다. "어쩌면 그녀는 이미 병에 걸려 있었는지도 모르잖아. 아마도 크레이크는 그녀 없이는 살아갈 수가 없었을 거야. 어서 일어나, 우리는 저 안으로 들어가야 해."

"아 퍼크, 빌어먹을 그놈의 상투적인 말들은 제발 좀 하지 마요!"

토비가 말한다. "지미를 당분간 여기에 내버려 뒤요. 안전할 거예요. 우린 어서 들어가요. 그들이 창고에 들어가지 못하게 확실히 해둘 필요가 있어요."

다른 사람들, 그러니까 미친 아담들과 돼지구리 주력 부대가 바로 출입구 바깥에 와 있다.

"무슨 일이야?" 코뿔소가 묻는다.

어린 블랙비어드가 토비의 손을 잡아당기며 묻는다.

"아 토비, 상투적인 말이 뭐예요?"

토비는 어떻게 답변해야 할지 알 수가 없다. 블랙비어드는 지금 진실과 맞닥뜨렸기 때문이다. 그러니까 오릭스와 크레이크가 바로 이 해골들인 것이다. 블랙비어드는 지미가 그 말을 하는 것을 들었고, 그 말이 마음에 새겨졌던 것이다. 그는 겁먹은 얼굴을 토비에게로 돌렸다. 갑자기 추락하여 쾅 하고 충돌한 다음 크게 훼손된 모습이 그녀의 눈에 들어온다.

"아 토비, 이게 오릭스고 또 이건 크레이크란 말이에요? 눈사람 지미가 그렇게 말했어요! 하지만 저것은 냄새나는 뼈잖아요. 저것들은 고약한 냄새를 풍기는 수많은 뼈예요! 오릭스와 크레이크는 틀림없이 아름다울 텐데요! 이야기처럼요! 어떻게 그들이 냄새 고약한 뼈일 수가 있어요!"

블랙비어드는 가슴이 무너진 것처럼 엉엉 울기 시작한다.

토비가 무릎을 꿇고 그를 두 팔로 감싸 안은 다음 꼭 껴안아 준다. 무슨 말을 할 수 있단 말인가? 어떤 말로 그를 위로할 수 있겠는가? 지금 그는 어떻게 해 볼 수 없는 끔찍한 슬픔에 직면해 있는데.

전투 이야기

오늘 밤에는 토비가 이야기를 할 수 없어요. 그녀는 죽은 사람들 때문에 너무 슬퍼요. 전투에서 죽은 사람들이요. 그래서 이제 내가 여러분에게 이 이야기를 하도록 해 볼게요. 나는 올바르게 이야기할 거예요, 내가 할 수 있는 만큼은요.

그러기 전에 먼저 나는 빨간 모자, 눈사람 지미의 모자를 머리에 씁니다. 모자에 있는 이 표시들은…… 자 봐요, 이건 목소리고 레드라는 말을 하고 있어요. 그리고 이것은 삭스라고 말하고 있어요.

삭스는 크레이크의 특별한 말이에요. 우리는 그것이 무엇을 뜻하는지 모릅니다. 토비도 알지 못해요. 어쩌면 우리가 나중에 알 수도 있겠지요.

보세요, 빨간 모자가 내 머리 위에 있어요. 이것은 나를 해치지 않아요. 나한테 겉껍질이 생겨나지도 않고요. 나한테는 내

피부만 그대로 있습니다. 나는 이렇게 모자를 벗을 수도 있고 다시 모자를 쓸 수도 있어요. 이 모자는 내 머리에 달라붙지 않아요.

이제 나는 물고기를 먹겠어요. 우리는 물고기나 고약한 냄새가 나는 뼈를 먹지 않아요. 그것은 우리가 먹는 음식이 아니에요. 물고기를 먹는 것은, 아주 힘든 일입니다. 하지만 나는 해야만 해요. 크레이크는 지구에서 사람의 모습으로 살 때 우리를 위해 정말 힘든 일들을 아주 많이 했어요. 그는 우리를 위해 혼돈을 깨끗이 없애 주었고, 그리고……

여러분, 노래는 안 해도 돼요.

……그리고 그는 다른 어려운 일들도 많이 했어요. 그러니까 나는 냄새나는 뼈가 있는 물고기를 먹는 힘든 일을 해 보겠습니다. 이것은 익혔어요. 그리고 아주 작아요. 내가 이걸 입속에 넣었다가 다시 꺼내기만 해도 크레이크가 보기엔 충분할 거예요.

자, 그럼.

아픈 사람처럼 끙끙 소리를 내서 미안합니다.

물고기를 가져다가 숲속으로 던져 주기를 부탁드립니다. 개미들이 행복해할 거예요. 구더기들도 행복해할 거예요. 독수리들도 행복해할 거예요.

네, 물고기 맛은 정말 나쁩니다. 고약한 뼈 냄새나 죽은 사람 냄새 같은 맛이에요. 나는 잎사귀를 많이 씹겠습니다. 그 맛을 없애야 하니까요. 그렇지만 내가 나쁜 걸 맛보는 힘든 일을 하지 않으면, 나는 크레이크가 나에게 하고 있는 그 이야기를 여러분에게 전해 줄 수 없게 될지 모릅니다. 눈사람 지미가 그렇게 했고, 토비도 그렇게 합니다. 고약한 뼈 맛이 나는 물고기를 먹는 힘든 일, 그런 것을 해야만 합니다. 먼저 나쁜 일들을 하고, 그다음에 이야기를 해요.

가르랑거리기를 해 줘서 고맙습니다. 이제는 심하게 메스껍지 않아요.

이것은 전투 이야기입니다. 그러니까 젭과 토비와 눈사람 지미와 겉껍질이 있는 다른 사람들과 돼지1들이 나쁜 사람들을 어떻게 깨끗이 치웠는지에 대한 이야기입니다. 이것은 혼돈 때 크레이크가 우리가 살아갈 곳을 안전하고 좋은 곳으로 만들기 위해 사람들을 깨끗이 치운 것과 같은 이야기입니다.

토비와 젭과 눈사람 지미와 겉껍질이 있는 사람들과 돼지1들은 나쁜 사람들을 깨끗이 치워야만 했습니다. 그렇게 하지 않으면 우리가 사는 곳은 절대 안전하지 않기 때문이에요. 나쁜 남자들이 우리를 죽일 테니까요. 돼지1의 아기를 죽인 것처럼, 칼로요. 아니면 막대기로 구멍을 내서 피가 나오게 할 거예요. 그래서 그랬습니다.

토비가 나한테 이 이유를 말해 주었습니다. 이것은 좋은 이유입니다.

돼지1들이 사람들을 도왔습니다. 왜냐하면 그들은 아기 돼지들이 앞으로는 칼로 죽임을 당하지 않기를 바랐기 때문입니다. 아니면 그 막대기로요. 아니면 다른 방법으로요. 밧줄 같은 거요.

돼지1들은 누구보다도 냄새를 잘 맡습니다. 우리도 겉껍질 있는 사람들보다는 냄새를 잘 맡지만, 돼지1들이 우리보다 냄새를 더 잘 맡습니다. 그래서 그들은 나쁜 남자들의 발자국 냄새를 맡아 그들이 어디로 갔는지 알려 주었습니다. 그렇게 해서 나쁜 남자들을 뒤쫓는 일에 도움이 되었습니다.

나도 그곳에 있었습니다. 그래서 내가 돼지1들이 하는 말을 사람들에게 전해 줄 수 있었습니다. 나는 발에 신발을 신었습니다. 여러분은 그 신발을 보고 있습니다. 이게 그것이에요. 보여요? 여기에는 빛이 나오고 날개도 있습니다. 크레이크가 보내 준 특별한 물건이라서 나는 이것을 가지게 된 것이 상당히 기쁩니다. 그래서 나는 말합니다. 고맙습니다. 하지만 나는 신발을 신을 필요는 없어요. 위험이 닥치지 않고 깨끗이 치워야 할 나쁜 남자들이 없다면요. 그래서 지금 나는 신발을 신지 않았습니다. 그래도 신발을 내 옆에 둔 이유는 이것도 이 이야기의 일부이기 때문입니다.

그때 나는 이 신발을 신고 있었습니다. 우리는 오랫동안 걸어서 건물들이 있는 곳으로 들어갔습니다. 그 건물들은 무너질 수 있기 때문에 우리는 그곳에 가지 않습니다. 하지만 그때는 그곳에 갔고, 나는 많은 것을 보았습니다. 나는 혼돈 후에 남은 것들을 보았습니다, 아주 많이. 나는 텅 빈 건물들을 보았습니다, 아주 많이. 나는 텅 빈 껍질들을 보았습니다, 아주 많이. 나는 금속과 유리로 된 것들을 보았습니다, 아주 많이. 그리고 돼지1 들이 눈사람 지미를 날라 주었습니다.

돼지1들은 코로 나쁜 남자들을 쫓고 있었습니다. 그들은 그들이 어디로 갔는지 알아냈습니다. 나쁜 남자들은 알 속으로 들어갔습니다. 알은 죽이는 곳이 아니라 만들어 내기 위한 곳이어야만 하는데도 그랬습니다. 돼지1도 몇몇이 알 속으로 들어갔습니다. 죽이는 데 쓰는 물건이 있는 방으로요. 나쁜 남자들이 그걸 가지지 못하게 하려고요. 나쁜 남자들은 달려갔습니다. 그들은 알 속에 숨어 있었습니다. 알의 복도에요. 그래서 처음에 우리는 그들을 보지 못했습니다.

알은 어두웠습니다. 예전에 그랬던 것처럼 밝지 않았어요. 알 속에서도 우리는 볼 수 있었습니다. 어둡다는 말은 깜깜하다는 그런 뜻은 아닙니다. 알은 어두운 느낌이었습니다. 어두운 냄새가 났습니다.

눈사람 지미가 알의 첫 번째 출입구로 들어갔는데, 그는 냄새나는 뼈 한 무더기와 다른 냄새나는 뼈 한 무더기를 보았습니다. 모두 뒤섞여 있었어요. 그는 몹시 슬퍼했습니다. 그는 무릎을 꿇고 엎드려서 울었습니다. 토비는 눈사람 지미에게 가르랑거리기를 해 주고 싶었지만, 그가 말했습니다. "나 좀 그냥 내버려 둬요!"

눈사람 지미는 냄새나는 뼈 더미 한 곳의 머리칼에 붙어 있던 꾸불꾸불한 분홍색 물건을 집어 들더니 그걸 두 손으로 움켜쥐고 말했습니다. "오릭스. 아, 맙소사." 그런 다음 그가 소리쳤어요. "이런 바보 같은 놈, 크레이크! 그녀를 굳이 죽일 필요는 없었잖아!"

토비와 젭이 거기 있었습니다. 그래서 젭이 말했어요. "어쩌면 그녀는 이미 병에 걸려 있었는지도 모르잖아. 아마도 크레이크는 그녀 없이는 살아갈 수가 없었을 거야." 그러자 눈사람 지미가 말했어요. "아 퍼크, 빌어먹을 그놈의 상투적인 말들은 제발 좀 하지 마요!"

나는 토비에게 말했습니다. "상투적인 말이 뭐예요?" 그랬더니 토비가 그건 사람들이 다른 말은 하나도 생각나지 않을 때 궁지에서 벗어날 수 있도록 도와주는 말이라고 설명해 주었어요. 나는 아 퍼크가 어서 빨리 날아와 눈사람 지미를 도와주었으면 하고 바랐습니다. 왜냐하면 눈사람 지미는 심하게 괴로운 상황이었으니까요.

나도 심하게 괴로운 상황이었습니다. 눈사람 지미가 그 뼈 무더기들이 오릭스와 크레이크라고 말했기 때문에요. 나는 기분이 무척 나빴고 몹시 두려웠습니다. 그래서 나는 말했어요. "아 토비, 이게 오릭스고 또 이건 크레이크란 말이에요? 하지만 저것은 냄새나는 뼈잖아요. 저것들은 고약한 냄새를 풍기는 수많은 뼈예요! 오릭스와 크레이크는 틀림없이 아름다울 텐데요! 이야기처럼요! 어떻게 그들이 냄새 고약한 뼈일 수가 있어요!" 나는 엉엉 울었습니다. 그들이 죽어 있고, 완전히 죽었고, 산산이 부서졌기 때문에요.

그랬더니 토비가 말했습니다. 저 뼈 무더기는 이제 진짜 오릭스와 크레이크가 아니라고요. 그것들은 껍데기일 뿐이라고요, 알껍데기처럼요.

알은 이야기에 나오는 것 같은 그런 진짜 알이 아니었습니다. 그건 알껍데기일 뿐이었어요. 새들이 알에서 부화해서 나오면 깨져서 뒤에 남는 껍데기처럼요. 우리들은 새들과 같았잖아요. 그러니까 우리는 이제 부서진 알껍데기가 필요하지 않아요, 그렇죠?

오릭스와 크레이크는 지금 다른 형태입니다. 죽은 것이 아니고요. 그들은 착하고 친절해요. 그리고 아름답지요. 이야기를 통해서 우리가 알고 있듯이, 그렇게요.

그래서 나는 기분이 나아졌습니다.

제발 아직은 노래를 부르지 마세요.

그런 다음 우리는 계속해서 알 속으로 들어갔습니다. 그곳은 밝지 않았어요. 그래도 어둡지는 않았습니다. 햇빛이 알껍데기를 통과해 들어왔거든요. 그렇지만 공기 속에 어둠의 느낌이 온통 퍼져 있었습니다. 그리고 그들은 전투를 벌였습니다. 전투는 어떤 사람들이 다른 누군가가 깨끗이 물리쳐지기를 바라는데,

다른 사람들 역시 그 사람들을 깨끗이 없애 버리기를 바랄 때 일어나는 거예요.

우리는 전투를 하지 않아요. 우리는 물고기를 먹지 않아요. 우리는 냄새나는 뼈를 먹지 않아요. 크레이크가 우리를 그렇게 만들었어요. 네, 착하고 친절한 크레이크예요.

그렇지만 크레이크는 겉껍질이 있는 사람들은 전투를 할 수 있도록 만들었어요. 그는 돼지1들도 그렇게 만들었어요. 그들은 어금니를 가지고 전투를 벌여요. 사람들은 구멍을 뚫어 피가 나오게 하는 막대기를 가지고 전투를 벌여요. 그렇게 하도록 그들은 만들어졌어요.

크레이크가 왜 그들을 그렇게 만들었는지 나는 모르겠어요.

돼지1들이 나쁜 남자들을 쫓아갔습니다. 그들은 복도를 따라 나쁜 남자들을 쫓아갔고, 알의 한가운데로 쫓아 들어갔어요. 그곳에는 죽은 나무들이 많았어요. 거기서 우리가 만들어졌던 때와는 달랐어요. 그때 거기에는 잎사귀가 많이 달린 나무들이 있었고 아름다운 물이 있었고 비가 내렸잖아요. 그리고 하늘에는 별들이 반짝였지요. 그렇지만 이제는 별이 하나도 없고 천장만 있었습니다.

돼지1들이 나중에 나한테 말해 주었어요. 그들이 나쁜 사람들을 쫓아 들어갔던 장소들 전부 다에 대해서요. 토비는 돼지1들과 함께 가는 것을 허락하지 않았어요. 토비가 말하길, 나한테 피가 나오는 구멍이 생길 수도 있고, 아니면 나쁜 남자들이 나를 붙잡을 수도 있다고요. 그건 더 나빠지는 것이라고요. 그래서 나는 그 안에서 일어난 일들을 다 볼 수는 없었어요. 하지만 고함 소리가 들렸고, 돼지1들이 비명을 질렀고, 나는 귀가 아팠습니다. 돼지1들이 비명을 지를 때 그 목소리가 정말정말 컸거든요.

엄청 빨리 달리는 소리랑 신발 신은 발소리도 났어요. 그러더니 조용해졌는데, 그것은 생각이 이루어지는 때였어요. 나쁜 사람들의 생각, 돼지1들의 생각, 젭과 토비와 코뿔소의 생각들이요. 그들은 돼지1들이 나쁜 남자들을 쫓아서 자기들 앞으로 지나가게 해 주길 바랐어요. 그러면 그들은 막대기로 나쁜 남자들의 몸에 구멍을 만들 수 있겠죠. 하지만 그런 일은 일어나지 않았어요. 알 안에는 복도들이 아주아주 많았습니다.

돼지1들 중 하나가 나한테 와서 말했어요. 복도를 따라 쫓겨 다니고 있는 나쁜 남자는 두 명이라고요. 세 명이 알 속으로 들어갔는데요. 그러니까 세 번째 사람은 우리들 위에 있었어요. 돼지1들은 그 사람의 냄새를 맡을 수 있었어요. 그는 우리들 위에 있는데, 돼지1들은 거기가 어디인지는 몰랐어요.

그래서 나는 젭과 토비에게 그걸 말해 줬어요. 그랬더니 젭이 말했습니다. "그놈들이 아담을 2층 어딘가에 숨겨 뒀어. 계단은 어디 있지?" 눈사람 지미가 알 안에는 네 곳에 비상계단이 있다고 말했어요. 토비는 "그럼 네가 우리를 그곳으로 데려가 줄 수 있겠어?"라고 했어요. 그러니까 눈사람 지미가 말했어요. "당신들이 한쪽 계단으로 올라가는데 놈들이 다른 계단으로 내려와 도망치면 그다음에는 어쩌시려고요?" 그러자 젭이 말했어요. "젠장."

복도에서 나쁜 남자들을 쫓아가던 돼지1들 중 셋이 다쳤어요. 그중 한 마리는 바닥에 쓰러졌고 다시 일어나지 못했어요. 그는 바로 눈사람 지미를 태워 준 돼지였어요. 그러고서 나는 전투의 그 부분을 보았어요. 나는 아픈 사람처럼 끙끙 소리가 나왔어요. 나는 엉엉 울었습니다.

나쁜 남자 둘이 계단을 몇 개 뛰어 올라갔어요. 계단이 뭐냐 하면요, 계단이 무엇인지는 나중에 이야기해 드리겠어요. 그런 데 돼지1들은 계단을 올라갈 수 없어요. 나쁜 사람들이 계단 맨 꼭대기에 도착하니까 우리는 그들을 볼 수가 없었어요.

그래서 젭과 토비와 겉껍질이 있는 다른 사람들은 나한테 돼지1들에게 말해 달라고 했습니다. 계단이 있는 다른 곳을 찾아 가서 나쁜 남자들이 그곳으로 내려오려고 하면 소리를 지르라고요. 그런 다음 그들은 바깥에서 나무를 가지고 들어와 불을 피웠고, 그랬더니 연기가 났어요. 연기는 계단을 올라갔습니다. 그들은 천으로 얼굴을 감싸고 나쁜 남자들이 뛰어 올라간 계단 밑 가까운 데서 기다렸습니다. 그곳에 연기가 잔뜩 있었어요. 아주 많이요. 나는 그것을 보았어요. 기침이 났답니다! 그리고 나쁜 남자 둘이 계단 맨 꼭대기에 나타났어요. 그들은 세 번째 남자의 팔을 양쪽에서 하나씩을 붙잡고 그 남자를 자기들 앞으로 떠밀었어요. 그의 양손에 밧줄이 있었어요. 신발은 한 짝만 신었고요. 그의 발에요. 그 신발에는 날개가 없고 불빛도 나오지 않았습니다. 여기 이 신발과는 달랐어요, 내 발에 신은 이거요.

토비가 말했습니다. "아담!"

그랬더니 그 사람이 무슨 말을 하려고 했는데 나쁜 남자 한 명이 그를 때렸어요, 얼굴에 짧은 깃털이 있는 그 사람을요. 그러자 긴 깃털이 있는 다른 나쁜 남자가 말했어요. "우리를 나가게 해라, 안 그러면 이놈이 당한다." 나는 그 사람이 무엇을 당한다는 것인지 알 수가 없었습니다.

그러니까 젭이 말했습니다. "알았다, 그냥 가라. 그는 넘겨주고." 그랬더니 다른 나쁜 남자가 말했습니다. "그년을 덤으로 주면. 분무 총도 물론 우리가 가져간다. 그리고 저 빌어먹을 돼지 새끼들을 철수시켜!"

하지만 양손에 밧줄이 묶인 그 남자 아담은 고개를 가로저었어요. 안 된다는 뜻이었습니다. 그리고 그는 나쁜 남자들에게 붙들려 있던 양팔 윗부분을 잡아 빼더니 앞으로 껑충 뛰었는데 넘어지면서 계단 아래로 굴렀습니다. 나쁜 남자 한 명이 막대기로 그의 몸에 구멍을 뚫었습니다.

젭은 아담을 향해 달려 나갔고 토비는 총이라는 그 물건을 들어 올려 겨누었는데, 거기서 큰 소리가 났습니다. 아담의 몸에 구멍을 낸 나쁜 남자가 들고 있던 막대기를 떨어뜨렸습니다. 그리고 그는 바닥에 쓰러졌는데 자기 다리를 붙잡고 비명을 질렀습니다.

토비는 달려가려고 했습니다. 계단 아래에 있는 아담이라는 사람과 함께 있는 젭을 도우려고요. 눈사람 지미가 한 손으로 토비의 분홍색 겉껍질을 움켜쥐어 그녀가 가지 못하게 했습니다. 눈사람 지미는 나를 자기 등 뒤로 밀었지만 그래도 나는 볼 수 있었어요.

다른 나쁜 남자가 벽 너머로 얼마쯤 다가왔습니다. 하지만 그의 머리와 팔은 삐죽 튀어나와 있었어요. 그가 이제 그 막대기를 가졌는데, 그것을 토비에게 겨누었어요. 하지만 눈사람 지미가 봤습니다. 그는 아주 빨리 토비의 앞으로 갔습니다. 그래서 눈사람 지미의 몸에 대신 구멍이 났습니다. 그도 바닥에 쓰러졌습니다. 피가 나왔습니다. 그는 일어나지 않았습니다.

젭이 자기 막대기를 사용했습니다. 두 번째 나쁜 남자는 들고 있던 막대기를 떨어뜨리더니 자기 팔을 움켜쥐었습니다. 그 나쁜 남자도 첫 번째 남자와 마찬가지로 비명을 질러 댔어요. 그것이 너무 고통스러워서 나는 두 손으로 내 귀를 막았습니다. 그것이 나를 너무 아프게 했습니다.

코뿔소와 섀키와 겉껍질이 있는 다른 사람들이 계단을 올라갔습니다. 나쁜 남자 둘을 붙잡아 밧줄로 꽁꽁 묶고 계단 아래로 끌고 내려왔어요. 하지만 젭과 토비는 아담과 함께 있었습니다. 눈사람 지미도 함께였습니다. 그들은 슬퍼했습니다.

그러고 나서 우리 모두는 알 밖으로 나왔습니다. 줄곧 연기를 내뿜던 그곳에서 불길이 솟았습니다. 우리는 아주 빨리 걸어서 그곳으로부터 멀어졌습니다. 그 안에서는 커다란 굉음들이 났습니다.

젭은 아담을 안고 걸었습니다. 그는 몹시 여위었고 창백했습니다. 그래도 아담은 아직 숨을 쉬었습니다. 젭이 말했습니다. "내가 형을 찾아냈어, 내 단짝. 괜찮아질 거야, 형은." 하지만 젭의 얼굴은 온통 눈물 범벅이었습니다.

아담이 말했습니다. "난 괜찮아. 날 위해서 기도해 줘." 그러더니 아담이 젭에게 미소를 지으며 말했습니다. "걱정 마. 난 오래 버티지 못해. 좋은 나무나 한 그루 심어 주라."

나는 토비에게 말했습니다. "아 토비, 단짝은 누구인가요? 이사람은 아담이에요. 그게 이름이잖아요. 아주머니가 그렇게 말했어요."

그러자 토비가 단짝은 형을 부를 때 쓰는 다른 이름이라고 했습니다. 왜냐하면 아담은 젭의 형이었으니까요.

하지만 바로 그다음에, 그 남자 아담은 숨쉬기를 그쳤습니다.

그리고 저녁이 되었습니다. 우리는 천천히 걸어서 돌아왔습니다. 돼지1들이 나쁜 남자들을 실어 날랐습니다. 몸에 구멍이

낳으니까요. 밧줄에 묶여 있기도 하고요. 돼지1들은 죽은 친구들 때문에 몹시 화가 났습니다. 그래서 그 남자들의 몸속에 자신들의 어금니를 찔러 넣고 싶었어요, 또 그들의 몸 위로 뒹굴고 싶었어요, 그들을 짓밟아주고 싶었어요. 그렇지만 젭이 지금은 그럴 때가 아니라고 했습니다.

눈사람 지미와 아담도 돼지1들이 실어 날랐어요. 죽은 돼지 1도요. 한밤중에 우리는 그 건물에 도착했습니다. 아이들이 있고 어머니들이 있고 모헤어 양들이 있고 돼지1의 엄마들과 아기들이 있고 겉껍질이 둘인 다른 사람들, 렌과 아만다와 스위프트 폭스와 아이보리 빌과 레베카와 또 다른 사람들이 있는 곳에요. 그들은 우리를 마중하러 나왔어요. 그들 모두가 아주 많은 말들을 했습니다. 이런 거요. "얼마나 걱정했는지 몰라요.", "무슨 일이 있었어요?", "이런 맙소사!"

그리고 우리들, 크레이크의 아이들은 다 함께 노래를 불렀습니다.

우리는 그날 밤 그곳에서 잠을 자고 밥을 먹었어요. 전투를 한 모두가 몹시 피곤했어요. 그들은 낮은 목소리로 이야기를 나누었고 죽은 아담을 매우 자세히 들여다보았어요. 그러더니 아담이 죽은 이유는 크레이크가 혼돈을 없애려고 만든 씨앗 때문이 아니라 피가 나온 구멍들 때문이라고 했어요. 그리고 그들은 어쨌든 아담이 크레이크의 씨앗이란 것 때문에 죽지 않아서 다행이라고 말했어요.

나는 나중에 토비에게 다행이 무슨 뜻인지 물어보겠습니다. 토비는 지금 피곤해서 자고 있어요.

* * *

그들은 아담의 머리 밑에 분홍색 베개를 놓고 분홍색 침대 시트로 감쌌습니다. 그들은 아주 조용히 슬퍼했습니다. 돼지1들 중 몇몇은 수영장으로 갔습니다. 그들은 수영을 아주 많이 좋아하니까요.

바로 다음 날 우리는 이곳 흙집으로 걸어왔어요. 돼지1들이 꽃들이 달려 있는 나뭇가지 위에 아담을 올려놓고 운반했지요. 그들은 죽은 돼지1도 날랐는데, 그것이 그들에게는 훨씬 더 힘들었어요. 왜냐하면 죽은 돼지1이 아주 크고 무거웠기 때문이에요.

그리고 눈사람 지미도 똑같이 해서 날랐어요. 우리가 걷기 시작했을 때 눈사람 지미는 아직 죽지 않았는데도 그렇게 했어요. 렌은 눈사람 지미의 친구였기 때문에 그의 손을 붙잡고 엉엉 울면서 눈사람 지미 옆에서 걸었습니다. 크로제는 렌의 다른 쪽 옆에 서서 걸으며 그녀를 돌봐주었습니다.

눈사람 지미는 머릿속으로 멀리 아주 멀리 여행하고 있었습니다. 전에 그가 그물 침대에 누워 있고 우리가 가르랑거리기를 해 주었을 때 여행했던 것처럼요. 하지만 이번에는 그가 너무나 먼 곳으로 떠났기 때문에 돌아올 수가 없었습니다.

그리고 오릭스가 그곳에서 그와 함께 있었습니다. 그녀가 눈사람 지미를 돌봐 줍니다. 나는 눈사람 지미가 오릭스에게 말하는 걸 들었습니다. 그가 너무 멀리, 우리 눈에 보이지 않는 곳으로 가기 전에, 숨 쉬기를 그치기 전에요. 이제 그는 오릭스와 함께입니다. 크레이크와도 함께입니다.

여기까지가 그 전투에 관한 이야기입니다.

이제 우리는 노래를 부를 수 있습니다.

달의 주기

재판

다음 날 아침 그들은 재판을 열었다.

그들은 식탁에 둘러앉아 있다. 그러니까 미친 아담 식구들과 신의 정원사들이 앉아 있고 돼지구리들은 풀밭이나 자갈 위에 널브러져 있다. 크레이커들은 근처에서 풀을 뜯는다. 한번에 잎사귀를 왕창, 입안 가득 밀어 넣고는 질겅거린다.

죄수들 당사자는 이 자리에 참석시키지 않는다. 그들은 여기 있을 필요가 없다. 그들이 저지른 행위가 문제되는 것이 아니기 때문이다. 재판은 다만 어떤 판결을 내릴 것인가의 문제다.

젭이 말한다. "자, 우리가 이 자리에 모인 것은 저들의 운명을 결정하기 위해서입니다. 불운하게도 우리는 일이 진행되는 동안에 저들을 처치하지 못했고, 그래서 지금 이 자리에서 냉정하게 몇 가지 결정을 내려야만 합니다. 투표를 할까요, 아니면 논의할 사항이 남아 있습니까?"

토비가 말한다. "저 사람들은 일반 포로인가요? 아니면 전쟁 포로인가요? 그건 다른 거잖아요, 아니에요?"

토비는 어떻게든 그들을 변호해야 할 것 같은 심정이다. 그렇지만 무엇 때문에? 단지 그들에게 변호사가 없기 때문에?

"영혼이 죽어 버린 신경 다발 쓰레기 아닐까?" 레베카가 말한다.

"우리와 같은 인간이에요. 물론 이 말 자체가 변론이 될 수 없다는 건 잘 알고 있어요." 화이트 세지가 말한다.

"그놈들이 우리 동생을 죽였습니다." 섀키가 말한다.

"개만도 못한 좆 같은 새끼들." 크로제가 말한다.

"강간범이자 살인자들이에요." 아만다가 말한다.

"그들이 지미를 쐈어요." 렌이 울음을 터뜨리며 말한다.

아만다는 한 팔로 렌을 감싸더니 꽉 껴안아 준다. 아만다는 울고 있지 않다. 나무를 깎아 만든 사람처럼 그녀의 두 눈에 아무런 감정도 나타나지 않는다. 저 아이는 사형 집행인이 되면 아주 잘할 것 같다고 토비는 생각한다.

"저놈들을 뭐라고 부르건 무슨 상관이람. 도대체 사람이라고 할 수가 없는데." 코뿔소가 말한다.

뭐라 이름 붙이기 힘들다고 토비는 생각한다. 한때 악명 높았던 고통공 감옥에서 세 차례나 수감 생활을 한 자들이다. 그들을 수식하던 호칭은 모두 사라졌고 그들을 가리킬 수 있는 언어들도 탈색되었다. 세 번씩이나 고통공 감옥에서 살아남은 죄수들은 인간으로 볼 수 없다고 오래전부터 알려져 있다.

"지금 말한 내용 전부에 찬성합니다. 그럼 어서 계속합시다." 젭이 말한다.

화이트 세지는 마음에도 없으면서 관대한 처분을 논한다. "우리는 판단하면 안 돼요. 저들이 그토록 사악한 것은 살아오는 동안 다른 사람들이 저들에게 저지른 행동의 결과일 뿐입니다. 뇌의 가소성이라든지, 저들의 행동 습성이 가혹한 학대로 인해 형성되었다는 점을 고려한다면, 저들이 스스로 행동을 통제할 능력이 있었는지 여부를 우리가 어떻게 아나요?"

섀키가 말한다. "이런 빌어먹을, 진심으로 하는 말이야? 저들이 내 동생의 신장을 빼 먹었어! 저놈들은 내 동생을 모헤어 양처럼 도살했단 말이에요! 나는 저놈들의 이빨을 몽땅 뽑아 버리고 싶어요! 똥구멍으로 나오게." 그가 쓸데없는 말을 덧붙인다.

젭이 말한다. "지나치게 격분하지 맙시다. 격노는 유보해 두세요. 우리 모두가 나름대로 정당한 이유가 있으니까요. 물론 어떤 사람은 다른 사람들보다 더 많을 수 있겠지만요."

젭의 얼굴이 오늘은 더 늙어 보인다고 토비는 생각한다. 더 늙어 보이고 더 엄숙해 보인다. 겨우 찾아낸 아담을 또다시 잃게 되었다는 사실이 그를 기진맥진하게 만들었다. 다들 슬픔에 잠겨 애도하는 중이다. 돼지구리들까지도 그러하다. 그들의 꼬리는 축 처져 있고 귀도 흐느적거린다. 그들은 마음을 달래기 위해 서로서로 몸을 비벼 댄다.

아이보리 빌이 말한다. "전적으로 철학적이면서도 실제적인 결정을 앞두고 우리끼리 싸워서는 안 됩니다. 문제는, 우리에게 교정 감독할 만한 시설이 있는가, 또는 다른 한편으로 이론적으로 그것을 정당화할 수 있는가……."

"골치 아프게 이것저것 따지고 있을 때가 아니에요." 젭이 말한다.

화이트 세지가 말한다. "어떤 상황에서든 생명을 빼앗는 것은 비난받을 만한 일이에요. 우리는 우리 자신의 도덕 기준이 전락하는 걸 좌시해서는 안 돼요. 그러니까……."

새키가 말한다. "그러니까 인류가 거의 전멸했고, 살아남은 나머지들은 백열전구 하나 켤 만큼의 태양광도 충분히 얻기 어렵기 때문에? 그래서 당신은 이 쓰레기 같은 놈들 둘이 당신 머리통을 후려갈기도록 내버려 두고 싶다고?"

화이트 세지가 말한다. "당신이 왜 그렇게 적대적인지 모르겠어요. 아담1이라면 관대한 처분을 주장했을 거예요."

"어쩌면 그분이 틀린 생각을 했었는지도 몰라요. 당신은 거기에 없었어요. 그놈들이 우리한테 어떤 짓을 했는지 당신은 모르잖아요. 나하고 렌한테요. 당신은 그놈들이 어떤지 모른다고요." 아만다가 말한다.

아이보리 빌이 말한다. "그렇긴 하지만, 진짜 인간 종은 거의 살아남지 못했어요. 어쩌면 우리는 점점 더 희귀해지고 있는 인간 DNA를 낭비해서는 안 될지도 모릅니다. 문제의 저자들은 분명 제거되는 게 맞다고 생각되지만, 어쩌면 저들의…… 저들의 생식 체액은, 이를테면 유전적 다양성을 확보하기 위해서라도, 뽑아 둬야 하지 않을까요? 동종 번식은 피해야죠."

"댁이나 실컷 피하시든가." 스위프트 폭스가 말한다. "개인적인 의견을 말하자면, 저 고약한 종자들의 DNA를 포획할 목적만으로 욕창이 생겨 썩은 내가 풀풀 나는 두 놈들과 섹스를 한다니, 생각만 해도 구역질이 나네요."

"아니, 엄밀한 의미에서 당신이 그들과 섹스할 필요는 없어요. 스포이트 같은 걸 사용해 인공 수정을 할 수도 있죠." 아이보리 빌이 말한다.

"그런 건 당신한테나 실컷 하라고요." 스위프트 폭스가 거칠게 말한다. "남자들은 언제나 여자들 자궁을 가지고 이래라저래라 하지. 이봐요, 이 자궁은 내 거라고요."

아만다가 말한다. "나는 말이죠, 저놈들의 빌어먹을 생식 체액이 두 번 다시 내 몸 근처에 한 방울이라도 오게 하느니 차라리 손목을 긋겠어요. 그것만으로도 충분히 역겹다고요. 내가 낳을 자식이 저놈들 중 한 놈의 아이가 아니라는 걸 어떻게 알아요?"

렌이 말한다. "저렇게 비정상적으로 비뚤어진 유전자를 갖고 태어나는 아이는 괴물일 거예요. 아무리 엄마라도 그런 괴물을 사랑할 수는 없겠죠. 아, 미안해." 렌이 아만다에게 말한다.

"괜찮아." 아만다가 대꾸한다. "내가 낳는 아이가 저놈들의 자식이면 난 그걸 화이트 세지에게 주겠어. 그녀라면 그런 것도 사랑할 수 있을 테니까. 아니면 돼지구리들이 먹을 수도 있겠지. 주기만 하면 얼씨구나 할걸."

화이트 세지가 차분하게 말한다. "우리는 갱생 훈련을 해 볼 수 있을 거예요. 그들을 공동체 안으로 포함시키고 밤에는 안전한 장소에서 지낼 수 있게 해 주면서 도움을 제공할 기회를 줄 수 있지 않을까요? 때때로 사람들은 자신들이 무언가 기여할 수 있다는 느낌을 갖게 되면 진정으로 변화하기도……"

"여기를 좀 둘러봐요." 젭이 말한다. "여기 어디에 사회 복지사가 있습니까? 감옥이랄 게 있어요?"

"무엇에 기여하는데요? 놈들에게 탁아 시설이라도 맡기고 싶으신 거예요?" 아만다가 말한다.

"저들은 다른 모두를 위험에 빠트릴 겁니다." 카투로가 말한다.

"땅 속에 구멍을 파고 그들을 묻어 버리지 않는 한 안전이란 없습니다." 섀키가 말한다.

"투표합시다." 젭이 말한다.

그들은 조약돌을 이용한다. 죽음은 검정색, 자비는 흰색. 어쩐지 고고학적이다. 오래전 상징체계가 끈질기게 우리를 따라다니고 있다고 생각하며 토비는 지미의 빨간 모자에 조약돌들을 거둔다. 흰색 조약돌은 단 한 개다.

돼지구리들은 자신들의 지도자를 통해 일괄 투표를 하고 블

미친아담

랙비어드를 통역관으로 삼아 의사를 전한다.

블랙비어드가 말한다. "그들 모두가 죽음이라고 말해요. 하지만 저 나쁜 사람들을 먹지는 않을 겁니다. 돼지구리들은 저 나쁜 사람들이 자기네 몸의 일부가 되는 것을 원하지 않아요."

나머지 크레이커들은 의아해하고 있다. 그들은 투표라든가 재판이라는 게 무엇을 뜻하는지 모를뿐더러 왜 눈사람 지미의 빨간 모자에 조약돌을 집어넣어야 하는지도 이해하지 못하는 게 틀림없다. 이것은 크레이크가 만들어 낸 것이라고 토비는 그들에게 말해 준다.

재판 이야기

밤에 나쁜 사람 둘은 밧줄로 꽁꽁 묶여 방 안에 놓이게 되었습니다. 그들이 밧줄 때문에 많이 아프고 몹시 슬프고 또 화가 났다는 걸 우리는 느낄 수 있었습니다. 그렇지만 우리는 예전에 그랬던 것과 달리 이번에는 밧줄을 풀어 주지 않았습니다. 그렇게 하면 그들이 자꾸만 더 많이 죽이게 될 거라서 절대 풀어 주면 안 된다고 토비가 우리에게 말했습니다. 우리는 아이들에게 너무 가까이 가지 말라고 말했어요. 그러면 나쁜 사람들이 아이들을 물 수도 있으니까요.

그런 다음 사람들이 그들에게 냄새나는 뼈가 든 수프를 주었습니다.

아침에는 재판이 열렸어요. 여러분 모두 그것을 보았습니다. 재판은 테이블에서 했습니다. 많은 말들이 있었습니다. 돼지1들도 재판에 참여했고요.

어쩌면 우리는 나중에 이해하게 될 거예요, 그 재판이란 것을.

재판이 끝난 다음 돼지1들은 모두 다 해변으로 내려갔습니다. 토비도 그들과 함께 갔는데 그녀는 우리에게 절대로 만져서는 안 된다고 말한 총이라는 물건을 가지고 갔습니다. 젭도 갔습니다. 아만다도 갔습니다. 렌도. 그리고 크로제와 섀키도. 우리들은 가지 않았습니다. 크레이크의 아이들은요. 왜냐하면 토비가 말했기 때문입니다. 그것이 우리를 몹시 아프게 할 수 있다고요.

얼마 후에 그들 모두 돌아왔습니다. 나쁜 사람 두 명은 없었습니다. 그들은 지쳐 보였습니다. 그래도 그들은 전보다 더 평화로웠어요.

토비가 말했습니다. 이제 우리는 나쁜 사람들로부터 안전하다고요. 돼지1들은 말했습니다. 자신들의 아기들도 이제 안전하다고요. 그리고 이제 전투가 끝났지만 그래도 그들은 토비와 맺은, 젭과 맺은 조약을 지키겠다고요. 돼지1들은 겉껍질이 있는 사람은 누구든지 쫓아가 잡아먹지 않을 것이고 그들이 가꾼 정원을 파헤치지도 않겠다고 했습니다. 또 꿀벌들의 꿀을 빼앗아

먹지도 않겠다고 말했습니다.

토비는 나더러 돼지1들에게 이렇게 말해 달라고 했습니다. 우리는 상호 조약을 지키기로 약속합니다. 여러분이나 여러분의 아이들, 여러분의 아이들의 아이들은 앞으로 영원히 수프 속에 든 냄새나는 뼈가 되지 않을 겁니다. 그리고 햄도요라고 토비가 덧붙였습니다. 또는 베이컨도.

그러자 레베카는 정말이지 불행한 일이로군 하고 말했습니다.

그리고 크로제는 말했습니다. 저들이 지금 뭐라고 하는 거예요? 아 퍼크, 무슨 일이죠? 그러자 토비는 말했습니다. 말조심해. 저 아이가 혼란스러워 하잖아.

나는 말했습니다. 크로제는 지금 당장 퍼크를 불러올 필요가 없다고요. 우리는 지금 힘든 상황이 아니라서 퍼크의 도움이 필요하지 않으니까요. 그랬더니 토비가 말했습니다. 그래, 맞아. 퍼크는 사소한 일들로 불려 오는 걸 그다지 좋아하지 않아. 그랬더니 젭이 기침을 했습니다.

돼지1들이 멀리멀리 가 버린 다음에 토비는 우리에게 나쁜 사람 둘은 먼 바다로 떠내려갔다고 말했습니다. 크레이크가 혼돈을 깨끗이 치워 버린 것처럼 그들도 완전히 떠내려갔다고 했습니다. 그래서 이제 모든 게 훨씬 깨끗해졌습니다.

네, 착하고 친절한 크레이크예요.

제발 노래하지 마세요.

여러분이 노래하면 나는 크레이크가 나에게 전해 달라는 말을 들을 수 없습니다. 또 우리가 크레이크에 대해 노래하면 크레이크는 나에게 이야기를 한 마디도 할 수가 없습니다. 왜냐하면 크레이크가 노랫소리에 귀를 기울여야 하기 때문입니다.

여기까지가 재판에 대한 이야기입니다. 그것은 크레이크에게서 왔습니다. 우리끼리는 재판을 열지 않아도 됩니다. 다만 겉껍질이 있는 사람들과 돼지1들은 재판을 해야 합니다.

그리고 그것은 아주 좋은 일입니다. 왜냐하면 나는 재판이 좋지 않았거든요.

고맙습니다. 잘 자요.

제례들

토비는 쓴다. 자포동물 축제일, 상현달이 차오를 때.

자포동물문에는 해파리, 산호, 말미잘, 그리고 히드라가 포함된다. 정원사들은 철저했다. 어떤 생물 문이나 속도 그들의 잔치나 축제 목록에서 제외되지 않았다. 물론 몇몇 기념행사는 다른 잔치들보다 기이한 경우가 있었다. 예를 들어 장내 기생충 축제는 진심으로 흥겨웠다고 말할 수는 없었지만 그야말로 기억에 남을 행사였다.

자포동물 축제는 남달리 아름다운 잔치였다. 종이로 해파리 모양을 본떠 만든 초롱불이 등장했고 쓰레기통에서 찾아낸 물건들로 만든 장식물들이 정말 많았다. 늘어진 필라멘트 줄을 가지고 바람 빠진 풍선이라든지 바람을 넣어 불룩해진 고무장갑들을 창조적으로 재활용했다. 접시 닦는 용도로 나온 둥근 솔을 활용해 말미잘을 만들었고 히드라는 샌드위치를 넣는 투명 비닐봉지로 공들여 만들었다.

어린아이들은 온몸을 색종이로 장식하고 양팔을 느릿느릿 흔들며 자그마한 해파리 춤을 추곤 했는데, 어떤 해에는 특별한 일이랄 게 하나도 없는 무사태평한 해파리의 생명 주기를 주제로 지루하게 지속되는 연극을 만들어 공연한 적도 있었다. 처음에 나는 알이었어요. 그렇지만 나는 자라고 또 자라서 이제는 해파리가 되었는데 초록색 분홍색 파란색이에요. 그런 다음 고깔해파리가 등장해야만 공연이 이어질 수 있었다. 나는 이리로 표류했고 나는 저리로 표류했어요. 나의 촉수는 아주 미세해서 잘 보이지 않아요. 하지만 나한테 휘감기지 않도록 조심하세요. 조심하지 않으면 나 때문에 당신의 목숨이 끝날 테니까요.

그 공연을 할 때 렌이 도왔던가? 토비는 궁금해한다. 아만다는 뭘 했지? 노래하기, 물고기 역할을 하는 더 작은 어린아이 덮치기, 죽을 지경으로 쏘아 대기…… 그런 것이 아만다의 전형적인 특질들을 나타내고 있었다. 아니, 그런 모습들 속에 한때 세상 물정에 밝고 버르장머리 없었던 평민촌 아이 아만다의 특질들이 들어 있었다. 하지만 악질적인 고통공 죄수 두 명을 처리한 다음부터 아만다는 다시 태어난 듯 보인다.

"악질적인 고통공 죄수 두 명을 처리한 다음"이라고 토비는 쓴다. 처리라는 단어가 '쓰레기 처리'라고 하듯이 그들을 쓰레기로 만든다. 이런 식의 비방적 호칭을 사용하는 것은 한때 이브6의 지위를 지녔던 사람으로서 수치스러운 행동은 아닐까, 그녀는 생각해 보다가 그건 아니라고 마음먹고, 그 말을 그대로 내버려 둔다.

악질적인 고통공 죄수 두 명을 처리한 다음, 렌과 섀키와 아만다와 크로제와 나는 새론당신 숲길을 따라서 되돌아갔다. 우리는 고통공 죄수들이 가련한 오츠의 목을 베어 매달아 놓은 나무가 있는 곳으로 갔다. 오츠의 사체에는 남은 부분이 별로 없었다. 그동안 그는 까마귀들의 밥이 되었다. 그 밖에 또 어떤 놈들이 와서 합세했는지 누가 알겠는가. 그렇지만 섀키는 재빨리 나무를 타고 올라가 밧줄을 끊은 다음 크로제와 함께 어린 동생의 뼈를 잘 모아서 침대 시트에 담아 묶었다.

그다음은 퇴비로 발효시키는 시간이었다. 돼지구리들은 종(種) 간 상호 협력과 우정을 나타내는 증표로 우리를 위해 퇴비 발효 장소로 아담과 지미를 운반해 주고 싶어 했다. 그들은 더 많은 꽃들과 양치식물들을 모아 와서 사체 위에 쌓았다. 우리는 열을 지어 그 장소를 향해 걸었다. 크레이커들은 걸어가는 동안 내내 노래를 불렀다.

"그들의 노랫소리는 다소 신경에 거슬렸다." 토비는 덧붙여 적는다. 하지만 블랙비어드의 글쓰기 솜씨가 놀랄 만큼 진전을 보이고 있는 터라, 언젠가 그녀가 적어 놓은 글을 읽을 수 있을 지도 모른다는 사실을 곰곰이 생각한 토비는 그 부분을 지워 버린다.

한동안 논의가 이어진 후, 돼지구리들은 우리에게 아담과 지미를 먹고 싶은 마음이 전혀 없고, 돼지구리들도 그러지 않기를 바란다는 것을 이해해 주었다. 그런 다음 그들과 합의가 이루어졌다. 이러한 문제에 대한 그들의 규칙은 복잡한 것 같다. 임신한 엄마들은 성장하는 아기들에게 더 많은 단백질을 공급하기 위해 죽은 새끼를 먹을 수가 있다. 하지만 다 자란 돼지들, 특별히 유명한 돼지들의 주검은 전반적으로 생태계에 기여하도록 한다. 반면 다른 모든 종을 먹는 일은 누구에게나 허용된다.

아만다는 지미가 돼지 똥 단계를 거쳐 생명 주기 전환에 들어가는 것은 바람직하지 않다고 생각한다는 말을 덧붙였지만 블랙비어드는 그걸 통역하지 않았다. 오츠의 경우에는 이런 것이 쟁점이 되지 않을 정도로 남은 부분이 거의 없었다.

우리는 필라가 묻혀 있는 나무 근처에다 세 명 모두 묻은 다음 그 위에 각각 나무를 한 그루씩 심었다. 지미를 위해서는 켄터키 커피 나무를 골랐다. 과일을 무척이나 좋아해서 그게 어디에 심겨 있는지를 익히 아는 돼지구리들이 렌, 아만다, 로티스 블루를 식물원 안쪽, '세계의 과일들' 구역으로 안내해 주었다. 그 나무는 잎사귀가 하트 모양이고 커피 대용품으로 활용할 수 있는 열매를 맺는다. 우리 그룹의 많은 사람들이 이제 볶은 뿌리 커피에 염증을 느끼기 시작한 터라 이 나무가 무척이나 반가울 것이다.

오츠를 위해서는 크로제와 섀키가 동생의 이름을 연상시키는 떡갈나무를 택했다. 시간이 흐르면 이 나무에 도토리가 열릴 것이므로 돼지구리들은 그 나무를 보고 무척이나 기뻐했다.

아담1을 위해서는 가장 가까운 가족인 젭이 나무 선택권을 행사했다. 젭은 적당히 성경적이고 또 아담에게 어울릴 것 같다면서 자생하는 야생 능금 나무를 택했다. 그 나무에 열릴 사과들로 좋은 젤리를 만들 수 있다는 장점도 있으니 아담도 무척이나 기쁠 것이다. 정원사들은 상징적인 면을 중시하긴 했지만 그런 문제에서는 현실적이었다.

돼지구리들도 자기네 장례식을 거행했다. 그들은 죽은 돼지구리를 땅에 묻지는 않지만 공원의 피크닉 테이블 근처에 있는 공터에 친구를 내려놓았다. 그리고 꽃들과 나뭇가지들을 친구의 몸 위에 쌓아 올린 다음 꼬리를 축 늘어뜨린 채 조용히 서 있었다. 그러고 나서 크레이커들이 노래를 불렀다.

"아 토비, 무엇을 쓰고 계신가요?"

토비의 좁다란 흙집 방으로 평소와 다름없이 아무런 예고도 없이 불쑥 들어온 블랙비어드가 묻는다. 그는 지금 토비의 팔꿈치에 닿을 정도로 가까이 서 있다. 빛을 발하는 기이하고도 커다란 녹색 눈으로 그는 토비의 얼굴을 자세히 들여다보고 있다.

크레이크는 어떻게 저런 눈을 생각해 냈을까? 저들은 어떻게 저렇게 안쪽에서부터 빛을 발할 수 있을까? 아니면 빛을 발산하는 것처럼 보이는 것일 수도 있다. 저건 아마도 깊은 바다에서 살고 있는 생명체로부터 찾아낸 발광 특성인 게 분명하다. 토비는 종종 궁금하게 여기곤 했었다.

토비가 말한다. "나는 지금 우리가 경험한 이야기를 쓰는 중이야. 너와 나, 그리고 돼지구리들, 또 모든 사람들에 관한 이야기야. 눈사람 지미, 아담1, 그리고 오츠를 우리가 어떻게 땅속에다 묻었는지를 썼어. 그렇게 하면 오릭스가 그들을 나무의 모습으로 바꿀 수 있잖아. 그리고 그것은 행복한 일이잖아, 안 그래?"

"네, 그것은 행복한 일이에요. 그런데 아 토비, 아주머니 눈이 왜 그래요? 지금 울고 계신 거예요?"

블랙비어드가 토비의 눈썹을 만져 본다.

"아니, 그냥 조금 피곤해서 그래. 그리고 눈도 피곤하고. 글쓰기는 사람을 아주 피곤하게 만든단다."

"내가 가르랑거리기를 해 줄게요." 블랙비어드가 말한다.

크레이커들이라도 어린아이들은 가르랑거리기를 하지 않는다. 블랙비어드는 빠르게 성장하고 있다. 이 아이들은 정말이지 빨리 자란다. 블랙비어드는 가르랑거리기를 할 만큼 충분히 컸나? 그래 보인다. 이미 그의 두 손은 토비의 이마에 올라가 있고 미니 모터 소리 같은 크레이커의 가르랑거리는 소리가 방 안을 가득 채우고 있다. 토비는 지금까지 한 번도 가르랑거리기를 받아 본 적이 없었다. 이게 정말로 위로가 된다는 사실을 토비는 인정해야 할 것 같다.

"됐어요." 블랙비어드가 말한다. "이야기를 하는 건 힘들어요. 그리고 그런 이야기를 쓰는 건 분명 더 힘들 거예요. 아 토비, 아주머니가 그 일을 하는 게 너무 피곤해서 하기 힘들면 다음에는 내가 이야기를 쓸게요. 앞으로는 내가 아주머니의 조력자가 되겠어요."

"고마워. 정말 친절하구나."

블랙비어드는 새벽과도 같은 미소를 짓는다.

달의 주기

선태식물 이끼 축제일. 이지러지는 조각달

나는 블랙비어드입니다. 그리고 이것은 토비를 돕기 위해 글을 쓰고 있는 나의 목소리입니다. 만약 여러분이 내가 쓴 이 글을 본다면 여러분은 여러분의 머릿속에서 여러분에게 말하고 있는 나(나는 블랙비어드입니다.)의 목소리를 들을 수 있습니다. 바로 이것이 쓰기입니다. 하지만 돼지1들은 쓰기를 하지 않고도 머릿속으로 목소리를 듣게 할 수 있습니다. 때로는 우리 크레이크의 아이들도 그렇게 할 수 있습니다. 하지만 겉껍질이 있는 사람들은 그렇게 할 수 없습니다.

오늘 토비는 선태식물이라는 것이 이끼라고 말했습니다. 그래서 나는 말했습니다. 그것이 이끼라면, 이끼라고 해야 합니다. 토비는 그것의 이름이 두 개라고 합니다. 눈사람 지미처럼요. 그래서 나는 이렇게 씁니다, 선태식물 이끼.

오늘 우리는 눈사람 지미의 모습을 만들었고, 아담의 모습도 만들었습니다. 우리는 아담을 알지 못했지만 젭과 토비, 그리고 예전에 아담을 알았던 다른 사람들을 위하여 그 모습을 만들었습니다. 눈사람 지미의 모습을 만들기 위해 우리는 해변에서 주운 대걸레를 사용했습니다. 또 우리는 항아리 뚜껑과 약간의 자갈, 그리고 이런저런 것들을 사용했습니다. 하지만 빨간 모자는 사용하지 않았습니다. 우리는 이야기들을 위해 모자를 잘 간직해야 하기 때문이에요.

아담을 만들기 위해서 우리는 팔이 두 개 달리고 헝겊으로 된 겉껍질을 찾았습니다. 그의 머리는 비닐로 된 하얀색 봉지를 사용했습니다. 또 갈매기들에겐 더 이상 필요하지 않은 깃털들과 해변에서 찾은 몇 개의 파란색 유리 조각도요. 아담의 눈이 파란색이었기 때문입니다.

우리는 전에도 한번 눈사람 지미의 모습을 만든 적이 있습니다. 그때는 지미가 우리에게로 다시 오게 하려고 그랬는데, 정말로 그가 우리 곁으로 돌아왔어요. 이번에는 이 모습들을 만들더라도 눈사람 지미나 아담이 우리한테로 돌아오지는 않을 겁니다. 하지만 이것이 젭과 토비와 렌과 아만다의 기분을 낫게해 줄 겁니다. 우리가 이 모습들을 만든 이유입니다. 그들은 이 모습을 좋아합니다.

고맙습니다. 잘 자요.

젭은 아담1을 잃은 슬픔에서 회복되는 중이다. 젭은 다른 사람들과 함께 흙집을 증축하는 일에 힘을 쏟고 있다. 머지않아 육아실이 필요해질 테니까. 임신 진행 속도가 통상적인 경우보다 훨씬 빠르게 진행되고 있어서 여자들 대부분은 세 명 모두의 아기가 크레이커 혼종일 거라고 생각한다.

정원의 진행 상황은 아주 좋다. 모헤어 양들의 수가 늘고 있다. 그동안 세 마리가 새롭게 태어났는데, 한 마리는 털이 파란색이고 또 하나는 빨강, 마지막 한 마리는 금발이다. 물론 양 한 마리를 잃기도 했는데 사자양이 잡아갔다. 사자양들 역시 숫자가 늘어나고 있는 것 같다.

"크레이커 한 명이 곰 같은 소리를 내는 뭔가를 보았다고 알려 왔다."라고 토비는 쓴다.

그게 그다지 놀라운 일은 아닐 것이다. 어쩌면 우리는 벌통을 지키기 위해 경호원을 세워야 하지 않을까? 다른 벌 떼를 손에 넣었으므로 지금은 벌통이 두 개다.

사슴의 수가 급증하고 있다. 그것들은 아주 만족스러운 동물성 단백질 공급원이다. 사슴은 돼지만큼 아주 맛있지는 않지만 기름기는 훨씬 적다. 사슴 고기로는 최고급 베이컨을 만들지 못한다. 하지만 레베카는 이게 건강에는 더 좋다고 말한다.

겉씨식물 축제일. 보름달

토비는 사람들 앞에서 오늘이 신의 정원사들이 지키던 겉씨식물(Gymnosperms) 축제일이라고 공표하는 실수를 저질렀다. 체조 선수(gymnast)와 정자(sperm)에 관한 지저분한 농담들이 튀어나왔고, 남자 크레이커들까지 농담의 소재가 되었다. 농담 중 하나를 젭이 말했는데, 그건 아주 좋은 징조다. 젭의 애도 기간이 끝나 가는 것 같다.

제대로 작동하는 태양광 장비가 세 개 더 설치되었다. 기존의 태양광 장비 하나가 고장이 났다. 보라색 생태변기 하나도 제 기능을 발휘하지 못한다. 섀키와 크로제가 숯을 굽는 실험을 감행했는데, 결과는 성공 반 실패 반이다. 코뿔소, 카투로, 매너티는 저 아래 해안으로 낚시하러 갔다. 아이보리 빌은 가죽으로 만드는 바구니 배를 설계 중이다.

간신히 새끼 단계를 벗어난 어린 돼지구리 두 마리가 정원의 울타리 밑을 파고 들어와 뿌리채소, 특히 당근과 홍당무를 먹고 있는 모습이 발견되었다. 미친 아담 식구들은 돼지구리들과의 협정이 유지될 것으로 생각했기 때문에 그들에 대한 경계를 늦추었던 터였다. 성체 돼지구리들은 협정을 잘 지키고 있지만 어린 돼지구리들은 그런 규칙 따위는 나 몰라라 밀쳐 버린다.

회의가 소집되었다. 돼지구리들은 성체 돼지구리 셋으로 구성된 대표단을 보냈는데, 자식들로 인해 체면이 손상된 어른들이 대체로 그러듯이 그들은 당황스러워하면서도 다소 화가 난 것처럼 보였다. 블랙비어드가 통역관으로 자리했다.

이런 일은 두 번 다시 발생하지 않을 것이라고 돼지구리들은 말했다. 그런 못된 짓을 저지른 어린놈들은 즉시 베이컨과 수프에 든 뼈다귀가 되리라는 위협이 있었고, 그것은 기대한 대로의 인상을 남긴 듯했다.

사슴의 성자 게이클리 바바 축일. 초승달

벌들의 생산성이 아주 높다. 첫 번째 꿀 수확 행사가 열렸다. 화이트 세지는 음악 그룹에 맞추어 명상을 시작했는데, 크레이커 대다수가 그 음악 그룹을 무척이나 좋아한다. 벨루가가 그녀를 도와주고 있다. 타마로는 양젖 치즈를 단단한 것과 부드러운 것 모두 다 만들어 보려고 실험하는 중이고 요구르트도 만들려고 한다. 육아실이 때맞추어 마무리되었다. 얼마 지나지 않아 세 명의 아기가 태어날 예정이다. 단 스위프트 폭스는 자신이 쌍둥이를 배고 있다고 주장한다. 아기들을 누일 침대에 대한 논의가 한창 진행 중이다.

"블랙비어드는 이제 자기만의 일기장을 갖게 되었다."라고 토비는 쓴다.

"나는 그에게 그가 사용할 펜과 연필 한 자루를 주었다. 그가 무슨 글을 쓰고 있는지 알고 싶긴 한데 캐묻고 싶지는 않다. 블랙비어드는 이제 크로제만큼이나 키가 자랐다. 그에게서 벌써 푸른색 징후들이 나타나고 있다. 얼마 지나지 않아 그는 성인이 될 것이다. 그런데 어째서 이런 사실이 나를 슬프게 할까?"

정원의 성자 피아커 축일

이것은 나의 목소리입니다. 여러분이 지금 여러분의 머릿속에서 듣고 있는 것은 블랙비어드의 목소리입니다. 그런 것을 읽기라고 합니다. 그리고 이것은 나만의 책입니다. 토비의 글쓰기가 아니라 나의 글쓰기를 위한 새 책이지요.

오늘 토비와 젭은 이상한 행동을 했습니다. 두 사람은 자그마한 불 위를 함께 뛰어넘었고 그런 다음 토비가 젭에게 녹색 나뭇가지 하나를 주었으며 젭도 토비에게 녹색 나뭇가지 하나를 주었어요. 그러고 나서 서로 키스했습니다. 그 광경을 지켜보던 겉껍질이 있는 사람들 모두가 흥겨워했습니다.

나(블랙비어드)는 말했습니다. "아 토비, 당신들은 어째서 이런 것을 하나요?"

토비가 말했습니다. "이것은 우리의 관습이란다. 우리가 서로 사랑한다는 것을 보여 주는 거야."

나(블랙비어드)는 말했습니다. "하지만 이런 것을 안 해도 당신들은 서로를 사랑합니다."

토비가 말했습니다. "그건 설명하기가 어렵구나."

아만다가 말했습니다. "그렇게 하면 두 사람이 행복하기 때문이야."

블랙비어드(나는 블랙버드 블랙비어드입니다.)는 왜 그런지 이유를 잘 모르겠어요. 어떻게 하면 그들이 행복하고 또 어떻게 하면 행복하지 않은지는 도무지 알 수가 없습니다.

머지않아 블랙비어드는 그의 첫 번째 짝짓기를 위한 준비가 갖춰집니다. 다음 차례로 여자가 푸른색으로 변하면 그도 아주 푸른색으로 변할 것이고 꽃을 모을 겁니다. 그렇게 하면 아마도 그는 선택받겠지요. 그(나, 블랙비어드)는 혹시 녹색 나뭇가지들도 그런 것과 유사한 게 아닌지 토비에게 물어보았습니다. 우리는 선택받기 위해 꽃들을 주고 그런 다음 노래를 부르는데 혹시 그런 것과 같은 게 아닐까요. 그랬더니 토비가 응, 이건 바로 그런 것과 같아라고 했습니다. 그래서 이제 나는 그것을 더 잘 이해하게 되었습니다.

고맙습니다. 잘 자요.

떡갈나무 축제. 돼지구리 축제일. 보름달

"나는 정원사의 표준 축제 달력에 내 멋대로 돼지구리를 추가했다.”

　토비는 쓴다.

　“돼지구리들은 그들의 공적을 기념하는 날을 가질 자격이 충분하다. 나는 떡갈나무 축제와 돼지구리 축제일을 합쳤다. 떡갈나무에서 도토리가 나니까 알맞은 날이라고 생각했다.”

동물들의 여신 아르테미스의 향연. 보름달

　지난 두 주에 걸쳐서 전부 세 번의 출산이 이루어졌다. 합해서 네 명이 태어났는데, 스위프트 폭스가 남자아이와 여자아이 쌍둥이를 낳았기 때문이다. 쌍둥이는 각기 크레이커의 녹색 눈을 지니고 태어났으므로 토비는 크게 안심할 수 있었다. 그녀가 애를 끓이게 될 꼬마 젭이 태어나지 않았으니 말이다. 토비는 아기 넷을 위해 꽃무늬 침대 시트로 조그마한 햇빛 가리개 모자 네 개를 만들었다. 크레이커 여자들은 이 모자들을 보고 아주 재미있어 한다. 도대체 저 모자들을 어디에다 사용할 거지? 크레이커의 아기들은 햇볕에 그을리지 않는다.

　다행스럽게도 아만다의 아기는 고통공 죄수의 자식이 아니라 크레이커의 후손이다. 커다란 녹색 눈을 보면 오해의 여지가 전혀 없다. 아만다의 출산이 난산이었으므로 토비와 레베카는 회음 절개술을 실행해야만 했다. 토비는 신생아에게 손상을 입

힐까 두려워 지나칠 정도로 많은 양의 양귀비를 사용하고 싶지 않았다. 그래서 산모의 고통이 무척 심했다. 토비는 혹시라도 아만다가 아기를 거부할까 염려했는데 아만다는 그러지 않았다. 아만다는 아기를 무척이나 좋아하는 것 같다.

렌의 아기도 녹색 눈을 지닌 크레이커 혼혈이다. 이 아이들은 어떤 기능들을 물려받았을까? 병충해 내성이라든지 아니면 가르랑거리거나 크레이커의 노래를 부를 수 있는 독특한 발성 구조를 갖추게 될까? 이들은 성인이 되면 크레이커들의 짝짓기 주기를 공유할까? 미친 아담 식구들의 저녁 식사 테이블을 둘러싸고 이런 의문들에 대한 논의가 끊임없이 이어졌다.

세 어머니와 네 명의 자녀들 모두 잘 회복되고 있고, 크레이커 여자들은 그들 옆을 떠나지 않고 자나 깨나 가르랑거리며 보살펴 주고 선물들을 가져다주었다. 그게 칡넝쿨 잎사귀라든지 해변에서 찾아낸 반짝이는 유리 조각이긴 하지만, 어쨌든 선의로 가져온 물건들이다.

이제 로티스 블루도 임신 중이다. 그녀는 아이 아버지가 크레이커가 아니라고 주장하고 있다. 매너티가 그녀의 선택이었다. 그는 해변에 내려가 물고기를 잡거나 사슴 사냥을 하기 위해 멀리 나가지 않을 때는 언제나 그녀에게 집중하고 있다.

렌의 아이는 크로제와 렌이 마음을 합하여 함께 키우기로 한 것 같다. 섀키는 아만다를 지원하고 있으며, 스위프트 폭스가 낳은 쌍둥이들한테는 아이보리 빌이 자칭 아버지로서 도움을 주겠다고 제안했다. "우리 모두가 힘을 합해야죠. 이들이 인류의 미래잖아요."라고 아이보리 빌은 말했다.

"행운을 빌죠." 스위프트 폭스는 말은 그렇게 했어도 아이보리 빌의 도움을 묵묵히 받아들인다.

"젭과 코뿔소와 나는 위험을 무릅쓰고 약국 수색을 감행했다." 토비는 쓴다. "우리는 일회용 기저귀를 여러 개의 자루에 가득가득 담아올 수 있었다. 하지만 그것들이 필요하기는 할까? 크레이커 아기들은 그런 것을 필요로 하지 않는다."

자애로우신 오릭스와 땅속줄기 뿌리의 향연. 보름달

토비는 자애로움이 오릭스와 같은 것이라고 말합니다. 그녀는 땅속줄기라는 것은 뿌리와 같은 것이라고 말합니다. 그래서 나(블랙비어드)는 그런 말들을 적어 두었습니다.

이것들이 새로 태어난 아기들 이름입니다.

렌의 아기 이름은 짐아담입니다. 눈사람 지미 같기도 하고 아담 같기도 합니다. 렌은 지미의 이름이 이 세상에 살아 있는 사람처럼 계속해서 불렸으면 좋겠다고 말합니다. 그녀는 아담의 이름도 그러기를 바랐습니다.

아만다의 아기 이름은 필라렌입니다. 그 이름은 벌들과 함께 딱총나무 덤불에서 살고 있는 필라 같기도 하고, 또 좋을 때나 궂을 때나 변함없이 아만다에게 아주 좋은 친구이자 조력자인 렌 같기도 하다고 아만다는 말했습니다. 나(블랙비어드)는 토비에게 좋을 때나 궂을 때나 변함없이가 무슨 뜻인지 물어보겠습니다.

스위프트 폭스가 낳은 쌍둥이의 이름은 메둘라와 오블롱가타입니다. 메둘라는 여자아이고 오블롱가타는 남자아이입니다. 아기들에게 이 이름들을 지어 준 것은 남들이 이해하기 어려울 이유 때문이야라고 스위프트 폭스는 말합니다. 그녀의 머릿속에 뭔가가 들어 있는 것 같습니다.

아기들 모두가 우리를 아주 행복하게 해 줍니다.

나(블랙비어드)는 사라레이시와 첫 번째 짝짓기를 했습니다. 그녀가 그의 꽃을 선택했기 때문이에요. 그래서 그는 어느 누구보다도 행복합니다. 얼마 지나지 않아서 아기 하나가 또 태어납니다. 사라레이시가 우리에게 말했습니다. 그(블랙비어드)와 다른 세 명의 '네아빠(fourfathers)'가 짝짓기 춤을 아주 잘 추었기 때문이에요.

그런 다음 그들은 노래합니다.

고맙습니다. 잘 자요.

책

책

자, 이것은 토비가 우리와 함께 사는 동안에 만든 책입니다. 보세요, 내가 여러분에게 보여 주겠습니다. 토비는 페이지 위에서 이 말들을 했습니다. 페이지는 종이로 만든 것이에요. 토비는 이 말들을 글쓰기로 했는데, 글쓰기는 잉크라는 검은 액체가 들어 있는 펜이라는 막대기로 표시를 해 놓는 것입니다. 그녀는 페이지들의 한쪽 자락을 이어 붙였고, 그게 바로 책이라는 겁니다. 보세요, 내가 여러분에게 보여 주고 있지요. 이것이 책이고 이것들이 페이지들입니다. 이것이 글쓰기입니다.

토비는 나 블랙비어드에게 보여 주었습니다. 내가 아주 어렸을 때, 펜을 가지고 페이지 위에다 그런 말들을 만들어 내는 법을요. 그녀는 펜으로 표시한 것들이 어떻게 다시 목소리로 바뀌는지도 알려 주었습니다. 그래서 내가 페이지를 보면서 이 말들을 읽으면 나는 바로 토비의 목소리를 듣게 됩니다. 그리고 내가 이 말들을 크게 소리 내면 여러분도 토비의 목소리를 듣게 되지요.

제발 노래는 하지 마세요.

토비는 이 책에다 크레이크의 이야기를 담았고 오릭스의 이야기도 담았습니다. 그리고 그들 두 사람이 함께 우리를 어떻게 만들었는지, 또 우리가 살아갈 수 있도록 이 안전하고 아름다운 세상을 어떻게 만들었는지도 담았습니다.

그리고 이 책에는 또한 젭의 이야기도 있습니다. 그의 형 아담에 대한 것도 있고요. 그리고 또 젭이 곰을 먹은 이야기와, 젭이 잔인하고 해로운 짓들을 저지른 나쁜 남자들에 맞서서 어떻게 우리의 보호자가 되었는지와, 젭의 조력자들 이야기, 그러니까 필라, 코뿔소, 카트리나 우우, 마치라는 뱀, 모든 미친 아담 식구들에 대한 이야기도 들어 있습니다. 그리고 맨 처음 크레이크가 우리를 만들었을 때 거기에 있었고 또 우리를 알에서 나와 더 좋은 이곳으로 이끌어 준 눈사람 지미 이야기도 있습니다.

그리고 퍼크에 대한 이야기도 있긴 한데, 그 이야기는 그렇게 길지 않습니다. 퍼크 이야기는 한 페이지밖에 없습니다.

그래요, 우리가 힘든 상황일 때 퍼크가 우리를 도와주는데 그는 아주 먼 곳에서 날아온다는 것을 나도 잘 알고 있습니다. 크레이크가 그를 보냈기 때문에 우리는 크레이크를 향한 존경의 마음으로 퍼크를 부릅니다. 하지만 토비의 글쓰기에는 퍼크에 대한 이야기가 별로 많지 않아요.

제발 노래는 아직 하지 마세요.

그리고 토비는 우리가 사랑하는 세 명의 오릭스 어머니들 이야기, 바로 아만다와 렌과 스위프트 폭스에 대한 이야기도 담아 놓았습니다. 그들은 우리에게 보여 주었습니다. 겉껍질이 있는 사람들과 우리들이 모두 서로에게 조력자라는 것을요. 비록 우리가 서로 다른 능력을 가졌고, 어떤 이들은 푸른색으로 변하고 어떤 이들은 변하지 않을지라도요.

그래서 토비는 말했습니다. 우리는 서로를 존중해야 한다고, 또 푸른색과 관련해서 문제가 생기면 언제고 먼저 그 여자에게 물어봐야 한다고, 당신이 정말로 푸른색인지 그냥 푸른색 냄새가 나는 것인지.

토비는 플라스틱 펜이 다 없어지고 연필도 더 이상 없게 되었을 때 어떻게 해야 하는지도 나에게 알려 주었습니다. 그녀는 미래를 내다볼 수 있었기 때문에, 과거에 그들이 살았던 혼돈의 도시에 서 있는 건물들에서 펜이나 연필이나 종이를 더 이상 찾을 수 없게 되는 날이 오리라는 것을 알았습니다.

그래서 토비는 펜을 만들기 위해 새의 단단한 깃털을 사용하는 방법을 보여 주었습니다. 물론 우리는 부러진 우산살로도 펜 비슷한 것을 만들었습니다.

우산은 혼돈 때의 물건입니다. 사람들은 빗물이 자기네 몸에 떨어지지 않도록 하는 데 우산을 이용했습니다.

그 사람들이 왜 그렇게 했는지 나는 모릅니다.

그리고 토비는 호두 껍데기에다 식초와 소금을 섞어 만든 잉크를 가지고 검은 점을 만드는 방법을 알려 주었습니다. 맞아요, 이 잉크는 갈색이에요. 다른 색깔 잉크도 만들 수 있습니다. 산딸기 열매들로요. 우리는 필라의 혼이 들어 있는 딱총나무 열매로는 보라색 잉크를 만들었습니다. 우리는 그 잉크로 필라에 대한 이야기를 썼지요. 또한 토비는 식물을 이용하여 더 많은 종이를 만들어 내는 방법도 나한테 알려 주었습니다.

토비는 우리가 쓴 이 책에 대하여 주의할 점들을 몇 가지 말해 주었습니다. 그녀는 종이는 젖으면 안 된다고 했습니다. 그렇게 되면 이야기들이 녹아서 더 이상 목소리를 들을 수 없게 됩니다. 곰팡이가 자라나고요. 그러면 그것은 검은색으로 바뀌고, 부스러져 아무것도 남지 않게 됩니다. 그래서 또 다른 책을 만들어야 하는 것이에요. 첫 번째 책과 똑같이 글쓰기를 해야 합니다. 누구든지 글쓰기와 종이와 펜과 잉크와 읽기에 대한 지식을 얻으면 그 사람도 똑같이 글쓰기를 한 똑같은 책을 만듭니다. 그렇게 하면 우리가 읽을 수 있는 책이 언제까지나 거기 있게 되지요.

이 책의 끝에다 우리는 다른 페이지를 몇 장 더 만들어 붙여야 합니다. 토비가 떠난 후에 일어날 일들도 써서 담아 두어야 합니다. 그렇게 하면 우리는 그 모든 이야기들을 알게 됩니다. 크레이크와 오릭스, 우리의 보호자인 젭, 그의 형 아담, 토비와 필라, 그리고 사랑하는 세 명의 오릭스 어머니들. 또 우리 자신들에 대해서, 그리고 맨 처음에 우리가 나온 알에 대해서도요.

나는 책과 종이와 글쓰기에 대한 모든 것을 짐아담, 필라렌, 그리고 메둘라와 오블롱가타에게 가르쳤습니다. 그들은 우리의 사랑하는 세 명의 오릭스 어머니 렌과 아만다와 스위프트폭스의 아이들이지요.

그 아이들은 제아무리 어려운 일이라 해도 배우려고 했습니다. 함께 우리 모두를 돕기 위해서 그들은 이런 것들을 배웠습니다. 그리고 내가 더 이상 여기 우리들 속에 있지 않고 토비와 젭이 먼저 가 있는 곳으로 가게 될 때, 토비가 나도 언젠가 가게 될 거라고 말했듯이요, 그때에는 짐아담, 필라렌, 메둘라와 오블롱가타가 이것들을 어린아이들에게 가르칠 겁니다.

이제 나는 그 이야기를 덧붙입니다. 토비가 글쓰기를 멈추고 더 이상 이 책에 이야기를 담지 않게 된 후에 일어난 일들입니다. 우리가 모두 토비를 알 수 있도록, 또 우리는 어떻게 나오게 되었는지 알 수 있도록 나는 이 일을 했습니다.

이 새로운 글을 나는 토비 이야기라고 부릅니다.

토비 이야기

나는 지금 눈사람 지미의 빨간 모자를 쓰고 있습니다. 보이죠? 모자가 내 머리 위에 있습니다. 나는 물고기를 입안에 넣었다가 다시 꺼냈습니다. 이제 귀 기울일 시간입니다. 이 책의 맨 끝에 내가 쓴 토비 이야기를 여러분에게 읽어 주겠습니다.

하루는 젭이 남쪽으로 여행을 떠났다. 그는 사슴을 사냥하려고 밖에 나갔는데, 높이 솟은 연기를 보았기 때문에 그곳에 갔다. 그것은 숲에 불이 붙어서 나는 연기가 아니었다. 그것은 가느다란 연기였다. 젭은 여러 날 동안 그것을 지켜보았다. 그 불은 더 커지지도 작아지지도 않았고 늘 똑같이 피어올랐다. 그런데 하루는 그 연기가 조금 더 가까이 다가왔다. 그다음 날이 되자 그것은 또 더 가까이 다가왔다.

그래서 젭은 우리에게 말했다. 저기에는 다른 사람들이 있을 것이다, 혼돈 이전의 사람들이, 크레이크가 혼돈을 깨끗이 치워 버리기 전에 살던 사람들이 있을 것이다. 그런데 저들은 좋은 사람일까, 아니면 우리를 해칠 수도 있는 나쁘고 잔인한 사람들일까? 그걸 알아낼 방법이 하나도 없었다. 그 질문에 답을 찾아내지 못하는 한, 그들이 우리에게 너무 가까이 다가오는 것을 젭은 원하지 않았다. 그들이 좋은 사람이라는 답을 얻는다면, 우리는 그들의 조력자가 될 수도 있을 것이고 그들도 우리의 조력자가 될 수 있을 것이다. 그렇지만 그들이 좋은 사람이 아니라면, 젭은 그들이 우리에게 가까이 다가와 우리를 해치도록 가만두지 않고 그들을 깨끗이 치워 버릴 것이다.

에이브러햄 링컨과 앨버트 아인슈타인과 서저너 트루스와 나폴레옹이 그를 도우러 함께 가고 싶어 했다. 나, 블랙비어드도 물론 가고 싶었다. 나는 더 이상 어린아이가 아니고 푸른색이 나는 남자가 됐고 힘도 셌기 때문이다. 하지만 젭은 어떤 상황이 발생할지 모르고 매우 난폭한 일이 벌어질 수도 있다고 말했다. 우리는 난폭한이 무슨 뜻인지 확실히 알지 못했다. 그런데 젭은 우리가 그 뜻을 영영 알아낼 필요가 없기를 바란다고 말했다. 토비는 우리가 여기에 남아야 한다고 말했다. 혹시 전투가 벌어질 수도 있기 때문이다. 그리고 혹시 우리가 갔다가 되돌아오지 못하면 다른 사람들이 몹시 슬퍼할 것이기 때문이다. 토비가 오릭스에게도 물어보고 필라의 영혼에게도 물어보았는데, 두 사람 모두 우리가 젭과 함께 가지 말고 여기에 남아야 한다고 말했다고 토비가 말했다. 그래서 우리는 가지 않았다.

젭은 검은 코뿔소와 카투로와 함께 갔다. 매너티, 준준시토, 새키, 크로제도 함께 가기를 원했지만 젭은 보호해야 할 어린아이들이 있기 때문에 그들은 남아야 한다고 말했다. 그리고 토비역시 우리가 절대로 만져서는 안 되는 총을 갖고서 여기에 머물러야 했다. 그래서 그들은 함께 가지 않았다. 젭은 말했다. 이것은 그냥 무슨 일인가 보러 가는 정찰 여행이야. 만약에 나쁜 뉴스면 내가 불을 피울 거고, 그러니까 다른 불 말이야, 그러면 다들 그 연기를 보게 될 테고, 그렇게 되면 날 도울 사람들을 그쪽으로 보내 줘. 그리고 돼지1들한테도 알릴 수 있겠지. 물론 돼지구리들이 이곳저곳으로 계속 옮겨 다니니까 먼저 그들을 찾아내는 것부터 해야겠지만.

우리는 아주 오랫동안 기다렸다. 하지만 젭은 돌아오지 않았다. 새키가 우리 푸른 남자들 셋을 데리고 높고 가늘게 피어오르던 연기가 아직도 그 자리에 있는지 확인하러 갔다. 그들이돌아와서 말하길, 거기서는 더 이상 연기가 나지 않는다고 했다. 그게 무슨 뜻인가 하면, 연기를 피운 사람들은 좋은 사람들이아니었고, 우리의 보호자 젭은 그들이 우리에게 더 이상 가까이다가오지 못하도록 하려다가 전투를 벌였다는 것이다. 하지만젭이 돌아오지 않았다는 것은 그가 전투를 하다 죽은 게 틀림없다는 뜻이고, 코뿔소와 카투로도 분명 똑같은 일을 당했다는 것이다.

그 말을 들은 토비는 큰 소리로 울었다.

우리들도 모두 슬펐다. 하지만 토비가 누구보다도 더 많이 슬 펐다, 젭이 가 버렸으니까. 우리는 그녀에게 가르랑거리기를 해 주었지만, 그 후로 토비는 두 번 다시 행복하지 않았다.

그 뒤로 토비는 점점 말라 가기 시작했다. 자꾸 말라서 나중 에는 몸이 줄어들었다. 여러 달이 흐른 후 토비가 우리에게 말 했다. 그녀의 몸 안에 몸의 여기저기를 야금야금 갉아먹는 소 모성 질병이라는 것이 생겼다고 했다. 그 병은 가르랑거리기, 구 더기, 또는 그녀가 알고 있는 어떤 치유법도 통하지 않는 것이었 다. 소모성 질병은 점점 심해져 얼마 지나지 않아 그녀는 걷지도 못하게 될 거라고 했다. 그래서 우리는 그녀가 가고 싶은 곳이라 면 어디든지 데려다줄 수 있다고 말했다. 그러자 그녀는 미소를 지으며 말했다. 고마워.

그런 다음 토비는 우리들을 한 사람 한 사람씩 자기 앞으로 부르더니 오래전에 그녀가 직접 우리에게 가르쳐 준 인사를 했 다. 잘 자요. 이것은 당신이 편안한 잠을 자고 좋지 못한 꿈 때문 에 힘든 밤을 보내지 않도록 빌어 주는 말이다. 그래서 우리도 그녀에게 똑같이 말했다. 잘 자요. 그리고 우리는 토비를 위해 노래했다.

그런 다음 토비는 아주 오래된 배낭을 꺼냈다. 분홍색 배낭이었다. 그녀는 거기에다 양귀비 약병을 넣었고 버섯이 든 약병도 넣었다. 우리더러 만지면 절대 안 된다고 했던 병들이었다. 토비는 걷는 걸 도와주는 막대기를 가지고 숲속으로 천천히 걸어갔다. 우리에게는 절대로 따라오지 말라고 당부했다.

토비가 어디로 갔는지를 나는 이 책에 쓸 수 없다. 모르기 때문이다. 누군가는 그녀가 홀로 죽어서 독수리의 밥이 되었다고 한다. 돼지1들이 그렇게 말한다. 누군가는 오릭스가 와서 그녀를 데려갔고, 이제는 캄캄한 밤이면 올빼미의 형태로 숲속을 날아다니고 있다고 말한다. 어떤 사람들은 토비가 필라와 함께 지내기 위해 필라가 있는 곳으로 갔고, 그녀의 영혼은 딱총나무 덤불 속에 깃들었다고 한다.

그렇지만 또 누군가는 말한다. 토비는 젭을 찾으러 갔다고. 그리고 젭이 곰의 형태로 바뀌었기 때문에 토비도 곰의 형태가 되어 이제는 젭과 함께 지낸다고. 이것이 정답이다. 왜냐하면 그게 가장 행복하기 때문이다. 그래서 나는 그렇게 쓴다. 다른 답들도 물론 쓰긴 했다. 하지만 그건 조금 작은 글씨로 썼다.

토비가 떠나자 사랑하는 세 명의 오릭스 어머니들은 몹시 슬퍼하며 엉엉 울었다. 우리도 그들과 함께 울었다. 그리고 우리가 그들에게 가르랑거리기를 해 주었다. 얼마쯤 지나자 그들은 기분이 조금 나아졌다. 그래서 렌이 말했다. 내일은 또 다른 날이야. 우리는 그게 무슨 뜻인지 이해하지 못했다고 말했다. 그러자 아만다가 말했다. 중요한 거 아니니까, 신경 꺼. 그리고 로티

미친아담

스 블루가 말했다. 그것은 희망에 관한 말이야.

스위프트 폭스는 우리에게 그녀가 또 임신을 했고, 머지않아 아기가 또 태어날 거라고 말했다. 그 아기의 '네아빠'는 에이브 러햄 링컨, 나폴레옹, 피카소 그리고 나, 블랙비어드다. 나는 이 짝짓기에 선택받아서 무척 기뻤다. 그리고 스위프트 폭스는 만약에 그 아기가 여자아이라면 이름을 토비라고 짓겠다고 했다. 이건 희망에 관한 말이다.

이것이 토비 이야기의 결말입니다. 나는 이 책에다 그것을 담았습니다. 그리고 여기에 내 이름을, 내가 아주 어릴 때 토비가 처음으로 나에게 보여 주었던 그 글씨로, 블랙비어드라고 썼습니다. 이 이야기를 쓴 사람이 바로 나라고 말하는 것입니다.

고맙습니다.
이제 우리가 노래합니다.

<끝>

옮긴이 **이소영**

서울대학교 영어교육과를 졸업하고 영국 리즈 대학교 대학원 영문학과에서 수학했다. 미국 위스콘신(밀워키) 대학교에서 영문학 석사 학위를, 중앙대학교 사회개발대학원에서 여성복지 논문으로 석사 학위를 받았다. 고려대, 경희대, 한양대 강사를 역임했고 현재 전문 번역가, 자유 기고가로 활동 중이다. 옮긴 책으로 『홍수의 해』, 『내 인생, 단 하나뿐인 이야기』, 『브루스터플레이스의 여자들』, 『더 이상 평안은 없다』, 『신의 화살』 등이 있다.

미친 아담

1판 1쇄 찍음 2019년 11월 1일
1판 1쇄 펴냄 2019년 11월 11일

지은이	마거릿 애트우드
옮긴이	이소영
발행인	박근섭, 박상준
펴낸곳	(주)민음사

출판등록	1966. 5. 19. (제16-490호)
주소	서울특별시 강남구 도산대로1길 62(신사동)
	강남출판문화센터 5층 (우편번호 06027)
대표전화	02-515-2000 / 팩시밀리 02-515-2007

www.minumsa.com

ISBN 978-89-374-5456-1 04840
ISBN 978-89-374-5453-0 (세트)